Lina Albrecht

Die Inselpension

Heimkehr ans Meer

Nordsee-Roman

lübbe

Dieser Titel ist auch als E-Book erschienen

Die Bastei Lübbe AG verfolgt eine nachhaltige Buchproduktion. Wir verwenden Papiere aus nachhaltiger Forstwirtschaft und verzichten darauf, Bücher einzeln in Folie zu verpacken. Wir stellen unsere Bücher in Deutschland und Europa (EU) her und arbeiten mit den Druckereien kontinuierlich an einer positiven Ökobilanz.

MIX
Papier | Fördert gute Waldnutzung
FSC® C014496

Dieser Roman wurde im Rahmen des Stipendienprogramms der VG Wort in NEUSTART KULTUR der Beauftragten der Bundesregierung für Kultur und Medien gefördert.

Originalausgabe

Dieser Roman wurde vermittelt durch die Literarische Agentur Kossack

Textredaktion: Dr. Ulrike Brandt-Schwarze, Mindhouse
Einband-/Umschlagmotive: © huber-images.de: Christian Bäck;
© Shutterstock: ILYA AKINSHIN | Eric Isselee | NDanko |
Olga Rudchenko | emka74; © getty-images: Maskot
Umschlaggestaltung: Kirstin Osenau
Satz: Dörlemann Satz, Lemförde
Gesetzt aus der Minion
Druck und Verarbeitung: GGP Media GmbH, Pößneck
Printed in Germany
ISBN 978-3-404-18877-2

2 4 5 3 1

Sie finden uns im Internet unter luebbe.de
Bitte beachten Sie auch: lesejury.de

Lina Albrecht

Die Inselpension – Heimkehr ans Meer

Über die Autorin:

Lina Albrecht studierte Sprachwissenschaften und arbeitete anschließend für Zeitschriften, bevor sie ihren Kindheitstraum wahr machte: Sie schrieb ihren ersten Roman, dem viele weitere folgten. Lina Albrecht lebt in einer hübschen Kleinstadt im Nordwesten Deutschlands, doch ihre Herzensheimat fand sie auf der idyllischen Nordseeinsel Juist. Nirgendwo kann sie entspannter und glücklicher Geschichten erfinden und die Seele baumeln lassen.

Für Michael,
ohne den ich Juist vielleicht nie kennengelernt hätte.
Danke für die wunderschönen gemeinsamen Stunden
dort und natürlich auch an vielen anderen Orten.
Lass uns noch oft gemeinsam entspannen und einfach
nur die Stunden und Tage genießen!

1. Kapitel

»Mauve«, sagte die Braut und schaute wild entschlossen über den Rand ihrer modischen Brille mit dem schwarzen Gestell und den großen Gläsern.

»Mauve?«, vergewisserte sich Marie und gab sich große Mühe, nicht allzu entsetzt dreinzublicken. Die Planung einer Hochzeitsfeier war stets eine kniffelige Angelegenheit. Die Grundregel dabei war, dass die Braut ihren Willen bekam. Leider gab es nicht wenige Bräute, die mehrfach ihre Meinung änderten. Andere konnten die optische Wirkung ihrer Vorstellungen absolut nicht einschätzen. Wenn sie dann das Ergebnis ihrer Träume sahen, musste in letzter Minute alles geändert werden. Deshalb lautete die Maxime, den Gästen jeden Wunsch zu erfüllen, wie es sich ohnehin für ein Fünfsternehotel gehörte, andererseits jedoch nach Kräften das Schlimmste zu verhindern. Das war oft ein Drahtseilakt. Dennoch oder gerade deswegen liebte sie die Herausforderungen, die mit ihrer Position als Bankettmanagerin des *Albatros* einhergingen. Irgendwie hatte sie noch jede Braut glücklich gemacht. Bis auf die Frauen, die ohnehin nie zufrieden waren.

»Mauve ist meine Lieblingsfarbe. Nicht wahr, Schatzi?«, wandte sich die junge Frau an ihren Zukünftigen.

Der nickte und blickte möglicherweise noch ratloser drein als Marie, die der Verdacht beschlich, dass der arme Mann nicht einmal wusste, was er sich unter dem Farbton Mauve vorzustellen hatte.

»Mauve.« Melanie Schrader, die in wenigen Wochen Melanie Maier mit ai heißen würde, wie sie stolz verkündet hatte, schien sich schon allein an dem Wort zu berauschen. »Blumen, Servietten, Tischdecken … ich will alles in Mauve.«

»Selbstverständlich. Es ist der Anspruch unseres Hauses, ein unvergessliches Fest für Sie zu organisieren.« Marie zauberte jenes strahlende Lächeln auf ihr Gesicht, von dem ihre Assistentin Tina behauptete, genau an diesem Gesichtsausdruck zu erkennen, wenn Marie der Verzweiflung gefährlich nahe war.

Tina hatte ausgerechnet heute ihren freien Tag, sodass Marie die Katastrophe in Mauve allein überstehen musste. Falls es ihr nicht gelang, die Braut von einer anderen Farbwahl zu überzeugen, würde Tina jedoch diejenige sein, die sich auf die Jagd nach mauvefarbenen Kerzen und Servietten machen musste, ganz zu schweigen von den entsprechenden Blumengestecken.

Mit auf den Lippen festgefrorenem Lächeln holte Marie ihr Handy hervor, tippte *Mauve* ein und hielt Melanie Schrader das Display hin, auf dem sich Fotos von mauvefarbenen Kleidern und Wänden geöffnet hatten.

Sie lächelte tapfer weiter, während sie säuselte: »Nur damit wir uns einig sind, um welche Farbe es genau geht. Hier steht, dass Mauve ein ins Grau spielender Lilaton ist. Es könnte also ein wenig …« *trist* sein, doch das sprach Marie wohlweislich nicht aus.

»Ich liebe diese Farbe, weil sie so fröhlich wirkt«, erklärte die künftige Braut mit ernster Miene. »Nicht wahr, Schatzi?«

Schatzi warf ebenfalls einen Blick auf das Handy und zögerte einen winzigen Moment, bevor er heftig nickte.

Möglicherweise hatte dieses Paar sich gesucht und gefunden, weil sie beide farbenblind waren. Vor allem aber funktionierte es zwischen ihnen, weil er ihr in allem zustimmte. Marie bemühte sich, nicht die Augen zu rollen, und trug in die Unterlagen in der Spalte *Farbe der Tisch- und sonstigen Deko* in Großbuchstaben *MAUVE* ein.

»Kommen wir zur Speisenfolge.« Sie zog die nächste Seite des Vordrucks zu sich heran, den sie selbst entworfen hatte und während jeder Vorbesprechung ausfüllte.

»Lobster«, meldete sich der Bräutigam zu Wort. »Das ist mein Lieblingsessen. Auf jeden Fall einen Gang mit Lobster.«

In der Hoffnung auf lautstarken Protest schaute Marie die Braut an. Doch zu ihrem Erstaunen lächelte und nickte Melanie Schrader. Selbstverständlich lächelte Marie ebenfalls, während sie krampfhaft überlegte, ob die Braut eine Ahnung hätte, wie es nach einem Hummeressen mit großer Wahrscheinlichkeit um die Festkleider und Anzüge ihrer Gäste bestellt sein würde, ganz zu schweigen vom Brautkleid. Sie unterdrückte einen Seufzer. Diese Vorbesprechung würde sich zweifellos sehr in die Länge ziehen. Und dabei war nicht einmal die Brautmutter anwesend.

Tatsächlich verließ Marie das Hotel erst gegen sechs Uhr abends nach einer über dreistündigen Besprechung mit dem Brautpaar. Immerhin hatte sie die Lobster-Katastrophe verhindern können, indem sie als Vorspeise einen Meeresfrüchteteller vorgeschlagen hatte, auf dem die einzelnen Elemente verzehrfertig angerichtet werden sollten. Weil es doch immer wieder Menschen gäbe, hatte sie argumentiert, die mit dem Hummerbesteck Schwierigkeiten hätten.

Bei Mauve war es jedoch geblieben. Natürlich würde es kein Problem sein, die Tische und den Saal in lilastichiges Grau zu tauchen. Allerdings bestand nach Maries Erfahrung dann die Gefahr, dass die Braut bei dem trüben Anblick, den der Festsaal zwangsläufig bieten würde, in Tränen ausbrechen und eine sofortige Änderung der Dekoration verlangen würde. Doch selbst in diesem Fall würde Marie eine Lösung finden. Sie fand immer eine Lösung – eine Fähigkeit, die dafür gesorgt hatte, dass sie bereits mit Ende zwanzig die Bankettabteilung in einem der besten und teuersten Hotels Hamburgs leitete. Wer in der Hansestadt lebte und über viel Geld verfügte, lud zu Geburtstagsfeiern, Jubiläen und natürlich auch zu Hochzeiten in einen der Ball- oder Bankettsäle des *Albatros* an der Binnenalster ein.

Bevor Marie in die S-Bahn nach Altona stieg, um nach Hause zu fahren, genoss sie noch ein wenig die Feierabendstimmung in der Innenstadt, bummelte am Wasser entlang und betrachtete die Schaufenster. Es war ein milder Abend Anfang Juli, und die Plätze vor den Straßencafés waren fast alle besetzt. Marie könnte zum Handy greifen. Sie könnte Gerit anrufen und fragen, ob er Lust zu einem Drink in der Abendsonne hätte. Doch sie überlegte es sich anders. Er machte praktisch nie vor acht oder neun Uhr Feierabend.

Sie war schon fast an der Boutique vorbei, als sie aus dem Augenwinkel den Bikini bemerkte. Weiß mit leuchtend roten Mohnblüten. Entschlossen betrat sie den eleganten Laden, in dem die wenige Ware auf schimmernden Messinggestellen verteilt war. Einige Teile hingen auf Bügeln, andere wirkten wie lässig hingeworfen, ein paar waren straff zwischen den Metallstangen gespannt. Außer Marie befand sich keine weitere Kundin in der Boutique, was eventuell daran lag, dass das Geschäft bald schloss – vielleicht aber auch an den stolzen Preisen.

»Guten Abend. Was kann ich für Sie tun?« Die spindeldürre Verkäuferin stakste auf unendlich hohen Absätzen auf sie zu. Bei diesem Anblick zog Marie, die normalerweise mit ihrer Figur ganz zufrieden war, automatisch den Bauch unter dem engen Kostümrock ein.

»Der weiße Bikini im Fenster. Der mit den Mohnblüten«, sagte sie und erwiderte entschlossen den kritischen Blick, mit dem die gefärbte Blondine sie musterte. Immerhin hatte sie etwas, womit sie den Bikini ausfüllen konnte. »Größe 40«, fügte sie mit erhobenem Kopf hinzu. Gerit liebte ihre Kurven, wie er ihr schon mehrfach beteuert hatte.

»Wir führen diesen Bikini in den Größen 34 bis 40. Für üppigere Figuren eignet sich der Schnitt nicht.« Die Verkäuferin kniff ihre wässrigen blauen Augen zusammen und schielte unter dem Dach aus künstlichen Wimpern vage in Maries Richtung.

»Ich nehme ihn«, erklärte Marie entschlossen.

Schweigend ging die Verkäuferin zu einem der Messinggestelle, nahm einen Bügel, an dem zwei winzige Stoffstücke baumelten, und hielt ihn Marie hin.

»Die Kabine ist dahinten.« Sie zog die fadendünnen Brauen hoch und ruckte mit dem Kopf in die betreffende Richtung wie ein Huhn, das nach einem Korn pickt.

»Ich nehme ihn«, wiederholte Marie mindestens ebenso hoheitsvoll. »Größe 40 passt. Immer.«

»Sie sollten ihn lieber anprobieren. Gerade in den großen Größen ist es oft schwierig.« Die Brauen verschwanden unter dem strohigen Blondhaar.

»Bei mir nicht«, behauptete Marie kühl. »Ich zahle mit Karte.« Sie dachte nicht daran, sich von dieser Frau verunsichern zu lassen, schließlich hatte sie schon genügend harte Verhandlungen mit Lieferanten geführt. Falls der Bikini doch nicht passte, würde sie ihn zurückbringen.

Zehn Minuten später fuhr sie mit der S-Bahn die wenigen Minuten nach Altona, machte noch einen Abstecher in den türkischen Gemüseladen an der Ecke und war endlich zu Hause. Sie schloss die Wohnungstür im zweiten Stock auf und streifte im Flur mit einem erleichterten Seufzer die Pumps ab.

Sie liebte ihre neuen Schuhe von Christian Louboutin aus schwarzem Lackleder mit unsichtbaren Nähten. Natürlich war es nicht sonderlich bequem, den ganzen Tag auf Stilettos herumzulaufen, aber wann immer sie hinunter auf ihre Füße schaute, fand sie, dass es die Mühe wert war.

Marie lehnte sich neben der kleinen Garderobe an die Wand und massierte erst ihren rechten, dann ihren linken Fuß. Als sie ihre Zehen wieder spürte, ging sie auf Strümpfen weiter in die Küche, um ihre Lebensmitteleinkäufe zu verstauen. Anschließend ließ sie sich im Wohnzimmer auf die Couch fallen und griff nach ihrem Handy. Mittlerweile war es fast acht Uhr, sodass sie davon ausgehen konnte, dass Gerit Zeit für sie hatte.

»Ich habe eine sexy Überraschung für dich«, verkündete sie übermütig, als er sich endlich meldete. »Du bekommst sie aber erst im Urlaub zu sehen.«

»Hm«, machte er. Im Hintergrund hörte sie die Tastatur seines Computers klappern.

»Du bist noch bei der Arbeit?«, fragte sie.

»Hm«, wiederholte er und fügte hinzu: »Immerhin wollen wir übermorgen nach Jamaika fliegen. Und im Unterschied zu dir habe ich eine eigene Firma, um die ich mich kümmern muss. Es gibt eine Menge zu regeln, bis man hier drei Wochen auf mich verzichten kann.«

»Ich muss auch noch eine Hochzeit organisieren, bevor ich aus Hamburg verschwinden kann«, verteidigte sich Marie.

Gerit schwieg, und sie hörte, dass er weitertippte.

»In meiner Küche stehen Fladenbrot, frisches Gemüse, eingelegte Weinblätter und alle Zutaten für den Dip, den du neulich so gern mochtest. Kommst du zu mir, wenn du mit der Arbeit fertig bist?«

»Das kann aber dauern.«

»Kein Problem. Es ist ein kalter Imbiss.« Marie überlegte, ob sie Gerit schon heute den neuen Bikini vorführen sollte, falls er so gut passte, wie sie es sich vorstellte. Sie hatten seit fast einer Woche keinen einzigen Abend und erst recht keine Nacht miteinander verbracht. Natürlich lagen drei ganze Wochen eines wunderschönen gemeinsamen Urlaubs vor ihnen, aber es gab noch einiges dafür zu besprechen.

Gerit seufzte. »Wenn es zu spät wird, mache ich mir ein Brot und haue mich hin.«

»Vielleicht wäre es besser, wenn ich …« Sie stockte und biss sich auf die Unterlippe. Sie hatte ihm vorschlagen wollen, in seine Wohnung zu fahren, dort den Imbiss zuzubereiten und auf ihn zu warten. Normalerweise war sie zu klug, einem Mann nachzulaufen. Vielleicht wusste sie nicht viel über Männer, aber dass sie das, was ihnen auf dem Silbertablett angeboten wurde, in der Regel nicht sonderlich schätzten, war ihr klar. Allerdings fand sie es bei Gerit schwierig zu entscheiden, wie sehr sie ihm entgegenkommen musste, damit er sie neben all seinem Stress überhaupt bemerkte.

»Komm einfach, wenn du fertig bist. Wenn ich Hunger bekomme, fange ich schon mal an«, sagte sie in lockerem Ton und beschloss, dass er den Bikini vor dem Urlaub nicht zu sehen bekommen würde.

»Hm«, machte er wieder und legte auf.

Obwohl ihr der Magen knurrte, ließ sich Marie bei der Zubereitung des Abendessens Zeit. Als sie das Gemüse in hübsche Streifen geschnitten und den Dip angerührt und mehrmals abgeschmeckt hatte, war es neun Uhr. Sie deckte den Tisch, öffnete eine Flasche Weißwein und schenkte sich ein Glas ein. Der Wein betäubte ihre Magennerven und half gegen den Hunger. Deshalb gönnte sie sich noch ein halbes Glas. Da sie seit mittags nichts gegessen hatte, fühlte sie sich anschließend leicht beduselt.

Marie starrte das Schälchen mit dem Dip an, pickte mit dem feuchten Zeigefinger einen Krümel von den Brotfladen auf, schob ihn zwischen die Lippen und stellte fest, dass sie keinen Appetit mehr hatte. Das kam wahrscheinlich vom Wein.

Gerade wollte sie aufstehen, um den Dip im Kühlschrank kaltzustellen, als ihr Handy läutete. Gerit! Sicher wollte er ihr sagen, dass er unterwegs war.

Marie griff zum Telefon, tippte hastig auf das grüne Symbol und nahm sich vor, nicht zu überschwänglich zu reagieren.

»Hallo?«, sagte sie, wippte beschwingt mit dem Fuß und tat, als wüsste sie nicht, wer sie anrief.

Aus ihrem Handy kam ein Räuspern.

»Bist du erkältet?«, fragte Marie erschrocken. Es wäre äußerst ungünstig, wenn er so kurz vor dem Urlaub krank würde. »Ich könnte dir eine Hühnersuppe heißmachen. Im Tiefkühlfach habe ich …«

»Vielen Dank, aber das wird nicht nötig sein. Spreche ich mit Marieke Janssen?«

Marie zuckte zusammen und richtete sich mit einem Ruck kerzengerade auf. »Wer ist da?«

Sie hasste ihren Taufnamen, weil er so … nach ostfriesischem Inselmädchen klang, und nannte sich, seit sie in Hamburg lebte, Marie.

»Doktor Philipp Siemon«, sagte die Stimme.

»Sie haben sich verwählt. Aber wenn Sie Hunger haben … Hier steht eine Menge Essen rum.« Sie wusste nicht, ob sie die Situation lustig finden sollte oder ob die Enttäuschung überwog.

»Das ist ein verlockendes Angebot«, erklärte der Fremde. »Ich fürchte aber, der Weg ist zu weit.«

»Von wo rufen Sie an?«, erkundigte sie sich.

»Juist.«

»Juist?« Erschrocken riss sie die Augen auf. Das konnte kein Zufall sein. »Wer sind Sie?«

»Ich bin der Inselarzt.«

»Stimmt nicht«, widersprach sie triumphierend. »Auf Juist gibt es nur einen Arzt, und das ist Doktor Schenk.«

»Doktor Schenk ist vor vier Monaten in den Ruhestand gegangen. Ich bin sein Nachfolger.«

»Hm«, machte Marie und runzelte angestrengt die Stirn. »Geht es ihm gut? Meinem Vater, meine ich.«

Eine Weile herrschte Stille am anderen Ende der Leitung. Marie legte die Hand gegen ihre Kehle, die plötzlich so eng war, dass sie schlecht Luft bekam.

»Was ist mit ihm?«, ächzte sie und überlegte krampfhaft, wann sie zuletzt mit ihrem Vater gesprochen hatte. Das war schrecklich lange her. Was seinen Grund hatte. Aber wenn es nun plötzlich gar keine Gelegenheit mehr geben würde, mit ihm zu reden, wäre das … furchtbar.

»Tut mir leid, ich wollte Ihnen keine Angst machen. Ihr Vater ist nicht ganz gesund, aber er ist äußerst starrsinnig, was in der Regel ein Zeichen dafür ist, dass der Patient noch einige Energie und Kraft zur Verfügung hat.«

»Sie haben mir einen Schrecken eingejagt«, beklagte sich Marie und starrte die Weinflasche vor sich auf dem Tisch an. Eben war ihr Kopf noch brutal klar gewesen, jetzt zogen wieder sanfte Nebelschwaden durch ihr Gehirn. »Warum rufen Sie mich so spät an, wenn es meinem Vater gut geht?«

»Er hat mir erzählt, dass Sie sehr viel arbeiten. Oft bis in den späten Abend hinein. Deshalb dachte ich, es ist in Ordnung, wenn ich Sie gegen halb zehn noch anrufe.«

Marie schwieg und wartete.

»Wenn Ihr Vater sich nicht bald zu einer dringend notwendigen Herzoperation entschließt, wird er ernste gesundheitliche Probleme bekommen«, fuhr Doktor Siemon fort.

»Liegt er im Krankenhaus?« Sie blinzelte, um das Bild ihres Vaters auf einer Intensivstation, umgeben von piepsenden Geräten, zu vertreiben.

»Wenn er im Krankenhaus läge, wären wir schon einen großen Schritt weiter. Aber da bekomme ich ihn nicht hin. Er behauptet, er könne die Insel nicht verlassen, weil er seine Pension niemandem anvertrauen kann.« Der Arzt schwieg, als würde er eine Antwort erwarten, doch was sollte Marie dazu sagen? Natürlich war ihr Vater nicht bereit, die Insel zu verlassen. Und Krankheit hatte er schon immer für unmännlich gehalten. Was sollte sie daran ändern?

»Sie sind seine einzige Tochter. Die einzige nahe Verwandte, die er noch hat, soweit ich weiß«, fuhr Doktor Siemon schließlich fort.

»Mein Vater und ich … Wir haben kein besonders enges Verhältnis zueinander. Erst recht nicht seit dem Tod meiner Mutter. Was genau ist denn das Problem mit seinem Herzen?«

»Das darf ich Ihnen wegen der ärztlichen Schweigepflicht nicht sagen«, erklärte Doktor Siemon wichtig. »Es ist ein ernstes Problem, und Sie sind seine Tochter.«

»Ich weiß«, antwortete sie und verdrehte die Augen, sodass sie die Weinflasche plötzlich doppelt sah. »Trotzdem werde ich nicht helfen können … Wir reden kaum miteinander.«

»Dann wird es höchste Zeit, damit anzufangen. Sie sollten nach Juist kommen. So schnell wie möglich.«

»Mein Vater will mich dort nicht, glauben Sie mir.«

»Kommen Sie her, und reden Sie mit ihm. Letztlich werden Sie beide froh sein, dass Sie sich ausgesprochen haben. Glauben Sie mir.«

Marie schnaubte empört. »Ich denke nicht dran, Ihnen was auch immer zu glauben! Wie wollen Sie das wissen? Sie kennen uns doch gar nicht.«

»Ich kenne Ihren Vater. Und ich sehe, dass er nicht nur herzkrank, sondern auch einsam und verbittert ist.«

»Er ist schließlich derjenige …« Sie stockte, griff nach der Weinflasche, füllte ihr Glas und leerte es zur Hälfte, bevor sie fortfuhr. »Das diskutiere ich nicht mit Ihnen, denn es geht Sie nichts an.«

»Wenn der Körper krank ist, braucht er nicht nur Tabletten, um zu gesunden«, erklärte der lästige Arzt mit sanfter Stimme.

»Wie stellen Sie sich das vor? Dass ich komme, meinem Vater sage, er soll sich operieren lassen, und dann tut er, was ich will?«

»So in etwa. Vor allem sollen Sie ihm versprechen, dass Sie sich um die Pension kümmern, bis er es wieder selbst tun kann.«

»Das geht nicht. Ich habe einen Job. Hier in Hamburg.«

»Dann nehmen Sie Ihren Jahresurlaub. Vier Wochen müssten erst einmal reichen.«

»Vier Wochen?« Bei dem Gedanken, einen ganzen Monat auf Juist zu verbringen, wurde ihre Stimme so schrill, dass sie ihr in den eigenen Ohren wehtat. »Das geht erst recht nicht. Ich fliege übermorgen für drei Wochen in die Karibik.«

Schweigen am anderen Ende der Leitung. Ein sehr langes Schweigen.

»Sind Sie noch da?«, fragte sie schließlich.

»Ja«, erwiderte er, mehr nicht.

»Es ist nicht so, dass es nur um Strand und Sonne geht«, erklärte sie hastig, leerte ihr Glas und schielte hinüber zur Weinflasche. Sie wollte eigentlich nichts mehr trinken, aber dieser Abend wurde von Minute zu Minute schlimmer. Dennoch widerstand sie der Versuchung. Ihr war ohnehin schon ganz schwummrig zumute, obwohl sie still auf ihrem Stuhl saß.

»Es ist der erste gemeinsame Urlaub mit meinem Freund. Wir brauchen die Zeit für uns. Damit er merkt, wie schön es ist, wenn wir den ganzen Tag zusammen sind. Dann fragt er mich sicher, ob ich bei ihm einziehe. Er hat eine wunderschöne Wohnung in der Hafencity. Mit einer großen Dachterrasse und viel Platz. Dort wären wir bestimmt sehr glücklich. Wenn er nur …« Sie stockte, weil ihr plötzlich bewusst wurde, dass sie mit einem Wildfremden über ihre geheimen Wünsche und Träume sprach. Das konnte nur daran liegen, dass sie nach dem langen Tag im Hotel, der anstrengenden Besprechung mit dem Brautpaar und ein paar Gläsern Wein kaum noch wusste, was sie von sich gab.

»Darf ich etwas dazu sagen?«, ließ sich der Arzt vernehmen.

Sie öffnete den Mund, um ihm zu erklären, dass seine Meinung sie nicht interessierte, doch da sprach er schon weiter: »Wenn Sie mit diesem Mann in Urlaub fahren müssen, um ihn zum Zusammenleben zu bewegen, sollten Sie sich das Ganze noch mal überlegen. Aber eigentlich spielt es momentan sowieso keine Rolle. Ihr Vater braucht Sie.«

»Mischen Sie sich gefälligst nicht in mein Leben ein«, fauchte Marie. »Das geht Sie alles überhaupt nichts an.« Sie hielt die Luft an, konnte jedoch ein lautes »Hicks« nicht unterdrücken.

Durchs Telefon kam ein amüsiertes Lachen, das sie prompt noch wütender machte. »Dann sollten Sie mir nichts über Ihre Probleme mit Ihrem Freund erzählen. Und Ihr Vater geht mich sehr wohl etwas an. Er ist mein Patient. Und obwohl Sie bis jetzt nicht meine Patientin sind, erlaube ich mir, Ihnen einen ärztlichen Rat …«

»Ich habe nicht vor, jemals Ihre Patientin zu werden«, fiel Marie ihm ins Wort.

»Wenn Sie nach Juist kommen und aus irgendeinem Grund medizinischen Beistand brauchen, wird Ihnen nichts anderes übrig bleiben. Ich bin der einzige Arzt auf der Insel«, sagte er ungerührt.

»Ich habe eine stabile Gesundheit«, erklärte sie barsch.

»Alkohol in größeren Mengen ist dem Immunsystem nicht zuträglich«, sagte er. »Einige Wochen in der guten Luft und der Ruhe der Insel werden Ihnen in jedem Fall guttun. Sie wirken angespannt. Hier auf Juist werden Sie sich nicht einsam fühlen und auch nicht abends allein trinken müssen.«

»Ich trinke nicht allein«, stieß Marie hervor und stockte, weil ihr klar wurde, dass sie dem Arzt gerade das Gegenteil bewies. Sie hörte selbst, dass sie angeschickert nuschelte.

Am anderen Ende der Leitung antwortete ihr beredtes Schweigen.

Marie stieß einen tiefen Seufzer aus. »Mag sein, dass man auf Juist nicht mal allein trinken kann. Man hat so gut wie nie seine Ruhe. Und alle wissen alles über jeden.«

»Wann ist Ihr erster Urlaubstag?«, erkundigte sich der Arzt.

»Übermorgen. Aber wie ich schon sagte … ich werde nach Jamaika fliegen. Die Reise ist gebucht.«

»Ich kenne Sie nicht persönlich, nur aus gelegentlichen Bemerkungen Ihres Vaters, aber ich bin sicher, dass Sie ihn nicht im Stich lassen werden, um Urlaub in der Karibik zu machen.«

»Sie kennen mich tatsächlich nicht, und mein Vater kennt mich im Grunde genauso wenig«, sagte Marie, doch an dem leisen Rauschen im Telefon hörte sie, dass Doktor Siemon aufgelegt hatte.

»Ich werde nicht hinfahren«, erklärte sie in Ermangelung eines Gesprächspartners der Stehlampe in der Ecke. »Auf gar keinen Fall.«

2. Kapitel

Eine heftige Böe zerrte an Maries Haaren. Mit einem Seufzer zog sie das Seidentuch, das sie um den Hals trug, über ihren Kopf. Das sah sicher schrecklich aus, spielte aber keine Rolle, weil niemand, den sie kannte, sie hier sehen würde. Jedenfalls niemand, auf dessen Meinung sie Wert legte.

Der nächste Windstoß wehte ihr eiskalte Gischt ins Gesicht. Ein paar Möwen umkreisten sie, wohl um festzustellen, ob sie etwas Essbares in den Händen hielt. Sie wedelte mit den Armen und zog ernsthaft in Erwägung, in die Innenräume der Fähre zu gehen. Hier draußen war es kalt und ungemütlich, aber dafür hatte sie das Oberdeck für sich allein, während dort unten kreischende Kinder herumrannten, Hunde hysterisch bellten, Paare sich nach einer langen Anreise genervt stritten und über allem der fade Geruch von abgestandenem Filterkaffee hing.

Nach mehreren warmen Sommerwochen war urplötzlich das Wetter umgeschlagen. Wie herrlich wäre es gewesen, an einem solchen Tag zu einem Jamaika-Urlaub aufzubrechen und zu wissen, dass sonnige Strände und karibische Nächte auf sie warteten. Wenn Wind und Kälte auf der Fähre ein Vorgeschmack auf das Wetter auf der Insel waren, konnte sie sich gratulieren.

Angeblich gab es Urlauber, die es liebten, wenn ein Strandspaziergang einem Ringkampf gegen den Wind ähnelte und das Meer einem brodelnden Wasserkessel glich. Auch in Hamburg waren graue, windige Tage nicht gerade selten, aber dort gab es genügend Möglichkeiten, die Zeit angenehm zu gestalten. Es gab unzählige Bars und Restaurants, Kinos und Theater. Museen veranstalteten Sonderausstellungen, und Stars gaben Konzerte. Auf Juist hingegen, nun ja, dort boten Meer und Strand das größte Schauspiel.

Marie wandte den Kopf, und in genau diesem Moment tauchte die Insel im Dunst auf, die allgemein als Deutschlands schönste Sandbank bezeichnet wurde. Schmal und graugrün lag die unbewohnte östliche Spitze mit dem Vogelschutzgebiet im aufgewühlten Wasser. Mit zusammengekniffenen Augen betrachtete Marie das Stückchen Land in Meer, auf dem sie aufgewachsen war.

Als kleines Mädchen hatte sie niemals einen Gedanken an die große weite Welt abseits der Insel verschwendet. Der Strand und die Dünen, die schmalen Straßen, die Inselbewohner, die sie fast alle mit Namen kannte, die Möwen und die Pferde, die in schweren Wagen alles herumfuhren, was es zu transportieren gab, hatten ihr genügt.

Dann war der Tag kurz nach ihrem fünfzehnten Geburtstag gekommen, an dem sich alles geändert hatte. Der Tag, an dem sie beschlossen hatte, Juist so bald wie möglich zu verlassen. An diesem Tag hatte sie sich zum ersten Mal verliebt. In einen Jungen aus Dortmund, der mit seinen Eltern auf der Insel Urlaub gemacht hatte. Er war fast zwei Jahre älter gewesen als sie und cooler als alle Jungs von der Insel, sogar cooler als sämtliche Urlauber, die sie bis zu diesem Sommer kennengelernt hatte. Wenn er sie küsste, hatte sie das Gefühl gehabt, sie könnte sich wie eine Möwe in die Luft erheben und einfach davonfliegen. Weit fort von dem schmalen Stück Land im Meer, mitten hinein in die ferne, große Welt, aus der er gekommen war. Dorthin, wo alles so aufregend und neu war wie Jonas, ihre große Liebe.

Nach zwei Wochen hatte Jonas mit seinen Eltern die Fähre bestiegen und war ebenso plötzlich aus ihrem Leben verschwunden, wie er es von einem Tag auf den anderen auf den Kopf gestellt hatte. Niemals war eine Antwort auf einen ihrer Briefe gekommen, obwohl er versprochen hatte, dass sie in Verbindung bleiben und sich bald wiedersehen würden.

Einige Monate später war Jonas nur noch eine ferne, wehmütige Erinnerung gewesen. Geblieben war nur ein wunder Fleck in ihrem Herzen, der lange brauchte, um zu heilen. Ihren Plan jedoch, Juist den Rücken zu kehren und auf dem Festland zu leben, vergaß sie nicht.

Nach der zehnten Klasse hatte sie ohnehin die Insel verlassen müssen, um das Abitur zu machen. Das taten die Juister Schüler, ebenso wie die Jugendlichen von einigen anderen Nordseeinseln, traditionsgemäß im Internatsgymnasium in Esens. Zu ihrem eigenen Erstaunen hatte sie dort erst einmal unter Heimweh gelitten. Aber sie war sehr jung gewesen, das erste Mal länger von zu Hause weg, und die Kleinstadt Esens bot nicht viel mehr Aufregung und Anregung als ihre Heimatinsel.

Nun jedoch lebte sie sehr zufrieden in Hamburg, wo sie ihre Hotelausbildung gemacht und anschließend ihre Karriere gestartet hatte. Nichts zog sie mehr nach Juist. Im Gegenteil. Sie mied die Insel, denn die anklagenden Blicke und das beredte Schweigen ihres Vaters ertrug sie nur schwer. Und der leere Platz am Tisch – ganz besonders der machte ihr zu schaffen …

Das Vibrieren des Handys in ihrer Jackentasche riss Marie aus ihren Gedanken. Sie angelte das Telefon hervor, sah den Namen auf dem Display, lächelte und meldete sich.

»Wie schön, dass du anrufst, Gerit. Ich vermisse dich schon jetzt ganz schrecklich.« Mit dem Blick folgte sie einer Möwe, die pfeilschnell über den Wellen durch die Luft glitt.

Gerit murmelte etwas, das sie nicht verstand.

»Was sagst du?«, rief sie gegen den Wind an, der in ihren Ohren rauschte.

»Ich bin beim Kofferpacken«, sagte er, und dieses Mal kam der Satz klar und deutlich bei ihr an, weil der Sturm gerade eine Pause machte. Jedes von Gerits Worten durchfuhr sie wie ein kleiner Elektrostoß.

»Ich nehme an, du packst nicht, um nach Juist zu kommen?«, wagte sie nach kurzem Zögern zu fragen.

»Umbuchen ist nicht möglich, und ich habe nicht vor, die teure Reise verfallen zu lassen«, sagte Gerit, ohne ihre Frage einer Antwort zu würdigen. »Du weißt, wie hart ich arbeite. Also werde ich wie geplant heute Abend fliegen. Du kannst einen Linienflug buchen und in ein paar Tagen nachkommen. Auf diese Weise haben wir immer noch mehr als zwei gemeinsame Wochen in Jamaika.«

»Ich weiß nicht, wie lange ich brauchen werde, um meinen Vater dazu zu bringen, ins Krankenhaus zu gehen. Und dann muss ich noch jemanden finden, der sich solange um die Pension kümmert«, sagte Marie unglücklich.

Natürlich hatte Gerit sich den Urlaub nach all der Arbeit des vergangenen Jahres mehr als verdient, und schließlich machte es keinen Unterschied, ob er in Hamburg auf sie wartete oder auf Jamaika. Es war albern, enttäuscht zu sein.

»Das schaffst du schon.« Gerit klang gehetzt. Sie hörte es klappern. Offenbar packte er nebenbei weiter. »Ich muss mich beeilen. Meine Sommerhemden sind noch in der Wäscherei. Ich melde mich, wenn ich gelandet bin.«

»Dann wünsche ich dir …«, begann Marie, doch er hatte schon aufgelegt.

Während die Fähre an der Insel entlang zum Anleger fuhr, konnte Marie durch ihre Tränen kaum etwas erkennen. Aber das spielte keine Rolle. Auf Juist gab es schließlich nichts zu sehen, was sie nicht schon ihr Leben lang kannte.

Als die Stimme des Kapitäns durch den Lautsprecher über ihrem Kopf blechern die baldige Ankunft auf Juist verkündete, beeilte sich Marie, zum Ausgang zu gelangen, wo sich in Kürze die Touristen drängeln würden.

Tatsächlich erreichte sie mit dem ersten Dutzend Reisender die Kontrollschranke in der Ankunftshalle am Fährhafen.

»Tach, Marieke. Auch mal wieder auf der Insel? Da wird sich dein Vater aber freuen.«

Marie zuckte zusammen. Sie war so lange nicht auf Juist gewesen, dass sie ganz vergessen hatte, dass es unmöglich war, hier auch nur einen Schritt zu tun, ohne jemandem über den Weg zu laufen, der sie seit ihrer Geburt kannte und alles über sie und ihre Familie wusste.

Außerdem nannte sie hier auf Juist jeder Marieke, und sie wusste genau, das würde sich auch nicht ändern, egal wie oft sie betonte, dass sie Marie genannt werden wollte.

»Hallo, Fenja«, erwiderte sie knapp.

»Hab vorhin noch deinen Vater gesehen. Er hat gar nicht erzählt, dass du kommst.« Fenja lächelte sie harmlos an, obwohl sie natürlich von dem Streit bei den Janssens wusste.

»Du weißt doch, dass er nicht viel redet.« Marie schob den Riemen ihrer Tasche höher auf die Schulter und verließ die Halle.

Draußen standen schon die ersten Gepäckwagen, die mithilfe eines kleinen Traktors von der Fähre gezogen wurden. Ungeduldig wartete Marie, bis der Wagen mit ihrer Nummer in der Reihe stand und der Mann in der gelben Regenjacke die Schnüre der Plane geöffnet hatte, sodass sie ihren Koffer herauszerren konnte.

»Entschuldigen Sie …« Die ältere Dame, die sie von der Seite ansprach, reichte Marie kaum bis zur Schulter. »Könnten Sie mir bitte helfen? Mein Koffer ist der da.« Sie deutete auf einen riesigen dunkelblauen Rollkoffer mit Blumenmuster.

Nur mit Mühe gelang es Marie, das Ungetüm aus einem der oberen Fächer zu wuchten und auf den Boden zu stellen.

»Kommen Sie damit zurecht?«, erkundigte sie sich, und betrachtete die zarte Frau besorgt. Im *Hotel Albatros* musste sich kein Gast selber mit seinem Gepäck abquälen. Hier auf Juist in der Regel auch nicht, jedenfalls theoretisch.

»Es kommt darauf an, wie weit es ist«, sagte die alte Dame unsicher. »Eigentlich sollte ich wohl abgeholt werden, aber ich fürchte, ich habe vergessen mitzuteilen, dass ich doch lieber die Fähre nehme als ein Flugzeug. Soll ja alles so sein, wie es die Touristen seit vielen Jahren machen.« Der Blick der erstaunlich hellblauen Augen verirrte sich hinauf in den wolkenverhangenen Himmel und kehrte dann zu Marie zurück. »Können Sie mir erklären, wie ich zur *Pension Sandstern* komme?«

»Da will ich auch hin. Wir können zusammen gehen.« Marie unterdrückte einen Seufzer. Normalerweise legte sie den Weg vom

Anleger zur Pension in einer knappen Viertelstunde zurück. Mit der alten Dame im Schlepptau würde es sicher doppelt so lange dauern.

Entschlossen ging Marie hinüber zu den Handwagen, die den Gästen für ihr Gepäck zur Verfügung standen, und suchte einen, an dem ein Schild mit der Aufschrift *Sandstern* befestigt war. Sie lud das geblümte Gepäckstück und ihren eigenen Koffer auf und sah die alte Dame an. »Wollen wir?«

»Wir haben uns noch gar nicht vorgestellt«, sagte die Touristin streng.

»Entschuldigung. Marie Janssen.« Marie lächelte etwas angestrengt und langte nach dem Griff des Handwagens.

»Ich bin Frau Beck. Karoline Beck.« Die alte Dame rührte sich nicht von der Stelle. Offenbar hatte sie nicht vor, sich drängen zu lassen. Sie schaute Marie fragend an. »Janssen? Sind Sie mit Herrn Janssen von der *Pension Sandstern* verwandt?«

»Ich bin seine Tochter«, gestand Marie widerstrebend.

»Dann sind Sie also keine Touristin, sondern kehren nach Hause zurück. Haben Sie auf dem Festland Erledigungen gemacht? Alles gibt es sicher nicht auf so einer kleinen Insel.«

»Das stimmt.« Marie behielt für sich, dass sie mitnichten nach Hause zurückkehrte, sondern vorhatte, möglichst bald wieder in Richtung Festland zu verschwinden. Ihre Bestätigung galt allein der Tatsache, dass die Bewohner der Insel fast alle in regelmäßigen Abständen das Festland besuchten, sei es, um größere Einkäufe zu tätigen, einen Facharzt zu konsultieren oder einfach mal etwas anderes zu sehen.

Erneut packte sie den Griff des Handwagens und wollte losgehen. Frau Beck machte jedoch immer noch keine Anstalten, sich in Bewegung zu setzen.

»Können wir nicht den Pferdewagen nehmen? Ich habe gehört, dass hier auf der Insel alles mit Pferden transportiert wird.« Die kleine Frau deutete auf die Kutsche, mit der die Gäste des größten Hotels der Insel, das direkt am Strand lag, von der Fähre abgeholt wurden.

»Es tut mir leid, aber das ist ein Privatwagen«, erklärte Marie ein wenig verlegen. Schließlich war sie es an ihrem Arbeitsplatz gewohnt, den Gästen jeglichen Komfort bieten zu können. »Wenn Sie während Ihres Urlaubs Lust auf eine Kutschfahrt haben, lässt sich das arrangieren, aber so auf die Schnelle ist das schwierig. Wir könnten zwar ein Pferdetaxi rufen, doch Sie müssten so lange warten, dass wir in der Zeit längst zu Fuß die Pension erreicht haben. Die Wege auf Juist sind kurz. Fällt Ihnen das Laufen sehr schwer?«

»Überhaupt nicht.« Frau Beck schüttelte entschieden den Kopf »Im vergangenen Jahr waren wir noch in den Alpen wandern. Wir haben zwar keine Hochgebirgstouren gemacht, aber ich behaupte, wir … ich kann es mit deutlich jüngeren Leuten aufnehmen.«

»Umso besser. Dann machen wir uns auf den Weg. Sagen Sie mir, wenn ich zu schnell gehe.«

Auf dem breiten gepflasterten Weg, der vom Anleger in den Hauptort der Insel führte, fand mittlerweile bereits eine Völkerwanderung statt. Die meisten Passagiere der Fähre hatten sich mit ihren Rollkoffern auf den Weg gemacht. Fast alle wirkten so zielbewusst, als würden sie sich bestens auf Juist auskennen. Was wahrscheinlich der Fall war, denn viele Gäste kehrten Jahr für Jahr auf die Insel zurück.

Marie, Frau Beck und der Handwagen hatten den Ortsrand noch nicht erreicht, als die alte Dame schon wieder stehen blieb.

»Augenblick«, rief sie energisch, und Marie blieb nichts anderes übrig, als ebenfalls anzuhalten. Sie unterdrückte einen weiteren Seufzer und wandte sich um.

Frau Beck hatte sich über eine karierte Decke gebeugt, die ein Mädchen von etwa acht Jahren auf der Wiese neben dem Weg ausgebreitet hatte. Das Kind hatte lockiges rotbraunes Haar, das auf dem Hinterkopf zu einem Pferdeschwanz zusammengebunden und mit einer weißen Schleife geschmückt war. Auf der Stupsnase tummelten sich Sommersprossen, und die braunen Augen blitzten keck unter einem langen Pony hervor.

»Was soll das hier kosten?«, erkundigte sich Frau Beck in geschäftsmäßigem Ton.

»Zwei Euro«, erwiderte das Mädchen ebenso sachlich.

Frau Beck kramte in ihrer Handtasche, zog eine Geldbörse hervor und hielt dem Kind eine Münze hin. »Kannst du mir das irgendwie einpacken?«

»Verpackung gibt es nicht dazu.« Auffordernd hielt die kleine Geschäftsfrau ihrer Kundin die Kordel hin, an der mehrere kleine Holzstücke in einer Reihe befestigt waren. »Das ist Treibholz. Hab ich selbst am Strand gesammelt. Am besten hängen Sie es ins Fenster.«

»Mal sehen.« Nach kurzem Zögern nahm Frau Beck ihren Einkauf unverpackt entgegen und hielt das Kunstwerk unschlüssig in der Hand.

Mittlerweile hatte Marie sich die anderen Stücke auf der Decke angesehen. Es gab noch mehr glatte, teils bizarr geformte Holzstücke, einzeln oder durch Kordeln verbunden. Daneben lagen verschiedene Muscheln und von den Wellen geschliffene Steine.

Marie nahm einen Stein mit einem Loch in der Mitte in die Hand. »Sogar einen Hühnergott hast du.«

»Der bringt Glück«, erklärte das Mädchen. »Deshalb kostet er fünf Euro.«

»Ich bin nicht abergläubisch.« Lächelnd legte Marie den Stein zurück auf die Decke. Als Kind hatte sie mehr als einen Hühnergott am Strand gefunden und stolz nach Hause getragen. Wahrscheinlich lag in einer Schublade ihres alten Zimmers in der Pension noch ein ganzer Berg davon. Das sagte sie aber lieber nicht.

»Macht nichts. Den werde ich ganz schnell los«, erklärte die Kleine mit ernster Miene.

Nachdenklich schaute Marie auf das im Gras hockende Mädchen hinunter. Irgendetwas an dem Kind kam ihr vertraut vor, was merkwürdig war, denn während der vergangenen acht Jahre war sie nur sehr selten auf der Insel gewesen, sodass sie es eigentlich gar nicht kennen konnte.

»Verrätst du mir, wie du heißt?«

»Nee. Meine Mutter sagt, ich soll Fremden meinen Namen nicht sagen.« Mit zusammengekniffenen Augen erwiderte das Mädchen ihren Blick.

»Da hat sie wohl recht.« Marie musste lächeln. Das Selbstbewusstsein und die entschiedene Art gefielen ihr.

»Können wir dann bitte weitergehen?«, rief Frau Beck und wedelte so heftig mit ihrer neu erstandenen Kordel, dass die Hölzer gegeneinanderschlugen.

»Tschüss. Ich wünsche dir noch gute Geschäfte«, verabschiedete sich Marie von der kleinen Geschäftsfrau.

»Mhm«, machte das Mädchen und ließ nickend den Pferdeschwanz wippen. »Ich heiße Kaja. Das bedeutet Licht, sagt meine Mutter.«

Durch Maries Körper ging ein Ruck. Plötzlich wusste sie, weshalb sie ihr so bekannt vorkam.

»Deine Mutter …«, begann sie, stockte jedoch abrupt.

»Kennen Sie sie?« Kaja schaute sie interessiert an.

Marie machte eine Kopfbewegung, die irgendwo zwischen Nicken und Verneinen lag, wandte sich hastig ab und folgte endlich Frau Beck, die sie strafend ansah.

»Wir werden das Abendessen in der Pension verpassen«, sagte sie missmutig. »Wir … Ich bin es gewohnt, pünktlich zu essen.«

Marie nickte und marschierte flott mit dem beladenen Handwagen los. Es kam ihr nur entgegen, dass die alte Dame es nun eilig hatte. Karoline Beck hatte nicht die geringsten Schwierigkeiten, neben ihr zu bleiben. Dabei nahm sie ihren rosageblümten Stockschirm beherzt als Gehstock zur Hilfe. Auf diese Weise erreichten sie in Rekordzeit die Pension.

»Da sind wir«, erklärte Marie und öffnete die Pforte im weiß gestrichenen Zaun. Dabei starrte sie das Blechschild mit der Aufschrift *Pension Sandstern* an, das über dem Eingang zum Grundstück an zwei Messingketten von einem hölzernen Bogen herabhing und im

Wind schaukelte. Als sie das letzte Mal hier gewesen war, hatte der Name der Pension noch auf einem verwitterten Holzschild über der Tür gestanden. Immerhin schien ihr Vater in seinen Betrieb zu investieren und auch den äußeren Eindruck nicht außer Acht zu lassen. Wobei ihr das Holzschild besser gefallen hatte, gerade weil es durch Wind und Wetter einen rustikalen Touch gehabt hatte, der gut zu dem Backsteinhaus passte. Sie hätte einfach die Schrift nachmalen lassen. Doch das war Geschmacksache und ging sie letztlich nichts an.

»Das Haus hat ja ein Strohdach«, stellte Frau Beck fest. »Das sieht man auf dem Foto im Internet gar nicht richtig.«

Marie runzelte die Stirn. Falls es tatsächlich so war, handelte es sich marketingtechnisch um einen Fehler. Ein reetgedecktes Dach galt als idyllisch, wenn nicht gar romantisch.

»Ist das denn überhaupt wasserdicht?«, erkundigte sich Frau Beck skeptisch.

Marie wandte hastig den Kopf ab, bevor sie die Augen verdrehte.

»Es gibt diese Art von Dächern hier an der Nordsee seit vielen Jahrhunderten. Ich glaube kaum, dass sie sich so lange gehalten hätten, wenn es durchregnen würde.« Sie packte den Griff des Handwagens und ging an den verlassenen Gartenmöbeln vorbei auf die Eingangstür zu.

»Glauben Sie es, oder wissen Sie, dass es dicht ist?«, beharrte Frau Beck und folgte ihr mit Trippelschritten, als würde sie überlegen, ob sie unter diesen Umständen bleiben wollte.

»Ich weiß es, weil ich hier aufgewachsen bin.« Marie bugsierte den Wagen neben die Hauswand, hob die beiden Koffer heraus und öffnete die Tür, die tagsüber nie abgeschlossen wurde. Gleichzeitig beschloss sie, sich darum zu kümmern, dass in den Buchungsportalen ein hübsches Bild der Pension eingefügt wurde, auf dem das Strohdach deutlich zu erkennen war. Das würde ihrem Vater nicht einmal auffallen, denn was das Internet betraf, war er vollkommen ahnungslos. Das hatte sich sicher nicht geändert.

»Trotzdem gefallen mir die Häuser in Süddeutschland besser. Die

Ziegeldächer, die Holzbalkone und die hübschen Blumenkästen«, lamentierte Frau Beck. »Obwohl ich das nicht sagen sollte. Ich habe beschlossen, unvoreingenommen zu sein.«

»Unvoreingenommenheit ist gut«, sagte Marie, ließ Frau Beck den Vortritt, bugsierte die beiden Koffer durch die Tür und schaute sich in der geräumigen Diele um. Hier hatte sich seit ihrem letzten Besuch nichts geändert. Der große Raum war mit einigen Sesseln, ein paar großen Topfpflanzen, einem Bücherregal und einem Kamin ausgestattet. Er diente den Gästen bei kühlem Wetter als Aufenthaltsraum.

»Ich möchte schnell in mein Zimmer und mich vor dem Essen frisch machen«, drängte Frau Beck. »Wo ist es?«

Marie schaut hinüber zu der geschnitzten Holzleiste, an der die Schlüssel hingen. Auf dem kleinen Pult davor lag das dicke ledergebundene Buch, in das ihr Vater offenbar immer noch die Reservierungen per Hand eintrug, obwohl sie ihm bei jedem ihrer Besuche gesagt hatte, dass man so etwas heutzutage mithilfe eines Computers und einer Reservierungssoftware viel bequemer erledigen konnte.

Sie machte einen Schritt in Richtung der Schlüsselleiste, hielt dann aber inne. »Einen kleinen Moment bitte. Ich hole meinen Vater.«

Natürlich hätte sie im Reservierungsbuch nach dem für Frau Beck gedachten Zimmer suchen und ihr den passenden Schlüssel geben können. Sie wusste jedoch, dass ihr Vater äußerst kreativ mit der Zimmervergabe umzugehen pflegte. Wenn ein Gast ihm nicht sympathisch war oder aber sein besonderes Wohlwollen mit einer freundlichen Bemerkung gewann, bekam dieser Gast nicht selten spontan ein vermeintlich besseres oder schlechteres Zimmer. Meistens vergaß er dann, die Eintragungen im Reservierungsbuch zu ändern. Was insofern niemals ein größeres Problem gewesen war, als Rainulf Janssen in allem, was seine Pension betraf, ein sehr gutes Gedächtnis besaß. Für alle anderen Beteiligten war es jedoch auf keinen Fall klug, sich auf die schriftlichen Unterlagen zu verlassen.

»Hoffentlich verpasse ich nicht das Abendessen«, wiederholte Frau Beck und wedelte mit den Holzstücken an der Kordel.

»Falls die Essenszeit vorbei sein sollte, wird Ihnen selbstverständlich später noch etwas serviert«, beruhigte Marie die Frau, die sich nervös in der verlassenen Diele umschaute.

In diesem Moment trat Maries Vater aus dem Flur neben der Treppe. Marie runzelte die Stirn, als sie seine leicht gebeugte Gestalt und die tastenden Schritte bemerkte. Er sah deutlich älter und gebrechlicher aus, als sie ihn in Erinnerung hatte. Bei ihrem Anblick blieb er ruckartig stehen.

»Marieke! Wo kommst du denn her?«

»Das ist Rainulf Janssen, der Eigentümer der *Pension Sandstern*«, stellte Marie eilig vor. »Und das ist Frau Beck, Papa. Sie hat ein Zimmer reserviert.«

»Moin, Frau Beck. Einen Moment.« Ihr Vater nickte seinem Gast flüchtig zu und schaute wieder Marie an.

»Hast du vor, länger zu bleiben? Wieso hast du nicht wenigstens vorher angerufen?«

»Ich bleibe, solange es nötig ist, Papa«, erklärte Marie mit unbewegter Miene. »Dein Arzt hält es für notwendig, dass ich nach dir schaue. Und weil ich wusste, was du dazu meinst, habe ich nicht angerufen.« Es war Marie peinlich, dass dieses Gespräch in Anwesenheit von Frau Beck stattfand. Privatangelegenheiten gehörten nicht vor die Augen und Ohren der Gäste.

»Seit wann hat der Doktor zu bestimmen, ob du kommst oder gehst?« Rainulf schüttelte den Kopf.

»Welches Zimmer bekommt Frau Beck?«, fragte Marie, ohne auf seine Frage einzugehen. Sie trat hinter das kleine Pult, schlug das Reservierungsbuch auf und suchte das aktuelle Datum.

»Ich möchte das Abendessen nicht verpassen«, ließ sich Frau Beck aus dem Hintergrund vernehmen.

»Ist sowieso schon zu spät. Wir haben schon serviert. Sie kriegen nachher ein Käsebrot. Wenn kein Käse mehr da ist, eben Wurst. Oder sind Sie so ’ne Veganerin? Neulich hatten wir eine hier, das war … schwierig.« Maries Vater schüttelte tadelnd den Kopf.

»Ich bin keine Veganerin. Auch keine Vegetarierin. Und ich will ein anständiges Abendessen, wie es mir zusteht«, erwiderte Frau Beck ebenso streng.

»Selbstverständlich bekommen Sie genau das Essen, für das Sie bezahlen, Frau Beck.« Marie warf ihrem Vater einen raschen Seitenblick zu, und zum Glück schwieg er.

»Zimmer 7«, verkündete sie, als sie im Reservierungsbuch Frau Becks Namen gefunden hatte. Als ihr Vater nicht widersprach, ging sie davon aus, dass die Eintragung richtig war.

»Ist das ein Doppelzimmer, wie ich es bestellt habe?« Frau Beck zupfte an dem buntgemusterten Schal, den sie um den Hals trug.

»Reist Ihr Mann später an?«, erkundigte sich Marie lächelnd.

»Ist es ein Doppelzimmer?«, wiederholte die ältere Dame, ohne auf Maries Frage einzugehen.

»Sie haben nur eine Person angemeldet«, mischte sich Maries Vater ein. »Deshalb habe ich Ihnen das Eckzimmer im ersten Stock gegeben. Vor dort haben Sie einen schönen Blick auf die Dünen. Sie können sogar den Sonnenaufgang sehen.«

»Ist es ein Doppelzimmer? Mit einem Doppelbett?« Frau Beck runzelte die Stirn.

»Nicht direkt. Aber es ist sehr groß …«

»Ich habe ein Doppelzimmer bestellt, und das möchte ich auch haben«, beharrte Frau Beck und begann, in ihrer Handtasche zu wühlen. »Das haben Sie mir schriftlich bestätigt. Ich zeige es Ihnen.«

»Wenn Frau Beck ein Doppelzimmer reserviert hat und es ihr bestätigt wurde«, mischte Marie sich ein, »sollte sie es auch bekommen. Ist eins frei?«

»Nur weil die Leidingers kurzfristig abgesagt haben«, gab ihr Vater widerstrebend zu. »Aber das Zimmer werden wir auf jeden Fall noch los. Wir brauchen mehr Doppel- als Einzelzimmer. Für die Gäste, die tatsächlich zu zweit anreisen.« Er musterte die alte Dame misstrauisch, die triumphierend einen Briefbogen durch die Luft schwenkte, offensichtlich die Reservierungsbestätigung.

Marie hatte sich bereits wieder über das Reservierungsbuch gebeugt und ließ ihren Zeigefinger an den Spalten entlanggleiten. »Dann ist es Zimmer 8«, erklärte sie und nahm den entsprechenden Schlüssel vom Brett.

Ohne auf die wütenden Blicke ihres Vaters zu achten, reichte sie Frau Beck den Schlüssel. »Wenn Sie schon mal nach oben gehen möchten. Ich bringe Ihnen gleich Ihren Koffer. Das Zimmer ist am Ende des Ganges rechts.«

Selbst im Schlaf hätte sie die Lage der zehn Gästezimmer benennen können. Schon als kleines Mädchen hatte sie oft neben ihrer Mutter gestanden, sich auf die Zehenspitzen gestellt und den richtigen Schlüssel vom Brett geangelt, wenn neue Gäste angekommen waren.

Bei dieser Erinnerung war für einen Moment der Schmerz wieder da, und Marie trat hastig hinter dem Pult hervor, als könne sie auf diese Weise Abstand von dem dumpfen Gefühl der Trauer gewinnen.

»Danke.« Frau Beck verschwand auf der Treppe nach oben, ohne Rainulf Janssen noch eines Blickes zu würdigen.

Der war ohnehin damit beschäftigt, Marie zwischen zusammengekniffenen Lidern zu fixieren. Immerhin wartete er, bis oben die Schritte der alten Dame verklungen waren, ehe er loslegte: »Kaum bist du zur Tür rein, mischst du dich in alles ein. Ich komme sonst auch ohne dich klar. Muss ich ja.«

Marie biss sich auf die Unterlippe. Im Grunde hatte er recht. Eigentlich ging es sie nichts an, wie er seine Pension führte. Andererseits … »Es geht nicht, dass du Gästen etwas schriftlich bestätigst und diese Zusage nicht einhältst. Das ist ein rechtliches Problem. Sogar ein Sturkopf wie du muss das einsehen.«

»Sie würde Geld sparen, wenn sie wie jeder normale Mensch, der allein reist, in einem Einzelzimmer wohnen würde. Und ich hätte für Nachfragen noch ein Doppelzimmer frei. So wäre uns beiden geholfen.«

»Offenbar möchte sie nicht, dass ihr auf diese Weise geholfen wird. Dann hätte sie nämlich von vornherein ein Einzelzimmer gebucht.« Ebenso wie ihr Vater verschränkte Marie die Arme vor der Brust.

»Du bist also gekommen, um mir zu zeigen, dass du alles besser kannst und besser weißt. Sehe ich das richtig?« Ihr Vater zog seine buschigen Augenbrauen so weit zusammen, dass sie sich über der Nasenwurzel fast berührten.

Marie, der plötzlich bewusst wurde, dass sie die Haltung ihres Vaters fast exakt spiegelte, löste hastig die verschränkten Arme und ließ sie neben ihrem Körper hängen.

»Nein«, behauptete sie mit schlechtem Gewissen. »Aber diese Sache mit Frau Beck … Wenn sie doch nun mal ein Doppelzimmer bestellt hat und du es ihr bestätigt hast …«

»Ich hätte sie schon davon überzeugt, wie albern das ist. Es ist eine Marotte, und Gäste mit Marotten können wir nicht brauchen. Wir sind kein Luxushotel wie das Ding, in dem du arbeitest. Hier verbringen ganz normale Leute ihre Ferien.«

»Mag ja sein. Trotzdem sollte auch hier der Grundsatz gelten, dass der Gast König ist«, schoss Marie zurück. Das *Albatros* »Ding« zu nennen, ging gar nicht. Sie atmete tief durch, in der Hoffnung, dadurch das wütende Kribbeln in ihrem Magen zu beruhigen.

»Wenn du nur gekommen bist, um die Art, wie ich die Pension führe, schlechtzumachen, kannst du gleich wieder gehen. Sowieso ist es dir auf unserer Insel ja *zu eng*.«

»Dein Arzt hat mich gebeten, nach dir zu sehen. Und nun bin ich hier, und Gerit ist auf dem Weg nach Jamaika.«

»Der Doktor ist ein Spinner. Kommt auch aus der Stadt, so wie du. Nur dass der bleiben will. Komisch ist das.« Maries Vater stützte sich auf die hohe Lehne eines der Sessel vor dem kalten Kamin und wurde plötzlich blass.

Marie erschrak, eilte zu ihm und griff nach seinem Arm, um ihn zu stützen. »Setz dich lieber.«

»Ich kann stehen«, widersprach er, ließ sich aber doch auf das Polster des Sessels niederdrücken.

Marie setzte sich ihm gegenüber, beugte sich vor und starrte ihm angespannt ins Gesicht, in das langsam die Farbe zurückkehrte. »Was ist denn nun eigentlich los mit dir? Doktor Siemon hat angedeutet, dass du operiert werden musst. Aber er wollte mir nichts Genaues sagen. Wegen seiner Schweigepflicht.«

»Ich sag doch – ein Spinner ist das.« Rainulf Janssen schüttelte den Kopf. Dann stemmte er sich an den Armlehnen hoch, stand ein oder zwei Sekunden schwankend neben dem Kamin und marschierte dann entschlossen in Richtung Speisezimmer. Mit der Hand auf der Klinke drehte er sich noch einmal zu Marie um.

»Wo dein Zimmer ist, weiß du ja, Marieke. Ist immer noch so wie bei deinem letzten Besuch, obwohl das zwei Jahre her ist. Zwei Jahre und drei Monate, genauer gesagt. Ich habe schon überlegt, ob ich nicht ein Gästezimmer draus machen soll. Könnten wir in der Hochsaison gut gebrauchen.«

Marie nickte, und dieses Mal drückte sie das schlechte Gewissen auf die Brust. War es tatsächlich mehr als zwei Jahre her, dass sie zuletzt auf Juist gewesen war? Und warum wusste ihr Vater das so genau? Schließlich hatte er durch seine Vorwürfe jeden ihrer Besuche für sie zum Spießrutenlauf gemacht.

»Könntest du …«, begann sie, bevor er im Speisesaal verschwinden konnte.

»Könntest du Marie zu mir sagen? Gefällt mir besser und passt besser zu meinem Leben in Hamburg.«

»Nein«, erwiderte er ohne jedes Zögern. »Du bist auf den Namen Marieke getauft, weil deine Mutter und ich das so wollten. Also heißt du so. Punkt und Schluss.«

Mit diesen Worten öffnete er die Tür zum Gang, der in die Küche und weiter in den Speiseraum führte. Lebhafte Stimmen, das schrille Lachen einer Frau und das Klappern von Bestecken und Porzellan schwappten heraus in die Diele. Dann fiel die Tür wieder ins Schloss, und die Töne erreichten Marie nur noch gedämpft.

Mit einem Seufzer griff sie nach Frau Becks riesigem Koffer und zerrte ihn mühsam die Treppe hinauf. Kurz dachte Marie an die jeweils vier oder fünf Pagen, die an ihrem Hamburger Arbeitsplatz während der üblichen Anreisezeit jeweils Dienst hatten. Und dabei gab es mehrere Aufzüge hinauf zu den Gästeetagen.

Endlich hatte sie den langen Flur im ersten Stock erreicht und rollte den Koffer vor die Tür von Zimmer 8. Sie wollte soeben anklopfen, als sie Frau Becks laute Stimme hörte.

»Ich gebe ja zu, dass die Aussicht ganz nett ist«, sagte die alte Dame soeben. »Dann musst du aber auch zugeben, dass es in den Bergen mindestens ebenso schön ist.«

Rasch klopfte Marie an. Es gehörte sich auf gar keinen Fall, ohne deren Wissen der Unterhaltung von Gästen zuzuhören.

»Herein«, rief Frau Beck energisch.

»Ich bringe Ihren Koffer«, erklärte Marie fröhlich, während sie das schwere Teil über die Schwelle bugsierte. Drinnen stellte sie rasch fest, dass niemand da war, mit dem die alte Dame hätte reden können. Offenbar war sie ein kleines bisschen verwirrt und führte Selbstgespräche.

Marie erklärte Frau Beck den Weg zum Speisesaal, wünschte ihr einen erholsamen Aufenthalt und zog die Tür von außen hinter sich zu. Dann machte sie sich wieder auf den Weg nach unten, um ihren kleinen Trolley zu holen und sich in ihrem Zimmer einzurichten.

3. Kapitel

Marie blieb vor dem kleinen Haus stehen, das sich wie Schutz suchend in eine Kuhle am Rand der Dünen schmiegte. Während ihrer Kindheit hatte hier die alte Frau Selm gewohnt und in ihrem Garten einen kleinen, windzerzausten Apfelbaum gehegt und gepflegt. Obstbäume hatten es schwer auf der Insel. Sie mussten mit Stürmen und dem kargen Boden zurechtkommen, doch Frau Selm sagte man nach, sie habe einen grünen Daumen. Im Schutz ihrer Hauswand blühten im Frühling bunte Blumen, und ihren Apfelbaum nannte sie Alkmene. Damals hatte Marie das für einen Fantasienamen gehalten, inzwischen wusste sie, dass es sich um eine Apfelsorte handelte, benannt nach einer Figur aus der antiken Mythologie.

Nicht nur wegen ihres ungewöhnlich üppigen Gartens hielten die Kinder Frau Selm für eine Hexe. Offenbar gefiel der alten Frau dieser Gedanke, denn neben ihrer Haustür lehnte stets ein Reisigbesen. Vielleicht war das aber auch nur Zufall, und sie hatte keine Ahnung von ihrer Rolle als Inselhexe gehabt.

Nur die mutigsten Kinder trauten sich, im Herbst über den niedrigen Zaun zu steigen und sich einen Apfel vom Baum zu pflücken. Marie hatte es ein einziges Mal gewagt und das heiße Kribbeln der Angst in ihrem Bauch durchaus ein wenig genossen. Während sie jedoch auf einem der unteren Äste gesessen und nach einem Apfel geangelt hatte, war Frau Selm in der Haustür aufgetaucht. Sie hatte laut »Finger weg, du kleine Diebin« gerufen, nach ihrem Besen gegriffen und damit wild in der Luft herumgefuchtelt. Vor Schreck hatte sich Marie vom Baum fallen lassen, hatte den Schmerz in ihrem Knöchel ignoriert und war zum Zaun gelaufen. Erstaunlich schnell war Frau Selm ihr mit ihrem Besen in der Hand gefolgt, und Marie war ihr nur mit knapper Not entkommen. Den Apfel hatte sie dabei fest in der Hand gehalten.

Anschließend hatte Marie tagelang humpeln müssen. Ihren Eltern hatte sie erzählt, sie hätte sich beim Spielen den Fuß verstaucht, was nicht wirklich gelogen war. Schlimmer als die Schmerzen war die Angst gewesen, Frau Selm könnte ihre Eltern aufsuchen und ihnen erzählen, was passiert war. Oder einem von ihnen zufällig im Ort begegnen. So war das auf Juist: Jeder kannte jeden, und natürlich hatte Frau Selm Marieke erkannt und wusste, wer ihre Eltern waren.

Doch nichts war geschehen, und nach einer Woche hatte die kleine Marieke sich entspannt. Der Apfel hatte tagelang in der Schublade ihres Kinderschreibtischs gelegen. Dann hatte sie ihn gegessen. Bissen für Bissen, mit schlechtem Gewissen, hatte sie den Apfel verspeist. Er war noch nicht reif gewesen und hatte sauer geschmeckt, aber da sie ihn quasi unter Lebensgefahr geerntet hatte – jedenfalls hatte es sich für sie so angefühlt –, war sie wild entschlossen gewesen, ihn zu genießen.

Es rührte Marie, dass der kleine Baum, den die alte Frau mit ihrem Reisigbesen verteidigt hatte, immer noch tapfer seine krummen Äste in den Wind reckte. Er trug sogar noch Äpfel. Sie waren klein wie Tischtennisbälle, aber bis zum Herbst hatten sie ja noch genug Zeit zum Wachsen.

Auf dem Weg zur Tür berührte Marie im Vorbeigehen mit den Fingerspitzen die raue Rinde des Baumstamms. Plötzlich war der Geschmack des kleinen harten Apfels, den sie damals gestohlen hatte, in ihrem Mund. Eine ferne Erinnerung nur, und doch so lebendig. Säuerlich war der Apfel gewesen, aber auch ein kleines bisschen süß. Gereift in der kühlen salzigen Nordseeluft, wo er sich gegen den Wind behauptet und jede sonnige Stunde genutzt hatte.

Wenn die Äpfel reif sein würden, die nun klein und grün an den Zweigen hingen, würde sie nicht auf Juist sein, um ihn noch einmal zu schmecken. Dann wäre sie längst wieder in Hamburg, wo Äpfel unzähliger Sorten, glänzend und groß, hell angestrahlt und zu Pyramiden aufgestapelt in den Supermärkten auf Käufer warteten. Wo man wählen konnte, ob man süße oder lieber säuerliche Äpfel wollte, und wo kein Apfel jeden Zentimeter seines Umfangs und jedes bisschen Farbe auf seinen Wangen der rauen Witterung auf einer kleinen Insel mitten im Meer abgetrotzt hatte.

Marie blieb vor dem weißen Schild stehen, auf dem die Sprechstundenzeiten von *Dr. Philipp Siemon, praktischer Arzt* angegeben waren. Darunter stand: *Im Notfall Tag und Nacht telefonisch erreichbar.* Das jedenfalls würde kein Hamburger Arzt auf sein Praxisschild schreiben.

Sie öffnete die Tür und betrat einen erstaunlich hellen Raum, der die ganze Tiefe des Häuschens einnahm. Die der Haustür gegenüberliegende Wand bestand zum größten Teil aus einem bodentiefen Fenster, das den Blick auf die wenige Meter entfernten Dünen und den Himmel freigab. Der Wind glitt wie eine streichelnde Hand durch den Strandhafer und trieb am Himmel darüber weiße Wölkchen vor sich her. Eine Möwe glitt elegant und schwerelos wie eine Feder durch die Luft.

Fasziniert blieb Marie stehen und betrachtete das überraschende Bild, das sich ihr in dem weißen Fensterrahmen bot. Niemals hätte sie so viel Helligkeit und Himmelsbläue in diesem niedrigen, engen Häuschen erwartet. Wenn Frau Selm ihre Haustür geöffnet hatte, war es hinter ihr immer dunkel gewesen.

»Hallo«, grüßte sie die beiden älteren Frauen, die auf den Stühlen an der Wand saßen und sie anstarrten.

Sie kannte die beiden Patientinnen. Natürlich, wie sollte es anders sein, schließlich war sie hier auf Juist. Allerdings fiel ihr nur der Name der etwas jüngeren Frau ein. Sie trug ihre grauen Haare kurz geschnitten, und mit Haarspray an den Kopf geklebt. Sonst wäre es ihr bei dem ewigen Wind auf der Insel nicht gelungen, mit derart akkurat ausgerichteten Strähnen die Arztpraxis zu erreichen.

»Da ist ja die Marieke«, sagte sie mit ernster Miene. »Man hat dich lange nicht gesehen.«

»Nun bin ich da, Frau Wilke«, erwiderte Marie knapp und sparte sich ebenfalls jedes verbindliche Lächeln. Wahrscheinlich wusste die ganze Insel, weshalb ihr Vater böse mit ihr war. Und natürlich waren alle auf seiner Seite.

Marie ließ sich auf einen Stuhl möglichst weit von den beiden Frauen entfernt fallen, griff nach einer Zeitschrift und tat, als würde sie sich in die buntbebilderte Leidensgeschichte einer Prinzessin vertiefen, von der sie noch nie gehört hatte und die sie nicht interessierte. Dennoch starrte sie so lange auf die riesigen Lettern der Überschrift, dass sie sich nach einer Weile doch fragte, warum die royale Familie dem armen Mädchen nicht erlauben wollte, den Mann ihres Herzens zu heiraten. Sie begann, den Artikel zu lesen, und ignorierte dabei nach Kräften das Getuschel der beiden Frauen auf der anderen Seite des Wartezimmers. Möglicherweise redeten sie ja gar nicht über Marie und ihren Vater, sondern tauschten Kuchenrezepte aus.

Nachdem sie in Erfahrung gebracht hatte, dass der Liebste der Prinzessin nicht nur geschieden, sondern auch noch von Beruf Koch war, was die royalen Eltern gemeinerweise störte, warf sie die Zeitschrift genervt auf den niedrigen Tisch, zog ihr Handy aus der Tasche und begann eifrig zu tippen.

Bist du gut angekommen? Ist unser Zimmer so schön wie auf der Website? Ist das Meer so nah wie auf den Fotos? Ich freue mich schrecklich auf unseren Urlaub und auf dich. In zwei, höchstens drei Tagen habe ich hier alles erledigt und komme zu dir.

Nachdem sie ein großes rotes Herz und einen Kuss-Smiley ans Ende des Textes gesetzt hatte, schickte sie die Nachricht ab. Eine Weile starrte sie auf das Display, um zu sehen, ob er die Nachricht las und ihr sofort antwortete. Es passierte jedoch nichts, und sie schob das Telefon wieder in ihre Handtasche. Schließlich konnte sie nicht erwarten, dass Gerit, der sich sicher in der Badehose am Strand aufhielt, ständig sein Handy bei sich trug. Allerdings hätte er ihr wenigstens mitteilen können, dass er gut gelandet war.

Durch die große Glasscheibe betrachtete Marie eine vorüberschwebende Wolke, die einem riesigen Nashorn ähnelte. In diesem Augenblick wurde die Eingangstür aufgestoßen, und eine Frau mit einem laut heulenden etwa vierjährigen Mädchen an der Hand betrat die Diele.

Erschrocken starrte Marie das Kind an, dem ein blutiges Rinnsal von der Stirn über das Gesicht rann. Dann kramte sie hastig in ihrer Tasche nach einer Packung Papiertaschentücher. Weil sie von Berufs wegen häufig mit weinenden Bräuten und deren in Tränen aufgelösten Müttern zu tun hatte, trug sie routinemäßig einen fast unerschöpflichen Taschentuchvorrat bei sich. Sie riss die Verpackung auf, sprang von ihrem Stuhl hoch und reichte der Mutter des verletzten Mädchens das Päckchen.

»Danke. Das ist nett«, murmelte die Frau und tupfte mit dem Taschentuch das Blut ab.

Erst als Marie ihre Stimme hörte, schaute sie die Mutter des Mädchens genauer an und schnappte nach Luft.

»Nele?«

»Hab ich mich so verändert?«, kam es zurück. Die Stimme klang ausdruckslos, nicht einmal beleidigt, eher gleichgültig.

»Nein. Ich habe nur … Natürlich nicht.« Marie wandte sich ab. »Ich hole den Arzt. Das sollte er sich gleich ansehen. Es blutet noch immer.«

»Nicht nötig. Ich kann selber …«

Marie war schneller, denn sie befand sich auf der Flucht vor der Vergangenheit. Bevor Nele sich mit ihrer weinenden Tochter an der Hand in Bewegung setzen konnte, stand Maire bereits vor der Tür, auf der in großen silberfarbenen Buchstaben *Sprechzimmer* zu lesen war. Sie klopfte energisch an, riss im gleichen Moment die Tür auf und schaute direkt in ein Behandlungszimmer mit Untersuchungsliege, Schreibtisch und einigen medizinischen Geräten. Mitten im Raum standen ein jüngerer und ein älterer Mann. Wer der Arzt war, erkannte sie daran, dass der ältere bis zur Taille entblößt war und der andere Mann, bekleidet mit Jeans und einem hellen T-Shirt, ihm mit den Fingerknöcheln auf dem Rücken herumklopfte.

Der Mann im Shirt ließ die Hand sinken und sah sie aus dunkelgrauen Augen strafend an. »Würden Sie bitte warten, bis Sie dran sind, Frau Janssen?«

Woher wusste er, wer sie war? Zwar kannte auf dieser Insel jeder jeden, aber der neue Arzt lebte erst seit einem guten halben Jahr hier, und sie hatte ihn definitiv noch nie gesehen.

»Es gibt hier draußen niemanden, an den man sich wenden kann. Keine Assistentin, oder wie man das nennt«, erklärte sie hastig.

»Man nennt sie Arzthelferin. Oder ganz offiziell medizinische Fachangestellte«, erklärte Doktor Siemon mit ernster Miene, bevor er sich an seinen Patienten wandte. »Sie können sich dann anziehen, Herr Brock. Es ist alles in Ordnung.«

Der Mann, der verschämt die Arme vor der nackten Brust gekreuzt hatte, griff nervös nach seinem Hemd auf der Untersuchungsliege. Prompt fiel es ihm auf den Boden.

»Entschuldigen Sie bitte, Herr Brock«, sagte Marie artig. »Es gibt hier keine *medizinische Fachangestellte*, und es geht um einen Notfall.«

Der junge Arzt stopfte das Stethoskop, das um seinen Hals gelegen hatte, in die Hosentasche. Natürlich passte es nicht hinein, und die Hälfte hing heraus.

Marie runzelte die Stirn. Warum trug er keinen Kittel wie jeder vernünftige Arzt? Überhaupt sah er aus, als käme er gerade von einem Strandspaziergang und hätte den Seewind noch in den dunklen Haaren, die über der Stirn widerspenstig in die Höhe standen.

Offenbar hatte er ihren kritischen Blick bemerkt, denn er schob das Kabel des Stethoskops tiefer in die Tasche und fuhr sich gleichzeitig mit der anderen Hand durch die Haare. »Was den Notfall betrifft: Ich bin zwar besorgt um Ihren Vater, aber so ernst ist die Lage nun auch wieder nicht. Etwas Zeit bleibt uns noch, bis eine Operation wirklich dringend durchgeführt werden muss. Und falls Sie hier auf der Insel eine medizinische Fachangestellte kennen, die dringend einen Job sucht, sagen Sie mir Bescheid. Solange muss ich allein zurechtkommen, was mir normalerweise auch gelingt.«

»Es geht gerade nicht um meinen Vater!« Marie schüttelte den Kopf. Hielt dieser Mann sie für vollkommen verrückt?

»Philipp?«, ließ sich in diesem Moment hinter Maries Rücken Nele vernehmen. »Lilly ist hingefallen. Könntest du dir das ansehen? Sieht fast so aus, als müsste es genäht werden.«

»Lilly ist der Notfall?«, wandte der Arzt sich an Marie. »Warum sagen Sie das nicht gleich?«

»Sie lassen mich ja nicht zu Wort kommen«, erwiderte Marie beleidigt.

»Entschuldige, Marieke. Darf ich mal rein? Lilly hat schon zwei Taschentücher vollgeblutet.«

Es entstand ein kleines Gedrängel an der Tür zum Behandlungszimmer, als Marie versuchte, sich rückwärtsgehend im Wartebereich in Sicherheit zu bringen, während Nele ihre Tochter ins Sprechzimmer schob. Gleichzeitig versuchte Herr Brock, mittlerweile wieder vollständig bekleidet, durch die einzige verfügbare Tür den Raum zu verlassen.

»Hallo, Lilly«, hörte Marie hinter sich Dr. Siemon zu dem Kind sagen, das beim Anblick des Arztes sofort aufgehört hatte zu weinen. »Wenn du so weitermachst, muss ich deinen Eltern Mengenrabatt für die Behandlung geben. Meine Lieblingspatientin bist du ja schon lange.«

»Ich weiß. Weil ich so tapfer bin«, piepste Lilly und kicherte sogar ein kleines bisschen.

»Und was hast du dieses Mal gemacht?«, erkundigte sich der Arzt, und Marie hörte ihn im Hintergrund eine Schranktür öffnen.

»Ich werde Piratin, und da muss man weit springen können. Von einem Schiff zum anderen. Das üb ich jetzt. Aber manchmal kann ich das noch nicht so richtig.«

»Sie ist vom höchsten Klettergerüst gesprungen und mit der Stirn gegen eine der unteren Stangen gefallen«, erklärte Nele mit einem Seufzer, während Marie die Tür von außen hinter sich zuzog.

Im Wartezimmer saßen die beiden Frauen kerzengerade auf ihren Stühlen und schauten ihr entgegen.

»Die Nele und du, ihr wart doch mal beste Freundinnen.« Frau Wilke starrte Marie prüfend an.

»Unzertrennlich.« Ihre Sitznachbarin nickte nachdrücklich.

Marie lächelte vage und ließ sich wieder auf dem Stuhl auf der anderen Seite des Raums nieder.

»Die Marieke und die Nele – man hat sie überall und immer zusammen gesehen«, fügte Frau Wilke hinzu, nachdem sie lange auf eine Antwort von Marie gewartet hatte, die aber nicht kam.

»Da waren wir noch Kinder«, sagte Marie. Tatsächlich hatte das große Zerwürfnis vor fast genau zehn Jahren stattgefunden. Vorher hatten sie gemeinsam den Inselkindergarten und die Inselschule besucht und später auf dem Festland das Niedersächsische Inselgymnasium.

Für einen kleinen Moment zog sich Maries Brust zusammen, denn plötzlich konnte sie wieder fühlen, wie sehr sie Nele vermisst hatte, als sie nach dem Abitur für ihre Ausbildung nach Hamburg gezogen war. Nele, ihre beste Freundin, war auf Juist geblieben, wo sie eine Stelle bei der Gemeindeverwaltung gefunden hatte.

Dann war Maries erster Sommerurlaub gekommen, den sie ganz selbstverständlich auf Juist verbracht hatte. Nele hatte während der Hochsaison keinen Urlaub bekommen, doch die Nachmittage und Abende hatten ihnen gehört. Arm in Arm waren sie pausenlos redend, denn nach den Monaten der Trennung hatten sie sich schrecklich viel zu erzählen gehabt, über die Insel geschlendert. Sie waren schwimmen gegangen und Rad gefahren. In sternenklaren Nächten hatten sie zusammen mit anderen Freunden und Freundinnen am Strand gesessen, billigen Wein und lauwarmes Bier getrunken, getanzt, gesungen und gelacht.

Bis sich von einem Tag auf den anderen alles geändert und sich zwischen ihnen ein Graben aufgetan hatte, den sie nicht überwinden konnten. Oder wollten.

Mit starrem Blick schaute Marie hinüber zur Tür des Sprechzimmers. Wenn sie in sich hineinfühlte, war da immer noch die wunde Stelle, die schmerzte, seit sie ihre beste Freundin verloren hatte. Wie oft hatte sie während der ersten Jahre in Hamburg automatisch zum Telefon gegriffen, um Nele anzurufen und ihr zu erzählen, was ihr gerade Wunderbares oder Schreckliches passiert war. Erst im letzten Moment war ihr dann immer eingefallen, dass Nele und sie nicht mehr miteinander sprachen.

Inzwischen hatte sie in Hamburg Freundinnen gefunden, doch so nett und humorvoll sie auch waren, keine von ihnen konnte Nele ersetzen. Über den Verlust ihrer Mutter und die Probleme mit ihrem Vater konnte und wollte sie mit ihnen nicht reden. Vielleicht hätten sie ihr zugehört, aber hätten sie sie verstanden? Sie alle waren in der Stadt aufgewachsen und hätten sie sicher verblüfft angestarrt, wenn sie über ihre Kindheit und Jugend auf Juist erzählt hätte. Hier war alles anders als in der Stadt. Eine Welt für sich, die nur verstehen konnte, wer sie erlebt hatte – im Sommer und im Winter, während der Saison, wenn überall Touristen herumliefen, und zu anderen Zeiten, wenn die Einheimischen fast unter sich waren.

Mit einem Ruck wurde die weiß lackierte Tür zum Behandlungszimmer aufgestoßen, und Lilly tauchte auf. Das Blut war von ihrer Stirn abgewaschen, und die tiefe Schramme wurde von bunten Klammerpflastern zusammengehalten. Munter hüpfte das Kind durch den Raum, blieb vor Marie stehen und strahlte sie an.

»Guck mal. Immer wenn ich herkomme und tapfer bin, bekomme ich von Doktor Philipp so ein Tier. Ich hab schon einen ganzen Zoo, weil ich *immer* tapfer bin.« Stolz streckte sie die Hand vor, auf deren Fläche sie einen kleinen Plastiklöwen balancierte.

»Toll«, sagte Marie unsicher. Sie hatte keine Erfahrung im Umgang mit Kindern.

Lilly schien mit ihrer Antwort zufrieden zu sein. Sie plapperte munter weiter: »Das ist der Löwenmann. Nächstes Mal nehme ich die Löwenfrau, damit er nicht so allein ist.«

»Gute Idee.« Marie nickte ihr aufmunternd zu und wunderte sich, wie rasch sich das heulende Häufchen Elend in ein strahlendes kleines Mädchen verwandelt hatte.

»Vielleicht nächste Woche.« Vorsichtig betastete Lilly ihre Stirn.

»Nächste Woche?«, wiederholte Marie verblüfft. »Glaubst du, du musst nächste Woche wieder herkommen? Wieder wegen einer Verletzung? Das tut doch weh!«

»Ich bin tapfer. Und wagemutig, sagt Doktor Philipp. Zu wagemutig, aber ich bin trotzdem seine Lieblingspatientin. Manchmal habe ich auch einen Husten oder so was, dann komme ich auch her und bekomme ein Tier. Doktor Philipp kann alles wiedergutmachen«, erzählte Lilly fröhlich.

»Komm, Lilly. Lass Marieke in Ruhe. Du störst sie.« Plötzlich stand Nele neben dem Kind und zog es energisch zur Tür.

»Aber das ist doch die Frau von den Bildern in deinem Album. Die du gekannt hast, als du noch klein warst. Ich will ihr noch erzählen, was ich …«, protestierte das Mädchen und stemmte die Füße in den weißen Turnschuhen fest auf den Boden. Natürlich hatte sie keine Chance gegen ihre Mutter, die sie wortlos durch den Raum zum Ausgang bugsierte.

»Sie stört mich nicht«, sagte Marie leise. »Ich finde sie entzückend. Und natürlich tapfer.«

Aber Nele hörte sie nicht, jedenfalls reagierte sie nicht. »Tschüss«, sagte sie, ohne Marie oder eine der anderen Frauen anzusehen. Dann fiel die Tür hinter ihr und ihrer Tochter ins Schloss.

»Sie lässt Marieke nicht mal mit ihrer Tochter sprechen«, hörte Marie Frau Wilke mit ihrer Nachbarin tuscheln.

Die geflüsterte Antwort der anderen Frau verstand Marie nicht.

»Wer ist als Nächste dran?« Mit einem freundlichen Lächeln tauchte Doktor Siemon auf. Frau Wilke erhob sich und ging an ihm vorbei ins Sprechzimmer.

Bevor er sich umdrehte, um seiner Patientin zu folgen, lächelte der Arzt Marie breit an. Seine grauen Augen blitzten fröhlich. »Bisher habe ich mir eingebildet, allein zurechtzukommen. Aber vielleicht irre ich mich, und ich sollte mich nach einer Arzthelferin umsehen.« Er zwinkerte ihr zu.

»Möglicherweise.« Marie starrte ihn sekundenlang an, wich dann aber zu ihrem eigenen Ärger seinem Blick aus. Aus dem Augenwinkel beobachtete sie, wie der Arzt mit Frau Wilke hinter der weißen Tür verschwand.

Die Zeit verging, und während die Insulanerin, deren Name ihr partout nicht einfallen wollte, gelassen eine Zeitschrift nach der anderen durchblätterte, rutschte Marie immer unruhiger auf ihrem Stuhl herum. Nach einer guten halben Stunde hörte sie damit auf, weil sie befürchtete, ihre teure Stoffhose durchzuscheuern. Was machte der Arzt da drinnen mit Frau Wilke? Führte er eine Notoperation durch? Oder tranken die beiden erst einmal zusammen eine Tasse Kaffee?

Endlich öffnete sich die Tür zum Behandlungszimmer, und eine lauthals lachende Frau Wilke erschien.

»Das mache ich, Herr Doktor«, säuselte sie in Richtung des Arztes, der hinter ihr im Türrahmen stand. »Wenn Sie mir Freude verschreiben, guck ich, dass ich so viel wie möglich davon bekomme. Ich könnte heute zum Beispiel einen Kuchen backen.«

»Das ist eine gute Idee, Frau Wilke«, lobte Doktor Siemon und trat hinter der strahlenden Frau heraus in die Diele. »Ich sehe, wir haben uns verstanden.«

»Das haben wir. Ganz sicher haben wir das.« Immer noch vor sich hin glucksend verließ Frau Wilke das Haus.

»Dann sind Sie jetzt dran, Frau Niemeyer«, forderte Doktor Siemon die nächste Patientin zum Eintreten auf.

»Entschuldigen Sie«, meldete sich Marie zu Wort. »Ich bin in Eile und frage mich, wie lange … Ich muss so schnell wie möglich zurück nach Hamburg.«

Mit einem Ruck wandte Doktor Siemon sich zu ihr um, während

Frau Niemeyer bereits das Sprechzimmer betrat. Die Farbe seiner grauen Augen glich plötzlich der Nordsee an einem stürmischen Wintertag und schimmerte dunkelgrün.

»Mit Frau Niemeyer dauert es so lange, wie es dauert. Und ebenso ist es auch, wenn wir nachher über Ihr Problem reden«, sagte er und fügte mit Nachdruck hinzu: »Übrigens bin ich strikt dagegen, dass Sie die Insel verlassen, bevor Ihr Vater operiert und die Reha beendet ist.«

»Wie bitte?«, stieß Marie entsetzt hervor, aber der Arzt war bereits wieder verschwunden und hatte die Tür hinter sich geschlossen.

Operation und Reha? Das dauerte Wochen! Auf keinen Fall konnte sie so lange bleiben. Was bitte sollte sie zu einer erfolgreichen Operation und Wiederherstellung ihres Vaters beitragen? Allein der Gedanke, wochenlang auf Juist festzusitzen, ließ ihr vor Entsetzen den Atem stocken. Wie redete dieser Arzt überhaupt mit ihr? Als hätte er das Recht, ihr etwas zu befehlen.

Sie sprang auf, ging zum Fenster und schaute in den Himmel. Dieser Anblick beruhigte sie, wie sie inzwischen festgestellt hatte. Das Wolken-Flusspferd war verschwunden. Stattdessen tanzten zwei Wölkchen in Elfenform über das Blau. Neben ihnen wiegten sich mehrere Möwen im Wind, als würden sie gemeinsam mit den Elfen eine stumme Musik hören.

Stumme Musik? Tanzende Möwen und Wolkenelfen? Jetzt fing sie schon an zu spinnen. Kopfschüttelnd wandte Marie sich von der Glaswand ab und begann, im Zimmer auf und ab zu gehen. Warten machte sie nervös. Es war verschwendete Zeit, in der sie nichts erledigen konnte. Und sie hatte noch einiges zu erledigen. Vor allem musste sie jemanden finden, der ihren Vater während seines Krankenhausaufenthalts in der Pension vertrat. Denn ganz gleich, was dieser seltsame Arzt ihr erzählte, sie würde morgen, spätestens übermorgen, die Insel verlassen und ihren wohlverdienten Urlaub antreten.

Im Gegensatz zu Frau Wilke kam Frau Niemeyer schon nach wenigen Minuten aus dem Sprechzimmer. Auch sie wirkte sehr zufrieden. In der Hand hielt sie einen Zettel, den Marie als Rezept von einem Verschreibungsblock erkannte. Diese Erkenntnis beruhigte Marie im Hinblick auf ihre bevorstehende Unterhaltung mit dem Arzt ein wenig. Der neue Inselarzt verordnete also nicht nur Freude und die Anwesenheit von Töchtern, wie er es bereits während seines Anrufs bei Marie getan hatte, sondern durchaus auch Arzneimittel.

Sie straffte die Schultern und reckte das Kinn vor, weil sie an ihr Telefongespräch mit Doktor Siemon denken musste. Mit gerunzelter Stirn versuchte sie, sich zu erinnern, was genau sie ihm in ihrem besäuselten Zustand erzählt hatte. Sie war sich ziemlich sicher, dass sie höchst private Angelegenheiten ausgeplaudert hatte. War nicht sogar Gerits Name gefallen? Jedenfalls hatte sie von dem geplanten Urlaub auf Jamaika erzählt.

Mittlerweile hatte der Arzt Frau Niemeyer zur Ausgangstür begleitet und hinter ihr abgeschlossen. Lächelnd wandte er sich nun Marie zu.

»Wollen wir?« Er deutete auf die offene Tür zum Behandlungszimmer.

Sie nickte wortlos und trat vor ihm in den großen, hellen Raum. Das Fenster war weit geöffnet, und als sie das ferne Rauschen der Wellen und die Schreie der Möwen hörte, atmete sie tief ein. Die Luft schmeckte salzig und prickelte wie Champagner. Fast widerwillig gestand sie sich ein, dass einige wenige Dinge hier auf Juist besser waren als in Hamburg, wo sie in der Luft selbst nachts den Geruch von Autoabgasen wahrnahm.

»Ich lebe jetzt seit gut einem halben Jahr hier, und diese Luft, diese Geräusche, diese Insel … Es begeistert mich noch immer«, sagte Doktor Siemon, als hätte er ihre Gedanken gelesen.

»Ja«, erwiderte sie vage, ließ sich auf dem Stuhl vor seinem Schreibtisch nieder und schlug die Beine übereinander. Zum Glück hatte sie eines ihrer Business-Outfits mitgebracht und es für diesen Besuch spontan angezogen. Ihrer Erfahrung nach wurden sie und ihre Wünsche sehr viel ernster genommen, wenn sie entsprechend gekleidet war.

Beim Anblick von Philipp Siemon, der seine Sprechstunde in Jeans und T-Shirt abhielt, war sie sich allerdings nicht mehr so sicher, ob sie ihn mit ihrem dunkelblauen Kostüm, ihrer schneeweißen Bluse und dem teuren Seidentuch im Ausschnitt tatsächlich beeindrucken konnte. Er selbst hielt offenbar nichts davon, seine ärztliche Autorität durch Äußerlichkeiten wie das Tragen eines weißen Kittels zu unterstreichen.

»Sie sollten vorsichtig sein.« Er setzte sich auf die andere Seite des Schreibtischs und schaute sie ernst an. Sie hatte den Besucherstuhl so weit nach hinten gerückt, dass er sie von Kopf bis Fuß betrachten konnte. Ein Fehler, wie sie jetzt feststellte.

»Wieso ich? Ich bin wegen meines Vaters hier, wie Sie ja wissen.«

»Ihre Schuhe.« Über seine Lippen huschte ein flüchtiges Lächeln. Es war so schnell wieder verschwunden, dass sie nicht sicher war, es überhaupt gesehen zu haben.

Instinktiv zog sie ihre Füße in den hochhackigen Pumps unter den Stuhl, schob sie aber sofort wieder nach vorn und stellte sie demonstrativ nebeneinander auf den Boden. »Was soll mit meinen Schuhen sein?« Sie passten wunderbar zu ihrem Kostüm, so viel stand fest. Außerdem waren sie todschick und sehr teuer gewesen. Von diesem Typen ließ sie sich dieses Accessoire jedenfalls nicht vermiesen.

»Diese Schuhe eignen sich nicht für die Insel. Unter den Touristinnen habe ich schon mehr als eine Verstauchung behandeln müssen. Allerdings hätte ich gedacht, das sei Ihnen klar. Schließlich sind Sie hier aufgewachsen.«

Empört starrte sie ihn an. »Ich wüsste nicht, was meine Schuhe Sie angehen.«

»Entschuldigen Sie«, sagte er und klang dabei kein bisschen zerknirscht. »Ich wollte nur helfen.«

»Ich brauche keine Hilfe. Wie Sie feststellten, bin ich hier aufgewachsen. Und ich bin durchaus in der Lage, mich in diesen und allen anderen Schuhen von A nach B zu bewegen.«

»Das freut mich«, erwiderte der Arzt mit unbewegter Miene.

»Ich laufe in Hamburg den ganzen Tag in solchen Schuhen herum.« Marie musste an sich halten, um nicht trotzig den Kopf in den Nacken zu werfen, wie sie es als Kind und Teenager getan hatte.

»Tapfer.« Doktor Philipp Siemon kniff die Lider zusammen und musterte sie erneut, als würde er sie zum ersten Mal sehen. »Sie arbeiten in einem Luxushotel, nicht wahr?«

Marie nickte wortlos.

In seinen grauen Augen blitzte es auf, als wäre für einen Moment die Sonne hinter grauen Wolken hervorgekommen. Gleichzeitig verzog er den Mund zu einem breiten Lächeln.

Marie presste die Lippen aufeinander und schaute ihn ernst an. Sie dachte nicht daran zuzugeben, dass ihre Wege im Hotel sich nicht mit einem Gang über die Insel vergleichen ließen. Allerdings war sie im Laufen mit High Heels so geübt, dass sie damit selbst durch den Sand hätte gehen können. Wenn sie auch nicht vorhatte, das auszuprobieren.

»Ich habe einen Eid abgelegt, in dem es heißt, dass die Gesundheit und das Wohlergehen meiner Patientinnen und Patienten mein oberstes Anliegen sind. Deshalb möchte ich verhindern, dass Sie sich die Beine brechen«, teilte Doktor Siemon ihr mit.

»Dummerweise bin ich nicht Ihre Patientin«, erwiderte Marie kühl. »Nicht nur deshalb gehen meine Schuhe Sie nichts an. Zufällig handelt es sich um meine Lieblingsschuhe. Sie sind sehr bequem, und ich könnte darin eine Wanderung machen.«

»Wie beruhigend zu hören.« Der Arzt lehnte sich entspannt auf seinem Stuhl zurück, während Marie sich fragte, ob er sich über sie lustig machte.

Entschlossen wechselte sie das Thema: »Würden Sie mir bitte sagen, weshalb mein Vater so dringend ins Krankenhaus muss?«

»Nein.« Er saß immer noch in entspannter Haltung da, während Marie spürte, wie ihr verkrampfter Nacken anfing zu schmerzen. »Ich erwähnte am Telefon bereits die ärztliche Schweigepflicht, die übrigens auch Teil des besagten Eids ist, den jeder Arzt leistet.«

»Mein Vater *will*, dass Sie mir erklären, worum es geht. Er hat noch nie gern über Krankheiten im Allgemeinen und sein Wohlbefinden im Besonderen gesprochen und mich deshalb quasi hergeschickt.«

Wortlos griff Doktor Siemon zum Telefonhörer. Das Gespräch, das er gleich darauf mit Maries Vater führte, war kurz und knapp. Rainulf Janssen war ein schweigsamer Mann, und der Arzt, so viel wusste Marie inzwischen über ihn, brachte die Dinge gern auf den Punkt.

»Ihr Vater möchte gern, dass ich Ihnen erkläre, woran er erkrankt ist«, sagte er, nachdem er den Hörer aufgelegt hatte. »Er sagt, wir würden beide ja sonst keine Ruhe geben, betont aber wieder einmal, dass ich übertreibe, es ihm gut gehe und er nicht ins Krankenhaus wolle.«

»So weit waren wir schon vor einer Viertelstunde.« Ungeduldig wippte Marie mit der Fußspitze. Sie hatte keine Zeit für derlei Umständlichkeiten.

Doktor Siemon ließ sich nicht aus der Ruhe bringen. »Möchten Sie einen Kaffee? Ich kann jetzt einen gebrauchen.«

Ohne ihre Antwort abzuwarten, stand er auf, durchquerte den Raum und zog die Tür eines Schranks in der Ecke auf, in den eine kleine Teeküche mit Spülbecken, Wasserboiler und Kaffeemaschine eingebaut war.

»Ich habe nur sehr wenig Zeit …«, protestierte sie, doch der Arzt hob die Hand, um ihren Worten Einhalt zu gebieten.

»Das genau ist eines der Probleme zwischen Ihrem Vater und Ihnen. Sie müssen sich dringend Zeit füreinander nehmen.«

Sie schnappte nach Luft. »Ich habe keine Zeit für einen längeren Aufenthalt hier auf Juist! Ganz abgesehen davon, dass mein Vater keinen Wert darauf legt, mich um sich zu haben. Er lässt mich ins Haus, und er redet mit mir. Aber er behandelt mich wie eine Fremde. Als ich gestern ankam … Freude sieht anders aus.«

Entsetzt bemerkte Marie, dass ihr Tränen in die Augen stiegen.

Wie machte es dieser Inselarzt, dass sie bei ihm ständig ins Erzählen geriet und Dinge erwähnte, die sie nicht einmal mit ihren Hamburger Freundinnen besprach? Am Telefon neulich hatte sie immerhin einige Gläser Wein intus gehabt, aber jetzt war sie stocknüchtern.

Als sie den Kopf wandte, stand er direkt neben ihrem Stuhl und sah ihr aufmerksam ins Gesicht. Sie hatte gar nicht bemerkt, dass er zum Schreibtisch zurückgekehrt war. Hastig sprang sie auf, brachte mit ein paar schnellen Schritten Abstand zwischen sich und den Arzt und blieb am offenen Fenster stehen. Hier bot sich derselbe Blick wie vom Wartezimmer aus. Am Himmel waren noch mehr Elfenwölkchen aufgetaucht, die im Wind miteinander tanzten. Marie starrte sie an und fragte sich, warum es sich in ihrer Brust, irgendwo in Herzensnähe, plötzlich so anfühlte, als würde Vanilleeis in der Sonne schmelzen.

»Während meiner ersten Wochen hier habe ich stundenlang an diesem Fenster gestanden. Es ist so beruhigend, diesen Himmel und diese Weite zu sehen«, sagte Doktor Siemon hinter ihr.

Sie antwortete nicht, schaute nur weiter hinaus und wischte sich mit den Fingerspitzen unauffällig unter den Augen entlang. Nur für den Fall, dass sie überlaufen wollten. Marie weinte niemals vor Fremden. Vor Menschen, die sie gut kannte, auch nicht. Jedenfalls nicht, wenn sie es vermeiden konnte.

»Diese kleinen Wolken sehen aus wie Feen. Wie magische Märchenwesen, die miteinander tanzen«, bemerkte der Arzt in einem so selbstverständlichen Ton, als würde er über die Wetteraussichten für morgen reden.

Sie fuhr herum und starrte ihn erstaunt an. Er war seltsam. Männer sagten solche Dinge nicht. Hatte er keine Angst, als unmännlich betrachtet zu werden?

Offenbar nicht. Lächelnd erwiderte er ihren Blick, bis sie sich wieder umdrehte und den Elfen zuschaute.

»Glauben Sie nicht, dass diese Wand zwischen Ihrem Vater und seiner einzigen Tochter ihn ebenso belastet wie Sie?«, fragte er leise.

»Das war seine Entscheidung«, antwortete sie mit einem Schulterzucken. »Ich bin es gewohnt, dass wir uns nicht sonderlich nahestehen.«

»Das reden Sie sich nur ein. Und er vielleicht auch.«

Marie fuhr herum und starrte Philipp Siemon aus nächster Nähe in die Augen. Obwohl sie hohe Absätze trug und fast eins siebzig groß war, musste sie den Kopf in den Nacken legen. Ruhig erwiderte er ihren Blick, und sie stellte fest, dass im Grau seiner Augen kleine hellgrüne Wölkchen zu erkennen waren.

Hastig schaute sie weg. »Ich werde versuchen, meinen Vater zu einem Krankenhausaufenthalt zu überreden, und ich werde dafür sorgen, dass während seiner Abwesenheit jemand nach der Pension schaut«, sagte sie steif, während sie zur Tür ging.

»Sie wissen ja noch nicht einmal, um welche Operation es sich handelt«, erreichte Doktor Siemons Stimme sie auf halbem Weg zum rettenden Ausgang.

Marie blieb mitten im Zimmer stehen und wandte sich um. »Sie reden die ganze Zeit über alles Mögliche mit mir, aber nicht über die Krankheit meines Vaters.«

»Ich gehöre nicht zu den Ärzten, die den Körper und die Gedanken und Gefühle eines Menschen getrennt sehen. Glauben Sie wirklich, es spielt keine Rolle für die Erkrankung Ihres Vaters, dass er einsam ist und Ihretwegen Kummer hat?« Die grau-grünen Augen blitzten.

»Wollen Sie etwa mir die Schuld daran geben, dass mein Vater herzkrank ist?« Vor Empörung stieß Marie einen ihrer spitzen Absätze auf den Fliesenboden, was einen hellen, scharfen Ton erzeugte. »So wie er damals behauptet hat, meine Mutter wäre meinetwegen …« Marie musste schlucken und schwieg.

»Sie brauchen Zeit, um Ihre Probleme aufzuarbeiten. Geben Sie Ihrem Vater und sich selbst diese Zeit«, sagte Doktor Siemon leise. Zeit schien eines seiner Lieblingswörter zu sein, und Zeit war genau das, was Marie nicht hatte.

»Nein!« Das kam ohne jedes Nachdenken laut und energisch aus Maries Mund.

Über Doktor Siemons Züge glitt ein Schatten, vielleicht war aber auch eine Wolke über die Sonne gehuscht.

Ungeduldig wedelte Marie mit der Hand. »Ich habe mein eigenes Leben in Hamburg. Meinen Sie, ich könnte einfach mal ein paar Wochen hierbleiben, um das Verhältnis mit meinem Vater geradezurücken? Was mir sehr wahrscheinlich sowieso nicht gelingen würde. Er ist sehr … eigensinnig.«

»Genau wie Sie«, stellte der Arzt amüsiert fest. »Ich erinnere mich, dass Sie dringend mit einem Mann in Urlaub fahren wollten, um ihn davon zu überzeugen, mit Ihnen zusammenzuleben.«

Marie erstarrte, spürte, wie ihre Wangen anfingen zu glühen, starrte Doktor Siemon für eine Sekunde empört an und schaute sehr schnell wieder weg.

Sie räusperte sich. »Das habe ich Ihnen in einer besonderen Situation erzählt«, stieß sie atemlos hervor. »Und ich hätte nicht von Ihnen gedacht, dass Sie es erwähnen.«

»Sie waren beschwipst«, bemerkte er heiter.

»Das kommt bei mir sehr selten vor«, erwiderte sie todernst.

»Tut mir leid«, sagte er nach einer kleinen Pause. »Ich hätte es nicht erwähnen sollen.«

Sie verzog nur den Mund.

»Lassen Sie uns über die Operation Ihres Vaters sprechen. Aber vorher mache ich uns endlich einen Kaffee. Setzen Sie sich.« Der Arzt deutete auf den Stuhl, von dem sie so hastig aufgesprungen war, bevor er sich wieder der Teeküche zuwandte.

Marie zögerte, ließ sich dann aber vor dem Schreibtisch nieder.

»Ihr Vater braucht eine neue Herzklappe«, sagte Doktor Siemon, als sie beide wenig später je eine dampfende Kaffeetasse vor sich stehen hatten.

Marie fuhr zusammen und stellte ihre Tasse, die sie gerade hatte zum Mund führen wollen, hastig zurück auf den Unterteller.

»Das klingt … schrecklich«, flüsterte sie.

»Ist es nicht. Wenn dieser Eingriff, man nennt ihn Aortenklappenstenose, glatt abläuft, und das tut er in den allermeisten Fällen, kann Ihr Vater nach wenigen Tagen wieder das Krankenhaus verlassen. Diese Operation ist heute Routine. Ich selbst habe den Eingriff schon in meiner Zeit als Assistenzarzt …« Er stockte.

Marie sah ihn erstaunt an. »Sie haben Herzoperationen durchgeführt, und jetzt sind Sie hier auf Juist und …«

Wieder fuhr er mit der typischen Handbewegung durch die Luft, mit der er sie zu unterbrechen pflegte. »Entschuldigen Sie, aber das tut nichts zur Sache. Reden wir über Ihren Vater. Er ist in einem guten Allgemeinzustand. Seine Herzklappe schließt aber nicht mehr richtig. Das führt zu Schwächeanfällen und Schwindel. Da Ihr Vater zu den Menschen gehört, die erst zum Arzt gehen, wenn es richtig schlimm wird, ist es mittlerweile für eine Behandlung allerhöchste Zeit.«

»Wenn das alles reine Routine ist, wieso soll ich dann unbedingt länger bleiben?« Forschend schaute sie den Arzt an.

»Abgesehen davon, dass Ihr Vater nach der OP jemanden brauchen wird, der sich um ihn kümmert, ist es notwendig, dass er wieder eine liebevolle Beziehung zu seiner einzigen Tochter aufbaut. Das habe ich Ihnen doch schon erklärt.« Er sah sie so strafend an wie ein Lehrer, der seine Schülerin wegen ihrer Unaufmerksamkeit tadelt.

»Und *ich* habe Ihnen schon erklärt, dass wir uns nie besonders nah waren. Glauben Sie wirklich, wir können nachholen, was wir all die Jahre versäumt haben? Ich bin fast dreißig, und jetzt, wo meine Mutter nicht mehr da ist, wird das mit meinem Vater und mir erst recht nicht funktionieren.« Sie schüttelte den Kopf, und spürte, dass sich ein paar Haarsträhnen aus ihrem Zopf im Nacken lösten.

»Oder Sie haben jetzt, da es nur noch Sie beide gibt, eine echte Chance. Wer weiß?« Doktor Siemon schaute sie ernst an, und sie guckte schnell weg.

»Ich weiß nicht, was Sie von mir wollen.« Marie griff nach ihrer Tasse und nahm einen großen Schluck. Der Kaffee war stark und bitter und tat ihr überraschend gut. »Ich werde tun, was nötig ist. Ansonsten …« Sie zuckte mit den Schultern.

Der Arzt sagte lange nichts, rührte nur in seiner Tasse. Zu Maries Überraschung hatte er zwei ganze Löffel voll Zucker hineingetan. Wenn sie hätte wetten müssen, hätte sie ziemlich viel darauf gesetzt, dass er ebenso wie sie den Kaffee schwarz und ungezuckert trank.

»Wenn mein Vater sich operieren lässt, wann wäre dann in etwa der Termin für den Eingriff?«, sagte sie, nachdem Doktor Siemon endlich aufgehört hatte zu rühren.

»Ich habe gestern erfahren, dass die OP eines anderen Patienten abgesagt wurde. Wenn Ihr Vater sich bis morgen früh entscheidet, könnte er in drei Tagen operiert werden.«

»Oh«, machte Marie überrascht. »Ich dachte, er würde frühestens in ein paar Wochen, vielleicht im Herbst, ins Krankenhaus gehen.« Das hätte ihr viel mehr Zeit verschafft, eine Vertretung für die Pension zu organisieren.

»Je früher, desto besser. Ihr Vater ist durch die häufigen Schwindelanfälle sturzgefährdet, und in seinem Zustand sollte er nicht so schwer arbeiten, wie er es Tag für Tag tut.«

Marie unterdrückte einen Seufzer und stand auf. Sie musste zurück in die Pension, um ihren Vater zu beknien, sich der notwendigen Operation zu unterziehen. Das würde schwierig werden, und sie musste es bis zum folgenden Morgen schaffen.

Der Arzt lächelte sie auf eine Weise an, die sie nicht einordnen konnte. »Sie schaffen das«, sagte er, als hätte er ihre Gedanken gelesen.

»Er ist halsstarrig, sehr halsstarrig«, erklärte Marie ein weiteres Mal.

»Dann fragt sich nur, wer den längeren Atem hat. Ich setze auf Sie.« Erneut dieses Lächeln, das nur kurz in seinen Augen aufflackerte, während er sie aufmerksam musterte. Er hatte ein Grübchen neben dem linken Mundwinkel, das sich vertiefte, wenn er lächelte.

Sie zuckte mit den Schultern und ging zur Tür.

»Dann höre ich morgen früh von Ihnen«, rief Doktor Siemon ihr nach.

Marie wollte sich umdrehen, um ihm zu antworten, geriet aber auf dem glatten Fliesenboden ins Stolpern und hielt sich im letzten Moment am Türrahmen fest.

Der Arzt räusperte sich, blieb aber stumm. Immerhin.

Sie verließ sein kleines Haus, ohne noch etwas zu sagen.

4. Kapitel

»Moin, Marieke. Flott siehst du aus.«

Als Marie hinter sich die Männerstimme hörte, fuhr sie herum und strich sich den Rock glatt.

»Hallo, Fricke«, sagte sie, und ihr Lächeln verrutschte ein wenig. Flott? Das war nicht gerade das Kompliment, das sie für ihr Business-Outfit kassieren wollte. »Seit wann trägst du einen Bart?«

Nun war es an ihm, unsicher an sich zu zupfen und zu grinsen. »Ich dachte, das macht sich vielleicht … ganz gut.« Er ließ seinen Bart in Ruhe und fuhr sich über die Glatze, die im Sonnenlicht, das durch das Fenster über der Tür in die Diele fiel, wie frisch poliert glänzte.

Marie nickte ermutigend. Sie kannte Fricke seit fast zwanzig Jahren. Als ihre Eltern den ehemaligen Schiffskoch für die Pension eingestellt hatten, war sie noch ein Schulmädchen gewesen. Sie hatte es geliebt, in der Küche zu sitzen und ihm zuzuhören, wie er sein Seemannsgarn spann. Dabei war ihr selbst in ihrem jungen Alter klar gewesen, dass die meisten seiner abenteuerlichen Geschichten frei erfunden waren. Nur die Beschreibung des Heimwehs nach seiner Geburtsinsel Juist war immer echt gewesen, das hatte sie ebenfalls gespürt. Deshalb war Fricke mit vierzig Jahren von den »sieben Meeren«, wie er zu sagen pflegte, nach Hause zurückgekehrt. Etwas, das Marie überhaupt nicht verstehen konnte.

»Es ist bald Zeit fürs Mittagessen, Fricke«, stellte sie nach einem kurzen Blick auf ihre Armbanduhr fest. »Haben alle Gäste Vollpension gebucht?«

»Nö. Gibt ja immer genug Leute, die lieber auf dem Weg zum Strand Fritten essen. Oder Bratfisch.« Beim letzten Wort verzog er das Gesicht.

»Isst du immer noch keinen Fisch?«, erkundigte Marie sich.

Als Kind hatte sie es irgendwie normal gefunden, dass es für die Gäste in der Pension selten Fisch gab, weil Fricke stets mühsam überredet werden musste, welchen zuzubereiten. Er hasste Fisch. Punkt. Er konnte ihn auch nicht riechen, und abschmecken erst recht nicht.

»Nö«, antwortete er wieder und verdrehte die Augen, als wäre das eine sehr seltsame Frage. »Und ich koch ihn höchstens einmal im Monat. Allerhöchstens!« Das brachte er sehr energisch hervor, damit sie gleich Bescheid wusste, dass daran nicht zu rütteln war.

Marie sagte nichts dazu. Darum musste sich die Fachkraft kümmern, die ihren Vater während seines Krankenhausaufenthalts vertrat. Die Aufgabe, jemanden zu finden, der für einige Wochen die Pension leiten konnte, war deutlich wichtiger, als nach all den Jahren Frickes Fischproblem anzugehen. Sie beschloss, gleich nachher bei einer Fachvermittlung für Gastronomiepersonal anzurufen. Nebenbei würde sie natürlich ihren Vater im Tagesgeschäft entlasten und den Ablauf der notwendigen Aufgaben im Auge behalten.

»Wie viele Gäste haben wir zum Mittagessen?«, erkundigte sie sich.

»Acht sind's. Die Hälfte von denen, die morgens und abends hier essen.« Diese Tatsache schien Fricke persönlich zu beleidigen, jedenfalls zog er zwischen den angegrauten Barthaaren einen Flunsch.

»Vielleicht essen die anderen alle gern Fisch«, konnte Marie sich nicht verkneifen zu sagen.

»Dann soll'n sie eben wegbleiben.«

»Wird es nicht langsam Zeit, dich darum zu kümmern, dass das Essen fertig wird?« Marie schaute ein weiteres Mal auf ihre Uhr.

»Schon«, erklärte Fricke in einem Ton, der ihr offenbar klarmachen sollte, dass sie in dieser Angelegenheit nicht viel zu melden hatte. Wahrscheinlich sah er in ihr immer noch die kleine Marieke, die in der Küche die Puddingschüssel ausgeschleckt hatte. »Der grüne Salat is welk. Richtig schlapp is der. Aber Rainulf kann es nicht leiden, wenn wir was wegwerfen, was noch irgendwie geht.«

Irgendwie geht. Marie unterdrückte einen Seufzer.

»Hast du oben in der Wohnung nachgesehen? Oder vielleicht ist mein Vater im Garten?«, fragte sie, weil ihr klar war, dass Fricke ohnehin nicht tun würde, was sie ihm in diesem Fall sagte.

»Ich kann nich überall rumlaufen. Muss noch einiges vorbereiten.« Fricke hatte sich schon halb in Richtung Küche umgewandt.

»Ich finde ihn«, versprach Marie. »Allzu weit kann er ja nicht sein.« Ihre Bemerkung war auf Juist wörtlich zu nehmen. Hier konnte niemand verloren gehen. Nicht einmal, wenn er sich Mühe gab.

»Eins noch, Fricke«, sagte sie, schon halb im Gehen. »Mir ist es lieber, Marie genannt zu werden. In Hamburg nennen mich alle so.«

Der Koch lachte. »Dein Vater sagt Marieke. Und der muss schließlich wissen, was er dir für einen Namen gegeben hat, nich?«

Marie seufzte und ging die Treppe zum ersten Stock hinauf. Auf dieser Insel schien es absolut niemanden zu interessieren, was sie wollte.

Sie ging den Flur mit den Gästezimmern entlang, vorbei an ihrem eigenen Zimmer, das ganz am Ende lag, und trat durch die Tür mit dem Schild *Privat*. Hinter dieser Tür lag eine weitere Treppe, die ins ausgebaute Dachgeschoss führte. Dort befand sich die Wohnung, in der Marie aufgewachsen war. Zu ihrem sechzehnten Geburtstag hatte sie ein Zimmer im Gästeflur bekommen. Dort hatte sie viel mehr Platz als in dem Kämmerchen mit Klappbett neben dem elterlichen Wohnzimmer.

Damals war sie unendlich stolz auf ihr neues Reich gewesen. Sie hatte verstanden, dass ihr Umzug einen Vertrauensbeweis bedeutet hatte, denn nun konnte sie praktisch kommen und gehen, wann sie wollte, ohne dass ihre Eltern es zwangsläufig mitbekamen. Außerdem war ihr klar gewesen, dass es sich um ein teures Geschenk handelte, denn indem sie Marie dort wohnen ließen, verzichteten ihre Eltern auf erkleckliche Einnahmen, da sie dieses Zimmer nun nicht mehr vermieten konnten.

»Papa?«, rief Marie in den schmalen Flur unter dem Dachgiebel.

Keine Antwort.

»Papa? Bist du hier? Fricke hat eine Frage, und ich will mich nicht einmischen.«

Es blieb still. Vielleicht war ihr Vater im Garten. Oder er kramte im Keller herum, wo die Getränke, zusätzliche Gartenmöbel, Zustell- und Kinderbetten und Ähnliches gelagert wurden.

Gerade wollte Marie die Wohnungstür von außen zuziehen, als sie aus dem Flur ein seltsames Geräusch hörte. Eine Art Pfeifen wie von einem Wasserkessel, in dem die Flüssigkeit im nächsten Moment zum Kochen kommen würde. Hatte ihr Vater einen Topf auf dem Herd vergessen?

Sie eilte in die Küche mit dem großen Dachfenster, durch das man direkt in den Himmel blickte. Als sie den Raum betrat, schnappte sie erschrocken nach Luft. Bei jedem ihrer wenigen Besuche während der vergangenen Jahre hatte sie dieser kleine, schmerzliche Schreck durchfahren.

Sie blieb in der Tür stehen und ließ ihren Blick durch den Raum wandern. Alles war noch genau wie zu Lebzeiten ihrer Mutter. Sogar die schiefe Vase stand noch da. Mama hatte sie in einem Töpferkurs gemacht, den sie einmal in der Nebensaison im Kurhaus besucht hatte, als es auf der Insel nur wenige Gäste und daher noch freie Plätze für die Einheimischen gegeben hatte.

Zärtlich fuhr Marie mit dem Zeigefinger über den oberen Rand des braun lasierten Gefäßes. Die Rundung war schief, genau wie die ganze Vase. Sie hatten schrecklich gelacht, als Mama das Werk mit nach Hause gebracht hatte. Am lautesten hatte Mama selbst gelacht. Dann hatte sie die Vase in die Küche gestellt und sie den ganzen Sommer über immer wieder mit frischen Blumen gefüllt. Im Winter pflückte sie kleine Zweige oder Gräser. Nun war die Vase leer, aber sie stand immer noch an ihrem alten Platz.

Als hätte sie sich verbrannt, zog Marie hastig ihre Hand zurück und wandte sich ab. Der Herd war ausgeschaltet, und auch der Wasserkocher war nicht in Betrieb, das seltsame Pfeifen hörte sie jedoch immer noch. Auch im nebenan gelegenen Wohnzimmer fand sie die

Ursache des Geräusches nicht. Dennoch durchquerte sie den Raum, um durch eines der beiden Dachfenster zu schauen, die einen Ausschnitt des Sommerhimmels zeigten. Wenn sie sich auf die Zehenspitzen stellte, konnte Marie über die Dächer der anderen Häuser hinweg die Dünen sehen. An diesem sonnigen Tag hatte das Ecksofa unter den Fenstern fast denselben Ton wie der Himmel. Blau war die Lieblingsfarbe ihrer Mutter gewesen. Der Teppich unter dem niedrigen Couchtisch schimmerte graublau wie die Nordsee. Auf dem Wandbrett neben der Tür lagen ein paar besonders schöne Muscheln und in einem Gläschen daneben sechs oder sieben winzige Bernsteinstücke.

»Wenn ich alt bin, habe ich vielleicht genug für eine Kette«, hatte ihre Mutter einmal gesagt, als sie einen neuen Fund zu den anderen gelegt hatte. Traurig betrachtete Marie die wie dunkler Honig schimmernden kleinen Klumpen. Als sie mit den Fingerspitzen darüberstrich, fühlten die Stückchen sich warm an, als hätten sie eben noch in der Sonne gelegen. Ihre Mutter war viel zu jung gestorben, um genug Bernstein für eine Kette zu sammeln.

Als hätte sie ihren frühen Tod vorausgesehen, hatte Maries Mutter sehr genau gewusst, wo sie einmal begraben werden wollte. Obwohl Juist nicht einmal zweitausend ständige Einwohner hatte, gab es zwei Friedhöfe. Einen mitten im Hauptort, wo jeder Inselbewohner regelmäßig vorbeikam, und einen zweiten in den Dünen, wo Meer und Himmel nahe und die Gräber nur von Sand und Seegras umgeben waren.

Der Dünenfriedhof war das Ziel vieler der langen Spaziergänge gewesen, die Cornelia Janssen außerhalb der Hauptsaison unternommen hatte, wenn ihr Zeit dazu blieb.

»Du fehlst mir, Mama, und es tut mir leid«, flüsterte Marie dem Foto zu, das neben dem kleinen Regal an der Wand hing. Darauf lächelte ihre Mutter ihr vertrautes, liebevolles Lächeln. Natürlich würde sie Marie verzeihen, wie sie ihr alles verziehen hatte. Weil Marie ihre Tochter war, ihr geliebtes einziges Kind. Ihr Vater jedoch … Marie verzog das Gesicht.

In diesem Moment begriff sie plötzlich, woher das leise Pfeifen kam, das auch hier im Wohnzimmer deutlich zu hören war.

Sie ging durch den Flur und blieb in der offenen Tür zum Schlafzimmer stehen. Ihr Vater lag auf der linken Seite des Ehebetts und schlief mit offenem Mund, durch den in regelmäßigen Abständen jener seltsame Ton kam, den sie bereits von der Wohnungstür aus gehört hatte. Sein Schlaf war so tief, dass er auch durch das Klackern ihrer Absätze nicht geweckt wurde, als sie sich dem Bett näherte.

»Papa?«, sagte sie leise, doch er wachte nicht auf.

Eine Weile stand sie unschlüssig da und schaute auf ihn hinab. Er musste sehr müde sein. Oder sehr krank. Früher hatte er nie tagsüber geschlafen. Sein Gesicht war eindeutig schmaler, als sie es in Erinnerung hatte. Und waren die Fältchen um seine Augen bei ihrem letzten Besuch auch schon so tief gewesen?

Als hätte er im Schlaf ihren forschenden Blick bemerkt, wurde er unruhig. Er bewegte den Kopf hin und her, schloss die Lippen, sodass das Pfeifen aufhörte, drehte sich schließlich um und wandte ihr den Rücken zu.

»Schlaf dich aus, Papa«, sagte sie und verließ auf Zehenspitzen die Wohnung. Sie hatte schon festliche Abendessen für mehr als zweihundert Personen organisiert, also würde es ihr zweifellos gelingen, in einer Familienpension die Verantwortung für eine Mahlzeit für nicht einmal zehn Gäste zu übernehmen.

In der Diele lief ihr als Erstes Susa über den Weg, die seit einer kleinen Ewigkeit im *Sandstern* die Zimmer putzte und beim Servieren half.

»Moin, Marieke«, sagte sie mit einem strahlenden Lächeln, das durch ihre schiefen Zähne nichts von seiner Wärme einbüßte. »Schön, dass du mal wieder hier bist. Ich hoffe, du bleibst dieses Mal ’n büschen länger. Wär jedenfalls gut, denk ich.« Sie seufzte laut und legte sich dabei die Hand auf die Brust, als würde der Seufzer ihr Schmerzen bereiten.

Fragend schaute Marie die in die Jahre gekommene Serviererin an. Mittlerweile musste Susa ihren vierzigsten Geburtstag seit einiger Zeit hinter sich haben.

Hatte die langjährige Angestellte bemerkt, dass Maries Vater mit der Leitung der Pension nicht mehr klarkam? War es kein Einzelfall, dass er tagsüber oben in der Wohnung verschwand und schlief? Sie konnte Susa nicht fragen, ohne ihren Vater bloßzustellen.

Mit einer energischen Bewegung strich sich Marie eine der außer Kontrolle geratenen Haarsträhnen aus der Stirn. Es wurde allerhöchste Zeit, dafür zu sorgen, dass die Gäste ihr Mittagessen bekamen. Mittlerweile war Essenszeit, wie Marie auch am Stimmengewirr bemerkte, das durch die Tür des Speisezimmers zu ihnen herausdrang.

»Fricke weigert sich, den Salat rauszugeben«, sagte Susa. »Angeblich ist er welk. Als ob man das noch merken tät, wenn die Sauce drauf ist. Nu sitzen die Leute da und haben Hunger.«

»Ich kümmere mich darum.« Marie machte sich auf den Weg in die Küche. Sie kam jedoch nicht weit. Auf halbem Weg wurde sie von Frau Beck aufgehalten, die durch die eigentlich dem Personal vorbehaltene Tür in den Flur trat.

»Gut, dass ich Sie sehe«, sagte sie bei Maries Anblick. »Die Serviererin behauptet, ich könne keinen Tisch für zwei Personen haben. Das ginge nicht.«

Marie drehte sich nach Susa um. »Wieso geht das nicht?«

»Die Regel ist, dass eine einzelne Person keinen von den größeren Tischen blockieren darf«, flüsterte Susa mit dem Rücken zu Frau Beck. »Die brauchen wir für Paare und für Familien. Der Tisch in der Ecke ist für einzelne Gäste, und der ist auch noch frei. Das habe ich der Frau erklärt, aber sie will unbedingt einem leeren Platz gegenübersitzen.«

»Hören Sie auf mit dem Getuschel«, rief Frau Beck aus dem Hintergrund. »Da gibt es nichts zu flüstern. Ich zahle für ein Doppelzimmer, dann steht mir auch ein Tisch für zwei Personen zu. Basta! Gestern Abend und heute Morgen habe ich an dem armseligen kleinen

Tisch ganz in der Ecke einer verkümmerten Pflanze gegenübergesessen. Ich will einen Zweiertisch.«

»Es tut mir leid, Frau Beck.« Mit sanftem Nachdruck schob Marie die kopfschüttelnde Susa zur Seite und wandte sich der alten Dame mit jenem besänftigenden Lächeln zu, das sie sich im Umgang mit anspruchsvollen Gästen angewöhnt hatte.

Frau Beck erwiderte ihren Blick mit unbewegter Miene und verschränkte die Arme vor der Brust.

»Die Zweiertische sind besetzt. Das habe ich doch schon gesagt.« Susa versuchte es mit einem strengen Blick, der Frau Beck nicht im mindesten zu beeindrucken schien.

»Ist noch einer von den Fenstertischen frei?«, erkundigte sich Marie bei Susa, die neben der Küchentür herumtrödelte.

»Ja«, gab die Serviererin widerwillig zu.

»Dann bekommt Frau Beck den.«

»Aber das ist doch ein Vierer…«

»Die Maxime unseres Hauses ist, die Wünsche der Gäste zu erfüllen, wenn es sich irgendwie machen lässt. Und Frau Becks Wunsch lässt sich erfüllen, nicht wahr?« Marie starrte Susa beschwörend an.

»Maxime? Was soll das sein?« Susa verdrehte die Augen, doch Marie starrte weiter, bis die Serviererin sich mit einem Ruck der Tür zum Speiseraum zuwandte.

»Ich zeige Ihnen den Tisch«, sagte sie zu Frau Beck, und Marie ging zufrieden weiter in Richtung Küche.

Fricke saß an dem kleinen Tisch in der Ecke und blätterte in der Zeitung. Als Marie hereinkam, hob er nur kurz den Kopf. »Hast du den Chef nicht gefunden, min Deern?«

»Nein. Deshalb werde ich mich heute um alles Nötige kümmern. Wo ist der Salat, den du nicht zubereiten willst?« Sie schaute sich suchend um.

»Liegt neben dem Spülbecken.«

Während Marie die tatsächlich ziemlich schlappen Salatblätter betrachtete, vertiefte Fricke sich wieder in seine Zeitung. Obwohl die Gäste im Speisezimmer schon auf ihr Essen warteten, schien er die Ruhe wegzuhaben und bestimmte Entscheidungen grundsätzlich nicht selbst zu treffen.

»Womit können wir den Salat ersetzen?« Kurz entschlossen warf Marie die Salatköpfe zum Biomüll.

Fricke zog die Schultern hoch und schüttelte den Kopf. »Is nichts da. Streichen wir eben für heute den Salat. Wenn Rainulf wirklich mal was wegwirft, gibt's keinen *Ersatz*. Weil wenn ich was anderes mach, fehlen die Zutaten dann ja wieder am nächsten Tag.«

Marie runzelte angestrengt die Stirn. »Was steht denn heute auf dem Speiseplan?«

»Braadkartüffeln mit Sülze oder Rührei und hinterher Vanillepudding«, erklärte Fricke heiter. Während seiner Jahre als Schiffskoch hatte er aus nahezu allen friesischen Dialekten Wörter übernommen.

»Bratkartoffeln und Pudding sind sicher schmackhaft, aber mehr oder weniger vitaminfrei. Das geht auf keinen Fall ohne Salat oder Gemüse«, stellte Marie fest.

Mit dem Handrücken schob sie sich die Haare aus der Stirn. Mittlerweile hatte sich der Zopf in ihrem Nacken fast vollständig aufgelöst, und die Zwanglosigkeit, die sie morgens durch einige wenige sich über den Ohren kringelnde Strähnen erzeugt hatte, war zum Chaos geworden.

Sie griff nach einem Küchentuch und band es sich fest um den Kopf. Dann eilte sie in die Kühlkammer und inspizierte das Regal mit den Gemüsevorräten. Sie legte zwei Dutzend Tomaten in eine große, flache Metallschale und füllte eine zweite mit grünen Bohnen.

»Wir machen Tomaten-Bohnen-Salat«, bestimmte sie.

»Gibt's bei uns nie.« Fricke schüttelte den Kopf und machte keine Anstalten aufzustehen.

»Heute gibt es ihn«, erklärte Marie in exakt dem Ton, in dem sie in Hamburg mit aufmüpfigen Kellnern redete.

»Ich putze die Bohnen und blanchiere sie. Du kannst in der Zwischenzeit die Tomaten klein schneiden.«

»Mhm«, machte Fricke, rührte sich aber immer noch nicht von der Stelle.

»Du schneidest bitte die Tomaten klein«, wiederholte Marie mit lauter, klarer Stimme.

Fast war sie erstaunt, als Fricke aufstand, zum Spülbecken ging und Wasser in die flache Schale laufen ließ, in der die Tomaten lagen, um sie abzuwaschen.

»Du weißt also, dass man Bohnen nicht roh essen darf«, stellte er fest, und in seinen Worten schwang eine gewisse Anerkennung mit. War es so leicht, seine Achtung zu gewinnen? Nur weil sie wusste, dass man die Bohnen nicht roh in den Salat werfen durfte? Gehörte das nicht zum Grundwissen jeder Hausfrau? Als Hotelfachfrau hatte sie während ihrer Ausbildung selbstverständlich ein Küchenpraktikum gemacht. Seitdem kochte sie recht gern, obwohl sie während ihrer Jugend einen großen Bogen um den Herd gemacht hatte. Sie hatte Fricke nur beim Gemüseputzen geholfen, wenn er ihr gedroht hatte, ihr sonst das Ende einer spannenden Seemannsgeschichte nicht zu erzählen.

In Windeseile wusch sie die Bohnen, schnitt die Enden und die Spitzen ab, warf sie in das Wasser, das sie nebenbei zum Kochen gebracht hatte, stellte einen der Küchenwecker auf wenige Minuten ein und holte in der Zwischenzeit Eiswürfel aus dem Gefrierfach.

»Du weißt sogar, dass man die Bohnen abschreckt, damit sie schön grün bleiben?«, staunte Fricke und vergaß für einen Moment die Tomaten vor sich auf dem Schneidebrett.

»Mhm«, machte Marie, ohne sich von ihrer Arbeit ablenken zu lassen.

Nachdem sie zwei Bund Petersilie gewaschen und gehackt hatte, vermischte sie in einer großen Metallschüssel Bohnen und Tomaten, während Fricke aus Essig, Öl und weiteren Zutaten ein Dressing anrührte.

»Wo sind die Zwiebeln?«, fiel ihr ein. »Da müssen unbedingt Zwiebeln rein.«

»In der Kühlkammer steht ein großer Steinkrug mit Deckel. Ganz hinten rechts.« Fricke untermalte seine Worte mit dem Knirschen der Pfeffermühle, die er über der Schüssel mit dem Dressing im Kreis bewegte.

»Die Gäste sind ziemlich ungeduldig«, meldete in diesem Moment Susa von der Tür her.

Neben Marie klirrte und platschte es. Sie fuhr herum und sah, dass Fricke die große Pfeffermühle in die Salatsoße geworfen hatte.

»Was …?«, begann sie, stockte aber, als sie das Gesicht des Kochs sah. Er war knallrot geworden und sah Susa mit einem höchst merkwürdigen Blick an. Das Schicksal der Pfeffermühle schien ihm egal zu sein.

»Soll ich helfen, Frieder?«, erkundigte sich Susa und deutete auf die Schüssel vor ihm.

»Frieder?«, fragte Marie verblüfft.

Susa lachte. »Weißt du nicht, dass er Frieder heißt? Frieder Fricke. Eigentlich weiß niemand, er selber auch nicht, warum ihn alle beim Nachnamen nenne. Stört ihn aber auch nicht.«

»Stimmt, is mein Vorname. Is mir aber eigentlich egal, wie die Leute zu mir sagen.« Fricke senkte den Kopf und machte fluchtartig ein paar Schritte zur Seite, während Susa hilfsbereit die Pfeffermühle aus der Schüssel fischte und mit einem feuchten Tuch abwischte.

»Ich sag gern Frieder zu dir, und du hast gesagt, das gefällt dir.« Susa strich sich ein paar unsichtbare Fusseln vom dunklen Rock, während sie unschlüssig mitten in der Küche stand.

Fricke murmelte etwas Unverständliches vor sich hin. Seine Wangen glühten immer noch.

»Mach eine Flasche Sekt auf, und serviere einen Aperitif. Für die Kinder ein kleines Glas Saft«, entschied Marie, auf der Suche nach Zwiebeln schon halb in der Kühlkammer.

Als sie mit den Zwiebeln zurückkam, war Susa immer noch da, während Fricke mit gesenktem Kopf heftig in der Schüssel rührte.

»Aperitif? Versteh ich nich.« Die Serviererin zog das Wort lang, als hätte Marie ihr aufgetragen, die Gäste zum Zeitvertreib mit dem Gartenschlauch abzuspritzen.

»Ein Gratisgetränk vor dem Essen. Damit die Gäste beschäftigt sind, bis der Salat fertig ist«, erläuterte Marie und zog ein Schneidebrett zu sich heran.

»Es gibt nie Alkohol zum Mittagessen. Schon gar nicht gratis.« Susa stemmte die Hände in die Hüften.

»Heute gibt es vor dem Mittagessen Sekt. Gratis.« Flink schälte Marie die Zwiebeln. Schon während ihrer Ausbildung hatte sie gelernt, dass kaum etwas verärgerte Gäste rascher besänftigte als ein Drink, den sie nicht bezahlen mussten. Am besten ein Drink mit Alkohol.

Susa stieß einen unbestimmten Laut aus und verschwand im Flur, hoffentlich auf dem Weg in den Keller, um Sekt zu holen.

Fünf Minuten später liefen Marie die Tränen in Strömen über die Wangen, sie konnte nichts mehr sehen und hackte mehr oder weniger blind auf dem Holzbrett herum.

»Fricke«, ächzte sie und wischte sich mit dem Unterarm über das Gesicht, was aber auch nichts mehr half. Den Koch erkannte sie in wenigen Metern Entfernung nur noch als verschwommene Gestalt. »Kannst du das mit den Zwiebeln bitte fertigmachen? Dann in den Salat damit, das Dressing untermischen und auf die Teller verteilen. Ich schaue mittlerweile nach, wie es im Speisesaal aussieht.« Vorher musste sie natürlich dafür sorgen, dass sie überhaupt wieder etwas sehen konnte.

Fricke brummte etwas vor sich hin, das sie mit viel gutem Willen als Zustimmung deutete. Seine Bewunderung für ihre Kochkünste schien angesichts ihrer Heulerei beim Zwiebelschneiden bereits verebbt zu sein.

Marie tastete sich zur Küchentür und tappte den schmalen Flur zum Speiseraum entlang. Hier hatte immer ein Spiegel gehangen, damit das Personal überprüfen konnte, ob Haare und Kleidung in Ordnung waren.

Durch die Tränenschleier in ihren brennenden Augen erkannte Marie ein Schimmern an der Wand. Der Spiegel. Sie steuerte darauf zu, blieb aber erschrocken stehen, als sich vom Speisesaal her eine Männergestalt näherte.

»Entschuldigen Sie bitte«, rief sie dem Gast zu. »Hier ist nur für Personal. Wenn Sie sich bitte wieder an Ihren Tisch setzen. Wir servieren in wenigen Augenblicken.«

»Das ist sehr nett, aber ich habe schon gegessen.«

Sie erkannte die Stimme und sogar das kleine Lachen am Satzende sofort.

»Ach, *Sie* sind das!« Blinzelnd versuchte sie, ihn deutlicher zu erkennen, aber ihre Augen tränten immer noch heftig, zumal sie in ihrer Not versehentlich versucht hatte, die Tränen mit den Fingerspitzen fortzuwischen, mit denen sie eben noch die Zwiebeln berührt hatte.

»Kann ich helfen?«, erkundigte sich Doktor Siemon mit besorgter Stimme. »Sie wirken … unglücklich. Ist etwas mit Ihrem Vater passiert.«

Unglücklich? Marie riss sich mit einer hastigen Handbewegung das Küchenhandtuch vom Kopf, woraufhin ihr prompt zahlreiche außer Kontrolle geratene Haarsträhnen ins Gesicht fielen und an ihren feuchten Wangen kleben blieben. Mit dem weißen Handtuch wischte sie sich hektisch im Gesicht herum, und langsam klärte sich ihr Blick.

»Alles bestens.« Nun konnte Marie ihn schon fast deutlich erkennen. Sein freundliches Lächeln, seinen forschenden Blick und die widerspenstigen Haare. »Ich habe Zwiebeln geschnitten.«

»Ein wenig kühles Wasser in den Augen hilft«, sagte er ruhig.

»Es ist schon alles in Ordnung«, erklärte sie steif. »Sie sind sicher nicht meinetwegen herbeigeeilt?«

»Nein. Obwohl ich wirklich gern helfe, kann ich leider nicht jedes Mal kommen, wenn auf dieser Insel jemand beim Zwiebelschneiden Tränen vergießt. Obwohl mir scheint, dass Sie besonders heftig reagieren.« Wieder das Lachen, das so freundlich klang und sie dennoch irritierte, weil sie nicht wusste, ob er sich über sie lustig machte.

Stumm wartete sie, dass er endlich eine Begründung für seine Anwesenheit nannte.

»Ich möchte vorsichtshalber noch einmal eine Blutprobe Ihres Vaters nehmen und ein großes Blutbild machen lassen. Falls er, was ich sehr hoffe, tatsächlich schon übermorgen in die Klinik geht, ist das wahrscheinlich hilfreich. Die Zeit für die Voruntersuchungen wird knapp.« Der Arzt schaute sich in dem schmalen Flur um und sah hinüber zur Küchentür. »Normalerweise findet man ihn um diese Zeit in der Küche oder im Speisesaal.«

»Heute nicht. Er schläft.«

»Ist er oben?« Doktor Siemon runzelte die Stirn.

»Meinen Sie, es geht ihm schlecht? Ich dachte, er braucht einfach nur ein bisschen Ruhe.« Erschrocken starrte Marie ihn an.

»Im Prinzip ist es gut, wenn er sich möglichst oft ausruht.« Der Arzt richtete seinen Blick nachdenklich zur Decke.

Marie fielen die seltsamen Töne ein, die ihr Vater von sich gegeben hatte. Wenn das gar kein Schnarchen gewesen war, sondern besorgniserregenden Laute, die sie nur nicht richtig eingeordnet hatte? Töne, die vielleicht ein Alarmsignal gewesen waren, auf das sie nicht reagiert hatte.

»Wahrscheinlich ist alles in bester Ordnung.« Doktor Siemon berührte flüchtig ihre Schulter. »Ich gehe gleich nach oben und horche ihn ab.«

»Woher wissen Sie überhaupt, dass er am Tag niemals schläft? Es kann doch sein, dass er das schon immer macht.« Sie schaute den Arzt herausfordernd an.

»Er ist mein Patient«, erklärte er mit schönster Selbstverständlichkeit.

»Aha«, machte Marie irritiert. Ihr Hausarzt in Hamburg hatte nicht die geringste Ahnung, wie sie ihre Tage verbrachte, wann sie schlief und was sie sonst so tat. Und was sie betraf, ging ihn das auch nichts an.

»Bei älteren Patienten kann es sehr hilfreich sein, möglichst viel über ihren Tagesablauf und über ihr Leben allgemein zu wissen«, dozierte Doktor Siemon, anstatt endlich nach oben zu gehen und nach ihrem Vater zu sehen.

»Warum picheln die Gäste auf unsere Kosten Sekt und warten immer noch aufs Essen? Essenszeit war vor einer halben Stunde. Susa sagt, du hättest das Kommando an dich gerissen, Marieke. Erklär mir mal, was hier los ist!«

Marie und Doktor Siemon fuhren gleichzeitig herum, als Rainulf Janssen hinter ihnen lospolterte.

Marie atmete auf, als sie ihren Vater so munter erlebte. Doch der Moment der Erleichterung war kurz, dann kam der Ärger, dass ihr Vater herummeckerte, obwohl sie ihn vertreten hatte, als er einfach verschwunden gewesen war.

»Du hast Besuch, Papa.« Mit sanftem Nachdruck schob Marie Philipp Siemon nach vorn.

Zum Glück ließ Rainulf sich durch die Anwesenheit des Arztes vom kostenlos ausgeschenkten Sekt ablenken und fixierte seinen Besucher mit zusammengekniffenen Augen. »Herr Doktor«, sagte er langsam und machte anschließend eine lange Pause. »Ich habe es Ihnen schon oft gesagt und wiederhole es heute noch mal: Ich bin nicht so krank, wie Sie mir einreden wollen. Deshalb ist es nicht nötig, dass Sie mich neuerdings fast jeden Tag zu Hause besuchen. Wie Sie sehen, bin ich gesund und bei der Arbeit.«

»Ich freue mich, dass Sie sich gut fühlen, Herr Janssen.« Doktor Siemon lächelte freundlich. »Allerdings habe ich Ihnen schon mehrfach erklärt, dass es in Ihrem Fall gute und schlechte Tage gibt. Gefährlich wird es, wenn Sie sich überanstrengen. Oder …«

»Herr Doktor!« Maries Vater verdrehte die Augen. »Ich weiß, was ich mir zumuten kann. Und jetzt muss ich mich um meine Gäste kümmern.«

»Es ist ganz einfach, mich loszuwerden.« Der Arzt stellte seine bauchige Tasche aus braunem Leder auf einen der Tische an der Wand, auf denen bei größeren Gesellschaften vor dem Servieren

Schüsseln abgestellt wurden. Dann öffnete er den Schnappverschluss der Tasche und holte ein Blutdruckmessgerät hervor. »Nur eine kurze Messung, und anschließend brauche ich etwas Blut von Ihnen, Herr Janssen, dann verschwinde ich sofort wieder.«

Hastig wich Maries Vater zurück. »Kommt nicht infrage! Ich denk nicht dran, mich hier zwischen Speisesaal und Küche untersuchen zu lassen.«

»Wir sollten einige Voruntersuchungen machen, bevor Sie ins Krankenhaus gehen.«

Mit dem Messgerät in der Hand näherte sich der Arzt seinem widerborstigen Patienten – der gleichzeitig zwei weitere Schritte rückwärts machte.

»Wie kommen Sie darauf, dass ich ins Krankenhaus gehe? Ich hab Ihnen doch gesagt, ich denk nicht dran.« Rainulf schwankte ein wenig und stützte sich hastig an der Wand ab.

»Nicht aufregen. Das ist nicht gut für Sie. Setzen Sie sich.« Doktor Siemon nahm ihn beim Arm und führte ihm zu dem Stuhl in der kleinen Nische am Ende des Flurs.

»Hast du das hinter meinem Rücken mit dem Doktor abgemacht, Marieke? Dass ich ins Krankenhaus geh?«, rief ihr Vater ihr zu, während der Arzt wortlos mit der freien Hand seinen Ärmel hochschob und die Manschette des Blutdruckgeräts anlegte.

»Ich kann jemanden besorgen, der für zwei oder drei Wochen die Pension leitet. Es gibt Vermittlungen für Fachpersonal. Das sind Fachleute mit einer guten Ausbildung und Erfahrung in der Gastronomie und Hotellerie«, erklärte Marie mit einem Seitenblick in Richtung des Arztes, der inzwischen in die Ohrhörer seines Messgeräts lauschte. »Nach allem, was Doktor Siemon mir gesagt hat, bist du spätestens in drei Wochen wieder fit.«

Sie warf dem Arzt einen warnenden Blick zu, als sie sah, dass er die Hörer aus den Ohren nahm und Anstalten machte, dem etwas hinzuzufügen. Wahrscheinlich wollte er wieder eine alberne Bemerkung darüber machen, dass zur vollständigen Genesung eine wunderbare Vater-Tochter-Beziehung notwendig wäre. Zu ihrer Erleichterung sagte er es nicht, sondern packte sein Messgerät wieder ein.

»Sind das von dieser Vermittlung so Leute mit einer Ausbildung, wie du sie gemacht hast?«, erkundigte ihr Vater sich in giftigem Ton. »Welche, die die Gäste am helllichten Tag auf meine Kosten betrunken machen?«

Marie spürte, wie in ihrem Bauch Wut aufsprudelte, als hätte ihr jemand eine ganze Flasche Sekt auf einmal in den leeren Magen geschüttet – auf wessen Kosten auch immer. Sie bemühte sich krampfhaft, ruhig und tief zu atmen, um den Aufruhr zu dämpfen, was ihr aber nur bedingt gelang.

»In der gehobenen Gastronomie ist es eine gebräuchliche und sehr wirkungsvolle Maßnahme, wenn etwas schiefgelaufen ist, den Gästen zum Ausgleich eine Kleinigkeit anzubieten«, stieß sie mühsam hervor, denn plötzlich war ihre Kehle ganz eng.

»Wollen wir zum Blutabnehmen besser nach oben gehen, Herr Janssen?«, mischte sich an dieser Stelle Doktor Siemon ein. Nun war er derjenige, der Marie einen beschwörenden Blick zuwarf.

Sie unterdrückte einen Seufzer und bemühte sich tapfer, das Brodeln in ihrem Bauch zu ignorieren.

Maries Vater starrte mit anklagender Miene die Speisezimmertür an, durch die in diesem Moment lautes Gelächter drang. »Am helllichten Tag betrunken. Daran bist du schuld, Marieke!«

Sie beschloss, nicht auf die alberne Bemerkung einzugehen. »Ich heiße jetzt Marie«, sagte sie stattdessen knapp.

Ihr Vater schnaubte wie ein missgestimmtes Pferd vor dem Müllwagen. »Wenn das deine Mutter wüsste. Marieke ist ein schöner Name, nicht wahr, Herr Doktor?«

Diesem war es sichtlich unangenehm, in den Streit hineingezogen zu werden. Er verweigerte die Aussage.

»Stimmt's, Herr Doktor?«, drängte Maries Vater.

»Wie alles andere sind Namen Geschmacksache«, erklärte Philipp Siemon diplomatisch.

»Und wie ist dann Ihr Geschmack? Marieke klingt gut, und es passt gut zu meiner Tochter, nicht wahr?« So leicht ließ Maries Vater ihn natürlich nicht davonkommen.

»Marieke ist ein schöner Name, Marie aber auch«, erklärte der Arzt tapfer.

»Aber sie heißt Marieke. Ihre Mutter wollte das so. Nicht dass es das Mädchen jemals gekümmert hätte, was ihre Eltern sich wünschen, was ihre Mutter gern wollte …«

»Bitte, Papa!« Marie spürte, wie erneut Tränen in ihren Augen brannten, und dieses Mal hatte sie keine einzige Zwiebel geschnitten. »Die Gäste können dich hören.«

»Die Wahrheit kann ruhig jeder hören.« Ihr Vater verschränkte die Arme vor der Brust.

»Sie werden noch genug Zeit haben, Ihre Konflikte zu klären. Nach der Operation«, sagte der Arzt entschieden. »Jetzt sollten Sie sich erst einmal beruhigen und für die kommende Woche Kräfte sammeln.«

Marie musterte den Arzt mit jenem Blick, der sonst Kellnern vorbehalten war, die während eines Banketts nicht nach den strengen Vorgaben des Hauses arbeiteten. »Was meinen Sie damit, dass wir genug Zeit haben werden? Wie ich schon erwähnte, muss ich dringend zurück nach Hamburg.«

»Sie erwähnten, dass Sie Urlaub haben.« Doktor Siemon schaute sie ernst und vollkommen unerschrocken an. Sein Blick war so dunkel wie das Meer an einem jener Wintertage, an denen der Himmel gar nicht richtig hell wird.

»Ich habe gesagt, dass ich wichtige Gründe habe, Juist so bald wie möglich wieder zu verlassen.«

Doktor Siemon räusperte sich, sagte aber nichts. Zu seinem Glück, denn wenn er jetzt vor ihrem Vater angesprochen hätte, dass sie mit Gerit in Urlaub fahren wollte, um ihn vom Zusammenleben zu überzeugen, hätte sie den Inselarzt leider eigenhändig erwürgen müssen.

»Du glaubst doch nicht wirklich, dass ich die Pension einem Fremden überlasse?« Ihr Vater schüttelte den Kopf, als hätte sie vollkommen den Verstand verloren.

»Du sollst sie nicht verschenken, sondern nur für kurze Zeit von einer Fachkraft leiten lassen, bis du wieder fit bist.« Auch wenn es ihr schwerfiel, bemühte Marie sich um einen sanften, geduldigen Ton.

»Pah, verschenken! Kommt ja fast aufs Gleiche raus, wenn ein Fremder die Pension in den Ruin treibt. Dem ist doch ganz egal, wie es hier zugeht und ob alles anständig gemacht wird. Ist ja nicht seins.« Rainulf machte ein finsteres Gesicht, als könnte er schon vor sich sehen, wie der Gerichtsvollzieher überall seinen Kuckuck hinklebte.

»Würdest du die Leitung des *Sandsterns* denn mir anvertrauen?«, sagte Marie in die entstandene Stille hinein und starrte ihren Vater erstaunt an. »Schließlich mache ich deine Gäste mitten am Tag auf deine Kosten betrunken und auch sonst alles falsch.«

Wie zur Bestätigung drang aus dem Speisesaal wieder lautes Gelächter, das noch anschwoll, weil Susa in diesem Moment die Tür öffnete und in den Flur trat. Auch sie lachte fröhlich. Als sie die kleine Gruppe im Flur sah, hielt sie erstaunt inne, kam dann aber schwungvoll auf sie zu.

»Bist du etwa auch betrunken?« Maries Vater musterte die Serviererin misstrauisch.

»Nee«, machte Susa knapp. »Ich trink nich bei der Arbeit. Aber dass ich lachen tu, is doch nich verboten, oder?« Herausfordernd sah sie ihren Chef an, und in Marie stieg Bewunderung für die Frau auf, die seit Jahren mit dem brummigen Rainulf Janssen klarkam, auch nachdem der mäßigende Einfluss von Maries freundlicher, warmherziger Mutter weggefallen war.

Im Umgang mit seinen Gästen nahm Maries Vater sich zusammen und konnte sogar fröhlich und erstaunlich charmant sein. Das hatte ihm seine Frau beigebracht. Dem Personal gegenüber war er aber schon immer streng gewesen und hatte in barschem Ton deutlich gemacht, wenn etwas nicht nach seinen Wünschen gelaufen war.

»Jetzt guck ich mal, ob endlich der Salat fertig ist«, verkündete Susa und verschwand in der Küche.

»Wieso ist der Salat noch nicht fertig?«, wandte der gestrenge Chef sich an seine Tochter.

»Es gab ein kleines Problem, aber das habe ich gelöst.«

»Mit Alkohol für die Gäste?« Der Blick aus den hellblauen Augen ihres Vaters traf sie wie ein Schwall kaltes Wasser.

»Unter anderem.« Sie verschränkte die Arme vor der Brust und dachte nicht daran wegzuschauen.

»Sie sollten jetzt wirklich nicht …«, sagte Doktor Siemon, der mittlerweile leicht verzweifelt wirkte. Vielleicht weil er endlich begriff, dass der Umgang mit seiner Tochter nicht unbedingt zum Wohlbefinden des alten Herrn beitrug. »Es ist wichtig, dass Sie sich nicht aufregen, Herr Janssen. Ich habe Ihnen doch erklärt …«

Er wurde von Susas erneutem Auftritt unterbrochen. Sie kam, mit mehreren gefüllten Salattellern beladen, wieder aus der Küche und marschierte wortlos in Richtung Speisesaal.

»Wie Sie sehen, können Sie Ihrer Tochter beruhigt die Verantwortung für die Pension überlassen und sich ganz der Aufgabe widmen, wieder gesund zu werden.« Doktor Siemon lächelte strahlend.

»Du musst dich operieren lassen. Sonst kannst du früher oder später die Pension nicht mehr führen«, sagte Marie. Wenn ihr Vater im Krankenhaus war, konnte er nichts dagegen tun, dass sie die Verantwortung einer Fachkraft übertrug. Und wenn er zurückkam, würde er sehen, dass alles hervorragend funktionierte.

»Wen kümmert's?« Ihr Vater kniff die Lippen zusammen und starrte sie herausfordernd an.

Marie sah aus dem Augenwinkel, wie Doktor Siemon sich ein Stück zur Seite bewegte. Dann spürte sie eine flüchtige Berührung am Arm. Als sie ihm den Kopf zuwandte, nickte er auffordernd.

Was wollte dieser Mann schon wieder? Wieso mischte er sich ein?

»Sei nicht albern, Papa«, sagte Marie und fügte nach einer kurzen

Pause hinzu: »Mich kümmert es, wenn es dir schlecht geht. Deshalb bitte ich dich, dich operieren zu lassen. Du darfst dein Leben nicht in Gefahr bringen. Nimm den Termin wahr, Papa. Bitte!«

Erstaunt lauschte sie ihren Worten nach. Wo kam das her? Sie sprach niemals mit ihrem Vater über Gefühle. Tatsache war jedoch, dass seine Weigerung, sich der notwendigen Operation zu unterziehen, sich wie ein Gewicht auf ihrer Brust anfühlte. Er war der einzige enge Verwandte, der ihr geblieben war – die Verbindung zu ihrer Kindheit, zu ihrer Mutter und zu dieser Insel. Wenn es ihn nicht mehr gäbe, gäbe es keinen Ort auf dieser Welt, wohin sie gehen konnte, wenn etwas Schlimmes in ihrem Leben geschah. Wie seltsam, dass ihr plötzlich dieser Gedanke kam. Denn was sollte in Hamburg geschehen, wovor sie sich auf Juist verstecken konnte? Und doch war ihr angesichts der Sorge, ihr Vater könnte sterben, plötzlich klar geworden, dass sie trotz allem diese Insel und dieses Haus unbewusst als ihren Zufluchtsort betrachtet hatte. Dass sie trotz der Dinge, die zwischen ihnen vorgefallen waren, immer davon ausgegangen war, ihr Vater würde sie jederzeit mit bei sich aufnehmen. Vielleicht wortlos, vielleicht sogar mürrisch, aber ohne Wenn und Aber, weil sie sein Kind war und es immer bleiben würde. So wie er immer ihr Vater bleiben würde.

»Ist das tatsächlich so?«, unterbrach er ihre Gedanken. Dabei schaute er nur ungefähr in ihre Richtung, als würde er nicht wagen, sie direkt anzusehen. Neben seinem linken Auge zuckte ein Nerv. »Als deine Mutter …«, fuhr er dann fort, und Marie zuckte zusammen, als hätte ein Stromschlag sie getroffen.

»Herr Janssen«, sagte der Arzt hastig, als wüsste er genau, was nun kommen würde und er weitere Aufregung verhindern wollte. Ausnahmsweise war Marie ihm für die Einmischung dankbar.

Doktor Siemon musste nichts weiter sagen. Maries Vater hatte offenbar gar nicht die Absicht, seinen Satz zu beenden. Er fuhr sich mit der Hand über den Mund, als wolle er die bitteren Worte, die darin gelauert hatten, fortwischen.

»Dann melde ich Sie für den frei gewordenen OP-Termin übermorgen an«, stellte Doktor Siemon mit einem aufmunternden Lächeln fest. »Das ist doch in Ordnung für Sie?«

Eine Weile war es in dem engen Flur still. Marie atmete auf, als lautstarke Proteste ausblieben. Dann legte ihr Vater die Stirn in Falten.

»Ich hab doch gesagt, ich kann den *Sandstern* nicht sich selbst überlassen!«

»Sie wollten nicht, dass sich ein Fremder hier um alles kümmert. Aber nun ist ja Ihre Tochter da.« Der Arzt drückte den Schnappverschluss seiner Ledertasche zusammen, als hätte sich alles zur allgemeinen Zufriedenheit geklärt.

»Na ja … Wenigstens gehört sie zur Familie.«

Marie starrte ihren Vater verblüfft an. Sollte das heißen, dass er unter der Bedingung bereit war, ins Krankenhaus zu gehen, dass sie die Leitung der Pension übernahm? Sie dachte an Gerit und daran, wie dringend sie beide die gemeinsamen Wochen in der Karibik brauchten, weil sie während der vergangenen Monate viel zu wenig Zeit miteinander verbracht hatten. War das etwa vollkommen unwichtig? Schließlich ging es um ihr Leben, ihre Beziehung und ihr Glück.

Doktor Siemon wandte den Kopf, sah sie lächelnd an und nickte.

»Melden Sie ihn an. Dann sehen wir weiter«, murmelte sie und fuhr etwas lauter fort: »Ich muss nachsehen, ob der Hauptgang serviert werden kann. Geh doch zur Blutabnahme mit Herrn Doktor Siemon in den Fernsehraum, Papa. Da ist um diese Zeit sicher niemand.«

Erstaunlich fügsam marschierte ihr Vater vor dem Arzt den Flur entlang. Bevor er ihm folgte, wandte Doktor Siemon sich noch einmal um.

»Vielleicht sehen Sie kurz in den Spiegel, bevor Sie sich den Gästen zeigen.« Er zwinkerte ihr zu. »Was ich bewundere, obwohl es mir in medizinischer Hinsicht Sorge bereitet, ist Ihr Durchhaltevermögen in diesen Schuhen. Haben Sie darin tatsächlich in der Küche gestanden?«

Bevor sie antworten konnte, war er mit ihrem Vater in der Diele verschwunden. Eine Weile stand Marie verwirrt da und zupfte sich an den Haaren. Was ging den Arzt ihr Äußeres an? Natürlich sah sie nach einem Noteinsatz in der Küche nicht besonders ordentlich aus, aber in der Großstadt waren lockere Dutts wie Messy Buns und andere leicht chaotische Frisuren angesagt, wovon dieser Doktor Siemon natürlich keine Ahnung hatte.

Sie pustete eine lange Strähne weg, die ihr über das Gesicht hing, und ging zum Spiegel an der Flurwand. Als sie sich darin sah, stieß sie einen unterdrückten Schrei aus. Er hatte eindeutig nicht ihre Haare gemeint, jedenfalls nicht nur. Die hatten sich zwar fast alle aus dem Zopf im Nacken gelöst und hingen wild herum, doch das war längst nicht das Schlimmste. Durch die Heulerei wegen der Zwiebeln und ihre Versuche, die Tränen wegzuwischen, hatte sie ihr Augen-Make-up gleichmäßig im ganzen Gesicht verteilt.

Wieso sagte denn niemand etwas? Susa war mit den Salattellern an ihr vorbeigegangen, und ihr Vater hatte sich mit ihr unterhalten, ohne auch nur eine Miene zu verziehen. Dachten die alle, das gehörte sich so?

Am meisten ärgerte sie, dass Doktor Siemon sie in diesem Zustand gesehen hatte. Er hatte sie zwar darauf aufmerksam gemacht, aber auch erst im Gehen, nachdem er sich im Stillen ausgiebig über sie amüsiert hatte.

Wütend marschierte sie in die Personaltoilette neben der Küche und brachte Gesicht und Haare notdürftig in Ordnung. Anschließend vergewisserte sie sich, dass alle Salatteller und der Hauptgang serviert waren und der Nachtisch bereitstand. Seit Doktor Siemon ihre High Heels erwähnt hatte, spürte sie komischerweise bei jedem Schritt ihre schmerzenden Füße. Am liebsten wäre sie rasch nach oben in ihr Zimmer gelaufen, um sich bequemere Schuhe anzuziehen. Doch dann bestand die Gefahr, dass sie auf dem Rückweg dem Arzt begegnete, dem natürlich nicht entgehen würde, dass sie andere Schuhe trug. Und diesen Triumph wollte sie ihm nicht gönnen. Also biss sie die Zähne zusammen und hielt durch, bis den Gästen der Pudding und der abschließende Kaffee serviert worden waren und sie sicher sein konnte, dass Doktor Siemon das Haus verlassen hatte. Dann wechselte sie die Schuhe.

5. Kapitel

»Die Betten aufdecken? Warum das denn?« Susa starrte Marie verblüfft an. »Das haben wir noch nie gemacht, und ich weiß auch gar nich, wie das gehen soll.«

»Einfach die obere Ecke der Bettdecke ein Stück weit zur Seite schlagen, sodass die Gäste nur noch hineinschlüpfen müssen. Außerdem ein Betthupferl aufs Kopfkissen legen. Das ist ein Service, den Leute gewohnt sind, die schon einmal in einem guten Hotel übernachtet haben.«

Den ganzen Tag schon bemühte Marie sich um Geduld, wenn sie wieder und wieder die kleinen Änderungen erklären musste, die sie im *Sandstern* vornehmen wollte. Ihre Mundwinkel schmerzten schon von dem verzweifelten Lächeln, das sie bei den Gesprächen mit dem entgeisterten Personal tapfer aufsetzte.

»Dann kriegen die Gäste jetzt jeden Tag Schokolade?« Susas Verblüffung nahm noch zu.

Marie nickte stumm. Sie hatte keine Lust mehr, ihre Entscheidungen ständig zu begründen. Natürlich war ihr klar, dass solch hochklassiger Service für eine Familienpension ungewöhnlich war. Genau das bezweckte sie. Sie wollte ein Alleinstellungsmerkmal schaffen. Etwas, das den Gästen im Gedächtnis blieb, worüber sie sprachen oder das sie in ihren Bewertungen im Internet erwähnten. Allerdings hatten weder Fricke noch Susa oder Annegret, die ebenfalls als Zimmermädchen und Serviererin in der Pension arbeitete, jemals etwas von einem Alleinstellungsmerkmal gehört. Sie hielten sämtliche Neuerungen für völlig unnötig und wollten alles so machen, wie sie es gewohnt waren. Es würde ein schweres Stück Arbeit werden, das Haus zu dem zu machen, was Marie vorschwebte: einer Perle unter den Pensionen auf der Insel. Einer ganz besonderen Unterkunft, die durch ihren erstklassigen Service hervorstach. Das würde nicht nur die Buchungszahlen in der Nebensaison erhöhen, auf Dauer würden die Gäste auch bereit sein, deutlich mehr für ein Zimmer zu zahlen.

»Weiß der Chef davon?«, unterbrach Susa ihre Gedanken. Sie stand immer noch unschlüssig am Fuß der Treppe. »Ich mein, der würde sicher sagen, die Gäste haben das schon immer ohne unsere Hilfe geschafft. Ich mein, ins Bett zu steigen. Die sind ja nich krank oder so.«

»Aber mein Vater ist leider krank, und deshalb bin ich im Augenblick für den *Sandstern* verantwortlich.« Marie lächelte unverdrossen weiter. Nur noch diese eine Hürde, dann würde der Tag beendet sein und das Personal nach Hause gehen. Morgen wäre sicher schon alles ein bisschen einfacher, weil sie – hoffentlich! – nicht mehr ständig erklären müsste, was getan werden solle. Und in zwei oder drei Tagen würden sich alle an ihre neuen Aufgaben gewöhnt haben, und alles würde funktionieren, ohne dass sie sich den Mund fusselig reden musste.

»Aber der Chef ist doch heute operiert worden, und alles hat gut geklappt. Stimmt doch, oder nich?« Susa stellte unschlüssig einen Fuß auf die unterste Treppenstufe und zog ihn wieder zurück. »Dann is er sicher bald wieder da.«

»Der Eingriff mit dem Herzkatheter ist gut verlaufen, und mein Vater wird sich hoffentlich schnell erholen. Er hat zwar eine Reha abgelehnt, aber er darf für mindestens zwei Wochen nicht arbeiten. Und wenn er hier wieder die Leitung übernimmt, wird er hoffentlich die Änderungen beibehalten, die ich eingeführt habe.« Marie unterdrückte einen Seufzer. In Hamburg gab es nicht wegen jedem Handgriff eine ausufernde Diskussion. Dort taten die ihr unterstellten Angestellten in der Regel einfach, was sie ihnen auftrug.

»Machst du das mit den Betten jetzt bitte, Susa?« Marie spürte, wie ihr Lächeln schmal wurde. Sie konnte einfach nicht mehr. Alles tat ihr weh, nicht nur die Gesichtsmuskeln, auch die Füße, die Beine, die Schultern.

Als das Krankenhaus sie vor einigen Stunden telefonisch über die gelungene OP ihres Vaters informiert hatte, war eine Last von ihr abgefallen, und sie hatte sich trotz des anstrengenden Vormittags, der zu diesem Zeitpunkt bereits hinter ihr gelegen hatte, für mindestens zwei Stunden leichtfüßig durchs Haus bewegt und befreit gelächelt. Doch dieser zusätzliche Schwung war inzwischen dahin. Noch immer spürte sie die Erleichterung, aber der Tag als Leiterin der Pension drückte sie dennoch nieder. Es war schwieriger, als sie gedacht hatte. Aber das würde sich in den nächsten Tagen hoffentlich ändern.

»Ich decke inzwischen fürs Frühstück ein«, sagte sie zu Susa und schaute sie auffordernd an.

»Dann tu ich das mit den Betten eben«, murmelte Susa missgelaunt und stapfte die Treppe hinauf.

»Danke«, rief Marie ihr hinterher. »Und anschließend kannst du Feierabend machen. Es war ein langer Tag.«

Nachdem Annegret vormittags für das Frühstück und die Reinigung der Zimmer zuständig gewesen war, hatte Susa mit Maries Unterstützung Mittag- und Abendessen serviert, den Nachmittagskaffee zubereitet und zwischendurch die unteren Räume aufgeräumt und gesaugt. Nachmittags hatten sich zwar einige Gäste im Haus aufgehalten, die sich möglicherweise vom Geräusch des Staubsaugers gestört fühlten, aber das ließ sich leider nicht ändern. In großen Hotels wurden die öffentlich zugänglichen Räume in der Regel nachts oder am frühen Morgen gereinigt, doch das war mit ihrem wenigen Personal einfach nicht hinzubekommen.

»Muss ich morgen die Servietten wieder so komisch falten?« Susa war oben an der Treppe stehen geblieben und schaute fragend zu ihr herab.

»Ja«, erwiderte Marie mit Nachdruck. »Du wirst sehen, in ein paar Tagen geht dir das ganz leicht von der Hand.«

»Davon schmeckt das Essen auch nich besser«, bemerkte Susa trotzig und verschwand endlich im oberen Flur.

»Was das Essen betrifft, ist da auch noch Luft nach oben. Aber eins nach dem anderen«, murmelte Marie vor sich hin, während sie ins Speisezimmer ging, um Teller und Tassen für das Frühstück am nächsten Morgen einzudecken.

Eigentlich hatte sie noch vorgehabt, frische Blumensträußchen zu bestellen – in Blau-Weiß, passend zum Geschirr mit dem Friesenmuster. Doch dazu hatte ihr die Zeit gefehlt, also musste sie diese Aufgabe auf den nächsten Tag verschieben. Sie hatte beschlossen, Änderungen, die eine Erhöhung der Kosten mit sich brachten, nur sehr zurückhaltend anzugehen. Aber das mit den bereits leicht vergilbten Stoffblüten auf den Tischen ging gar nicht. In die Väschen gehörten frische Blumen.

Marie trug einen Stapel Teller zum vorderen großen Tisch und verteilte sie von dort aus so, wie sie die Platzeinteilung im Kopf hatte. In Gedanken notierte sie als eine ihrer Aufgaben für den kommenden Tag die Erstellung eines Sitzplans, der im Flur vor der Küche hängen sollte.

Susa und Annegret schienen die Namen der Gäste und ihre Plätze problemlos im Kopf zu behalten. Sie erinnerten sich an die Ausflüge, die die Familien geplant oder schon gemacht hatten, wussten, welches der Kinder ausschließlich Pommes frites und Erbsen aß und welches der Paare während des Urlaubs seinen Hochzeitstag feiern würde.

So viele Informationen mit so vielen Menschen zu verknüpfen bereitete Marie Schwierigkeiten. Normalerweise hatte sie bei der Arbeit immer nur mit zwei, höchstens drei oder vier Menschen zu tun, den Gastgebern, für die sie ein Diner, einen Ball oder eine Tagung organisierte. Da war es einfach, sich Lieblingsfarben und -getränke zu merken und natürlich den Anlass, aus dem die jeweilige Veranstaltung stattfand.

Selbstverständlich kannte sie ihre Lieferanten und das Personal, das ihr zuarbeitete, ebenfalls mit Namen, aber das waren professionelle Beziehungen und Menschen, mit denen sie teilweise seit Jahren zusammenarbeitete. Außer bei ihrer Assistentin Tina, mit der sie sich gelegentlich nach Feierabend auf einen Drink traf, klammerte Marie bei beruflichen Kontakten persönliche Themen aus.

Im Grunde war es weder ihre Aufgabe noch ging es sie etwas an, dass das Silberhochzeitspaar seit einigen Tagen seltsam verschnupft miteinander umging, wie Annegret ihr nach dem Frühstück mit besorgter Miene berichtet hatte. Annegret hatte sie wahr und wahrhaftig gefragt, ob man da nicht etwas tun könne. Was bitte, sollte sie denn tun, wenn ein altes Ehepaar sich zerstritt?

Ihre Aufgabe war es, in der Pension einen reibungslosen Tagesablauf zu gewährleisten und die Gäste ein wenig zu verwöhnen, sodass sie den *Sandstern* weiterempfahlen. Es war aufwendig genug, eine Umgebung zu schaffen, in der die Gäste ihren Alltag vergessen konnten.

Marie machte mit den Untertellern weiter. Dabei beschloss sie, eine weitere Gästeliste anzulegen und um die wichtigen und notwendigen Informationen zu ergänzen: Lieblingsspeisen und -getränke, zusätzliches Kopfkissen oder eine wärmere Decke für das Bett, das bevorzugte Zimmer, das für einen weiteren Aufenthalt reserviert werden sollte. Und sie würde Susa und Annegret beibringen, worum sie sich zu kümmern hatten und was sie nichts anging. Fricke war in dieser Beziehung sicher unproblematisch. Er würde sich wahrscheinlich nicht in Ehestreitigkeiten oder Erziehungsprobleme oder was es sonst bei den Gästen geben mochte, einmischen.

Als sie von der Treppe her lautes Poltern hörte, hielt Marie inne und hob lauschend den Kopf. War das Susa? Musste sie ihr auch noch beibringen, dass das Personal sich möglichst leise durchs Haus bewegen sollte?

Tatsächlich tauchte Susa kurz darauf in der Tür zum Speisezimmer auf. Als sie Marie sah, blieb sie stehen, stemmte die Hände in die Taille, schüttelte den Kopf und blitzte sie empört an.

»Ich hab's ja gewusst!«, rief sie und pustete jedes ihrer Worte mit einem Schnauben heraus.

»Was denn?«, fragte Marie und sparte sich dieses Mal ihr Lächeln.

Nach diesem langen, anstrengenden Tag bekam sie die Mundwinkel einfach nicht mehr hoch.

»Frau Klussmeyer hat mich gefragt, was das soll mit dem Bett. Und als ich ihr gesagt hab, dass ich das aufdecken muss, damit sie später leichter unter die Decke kommt, hat sie so geguckt.« Um vorzuführen, wie Frau Klussmeyer sie angeschaut hatte, riss Susa die Augen weit auf, sodass sie kreisrund waren. Dann machte sie eine Pause, weil sie vor lauter Empörung außer Atem gekommen war. Anschließend fügte sie mit Grabesstimme hinzu: »Und sie hat mich ausgelacht. Ganz laut. Das war jedenfalls das letzte Mal, dass ich das gemacht hab, mit dem Aufdecken.«

»Wahrscheinlich war Frau Klussmeyer noch nie in einem guten Hotel zu Gast«, erwiderte Marie, um Gelassenheit bemüht. »Und was haben die anderen Gäste gesagt?«

»Die meisten waren zum Glück nich da. Die werden lachen, wenn sie zurückkommen«, erklärte Susa mit finsterer Miene. »Nur Herr Lenksen kam gerade aus seinem Badezimmer, als ich das Bett *aufgedeckt* habe. Er war halb nackt, hat sich erschrocken, als er mich gesehen hat, ist zurück ins Bad gerannt und hat die Tür hinter sich zugeknallt.«

»Hast du denn nicht geklopft?«

»Nee, nich an der Badezimmertür. Ich wusste ja nich, dass er da drin ist.« Susa schüttelte heftig den Kopf.

»Ich meine, an der Zimmertür.«

»Doch. Da hat aber keiner geantwortet. Weil Herr Lenksen im Badezimmer war. Halb nackt.« Susa legte ihr ganzes Gesicht, das normalerweise für ihr Alter noch recht glatt war, in tiefe Falten.

»Mach jetzt Feierabend. Wir reden morgen noch mal über das Aufschlagen der Betten«, beendete Marie die Diskussion.

»Da gibt's nich viel zu reden«, erklärte Susa durch die offene Tür, während sie im Flur ihre Jacke anzog. »Ich mach das bestimmt nicht noch mal. Lass mich doch wegen so einer komischen Sache von den Leuten nich auslachen. Habe ich doch gleich gesagt, dass die das selber können. Bis jetzt sind sie auch jeden Abend in ihr Bett gekommen, ohne dass jemand vorher durch die Zimmer geschlichen is und ihre Decken zurückgeklappt hat. Der Chef …« Während sie sprach, wurde Susas Stimme immer leiser, weil sie sich in Richtung Ausgang entfernte. Was der Chef nach Susas Meinung dazu meinte, erfuhr Marie nicht mehr. Sie konnte es sich aber denken.

Eilig deckte Marie die Frühstückstische zu Ende. Plötzlich wollte sie nur noch nach draußen. Fort aus der Pension, die sie niemals hatte leiten wollen und für die sie nun doch verantwortlich war. Schon nach zwei Tagen lastete die Verantwortung schwer auf ihren Schultern. Weil sie es gut machen wollte. Und weil sie sich angesichts dieser Aufgabe und der Ansprüche, die sie an sich selbst stellte, seltsam verloren fühlte. Als wüsste sie nicht, was sie tat. Was zweifellos nicht stimmte. Sie besaß Berufserfahrung und hatte eine hervorragende Ausbildung. Trotzdem taten hier alle, als hätte sie keine Ahnung und lauter fixe Ideen.

Marie pustete die Wangen auf und stellte die letzte Tasse mit der Öffnung nach unten auf die Unterteller. Morgen früh, kurz bevor die Gäste zum Frühstück nach unten kämen, würde sie sie alle umdrehen. Dabei nickte sie ihrem Spiegelbild in der blank geputzten Fensterscheibe energisch zu. Erstklassiger Service war niemals falsch und immer von Vorteil.

Wenn sie hier fertig war, würde sie einen langen Spaziergang am Strand machen und dabei überlegen, welche Änderungen sie noch zusätzlich einführen wollte. Denn so viel stand fest: Die Gäste würden sich schnell an den neuen Spitzenservice gewöhnen und ihn dann auch erwarten.

Nachdem sie sich noch einmal prüfend im Speiseraum umgesehen hatte, lief Marie nach oben in ihr Zimmer, tauschte den schlichten schwarzen Rock und die weiße Bluse gegen Jeans, Bluse und eine leichte Windjacke und zog ihre alten, ausgetretenen Sneakers an. Ihr Tablet steckte sie in die große Umhängetasche. Falls sie unterwegs eine Pause machen und ihre Ideen notieren wollte, würde sie es brauchen.

Als sie die Pension durch die Vordertür verließ, hörte sie aus dem Garten hinter dem Haus Stimmen und Gelächter. Ein Teil der Gäste hatte es sich für den Abend in den Korbstühlen auf der Terrasse bequem gemacht. Falls sie Getränke wollten, stand ihnen im hinteren Flur ein Kühlschrank zur Verfügung, aus dem sie sich selbst bedienen konnten. Den Preis für die entnommenen Getränke konnten sie einer Liste entnehmen und das Geld in ein kleines Kästchen legen. Auch so eine Sache, über die Marie nachdenken musste. Denn natürlich war es angenehmer für die Gäste, wenn jemand sie nach ihren Wünschen fragte und ihnen das Gewünschte brachte. Aber die zusätzlichen Arbeitsstunden gab die Personaldecke nicht her.

Während die Gedanken nur so durch ihren Kopf ratterten, ging Marie mit großen Schritten in Richtung Strand. Der Wind blies ihr entgegen und strich ihr mit ruppiger Zärtlichkeit durch die Haare. Sie atmete tief durch und schmeckte das Meer auf der Zunge.

Der *Sandstern* war eines der letzten Häuser am Rand der Ortschaft, nur fünfzig Meter hinter den Dünen. Auf dem schmalen Fußweg zum Strand waren um diese Zeit kaum noch Spaziergänger unterwegs. Die meisten Touristen saßen jetzt in den Bars und Restaurants, besuchten das kleine Kino oder nahmen an einer Veranstaltung im Kurhaus teil. Als Marie sich den Tennisplätzen näherte, hörte sie das leise *Plopp*, mit dem der Ball über das Netz geschlagen wurde.

Sie blieb stehen und schaute den Spielern aus der Ferne zu. Wie sorgsam sie beide zielten, damit der Partner den Ball ohne allzu große Anstrengung erreichte. Es handelte sich um ein älteres Paar, und sie spielten nicht gegen-, sondern miteinander. Dabei lächelten sie einander immer wieder über das Netz zu und erfreuten sich offenbar an ihren langen Ballwechseln.

Beschwingt setzte Marie ihren Weg zum Meer fort. Nun wurde mit jedem Schritt das Rauschen lauter, mit dem das Wasser über den feuchten Sand glitt und sich wieder zurückzog. Das dumpfe Gefühl in ihrer Brust kam so unvermittelt und heftig, dass sie zusammenfuhr. Sekundenlang hielt sie inne, verwundert, dass sie während des langen, anstrengenden Tages in der Pension kaum an Gerit gedacht hatte. Zu sehr war sie mit der ungewohnten Arbeit und mit ihren Plänen beschäftigt gewesen. Dafür überfiel die Sehnsucht sie jetzt mit ungebremster Macht. Als hätte ihr jemand mit der Faust in den Magen geschlagen, blieb ihr kurz die Luft weg.

Hastig angelte sie in ihrer Jackentasche nach dem Handy, fand, fast ohne hinzusehen, seine Nummer und presste so inbrünstig ihren Daumen auf seinen Namen, als könne sie ihm dadurch näher sein. Sie musste auf der Stelle seine Stimme hören, musste sich vergewissern, dass er ihr die Planänderung nicht übel nahm. Musste ihm sagen, wie schrecklich sie ihn vermisste und dass sie selbst womöglich am meisten darunter litt, dass er allein in der Karibik war und sie hier auf Juist.

Wenn Doktor Siemon recht hatte, würde ihr Vater in drei, spätestens vier Tagen auf die Insel zurückkehren. Dann durfte er sich zwar noch nicht anstrengen, aber wenn er vom Sessel aus das Kommando führen konnte, war doch wohl gegen eine Arbeitskraft von der Personalvermittlung nichts einzuwenden. Falls ihr Vater die Kosten dafür ins Feld führte, würde sie das Gehalt für die eine Woche, um die es höchstens gehen konnte, aus ihren Rücklagen bezahlen. Das war ihr der Urlaub mit Gerit wert.

Er hatte kaum etwas gesagt, als sie ihm am Telefon mitgeteilt hatte, dass sie noch drei oder vier, vielleicht sogar fünf Tage länger auf Juist bleiben musste. Auf diese Weise würde sie die erste gemeinsame Urlaubswoche auf Jamaika versäumen. Doch es blieben ihnen noch mindestens zwei Wochen.

Seit dem kurzen Telefongespräch fragte sie sich nach dem Grund für seine wortkarge Reaktion. War er enttäuscht? Wütend? Oder war es ihm mittlerweile gleichgültig, wann sie letztlich in Jamaika ankam? Er musste doch verstehen, dass sie ihren Vater und die Familienpension nicht einfach im Stich lassen konnte.

Mittlerweile hatte Marie den höchsten Punkt der Düne erreicht. Sie blieb stehen und schaute hinunter auf den Strand. Er war noch sehr breit, denn die Flut würde erst in einer Stunde einsetzen. Wie merkwürdig, dass sie das so genau wusste, obwohl sie zuletzt kurz nach ihrer Ankunft einen Blick auf den Tidenkalender geworfen hatte, der in der Diele der Pension hing. Offenbar genügte das einem Inselkind, um von dem Moment an, in dem sie Juister Boden betreten hatte, stets zu wissen, ob das Wasser gerade kam oder ging, ob sie einen breiten Strand oder einen schmaleren Streifen hellen Sandes vorfinden würde.

War sie das immer noch – ein Inselkind? Wollte sie das sein, obwohl sie schon lange nicht mehr hier lebte?

Ungeduldig mit sich selbst schüttelte Marie den Kopf und schob sich eine Haarsträhne hinters Ohr, die der Seewind ihr in die Augen geweht hatte. Nein, sie war nicht mehr die Marieke, die jeder auf der Insel kannte und über die alle alles wussten. Sehr bald würde sie in ihr gewohntes Leben zurückkehren, würde erst einmal ihren Urlaub an Gerits Seite genießen und anschließend wieder glücklich und zufrieden in Hamburg leben – in der Großstadt mit all ihren Möglichkeiten und Freiheiten. Dort, wo sie hingehörte.

Immer noch lauschte sie in ihr Handy. Gerrits Telefon war eingeschaltet, sie hörte das Klingelzeichen am anderen Ende der Leitung. Warum meldete er sich nicht? Auf Jamaika war es etwa zwei Uhr mittags. Sie würde es in ein paar Minuten noch einmal versuchen.

Mit einem Seufzer legte sie auf und betrachtete das Foto, das Gerit ihr am Tag nach seiner Ankunft auf Jamaika geschickt hatte. Mit dem knalligen Blau von Meer und Himmel und dem Grün der Palmwedel wirkte es wie ein Postkartenmotiv. Gerit lehnte breit grinsend am Stamm einer Palme. Er trug modische schwarze Badeshorts, sein Oberkörper war nackt und die Haut auf seinen muskulösen Oberarmen und der breiten Brust schon leicht gebräunt.

Marie ertappte sich bei einem glücklichen Lächeln. Gerit war ein höchst attraktiver Mann, und er war ein kleines bisschen eitel. Er achtete sehr auf sein Äußeres. Das tat er schließlich auch ihr zuliebe. Seinen monatlichen Friseurbesuch verschob er ebenso wenig wie einen wichtigen geschäftlichen Termin. Manchmal, wenn sie ihn betrachtete, konnte Marie kaum glauben, dass dieser überwältigend gut aussehende Mann seit über einem Jahr ihr Freund war.

Sie selbst musste sich nicht verstecken und galt allgemein als attraktiv. Aber sie war nicht perfekt. Gelegentlich fand sie ein Speckröllchen an ihrer Hüfte, weil sie viel zu oft das Training im Fitnessstudio versäumte – was Gerit niemals passierte. Manchmal verpasste sie es, die hellen Strähnchen in ihren naturblonden Haaren rechtzeitig nachfärben zu lassen. Es gab sogar Tage, an denen sie ohne Make-up das Haus verließ, um rasch etwas einzukaufen oder einen kleinen Spaziergang zu machen. Gerit krittelte nie an ihrem Äußeren herum, obwohl er selbst so perfekt war. Das konnte nur heißen, dass er sie liebte.

Zärtlich strich sie mit der Fingerspitze über sein Gesicht auf dem Foto. Obwohl sie das Handydisplay kaum berührte, wurde durch die vorsichtige Berührung sein Kopf größer, und sein Blick traf sie so direkt, als würde er vor ihr stehen.

Ein seltsames Gefühl durchlief sie. Der Ausdruck seiner Augen war merkwürdig fremd. Anders, als sie ihn in Erinnerung hatte. Er starrte hungrig, fast gierig in die Linse der Handykamera. So hatte er sie nie angeschaut. Angestrengt sah Marie in die dunklen Augen und musste dabei schlucken, obwohl ihr Mund ganz trocken war.

Wer das Foto wohl aufgenommen hatte? Wahrscheinlich einer der Kellner am hoteleigenen Strand. Auf der Internetseite des Reiseveranstalters waren zwischen den Liegen und Sonnenschirmen mehrere Kellner mit Tabletts zu sehen gewesen, und zu Maries Träumen von dem wunderbaren Karibikurlaub mit Gerit gehörte die Vorstellung, wie sie beide bei Sonnenuntergang auf einer der bequemen Liegen lagen und an einem köstlichen Getränk nippten – einem Cocktail, der ihnen am Strand serviert worden war, mit einem bunten Schirmchen, viel exotischem Obst und einem Zuckerrand.

Für einen Moment versank sie erneut in diesem Traum, den sie schon bald wahr machen würde. Leider nun ein paar Tage später als geplant. Solange würde sie hier an einem kalten Meer ausharren, wo es keine bunten Cocktails gab, sondern Tee mit Rum, und keine sanfte, karibischen Brise, sondern pfeifenden Wind.

Marie spürte, wie ihr Mund sich zu einem schiefen Grinsen verzog. Noch einmal wählte sie Gerits Nummer und wartete mit angehaltenem Atem darauf, seine Stimme zu hören, wenigstens ein paar Worte mit ihm zu sprechen und ihm zu sagen, wie sehr sie sich nach ihm sehnte und dass sie schon bald zu ihm kommen würde. Doch das Rufzeichen verhallte ungehört in weiter Ferne, und schließlich schob sie das Handy zurück in die Tasche.

Nahm Gerit ihr den Entschluss, so lange auf Juist zu bleiben, bis ihr Vater das Krankenhaus verlassen konnte, so übel, dass er sich weigerte, mit ihr zu telefonieren? Schließlich tat sie nur ihre Pflicht als Tochter.

»Versuchen Sie, Ihren Freund zu erreichen? Oder sind Sie verheiratet? Sie tragen keinen Ring, aber heutzutage weiß man nie so genau, ob die Leute einen Ehering altmodisch finden.«

Frau Beck stand so plötzlich neben ihr am Strandaufgang, dass Marie erschrocken zusammenfuhr. Ihr Blick glitt über die Hand der alten Dame, die Frau Beck vor sich in die Luft hielt und mit einem liebevollen Lächeln betrachtete. Daran steckte ein schmaler goldener Ring. Offenbar ihr Ehering. Ob der dazugehörige Mann tot war? Oder begleitete er sie aus einem anderen Grund nicht?

»Ich bin nicht verheiratet«, sagte Marie rasch, als ihr klar wurde, dass Karoline Beck auf eine Antwort wartete. »Aber ich bin schon seit einem Jahr mit meinem Freund zusammen.«

»Ist er der Richtige? Können Sie sich vorstellen, mit ihm verheiratet zu sein?«, erkundigte die alte Dame sich neugierig.

»Ich glaube schon«, sagte Marie nach kurzem Zögern. »Aber bis dahin müssen wir uns noch ein bisschen besser kennenlernen. Außerdem ändert ein Fetzen Papier nichts an unserer Beziehung, denke ich.«

»Wenn es der Richtige ist, weiß man es nach fünf Minuten«, behauptete Frau Beck heiter. »Was sag ich – nach ein paar Sekunden. Und es ist schön, mit dem Richtigen verheiratet zu sein.«

»Das sehen Menschen ganz unterschiedlich. Auch das mit der Liebe auf den ersten Blick.« Marie betrachtete den Hals der Weinflasche, der aus dem Stoffbeutel herauslugte, den Frau Beck bei sich trug.

»Er sollte Sie fragen«, erklärte die alte Dame streng.

»Was sollte er mich fragen?« Marie tat, als wüsste sie nicht, was Frau Beck meinte.

»Das mit dem Papierfetzen stammt nicht von Ihnen, sondern von *ihm*, nicht wahr? Nur wenn er es ernst meint und bereit ist, über ein Leben mit Ihnen nachzudenken, können Sie sich ernsthaft überlegen, ob Sie mit ihm verheiratet sein wollen. Dann ist es nicht mehr theoretisch.«

Eine Böe wehte Marie so viele Haare ins Gesicht, dass sie sich gut dahinter verstecken konnte. Wenigstens ein Vorteil dieses lästigen Windes, der im Nullkommanichts jede Frisur zerzauste.

»Heirat ist noch lange kein Thema zwischen uns«, erklärte Marie energisch und fragte sich plötzlich, warum Gerit schon mehrmals die Sache mit dem Papierfetzen erwähnt hatte. Sie wünschte sich Liebe und Verlässlichkeit, alles andere konnte später kommen. »Wir wohnen ja noch nicht mal zusammen.« Das Lächeln auf ihrem Gesicht fühlte sich seltsam an.

»Nein?« Frau Beck runzelte die Stirn. Sie trug ihr dichtes graues Haar kurz geschnitten, und hatte deshalb kein Problem mit dem Wind.

Marie wechselte hastig das Thema. »Möchten Sie bei Sonnenuntergang Wein trinken? Das ist eine schöne Idee.«

Die Falten auf Frau Becks Stirn vertieften sich. »Das hatte ich vor. In dem Strandkorb, den ich heute Nachmittag gemietet habe. Nur leider … Ich fürchte, ich finde ihn nicht wieder. Die sehen alle gleich aus.« Ratlos schaute sie erst in die eine, dann in die andere Richtung den Strand entlang.

»Welche Nummer hat er denn?«, erkundigte sich Marie.

»Habe ich vergessen. Die Quittung, auf der die Nummer steht, liegt in der Pension.«

»Setzen Sie sich einfach in irgendeinen. Die Leute sind alle längst in ihren Hotels und Pensionen.« Marie deutete auf die weißen Körbe mit den blau-weiß gestreiften Sitzen, die großflächig um die Bude des Vermieters verteilt waren.

»Dann sitze ich in einem Korb, für den ich nicht bezahlt habe. Das ist sicher verboten.« Energisch schüttelte Frau Beck den Kopf. »Und was soll ich tun, wenn die rechtmäßigen Mieter kommen? Das wäre mir schrecklich peinlich.«

»Dann entschuldigen Sie sich und machen ihnen Platz. Vielleicht stören die Sie auch gar nicht, sondern setzen sich selbst woandershin. Wie gesagt – abends ist hier fast alles leer.«

»Ich weiß wirklich nicht …« Unschlüssig umklammerte Frau Beck den Griff ihres Stoffbeutels. »Ich fühle mich nicht wohl, wenn ich im falschen Strandkorb sitze. Es sollte unserer sein … meiner. So lautet der Plan.«

»Es gibt einen Plan?«, erkundigte sich Marie und machte gleichzeitig unbewusst einen kleinen Schritt rückwärts. Dieses Gespräch war viel zu persönlich. Das war einem zahlenden Gast gegenüber nicht angemessen.

»Ich habe eine Liste mit Dingen, die man auf Juist unternehmen kann. Eigentlich ist es nicht *meine* Liste, aber …« Frau Beck stockte und schaute hinaus aufs Meer. Dann wandte sie sich wieder Marie zu.

Für einen Moment sahen sie einander stumm an. Dann deutete Marie mit einer weit ausholenden Bewegung auf die Strandkörbe, die sich im Abendlicht wie eine Herde schneeweißer Fabeltiere, die sich zum Schlafen zusammengerollt hatten, hinter den Dünen drängelten.

»Suchen Sie sich einen davon aus. Manchmal ändern sich Pläne. Nächstes Mal können Sie dann ja wieder in Ihrem eigenen Strandkorb sitzen.«

»Morgen komme ich bestimmt nicht noch mal abends. Ist mir viel zu kalt. Und dann noch der gekühlte Weißwein. Wenn ich wenigstens Tee trinken könnte.« Frau Beck schüttelte den Kopf und machte schmale Lippen.

»Wenn Sie Tee möchten, hätten Sie einfach Bescheid sagen sollen, dann hätten wir Ihnen eine Thermoskanne gefüllt.«

»Es muss Wein sein«, erklärte Frau Beck energisch.

»Dann ... wünsche ich Ihnen einen schönen Abend.« Marie bemühte sich um einen neutralen Gesichtsausdruck. Was für eine seltsame Frau. Sie hätte lieber Tee getrunken, es musste aber Wein sein. Hing das mit ihrem ominösen Plan zusammen? Ebenso wie das Doppelzimmer und der Zweiertisch, die sie unbedingt gewollt hatte?

»Vielen Dank. Ihnen auch«, erwiderte Frau Beck mit einem traurigen Lächeln. Fühlte sie sich mit ihrer Weinflasche und ihrem Plan einsam? Wahrscheinlich. Doch daran konnte Marie nichts ändern. Mit einem Nicken wandte sie sich um und entfernte sich mit großen Schritten den Strand entlang.

Wie sie Frau Beck schon erklärt hatte, blieben die meisten Touristen abends im Ort. Diejenigen, die doch noch einen Spaziergang am Meer machten, taten dies in der Nähe der Strandaufgänge, die sie auch tagsüber benutzten. Marie wollte allein sein, um in Ruhe nachzudenken.

Plötzlich spürte sie wieder, wie schwer ihre Beine nach dem langen Tag in der Pension waren. Es tat gut, auf dem weichen Untergrund zu gehen. Sie streifte ihre Sneakers ab und nahm sie in die Hand. Dann ging sie zum Saum des Meeres, ließ das Wasser über ihre Füße laufen und spürte, wie die prickelnde Kühle an ihren Beinen aufstieg.

Ganz still stand sie da und genoss das Gefühl der Wellen an ihren Knöcheln. Obwohl sie seit Wochen von einem Meer träumte, das sie wie Seide umschmiegte und fast so warm war wie ihr Körper, fand sie erstaunlicherweise die kühle Nordsee angenehm belebend. Als würde das Meer jedes Mal, wenn das Wasser vom Strand fortrollte, ein wenig von der Müdigkeit des Tages mit sich nehmen und ihr mit jeder neuen Welle Kraft bringen.

Sie schaute hinunter auf ihre Füße, krümmte die Zehen, bohrte sie tiefer in den feuchten Sand, den die nahende Flut bald bedecken würde. Als Marie am Saum des Wassers langsam weiterging, bohrten sich die scharfen Kanten der Muscheln schmerzhaft in ihre Fußsohlen, doch sie achtete nicht darauf. Als Kind war sie jeden Sommer monatelang viele Stunden täglich barfuß am Strand herumgelaufen. Damals hatte sie die Muscheln unter ihren Fußsohlen gar nicht bemerkt. Offenbar blieb diese Fähigkeit über Jahre erhalten.

Als nur wenige Meter vor ihr ein Strandläufer auf langen, dünnen Beinen parallel zum Wasser dahineilte und dabei mit eifrig ruckendem Kopf zwischen die Muscheln und in den Sand pikte, verharrte sie bewegungslos, um den Vogel nicht zu verscheuchen. Sie bewegte sich erst wieder, als er aufflog und einige Meter durch die Luft glitt, um seine Nahrungssuche an einer anderen Stelle fortzusetzen.

Langsam schlenderte Marie weiter. Wie ein blau-goldener Schleier senkte sich allmählich die Dämmerung über das Meer. Vor den Dünen versammelten sich kleine Schwärme von Möwen für ihre Nachtruhe. Anstelle der lauten Schreie, die sie tagsüber ausstießen, verständigten sie sich nun mit kurzen, gedämpften Tönen. Marie stellte sich vor, dass sie einander versicherten, nun, da der Abend über der Insel lag, wäre alles gut und sie könnten ruhig schlafen.

Im Osten flammten im Meer die ersten Lichter von Norderney auf und schienen ihr in der bläulichen Dämmerung zuzuzwinkern. Das Funkeln erschien ihr so nah, als müsste sie nur den Arm ausstrecken, um die hellen Punkte zu berühren.

Als sie ihren Blick wieder auf den hellen Streifen Sand vor sich richtete, sah sie in etwa fünfzig Metern Entfernung eine Gestalt dicht am Meer im Sand hocken. Verwundert blieb sie stehen und starrte die Person an, von der sie nicht erkennen konnte, ob es sich um einen Mann oder eine Frau handelte. So dicht, wie dieser Mensch am

Wasser saß, musste er oder sie früher oder später nass werden – oder war es schon.

Marie setzte sich wieder in Bewegung. Vielleicht brauchte da jemand Hilfe.

Plötzlich richtete sich die Gestalt auf, hob den Arm und winkte ihr zu. In diesem Moment erkannte Marie, wer dort kniete. Nicht auch das noch! Der Tag war lang und anstrengend genug gewesen.

Sie blieb stehen und starrte mit zusammengekniffenen Augen zu dem Mann hinüber, der mittlerweile noch heftiger mit dem Arm wedelte. War er nackt?

»Frau Janssen? Marieke Janssen? Können Sie mir bitte helfen?«

Sie presste die Lippen aufeinander und beeilte sich, zu ihm zu kommen.

6. Kapitel

Nach wenigen Schritten erkannte Marie, dass Philipp Siemon tatsächlich nackt war. Neben ihm im Sand entdeckte sie einen grünen Fleck. Offenbar hatte er dort seine Kleidung abgelegt.

Zögernd blieb sie stehen. Was tat er da? Gehörte er zu den Menschen, die ein Bad im Meer nur unbekleidet genießen konnten? Dann sollte er das tun, aber gefälligst so, dass sie nichts davon mitbekam. Ihr reichte es schon, wie anstrengend dieser Mensch in bekleidetem Zustand war. Sie hatte nicht die geringste Lust, sich auch noch mit dem nackten Doktor Siemon auseinanderzusetzen. Wahrscheinlich erzählte er ihr gleich, dass in der ganzheitlichen Medizin Nacktbäder unabdingbar wären und sie nach seiner Rückkehr aus der Klinik mit ihrem Vater unbekleidet im Meer schwimmen solle.

»Kommen Sie bitte? Ich brauche Hilfe!« Wieder winkte er heftig.

Zögernd setzte Marie sich in Bewegung, rannte sogar ein paar Schritte durch den Sand, wurde jedoch wieder langsamer, als sie beim Näherkommen sah, dass mit ihm alles in Ordnung zu sein schien. Weder blutete er noch sah er sonst irgendwie verletzt aus.

»Was ist los?«, fragte sie, als sie kurz darauf vor ihm stehen blieb.

Er kniete immer noch im Sand und machte auch keine Anstalten, sich zu erheben. Erleichtert sah sie aus der Nähe, dass nur sein Oberkörper unbekleidet war. Seine Jeans hatte er noch an, während neben ihm ein grünes T-Shirt lag, auf dem seine linke Hand ruhte, als wolle er es daran hindern, mit dem Seewind davonzufliegen.

»Es geht um zwei Dinge, bei denen ich Hilfe brauche«, erwiderte er und machte eine Pause, als wolle er die Spannung erhöhen.

»Wenn Sie noch lange da sitzen, wird Ihre Hose noch nasser.« Marie deutete auf den feuchten Fleck an seinem Oberschenkel. Wenn er sie um Hilfe bitten wollte, konnte sie ihm gleich einen guten Rat dazu liefern.

»Das trocknet wieder«, sagte er mit einem unwilligen Kopfschütteln und rutschte nicht einmal ein winziges Stück vom Wasser weg. »Ich brauche etwas, um meinen Fuß zu verbinden. Und dann müssen Sie die Möwe tragen und mich eventuell ein bisschen stützen.«

»Welche Möwe?« Verblüfft schaute Marie zu ihm hinunter. Hatte er einen Sonnenstich?

»Irgendein Stück Stoff«, drängte er. »Es wäre ideal, wenn Sie einen Schal oder etwas in der Art bei sich hätten.«

Sie schüttelte den Kopf. »Habe ich nicht. Warum nehmen Sie nicht Ihr T-Shirt, wenn Sie sowieso schon halb nackt hier herumsitzen?«

»Unter dem Shirt ist die Möwe. Im Dunkeln bewegen sich Vögel nicht und haben weniger Angst.«

Jetzt erkannte Marie die Wölbung unter seiner Hand. Offenbar hielt er durch den Stoff eine Möwe fest.

»Was wollen Sie denn mit dem Tier?«, fragte sie streng.

»Die Möwe ist verletzt. Ich will ihren Flügel schienen und sie wieder aufpäppeln. Sie hüpfte mit herunterhängendem Flügel im Sand herum. Als ich sie fangen wollte, bin ich leider in eine Scherbe getreten.«

Er drehte den Fuß so, dass sie die Sohle sehen konnte. Angesichts des Bluts, das von seinem Fußballen in den Sand tropfte, schnappte sie erschrocken nach Luft.

»Das ist bloß eine Fleischwunde«, beruhigte er sie. »Wenn da allerdings Schmutz reinkommt, könnte sich die Wunde entzünden. Darum wäre ein festes Stück Stoff, das ich um den Fuß wickeln kann, hilfreich.«

Zögernd öffnete Marie den Reißverschluss ihrer Jacke. »Würde meine Bluse gehen?«

»Die ist viel zu schade«, sagte Philipp spontan. »Vielleicht sollten wir die Bluse lieber benutzen, um die Möwe zu transportieren.«

»Dann würde ich sie auch nicht mehr anziehen«, sagte Marie entschieden, weil sie sich vorstellte, was die Möwe während des Transports möglicherweise hinterlassen würde. Die cremefarbene Bluse mit den kleinen blauen und roten Blüten war eines ihrer Lieblingsstücke. Sie hatte sie erst vor wenigen Wochen gekauft – für den Karibik-Urlaub. Aber das ließ sich nun auch nicht mehr ändern. Es gab noch genug andere Sachen, die sie auf Jamaika tragen konnte.

»Ich kaufe Ihnen eine neue.« Der Arzt lächelte ihr aufmunternd zu. »Wo bekomme ich diese Bluse? In Hamburg? Wenn Sie mir den Laden nennen, kann ich sie vielleicht bestellen.«

»Das war ein Restposten«, sagte Marie wahrheitsgemäß. Trotzdem war das gute Stück ziemlich teuer gewesen, aber sie wollte angesichts seines bluttriefenden Fußes nicht kleinlich sein. »Die gibt es nicht mehr. Aber ich habe genug andere Blusen.« Sie versuchte sich an einer wegwerfenden Handbewegung, als hätte sie Dutzende von Designerblusen im Kleiderschrank.

»Diese steht Ihnen aber besonders gut.« Er ließ den Blick an ihrem Körper hinuntergleiten.

»Quatsch«, widersprach sie grob. »Das ist eine Bluse wie jede andere auch.«

Mit einem Ruck wandte sie ihm den Rücken zu, streifte die Jacke ab und ließ sie achtlos in den Sand fallen. Dann öffnete sie die kleinen Perlmuttknöpfe der Bluse und zog sie aus. Darunter trug sie nur einen schwarzen BH. Als der Wind ihren nackten Rücken traf, erschauderte sie und spürte, wie sich die kleinen Härchen an ihrem Nacken und ihren Armen aufrichteten.

Eigentlich hatte sie vorgehabt, sofort wieder die Jacke überzuziehen, doch leider lag der leichte Anorak hinter ihr auf dem Boden. Um ihn aufzuheben, musste sie sich umdrehen, was sie aber nicht wollte. Unschlüssig stand sie mit der Bluse in der Hand da und kam sich albern vor.

»Ich bin Arzt«, sagte Philipp Siemon nach einer Weile leise.

»Stellen Sie sich vor, das weiß ich«, sagte sie und merkte selbst, dass sie sich wie ein trotziges Kind anhörte.

»Sie müssen sich vor mir nicht schämen. Ich sehe jeden Tag Dutzende von nackten Menschen, und die allermeisten sind längst nicht so attraktiv wie Sie.«

»Das beruhigt mich wirklich sehr!«, fauchte sie.

Dann drehte sie sich betont langsam um, reichte ihm die Bluse und bückte sich nach ihrer Jacke. Dabei erwiderte sie ruhig seinen Blick, denn natürlich dachte er nicht daran, diskret wegzuschauen. Er war ja *Arzt*.

Auch während sie den Anorak wieder anzog, sah sie ihn mit zusammengekniffenen Augen an. Was er konnte, konnte sie schon lange. Erst als sie den Reißverschluss wieder hochgezogen hatte, spürte sie auf der Haut die rauen Sandkörner, doch das ließ sich nicht ändern. Auf keinen Fall würde sie die Jacke noch einmal ausziehen, um sie auszuschütteln.

»Danke. Das weiß ich sehr zu schätzen.« Ein wenig unschlüssig betrachtete er die Bluse in seiner Hand.

»Nun verbinden Sie schon Ihren Fuß damit«, forderte Marie ihn ungeduldig auf, obwohl ihr der Gedanke wehtat, dass das gute Stück in kürzester Zeit vollkommen verdorben sein würde. Gerit hatte sie noch nie in dieser Bluse gesehen, und das würde nun auch nicht mehr passieren. »Wenn ich Ihnen helfen soll, nach Hause zu kommen, müssen wir langsam los. Es ist bald dunkel.«

Suchend schaute sie sich um. »Sie haben nicht mal Schuhe mit. Im Dunkeln treten Sie womöglich in noch mehr Glasscherben.«

»Und Sie haben Ihre Schuhe nicht an«, stellte er fest und betrachtete ihre blauen Sneakers, die sie neben sich in den Sand gestellt hatte, um ihre Bluse auszuziehen. »Vielleicht sollten Sie … vorsichtshalber … Obwohl ich, zugegeben, nicht in der Position bin, Ihnen in dieser Hinsicht Ratschläge zu geben.«

»Das ist neu. Bisher haben Sie mit guten Ratschlägen nicht gespart. Schließlich sind Sie *Arzt*.«

Sekundenlang schauten sie sich an, dann lachten sie gleichzeitig los. Marie ließ sich neben ihm auf den Knien nieder.

»Soll ich Ihnen helfen?« Sie deutete auf den blutenden Fuß.

»Danke, aber einen Verband kann ich ganz gut anlegen. Ich bin Arzt.« Er zwinkerte ihr zu.

»Auch mit einer geblümten Bluse?«

»Auch das. Vielleicht kannst du solange die Möwe festhalten. Nur durch den Stoff ein kleines bisschen nach unten drücken, dann rührt sie sich nicht.«

Marie nickte und hielt ihre Hand über Philipps. Natürlich war ihr nicht entgangen, dass er sie plötzlich duzte. Aber da das Wasser in diesem Moment mit der einsetzenden Flut ein kleines Stückchen weiter den Strand heraufkroch und ihnen beiden jeweils das dem Meer zugewandte Hosenbein durchnässte, war das vertrauliche Du wohl angemessen. Sie würden nicht gemeinsam ertrinken, aber ganz alltäglich war die Situation auch nicht.

Seine Hand unter ihrer fühlte sich kühl an, was angesichts seines nackten Oberkörpers, der feuchten Hose und des frischen Abendwindes nicht erstaunlich war.

»Bereit?«, fragte er. »Kann ich meine Hand wegziehen? Vielleicht solltest du noch etwas fester zugreifen.«

Sie nickte, legte ihre Finger fest um seine und fragte sich, wie er jemals die Möwe loslassen wollte, wenn sie krampfhaft seine Hand hielt, unter der der Vogel, bedeckt vom Stoff des T-Shirts, hockte. Es war ein komisches Gefühl, seine kühle Haut so deutlich zu spüren. Als würden sie Händchen halten.

Sein Gesicht war dicht vor ihrem. Er suchte ihren Blick, sie wollte wegschauen, hielt aber durch. Dann nickte er, sie lockerte leicht ihren Griff, und seine Hand glitt unter ihren Fingern weg. Nun war ein leichtes Zittern unter ihrer Handfläche. Sie spürte, dass der Vogel versuchte, sich aufzurichten, und packte ein wenig fester zu. Es wurde ruhig unter ihren Fingern. Sie meinte nur, durch den Stoff den schnellen Herzschlag zu fühlen.

»Hast du's?« Philipp schaute sie prüfend an.

Sie nickte und konzentrierte sich auf das bebende Leben unter ihren Fingern, während er nach der Bluse griff, die neben ihm im Sand lag.

»Bist du sicher, dass ich die Bluse nehmen soll? Ich könnte auch so nach Hause gehen. Wenn ich die Wunde gleich anschließend desinfiziere, habe ich gute Chancen, dass sie sich nicht entzündet.« Noch immer hielt er Maries Oberteil zögernd in die Luft.

»Das ist keine gute Idee, glaube ich. Also ja: Ich bin sicher!« Sie wandte aber den Blick ab, als er Anstalten machte, den Baumwollstoff in Streifen zu reißen. Allein das Geräusch tat ihr weh, aber sie ließ sich nichts anmerken und schaute aufs Meer hinaus.

»Die Flut kommt. Wir müssen etwas weiter zurück, sonst sitzt die Möwe gleich im Wasser. Und wir auch«, stellte sie fest und hielt das Gesicht starr abgewandt.

»Ich bin gleich fertig, dann können wir losgehen.« Philipps Stimme klang angespannt. Wahrscheinlich hatte er Schmerzen.

Sie nickte und bewegte sanft die Daumen auf dem Rücken des Vogels unter ihrer Hand. Vielleicht beruhigte das Streicheln das verletzte Tier.

Aus dem Augenwinkel sah sie, dass er aufgestanden war. Nun schaute sie wieder in seine Richtung. Er balancierte auf dem unverletzten Fuß. Den anderen hielt er in die Luft, dick umwickelt mit hellem Blümchenstoff.

»Du kannst nicht auftreten«, stellte sie fest und fragte sich, wie er auf einem Bein die sicher mehr als drei Kilometer zurücklegen wollte, die sie von dem Strandaufgang entfernt waren, der zu seinem Haus führte.

»Auf der Ferse, denke ich.« Er probierte es aus, verzog das Gesicht, nickte aber. »Wenn ich mich etwas auf deine Schulter stützen darf, sollte es gehen.«

Marie hockte zu seinen Füßen und hielt den Vogel am Boden. Ihr war klar, dass sie die Möwe nun irgendwie hochheben und in den Ort tragen musste. Philipp würde das nicht gelingen, er brauchte beide Arme, um irgendwie das Gleichgewicht zu halten.

»Leg eine Hand über die Flügel, damit sie nicht flattern kann, und fass mit den Fingern um den Körper herum, sodass du sie hochheben kannst. Zusammen mit dem Stoff natürlich. Wenn es dunkel bleibt, wird sie sich kaum bewegen.«

Er hatte offenbar ihre Unsicherheit gespürt und gab ihr mit ruhiger Stimme Anweisungen. Sie zögerte. Wenn sie sich ungeschickt anstellte und der Vogel ihr entwischte, würde sie ihn allein wieder einfangen müssen. Philipp wäre mit seinem verletzten Fuß nicht schnell genug. Und falls ihr das Einfangen nicht gelingen würde, wäre sie schuld daran, dass die Möwe wahrscheinlich verendete.

»Du kannst das! Einfach ruhig bleiben und fest zupacken«, sagte er. »Hast du Angst vor ihrem Schnabel? Sie wird dich nicht hacken. Ich habe schon mehrere Vögel eingefangen, und nie hat mich einer verletzt. Verletzungen füge ich mir nur selbst bei, indem ich in irgendwelche Glasscherben trete.« Er lachte kurz auf.

»Ich wusste gar nicht, dass du nebenbei auf der Insel als Tierarzt tätig bist.« Mit einem schiefen Lächeln sah Marie zu ihm auf. An den spitzen Schnabel der Möwe hatte sie noch gar nicht gedacht.

»Ich gehe viel am Strand spazieren. Und wenn ich ein leidendes Tier sehe, dem ich helfen kann, versuche ich es«, erklärte er in selbstverständlichem Ton.

Marie saß immer noch unschlüssig da und wagte nicht, die Hand zu bewegen. In diesem Moment klingelte das Handy in ihrer Jackentasche. Gerit! Er hatte gesehen, dass sie versucht hatte, ihn zu erreichen.

»Ein wichtiger Anruf?«, fragte Philipp. »Ich könnte das Handy an dein Ohr halten.«

»Nein«, sagte sie rasch. »Ich rufe später zurück.« Falls Gerit sich dann meldete. Aber sie konnte unmöglich vor Philipp mit ihrem Freund sprechen, der ihr wahrscheinlich Vorwürfe machen würde, weil sie ihn allein in Jamaika sitzen ließ und einen Teil ihres Urlaubs auf Juist verbrachte.

»Erwartest du einen Anruf von deinem Freund? Du siehst nicht sehr glücklich bei diesem Gedanken aus. Wenn er kein Verständnis dafür hat, dass du dich um deinen Vater und die Familienpension kümmern musst, solltest du ihn sowieso erst mal ein bisschen schmoren lassen, damit er in sich gehen kann«, sagte Philipp, der offenbar hellseherische Fähigkeiten besaß.

»Ich kann mich nur wiederholen: Das geht dich nichts an.« Mit einem Ruck lockerte sie ihren Griff, schob die Hände rechts und links unter den Vogel, hielt mit den Daumen oben fest, wo sie die Flügel vermutete, und hob das Tier hoch. Quasi in letzter Minute, denn in diesem Augenblick erreichte die erste Welle das grüne Stoffhäufchen am Strand.

»Sehr gut«, lobte Philipp, als sie neben ihm stand, die ins Shirt gewickelte Möwe mit vorgestreckten Armen auf Brusthöhe haltend. Der Vogel rührte sich nicht, nur spürte sie jetzt, da ihre Fingerspitzen in der Nähe der Brust lagen, den rasend schnellen Herzschlag noch deutlicher.

»Gehen wir los?«, fragte Philipp.

Sie nickte.

»Du hast deine Schuhe nicht angezogen.« Er deutete auf die Sneakers, die im Sand lagen.

»Die sind schon ganz alt. Ich lasse sie einfach hier liegen.« Es war klar, dass sie die Schuhe nicht anziehen konnte, solange sie die Möwe in den Händen hielt. Und sie konnte sie auch nicht einfach an Philipp weitergeben, ohne Gefahr zu laufen, dass der Vogel in seiner Angst doch noch versuchte, sich zu befreien.

»Du wirst auf keinen Fall in der Dämmerung barfuß zurücklaufen! Es hat gerade noch gefehlt, dass du auch noch in eine Scherbe trittst.« Sie spürte seinen Blick, schaute ihn aber nicht an.

»Verbietet der Herr Doktor mir jetzt auch noch, am Strand barfuß zu gehen? So viele Scherben gibt es hier nicht.« Das wurde ja immer besser.

»Wenn man ein bisschen aufpasst, kann man durchaus barfuß gehen. Bei Tageslicht. Du siehst ja, was mir passiert ist, als ich nur auf die Möwe geguckt habe.«

»Ich bin hier aufgewachsen, habe viele, viele Stunden am Strand verbracht und mich nie an irgendwas geschnitten.«

»Nie?«

»Höchstens ein oder zwei Mal«, gab sie widerstrebend zu. »Und dann eher an einer Muschel. Die haben scharfe Kanten, wenn sie zerbrechen.«

»Ich ziehe dir die Schuhe an«, beschloss er, hinkte zwei oder drei Schritte durch den Sand, indem er sich auf der Ferse des verletzten Fußes abstützte, bückte sich nach ihren Schuhen und kniete sich vor Marie nieder.

»Das ist … nicht nötig«, protestierte sie.

Er antwortete nicht, sondern zog die Schnürsenkel auseinander, sodass sie bequem in die Schuhe schlüpfen konnte, dann stellte er sie vor ihr in den Sand.

»Erst der linke!«, kommandierte er.

Sie seufzte demonstrativ und schob ihren linken Fuß in den Schuh. Philipp knotete die Schnürsenkel zu, und währenddessen starrte sie hinunter auf seinen gesenkten Kopf. Ein letzter Strahl der Abendsonne verirrte sich in sein Haar und ließ im hellen Braun eine Strähne dunkelgolden aufleuchten. Es war ein seltsames Gefühl, dass er vor ihr kniete und ihr wie einem Kind die Schuhe anzog, aber sie ließ es über sich ergehen. Vielleicht hatte er ja auch recht, was die Gefahr anbelangte, dass sie sich ebenfalls den Fuß verletzte.

»Danke«, sagte sie, nachdem er ihr auch in den rechten Schuh geholfen und sorgfältig die Schnürsenkel zugebunden hatte.

»Gern geschehen. Jetzt kann ich wenigstens sicher sein, dass ich nachher in der Praxis nicht auch noch bei dir eine Wunde desinfizieren und nähen muss.«

Sie verschluckte die Bemerkung, dass auch ihr es gar nicht recht gewesen wäre, gegen ihren Willen doch noch seine Patientin zu werden.

Philipp hüpfte mehr, als er ging, um sie herum, und sie konnte nicht vermeiden, seinen nackten Oberkörper aus der Nähe zu sehen.

Gebräunt, mit breiten Schultern, einem flachen Bauch und dunklen Löckchen auf der Brust, die exakt den gleichen Ton hatten wie die Haare auf seinem Kopf. Hastig schaute Marie hinunter auf den grünen Stoff zwischen ihren Händen. Sie konnte erkennen, wie der Vogel darunter atmete.

»Darf ich mich aufstützen? Ich fürchte, sonst brauche ich ewig.«

»Natürlich.« Sie bemühte sich um ein Lächeln, und als sie den Blick hob, versank sie in seinen Augen, die im schwindenden Tageslicht von einem dunklen Graugrün wie das Meer waren.

»Tut mir leid, dass ich dich als Krückstock benutzen muss«, murmelte er und legte die Hand auf ihre Schulter.

»Kein Problem«, behauptete sie.

Langsam gingen sie los, und er stützte sich unerwartet schwer auf sie.

»Ich fürchte, ich bin langsamer als eine Schnecke.« Er lachte leise, klang dabei aber nicht sonderlich fröhlich.

»Wir brauchen so lange, wie wir eben brauchen. Ich hoffe nur, die Möwe hält still. Sie kann unter dem Stoff doch hoffentlich nicht ersticken?« Der Gedanke, der Vogel, den sie retten wollte, könnte am Ende tot sein, erschreckte sie.

»Nein, dazu ist das Shirt zu dünn«, beruhigte er sie.

»Ihr Herz schlägt wie wild.«

»Versuch, ruhig zu bleiben, dann überträgt sich das auf das Tier«, sagte er.

Fast hätte Marie spöttisch aufgelacht. Ruhig zu bleiben war in diesen Tagen für sie eine eher schwierige Übung. Trotzdem bemühte sie sich, langsam und tief zu atmen. Tatsächlich spürte sie nach einer Weile, während sie sich umgeben vom Rauschen des Meeres und des Windes, langsam vorwärtsbewegten, dass sich in ihr fast so etwas wie Gelassenheit ausbreitete. Sie dachte nicht einmal mehr darüber nach, wie lange sie wohl bei diesem Tempo bis zum Strandaufgang in der Nähe der Arztpraxis brauchen würden. Oder was sie am nächsten Tag oder sogar noch an diesem Abend in der Pension zu erledigen hatte.

Als erneut das Handy in ihrer Tasche läutete, zuckte sie erschrocken zusammen. Gleichzeitig begann der Vogel in ihren Händen wieder zu beben.

»Soll ich etwas tun?«, fragte Philipp, nachdem das Telefon eine Weile ununterbrochen vor sich hin gedudelt hatte.

»Ja, bitte!«, antwortete sie genervt. »Es steckt in meiner linken Jackentasche. Schalte es bitte aus? Geht das?«

Philipp stellte sich vor sie, und dann spürte Marie seine tastenden Finger in ihrer geräumigen Jackentasche. Endlich zog er das Handy heraus, drückte auf die Ausschalttaste, und es verstummte.

»Erledigt! War ein Anruf von Schatz«, verkündete er und ließ das Gerät wieder in ihre Tasche gleiten.

Natürlich hatte er es nicht lassen können, diese Bemerkung zu machen. Marie spürte, wie ihre Wangen trotz des kühlen Abendwindes glühten. Dieser Mann war einfach ... schrecklich.

Dennoch war zu ihrem eigenen Erstaunen die Ruhe in ihrem Inneren schon nach wenigen Schritten wieder da, und auch die Möwe lag still in ihren Händen.

»Mein Fuß ist verletzt, ich bin dabei, deine wunderschöne Bluse mit meinem Blut völlig zu verderben, ich bin mir noch nicht sicher, ob ich die arme Möwe wieder gesund pflegen kann, und doch ist dieser Abend am Meer friedlich und schön«, sagte Philipp, nachdem sie lange gemeinsam geschwiegen hatten.

»Seltsamerweise ja«, stimmte ihm Marie nach kurzem Zögern zu.

Tatsächlich fiel es ihr schwer, ihm recht zu geben. Von dem ersten Wort an, das sie miteinander gewechselt hatten, hatte er mit seinen seltsamen Ansichten und provozierenden Meinungen ihren Widerspruchsgeist herausgefordert. Aber es war nun einmal nicht zu bestreiten, dass an diesem Abend auch in ihr ein seltsamer Friede herrschte.

Wieder legten sie eine gute Strecke zurück, ohne zu reden. Der Himmel hatte ein tiefes Indigoblau angenommen, in dem hier und da die ersten Sterne funkelten. Über dem Meer wehte die Dämmerung in graublauen Schleiern dahin, die sich allmählich ausbreiteten, als würden unsichtbare Hände sie glatt ziehen.

»Wo hast du gelebt, bevor du hierhergekommen bist?«, fragte Marie schließlich.

»In München.« Plötzlich klang seine Stimme seltsam gedämpft, ging fast im Klang der Wellen unter.

»In München?« Aus irgendeinem Grund erstaunte es sie besonders, dass er aus einer Stadt kam, in die es viele Menschen zog, weil nach allem, was man hörte, dort das Leben mit seinen Restaurants, Theatern und Bars aufregend und abwechslungsreich war. »Du warst Arzt in München? Mit einer eigenen Praxis?«

»Ich habe die chirurgische Abteilung in einer Privatklinik geleitet.«

Jetzt blieb sie stehen und konnte nicht anders, als ihn verblüfft anzusehen, als würde sie ihn zum ersten Mal zu Gesicht bekommen. »Und das hast du aufgegeben? Freiwillig?«

In ihrem Kopf fuhren die Gedanken Karussell. Vielleicht hatte er einen Kunstfehler begangen und war deshalb entlassen worden.

»Niemand hat mich gezwungen. Ich wollte es so.« Seine Miene war vollkommen ausdruckslos. Sekundenlang schaute er sie ohne jedes Blinzeln an, dann wandte er den Blick ab und sah hinauf in den Abendhimmel, vor dessen tiefem Dunkelblau einige perlmuttgraue Wolken schwebten. »Hier lebt es sich ruhiger und entspannter.«

Das ist nicht der wahre Grund, schoss es Marie durch den Kopf. Ein Arzt, der eine leitende Position in einer Privatklinik innehatte, ließ sich nicht freiwillig auf einer winzigen Insel in der Nordsee nieder, um die Zipperlein der Touristen und die winterlichen Erkältungen der Einheimischen zu kurieren. Das konnte er den naiven Inselbewohnern erzählen, sie kaufte ihm das nicht ab.

»Gehen wir weiter?«, erkundigte er sich nach einer Weile, als sie ihn immer noch verblüfft anstarrte.

Hastig setzte sie sich wieder in Bewegung und ging so schnell los, dass Philipp, der sich immer noch auf ihre Schulter stützte, kaum hinterherkam. Als sie seine Schwierigkeiten bemerkte, murmelte sie eine

Entschuldigung und ging langsamer. Die Möwe bewegte sich, und behutsam umschloss Marie sie ein wenig fester mit ihren Händen.

»Meinst du nicht, dass diese Ruhe für einen Menschen unter siebzig ein bisschen zu ruhig sein kann?«, fragte sie nach einer Weile.

»Mir gefällt es, obwohl es bis zu meinem Siebzigsten noch ein bisschen dauert. Was mir nicht gefällt, ist das Erstaunen der Menschen, wenn sie erfahren, woher ich komme und was ich vorher gemacht habe.«

Sie zuckte zusammen. »Dann erzähl es eben nicht.«

»Auch hier auf Juist gibt es Internet. Es hat sich schon wenige Tage nach meiner Ankunft herumgesprochen, dass ich in München eine leitende Position in einer anerkannten Spezialklinik hatte, und auch du hättest es früher oder später erfahren. Also rücke ich lieber freiwillig damit heraus. Außerdem hast du mich gefragt. Soll ich lügen?«

»Vermisst du die Großstadt nicht? Und deinen alten Job? Der war sicher … anders.« Sie hatte sagen wollen anspruchsvoller, interessanter, korrigierte sich aber im letzten Moment. Das hätte wahrscheinlich wieder eine fruchtlose Diskussion ausgelöst.

»Manchmal fehlt mir die Großstadt«, gab er zu ihrem Erstaunen nach kurzem Zögern zu. »Ein kleines bisschen zumindest. Aber das vergeht sofort, wenn ich einen Spaziergang am Meer mache.« Sie konnte hören, wie er seine Lunge tief mit Seeluft füllte.

»Und was die Arbeit betrifft … ich genieße den Kontakt zu den Patienten. In der Klinik hatte ich überhaupt keine Zeit, mich mit den Menschen zu befassen, die zu den Körpern auf dem OP-Tisch gehörten. Das ist frustrierend, als würde man eine Reparaturwerkstatt betreiben. Jedenfalls fand ich es irgendwann schrecklich.« Plötzlich klang Philipps Stimme gepresst.

Marie warf ihm einen raschen Seitenblick zu. Vor dem Hintergrund des perlmuttschimmernden Wassers wirkte sein Profil wie gemeißelt.

»Du bist erst seit einem halben Jahr auf der Insel, nicht wahr?«, erkundigte sie sich.

»Ja. Obwohl es sich länger anfühlt. Ich habe mich schneller eingelebt als erwartet.«

»Das kommt dir so vor, weil es hier so wenige Menschen gibt, dass man sie innerhalb von ein paar Wochen alle kennenlernen kann«, sagte Marie. »Man lernt *alles* innerhalb kürzester Zeit kennen, und dann fühlt es sich so an, als wäre man schon ewig hier.«

Als hätte sie Maries Worte verstanden, machte eine der Möwen, die in einer Gruppe zum Schlafen am Fuß der Dünen hockten, ein paar Töne, die wie spöttisches Gelächter klangen.

Sofort drang unter dem grünen T-Shirt ein leiser, hoher Schrei hervor. Marie schrak zusammen und hätte die Möwe fast fallen lassen.

»Vorsicht.« Philipp, dessen Hand auf ihrer Schulter lag, hatte den Ruck bemerkt, der durch ihren Körper gegangen war.

»Ich hoffe, sie hat keine Schmerzen.« Ängstlich starrte Marie das grüne Bündel an.

»Wahrscheinlich wollte sie sich nur mit ihrem Kumpel unterhalten. Sie klang ganz munter«, behauptete Philipp.

»Hm«, machte Marie.

Schweigend gingen sie weiter. Es war keine peinliche Stille, und Marie war ohnehin abgelenkt, weil sie jeden Moment damit rechnete, dass die Möwe in ihren Händen sich wieder meldete. Doch das Tier blieb still und rührte sich auch nicht.

Philipp bewegte sich auf der Ferse seines verletzten Fußes nur mühsam vorwärts, aber Marie hatte sich mittlerweile seinem Tempo angepasst, und es gelang ihnen, fast im Gleichschritt zu gehen.

»Du kannst nicht ausschließen, dass das Heimweh nach München noch kommt«, setzte sie schließlich die Unterhaltung fort. »Sechs Monate ist nicht viel länger als ein langer Urlaub.«

»Man weiß nie, was kommt«, sagte er in einem so gelassenen Ton, dass Marie ihn fast beneidete. Sie selbst versuchte, ihr Leben Jahre im Voraus zu planen. Sonst hätte sie das Gefühl gehabt, sich ziellos treiben zu lassen und keine Kontrolle über ihre Zukunft zu haben. Dieses Problem hatte der Juister Inselarzt wahrscheinlich nicht. Welche Karriere sollte er planen? Kein Wunder, dass er so entspannt wirkte. Ganz kurz nur beneidete sie ihn, doch dann fiel ihr ein, dass sie das Leben, das er für sich gewählt hatte, niemals hätte haben wollen.

»Noch vor fünf Jahren hätte ich nicht geglaubt, dass ich irgendwann München verlasse, um auf einer kleinen Insel zu leben«, sagte er in Maries Gedanken hinein. »Aber was wäre das Leben ohne Überraschungen? Erlebst du nicht auch gerade eine?«

Sie spürte seinen prüfenden Blick von der Seite, schaute aber nicht hin.

»Nicht auf diese Weise«, erwiderte sie so laut, dass sie sich selbst erschrak.

Sein leises Lachen machte Marie wütend.

»Ich denke nicht im Traum daran, meinen Job in Hamburg aufzugeben und wieder nach Juist zu ziehen!« Sie unterstrich ihre Worte mit einem heftigen Kopfschütteln. »Außerdem wartet in Hamburg jemand auf mich. Gibt es in deinem Leben denn niemanden?«

Genau in dem Moment, in dem sie diese Frage ausgesprochen hatte, legte sich für zwei oder drei Sekunden der Wind, und trotz des Rauschens der Wellen konnte Marie hören, wie der Mann neben ihr schluckte. Einmal und ein zweites Mal.

»Ich fahre gelegentlich nach München, um meine Familie zu besuchen«, sagte er dann.

Das hatte sie nicht gemeint, aber natürlich ging es sie auch nichts an, wen Philipp vielleicht in München zurückgelassen hatte.

»Trotzdem … Im Vergleich ist das Leben hier auf der Insel für einen jungen Menschen einigermaßen trostlos. Das Meer ist keine abendfüllende Veranstaltung, nicht wahr?«

»Ich würde sagen, ich beweise dir gerade das Gegenteil.« Wieder lachte er leise, und der Vogel in Maries Händen antwortete ihm mit einem ebenso leisen Ton. Dieses Mal erschrak Marie nicht einmal.

»Die Frage ist, was macht das Leben schön? Siehst du das hier gar nicht mehr richtig, weil du hier aufgewachsen bist?« Mit seiner freien

Hand machte er eine Bewegung, die das Meer, den Strand und die Dünen umfasste.

»Ich bin nicht blind«, sagte sie trotzig. »Aber ich sehe es nicht als Sinn meines Lebens an, auf einem winzigen Flecken Erde in der Nordsee gefangen zu sein.

»Ist der Sinn des Lebens die Möglichkeit, sich jederzeit ein Paar Schuhe von Christian Louboutin zu kaufen?«, kam es in ähnlichem Ton zurück.

Verblüfft blieb sie stehen und zwang ihn auf diese Weise, ebenfalls anzuhalten. »Du hast die Marke meiner High Heels erkannt?«

Er zuckte mit den Schultern. »Du bist nicht die einzige Frau, die für Markenschuhe schwärmt, selbst wenn sie darin nur unter Schmerzen laufen kann.« Er seufzte demonstrativ.

»Ich bin noch ganz gut zu Fuß. Auch mit hohen Absätzen«, verkündete sie energisch und setzte sich wieder in Bewegung. Sie brauchten nur wenige Schritte, dann gingen sie wieder im gleichen Rhythmus durch den feuchten Sand nahe am Wasser.

»Wenn ich dich daran erinnern darf: Ich bin diejenige, die dir hilft, nach Hause zu kommen, nicht umgekehrt.«

»Das weiß ich durchaus zu schätzen. Vielen Dank.« Er klang fast so, als würde er seine Worte ernst meinen.

Marie runzelte die Stirn. Wie herrlich, dass sie mit Gerit zusammen war, der sie zu ihrem Geburtstag mit den Schuhen von Christian Louboutin überrascht hatte, die sie ihm während eines Spaziergangs unauffällig im Schaufenster eines teuren Schuhgeschäfts gezeigt hatte. Trotzdem blieb die Frage, wieso Philipp die Marke erkannt hatte. Das konnte eigentlich nur bedeuten, dass er eine Frau mit einem ähnlichen Schuhgeschmack wie Marie sehr gut gekannt hatte. Doch was ging sie das an?

»Entschuldige«, sagte er nach langem Schweigen.

»Was soll ich entschuldigen?« Sie schaute ihn kurz von der Seite an und sah sofort wieder weg.

»Was ich über deine Schuhe gesagt habe. Es geht mich nichts an, welche Schuhe du trägst und was du mit deinen Füßen anstellst. Wie du schon ganz richtig bemerkt hast, bist du nicht mal meine Patientin.«

»Genau!« Sie nickte heftig.

»Ich habe in der orthopädischen Chirurgie nur einfach zu viel gesehen … Trotzdem … Es sind *deine* Füße.«

»So ist es!«

»Ich hörte, deinem Vater geht es nach dem Eingriff gut. Hast du heute mit ihm telefoniert?«, wechselte Philipp unvermittelt das Thema.

»Heute Vormittag. Er war nicht gerade gut gelaunt, konnte aber seine Erleichterung nicht verbergen, dass die Operation überstanden ist. Ich glaube, er hatte schreckliche Angst, wollte es aber nicht zugeben. Vor einer Herz-OP hätte ich auch Angst gehabt.«

»Ohne dich wäre es mir nie gelungen, ihn dazu zu bringen, ins Krankenhaus zu gehen. Ehrlich gesagt war ich tatsächlich ein bisschen erstaunt, als ich hörte, dass er nicht nur in die Klinik gefahren, sondern auch da geblieben ist.«

»Ich hatte auch ein bisschen Angst, er könnte am nächsten Morgen wieder vor der Tür stehen. Ich konnte mich ja schlecht in seinem Krankenzimmer in der Klinik einquartieren. Andererseits …« Marie stockte und sah hinauf in den Himmel, der rasch dunkler wurde. »Es ging ihm nicht gut, das konnte er kaum noch verbergen. Und offenbar war die Operation die einzige Möglichkeit, das wieder in Ordnung zu bringen. Das musste letztlich sogar mein störrischer Vater einsehen, denke ich.«

»Es gibt eine Menge Kranke, die vor lauter Angst sehr unvernünftig sind. Sie finden Ausflüchte. Für sich selbst und für ihre Umgebung.«

Nachdenklich zog Marie die Augenbrauen hoch, so lange und so ausdauernd, dass ihr nach kurzer Zeit die Stirn schmerzte. Dennoch fiel es ihr schwer, ihr Gesicht wieder zu entspannen.

»Du glaubst also, es war nur eine Ausrede, dass mein Vater die

Pension niemand anderem als mir überlassen will, solange er im Krankenhaus ist?«

Marie spähte durch die Dämmerung nach vorn, aber leider war es immer noch eine ganze Ecke zu gehen.

»Menschen tun und sagen viele Dinge, deren wahren Grund sie selbst nicht erkennen. Wenn sie einer Situation ausweichen, hat das oft mehrere Gründe«, erwiderte Philipp diplomatisch.

»Wahrscheinlich hat er nicht damit gerechnet, dass ich bleibe. Insofern war es die perfekte Ausrede, wenn er sich nicht operieren lassen wollte.«

»Du liebe Güte, was ist denn bloß zwischen euch passiert? Du kannst doch nicht ernsthaft glauben, dass dein Vater davon ausgeht, sein Leben und seine Gesundheit wären dir vollkommen egal.«

»Ich weiß nicht, was er denkt.« Marie verzog den Mund und strich beruhigend mit beiden Daumen über den Rücken der Möwe.

»Ich schon. Er vertraut dir und weiß, dass der *Sandstern* bei dir in guten Händen ist.«

Das Lachen, das daraufhin aus Maries Kehle kam, war kurz und bitter, und so hart, dass es ihr fast in der Kehle wehtat. Wenn sie eine Chance gehabt hätte, hätte sie es unterdrückt, doch bevor sie etwas tun konnte, war es heraus, und sie erschrak, weil es ein verräterisches Lachen gewesen war.

»Du kennst ihn nicht«, sagte sie, weil es nun sowieso egal war. »Alles, was ich in der Pension mache, ist in seinen Augen falsch. Insofern … Ich weiß wirklich nicht, warum er unbedingt wollte, dass ich ihn vertrete. Wahrscheinlich hat er das wirklich nur gesagt, weil er nicht ins Krankenhaus wollte.«

»Und du findest alles falsch, was er macht, stimmt's?« Philipp klang amüsiert.

Wieder schaute sie ihn erstaunt an, und dieses Mal erwiderte er grinsend ihren Blick.

»Nicht alles«, sagte sie und wandte hastig wieder den Kopf ab. »Aber ich weiß nun mal, wie man ein Hotel führt. Ein gutes Hotel.

Was ich gelernt habe, kann auch in einer Pension auf Juist nicht ganz falsch sein.«

»Wahrscheinlich nicht. Ihr werdet Kompromisse finden, dein Vater und du.«

»Das wird nicht nötig sein. Sobald er aus dem Krankenhaus entlassen ist, reise ich ab. Dann kann er meinetwegen alles, was ich geändert habe, wieder rückgängig machen.«

»Das willst du nicht wirklich«, behauptete Philipp.

»Es ist mir egal.« Trotzig schob Marie das Kinn vor.

»Wenn alles glattläuft, kommt er in drei, spätestens in vier Tagen wieder nach Hause. Der Eingriff war minimalinvasiv, erholen kann er sich zu Hause. Wieso hast du dir also die Mühe gemacht, in der Pension etwas Neues anzustoßen, wenn es dir egal ist und du nur für eine so kurze Zeit das Ruder übernimmst?«

»Weil … Wenn ich einen Job mache, mache ich ihn ordentlich.« Marie nickte energisch. »Bis mein Vater zurückkommt, besorge ich über eine Personalvermittlung jemanden, der die Pension für zwei oder drei Wochen führt. Unter seiner Aufsicht sozusagen. Dann kann er sich weiter ausruhen und hat trotzdem alles unter Kontrolle.« Die einzige Gefahr bestand darin, dass besagte Fachkraft nach wenigen Tage das Weite suchte, weil ihr Vater darauf bestehen würde, dass alles gemacht wurde wie schon immer. Doch das war dann nicht mehr ihr Problem.

»Du solltest noch nicht gehen. Dein Vater und du … Ihr habt eine Menge miteinander zu klären.«

»Was zum Beispiel?« Sie schaute ihn herausfordernd an und hoffte, dass er, wie erwartet, keine Antwort wüsste. Oder hatte ihr Vater ihm etwa erzählt, was vorgefallen war?

»Das weißt du besser als ich. Ich weiß nur, dass dein Vater dich sehr liebt, es dir aber nicht zeigen kann. Auch weil es offenbar einen Streit zwischen euch gegeben hat. Hat es mit dem Tod deiner Mutter zu tun?«

Marie blieb mit einem Ruck stehen. »Hat er es dir erzählt?«

Philipp schaute sie nun seinerseits erstaunt an. »Das war nicht so schwer zu erraten.«

»Er gibt mir die Schuld daran, dass sie nicht mehr da ist«, murmelte sie.

»Ihr habt tatsächlich eine Menge zu klären«, wiederholte Philipp. »Bleib hier, solange er Hilfe braucht. Gib euch beiden die Chance.«

»Das geht nicht.« Erleichtert stellte Marie fest, dass der weiße, schlossartige Bau des größten Juister Hotels, das direkt am Strand lag, durch die matte Dunkelheit schimmerte. Von dort aus brauchten sie bis zu Philipps Praxis hinter den Dünen nur noch ein paar Minuten. »Ich fliege so bald wie möglich nach Jamaika.«

»Zu dem Mann, den du im Urlaub davon überzeugen willst, wie schön es ist, mit dir zusammenzuleben?«

»Nein. Zu dem Mann, dem ich im Urlaub Gelegenheit geben werde, mich davon zu überzeugen, bei ihm einzuziehen«, erwiderte sie hoheitsvoll. Denn so oder zumindest so ähnlich stellte sie es sich vor: Gerit würde auf Jamaika feststellen, wie schön es war, vierundzwanzig Stunden am Tag mit ihr zusammen zu sein, und das würde er sich auch für den gemeinsamen Alltag in Hamburg wünschen.

Der Wind, der wie so oft mit dem Schwinden des Lichts sanfter geworden war, wehte Philipps leises Lachen über das Meer davon, und Marie tat, als hätte sie nichts gehört.

»Sieh nur.« Er blieb stehen und deutete nach oben.

Als Marie den Kopf in den Nacken legte, funkelte ein herrlicher Sternenhimmel über ihr. Er schien so nah zu sein, dass sie das Gefühl hatte, sie müsste nur den Arm ausstrecken, um die Sterne zu berühren.

»Ich wette, in Hamburg hast du nie so einen wunderschönen Nachthimmel gesehen«, sagte Philipp und klang dabei so stolz, als hätte er persönlich das Firmament mit Goldfäden bestickt.

»Kann sein.« Marie zuckte mit den Schultern. »Man kann nun mal nicht alles haben. Man muss sich entscheiden, und die Lichter der Stadt können auch sehr schön funkeln.«

7. Kapitel

»Ich habe die Waschmaschine angemacht«, verkündete Marie, als Susa im Schweinsgalopp an der breiten Glastür zur Terrasse vorbeilief, dicht gefolgt von zwei kreischenden kleinen Mädchen, die versuchten, sie zu fangen.

»Mhm«, machte Susa keuchend, schaffte es noch um eine der Sitzgruppen herum bis zum Rand der gepflasterten Fläche und wurde dann von dem größeren der beiden Kinder gefangen. Das Mädchen mit den langen braunen Haaren hängte sich an Susas Arm, ließ sich ein paar Schritte mitschleifen und schrie dabei: »Gefangen. Du bist gefangen!«

Die Kleinere sprang daneben begeistert auf und ab und rief ebenfalls: »Gefangen! Gefangen!«

»Susa, bitte!« Marie trat durch die offene Tür hinaus auf die Terrasse. »Die Handtücher in den Zimmern müssen gewechselt werden, die Servietten für das Abendessen sind noch nicht gefaltet, und ich möchte, dass die Gläser kontrolliert und nachpoliert werden. Gestern hatten die Wassergläser, die zum Abendessen eingedeckt waren, Kalkflecke von der Spülmaschine, und die Weingläser waren zum Teil eingestaubt.«

Susa, an jedem Arm ein jauchzendes Kind, starrte Marie so verblüfft an, als hätte sie von ihr verlangt, sie solle mal schnell den Strand durchharken.

»Die Handtücher sind erst übermorgen dran. Alle vier Tage machen wir das. Viele Pensionen wechseln nur einmal in der Woche. Und das mit den Servietten is bannig schwierig. Fühlt sich immer an, als würd ich mir die Finger dabei verknoten. Dabei finden das die Gäste gar nicht wichtig. Frau Zimmermann hat gestern noch gesagt …«

»Susa, bitte! Frau Zimmermann ist nicht diejenige, die bestimmt, wie wir unsere Servietten falten. Übrigens auch nicht, wie oft wir die Handtücher wechseln, falls sie dazu ebenfalls eine Meinung haben sollte.« Marie senkte die Stimme, nur für den Fall, dass besagte Frau Zimmermann in der Nähe sein sollte, obwohl die Gäste mitten am Nachmittag bei dem herrlichen Sonnenschein wahrscheinlich fast alle am Strand waren.

Das ältere der beiden Mädchen, das mittlerweile dazu übergegangen war, ungeduldig an Susas Schürze zu zupfen, kicherte. »Frau Zimmermann, das ist meine Mama. Mein Papa sagt, die hat zu allem eine Meinung, egal ob man sie hören will oder nicht.«

»Und wo ist deine Mama jetzt? Susa hat keine Zeit mehr, mit euch zu spielen.« Marie ertappte sich dabei, dass sie seltsam hoch sprach, als wollte sie sich an die piepsigen Stimmen anpassen. Im Umgang mit Kindern war sie ein bisschen unsicher. Sie erschienen ihr wie Wesen von einem anderen Stern, bei denen man nie wusste, was sie im nächsten Augenblick für seltsame Einfälle haben würden.

»Mama und Papa sind am Strand«, erzählte das kleinere Mädchen, offenbar die Schwester, und warf den blonden Pferdeschwanz nach hinten.

»Tatsächlich? Ohne euch?«, fragte Marie mit einem ungläubigen Blick in Susas Richtung.

Die nickte und strich der älteren Schwester eine verirrte Strähne aus der Stirn.

»Susa hat gesagt, Mama und Papa müssen mal spazieren gehen.« Offenbar war die jüngere Schwester eine echte Plaudertasche.

»Susa hat gesagt, eure Eltern sollen ohne euch spazieren gehen?« Dieses Mal wandte Marie sich direkt an das kleine Mädchen, aus der offenbar viel leichter die Wahrheit herauszuholen war als aus Susa.

»Sie haben gestritten«, mischte sich die große Schwester ein. »Und da müssen Leute reden, ohne dass die Kinder dabei sind.«

»Und wer passt auf die Kinder auf, während die Eltern *spazieren gehen?«* Diese Frage war ausschließlich an Susa gerichtet, was Marie durch einen starren Blick in die Augen der älteren Frau deutlich machte.

»Ich passe auf die Kinder auf«, erwiderte sie, ohne sich auch nur im Geringsten verunsichern zu lassen. »Frau Zimmermann hat mich um Rat gefragt. Sie hat geweint.« Susa sprach mit gesenkter Stimme, während die Kinder, denen das Gespräch offenbar langweilig geworden war, plappernd zum Sandkasten neben der Terrasse gingen.

»Deshalb kannst du doch nicht deine Arbeit stehen- und liegenlassen und Kindermädchen spielen. Diesen Service bieten wir nicht an.«

»Doch. Irgendwie schon.« Versonnen schaute Susa hinüber zu den Mädchen, die auf dem Holzbrett am Rand des Sandkastens Kuchen in bunten Förmchen backten. »Kommt öfter mal vor, dass in den Ferien, wenn die Paare den ganzen Tag zusammen sind, Probleme auftauchen. Das sind meist so Streitigkeiten, die es sonst auch gibt, aber hier fallen sie mehr auf, weil die Leute sich nicht ausweichen können.«

»Dann sollten sie nicht auf eine so winzige Insel fahren«, sagte Marie genervt und musste daran denken, dass es ihr nicht mal gelang, dem Inselarzt aus dem Weg zu gehen. Sie war sogar gezwungen, mit ihm verletzte Möwen zu retten.

Seltsamerweise war sie gar nicht mehr genervt, wenn sie an den vergangenen Abend dachte. Vor seiner Praxis hatte Philipp sie gebeten, noch ein paar Minuten zu bleiben und ihm zu helfen, den Flügel der Möwe zu schienen.

»Ich habe das schon öfter allein gemacht, aber für das Tier ist es angenehmer, wenn es dabei von jemand anderem festgehalten wird. Für mich auch. Und an dich ist sie jetzt schon gewöhnt«, hatte er mit einem fröhlichen Lachen gesagt und ihr die Haustür aufgehalten, bevor sie überhaupt zugestimmt hatte. Aber irgendwie war das wohl selbstverständlich. Schließlich hatte sie die verletzte Möwe über eine Stunde im Zeitlupentempo am Strand entlanggetragen, da konnte sie weitere Hilfe auch nicht verweigern.

Es war dann gar nicht so schwierig gewesen, die Möwe festzuhalten, während Philipp geschickt eine kleine Schiene an ihrem verletzten Flügel befestigt und anschließend den Flügel mit einer Art Klebeband an ihrem Körper fixiert hatte. Dann war er zu einer kleinen Voliere im Garten vorausgegangen, und Marie hatte die Möwe, wieder unter dem grünen T-Shirt, hinter ihm hergetragen.

»Ich habe gerade vergangene Woche einen Wasserläufer freigelassen. Er hatte sich einen großen Holzsplitter in die Brust gerammt. Die Villa ist also frei, Emma.« Schwungvoll hatte Philipp die Gittertür der Voliere geöffnet.

»Emma?«, fragte Marie amüsiert, während sie den Vogel auf Philipps Zeichen hin auf den Boden des großen Käfigs setzte.

»Kennst du das *Möwenlied* von Christian Morgenstern nicht?«, hatte Philipp gefragt. *»Die Möwen sehen alle aus, als ob sie Emma hießen.«*

Sie hatte mit den Schultern gezuckt und ein bisschen verlegen gelacht. »Heißen sie bei dir tatsächlich alle Emma?«

»Bis jetzt ja. Sie ist erst meine zweite. Oder möchtest du ihr einen anderen Namen geben?«

»Emma ist okay«, hatte Marie großzügig gesagt und erklärt, nun müsse sie aber wirklich zurück in die Pension gehen.

In der offenen Haustür hatte sie gezögert. »Oder brauchst du noch Hilfe wegen deiner Schnittwunde?«

»Danke. Aber das schaffe ich allein. Ich bin Arzt. Das heißt, ich kann einen Verband anlegen, und ich halte still.«

Sein Lächeln hatte sie hinaus in den sternenfunkelnden Abend begleitet, der sie mit seiner Ruhe empfing. Nur das Meer rauschte hinter den Dünen, und der Wind flüsterte dazu.

Sie war schon an der windschiefen Pforte gewesen, als er ihr hinterhergerufen hatte: »Manchmal ist es doch praktisch, nicht in der Großstadt zu leben. In München oder in Hamburg müsste ich dich, Schnitt im Fuß hin oder her, nach Hause begleiten, damit dir nichts passiert. Hier ist das vollkommen unnötig. Oder hast du Angst?«

Da war sie wieder, jene Art, die so oft bei Philipp Siemon durchblitzte und bei der sie sich stets fragte, ob er seine Worte ernst meinte oder sie verspottete.

»Ich komme zurecht«, hatte sie über die Schulter gerufen und war die Straße hinuntergegangen, ohne sich noch einmal umzudrehen.

Nach ihrer Rückkehr in die Pension war sie so müde gewesen, dass sie nach einer schnellen Dusche sofort zu Bett gegangen und innerhalb weniger Minuten eingeschlafen war. In Hamburg legte sie sich niemals vor Mitternacht hin und wälzte sich oft länger als eine Stunde herum, bevor sie endlich zu Ruhe kam.

Entsprechend früh war sie am Morgen wach geworden und inzwischen mit ihrer Arbeit gut vorangekommen. Allerdings konnte und wollte sie nicht alles allein machen. Und wenn Susa mit den Kindern der Gäste herumtrödelte, würde ihr Zeitplan für die Arbeit des Tages höchstwahrscheinlich scheitern.

»Service bedeutet, den Gästen ihre Wünsche zu erfüllen, was die Zimmer und die Mahlzeiten betrifft, und darüber hinaus dafür zu sorgen, dass alles im Haus einschließlich der Gästezimmer einwandfrei sauber und hübsch hergerichtet ist«, erklärte sie ungeduldig.

Susa öffnete den Mund, doch Marie fuhr mit gesenkter Stimme fort, sodass die Kinder sie nicht hörten. »Es bedeutet *nicht*, den Gästen Lebensberatung anzubieten oder Dienste zu übernehmen, die wir schlichtweg nicht leisten können, weil wir nicht genug Personal haben. Zum Beispiel …« Sie warf einen bezeichnenden Blick in Richtung Sandkasten, bevor sie hinzufügte: »Wir sind keine Praxis für Ehetherapie und kein Kindergarten. Das sieht mein Vater bestimmt auch so.«

»Herr Janssen hat neulich erst zu mir gesagt, dass ich mich ruhig länger mit den Gästen unterhalten soll, wenn ich das Gefühl habe, sie möchten das«, rechtfertigte sich Susa und verschränkte die Arme vor der Brust, als wollte sie sich vor weiteren Tadeln schützen. »Ich glaub, das sagt er, weil deine Mutter das auch immer gemacht hat.

Und er versucht es auch. Ist aber nicht so sein Ding. Nur bei manchen Gästen. Kommt wohl drauf an.«

»Meine Mutter … Das war etwas anderes. Sie …« Marie presste die Lippen aufeinander und wusste nicht weiter. Sie erinnerte sich noch gut an die langen, vertraulichen Gespräche, die ihre Mutter oft abends und manchmal auch tagsüber mit einem Gast geführt hatte. Es waren fast immer Frauen gewesen, und schon als Kind war Marie klar gewesen, dass in diesen Gesprächen wohl keine Kochrezepte ausgetauscht wurden. Manchmal wurde sogar geweint, nur selten gelacht.

Maries Mutter hatte zu den Menschen gehört, die leicht Kontakt fanden. Die Herzen flogen ihr nur so zu. Deshalb war es nicht erstaunlich gewesen, dass die Gäste ebenso wie die Frauen auf der Insel ihr ihren Kummer anvertraut hatten.

»Meine Mutter war ein ganz besonderer Mensch, die Gäste fühlten sich von ihr angezogen«, sagte Marie schließlich. »Aber sie hat bestimmt nicht stundenlang irgendwelche Kinder beschäftigt, damit die Leute ihre Eheprobleme lösen konnten.«

»Doch, das hat sie. Jedenfalls hätte sie es«, behauptete Susa und presste ihre Lippen zu einem schmalen Strich zusammen. Ihre Augen schimmerten verdächtig feucht, was Marie ein wenig erschreckte.

»Bitte keine Kinderbetreuung mehr«, beendete sie die unerfreuliche Diskussion. »Ich werde mich mal umhören, ob wir ein oder zwei Frauen finden, die auf Abruf und natürlich gegen Bezahlung auf Gästekinder aufpassen. Das könnten wir als Serviceangebot etablieren.«

»Serviceangebot etablieren«, murmelte Susa vor sich hin. »Klingt kompliziert.«

»Es ist ganz einfach. Der Betrag, den die Frauen für die Kinderbetreuung bekommen, wird mit einem kleinen Zuschlag für unsere Mühe auf die Rechnung gesetzt.« Marie runzelte die Stirn. »Dann werde ich mich jetzt um die Handtücher kümmern. Die, die ich aus dem Trockner geholt habe, müssen noch zusammengelegt und dann in den Zimmern ausgetauscht werden. Und sobald die Zimmermanns wieder da sind, bereitest du den Speisesaal fürs Abendessen vor. Denk bitte an die Servietten und die Gläser.«

»Mhm«, machte Susa. »Obwohl die Gäste gesagt haben, das mit den Servietten ist nicht nötig. Und Frau Klussmeyer hat gesagt, es is unnötige Arbeit, wenn ich die Dinger zusammenpfriemele und sie muss nachher am Tisch alles wieder auseinanderpfriemeln.«

»Wir falten die Servietten so, wie ich es dir gezeigt habe.« Mit einem Ruck wandte Marie sich dem Haus zu, in dem sie kühle Stille empfing.

Mit schnellen Schritten durchquerte sie die Diele. Sie hatte schon fast die Treppe erreicht, als sie hinter sich leises Gemurmel hörte. Erstaunt fuhr sie herum. Erst auf den zweiten Blick erkannte sie in der dunkelsten Ecke des großen Raums in einem der tiefen Ohrensessel eine schmale Gestalt mit silbrig schimmerndem Haar.

»Frau Beck? Sie sitzen ja vollkommen im Dunkeln. Warten Sie, ich schalte die Stehlampe ein.«

»Nicht nötig. Es ist gut so. Ich habe all die Jahre nicht hingeschaut, und jetzt ist es zu spät, nun brauche ich kein Licht mehr, um zu sehen.« Die alte Dame klang verwirrt.

»Ich kann aber wirklich das Licht …« Marie blieb wenige Schritte von Frau Beck entfernt stehen. »Oder soll ich Ihnen einen Tee bringen?«

»Nein, danke.«

»Lieber ein Glas Wein?«

»Sie können mir das, was ich brauche, nicht geben.« Mit einer fahrigen Handbewegung deutete Karoline Beck auf den zweiten Sessel. Offenbar brauchte sie jemanden zum Reden.

Das ist nicht meine Aufgabe, sagte Marie sich energisch. Da sah sie plötzlich ihre Mutter vor sich. In genau diese Ecke hatte sie sich oft mit einer der Frauen zurückgezogen, um sich ihre Sorgen anzuhören.

Zögernd ließ Marie sich der alten Frau gegenüber nieder. »Ein paar Minuten habe ich Zeit«, erklärte sie mit einem Lächeln, das sich mühsam anfühlte.

»Zeit wofür?« Frau Beck schaute sie fragend an.

»Ich dachte, Sie möchten … Gesellschaft.« Marie streckte den Arm aus und knipste nun doch die Stehlampe an, die zwischen den beiden Sesseln stand.

Frau Beck blinzelte und beschattete ihre Augen mit der Hand. »Gesellschaft?«, fragte sie in einem Ton, als hätte Marie ihr angeboten, das Bett mit Fremden zu teilen.

»Ich dachte nur, weil Sie …« Marie stockte, denn natürlich war es unpassend, die alte Frau darauf aufmerksam zu machen, dass sie Selbstgespräche führte und auf den leeren Sessel gedeutet hatte.

»Tut mir leid, ich wollte Sie nicht stören.« Entsetzt über sich selbst sprang Marie auf. Aus irgendeinem Grund fühlte sie sich seit dem gemeinsamen Weg vom Hafen zum *Sandstern* ein wenig für Frau Beck verantwortlich. Tatsächlich verhielt sich die alte Dame manchmal seltsam. Das bedeutete aber nicht, dass es angebracht war, ihr ein Gespräch aufzudrängen. Hinzu kam, dass Marie nicht wie ihre Mutter war. Nicht einmal wie ihr Vater, der zumindest einen kumpelhaften Umgang mit den Gästen pflegte und abends mit ihnen das eine oder andere Bier trank.

»Entschuldigen Sie bitte, Frau Beck. Ich mache die Lampe wieder aus«, murmelte sie, doch als sie die Hand nach dem Schalter ausstreckte, erhob sich Frau Beck aus ihrem Sessel. »Lassen Sie sie ruhig an, wenn Sie möchten. Ich gehe hinauf in mein Zimmer.«

»Ich wollte Sie nicht vertreiben«, sagte Marie hilflos, doch die alte Dame winkte ab, marschierte zur Treppe und war kurz darauf verschwunden.

Marie folgte ihr langsamer nach oben. Dort ging sie in die kleine Wäschekammer am Ende des Flurs. Die nächste halbe Stunde verbrachte sie damit, mehrere Dutzend Handtücher zusammenzulegen. In der kleinen Kammer duftete es intensiv nach Lavendel. Sie hatte das ätherische Öl in der Apotheke besorgt und in den letzten Spülgang der Waschmaschine geträufelt. So wurde es in der Hotelwäscherei des *Albatros* gehandhabt, und aus irgendeinem Grund beruhigte sie der vertraute Geruch, den dort auch die Tischtücher verströmten, wenn sie für ein Bankett oder ein festliches Diner eindecken ließ. Zudem verband sie diesen Duft mit dem Luxus, den das Hotel bot, in dem ein Zimmer für eine Nacht mehr kostete als die Unterbringung im *Sandstern* für eine ganze Woche.

Nachdem sie die Handtücher im Regal der Wäschekammer verstaut hatte, machte sie sich mit einem Stapel Frotteetücher auf den Weg durch die Gästezimmer. Als Susa am Vormittag die Zimmer geputzt hatte, war der Trockner noch gelaufen, und es waren nicht genügend saubere Handtücher da gewesen. Auch so eine Sache, die geändert werden musste. Es durfte nicht passieren, dass niemand daran dachte, rechtzeitig die Waschmaschine einzuschalten und die Wäsche in den Trockner zu laden.

In den Bädern der Gäste tauschte Marie die benutzten Handtücher gegen frische aus, nur um Frau Becks Zimmer machte sie einen Bogen. Ihre Handtücher würde sie während des Abendessens wechseln, nachdem sie sich überzeugt hatte, dass die alte Dame im Speisesaal saß.

Nachdem Marie ihren Handtuchstapel losgeworden war, machte sie sich zu einer weiteren Runde durch die Zimmer auf, um zu kontrollieren, ob alles ordentlich und sauber war. Diese Aufgabe erledigte in Hamburg die Hausdame mit mehreren Assistentinnen. Ihnen entging kein noch so kleines Fältchen im Kopfkissen, kein Staubkorn auf dem Schreibtisch und keine Fluse auf dem Fußboden. So wollte Marie es auch im *Sandstern* halten.

Die Zimmer waren sauber, daran bestand für Marie kein Zweifel. Susa und Annegret machten ihren Job schon sehr lange und durchaus ordentlich. Doch da war immer noch Luft nach oben. Hier knickte die Ecke eines Kopfkissens wie erschöpft nach vorn, dort fiel das Licht der Badbeleuchtung auf ein paar getrocknete Wasserspritzer im Waschbecken, und in einem der Zimmer hatte sich eines der Gardinenröllchen gelöst.

Zum Schluss kontrollierte Marie die Frische der kleinen bunten

Sträußchen, die neuerdings nicht nur auf den Tischen im Speisesaal, sondern auch auf allen Fensterbänken in den Gästezimmern standen. Sie zupfte ein paar nicht mehr ganz frische Blüten aus den Gebinden, stellte aber fest, dass sie erst in ein oder zwei Tagen neue Blumen würde verteilen müssen.

Als sie auf den Flur trat, um wieder nach unten zu gehen, hörte sie durch das gekippte Fenster aus dem Garten lautes Kinderlachen. Offenbar spielte Susa immer noch mit den beiden Mädchen.

Marie trat ans Fenster und schob die Spitzengardine zur Seite. Dabei ging ihr, nicht zum ersten Mal, die Frage durch den Kopf, ob es nicht besser wäre, in allen öffentlichen Räumen die Gardinen zu entfernen. Sie schluckten viel Licht und wirkten altmodisch. Lamellenvorhänge, Jalousien oder bunte Rollos würden viel moderner aussehen. Es sei denn, man wollte grundsätzlich einen etwas altmodischen Stil kultivieren.

Nachdenklich strich sie mit den Fingerspitzen über die gehäkelten Bögen am unteren Abschluss der Gardine. Sie erinnerte sich daran, wie ihre Mutter an langen Sommerabenden unten auf der Terrasse gesessen und mit den Gästen geplaudert hatte, während ihre schmalen Hände unermüdlich mit Garn und Häkelnadel beschäftigt gewesen waren. Eine Gardine nach der anderen war auf diese Weise entstanden. Für die Flurfenster, die Fenster im Speisesaal und die kleinen Fenster neben der Haustür. Die meiste Zeit aber hatte Maries Mutter zugehört, was die Gäste zu erzählen hatten. Ab und zu hatte sie den Kopf von ihrer Häkelarbeit gehoben, um denjenigen, der gerade sprach, oder diejenige, die eine Geschichte aus ihrem Alltag erzählte, aufmerksam anzusehen.

Als Marie noch zu klein gewesen war, um nach Einbruch der Dunkelheit mit Nele und ihren anderen Freunden im Ort oder am Strand herumzulaufen, hatte sie in den Sommerferien oft ebenfalls draußen auf der Terrasse gesessen. Ein wenig außerhalb der Runde der Erwachsenen hatte sie gelesen oder gezeichnet und nebenbei den Gesprächen gelauscht, die für sie aber meistens uninteressant gewesen waren. Dennoch erinnerte sie sich noch ganz genau an den Gesichtsausdruck ihrer Mutter während dieser Abende.

Cornelia Janssen war keine auffallend schöne Frau gewesen. Dennoch war Marie heute klar, dass sie etwas an sich gehabt hatte, das die Menschen dazu gebracht hatte, sie zu mögen, ohne dass sie sich dafür anstrengen musste. Egal ob Pensionsgäste, ihre Familie oder Freunde von der Insel: Maries Mutter hatte jeden, dem sie begegnet war, wichtig genommen, mit all seinen kleinen oder großen Sorgen und Freuden. Obwohl sie so viel Arbeit gehabt hatte, hatte ihr niemals die Zeit oder die Kraft gefehlt, aufmerksam zuzuhören.

Marie spürte, wie die Sehnsucht nach ihrer Mutter ihr die Kehle zuschnürte, als hätte ihr jemand einen Seidenschal um den Hals gelegt und würde ihn langsam immer enger zusammenziehen. Wie sehr sie sich wünschte, mit ihr über Gerit reden zu können. Ihr zu erzählen, wie sie sich danach sehnte, dass Gerit sich wirklich auf sie einließ, nicht länger unverbindlich blieb, sondern bereit war, seine Tage und Nächte mit ihr zu teilen, mit ihr zusammenzuleben.

Ein tiefer Seufzer kam über Maries Lippen, während sie durch das Flurfenster direkt auf den Stuhl hinunterstarrte, in dem ihre Mutter so oft gesessen hatte.

Plötzlich wurde das Kinderlachen im Garten lauter. Marie beugte sich etwas vor, um in Richtung Hausecke sehen zu können. Die beiden Mädchen liefen soeben quer über den Rasen dem Paar entgegen, das sich Hand in Hand näherte.

»Papa, Mama«, riefen die Kinder, als hätten sie ihre Eltern seit Wochen nicht gesehen.

Das kleinere Mädchen krabbelte an ihrem Vater hoch wie an einem Baum. Das machte sie offenbar nicht zum ersten Mal, und er streckte die Arme aus wie Äste, sodass sie es aus eigener Kraft fast bis nach oben schaffte. Nur beim letzten Stück half er ihr ein wenig, bis sie stolz auf seinen Schultern saß und sich mit beiden Händen unter seinem Kinn festklammerte. Dabei sah sie sich mit strahlendem Gesicht um, als hätte sie einen Berg bezwungen.

Die ältere Schwester warf sich ihrer Mutter in die Arme, die ihr zärtlich über den Kopf strich und etwas sagte, das Marie aus der Entfernung nicht verstehen konnte.

Susa hatte sich langsamer genähert und war in einigen Metern Entfernung stehen geblieben. Mit ihrer Tochter an der Hand ging die Frau zu ihr, berührte sie an der Schulter, näherte ihr Gesicht dem der älteren Frau und flüsterte ihr etwas ins Ohr. Susa nickte lächelnd, strich Frau Zimmermann leicht über den Arm und ging ins Haus. Die Familie blieb zurück, und während die beiden Mädchen ihren Eltern die Burg zeigten, die sie mittlerweile im Sandkasten gebaut hatten, hielt sich das Paar wieder bei den Händen.

Mit einer energischen Bewegung zog Marie die Gardine zu und schüttelte den Kopf. So einfach war das nicht. Wenn dieses Paar wirklich Probleme gehabt hätte, wären die nicht mit einem Strandspaziergang aus der Welt zu schaffen gewesen. Das würde sämtliche Paartherapeuten dieser Welt überflüssig machen. Und sie könnte auf der Stelle eine Werbeaktion starten. Sinngemäß müsste es heißen: *Kommen Sie in die Pension* Sandstern, *wir bringen innerhalb von ein bis zwei Stunden Ihre Ehe in Ordnung.*

Also wirklich! Kopfschüttelnd holte Marie ihr Handy hervor. Bevor sie nach unten ging, wollte sie noch einmal versuchen, Gerit zu erreichen. Seit sie seinen Anruf am vergangenen Abend, als sie mit der verletzten Möwe beschäftigt gewesen war, weggedrückt hatte, hatte sie nichts mehr von ihm gehört. Immer dringlicher fragte sie sich, ob er ihr wegen der drei oder vier Tage, die sie nun länger als ursprünglich geplant auf Juist bleiben würde, tatsächlich so böse war, dass er sich weigerte, mit ihr zu sprechen. Aber nein, dann hätte er sie am Vorabend nicht angerufen. Zu dumm nur, dass er es ausgerechnet in einem Moment probiert hatte, in dem sie nicht mit ihm reden konnte.

Sie sehnte sich nach seiner Stimme und wollte von ihm hören, dass er ungeduldig auf sie wartete. Vor allem wollte sie ihm erklären, dass es nicht mehr lange dauern konnte, bis sie endlich in den Flieger nach Jamaika steigen würde. Ihr Vater würde voraussichtlich in zwei

Tagen auf die Insel zurückkehren, und die Vermittlungsagentur für Fachkräfte hatte ihr einen Anruf für morgen Vormittag zugesagt. Sicher werde man jemanden finden, der in der Lage war, sich um eine kleine Familienpension zu kümmern, hatte man ihr versichert. Nein, auf keinen Fall war es ein Problem, dass diese Pension sich auf Juist befand. Im Gegenteil. Zweifellos werde sich jemand ganz besonders für diese Stelle erwärmen.

Diese guten Nachrichten wollte Marie dringend mit Gerit teilen. Obwohl sie den ganzen Tag treppauf und treppab gelaufen war und kaum eine Minute zum Durchatmen gehabt hatte, war sie ab und zu in irgendeiner Ecke stehen geblieben und hatte Gerits Nummer gewählt. Jedes Mal war sie direkt auf der Mailbox gelandet. Auf ihre kurzen Sprachrichten hatte er auch nicht reagiert.

Vielleicht funktionierte die Verbindung nach Jamaika nur sporadisch, versuchte sie sich zu beruhigen. Die Touristen störte das wahrscheinlich nicht einmal. Wer in der karibischen Sonne unter Palmen saß, wollte weder ständig mit zu Hause telefonieren noch im Internet surfen. Schließlich hatten die meisten Gäste ohnehin ihre Liebsten bei sich.

Angespannt lauschte Marie in ihr Handy. Immerhin hörte sie nun ein Klingelzeichen und landete nicht gleich wieder auf der Mailbox. Dann ein leises Rauschen.

»Gerit?«, rief sie aufgeregt. »Bist du das? Hörst du mich?«

»Hallo?«, kam es zurück. Die Stimme klang seltsam fremd und blechern. Mit weit aufgerissenen Augen starrte Marie das Bild auf der anderen Seite des Flurs an. Es war die vergrößerte Fotografie einer Dünenlandschaft. Wie eine riesige unsichtbare Hand drückte der Wind auf dem Bild den Strandhafer nieder.

»Gerit? Wie schön, dass ich dich erreiche.« Marie lächelte glücklich.

»Wundert mich, dass du meine Nummer überhaupt noch kennst«, sagte er mürrisch. Wenigstens erkannte sie seine Stimme jetzt wieder.

Sie spürte, wie ihre Mundwinkel sich senkten, als hätte jemand kleine Gewichte darangehängt. »Es sind doch nur ein paar Tage, die ich länger hierbleibe, Gerit. Das geht einfach nicht anders. Mein Vater …«

»Dein Vater, dein Vater … Du sagst doch immer, er und du, ihr versteht euch nicht. Wie kann es dann sein, dass du mich versetzt, um für ihn die Klitsche auf der Nordseeinsel zu führen? Auf genau der Insel übrigens, über die du ständig lästerst und wo du unbedingt wegwolltest.«

»Trotz allem ist er mein Vater. Und die Pension ist Familienbesitz. Meine Mutter hätte gewollt …«

»Weißt du eigentlich, wie ätzend es ist, hier allein zwischen all den Pärchen zu sitzen? Außer mir gibt es keine Singles. Nur eine dicke achtzigjährige Frau, die den ganzen Tag im Blümchenbadeanzug herumschwabbelt.«

»Bitte rede nicht so, Gerit. Sie ist sicher nett und …«

»Sie ist eine Beleidigung für meine Augen und ganz sicher niemand, mit dem ich einen draufmachen kann. Nicht mal flirten kann ich hier. Und ich sage dir, ich hätte nicht übel Lust zu flirten, nach dem, was du dir geleistet hast.« Er lachte freudlos, und wieder klang es, als würde er in einem Mülleimer sitzen.

»Sei nicht gemein, Gerit«, sagte Marie leise und kniff die Augen zusammen, während sie immer noch das Bild an der Wand anstarrte. Wie gern sie in diesem Moment den Wind auf der Haut gefühlt hätte, der auf dem Foto durch den Strandhafer strich.

»Wer von uns beiden gemein ist, willst du ja wohl nicht mit mir diskutieren.«

»Es tut mir leid, dass der Urlaub dir nicht gefällt, weil du allein dort bist und um dich herum nur Paare und eine Frau im Blümchenbadeanzug, deren Figur du nicht magst. Es dauert nicht mehr lange, bis ich komme. Das kannst du sicher aushalten.« Sie versuchte, ihrer Stimme einen festen Klang zu geben. Schließlich war Gerit ein erwachsener Mann, der in der Lage sein musste, ein paar Tage allein in einer wunderschönen Umgebung auszuharren. Dass ihm das schlechte Laune bereitete, war nachvollziehbar, aber derart unfreundlich musste er trotzdem nicht sein.

»Darum geht es nicht. Ich habe eine Menge Geld für diesen Urlaub bezahlt, und jetzt renne ich hier rum wie Falschgeld und habe keinen Spaß und nicht mal Sex.«

»Ich habe genauso viel bezahlt und bin nicht mal in der Sonne, sondern muss hier von morgens bis abends arbeiten.« *Und Sex habe ich auch nicht. Den habe ich aber oft auch nicht in Hamburg, selbst wenn wir da nur einen Kilometer Luftlinie getrennt sind.*

»Du bist aber selbst schuld, während ich mir das nicht ausgesucht habe. Und jetzt habe ich keine Lust mehr zum Telefonieren. Ich kippe mir lieber ein paar Cocktails hinter die Binde.«

Plötzlich herrschte Grabesstille in der Leitung, nicht einmal mehr das leise Rauschen war zu hören. Gerit hatte aufgelegt.

Marie ließ das Handy sinken, pustete die Wangen auf und ließ durch die gespitzten Lippen langsam die Luft entweichen. Gerit war sauer auf sie, so viel stand fest. Und er war schlecht gelaunt und weit davon entfernt, Jamaika zu genießen. Andererseits – hieß das nicht, dass er sie vermisste? Dass er begriff, wie sehr sie sein Leben bereichern konnte? Aber was sollte werden, wenn plötzlich doch eine attraktive Single-Frau auftauchte?

Sie schüttelte den Kopf und schob das Handy in ihre Hosentasche. Fast im selben Moment klingelte das kleine silberfarbene Telefon. Erschrocken fuhr Marie zusammen.

Gerit! Er wollte sich entschuldigen. Für seine Worte und seine schlechte Laune und vor allem dafür, dass er so wenig Verständnis für Maries Verhalten gezeigt hatte. Wahrscheinlich hatte ihn ihr Anruf in einem ungünstigen Moment erreicht, und ihm war gleich nach dem Auflegen klar geworden, dass er nicht ihr die Schuld an seiner Laune geben konnte.

»Gerit?« Erneut ertappte sie sich bei einem breiten Lächeln.

»Hallo, Marie«, kam es nach kurzem Zögern zurück. »Hier ist Philipp. Störe ich gerade?«

Nicht schon wieder. Sie presste die Lippen aufeinander und ärgerte sich, dass sie nicht aufs Display geschaute hatte. Dies war nicht das erste Mal, dass sie sehnsüchtig Gerits Namen genannt hatte, als Philipp am Telefon gewesen war. Wie peinlich.

»Nein, du störst nicht. Ich dachte nur … Weil ich gerade mit meinem Freund telefoniert habe, dachte ich nur, er hätte noch etwas vergessen.« Das klang doch ganz gut.

»Du hörst dich seltsam an. Ist alles in Ordnung? Mit deinem Vater?«

»In bester Ordnung«, sagte sie mit fester Stimme. »Ich habe gegen Mittag mit ihm telefoniert, und da hat er sich furchtbar über das Krankenhausessen beschwert, über einen Pfleger namens Lukas, der unfreundlich zu ihm war, und überhaupt wollte er sofort nach Hause.«

Philipp lachte. »Offenbar geht es ihm hervorragend.«

»So ist es.« Marie stimmte in sein Lachen ein und fühlte sich plötzlich ein bisschen besser. Es gab so viel, worum sie sich momentan kümmern musste und kümmern konnte, vor allem ihren Vater und die Pension. Alles andere musste warten. Was sollte sie schon tun, wenn Gerit ihr die verspätete Anreise übel nahm? Das konnte sie später klären. Jetzt war sie hier auf Juist, in einer kleinen, überschaubaren Welt, weit weg von Jamaika und von Hamburg und ihrer komplizierten Beziehung mit einem höchst attraktiven, sehr erfolgreichen Mann, in den sie bis über beide Ohren verliebt war. Und weil sie einander liebten, würde sich alles finden. Später, wenn sie Juist wieder verlassen haben würde.

»Du hast also nicht wegen meines Vaters angerufen?«, fragte sie Philipp.

»Nicht direkt. Ich wollte dir von Emma erzählen, weil ich dachte, es interessiert dich, wie es ihr geht. Schließlich hast du gestern geholfen, sie zu retten.«

Tatsächlich hatte Marie im Laufe des Tages mehrmals an die verletzte Möwe gedacht. Ein oder zwei Mal hätte sie fast zum Telefon gegriffen, um Philipp nach Emmas Zustand zu fragen, hatte es aber dann doch sein lassen. Erstens wollte sie ihn nicht während seiner Sprechstunde anrufen, und zweitens überhaupt nicht. Zwar hatten sie sich am Abend zuvor ganz gut vertragen, aber das hatte nur daran gelegen, dass sie sich beide auf die Möwe konzentriert hatten und Philipp daher die Gelegenheit gefehlt hatte, ihr Ratschläge wegen ihrer Beziehung zu ihrem Vater zu geben. Oder wegen ihrer Schuhe. Oder wegen Gott weiß was.

»Und? Wie geht es Emma?«, fragte sie, als er nicht von sich aus fortfuhr.

»Emma ist ganz munter, aber ziemlich schlecht gelaunt. Sie ist eine Möwe, und Möwen lieben die Freiheit, den Himmel und das Meer.«

»Schlecht gelaunt? Woran erkennst du das?«

»Sie spaziert im Käfig auf und ab und macht schlecht gelaunte Geräusche.«

»Offenbar verstehst du die Möwensprache«, spottete Marie, die sich beim besten Willen nicht vorstellen konnte, welche Töne eine Möwe mit schlechter Laune produzierte.

»Sie frisst nicht.« Die drei Worte kamen kurz und knapp durch die Leitung. Marie zuckte zusammen.

»Glaubst du, sie könnte verhungern? Du hast doch schon andere Vögel gerettet. Haben die gefressen?«

»So schrecklich viel Erfahrung habe ich noch nicht, aber, ja, die drei Vögel, die ich vor Emma aufgepäppelt habe, haben nach ein paar Stunden alle angefangen zu fressen.«

»Ruf doch den Tierarzt auf Norderney an. Er kann dir bestimmt einen Tipp geben.«

»Ich habe schon mit einem befreundeten Tierarzt in München telefoniert. Er sagt, wenn sie nicht fressen, fressen sie nicht, dann kann man nichts machen. Aber das sehe ich nicht ein. Hast du vielleicht eine Idee?«

»Was gibst du ihr denn?«

»Ich hatte rohes Fischfilet im Tiefkühlfach. Pangasius. Das habe ich aufgetaut.«

»Pangasius? Der schmeckt ja gar nicht nach Fisch.«

»Wie kommst du darauf?«

Marie musste lachen, und dieses Mal war sie zu ihrem eigenen Erstaunen für einen kurzen Augenblick fast fröhlich. »Man merkt, dass du aus München kommst. Du hast keine Ahnung von Fisch. Das merkt die arme Emma natürlich. Ich bin in einer Viertelstunde da.«

Hastig schob sie ihr Handy in die Hosentasche, eilte aus dem Haus und weiter in den Schuppen, wo neben überzähligen Gartenmöbeln und Sonnenschirmen ein paar alte Fahrräder standen. Sie überlegte nicht lange, sondern nahm sich das Rad direkt neben der Tür. Wahrscheinlich war es dasjenige, das am häufigsten benutzt wurde. Ihr Vater fuhr nicht gern Rad, aber wenn er es eilig hatte und es nicht allzu windig war, ließ er sich doch dazu herab.

Sie strampelte los und verzog das Gesicht, als es unter ihr erbärmlich quietschte. Daran konnte sie jetzt nichts ändern. Wenn sie erst noch Öl suchte, würde sie ewig brauchen, und sie hatte nicht viel Zeit. Die Möwe Emma musste fressen, und Marie musste sich spätestens in einer Stunde darum kümmern, dass das Abendessen pünktlich und vor allem nach ihren Anweisungen auf den Tisch kam.

Sie fuhr direkt zu dem Schnellimbiss an der Strandstraße, wo es ihrer Meinung nach schon immer den leckersten Backfisch gegeben hatte.

Paul, der im blau-weißen Seemannshemd Fisch auf dem Grill wendete, strahlte sie an, als sie vor seiner Bude vom Rad stieg.

»Die Marieke«, freute er sich. »Sieht man dich auch mal wieder, min Deern? Wie immer? So wie damals, als du noch zur Schule gingst?«

Wusste er tatsächlich noch, was sie sich damals immer bei ihm geholt hatte, wenn es im *Sandstern* freitags Eintopf gegeben hatte? Ein kurzer Moment der Rührung ließ sie innehalten.

»Heute leider nicht.« Noch während sie das sagte, lief Marie das

Wasser im Mund zusammen. Seit Ewigkeiten hatte sie Pauls Backfisch nicht gegessen, und plötzlich fragte sie sich, wie sie das hatte aushalten können.

»Ich brauche ein paar frische Fischabfälle für eine Möwe namens Emma. Sie hat sich den Flügel gebrochen«, erzählte sie.

»Na klar.« Sofort bückte sich Paul und kramte unter seinem Tresen herum. Eine Minute später stand ein Pappbehälter mit Deckel vor ihr. Außerdem reicht Paul ihr ein eingewickeltes Fischbrötchen.

»Und das ist für dich, Marieke. Ich lad dich ein. Wenn du erst mal wieder den Geschmack im Kopf hast, vergisst du garantiert nicht, noch mal vorbeizukommen.« Er grinste sie an, und sogar seine Zahnlücke oben links hatte etwas Vertrautes und Schönes.

Mit weit aufgerissenen Augen starrte Marie das eingewickelte Brötchen an. »Das ist …?«

»Brötchen mit Backfisch und Mayo. So wie früher. Schmeckt noch genauso, wirst schon seh'n.« Wieder grinste der alte Mann, und sein Gesicht verwandelte sich in eine Landschaft aus Furchen und Klüften, die die Geschichte eines langen Lebens in der Nordseeluft erzählten.

»Das weißt du tatsächlich noch?«

»Was denkst du denn? Glaubst, ich hätt das nur so gesagt? Konnt dich nie nich überreden, mal was andres zu probieren.«

»Was könnte denn besser sein? Vielen, vielen Dank, Paul. Ich komme bald wieder vorbei. Versprochen.« Sie legte den Behälter mit den Fischabfällen und das eingewickelte Brötchen in den Korb hinten auf dem Rad, winkte dem alten Mann noch einmal zu und fuhr weiter. Hinter sich hörte sie, wie eine Gruppe Touristen Backfisch und Pommes bestellte und Paul seinen üblichen Witz machte, der Fisch hätte eben noch gezappelt. Daraufhin kreischten die Frauen pflichtgemäß, und Marie verdrehte die Augen. Hier änderte sich wirklich nie etwas. Was, das musste sie zugeben, manchmal ganz schön war.

Fünf Minuten später lehnte sie das Fahrrad an den windschiefen Zaun vor Philipps Haus, nur einen halben Meter von dem hellblauen

Golf entfernt, einem der wenigen Autos auf der Insel. Philipp durfte es fahren, damit er als Arzt bei Notfällen schnell zur Stelle war.

Mit dem Behälter voller Fischabfälle und dem eingewickelten Brötchen in der Hand ging Marie zur Haustür. Sie klopfte, und als sich nichts rührte, öffnete sie die Tür. Natürlich war nicht abgeschlossen. Philipp schien sich innerhalb kürzester Zeit zum echten Inselbewohner entwickelt zu haben, der allerhöchstens nachts seine Haustür versperrte.

»Hallo?« Marie durchquerte die Diele mit den Stühlen an den Wänden, die um diese Zeit natürlich leer waren, denn die Sprechstunde war längst vorbei. Wieder kam auf ihr Rufen keine Antwort. Nun klopfte sie an eine der Türen mit der Aufschrift *Privat,* weil sie vermutete, dass Philipp sich um diese Zeit wahrscheinlich nicht in seinem Sprechzimmer aufhielt.

Hinter der verschlossenen Tür rührte sich nichts. Zögernd drückte sie die Klinke herunter und trat über die Schwelle. Sie fand sich in einem Schlafzimmer wieder. Das breite Bett war nicht gemacht, auf dem Nachttisch stand ein fast leeres Wasserglas, daneben lag ein kleiner Bücherstapel. Neugierig trat sie näher, um den Titel des obersten Buchs zu lesen. Es handelte sich um einen skandinavischen Krimi. Vorsichtig hob sie mit der freien Hand das Taschenbuch hoch und entdeckte darunter einen dünnen Band mit Rilke-Gedichten.

»Den Krimi kann ich empfehlen. Er ist spannend.«

Erschrocken ließ sie das Buch los, und es rutschte über die Kante des Nachttischs aus hellem Kiefernholz und fiel auf den Boden. Sie drehte sich nach Philipp um, der in der offenen Tür stand.

»Musst du mich so erschrecken? Wo kommst du plötzlich her? Ich habe dich gesucht.«

»Ich war im Garten und habe Emma gut zugeredet.« Lächelnd kam er auf sie zu. Er bückte sich, hob das Buch auf und reichte es ihr. »Ist wirklich spannend. Wenn du willst, leihe ich es dir. Aber erst wenn ich es durchgelesen habe.«

»Dann bin ich wahrscheinlich nicht mehr hier auf der Insel.«

Marie wich einen Schritt zurück und spürte die Bettkante in den Kniekehlen.

»Wer weiß.« Sein Lächeln vertiefte sich.

Marie funkelte ihn warnend an. Wenn er jetzt wieder anfing, von ihrem Verhältnis zu ihrem Vater zu reden, würde sie auf der Stelle gehen. Sie sagte jedoch nichts, legte nur wortlos das Buch zurück auf den Nachttisch.

»Ich bringe Futter für die Möwe. Das mag sie sicher lieber als Pangasius. Ist Nordseefisch.« Sie hielt den Pappbehälter hoch.

»Einen Versuch ist es wert. Meine anderen gefiederten Gäste waren nicht so wählerisch.«

»Tut mir leid, dass ich mir das Buch angesehen habe.« Verlegen senkte Marie den Blick auf das immer noch warme Fischbrötchen in ihrer Hand. »Ich lese gern, deshalb interessierte mich …«

»Kein Problem.« Nun lächelte er ihr aus nächster Nähe ins Gesicht, und sie konnte seine sehr weißen, sehr geraden Zähne bewundern. »Ich entschuldige mich für die Unordnung hier. Morgens ist die Zeit immer etwas knapp.«

»Das geht mich nun wirklich nichts an. Schließlich habe ich in deinem Schlafzimmer nichts verloren.« Marie lachte nervös. »Ich dachte, durch dieses Zimmer komme ich nach draußen.«

»Ich zeige dir, wo es rausgeht.« Er ging zurück in die Diele und führte sie durch eine andere Tür erst in eine geräumige, altmodisch eingerichtete Küche und dann weiter durch eine offenstehende Tür in den kleinen Garten hinter dem Haus, dessen hintere Begrenzung die an dieser Stelle steil aufsteigende Düne darstellte. Als sie Philipp am Vorabend geholfen hatte, die Möwe in den hohen Käfig zu setzen, hatte sie im schwachen Licht einer kleinen Gartenlaterne vom restlichen Garten nicht viel erkannt. Allerdings gab es neben der Voliere, einer kleinen Rasenfläche und einem runden Tischchen mit zwei Stühlen, auf dem eine leere Kaffeetasse stand, auch nicht viel zu sehen.

Die Möwe saß in einer Ecke des Käfigs auf dem Boden, der mit

Sand ausgestreut war. Vor ihr lag das in kleine Stücke geschnittene Fischfilet, von dem Philipp am Telefon erzählt hatte. Seitlich am Käfiggitter war ein Wasserspender angebracht.

Marie hockte sich vor die Voliere und betrachtete das Tier, das ihren Blick starr erwiderte.

»Hallo, Emma!«, flüsterte sie und kam sich ein bisschen dumm vor, weil Philipp zuhörte, wie sie mit einer Möwe sprach.

»Das ist Marie«, sagte er in diesem Moment und hockte sich neben ihr ins Gras. »Ohne sie hätte ich dich nicht herbringen können, und du wärst schon tot. Also benimm dich.«

»Er hätte das auch allein geschafft, und wenn er mit dir in den Händen auf einem Bein den Strand entlanggehüpft wäre«, widersprach Marie und öffnete den Behälter mit den Fischabfällen.

»Das ist von Pauls Fischbude an der Strandstraße«, erläuterte sie und wusste nicht recht, ob sie mit Philipp oder mit der Möwe sprach. Wohl mit beiden. »Ganz frisch und der beste Fisch, den man auf der ganzen Insel bekommt. Finde ich zumindest.«

»Und Marie kennt sich aus. Sie ist hier auf Juist aufgewachsen«, fügte Philipp hinzu.

»Genau.« Sie öffnete die Tür der Voliere. »Hast du so was wie Gummihandschuhe?«, fragte sie in Philipps Richtung. Etwas Angst hatte Marie durchaus vor dem spitzen Schnabel der Möwe, und sie hoffte, die Handschuhe würden sie wenigstens ein bisschen schützen.

»Hier.« Philipp reichte ihr ein paar grüne Handschuhe, die sie im Gras neben dem Käfig nicht gesehen hatte. »Ich traue mich auch nicht, ohne in den Käfig zu fassen.«

Schweigend zog sie die Gummihandschuhe an. Dann nahm sie ein Stück Fisch aus dem Behälter und schob langsam den Arm in die Voliere. Als ihre Hand etwa in der Mitte des Käfigs war, stieß die Möwe einen lauten Schrei aus, und Marie zuckte zurück. Ihr Herz klopfte bis zum Hals, und sie starrte den Vogel mit zusammengekniffenen Augen drohend an.

»Wenn du nach mir hackst, gehe ich«, erklärte sie streng, nachdem sie ihre Hand mit dem Fisch, der nach Meer duftete, außerhalb des Käfigs in Sicherheit gebracht hatte.

»Sie ruft nach ihrem Schwarm, sozusagen zur Unterstützung, glaube ich. Weil sie viel mehr Angst vor dir hat als du vor ihr«, sagte Philipp.

»Das kannst du nicht wissen. Ich habe einen Riesenschiss, dass sie nach mir hackt«, gestand Marie mit einem nervösen Auflachen, das schrecklich schrill klang.

Sie wagte einen zweiten Anlauf, und dieses Mal schaffte sie es, ihre Hand mit dem Fischstückchen der Möwe bis auf etwa zehn Zentimeter zu nähern. Dabei machte sie beruhigende Laute, zumindest hoffte sie, dass solche Töne eine Möwe beruhigten.

Langsam legte sie den Fisch auf den Sand und schob ihn mit der Fingerspitze noch ein wenig weiter in Richtung des spitzen Schnabels.

Als der Kopf der Möwe vorzuckte, erstarrte sie, während ihr Herzschlag sich wieder beschleunigte.

»Nun nimm schon«, flüsterte sie und zog ihre Hand in Zeitlupe wieder zurück.

»Meinst du, es liegt tatsächlich an der Fischsorte?«, flüsterte Philipp, während sie beide bewegungslos dahockten und die Möwe anstarrten.

»Ja«, behauptete sie und hätte im nächsten Moment fast einen triumphierenden Schrei ausgestoßen, als der Vogel mit einer ruckartigen Kopfbewegung nach dem Fischstückchen pickte. Im nächsten Moment war es in seinem Schnabel verschwunden.

»Na bitte!«, sagte sie, obwohl sie selbst erstaunt war, dass es so problemlos geklappt hatte.

»Der Fisch, den ich ihr angeboten habe, ist vollkommen in Ordnung. Vielleicht liegt es daran, dass du ihr das Futter gegeben hast. Ich habe mich mit meiner Hand nie so nah herangetraut.«

»Quatsch.« Mittlerweile hatte Marie mehrere Fischstückchen gleichzeitig vor die Möwe gelegt, und auch diese verschwanden in Rekordzeit in ihrem Schnabel.

»Aber Möwen sind normalerweise nicht wählerisch.«

»Emma geht es nicht gut. Wenn du krank bist, isst du auch nicht alles. Als Arzt solltest du das wissen«, sagte Marie hoheitsvoll.

Philipp lachte und sah zu, wie sie die restlichen Fischstückchen aus dem Pappbehälter vor der Möwe in den Sand legte. Emma fraß hastig alles auf, als hätte sie Sorge, jemand könnte ihr die Leckerbissen wegschnappen.

»Den Pangasius kannst du dann wohl wieder aus dem Käfig nehmen und entsorgen«, empfahl Marie grinsend.

In diesem Moment verschlang die Möwe Emma das erste Filetstück, und wenig später war auch von Philipps Futterangebot nichts mehr zu sehen.

»Dann liegt es doch an dir. Ich war verwundert, dass du wie eine Taube gegurrt hast, aber Emma mochte das wohl.«

»Das war keine Taube«, widersprach Marie und spürte, dass sie rot wurde. »Das solltest du auch machen, wenn du Emma das nächste Mal fütterst.«

»Es war eine gute Imitation einer Taube, und ich werde mich bemühen, das auch hinzukriegen«, sagte er grinsend.

Er deutete auf das verpackte Fischbrötchen. »Und was ist das? Ist das auch für Emma?«

»Das ist meins.« Marie griff nach dem Brötchen und sprang auf. »Ich bin in Eile. Futternachschub gibt es an Pauls Fischbude. Ich habe ihm von Emma erzählt.«

»Vielen Dank. Ich bin sehr erleichtert, dass sie jetzt frisst. Da musste wohl ein echter Inselmensch kommen, der sich mit Fischen und mit Möwen auskennt.«

»Na ja.« Sie presste die Lippen aufeinander und zuckte mit den Schultern. Inselmensch war nicht gerade eine Bezeichnung, auf die sie Wert legte. Aber sie musste sich nicht wundern, so genannt zu werden, wenn sie mit einem Fischbrötchen in der Hand und einer Box voller Fischabfälle in der Gegend herumlief. »Dann weißt du ja jetzt, wie es geht. Ich muss los.«

Dieses Mal nahm Marie den Weg außen ums Haus herum. Philipp begleitete sie, doch sie war so schnell, dass er ihr praktisch im Laufschritt folgen musste.

Am Zaun stieg sie aufs Rad und fuhr davon. Erst als sie um die nächste Kurve gefahren war, fiel ihr auf, dass sie das Rad nicht abgeschlossen hatte. Hier auf der Insel war das nicht nötig, wenn man den Drahtesel mal eben kurz abstellte. Manche Sachen gingen eben doch in Fleisch und Blut über, wenn man sie von Kindesbeinen auf gewöhnt war. In Hamburg hätte sie ein Fahrrad nicht eine Minute ungesichert aus den Augen gelassen – falls sie es überhaupt gewagt hätte, im Verkehr der Millionenstadt Fahrrad zu fahren. Auch das wahrscheinlich eine Folge ihrer Kindheit auf Juist: Zu viele Autos machten ihr Angst.

8. Kapitel

»Ich will auf der Terrasse sitzen, Marieke. Die Sonne scheint, und ich war eine Ewigkeit in diesem schrecklichen Krankenhaus eingesperrt.«

Marie öffnete den Mund und holte tief Luft, um zu protestieren. Vom Meer wehte ein kühler Wind, und die Sonne blinzelte nur gelegentlich hinter den Wolken hervor. Es war ihr jedoch schon auf der Fähre nicht gelungen, ihren Vater dazu zu bringen, sich unter Deck aufzuhalten. Man hätte meinen können, dass er nicht vier Tage, sondern vier Wochen in der Klinik gelegen hätte. Er zeigte regelrecht Entzugserscheinungen, was frische Luft, Sonne und Wind anging.

Um ihren Vater abzuholen, hatte Marie eines der kleinen Flugzeuge benutzt, die zu jeder Tageszeit Gäste aufs Festland oder auf die Insel flogen. Die Fähre fuhr nur einmal am Tag, das Schnellboot auch nur während der Flut, sodass sie Hin- und Rückweg nicht an einem Tag geschafft hätte. Für ihren frisch operierten Vater wäre es schneller und bequemer gewesen, ebenfalls mit dem Flugzeug nach Juist zurückzukehren. Marie hatte zwar diesen Vorschlag gemacht, aber natürlich hatte Rainulf sofort erklärt, er sei doch kein Tourist und schon gar nicht jemand, der Geld zu verschenken hätte. Marie hätte ihm den Flug bezahlt, aber darum ging es in Wahrheit ohnehin nicht. Er hatte Angst vor dem Fliegen, auch wenn er es nie zugegeben hätte.

Nur ein einziges Mal war er in eine der kleinen Maschinen gestiegen, damals noch zusammen mit Maries Mutter. Ausgerechnet an diesem Tag hatten heftige Windböen das Flugzeug ordentlich durchgeschüttelt. Als ihre Mutter an einem der darauffolgenden Tage kurze Ärmel getragen hatte, waren Marie die blauen Flecke an ihrem linken Arm aufgefallen. Auf ihre Frage hin hatte ihre Mutter behauptet, sie hätte sich gestoßen, aber Marie, damals schon fünfzehn Jahre alt, hatte messerscharf geschlossen, dass ihr Vater sich mit aller Kraft an den Arm seiner Frau geklammert hatte. Zumal er nicht aufhörte, von dem »schrecklichen« Geruckel zu erzählen und zu beschreiben, wie das Flugzeug sekundenlang nach unten gesackt war, so schnell und so plötzlich, dass er sich fast schon am Meeresgrund gewähnt hatte. So war der damalige Flug für Rainulf Janssen der erste und wohl gleichzeitig der letzte in seinem Leben gewesen.

Aus diesem Grund hatten Marie und ihr Vater sich mit einem Schwung Inselurlauber, die gut gelaunt in ihre Ferien aufbrachen, auf die Fähre gedrängelt und sich anschließend durch die Ankunftshalle geschoben. Während der Überfahrt waren sie allerdings fast allein an Deck gewesen, weil es dort schrecklich kalt und ungemütlich gewesen war. Nun machte Marie sich Sorgen, dass ihr frisch operierter Vater sich womöglich eine Erkältung geholt hatte. Deshalb war sie entschlossen, ihn an diesem für Mitte Juli ungewöhnlich kühlen Abend möglichst schnell ins Haus zu bringen, wo es erheblich wärmer und gemütlicher war als draußen.

Ihr Vater hatte darauf bestanden, außen herumzugehen.

»Was soll das denn darstellen?« Am Rand der Terrasse blieb er stehen und zog mit einem Ruck seine Hand unter Maries Arm hervor.

Sie unterdrückte einen Seufzer. Natürlich wusste sie, wovon er sprach, aber sie hatte absolut keine Lust auf Diskussionen.

»Was meinst du?«, fragte sie mit harmloser Miene, nahm einfach wieder seinen Arm und bugsierte ihn zum nächststehenden Stuhl. Wenn er schon nicht sofort hineingehen wollte, sollte er wenigstens sitzen. Zum Glück hielt sich gerade niemand auf der Terrasse auf. Den Gästen war es natürlich zu kühl, und außerdem bereiteten sie sich um diese Zeit in ihren Zimmern auf das Abendessen vor, das in nicht einmal einer halben Stunde serviert werden würde.

»Die Stühle stehen falsch. Die Tische auch.« Mit der Metallspitze des Spazierstocks, den sie ihm für den Weg von der Fähre zur Pension mitgebracht hatte und den er notgedrungen, aber widerwillig benutzte, stieß ihr Vater gegen eine der Stuhllehnen.

»Wir haben sie ein bisschen anders hingestellt. So ist zwischen den Sitzgruppen mehr Platz, und wenn es windig ist, bietet die Hauswand mehr Schutz. Merkst du es? Hier ist es noch geschützter.« Marie schob ihrem Vater den Stuhl zurecht, den er mit seinem Stock malträtiert hatte.

»Da will ich nicht sitzen. Der gehört da drüben hin.« Er zeigte mit dem Stock zum Rand der gepflasterten Fläche. »Es hat den Gästen immer gefallen, wie es war.«

Natürlich war Marie klar gewesen, dass ihr Vater gegen fast alle Neuerungen, die sie eingeführt hatte, protestieren würde. Aber damit, dass es praktisch in der ersten Minute losgehen würde, hatte sie nicht gerechnet. Natürlich war es erfreulich, dass er so kurz nach der Operation schon wieder genügend Kraft hatte, seinen Willen deutlich zu machen. Andererseits sollte er sich auf keinen Fall überanstrengen. Das hatte Philipp ihr noch einmal eingeschärft, als sie am Vorabend bei ihm vorbeigeschaut hatte, um Emma frische Fischabfälle von Paul zu bringen.

»Wir lassen das mal bis morgen stehen und gucken, wie es dir dann gefällt. Jetzt gehe ich dir eine Decke holen. Du darfst dich auf keinen Fall erkälten.« *Er wird wahrscheinlich schneller ins Warme kommen, wenn ich ihn nicht ununterbrochen dränge*, ging ihr durch den Kopf.

Vor sich hin murmelnd stieß Rainulf die Spitze seines Gehstocks fest auf den Boden.

»Nur damit ich Bescheid weiß – wie lange bleibst du noch? Hast du die Koffer schon gepackt und haust morgen ab? Dann kannst du nämlich sofort alles wieder umräumen. Ich soll mich schonen, und wenn ich hier wieder allein das Sagen habe, bleibt das so nicht.« Herausfordernd schob er das Kinn vor und sah ihr direkt in die Augen.

»Eigentlich wollte ich morgen abreisen, aber … es hat sich etwas geändert … und …« Entsetzt stellte Marie fest, dass sie ins Stottern geraten war.

Bis zu diesem Moment war ihr nicht klar gewesen, dass sie nicht mehr so schnell wie möglich die Insel verlassen und Gerit nach Jamaika folgen wollte. Seit dem Telefongespräch, in dem Gerit sie praktisch dafür verantwortlich gemacht hatte, dass er seinen Urlaub nicht genießen könne, hatte sie nichts mehr von ihm gehört. Dieses Gespräch lag ihr im Magen, als hätte sie einen großen Teller voller Kieselsteine verschluckt. Besonders verletzend fand sie immer noch, dass er ihr vorwarf, ihren herzkranken Vater zu unterstützen und sich um die Familienpension zu kümmern. Solange Gerit nicht anrief und sich für seine Worte entschuldigte, verspürte sie keine Lust mehr auf den gemeinsamen Urlaub. Er würde zu Vernunft kommen, dessen war sie sich sicher. Aber bis es so weit war, wollte sie ihn nicht sehen. Also konnte sie ebenso gut noch auf Juist bleiben, wo sie gebraucht wurde.

»Wie lange?«, fragte ihr Vater streng und kniff die Augen zusammen.

»Ich weiß es noch nicht.« Sie erwiderte stur seinen Blick.

Bevor er etwas zu ihren geänderten Plänen sagen konnte, floh Marie ins Haus, blieb in der Diele kurz stehen, um durchzuatmen, und holte dann aus dem alten Dielenschrank eine Wolldecke. Als sie zurück auf die Terrasse kam, thronte Rainulf mit einem breiten Grinsen auf einem Stuhl, der genau dort stand, wo er seinen Platz gehabt hatte, bevor Marie mit Frickes Hilfe die Gartenmöbel umgestellt hatte. Die anderen Stühle, die zur Sitzgruppe gehörten, und der Tisch standen noch an ihrem neuen Platz.

Marie ging zu ihrem Vater, breitete wortlos die Decke über seine Knie und konnte sich dann doch nicht beherrschen, obwohl sie wusste, dass es besser gewesen wäre, seine Aktion zu ignorieren. »Du sollst dich nicht anstrengen, Papa. Die Holzstühle sind schwer.«

»Ich hab mich nicht angestrengt.« Sein Grinsen wurde noch breiter. »Ich hatte Hilfe.« Wieder deutete er mit seinem Stock. Langsam schien er Gefallen an dem Teil zu finden.

Marie drehte sich um und stellte fest, dass Philipp auf einem der Tische, die nun im Windschatten des Hauses standen, seine abgeschabte braune Ledertasche abgestellt hatte und darin herumwühlte, als würde ihn die ganze Angelegenheit nichts angehen.

»Ach, du warst das«, bemerkte sie in vorwurfsvollem Ton, der ihm hoffentlich nicht entging. *Hätte ich mir ja denken können.* Das sagte sie ihm mit ihren Augen. Er blickte harmlos zurück.

Sie spürte, wie sich die Härchen auf ihrem Rücken aufrichteten. Natürlich ärgerte sie sich über seine Einmischung. Als ob sie es so nicht so schon schwer genug mit ihrem Vater hätte.

Hastig wandte sie den Blick ab. Philipps Haare machten sie zunehmend nervös. Sein Anblick brachte immer wieder aufs Neue ihre Fingerspitzen zum Kribbeln. Sie wollte die wilden Strähnen in Ordnung bringen und den Seewind herausstreichen.

»Du siehst erschöpft aus«, sagte er unvermittelt.

Kein Wunder. Schließlich hatte sie mehrere Stunden am Stück mit ihrem Vater verbracht. Das sagte sie aber nicht. Schließlich hatte sie keine Lust, sich schon wieder seine guten Ratschläge anzuhören.

»Mir geht es gut. Ich dachte, du bist hier, um meinen Vater zu untersuchen?«, erwiderte sie kühl.

»Sicher. Das heißt ja nicht, dass ich dich nicht sehe.« Er zwinkerte ihr zu.

Sie schaute starr zurück.

»Geht es dir gut?«, fragte er leise.

»Nur etwas angestrengt. Wenn man bedenkt, dass er erst vor Kurzem operiert wurde, ist er ziemlich munter. Und schon wieder genauso eigensinnig wie vorher.«

»Das klingt erfreulich.« Philipps prüfender Blick ruhte immer noch nachdenklich auf Marie, als ginge es um sie. »Ich werde gleich seinen Blutdruck messen und ihn kurz untersuchen.«

»Redet nicht über mich, als ob ich gar nicht da wäre! Ich kann euch hören«, ließ Rainulf sich von seinem Stuhl aus vernehmen.

»Entschuldige, Papa«, sagte Marie rasch.

»Wir zwei haben schon über die Untersuchung gesprochen, Herr Janssen. Noch vor dem Stühlerücken«, bemerkte Philipp gelassen und zog das Blutdruckmessgerät aus seiner Ledertasche.

»Woher wusstest du überhaupt, dass wir schon da sind? Wir sind erst vor ein paar Minuten angekommen.« Marie legte den Kopf auf die Seite und musterte ihn prüfend.

»Ich weiß, wann die Fähre anlegt«, sagte Philipp mit einem nachsichtigen Lächeln und gab ihr schon wieder Gelegenheit, sich zu ärgern. Denn natürlich hatte auch sie die Ankunftszeiten der Fähre im Kopf, solange sie sich auf Juist aufhielt. Jeder hier hatte das.

»Und weil ich gerade in der Nähe war, bin ich vorbeigekommen. Das spart mir später einen Weg«, erläuterte der Arzt geduldig, als müsste er einem zurückgebliebenen Schulmädchen das kleine Einmaleins erklären.

»Tatsächlich?«, sagte sie und schaute ihn mit einem spöttischen Augenaufschlag an. Wenn er sie behandelte, als wäre sie dumm, konnte sie auch dumm tun.

»Solltet ihr zwei irgendwann damit fertig sein, euch komisch anzugucken und seltsam rumzureden, möchte ich gern mal wissen, wozu ich mich überhaupt hab operieren lassen, wenn Sie vorhaben, mir weiter mit dem ganzen Zeugs aus Ihrer Tasche auf die Nerven zu gehen, Doktor Siemon.« Mit zusammengekniffenen Augen fixierte Maries Vater das Stethoskop, das Philipp ebenfalls aus seiner Tasche geholt und sich um den Nacken gelegt hatte.

Philipp lächelte geduldig, und Marie fragte sich, wieso seine schier unerschöpfliche Geduld ihr so sehr auf die Nerven ging. Vielleicht weil sie selber so viel ungeduldiger war, selbst wenn sie sich Mühe gab.

»Ich horche nur schnell Ihr Herz ab und messe den Blutdruck. Für eine gründlichere Untersuchung bitte ich Sie, morgen in meine Praxis zu kommen, Herr Janssen. Ihre Tochter begleitet Sie bestimmt gern. Nicht wahr?«

Er schaute Marie an, die seinen Blick betont ausdruckslos erwiderte. Er konnte nicht wissen, dass sie entgegen ihren vorherigen Plänen beschlossen hatte, noch auf der Insel zu bleiben. Trotzdem schien er es für selbstverständlich zu halten, dass sie sich am nächsten Tag noch um ihren Vater kümmerte.

»Ich erwarte Sie morgen gegen zehn Uhr«, sagte Philipp, als Marie nicht antwortete.

Sie nickte und sah erschaudernd zu, wie ihr Vater erstaunlich fügsam seine Jacke auseinanderschlug und die oberen Knöpfe seines Hemdes öffnete.

»Es ist viel zu kühl hier draußen.« Sie verschränkte die Arme vor der Brust.

»Papperlapapp, hör auf, mich wie ein Baby zu behandeln, nur weil ich ein paar Tage im Krankenhaus war«, brummte Rainulf.

Schweigend erledigte Philipp seine Arbeit. Er wärmte mit einer Hand das Metall des Stethoskops an, legte es ihrem Vater auf die Brust und lauschte für ein oder zwei Minuten. Dann nickte er zufrieden.

»Klingt gut.«

»Wär ja noch schöner, wenn der ganze Quatsch umsonst gewesen wär.«

Marie musste widerwillig lächeln, weil sie den Stolz in der Stimme ihres Vaters hören konnte. Er hatte Angst gehabt, und er hatte diese Angst überwunden. Darauf konnte er tatsächlich stolz sein.

Philipp schob seinem Patienten die Manschette des Blutdruckmessgeräts über den Arm und pumpte sie auf. Dieses Mal war er mit dem Ergebnis seiner Untersuchung nicht ganz so zufrieden. Er runzelte die Stirn.

»155 zu 92. Das ist um einiges zu hoch«, stellte er fest, während er sein Gerät wieder wegräumte.

»Ich fühl mich gut«, behauptete Maries Vater energisch.

»Es ist zu hoch«, wiederholte Philipp mit Nachdruck.

»Was kann ich dafür, wenn die Tabletten nicht wirken?« Wie ein trotziges Kind kniff der alte Herr die Lippen zusammen.

»Tabletten sind niemals der Weisheit letzter Schluss«, entgegnete Philipp. »Vorerst wird Ihnen nichts anderes übrig bleiben, als die Betablocker zu nehmen, die Ihnen im Krankenhaus verschrieben wurden. Vielleicht müssen wir die Dosis sogar ein wenig heraufsetzen. Das entscheide ich morgen. Wir werden den Blutdruck aber zusätzlich auf natürliche Weise senken, sodass die Tabletten vielleicht bald überflüssig sein werden. Viel Bewegung, wenig Stress, salzarmes Essen und gute Beziehungen zu unseren Mitmenschen wirken oft Wunder.«

Philipp kritzelte etwas auf seinen Block, riss mit Schwung das oberste Blatt ab und hielt es Marie hin.

»Ein homöopathisches Mittel?«, erkundigte sich Marie nach einem Blick auf das unleserliche Geschreibsel.

»In den meisten Fällen liegt die Lösung nicht in etwas, was man einnehmen kann. Darüber haben wir schon gesprochen.« Da war er wieder – der Oberlehrer, der einem dummen Kind zum x-ten Mal erklärte, wie das Leben funktionierte.

»Was ist das denn dann hier?« Mit einem Ruck wollte sie ihm das Rezept aus der Hand ziehen, und der Zettel riss in zwei Hälften.

»Betablocker. Im Krankenhaus bekommen die Patienten bei der Entlassung immer nur einen kleinen Vorrat mit.« Er nahm ihr die Hälfte des zerrissenen Rezepts sanft aus den Fingern, knüllte beide Teile zusammen, schob sie in seine Jackentasche und füllte schweigend ein neues Rezept aus.

»Wie gesagt – bei genügend Bewegung, der richtigen Ernährung und Einhaltung der anderen Empfehlungen, die ich gegeben habe, brauchen wir die Tabletten vielleicht schon bald nicht mehr.« Philipp räumte seine Geräte zurück in die braune Ledertasche, während er Marie ansah, und nicht seinen Patienten.

»Soweit ich weiß, ist mein Blutdruck vollkommen in Ordnung«, sagte sie ärgerlich. »Deshalb solltest du meinem Vater klarmachen, wie deine Anweisungen lauten. Auf mich hört er sowieso nicht.«

»Bist du sicher, dass dein Blutdruck in Ordnung ist?« Er betrachtete sie misstrauisch, während ihr Vater leise vor sich hin kicherte.

»Ja«, behauptete sie, obwohl sie sich nicht erinnern konnte, wann ihr Blutdruck zuletzt gemessen worden war.

Im nächsten Moment stand Philipp neben ihr. Auf wundersame Weise hielt er wieder sein Messgerät in der Hand. Mit der anderen

Hand schob er ihren Ärmel hoch, und bevor sie sich zur Wehr setzen konnte, hatte er ihr die Manschette übergestreift.

»Nein!«, rief sie empört. »Ich will das nicht.«

»Warum nicht?«, erkundigte er sich interessiert, während er ungerührt die Manschette aufpumpte. »Es kann schließlich nicht schaden, nicht wahr?«

»Du darfst mich nicht ohne meine Zustimmung untersuchen. Mir reicht es schon, wenn du mir dauernd erzählst, welche Schuhe ich tragen oder vielmehr nicht tragen soll.«

»Er untersucht einen sowieso, ob man will oder nicht«, mischte sich ihr Vater ein. »Bei mir stört es dich nicht.«

»Du bist ja auch krank.« Nicht zum ersten Mal hatte Marie das Gefühl, an zwei Fronten zu kämpfen.

»Du weißt ja noch gar nicht, ob du gesund bist. Wart's nur ab, er findet schon was. Ehe du dich versiehst, liegst du im Krankenhaus und wirst operiert.« Ihr Vater knöpfte endlich sein Hemd zu und verrückte ächzend seinen Stuhl, um das Schauspiel besser verfolgen zu können.

Mittlerweile hatte Philipp die Manschette stramm aufgepumpt.

»Aua«, beklagte sich Marie.

»Das macht er immer so«, sagte Rainulf triumphierend. »Es ist kein Spaß, auf dieser Insel krank zu sein. Wir haben jetzt einen sehr strengen Arzt.«

»So streng wie nötig«, sagte Philipp mit einem gelassenen Lächeln und schob sich die Stöpsel des Messgeräts in die Ohren. Dann ließ endlich der Druck der Manschette an Maries Oberarm nach.

»Dachte ich's mir doch!«, verkündete er mit bekümmerter Miene.

Marie sah ihn entsetzt an. »Ist es schlimm?«

»Nicht so schlimm wie bei deinem Vater. Aber beileibe nicht gut. Ich nehme an, es ist der Stress.« Zum zweiten Mal rollte er die Kabel seines Messgeräts ein und verstaute alles in seiner Ledertasche.

»Das gibt sich, wenn ich das hier überstanden habe.« Nervös fuhr Marie mit der Hand durch die Luft.

»Es gibt sich, wenn du dein Leben in Ordnung gebracht hast«, behauptete Philipp mit sanfter Stimme.

»Was weißt du schon von meinem Leben?«

Er seufzte, antwortete aber nicht.

»Ich führe in Hamburg ein schönes Leben, habe einen tollen Job und eine wunderbare …« Sie stockte. *Beziehung*, hatte sie sagen wollen, aber das ließ sie in Anbetracht der Funkstille aus Jamaika und ihrer Unlust, dorthin zu fliegen, lieber sein.

»Ich will nicht, dass du seufzt, wenn du über mein Leben sprichst«, fügte sie hinzu. »Das treibt meinen Blutdruck tatsächlich in die Höhe.«

»Abgemacht. Keine Seufzer mehr.« Mit ausdrucksloser Miene erwiderte er ihren Blick.

»Am besten fangt ihr mit gemeinsamen Spaziergängen an«, sagte Philipp, nachdem sie einander eine gute Minute schweigend angestarrt hatten. »Ich schlage vor, täglich mindestens eine Dreiviertelstunde.«

»45 Minuten? Das ist ziemlich lange. Kann mein Vater denn schon so weit gehen?«

»Die Frage ist, ob ich so weit gehen *will*«, meldete sich Rainulf zu Wort. »Für solche Kinkerlitzchen habe ich keine Zeit.«

»Sie können die Spaziergänge auch ausdehnen«, erwiderte Philipp lächelnd. »Nach oben ist keine Grenze gesetzt.«

»Marieke wird nicht 15 und nicht 30 und nicht 45 Minuten mit mir spazieren gehen«, mischte ihr Vater sich wieder ein. »Weil sie schon jetzt auf ihren gepackten Koffern sitzt. Stimmt's, Marieke?« Zum zweiten Mal nannte er demonstrativ ihren Namen.

»Marie«, verbesserte sie ihn. Sie konnte einfach nicht anders. »Ich möchte gern, dass du mich Marie nennst.«

»Vorhin hast du gesagt, du würdest noch ein bisschen länger bleiben, aber im Geist sind deine Koffer schon gepackt, *Marieke.*« In den grauen Augen ihres Vaters irrlichterte es.

»Da haben Sie doch schon genügend Themen für Ihren ersten gemeinsamen Spaziergang«, stellte Philipp fröhlich fest. »Wie heißt Ihre Tochter, wie will sie genannt werden, und wie lange wird sie bleiben.«

»Sie wird nicht mit mir spazieren gehen, und sie wird so bald wie möglich wieder verschwinden. Ihre Mutter war ihr ziemlich egal, und ich bin's noch viel mehr.« Plötzlich war Maries Vater sehr blass, und vor seine Augen legte sich ein Schleier.

»Wenn Sie Ihrer Tochter egal wären, wäre sie nicht hier«, stellte Philipp energisch fest.

Verblüfft sah Marie ihn an. Zum ersten Mal hatte sie das Gefühl, dass er auf ihrer Seite war.

»Sie hat keinen Familiensinn«, beharrte ihr Vater. »Das hat ihre Mutter umgebracht.«

Als Marie seine Worte hörte, war es, als wäre ein eisiger Windstoß mitten in ihr Herz gefahren. So eisig, wie der Wind nur an der Nordsee sein konnte, wenn die Temperaturen im Winter unter null Grad fielen. Für einen Moment schien ihr Herz eingefroren zu sein. Es ließ einen Schlag aus, bevor es viel zu schnell wieder losgaloppierte.

Zwischen den drei Menschen auf der Terrasse herrschte für einige atemlose Momente Schweigen. Dann sagte Philipp leise: »Sprechen Sie darüber. Es wird Ihnen beiden helfen.«

Ihr Vater schüttelte den Kopf. »Macht sowieso keinen Sinn. Die Dinge sind, wie sie sind. Irgendwelches Gerede ändert nichts daran.«

»Es macht immer Sinn, miteinander zu reden«, erklärte Philipp mit der Autorität des Arztes. »Und wenn alles ausgesprochen ist, können wir sehr wahrscheinlich auch die Dosierung des Betablockers verringern.«

Maries Vater murmelte etwas vor sich hin, das klang wie: »So ein Quatsch.«

Ausnahmsweise gab Marie ihm im Stillen recht.

»Du bleibst noch eine Weile, oder?« Philipp sah Marie ernst in die Augen, tauchte so tief in ihren Blick ein, als wolle er all ihre Geheimnisse ergründen.

Ihre Lider zuckten. Sie blinzelte nervös, schaute aber nicht weg. Sie hielt sich etwas darauf zugute, sich nicht niederstarren zu lassen, schon gar nicht von einem Mann. Das hatte sie im Laufe ihrer Arbeit mit anspruchsvollen Gästen gelernt. Sie bot Service und versuchte, auch unmögliche Wünsche zu erfüllen. Das bedeutete jedoch nicht, dass sie sich kleinmachen musste. Zumindest nach außen trug sie neben unerschütterlicher Höflichkeit auch ein gesundes Selbstbewusstsein zur Schau. Schließlich gab es Momente, in denen sie sich gegen Menschen durchsetzen musste, die es gewohnt waren, alles zu bekommen, was sie wollten. Weil es Dinge gab, die selbst am Hochzeitstag in einem Fünfsternehotel einfach nicht zu machen waren.

Auch Philipp dachte leider nicht daran, als Erster den Blick abzuwenden. Sie spürte, wie ihr nach einigen endlosen Sekunden ein heißer Schauer den Rücken hinunterlief. Dieser Mann würde sie noch in den Wahnsinn treiben. Als hätte sie es mit ihrem Vater nicht schon schwer genug. Dann schauten sie wie auf Verabredung gleichzeitig weg.

»Vorerst bleibe ich«, sagte sie leise. »Die Aushilfskraft von der Arbeitsvermittlung habe ich abbestellt.«

»Versteh ich nicht. Wieso das denn nun plötzlich? Morgen überlegst du es dir wahrscheinlich wieder anders.« Ihr Vater fixierte sie misstrauisch.

»Ich dachte, du wünschst dir, dass sich kein Fremder um die Pension kümmert, sondern ich.«

»Seit wann interessiert es dich, was deine Eltern sich wünschen?«, blaffte ihr Vater.

Marie warf Philipp einen Seitenblick zu, der heißen sollte: *Da siehst du, wie es mit ihm ist.*

»Ihre Tochter war und ist sehr besorgt um Sie und Ihre Gesundheit. Und sie ist bereit, sich auch während der kommenden Wochen um die Pension zu kümmern«, mischte sich Philipp ein. »Das würde ich als gute Grundlage für liebevolle Gespräche betrachten.«

Liebevolle Gespräche? Fast hätte Marie die Augen verdreht, nahm sich aber im letzten Moment zusammen. Hörte Philipp denn nicht, was ihr Vater über seine Tochter von sich gab?

»Morgens und abends je eine«, sagte Philipp in ihre Gedanken hinein und deutete auf das neu ausgefüllte Rezept, das er ihr gereicht hatte. »Die Tabletten sollten in der Apotheke vorrätig sein.«

»Außerdem verschreibe ich Spaziergänge und Gespräche. Auch dir, Marie. Wegen des hohen Blutdrucks.« Er zwinkerte ihr zu.

Marie runzelte irritiert die Stirn. Bekäme sie demnächst einen Herzinfarkt, wenn sie nicht jeden Tag stundenlang mit ihrem Vater am Strand entlangmarschieren und dabei auch noch mit ihm reden würde? So, wie sie sich momentan fühlte, war eine Herzattacke nicht auszuschließen. Ihr Herz schlug viel zu schnell, und sie war sich nicht sicher, ob diese wilden Schläge nicht sogar ungleichmäßig waren. Waren das Herzrhythmusstörungen?

Andererseits war sie sicher, dass noch gestern alles in Ordnung gewesen war. Erst seit sie ihren Vater zurück auf die Insel gebracht hatte, hörte sie das Blut in ihren Ohren rauschen wie die Nordsee.

Das hatte nicht mal Philipp geschafft. Gemeinsam mit Rainulf trug er allerdings ganz sicher zu ihrer Blutdruckerhöhung und allen nur denkbaren Herzproblemen bei. Offenbar war er perfekt darin, sich seine Patienten selbst zu schaffen. Bei ihr würde das nicht funktionieren. Solange sie auf der Insel war, würde sie sich nicht von ihm untersuchen lassen. Und mit seinem Blutdruckmessgerät würde er auch nicht mehr in ihre Nähe kommen, denn jetzt war sie gewarnt.

»Einen schönen Abend noch.« Philipp winkte fröhlich in ihre Richtung und verschwand um die Hausecke.

Empört schaute Marie ihm hinterher. Dabei presste sie die Hand auf die Brust und vergewisserte sich, dass ihr Puls sich mittlerweile beruhigt hatte.

Stress, es ist nur Stress, sagte sie sich. Doch wirklich beruhigend wirkte das nicht auf sie. *Gerit.* Der Name huschte unvermittelt durch ihren Kopf. Solange sie abgelenkt und beschäftigt war, gelang es ihr, nicht an ihn zu denken. Doch immer wieder überfielen sie wie Banditen aus dem Hinterhalt die Erinnerungen an ihre Sehnsüchte und Hoffnungen, die sich während ihrer Zeit auf Juist aus hellen Lichtern, die sie vor sich gesehen hatte, in schmerzliche Erinnerungen verwandelt hatten. Als dürfte sie nicht mehr auf eine schöne Zukunft mit Gerit hoffen. Als hätte sich alles verändert, wenn sie auch gar nicht sagen konnte, wie genau.

»Wir könnten nach dem Abendessen noch einen kurzen Spaziergang machen, einen ganz kurzen«, sagte sie entschlossen zu ihrem Vater. »Wenn Doktor Siemon glaubt, dass es dir guttut …«

Er schüttelte energisch den Kopf. »Seit wann geh ich spazieren? Ich bin doch kein Tourist.«

»Dein Arzt hat es empfohlen.«

»Die Ärzte im Krankenhaus haben gesagt, ich soll meine Tabletten nehmen und mich schonen«, erklärte er triumphierend.

»Eigentlich haben sie gesagt, du sollst zur Reha«, widersprach Marie. »Aber du hast dich geweigert.«

»Weil du dich geweigert hast, dich länger als drei Tage um die Pension zu kümmern.«

Marie schaute demonstrativ auf ihre Armbanduhr. »Zeit zum Abendessen. Ich helfe dir vom Stuhl hoch.«

»Ich kann das allein«, behauptete er. »Was soll die Operation gebracht haben, wenn ich jetzt ein Invalide bin? Wie soll ich außerdem spazieren gehen, wenn ich nicht mal vom Stuhl hochkomme?«

»Wenn du dich von der OP erholt hast, wird es dir sehr viel besser gehen als vorher«, erwiderte Marie und hoffte inständig, dass sie recht hatte. Ihr Urlaub endete in gut zwei Wochen, dann würde sie endgültig nach Hamburg zurückkehren müssen.

Sie wollte die Hand unter den Arm ihres Vaters schieben, doch er befreite sich energisch aus ihrem Griff und stand im nächsten Moment gerade aufgerichtet und mit stolz vorgeschobenem Kinn neben ihr.

»Hoffentlich gibt es was Vernünftiges zu essen. Der Fraß im Krankenhaus war grässlich. Die haben mich auf so eine komische

Diät gesetzt.« Auf dem Weg zur Tür redete er über seine linke Schulter mit Marie.

»Cholesterinarm«, sagte sie in neutralem Ton. »Philipp hat mir deinen Ernährungsplan schon gestern zukommen lassen. Und wenn ich auch sonst mit seinen Behandlungsmethoden nicht immer einverstanden bin, ist mir klar, dass zu viel Cholesterin nach einer Herz-OP nicht gut ist. Also müssen wir auch hier zu Hause darauf achten, dass du möglichst wenig tierisches Fett zu dir nimmst.«

»Wenn man diese Ärzte, vor allem Doktor Siemon, reden hört, ist es ein wahres Wunder, dass ich es überhaupt geschafft habe, bis heute zu überleben. Und das, ohne ständig trocken Brot zu essen und am Strand auf und ab zu rennen.«

Marie gelang es im letzten Moment zu stoppen, bevor sie auf ihren Vater prallte, der unvermittelt mitten in der Diele stehen geblieben war, die Hand ausstreckte und sich an einer Stuhllehne abstützte.

»Was ist? Geht es dir nicht gut? Ist dir schwindelig?« Hastig trat sie neben ihn und nahm seinen Arm.

»Es geht mir toll«, behauptete er mürrisch und versuchte schon wieder, Maries Hand abzuschütteln. Doch dieses Mal umklammerte sie hartnäckig seinen Oberarm.

»Hallo, Opa Rainulf. Haben sie dir im Krankenhaus geholfen? Mama hat gesagt, sie müssen dein Herz heile machen.«

Die kleinere der beiden Zimmermann-Schwestern war wie aus dem Nichts aufgetaucht, hatte sich vor dem alten Mann aufgebaut und sah ihn mit in den Nacken gelegtem Kopf von unten aufmerksam an. Erstaunt beobachtete Marie, wie sich das Gesicht ihres Vaters in freundliche Falten legte, während er breit lächelte. So hatte er sie noch nie angesehen. Jedenfalls konnte sie sich nicht daran erinnern.

»Guten Abend, Jule«, antwortete er. »Krankenhaus ist gar nicht schlimm. Davor musst du niemals Angst haben. Die Ärzte und Schwestern, die da arbeiten, sind dazu da, uns zu helfen, und das haben sie bei mir auch gemacht.« Verblüfft stellte Marie fest, dass ihr

Vater im Gegensatz zu ihr den Namen des Mädchens kannte. Und dass er wusste, wie man mit einem Kind in dem Alter umging.

»Das ist gut, Opa Rainulf«, sagte das Mädchen ernsthaft. »Du siehst müde aus, aber sonst wie immer«, stellte sie dann fest. »Können wir morgen wieder Bocka spielen? Das hat neulich sooo viel Spaß gemacht. Sagt Anna auch.«

Er lachte. »Wenn ihr beide das sagt, bleibt mir ja wohl nichts anderes übrig. Ich denke schon, dass ich das kann. Mein Arzt will mich zwingen, spazieren zu gehen, dann kann ich auch Boccia spielen.«

Er hatte das Mädchen nicht einmal verbessert, als sie den Namen des Spiels falsch ausgesprochen hatte, sondern ganz nebenbei die richtige Bezeichnung in seine Antwort einfließen lassen. Verblüfft betrachtete Marie ihren Vater von der Seite und sah gleich darauf das Kind an.

Was hatte dieses Mädchen an sich, dass er sie so freundlich behandelte? Als Marie noch im Schulalter gewesen war, hatte er ihr sofort jedes Wort, das sie falsch benutzt oder nicht richtig ausgesprochen hatte, ins Gesicht geschleudert wie eine Ohrfeige. Lag es daran, dass Jule das Kind von Gästen war und nicht sein eigenes, sodass er nicht meinte, die Kleine erziehen zu müssen? Oder hatte er sich grundsätzlich geändert, vielleicht durch seine Krankheit? Davon hatte Marie bis jetzt allerdings nicht viel bemerkt.

»Ich war noch mal oben, weil ich Brummi vergessen hatte.« Das Mädchen hob den Teddy, den es im Arm trug. »Meine Eltern und Anna sitzen schon am Tisch.«

»Das geht ja auch nicht, wenn Brummi kein Abendessen bekommt«, erwiderte zu Maries Verblüffung ihr Vater.

Sie sahen beide zu, wie Jule mit schwingendem Pferdeschwanz, den Teddy unter dem Arm, ins Speisezimmer hüpfte.

»Sie erinnert mich an dich in diesem Alter«, sagte Rainulf und setzte sich ebenfalls in Bewegung.

Marie folgte ihm sprachlos.

Ihre Irritation hielt nur so lange an, bis sie mit ihrem Vater an dem kleinen Tisch in der Ecke saß, der schon immer der Familie vorbehalten gewesen war. Er stand etwas abseits von den anderen Tischen, sodass man sich hier unterhalten konnte, ohne dass die Gäste alles mitbekamen.

»Was ist denn das?« Verblüfft sah Rainulf zu, wie Annegret ihm, genau wie den Gästen, einen Salatteller servierte.

»Ich habe den Speiseplan für das Abendessen umgestellt«, erklärte Marie, die natürlich auf diese Diskussion vorbereitet war. »Jeden Abend Aufschnitt, Butter und Brot ist ungesund und nicht zeitgemäß.«

»Hier gibt es schon immer abends Brot und Aufschnitt, und es hat sich noch nie jemand beklagt.« Ihr Vater schaute sich finster in dem großen Raum um, als wollte er auf der Stelle den Gästen ihre Salatteller wegnehmen und ihnen den gewohnten Aufschnitt bringen.

»Nach dem Salat gibt es Gemüsesuppe und anschließend eine kleine Käseauswahl mit Brot. Heute ist vegetarischer Abend, aber natürlich zwingen wir niemanden dazu. Wer möchte, bekommt Aufschnitt zum Brot.« Marie bemühte sich um einen sanften Ton.

»Gemüsesuppe? Da steht Fricke auch noch den ganzen Abend in der Küche. Das müssen wir ihm bezahlen. Und überhaupt wird alles viel teurer, wenn wir so ein kompliziertes Abendessen servieren.« Ohne hinzusehen, zerknüllte ihr Vater seine Serviette. Offenbar hatte er vor lauter Aufregung über den Salat die neue Faltung nicht bemerkt, sonst hätte er sich darüber auch schon längst beklagt.

»Ich habe alles durchkalkuliert. Wir sparen mit dem neuen Abendessen zirka ein Drittel der Materialkosten ein. Und Fricke muss nicht länger bleiben. Die Suppe kocht er mittags nebenbei, und die Frau, die abends serviert, macht sie nur schnell heiß. Den geputzten Salat muss sie nur auf die Teller verteilen. Das dauert alles in allem nicht länger als zwanzig Minuten. Den Aufschnitt musste sie schließlich auch auf die Platten legen, das Brot schneiden und so weiter.«

»Durchkalkuliert!« Ihr Vater schnaubte. »Was gibt es da zu rechnen? Sieht doch jeder, dass das hier viel mehr Arbeit macht.« Er stach auf ein hilfloses Tomatenviertel ein.

»Ich kann dir die Kalkulation zeigen.« Marie hatte sich vorgenommen, alles ganz ruhig mit ihm zu besprechen und sich nicht auf die Palme bringen zu lassen. Nun bemerkte sie, dass das in der Praxis nicht so einfach sein würde, wie sie es sich vorgestellt hatte. Auch wenn ihr Vater das Mädchen Jule aus irgendeinem Grund mochte, war er doch immer noch der mürrische Mann, der sich von ihr, seiner Tochter, auf keinen Fall etwas sagen lassen wollte. Vor allem musste alles genauso gemacht werden, wie es schon immer gewesen war.

Plötzlich war Marie schrecklich müde und kam sich sehr allein vor. Wollte sie das hier wirklich noch zwei Wochen durchstehen? Im Grunde blieb ihr vorerst keine andere Möglichkeit, nachdem sie die Aushilfe für die Restaurantleitung abbestellt hatte.

Mittlerweile hatten die Gäste ihre Salatteller geleert. Die Bestecke klapperten nur noch vereinzelt auf dem Porzellan, die Unterhaltung an den einzelnen Tischen wurde lebhafter. Gleich würde Susa die Suppe servieren.

»Guten Abend, Herr Janssen«, rief ein älterer Herr von einem der Fenstertische herüber. »Schön, dass Sie wieder da sind.«

»Sie sehen gut aus«, schloss sich Frau Zimmermann lächelnd an. »Weiterhin gute Besserung.«

Die meisten Köpfe wandten sich in ihre Richtung, und im Raum erhob sich ein freundliches Gemurmel.

»Ihre Tochter hat Sie gut vertreten, aber es ist wirklich schön, dass Sie nun wieder das Ruder in die Hand nehmen«, sagte der Mann am Fenster, während Susa ihm die Suppe hinstellte.

»Sie wollen abends wieder Aufschnitt und Brot, stimmt's?«, rief Maries Vater triumphierend.

»Nein. Die Suppe ist lecker«, widersprach der Gast zu Maries Freude, und einige andere stimmten ihm kopfnickend zu. »Die ist gut. Und meine Frau mag den Salat abends, na ja. Ich esse ihn auch, das freut sie dann.« Der Mann zwinkerte fröhlich und griff nach seinem Löffel.

»Was hast du sonst noch alles geändert? Raus mit der Sprache!« Misstrauisch sah ihr Vater sie an.

»Ein paar Kleinigkeiten. Vergiss nicht, dass ich eine gute Ausbildung in der Hotellerie habe und seit Jahren in einem hervorragenden Haus in Hamburg arbeite.« Marie nickte Susa zu, die ihnen die Suppe hinstellte. Die Serviererin hatte ihren Chef schon hinten im Gang zur Küche begeistert begrüßt. Ob sie nun hoffte, dass alle Neuerungen rückgängig gemacht wurden?

»Du warst derjenige, der unbedingt wollte, dass ich deine Vertretung übernehme«, erinnerte Marie ihren Vater, der missmutig in seiner Suppe rührte.

»Hm«, machte er und hob endlich den Löffel zum Mund.

9. Kapitel

Nach der Rückreise auf die Insel, Philipps Besuch und der Diskussion über die Terrassenmöbel, den Salat und die Suppe war Marie einigermaßen erschöpft. Dennoch fragte sie ihren Vater nach dem Abendessen nochmals, ob er Lust zu einem kurzen Strandspaziergang hätte.

»Nein«, erwiderte er barsch.

»Du weißt, was Doktor Siemon gesagt hat«, überwand sie sich zu einem Überredungsversuch, obwohl sie ziemlich sicher war, dass ihr Vater nicht mit ihr an den Strand gehen würde, weil sein Arzt es so wollte. »Eigentlich gehörst du in eine Rehaklinik. Dort wirst du ganz sicher nicht gefragt, ob du zu körperlichen Aktivitäten bereit bist.«

»Ich habe von Anfang an gesagt, dass ich in so ein Reha-Ding nicht gehe. Da behandeln sie die Leute wie die Sklaven. Von dir lasse ich mir das auch nicht gefallen.« Er starrte sie kampfbereit an.

»Das mit den Spaziergängen habe *ich* mir nicht ausgedacht. Ich finde das auch nicht so schrecklich reizvoll. Trotzdem solltest du wenigstens tun, was dein Hausarzt sagt, wenn du schon nicht in die Reha willst.«

»Der Doktor hat auch gesagt, dass wir nette Gespräche führen sollen.« Rainulf warf den Kopf in den Nacken und grinste.

»Ja.« Sie schaute ausdruckslos zurück.

»Setzen Sie sich draußen noch ein bisschen zu uns, Herr Janssen? Ein kleiner Plausch und ein kühles Bier am Ende des Tages tun uns allen gut.« Der ältere Herr, der sich im Speisesaal als Erster über die Rückkehr des Pensionseigentümers gefreut hatte, tauchte neben ihnen in der Diele auf.

»Für meine Gäste und für ein Bier habe ich immer Zeit«, erwiderte Maries Vater lächelnd.

»Kann ich dich bitte kurz sprechen? Unter vier Augen?« Sie legte die Hand auf den Arm ihres Vaters. Alkohol war so kurz nach der OP auf keinen Fall erlaubt, da war sie sich sicher, ohne dass Philipp es hätte erwähnen müssen. Und wärmer war es mittlerweile draußen sicher auch nicht geworden.

Bevor Marie ihren Vater dazu bringen konnte, ihr zu folgen, tauchte die Frau des freundlichen alten Herrn auf, stellte sich neben ihn und strahlte mit ihm gemeinsam Maries Vater an. »Überrede Herrn Janssen nicht zum Bier, Karl. Das ist sicher nicht gut für ihn. Aber bei uns sitzen müssen Sie, Herr Janssen. Es ist ein bisschen kühl, aber die Luft ist wunderbar. Wir nehmen uns einfach Wolldecken mit nach draußen.«

»Mal sehen, ob wir Männer tatsächlich Decken brauchen. Und was das Bier betrifft – es gibt doch alkoholfreies, Grete. Zur Gesellschaft trinke ich das heute auch. Schmeckt gar nicht so schlecht … wenn man vorher kein echtes Bier getrunken hat.«

Sprachlos schaute Marie zu, wie das freundliche Paar ihren Vater rechts und links unterhakte und die drei älteren Leute gemeinsam in Richtung Terrasse verschwanden.

Marie überlegte kurz, ob sie nach draußen gehen und kontrollieren sollte, ob ihr Vater tatsächlich alkoholfreies Bier trank und sich warm eingepackt hatte, doch dann ließ sie es sein. Er war erwachsen, und sie hatte keine Kraft mehr, sich heute noch mit ihm herumzuärgern. Sollten doch seine Gäste auf ihn aufpassen.

Sie ignorierte das Gelächter, das durch die offenen Glastüren ins Haus drang, und schaute in der Küche nach dem Rechten. Die Arbeitsflächen waren blitzblank geputzt, und die Geschirrspülmaschine lief. Susa war sicher noch oben im Haus unterwegs und deckte die Betten auf. Der tägliche Arbeitsablauf, den Marie während der Abwesenheit ihres Vaters organisiert hatte, funktionierte schon fast perfekt.

Im Grunde hatte sie der Sache überhaupt erst eine Struktur verliehen. Vorher hatten die Frauen zwar flott ihre Arbeit erledigt, aber sie waren mehr oder weniger ziellos durchs Haus gelaufen. Jede hatte ihre eigene Reihenfolge gehabt, die Dinge zu erledigen, und nicht selten wurden Kleinigkeiten vergessen oder bestimmte Arbeiten mehrmals verschoben. Darum hatte Marie eine Liste erstellt, die nun von oben nach unten in genau dieser Reihenfolge abgearbeitet werden musste. Deshalb wusste sie auch, was Susa jetzt gerade tat, bevor sie anschließend Feierabend machen würde.

»Fertig.« Susa kam die Treppe herunter und traf in der Diele auf Marie. »Die Betten sind aufgedeckt, und ich habe Frau Klussmeyer erschreckt. Sie stand am Fenster, und als ich reinkam, schrie sie wie am Spieß. Hat mich erst nicht erkannt. Wegen ihrer schlechten Augen, sagt sie. Und sie ist wohl auch schwerhörig, jedenfalls hat sie das Klopfen auch nicht gehört.«

Susa schaute Marie herausfordernd an.

»Morgen wird Frau Klussmeyer wissen, dass nach dem Abendessen noch jemand zu ihr kommt, um ihr diesen besonderen Service zu bieten. Und spätestens übermorgen weiß sie es zu schätzen«, sagte Marie lächelnd.

Susa zuckte mit den Schultern. »Wenn's so wäre. Ich geh dann jetzt.«

Feierabend. Marie atmete tief durch. Dann beschloss sie, ihren Strandspaziergang allein zu machen. Seit sie auf Juist angekommen war, hatte sie jeden Abend wenigstens einen kleinen Weg am Saum des Wassers gemacht. Vielleicht war es heute ihr letzter Spaziergang allein und damit die letzte Gelegenheit, sich abends am Wasser zu erholen. Falls sie nicht wieder zufällig auf Philipp traf, der einen Vogel rettete. Manchmal hatte sie das Gefühl, sie könnte auf dieser winzigen Insel keinen Schritt machen, ohne über den Inselarzt zu stolpern.

Marie holte ihre alten Sneakers von der Kellertreppe. Sie waren die bequemsten Schuhe, die sie hier im Haus hatte, und wenn sie das Haus verließ, trug sie fast nur noch die Sneakers. Sie schlüpfte hinein und ging los. Mit großen Schritten entfernte sie sich von der Pension, als könnte sie auf diese Weise auch den Stress hinter sich lassen. Tatsächlich blieben die Probleme, die der *Sandstern* und ihr Vater ihr bereiteten, hinter den Dünen zurück, als sie den Fuß auf den feinen Sand setzte und zum Meer hinunterlief. Der Himmel, der sich über dem Wasser spannte wie ein Seidenschirm, schimmerte in einem geheimnisvollen Ton zwischen Lila und Dunkelblau. Es war die Farbe des Abends. Das Wasser kräuselte sich in kleinen, gleichmäßigen Wellen, leckte zärtlich am feuchten Sand und fiel murmelnd zurück in die Unendlichkeit des Meeres.

Lange stand Marie da und schaute den Wellen zu, schmeckte das Salz und die Freiheit in der Luft. Als das hässliche Schnarren, mit dem ihr Handy die Vibration begleitete, den Frieden zerriss, fuhr Marie zusammen. Zögernd tastete sie in ihrer Jackentasche nach dem Telefon. Im perlmuttartigen Abendlicht wirkte das Display grell und bunt, als sie es mit zusammengekniffenen Augen anstarrte. Sie war müde, nach dem anstrengenden Tag wünschte sie sich sehnlichst Ruhe, vor allem hatte sie keine Lust, jetzt mit Gerit zu reden. Sie ließ das Handy weitervibrieren und wartete, dass er aufgab. Es gab eine kurze Pause, dann ging es wieder von vorn los und anschließend noch einmal.

Schließlich atmete sie tief durch. Irgendwann musste sie mit ihm sprechen, also konnte sie es genauso gut jetzt hinter sich bringen.

»Hallo?«, sagte sie in unverbindlichem Ton, als hätte sie nicht gesehen, wer sie anrief. Während sie auf seine Antwort wartete, ging sie langsam zum Meer und streifte unterwegs die Schuhe von ihren nackten Füßen, sodass sie den feinen, abendlich kühlen Sand spürte.

Das leise Rauschen der Wellen, die verschlafenen Töne der Möwen, der sanfte Schein über dem Meer – all das beruhigte sie wenigstens ein kleines bisschen, während sie darüber nachdachte, wie sie es ihm sagen sollte.

»Hallo, Marie«, kam es nach einer langen Pause. »Ich warte auf dich. Sag nicht, dass du immer noch auf Juist bist.«

»Bin ich. Und ich werde für den Rest meines Urlaubs hierbleiben.« Sie kniff die Augen zusammen und betrachtete einen toten Seestern vor sich im Sand.

»Das ist nicht dein Ernst. Du kannst mich nicht derart hängenlassen!«

»Hier werde ich gebraucht. Und nach unserem letzten Gespräch … Ich brauche eine Auszeit von unserer Beziehung. Ich muss nachdenken, ob ich will, dass wir so weitermachen.«

Am anderen Ende der Leitung herrschte verblüfftes Schweigen. Marie schwieg ebenfalls, ließ ihm Zeit, ihre Worte zu verdauen. Sie machte einen großen Schritt über den Seestern hinweg und setzte sich wieder in Bewegung, ging langsam am Saum des Wassers entlang und atmete tief die prickelnde Seeluft ein.

»Was meinst du damit, dass du so nicht weitermachen willst?«, fragte Gerit nach einer langen Denkpause.

»Während der vergangenen Tage habe ich viel über uns nachgedacht. Darüber, wie oft du keine Zeit hattest, mich zu sehen. Wie oft du mir in letzter Sekunde abgesagt hast, wenn wir verabredet waren. Wie sehr ich mir gewünscht habe, dass es zwischen uns endlich vorangeht. Aber nichts ist passiert. Rein gar nichts.«

»Was sollte vorangehen?« Er klang ehrlich ratlos. Vielleicht tat er aber auch nur so. Das Schlimme war – sie wusste es nicht. Im Grunde wusste sie nicht viel über den Mann, mit dem sie seit über einem Jahr zusammen war, das wurde ihr in diesem Moment klar.

»Wir haben uns kennengelernt, wir haben uns verliebt – jedenfalls habe ich das getan – wir haben uns gelegentlich getroffen, wir haben gelegentlich das Bett geteilt, aber es war alles irgendwie … gelegentlich. Wie es gerade in dein Leben passte. Da war kaum Platz für mich. Du hast auch keine Anstalten gemacht, mehr Platz zu schaffen. Es blieb … unverbindlich.« Marie fuhr sich mit der Zunge über die Lippen und schmeckte Salz. Das Salz des Meeres und der Tränen, die über ihre Wangen rollten.

»Ich arbeite sehr viel. Das hast du von Anfang an gewusst. Hast du etwa erwartet, dass ich deinetwegen meine Firma vernachlässige?«

»Nein. Obwohl ich mir nicht vorstellen kann, dass es nicht zwischendurch ab und zu Zeit für mich gegeben hätte, wenn du es dir ebenso sehr gewünscht hättest wie ich. Wenn du gewollt hättest … Andere Paare leben zusammen, wenn sie sich lieben. Dann sieht man sich bei den Mahlzeiten, dann schläft man nebeneinander ein und wacht gemeinsam auf. Dann …«

»Du willst mit mir zusammenleben?« War er wirklich so verblüfft, wie sich die Worte für sie anhörten?

Sie schluckte. »Darüber muss ich nachdenken«, sagte sie und horchte in sich hinein. Aus irgendeinem Grund sah sie Gerit und sich immer noch auf der Dachterrasse seines Penthouse in der Hafencity, zärtlich aneinandergekuschelt auf der breiten Liege. Sie zwinkerte verzweifelt, aber das Bild wollte nicht verschwinden.

Eine ebenso einsame Spaziergängerin kam Marie entgegen. Sie hoffte, dass es eine Fremde war, eine Touristin, die sie nicht ansprechen würde.

Doch dann erkannte sie den leichtfüßigen Gang, die Art, wie die Spaziergängerin den Kopf hielt, und das lange dunkelbraune Haar, das im Wind über die schmalen Schultern strich. Es leuchtete im schwindenden Tageslicht rötlich.

Hastig wischte sich Marie mit dem Handrücken über die feuchten Wangen. Da war sie schon auf derselben Höhe wie Nele, die beim Näherkommen erstaunt die Augen aufgerissen hatte.

»Wir sollten von Angesicht zu Angesicht miteinander reden. Auch über das Zusammenleben. Ich wusste ja gar nicht … Warum kommst du nicht einfach nach Jamaika, wir genießen die Zeit, und du erzählst mir alles, was du auf dem Herzen hast? Dein Vater müsste doch längst aus dem Krankenhaus entlassen worden sein.«

Plötzlich klang Gerits Stimme seltsam weich, fast zärtlich. Marie spürte, wie es in ihrem Bauch warm wurde. Sie hatte sich so lange gewünscht, sie würden endlich einmal offen über ihre Beziehung, über ihre Zukunftsträume und ihre Wünsche reden. Aber war Gerit wirklich dazu bereit – oder wollte er sie einfach nur nach Jamaika locken?

»Du fragst nicht mal, wie es meinem Vater geht und ob die Operation glatt verlaufen ist«, sagte sie streng.

Mit einem Ruck blieb Nele, die in diesem Moment mit einem knappen Nicken an Marie hatte vorbeigehen wollen, stehen.

»Ich weiß, wie es deinem Vater geht. Das hier ist eine kleine Insel. Jeder hier weiß, dass er zurück ist und dass alles glattgelaufen ist.«

»Ich meinte nicht dich.« Marie zog ihr Handy unter ihren Haaren hervor und hielt es als Beweis in die Luft.

»Dann ist ja gut.« Ebenso ruckartig, wie sie stehen geblieben war, wandte Nele sich wieder ab.

Automatisch streckte Marie die freie Hand nach ihr aus und hielt sie beim Ärmel fest. »Wartest du bitte einen Moment? Ich bin gleich mit telefonieren fertig, und ich möchte dich etwas fragen.«

»Ehrlich gesagt bin ich in Eile.« Nele hob den Arm und starrte auf ihr Handgelenk.

»Du hast gar keine Uhr um«, stellte Marie fest. »Bitte! Es dauert nicht lange.«

»Na gut.« Verlegen zog Nele den linken Ärmel bis fast zu den Fingerspitzen herunter. »Aber ich habe wirklich nicht viel Zeit.«

Marie nickte und hob das Telefon wieder ans Ohr. »Hörst du, Gerit?«

»Ja«, antwortete er rasch. »Was sagst du zu meinem Vorschlag? Kommst du zu mir? Hierher?«

»Ich bin hier am Strand gerade meiner Freundin Nele begegnet.« Marie sah aus dem Augenwinkel, wie Nele sich ein paar Schritte entfernte, sich kurz umdrehte, einige weitere Schritte machte und dann einfach weiterging.

Mit dem Handy am Ohr ging Marie ebenso rasch hinter ihr her.

»Ist irgendeine Nele, die du ewig nicht gesehen hast, jetzt wichtiger als ich, dein Freund und Lebenspartner?«, nölte Gerit, der plötzlich gar nicht mehr zärtlich klang.

»Nele und ich, wir sind zusammen zur Schule gegangen«, teilte Marie ihm mit. »Wir kennen uns schon ewig. Sie ist ein wichtiger Mensch in meinem Leben.«

»Wichtiger als ich?«

Auf diese Frage würde sie ihm keine Antwort geben. Noch vor drei Wochen in Hamburg hätte sie ihm sofort beteuert, dass er der wichtigste Mensch in ihrem Leben wäre. Aber jetzt zögerte sie. Lag es an der Entfernung, an seinem Unverständnis für ihre Reise nach Juist oder daran, dass sie hier während langer Strandspaziergänge und ruhiger Momente Gelegenheit gefunden hatte, über Gerit und ihre Beziehung zu ihm nachzudenken?

Nele aber war während ihrer gesamten Kindheit wie eine Schwester für sie gewesen. Und bei der Erkenntnis, wie sehr sie sie seit vielen Jahren vermisste, auch wenn sie es sich selten eingestanden hatte, überkam Marie das Gefühl, sie würde kopfüber in ein tiefes Loch stürzen.

Hastig schaute sie hinaus aufs Meer, was ihr zu ihrer eigenen Überraschung half. Sie spürte den Boden wieder unter ihren Füßen.

»Wir reden nach unserem Urlaub weiter, ja?«, sagte Marie in ihr Telefon, tippte aufs Display und unterbrach die Verbindung mit Gerit.

Vor sich sah sie Neles Rücken mit wie zur Abwehr hochgezogenen Schultern. Die schmale, immer noch vertraute Gestalt entfernte sich rasch in Richtung Ortschaft.

Entschlossen folgte ihr Marie weiter, lief mit großen, schnellen Schritten durch den feuchten Sand, den Blick fest auf Neles im Wind wehendes Haar geheftet. Sie bemerkte kaum, wohin sie trat und dass ihre Füße nass wurden, als sie zu dicht am Wasser lief.

Wie schaffte Nele es nur, so schnell zu sein, ohne zu rennen? Marie war nach fünf Minuten außer Atem.

»Nele. Warte auf mich, bitte!«, rief sie in den Wind.

Nele reagierte nicht, obwohl sie sie gehört haben musste. Sie ging mit ruhigen, raschen Schritten weiter, nicht schneller als zuvor, aber auch nicht langsamer.

Entschlossen verfolgte Marie sie weiter, eine Hand gegen die rechte Seite gedrückt, wo sie mittlerweile schmerzhafte Stiche fühlte. Vielleicht hätte sie Gerit doch gelegentlich ins Fitnessstudio begleiten sollen. Kaum war dieser Name durch ihren Kopf geschossen, verbot sie sich, ihn zu denken. Solange sie hier auf Juist war, würde sie sich nicht mit ihrer Beziehung beschäftigen. Dazu war später Zeit, in Hamburg.

Mit offenem Mund, laut keuchend, verfolgte sie die Freundin weiter. Endlich war sie so dicht hinter Nele, dass sie nur noch den Arm ausstrecken und die Hand auf ihre Schulter legen musste, um sie zum Stehenbleiben zu bewegen. Zum Rufen und Bitten fehlte ihr schon lange die Luft.

Fast hatte sie befürchtet, Nele würde sich gegen ihre Hand wehren, würde sie einfach abschütteln und weitergehen. Doch sie blieb stehen, drehte sich aber nicht um.

»Danke, dass du stehen bleibst. Ich kann nicht mehr«, stieß Marie mit letzter Kraft hervor. »Du weißt, dass ich nicht so sportlich bin.«

»Du änderst dich nie.« Ganz langsam wandte Nele den Kopf. Kein Lächeln in ihrem Gesicht, die Augen ernst und ausdruckslos.

»Doch. Ich habe mich geändert«, widersprach Marie und hätte sich am liebsten vor Nele in den Sand geworfen. Nicht weil sie auf dramatische Weise Abbitte leisten wollte. Das wäre nun doch etwas übertrieben gewesen. Sie konnte einfach nicht mehr.

»Glaube ich nicht.« Immer noch schaute Nele sie mit starrer Miene an. »Und hör bitte auf, an meiner Jacke herumzuzerren. Ich bin nicht so reich wie du und kann mir ständig etwas Neues kaufen. Keine tolle Karriere und so. Einfach nur Hausfrau und eine Teilzeitstelle beim Fremdenverkehrsamt, wie du weißt.«

»Das … damals, das … war total … blöd … von mir.« Sie brauchte für jedes Wort einen pfeifenden Atemzug, für manche auch zwei.

»Das fällt dir ziemlich früh ein.« Nele sah haarscharf an Marie vorbei den Strand entlang.

»Du hast damals auch so einiges gesagt, das nicht besonders freundlich war.« Marie wiederum sah ihre Freundin direkt an.

Doch Nele verzog immer noch keine Miene. Als wäre ihr das alles längst egal. Kein Schmerz, kein Bedauern. Sie zuckte mit den Schultern, ihr Blick streifte flüchtig Maries Gesicht, bevor sie über ihre Schulter in die Ferne schaute.

»Du hast mich zur Weißglut getrieben mit dem, was du über mich und meine … über mich gesagt hast. Da kannst du wohl kaum Nettigkeiten von mir erwarten«, sagte Nele nach einer langen Pause.

»Es tut mir leid.« Noch immer war Marie außer Atem, aber mittlerweile konnte sie reden, ohne nach jedem Wort zu keuchen.

»Dazu ist es zu spät.« Wieder blickte Nele auf ihre imaginäre Armbanduhr. »Ich muss mich beeilen, nach Hause zu kommen. Meine Kinder und mein Mann warten auf mich.«

»Nur ganz kurz. Bitte! Ich wollte dir sagen …« Marie atmete tief durch, dann sprudelten die Worte nur so hervor, als hätten sie all die Jahre in ihrer Kehle gelauert, um an diesem Tag, an diesem Strand endlich ausgesprochen zu werden.

»Wenn ich an dich denke, denke ich immer noch an meine beste Freundin. An all die Jahre, die wir miteinander verbracht haben, all die Dinge, die wir zusammen erlebt haben. Das kann und will ich nicht vergessen.«

Wieder das Schnauben, das Nele schon als Teenager perfekt beherrscht hatte. Ein Ton, mit dem sie ihrem Gegenüber mühelos das Gefühl gab, lauter dummes Zeug zu reden. Ein Gefühl, als würde man mit dem Gesicht zuerst auf ein Nagelbrett fallen.

Marie verzog den Mund, spürte dem Schmerz tief in ihrem Inneren nach und redete doch weiter: »Konntest du das alles einfach vergessen, Nele?«

Marie erkannte ein ganz kurzes Zögern. Ein Zucken der Augenlider nur, doch es war da gewesen, und sie atmete heimlich auf. Es gab doch eine kleine Hoffnung, dass es zwischen ihnen wieder gut werden konnte. Gleichzeitig erschrak sie darüber, wie wichtig es ihr war, sich mit Nele zu versöhnen.

»Es war nicht einfach für mich, unsere Freundschaft zu vergessen, aber was blieb mir anderes übrig?«, sagte Nele so leise, dass ihre Stimme fast im Rauschen der Wellen unterging. »Schließlich hattest du mir klargemacht, dass du mich verachtest. Ich gehe davon aus, dass du in Hamburg eine Menge Freundinnen gefunden hast, die deinen Ansprüchen genügen – elegante Frauen, mit denen du in schicken Bars Cocktails trinkst und über deine Karriere redest?«

»Ich habe in Hamburg ein paar Freundinnen. Aber keine, der ich wirklich vertraue, mit der ich wirklich reden kann … Mit keiner ist es wie mit dir damals.« Marie schluckte heftig und kniff die Lider zusammen, konnte aber nicht verhindern, dass ihr Tränen in die Augen traten. Sie musste wirklich mit der dauernden Heulerei aufhören.

Eine ihrer Hamburger Freundinnen war ihre Assistentin Tina. Am vergangenen Abend hatte sie Tina angerufen, in der Hoffnung, mit ihr über Gerits Reaktion auf ihren Inselaufenthalt sprechen zu können.

Die Freundin war über ihren Anruf begeistert gewesen, weil sie selbst aufregende Neuigkeiten hatte. Tina war frisch verliebt und wusste Hunderte von Kleinigkeiten über den Mann zu erzählen, der sie offenbar auf Wolke sieben schweben ließ. Über das Grübchen in seinem Kinn, das Knistern seiner Haare, wenn sie mit den Fingern hindurchstrich, seine Klugheit, seine Zärtlichkeit und dass er im Bett … Verschämtes Kichern. »Du weißt schon, er ist ganz wunderbar.« Erneutes Kichern.

Tina war Maries Einsilbigkeit gar nicht aufgefallen. In ihrer Begeisterung schlug sie vor, doch mal zu viert auszugehen, wenn Marie und Gerit aus der Karibik zurück wären. Marie war nicht einmal dazu gekommen, Tina zu erzählen, dass sie wahrscheinlich nicht nach Jamaika fliegen würde. Unter einem Vorwand beendete sie so schnell wie möglich das Gespräch.

Nur kurz hatte sie anschließend darüber nachgedacht, wen sie sonst anrufen könnte. Natürlich gab es noch ein paar Frauen, mit denen sie sich gelegentlich auf einen Cocktail oder einen Kaffee traf. Ihnen allen hatte Marie wieder und wieder erzählt, wie glücklich sie mit Gerit sei. Doch welcher von ihnen konnte sie anvertrauen, was nun in ihr vorging? War es möglich, dass die Entfernung, die Ruhe der Insel, die ihr Zeit zum Nachdenken gab, und Gerits Worte am Telefon so schnell ihre Gefühle und Hoffnungen zunichtegemacht hatten?

Minutenlang hatte Marie auf die Liste ihrer Kontakte im Handy gestarrt, doch da war kein Name, der in ihr auch nur den leisen Wunsch weckte, die dazugehörige Nummer zu wählen und all ihren Kummer heraussprudeln zu lassen, sodass der Druck in ihrer Brust und ihrer Kehle vielleicht ein wenig nachließ.

Und nun stand sie Nele gegenüber, und plötzlich spürte sie schmerzhaft, was sie all die Jahre furchtbar vermisst hatte.

»Tja«, sagte Nele, und erst jetzt wurde Marie bewusst, dass sie einander lange stumm gegenübergestanden hatten, beide in ihre Gedanken versunken, welche es auch immer bei Nele gewesen sein mochten. »Wenn du jemanden zum Reden brauchst, wirst du dich an die Menschen halten müssen, die du nicht vor vielen Jahren aus deinem Leben gestrichen hast. Nur weil du zufällig hier bist und irgendetwas loswerden willst, kannst du nicht ankommen und deinen Müll bei mir abladen.«

»Es stimmt, dass ich mitten in einer schwierigen Zeit stecke, aber es geht nicht darum, dass ich jemanden zum Reden brauche. Das heißt, natürlich brauche ich jemanden, aber ich komme auch so klar. Irgendwie. Es ist nur … ich habe endlich begriffen, dass ich wohl nie mehr eine Freundin wie dich finden werde.«

»Du bist diejenige, die es kaputtgemacht hat.« Mit einem Ruck drehte Nele sich um und ging einfach weg.

Dieses Mal lief Marie ihr nicht hinterher.

10. Kapitel

In der folgenden Nacht träumte Marie von ihrer Mutter. Im Traum ging sie durch die matt beleuchteten Flure der Pension. Sie wusste, dass alle Zimmer belegt waren, doch im Haus war es still, die Gäste schliefen. Plötzlich spürte sie einen Luftzug, als hätte sich eine Tür geöffnet. Sie drehte sich um und erstarrte.

»Mama«, flüsterte sie, und eine sanfte Wärme durchlief sie. Ihr war vollkommen klar, dass sie einer Toten gegenüberstand, aber sie fühlte keine Angst, nur Sehnsucht. Sie sehnte sich nach einer Umarmung, einer Berührung, nach der Nähe ihrer Mutter, die sie so schmerzlich vermisst hatte.

»Du warst lange fort. Wo kommst du her?«, fragte sie mit klopfendem Herzen.

Ihre Mutter verzog den Mund zu einem wehmütigen Lächeln. »Ich muss gleich wieder gehen, mein Kind«, sagte sie, ohne Maries Frage zu beantworten. Ihre Stimme war wie ein Windhauch.

Marie starrte angestrengt durch das Dämmerlicht. Sie wagte nicht zu blinzeln, aus Sorge, wenn sie auch nur für den Bruchteil einer Sekunde fortschaute, könnte ihre Mutter verschwunden sein. Schon jetzt war sie durchscheinend wie dichter Nebel, der in der Farbe ihres lindgrünen Kleids und ihrer bleichen Haut schimmerte.

»Du fehlst mir so schrecklich, Mama«, flüsterte Marie, wagte aber nicht, die Hand auszustrecken, um ihre Mutter zu berühren und festzuhalten. Viel zu groß war ihre Angst, sie könnte sich zwischen ihren Fingern auflösen und verschwinden.

»Ich weiß, und das tut mir leid. Aber du bist stark und erwachsen, und du brauchst mich nicht mehr, Marieke. Du bist schon vor Jahren deinen Weg gegangen, und wenn ich auch traurig war, habe ich dich gehen lassen.«

Marie lauschte der sanften Stimme nach. Wenn ihre Mutter sie Marieke nannte, liebte sie sogar diesen sonst verhassten Namen.

»Du hast verstanden, warum ich gehen musste, Mama, nicht wahr?«

Ihre Mutter nickte stumm, und es war, als würde bei dieser Bewegung erneut ein Lufthauch durch den Flur streichen. Marie erschauderte.

»Warum hast du Papa nicht gesagt, dass er mich gehen lassen soll und mir nicht böse sein darf? Dass mein Weg mich von der Insel wegführt? Er glaubt immer noch, du wärst aus lauter Kummer um mich krank geworden.«

»Sag du es ihm, Marieke. Seine Liebe ist anders als meine. Sie will festhalten. Zeig ihm, dass Liebe loslassen kann und loslassen muss. Jetzt ist die Zeit für euch beide gekommen, diesen Weg zu gehen.«

Die Mauern des Hauses verschwanden, und plötzlich standen sie beide am Strand. Auch hier herrschte diffuses blaugrünes Licht. Es war nicht Tag und nicht Nacht und auch keine Dämmerung. Dennoch konnte Marie das Gesicht ihrer Mutter so deutlich erkennen, als würde es von innen heraus leuchten. Sie sah das helle Blau ihrer Iris, die feinen Fältchen in den Augenwinkeln, den Marmorton ihrer Haut und das zarte Rosa der Lippen.

»Ich weiß nicht, was ich tun soll, damit er mich versteht, Mama. Zwischen uns ist alles so schwierig. Bitte hilf mir.« Marie streckte nun doch den Arm aus, wollte ihre Mutter festhalten, doch ihre Finger griffen ins Leere. Sie spürte weder den Stoff des Ärmels noch die Haut der Hand, die aus diesem Ärmel herausschaute. Da war nur kühle Luft.

»Bitte«, flehte sie. »Ich brauche dich.«

Doch ihre Mutter schüttelte den Kopf. »Du brauchst mich schon lange nicht mehr, mein Kind. Das heißt nicht, dass du alles allein schaffen musst. Andere Menschen werden an deiner Seite sein. Menschen, die dir helfen und dich stützen und dir zeigen können, in welche Richtung es geht, wenn du nicht weiterweißt. Es wird auch

Menschen geben, denen du den Weg zeigen kannst. Und du wirst Liebe finden.«

Marie wollte ihrer Mutter noch so viele Fragen stellen. Sie wollte nach Gerit fragen und nach ihrer Zukunft in Hamburg, doch sosehr sie sich auch mühte, über ihre Lippen kam kein Ton mehr.

Unvermittelt wurden das Gesicht und das Kleid ihrer Mutter immer durchsichtiger. Das ging so schnell, dass sie kaum Zeit hatte zu erschrecken. Innerhalb von Sekunden schwebten nur noch ein paar bunte, durchscheinende Nebelfetzen in der Luft. Dann glitt der schimmernde Dunst hinaus aufs Meer.

»Bleib bei mir, Mama«, flüsterte sie und spürte ihre Einsamkeit so schmerzlich, als hätte sich der gläserne Deckel eines riesigen Behälters über ihr geschlossen, in dem sie eingesperrt war. Sie konnte die Welt sehen, doch die Welt konnte nicht zu ihr. Sie konnte nichts und niemanden berühren, und niemand sie. Aber da war ja auch niemand.

Marie erwachte weinend. Die Tränen kullerten aus ihren Augenwinkeln, rollten über ihre Schläfen ins Haar und suchten sich ihren Weg aufs Kopfkissen.

Irgendwann, es mochten einige Minuten oder auch eine halbe Stunde vergangen sein, richtete sie sich auf und angelte ein Päckchen Papiertaschentücher aus der Schublade ihres Nachtschränkchens. Leise schniefend trocknete sie ihre Augen und ihr Gesicht. Dann drehte sie die trockene Seite ihres Kissens nach oben, legte sich wieder hin und starrte zum Fenster.

Hier auf der Insel schloss sie nachts nicht die Vorhänge. Es gab keine Nachbarn, die direkt in ihr Fenster schauen konnten, und keine helle Straßenbeleuchtung, die ihren Schlaf störte. So sah sie nun stundenlang zu, wie die Nacht zum Tag wurde, beobachtete, wie die Sterne verblassten und das Dunkelblau des Himmels sich in ein zartes Perlmuttgrau und schließlich in ein sanftes Rosa verwandelte, bis tiefgolden die Sonne am Horizont erschien.

Aufatmend stieg Marie aus dem Bett, denn mit der Dunkelheit

war ein Teil des Gewichts auf ihrer Brust und der Traurigkeit in ihrem Herzen verschwunden. Als sie wenig später in dem kleinen Bad neben ihrem Zimmer unter der Dusche stand, fragte sie sich, ob ihr Vater immer noch ein überzeugter Frühaufsteher war wie während ihrer Kindheit und Jugend. Er hatte es niemals länger als bis sechs, höchstens halb sieben im Bett ausgehalten. Nicht einmal im Winter, wenn in manchen Wochen kein einziger Gast im *Sandstern* gewohnt hatte.

Nachdem sie sich angezogen und das noch feuchte Haar im Nacken zusammengebunden hatte, stieg sie die Treppe zur Wohnung ihres Vaters hinauf. Sie klopfte an die Tür, und es dauerte nicht einmal eine Minute, bis er öffnete. Auch er war schon bereit für den Tag. Wie immer, wenn Gäste in der Pension waren, trug er Hose und Jackett, darunter ein helles Hemd. Das volle graue Haar war sorgfältig gescheitelt und gekämmt. Er wirkte so munter, als wäre er seit Stunden auf.

»Moin, Marieke.« Er warf einen erstaunten Blick auf seine Armbanduhr. »Ist was nicht in Ordnung? Hat Fricke sich krankgemeldet? Er sollte schon da sein, um das Frühstück für die Gäste vorzubereiten. Oder hast du das auch geändert? Ist es vornehm, den Feriengästen erst ab neun oder zehn was zu essen anzubieten?«

»Fricke ist da«, behauptete sie, obwohl sie keine Ahnung hatte, ob der Koch bereits unten in der Küche werkelte. Er war zuverlässig, und er hatte Maries Handynummer, also hätte er sich gemeldet, wenn er nicht pünktlich zum Dienst erschienen wäre. Was die Bemerkung ihres Vaters über ein Frühstück zu späterer Stunde betraf, beschloss Marie, diese Provokation zu ignorieren. Tatsächlich hatte sie darüber nachgedacht, die Frühstückszeit zu verlängern, sodass die Gäste zwischen halb acht und zehn Uhr dreißig und nicht nur bis neun Uhr dreißig frühstücken konnten. Doch diesen Plan hatte sie vorerst aufgegeben, weil Susa und Annegret, auch durch die von Marie neu eingeführten Aufgaben, schon genug zu tun hatten. Und Fricke hatte energisch erklärt, dass er um halb elf längst damit beschäftigt sei, das

Mittagessen vorzubereiten. Um diese Zeit könne er auf keinen Fall die Reste vom Frühstück und schmutziges Geschirr in der Küche gebrauchen.

Was Marie jedoch sofort und ohne sich um die üblichen Proteste des gesamten Personals zu kümmern eingeführt hatte, war ein Frühstücksbüfett anstelle des langweiligen Brötchen-Marmelade-Wurst-Angebots gewesen. Aber das würde ihr Vater noch früh genug erfahren.

Sie lächelte ihn an und kniff die Augen zusammen, weil sie für einen winzigen Moment gemeint hatte, im schwach beleuchteten Eingangsbereich der Wohnung die vage Silhouette ihrer Mutter zu sehen. Das war natürlich Einbildung gewesen, weil ihr Traum noch so gegenwärtig war.

Sie atmete tief durch und erinnerte sich an den Trost, den sie zusammen mit der Traurigkeit in ihrem Traum erfahren hatte. Ihre Mutter hatte ihr gesagt, sie würde ihren Weg finden. Bevor sie anstelle eines Flugzeugs in die Karibik die Fähre nach Juist bestiegen hatte, war sie der Meinung gewesen, ihren Weg in die Zukunft genau zu kennen. Sie hatte Wünsche und Pläne gehabt und geglaubt, sie wüsste genau, wo ihr Glück lag. Doch plötzlich war alles anders. In manchen Momenten fühlte es sich an, als hätte ihr jemand den Boden unter den Füßen weggerissen und sie würde nun im Nichts schweben. Es gab kein Ziel und keinen Halt.

Nun, so ungewiss die Zukunft auch sein mochte, eines geschah gewiss: Die Zeit verging, und die Schleier vor der Zukunft hoben sich. In wenigen Tagen, in ein paar Wochen oder gar erst in Monaten – letztlich würde sie herausfinden, ob sie noch mit Gerit zusammen sein wollte und konnte. Sie würde sehen, wie sich das Verhältnis zu ihrem Vater entwickelte und ob sie es schafften, wenigstens für zwei Wochen die Pension gemeinsam zu führen. Und sie würde herausfinden, ob es ihr gelang, endlich ihr Verhältnis zu Nele zu klären und ihre Freundin wieder in ihr Leben zu holen.

»Wollen wir zusammen frühstücken?«, fragte sie ihren Vater,

nachdem sie einander eine Weile unschlüssig angesehen hatten, während Marie ihren Gedanken nachhing. »Bevor ich dich in der Klinik abgeholt habe, habe ich deinen Kühlschrank gefüllt. Es sind Haferflocken da, Obst und Vollkornbrot. Doktor Siemon hat gesagt, gegen ein gekochtes Ei wäre auch nichts einzuwenden.«

Ohne seine Antwort abzuwarten, ging sie an ihrem Vater vorbei in die Küche. Sie musste mehrere Schranktüren öffnen, bis sie den Eierkocher fand. Mit wenigen Handgriffen füllte sie ihn mit Wasser, stellte zwei Eier hinein und schaltete ihn ein. Anschließend verrührte sie in einem kleinen Kochtopf einige Löffel Haferflocken mit Wasser, Kakaopulver und etwas Vanillemark.

»Was machst du da?«, fragte Rainulf, der sie misstrauisch beobachtete.

»Porridge«, erklärte Marie fröhlich. »Bist du so nett und holst die Johannisbeeren aus dem Kühlschrank? Du kannst sie in der Zwischenzeit abwaschen und von den Rispen zupfen. Wenn die Haferflocken aufgequollen sind, rühren wir die Beeren unter.«

»Das klingt ja schlimmer als der Fraß im Krankenhaus. Ich mag keine Johannisbeeren. Die sind sauer. Und Haferflocken mag ich erst recht nicht.« Ächzend ließ sich Rainulf auf einen der Küchenstühle sinken.

»Porridge mit Beeren schmeckt hervorragend«, behauptete Marie, entschlossen, sich von seinem missmutigen Gebaren nicht beeindrucken zu lassen. »Ich esse das auch.«

»Du liebe Güte! Hat der Doktor dich auch auf Diät gesetzt?« Rainulf schnaubte wie ein schlecht gelauntes Pferd vor dem Juister Müllwagen.

»Natürlich hat er das nicht! Ich bin nicht seine Patientin und werde es hoffentlich auch nie sein. Ich esse das freiwillig«, erklärte Marie mit fester Stimme. Sie hatte gründlich im Internet recherchiert, bis sie ein Haferflocken-Rezept gefunden hatte, von dem sie meinte, es könnte einigermaßen schmackhaft sein.

Es erschien ihr deutlich nachvollziehbarer, dass ein Herzkranker durch gesundes Essen rascher wieder auf die Beine kam als durch Gespräche mit seiner Tochter, die ohnehin im Streit endeten. Deshalb war sie durchaus bereit, sich an Philipps Ernährungsplan für ihren Vater zu orientieren – soweit der Rekonvaleszent mitspielte.

Und obwohl sie wenig Hoffnung auf die heilsame Wirkung eines Gesprächs setzte – schließlich stritten sie nach fünf Minuten schon wieder –, war sie hier, um sich mit ihrem Vater an den Tisch zu setzen. Ein gemeinsames Essen dauerte in der Regel nicht so lange wie ein Strandspaziergang.

Wenige Minuten später stellte sie zwei Schüsselchen mit dampfendem Schokoporridge, in das sie jeweils eine Handvoll Beeren und gehackte Haselnüsse gerührt hatte, auf den Tisch. Außerdem gab es Vollkornbrot, die gekochten Eier, Margarine und fettarmen Käse.

»Ich hab keinen Hunger«, verkündete ihr Vater wie ein bockiges Kind, nachdem er lustlos den Löffel in die Haferflocken getaucht und darin herumgerührt hatte. »Damit kannst du Tapeten an die Wände kleben.«

»Heute will ich nicht tapezieren. Vielleicht nächste Woche.« Marie nahm einen großen Happen von dem Porridge, kaute und schluckte. Erstaunlicherweise schmeckte die Pampe gar nicht so schlecht.

»Probier wenigstens«, forderte sie ihren Vater auf.

»Ich nehme das Ei. Obwohl mir Spiegeleier mit Speck lieber sind.« Ihr Vater griff nach dem Eierlöffel und schlug mit so viel Elan auf dem Ei herum, dass Marie sich fragte, ob er an dem armen Ding seine Wut auf sie ausließ.

»Ich habe mir das nicht ausgedacht, das steht alles auf Doktor Siemons Ernährungsplan«, verkündete sie.

Ihr Vater antwortete nicht, hörte aber auf, das Ei zu malträtieren, pulte die Schale ab und schaute sich suchend auf dem Tisch um. »Wo ist das Salz?«

Marie zuckte mit den Schultern, als er jedoch aufstand und den Salzstreuer holte, schwieg sie, denn sie fand, fürs Erste hatte sie sich ausreichend bemüht, ihm gesunde Ernährung nahezubringen.

»Soll ich dich nachher in Doktor Siemons Praxis begleiten?«, wechselte sie das Thema. »Du weißt, dass er dich noch einmal gründlich untersuchen will.«

»Der Mann gibt einfach keine Ruhe«, stellte Rainulf fest, und ausnahmsweise gab Marie ihm recht, wenn sie sich auch hütete, es auszusprechen.

»Eine Untersuchung kann nicht schaden«, sagte sie und fragte noch einmal: »Soll ich mitkommen?« Sie hatte es am vergangenen Tag nicht geschafft, nach Emma zu sehen, geschweige denn, Fischabfälle für die Möwe zu besorgen. Sich neben der Leitung der Pension um ihren heimgekehrten Vater zu kümmern lastete sie so aus, dass sie bei Philipps kurzem abendlichen Besuch nicht einmal daran gedacht hatte, ihn nach Emma zu fragen. Fraß sie, heilte der Flügel gut, und wie war die Stimmung in der Voliere?

»Da find ich allein hin.« Rainulf nahm sich eine Scheibe Vollkornbrot, betrachtete sie mit gerunzelter Stirn, als würde es sich um ein ihm unbekanntes Insekt handeln, schnitt schließlich einen Streifen davon ab und tauchte ihn in das flüssige Eigelb. Als er den Bissen in den Mund schob, bekleckerte er sein Hemd. Marie beugte sich vor und tupfte den Fleck mit ihrer Serviette ab.

»Das kann ich selbst. Bin ja kein kleines Kind«, brummte er, ließ sich ihre Hilfe aber gefallen, indem er bewegungslos dasaß und gegen die Wand starrte. Dabei kaute er mit demonstrativ zu einer Ekelgrimasse verzogenem Gesicht auf dem Brot herum.

»So geht es erst mal. Nachher kannst du dich umziehen, das Hemd muss in die Wäsche«, stellte Marie fest, nachdem sie die Serviette weggelegt hatte.

»Wie bin ich bloß klargekommen, als du nicht da warst?«, brummte Rainulf und schob den Teller mit dem restlichen Schwarzbrot weg.

»Du bist frisch operiert und hast dich geweigert, in die Reha zu gehen. Damit hast du in gewisser Weise deinem Arzt und mir die Verantwortung übertragen.« Marie war wild entschlossen, sich auf keinen Fall von ihm provozieren zu lassen, andererseits aber zu tun, was nötig war, damit er rasch wieder auf die Beine kam.

»Verabreden wir uns schon mal für unseren Spaziergang«, sagte sie daher energisch. »Nach dem Abendessen passt es am besten, oder was denkst du?«

»Bis dahin ist noch lange Zeit. Jetzt will ich erst mal wissen, warum du Susa abends durch die Zimmer scheuchst, damit sie die ordentlich gemachten Betten in Unordnung bringt.« Er musterte sie mit einem ähnlichen Blick wie zuvor das Schwarzbrot.

Erst als sie das Hellblau seiner Augen sah, wurde Marie bewusst, dass sie im Traum seine Augen im Gesicht ihrer Mutter gesehen hatte. In Wahrheit waren Mamas Augen goldbraun wie Bernstein gewesen. Offenbar hatte Maries Unterbewusstsein sich ein eigenes Traumbild zusammengebastelt. Was wollte es ihr damit sagen?

»Träumst du oft von Mama?«, fragte sie ihren Vater spontan.

Rainulfs Blick flackerte, bevor er ihn senkte und vor sich auf die Tischplatte schaute.

»Deine Mutter ist tot. Sie kommt nicht zurück«, sagte er, was streng genommen keine Antwort auf ihre Frage war. »Ich werde Susa nachher sagen, dass sie abends nicht mehr in die Zimmer gehen soll. Nur dass du Bescheid weißt.«

»Im *Albatros* werden abends immer die Betten aufgeschlagen, und es hat sich noch nie jemand beschwert. Das ist ein Service, der Aufmerksamkeit zeigt. Wem gefällt es nicht, ein wenig verwöhnt zu werden?«

»Unsere Gäste mögen das nicht.« Energisch schüttelte ihr Vater den Kopf. »Und außerdem haben Susa und Annegret genug zu tun. Mit den komischen neuen Plänen, die du gemacht hast, hetzen sie die ganze Zeit durchs Haus.«

»Hast du mit Susa gesprochen?«, argwöhnte Marie.

»Nö, mach ich dann nachher. Das mit den Betten haben mir die Gäste erzählt. Abends auf der Terrasse.«

»Und sie haben wirklich gesagt, dass sie das nicht wollen?« Marie ließ den Löffel mit dem Porridge sinken, den sie hatte zum Mund führen wollen.

»Mhm. Und sie wundern sich. Und sie sagen, dass sie es ganz allein schaffen, abends unter die Decke zu kriechen. Und das mit den Servietten hört mir auch auf. Das ist albern und macht unnötig Arbeit.«

»Du *hast* mit Susa gesprochen!«, stellte Marie energisch fest.

Ebenso nachdrücklich schüttelte ihr Vater den Kopf. »Nö. Nich darüber. Die komischen Servietten hab ich im Speisesaal auf den Tischen gesehen.«

»Susa hat genau das Gleiche gesagt wie du. Sie hat sogar fast dieselben Worte benutzt. Das kann doch kein Zufall sein!«

Offenbar geschah nun das, was Marie befürchtet hatte. Das Personal verbündete sich mit ihrem Vater, und alle gemeinsam versuchten, jede noch so kleine Änderung rückgängig zu machen, die Marie während der vergangenen Tage eingeführt hatte.

»Genau wie ich findet Susa die albern gefalteten Servietten überflüssig. Da ist nur wirklich nichts erstaunlich dran. Susa ist eine vernünftige Frau. Sie arbeitet seit vielen Jahren für uns, und sie weiß, was die Gäste brauchen.« Rainulf biss in das Vollkornbrot, das er inzwischen mit Margarine bestrichen und dick mit Käse belegt hatte. Er kaute, schüttelte den Kopf und schob zum zweiten Mal den Teller weg.

»Diese Art Servietten zu falten nennt man Bischofsmütze«, erklärte Marie geduldig. »Wie du weißt, organisiere ich im *Albatros* große Bankette, und diese Serviettenfaltung ist dort Standard. Meinst du nicht, was für die Gäste eines Hamburger Luxushotels gut genug ist, könnte auch für die Gäste hier im *Sandstern* in Ordnung sein? In Hamburg zahlen die Leute ein Vermögen für genau diese Dinge, die unsere Gäste hier quasi gratis dazubekommen. Das wird sich sehr positiv aufs Geschäft auswirken.«

»Unsere Gäste …« Ihr Vater machte eine lange Pause, während er seine Papierserviette in kleine Stücke riss. »… die kommen nicht nach Juist, weil sie solche Kinkerlitzchen wollen. Sie brauchen ganz andere Dinge.«

»Was zum Beispiel?« Jetzt schob auch Marie ihr längst kalt gewordenes Porridge weg.

»Deine Mutter hat immer gesagt, sie brauchen ein Zuhause hier auf der Insel, mit Menschen, die sie verstehen, mit ihnen reden und ihnen zuhören.«

Verblüfft starrte Marie ihren Vater an. »Und das meinst du auch? Das mit dem Reden und Verstehen?«

»Ich weiß, dass deine Mutter in fast allem recht hatte, was sie über Menschen gesagt hat. Sie hat die Leute verstanden, und unsere Gäste haben sie geliebt. Und deshalb ...« Er stieß einen tiefen Seufzer aus, nahm einen Schluck aus seiner Tasse und verzog demonstrativ den Mund, denn Marie hatte statt des gewohnten Kaffees schwarzen Tee serviert.

»Ich bin nicht besonders gut mit Menschen. War ich noch nie. Aber ich geb mir Mühe. Unsere Gäste sind oft richtig nette Leute, da ist das nicht so schwer. Und ich bin froh, dass Susa und meistens auch Annegret so gut mit ihnen zurechtkommen. Die Menschen, die zu uns kommen, wollen freundlich behandelt werden, und sie wollen sich fühlen wie zu Hause, nur ein bisschen besser.«

Marie öffnete den Mund, um zu erklären, dass genau aus diesem Grund hübsch gefaltete Servietten, frische Blumen und ein Aufdeckservice den Gästen gefallen würden, doch sie kam nicht dazu.

Als hätte ihr Vater geahnt, was sie sagen wollte, fuhr er eilig fort: »Was sie nicht wollen, sind dauernd frische Handtücher und komisch gefaltete Servietten. Das mit den Handtüchern stört sie sogar, wetten? Weil dauernd jemand in ihrem Zimmer rumläuft, Handtücher bringt, im Bett rumwühlt, all diesen Quatsch. Hast du mal einen von den Stammgästen gefragt, ob die das gut finden?«

»Ich kann doch die Gäste nicht fragen, wie wir unser Haus führen sollen!« Marie schüttelte den Kopf.

Ihr Vater schüttelte seinen ebenfalls.

»Susa und Annegret brauchen einen täglichen Arbeitsplan mit den Aufgaben, die sie zu erfüllen haben«, stellte Marie fest. »Sonst machen sie unnötige Wege im Haus, manche Dinge werden vergessen, weil die eine meint, die andere hätte das erledigt und …« Marie stockte und atmete tief durch. »Die Kosten für die Neuerungen halten sich im Rahmen. Betten aufschlagen kostet nichts, und die Wäsche machen wir selbst.«

»Von wegen, Strom und Wasser kosten nichts!«, empörte sich Rainulf.

»Selbstverständlich müssen wir etwas investieren, um es den Gästen möglichst angenehm zu machen.« Über den Tisch hinweg sah ihm Marie direkt in die Augen.

Er starrte zurück, wandte den Blick nicht ab. »Wir investieren in Freundlichkeit. Dafür muss auch Zeit da sein«, sagte er schließlich.

»Vielleicht können wir beides machen«, sagte Marie. Sie hatte sich fest vorgenommen, nicht aufzugeben. Die Pension sollte so geführt werden, wie es sich gehörte. Zumindest solange sie auf Juist war.

Rainulf schaute sie fragend an.

»Mit den Leuten reden *und* ihre Handtücher wechseln«, erklärte Marie.

Ihr Vater zuckte mit den Schultern, seine Miene war betont ausdruckslos. »Das mit den Handtüchern lassen wir sein. Und das mit den Servietten auch.«

»Darüber reden wir später noch mal. Aber das Frühstücksbüfett, die kleinen Änderungen beim Mittagessen und die Abendsuppe lassen wir auf jeden Fall so«, sagte Marie nach einer Weile.

»Seit wann haben wir ein Frühstücksbüfett?« Rainulf schaute sie entsetzt an.

»Seit zwei Tagen. Es funktioniert gut, kostet nicht mehr als das, was wir vorher serviert haben, weil wir die Reste von abgepackter Butter, Marmelade und Aufschnitt nicht wegwerfen müssen und die Auswahl bei so relativ wenigen Gästen natürlich nicht sehr groß sein kann. Trotzdem gefällt es den Gästen.«

»Das ist noch nicht heraus«, brummte ihr Vater.

Marie antwortete nicht und begann, die Teller zusammenzustellen.

»Hat denn schon jemand herausgefunden, was mit Frau Beck los ist?«, wechselte Rainulf unvermittelt das Thema. »Gestern Abend lief sie mir in der Halle über den Weg, redete laut mit sich selbst und fuchtelte mit den Händen. Das mit dem großen Tisch, den sie unbedingt für sich allein haben will, und das Doppelzimmer ist auch komisch. Da muss sich jemand drum kümmern.«

»Ich habe ihr neulich Tee für abendliche Strandausflüge angeboten. Sie irrte mit einer Flasche Wein auf der Suche nach ihrem Strandkorb herum und sagte mir, eigentlich würde sie viel lieber Tee trinken.«

»Deine Mutter hätte sich zu ihr in den Strandkorb gesetzt und mit ihr geredet«, sagte Rainulf in vorwurfsvollem Ton.

»Private Kontakte mit dem Personal sind in Hotels auch vonseiten der Gäste normalerweise nicht erwünscht«, versuchte Marie ein weiteres Mal, ihrem Vater die Regeln der gehobenen Hotellerie nahezubringen.

»Du sollst nicht mit ihnen das Bett teilen. Nur reden. Unsere Gäste mögen das, glaube mir. Fang mit Frau Beck an. Versuch herauszufinden, was mit ihr los ist.«

Marie unterdrückte einen Seufzer. Die alte Dame benahm sich wirklich seltsam, machte aber nicht gerade den Eindruck, als würde sie Wert darauf legen, fremden Leuten ihr Herz auszuschütten.

»Ich weiß nicht, ob sie will, dass man sich in ihre Angelegenheit mischt«, gab Marie zu bedenken.

»Deine Mutter hätte es schon längst gemacht. Jeder mochte es, wenn sie sich einmischte.« Rainulf nickte ihr aufmunternd zu wie einer Erstklässlerin, die Angst vor der Schule hatte. Dann lehnte er sich mit einem zufriedenen Lächeln auf seinem Stuhl zurück. »Und jetzt habe ich Hunger. Ich gehe nach unten und sehe mir das neuartige Frühstücksbüfett an.« Er sprang auf, stand einen Moment leicht schwankend neben seinem Stuhl, warf dann energisch den Kopf in den Nacken und marschierte zur Tür.

Marie war sofort ebenfalls auf den Füßen. Sie wollte protestieren, weil er unten natürlich etwas essen würde, das nicht auf Philipps Diätplan stand. Aber für diesen Morgen hatte sie erst einmal genug von den Diskussionen. Auf ein Brötchen mit Konfitüre kam es vielleicht ja nicht an.

»Heute Abend nach dem Essen? Gegen acht Uhr?«, sagte sie deshalb nur. »Für den Anfang reicht eine halbe Stunde, denke ich.«

Die Hand schon auf der Türklinke, wandte ihr Vater sich um. »In der Zeit kommen wir ja kaum an den Strand und zurück.«

»Wenn dir das nicht reicht, können wir auch eine Stunde gehen.« Marie zog die Brauen hoch.

»Im Krankenhaus haben sie gesagt, ich darf mich nicht überanstrengen.«

»Dann bleibt es bei der halben Stunde um acht Uhr«, bestimmte Marie. »Wir gucken aufs Meer und gehen wieder zurück.«

Ihr Vater verließ wortlos das Zimmer.

Während Marie den Tisch abräumte und das Geschirr in die Spülmaschine stellte, dachte sie darüber nach, wer in der seltsamen Unterhaltung eben am ehesten seinen Willen durchgesetzt hatte. Sie war sich nicht ganz sicher, hatte aber fast den Eindruck, es könnte ihr Vater gewesen sein. Und ob er am Abend zum gemeinsamen Spaziergang auftauchen würde, war auch noch nicht klar.

Als sie in die Diele kam, sah sie Frau Beck, wünschte ihr einen guten Morgen, wollte weitergehen und blieb dann doch stehen. Die alte Dame saß in einem der tiefen Sessel und blätterte in einer Zeitschrift. Dabei murmelte sie halb laut vor sich hin. Ab und zu hob sie den Kopf, blickte ins Leere und lächelte. Auf Maries Gruß hatte sie nicht geantwortet.

»Guten Morgen, Frau Beck«, wiederholte Marie mit lauter, klarer Stimme und ging entschlossen auf sie zu.

»Guten Morgen.« Frau Beck warf Marie einen fragenden Blick zu.

»Darf ich mich einen Augenblick zu Ihnen setzen?« Marie deutete auf den leeren Sessel.

Die alte Dame zog die Brauen hoch und schaute sie irritiert an.

»Ich dachte, vielleicht möchten Sie ein wenig Gesellschaft.« Marie kam sich dumm vor. Man setzte sich nicht einfach neben Gäste, schon gar nicht unaufgefordert, auch wenn ihr Vater das wahrscheinlich ganz normal fand und ihre Mutter es tatsächlich getan hatte. Aber Marie war nun einmal nicht ihre Mutter.

Sie wollte sich wortlos abwenden, doch da erinnerte sie sich an ihren Traum. Vielleicht war das hier der Weg, von dem ihre Mutter in diesem Traum gesprochen hatte. Sie konnte es zumindest ausprobieren. Im Grunde war es egal, denn spätestens in zwei Wochen würde sie die Pension und die Insel wieder verlassen und in ihr geordnetes Leben in Hamburg zurückkehren. Ein Leben mit einem Job, in dem es Regeln gab und niemand von ihr erwartete, dass sie nebenbei als Psychotherapeutin arbeitete.

»Kann ich Ihnen irgendwie helfen, Frau Beck?«, fragte sie.

»Haben Sie noch mehr Zeitschriften wie diese? Mehr Politik und Wissenschaft als Klatsch und Tratsch?« Die alte Dame hob die Illustrierte, die sie in der Hand hielt.

»Wenn es nicht allzu aktuell sein muss … ich hole Ihnen gleich noch ein paar ältere Ausgaben. Eigentlich meinte ich, ob Sie … möchten Sie mit jemandem sprechen?«

»Sie wollen sich mit mir unterhalten? Worüber denn?« Frau Beck runzelte die Stirn.

»Ich weiß nicht. Weil Sie eben etwas gesagt haben, dachte ich …« Am liebsten wäre Marie auf der Stelle geflohen, doch sie hatte sich vorgenommen, einen Versuch zu machen, mit der alten Dame zu sprechen und es fortan sein zu lassen, wenn es nicht funktionierte – wovon sie ausging.

»Ich habe vorhin nicht mit Ihnen geredet.« Frau Beck sah sie starr an.

In diesem Moment kam Familie Zimmermann mit lautem Gepolter mit mehreren Koffern und Rucksäcken die Treppe herunter. Marie schnappte nach Luft. Hatten sich die Eltern der beiden Mädchen mittlerweile so sehr zerstritten, dass sie vorzeitig abreisen wollten? Die beiden Erwachsenen wirkten bedrückt, die jüngere Schwester weinte vor sich hin, die ältere war ganz blass.

»Entschuldigen Sie bitte, Frau Beck. Ich bringe Ihnen gleich die Zeitschriften. Erst einmal muss ich …« Marie wandte sich der Familie zu, die nun mitten in der Diele stand.

»Wir müssen sofort abreisen.« Frau Zimmermann schaute Marie unglücklich an.

War dies nun wieder eine Situation, in der sie sich nach Meinung ihres Vaters als perfekte Familientherapeutin hätte betätigen sollen, die nach einem kurzen Gespräch das Problem erkannte, eine perfekte Lösung präsentierte und so dafür sorgte, dass Eltern und Kinder mitsamt ihrem Gepäck glücklich wieder nach oben verschwanden?

Nach der nicht gerade ermutigenden Erfahrung mit Frau Beck dachte sie jedoch nicht daran, einen derartigen Versuch zu unternehmen. Es ging sie nichts an, warum die Leute fluchtartig das Haus verlassen wollten. Für eine solche Situation gab es Regeln. Das hier war eine Pension und keine Einrichtung für Paar-, Familien- oder sonstige Therapien.

»So plötzlich? Das tut mir leid«, sagte sie deshalb nur und trat hinter den kleinen Empfangstresen, um nachzusehen, welcher Betrag noch zu zahlen war.

»Meine Mutter … sie ist gestern Abend ins Krankenhaus eingeliefert worden. Es ist wohl der Blinddarm«, erklärte Frau Zimmermann.

»Das tut mir leid«, wiederholte Marie und schaute in die Schublade, in der die offenen Rechnungen lagen.

»Omi ist krank«, schluchzte das kleinere der Mädchen. Marie erinnerte sich, dass sie Jule hieß.

»Sie wird bestimmt bald wieder gesund. Blinddarm ist nicht so schlimm«, sagte Marie rasch.

»Aber sie wird oparisiert«, weinte Jule weiter. »Das heißt, ihr Bauch wird aufgeschnitten.«

»Wir müssen so schnell wie möglich zurück nach Duisburg«, mischte sich Herr Zimmermann ein. »Um meiner Schwiegermutter die nötigen Sachen ins Krankenhaus zu bringen. Und ihre beiden Katzen sind allein in der Wohnung. Am Telefon klingt es, als würde ihr das mehr Sorgen machen als ihr Blinddarm.«

»Ich will noch nicht nach Hause«, fing nun Anna an zu jammern.

»Omi soll nicht aufgeschnitten werden«, heulte Jule.

»Wir haben es eilig. Die Fähre legt in einer guten halben Stunde ab«, erklärte Frau Zimmermann mit erhobener Stimme, um ihre beiden Töchter zu übertönen.

»Hört auf zu weinen. Nächstes Jahr kommen wir wieder«, wandte ihr Mann sich genervt an die Mädchen, die prompt noch lauter jammerten. Selbst Marie, die nicht sonderlich viel Ahnung im Umgang mit Kindern hatte, begriff, dass es in diesem Alter nicht sonderlich tröstlich war, zu hören, dass man in zwölf Monaten zurückkehren würde.

Sie warf einen nervösen Blick hinüber zu Frau Beck, die sich sicher von dem Tohuwabohu gestört fühlte, doch sie blätterte wieder konzentriert in ihrer Zeitschrift und redete dabei leise vor sich hin, was im allgemeinen Geschrei nur an ihren Mundbewegungen zu erkennen war.

Plötzlich tauchte Susa in der Diele auf.

»Ich will nicht nach Hause fahren.« Schluchzend drückte Anna ihren blonden Kopf gegen Susas weiße Bluse.

»Ist ja gut, meine Süße.« Tröstend strich Susa ihr mit ihren roten, rissigen Händen über die Haare.

Inzwischen hatte Marie die Unterlagen für die beiden Zimmer der Familie gefunden. Die erste Woche des Aufenthalts war vorab bezahlt worden, für die zweite Woche, die gerade angebrochen war, stand das Geld noch aus.

»Dann bekomme ich noch tausendfünfhundertzweiundsiebzig

Euro«, sagte Marie, nachdem sie rasch die Getränke hinzugerechnet hatte, die die Familie zusätzlich bestellt hatte und über die eine getrennte Liste geführt wurde.

»Aber wir dachten …« Frau Zimmermanns Miene wurde noch unglücklicher. »Es ist doch nicht unsere Schuld, dass wir vorzeitig abreisen müssen.«

»Wir kommen seit Annas Geburt jedes Jahr in den *Sandstern*. Man sollte meinen …« Herr Zimmermann schüttelte den Kopf.

»Wir haben einen Beherbergungsvertrag, der besagt…«, setzte Marie an, doch da drängelte sich auch noch ihr Vater in die überfüllte Diele.

»Sie müssen uns vorzeitig verlassen? Wie schade.«

Über die Köpfe der Umstehenden hinweg blickte Marie zu ihrem Vater. Er stützte sich unauffällig gegen den Türrahmen, und seine Schultern fielen ein kleines bisschen nach vorn. Doch sein Gesicht zeigte ein so mitfühlendes, freundliches Lächeln, wie sie es kaum jemals bei ihm gesehen hatte. Um Situationen wie diese hatte sich stets ihre Mutter gekümmert. Nun tat er es, und er machte es auf eine Weise, die Marie erstaunte.

Die Zimmermanns erzählten von der Blinddarmentzündung der Großmutter der beiden Mädchen. Anna und Jule unterlegten ihre Worte mit lautem Gejammer.

»Wir sind wirklich in Eile. Ausgerechnet heute ist schon früh am Vormittag Hochwasser. Die Fähre fährt in einer halben Stunde«, sagte Herr Zimmermann ein weiteres Mal. »Wenn wir die verpassen, müssen wir den Töwerlandexpress nehmen, was erstens teuer ist, und zweitens bekommen wir da wahrscheinlich gar keine Plätze mehr. Und fliegen können wir uns zu viert erst recht nicht leisten. Wir wollen vielleicht im Herbst wenigstens für eine Woche kommen. Dafür muss dann ja auch noch Geld da sein.«

»Ich habe die Rechnung fertiggemacht«, mischte Marie sich ein. »Das können wir ganz schnell erledigen.« Sie legte die vorbereitete Aufstellung neben das Reservierungsbuch auf das kleine Pult.

»Ich bitte dich, Marieke, wir sind hier nicht in einem seelenlosen Hamburger Hotel.« Ihr Vater stieß sich vom Türrahmen ab, drängte sich durch die kleine Menschentraube, nahm die Rechnung, zerknüllte sie zu einem Papierball und stopfte sie in seine Hosentasche.

Sprachlos schaute Marie ihm bei seinem Tun zu. Wusste er denn nicht, dass bei einer so kurzfristigen Abreise der Preis für die gesamte Aufenthaltsdauer fällig wurde? Man konnte während der Hochsaison die beiden Doppelzimmer doch nicht für unbestimmte Zeit ohne Bezahlung leer stehen lassen. Das hatte nichts mit Freundlichkeit oder Mitgefühl zu tun. Vertrag war Vertrag, und Geschäft war Geschäft. Niemand hatte etwas davon, wenn am Ende der *Sandstern* Konkurs anmelden musste.

»Und jetzt macht, dass ihr loskommt. Die Fähre wartet nicht. Alles Gute für Ihre Mutter, Frau Zimmermann. Wir sehen uns bald wieder.« Als ihr Vater sich an ihr vorbeidrängte, um im Fach unter dem Stehpult herumzukramen, trat Marie wortlos zur Seite. Sie sah zu, wie er zwei knallrote Lollis aus einer großen Blechdose nahm und jedem der Mädchen eines gab. »Zum Trost und als Wegzehrung.«

Jule kicherte, obwohl ihr immer noch Tränen in den Augen standen. »Das sagst du immer, Opa Janssen. Das mit der Wegzehrung.«

Auch Annas Kummer schien durch den Lutscher erheblich kleiner geworden zu sein. Sie riss die Folie ab und schob sich die runde Zuckerkugel in den Mund.

»Schmeckt nach Himbeere. Und Kirsche«, verkündete sie undeutlich, während sie ihren Eltern, die jeder einen großen Trolley hinter sich herzogen, zur Tür folgte.

»Wenn die Oma oparisiert wird, ist sie dann hinterher ein Opa? So wie Opa Janssen?«, hörten sie Jule noch fragen, dann fiel die Tür ins Schloss, und Familie Zimmermann war fort.

Marie unterdrückte einen Seufzer und wandte sich ihrem Vater zu. »Das war wirtschaftlich betrachtet nicht sehr klug«, erklärte sie mit gesenkter Stimme und einem Seitenblick hinüber zu Frau Beck, die immer noch vor sich hin murmelte, als hätte sie den Menschenauflauf nicht bemerkt. Susa war wieder im Speisesaal verschwunden.

»In solchen Momenten spielt das keine Rolle«, sagte Rainulf, und als er sie ansah, waren seine sonst hellblauen Augen deutlich dunkler als sonst. »Die Zimmermanns sind Stammgäste. Sie sind nette Leute, und sie sparen das ganze Jahr auf ihren Urlaub.«

»Das Geld steht uns zu«, flüsterte Marie.

»Noch gehört der *Sandstern* allein mir«, berichtigte ihr Vater sie. »Hast du nicht immer gesagt, du willst ihn nicht?«

Marie biss sich auf die Lippe. »Ich will dir deine Pension nicht wegnehmen, da kannst du ganz sicher sein.« Starr erwiderte sie seinen Blick und hoffte, dass ihre Augen ebenso funkelten wie seine.

»Dann ist ja gut.« Misstrauisch kniff er die Lider zusammen. »Das Geld für den restlichen Aufenthalt der Zimmermanns steht mir vielleicht zu, aber in diesem Fall will ich es nicht. Ich will, dass die Familie, die sowieso genug Kummer hat, wenn die Oma der Kinder im Krankenhaus liegt, gern zu uns zurückkommt. Vielleicht bleiben sie dann eine Woche länger. Aber das spielt keine Rolle.«

»Allerdings spielt das keine Rolle«, stimmte Marie ihm zu und vergaß, leise zu sprechen. »Die Zimmermanns haben schulpflichtige Kinder und kommen deshalb nur in der Hauptsaison, da sind wir … da ist die Pension sowieso ausgebucht, auch ohne deren Mitwirkung.«

»Sie gehören quasi zur Familie«, stellte Rainulf fest. »Nicht zu unserer wirklichen Familie, aber zur Pensionsfamilie.«

»Pensionsfamilie?« Sie starrte ihn verblüfft an.

Er nickte. »So hat deine Mutter es immer genannt.«

»Ach so.« Sie senkte den Kopf und sah hinunter auf die aufgeschlagene Seite des Reservierungsbuchs. »Von dem Geld, das du den Zimmermanns geschenkt hast, hätten wir einen Laptop anschaffen und anstelle des Buchs hier vorn ein Buchungsprogramm benutzen können. Das macht vieles einfacher. Es gibt weniger Fehler, man kann aus dem Programm heraus die Reservierungsbestätigungen und die Rechnungen ausdrucken und …«

Ihr Vater schüttelte den Kopf. Eine Antwort hielt er nicht für nötig.

»Es ist wirklich praktisch, und heutzutage gibt es kaum noch Hotels, die kein solches Programm benutzen.« Marie hörte selbst, dass ihre Stimme mit jedem Wort ein bisschen leiser wurde.

»Das hier ist eine *Familienpension.*« Sein Lächeln war harmlos, doch ihr war klar, dass eiserne Entschlossenheit dahintersteckte.

»Ich denke nicht dran, auf einem Computer herumzutippen, wenn ich genauso gut einfach einen Stift nehmen und etwas in mein Buch eintragen kann.«

Marie seufzte und klappte das Reservierungsbuch zu.

»Darf ich mich für einen Moment zu Ihnen setzen, Frau Beck? Ich dachte, wir können einen kleinen Plausch halten.«

Marie wandte überrascht den Kopf. Ihr Vater hatte sie einfach stehen lassen und war hinüber zu Frau Beck gegangen, die zu Maries Erstaunen seine Frage mit einem Nicken und einem Lächeln beantwortete.

»Gern. In diesen Zeitschriften steht ja doch immer das Gleiche, nicht wahr?«

»Das ist wohl so.« Mit einem leisen Ächzen ließ ihr Vater sich in den zweiten Sessel vor dem kalten Kamin sinken.

Sekundenlang stand Marie da und sah ihn an. Wenn er mit den Gästen redete, schien er plötzlich ein ganz anderer Mensch zu sein als der, der mit ihr sprach.

Ein Ruck ging durch ihren Körper, sie murmelte etwas davon, dass sie dringend eine Besorgung machen müsse, und stürzte durch die Haustür nach draußen. Ob ihrem Vater ihr eiliger Abgang überhaupt aufgefallen war, wusste sie nicht.

11. Kapitel

»Der wird riesig«, stellte Sina Martens fest und umklammerte mit beiden Händen die Stiele der Blumen, die Marie für ihren Strauß ausgesucht hatte. »Für wen soll der denn sein?«

Marie presste die Lippen zusammen. In Hamburg hätte sie zehn Trauerkränze und zwanzig Blumensträuße kaufen können, ohne dass es jemanden gekümmert hätte, was sie damit vorhatte. Aber hier auf der Insel glaubte jeder, sich in alles einmischen zu dürfen.

»Ich nehme noch ein bisschen Schleierkraut dazu, und ein paar von den rosa Rosen.« Sie tat, als hätte sie Sinas Frage nicht gehört, und deutete auf die entsprechenden Blüten.

»Hat jemand Geburtstag?«, fragte Sina unverdrossen weiter. Sie war in der Inselschule zwei Klassen über Marie gewesen. Aber das war nicht der Grund für ihre Ansicht, sie hätte ein Anrecht auf Informationen aus Maries Leben. Sie glaubte es, weil sie beide auf Juist aufgewachsen waren.

»Nein«, antwortete Marie. »Ich habe leider mein Geld vergessen. Kann ich heute Nachmittag zum Bezahlen kommen?«

»Soll der Strauß nicht auf die Rechnung für die Pension?« Über die bunten Blumen hinweg musterte Sina sie skeptisch. Offenbar war sie noch nicht bereit, ihr Verhör zu beenden.

»Nein.« Marie lächelte unverdrossen weiter. Es mochte sein, dass die Leute auf dieser Insel hartnäckig waren, wenn es darum ging, alles über ihre Mitmenschen herauszufinden. Sie jedoch war als Großstädterin mindestens ebenso beharrlich bei der Verteidigung ihrer Privatsphäre.

»Da wird sich ja jemand freuen. Ganz ohne Geburtstag. Vielleicht der Papa? Ich habe gehört, dass er aus dem Krankenhaus zurück ist. Es geht ihm doch hoffentlich gut?«

»Ja. Ich glaube, das sind genug.«

Sekundenlang starrte Sina sie verwirrt an, dann nickte sie.

»Ja … natürlich. Dann binde ich sie jetzt. Du willst den Strauß gleich mitnehmen?«

»Ja bitte.« Vom unmotivierten Lächeln tat Marie schon das Gesicht weh, aber sie zog weiterhin entschlossen die Mundwinkel hoch.

»Dann dauert es jetzt einen Augenblick.«

»Ich warte.« Marie trat ein paar Schritte zurück und tat, als würde sie sich für die beiden kleinen Palmen interessieren, die in der Nähe der Tür standen.

Endlich war das Bouquet fertig, und Sina legte es wie einen neugeborenen Säugling in Maries Arme. »Dann wünsche ich dem oder der Beschenkten viel Freude daran.«

Wieder schaute sie Marie erwartungsvoll an, und wieder lächelte Marie harmlos.

»Lass dir mit der Bezahlung Zeit. Morgen oder übermorgen reicht.«

»Danke. Ich komme so bald wie möglich.« Marie bückte sich nach den Tragetaschen, die sie neben ihren Füßen abgestellt hatte, und wollte die Flucht antreten. Sie schaffte aber nur den halben Weg bis zur Tür.

»Du hast in Silkes Boutique aber ordentlich zugeschlagen«, stellte Sina mit einem Blick auf das Ergebnis von Maries Shoppingtour fest. »Hätt ich nicht gedacht, dass eine Hamburgerin sich hier bei uns neu einkleidet. Aber es stimmt schon, dass Silke schicke Sachen hat. Sind aber auch nicht billig. Obwohl … wenn man die Hamburger Preise gewohnt ist …«

»Mhm«, machte Marie und wollte ihren Weg zur Tür fortsetzen. So leicht machte Sina es ihr aber nicht.

»Was hast du denn gekauft? Das interessiert mich irgendwie. Gerade weil du aus Hamburg kommst und da die tollsten Klamotten kaufen kannst.«

»Nichts Besonderes. Jeans, ein paar T-Shirts und etwas Unterwäsche. Ich brauche ein paar zusätzliche Sachen zum Wechseln, weil ich ursprünglich nur zwei oder drei Tage bleiben wollte.« Bevor Sina sie in eine Diskussion über die Gründe für ihren verlängerten Aufenthalt verwickeln konnte, eilte Marie zum Ausgang, riss die Glastür auf und stürmte ins Freie.

Auf dem Weg durch den Ort wurde sie genau sechs Mal einem Verhör unterzogen, für wen dieser *herrliche Blumenstrauß* bestimmt wäre und ob denn jemand Geburtstag hätte. Auch die Tragetaschen aus der Boutique erregten ein gewisses Aufsehen, aber Marie verweigerte mit jeder weiteren Begegnung immer gekonnter die Aussage, wie sie selbst fand.

Endlich stand Marie vor Neles Tür. Sie zögerte, bevor sie anklopfte, doch nun gab es kein Zurück mehr. Schon allein wegen der Blumen nicht, die sie auf gar keinen Fall noch einmal quer über die Insel spazieren tragen würde.

Das Geräusch ihrer Fingerknöchel auf dem blau lackierten Holz hallte durchs Haus, doch nichts geschah.

Marie klopfte ein zweites Mal und wartete, während sie unruhig auf den Fußspitzen wippte. In diesem Moment vermisste sie ihre hochhackigen Pumps. Aus irgendeinem Grund fühlte sie sich in diesen Schuhen sicherer als in den alten Sneakers. Standfester war sie sicher in den flachen Schuhen – aber auch viel kleiner und irgendwie angreifbarer.

Sie zögerte, denn es widerstrebte ihr, die Klingel zu benutzen. Weil sie sich dann noch mehr als Fremde fühlen würde, als nicht eingeladene Bittstellerin. Wenn sie Nele früher zu Hause besucht hatte, war sie nach kurzem Anklopfen einfach eingetreten, wie es alle Inselbewohner bei ihren Freunden und Nachbarn taten. Tagsüber war ohnehin nicht abgeschlossen.

Nele und ihr Mann Bengt lebten mit den beiden Kindern in dem Haus, in dem Bengt aufgewachsen war. Seine Eltern hatten es dem jungen Paar nach der Hochzeit überlassen und den gemauerten Pavillon im Garten zu einer winzigen Zweizimmerwohnung ausgebaut.

Auf diese Weise blieb auch Nele neben ihrem Teilzeitjob im Fremdenverkehrsbüro die Möglichkeit, Zimmer zu vermieten, wie es fast alle Hausbesitzer auf Juist taten.

Nele lebte das Leben, das Marie nie gewollt hatte. Bei diesem Gedanken presste Marie den Blumenstrauß fester an ihre Brust. Sie lauschte angespannt ins Innere des Hauses, doch drinnen blieb alles still. Nun drückte Marie doch den Klingelknopf und zuckte zusammen, als sie durch die Tür das schrille Geräusch hörte, das sie damit ausgelöst hatte.

»Für wen sind denn die vielen Blumen?«

Erschrocken fuhr Marie herum und ließ prompt ihren Strauß fallen, als sie das kleine Mädchen mit dem dicken Verband um den rechten Arm sah.

»Lilly! Bist du schon wieder irgendwo runtergefallen?« Neles jüngere Tochter schien tatsächlich eine überaus eifrige Patientin des Inselarztes zu sein.

Lilly kicherte. »Doktor Philipp hat gesagt, das ist der dickste Verband, den er seit ganz langer Zeit gewickelt hat.« Stolz reckte das kleine Mädchen den bandagierten Arm vor. Das Weiß der Binde bildete einen starken Kontrast zur gebräunten Haut des Kindes.

»Was ist denn passiert?«, erkundigte sich Marie erschrocken.

»Das ist ein Geheimnis zwischen dem Doktor und mir.« Fröhlich hüpfte Lilly auf dem Plattenweg vor dem Haus hin und her.

»Na, deine Mutter wird doch wohl auch wissen, wie und wo du dich verletzt hast.«

»Kann sein«, erwiderte Lilly geheimnisvoll und fügte hinzu: »Die anderen Kinder waren ganz neidisch, als sie das gesehen haben.« Lilly blieb vor Marie stehen, reckte den verletzten Arm in die Höhe und hüpfte wieder zur Pforte.

»Toll«, sagte Marie mit gerunzelter Stirn.

»Ist deine Mama zu Hause?«, erkundigte sie sich, nachdem sie ihren Strauß wieder aufgesammelt und sich überzeugt hatte, dass den Blumen nicht viel passiert war. Das Schleierkraut wirkte ein bisschen zerdrückt, aber sie konnte es so zurechtzupfen, dass alles wieder ordentlich aussah.

»Nö, die ist bei der Arbeit.« Mit einem großen Sprung landete Lilly wieder direkt vor Marie. »Mama hat aber nicht Geburtstag. Oma auch nicht. Die ist da.«

»Deine Oma kann mir nicht weiterhelfen. Und dass deine Mama heute nicht Geburtstag hat, weiß ich. Wir waren mal beste Freundinnen.«

»Ich glaube, Mama mag dich gar nicht.« Nachdenklich legte Lilly den Zeigefinger an die Lippen.

»Ich habe etwas gesagt, was nicht nett war. Und ich will mich entschuldigen.« Warum erzählte sie das einem kleinen Mädchen? Vielleicht weil Neles Tochter im Gegensatz zu ihrer Mutter bereit war, mit ihr zu reden.

»Was hast du denn gesagt?« Lilly wartete die Antwort nicht ab. Sie hüpfte schon wieder zur Pforte.

»Etwas sehr Dummes.«

»Aber du bist doch die Frau vom Doktor. Der ist klug, da kannst du doch gar nicht so dumm sein. Das würde ihm sonst nicht gefallen, und er hätte dich nicht geheiratet.« Mitten auf dem Weg blieb Lilly stehen und musterte Marie aufmerksam, als wolle sie ihre Intelligenz überprüfen.

»Ich bin nicht die Frau vom Doktor«, sagte Marie entsetzt. »Wie kommst du denn darauf?«

»Der Doktor kommt aus einer großen Stadt und du auch. Außerdem hab ich gesehen, dass ihr euch so komisch angeguckt habt wie Schneewittchen und der Prinz in dem Film, den wir neulich gesehen haben. Die haben erst so geguckt, und dann haben sie sich geküsst. So.« Um zu verdeutlichen, wie man sich diesen Kuss vorzustellen hatte, spitzte Lilly die Lippen und kniff die Lider zusammen.

»Da hast du dich getäuscht«, sagte Marie streng.

»Nö«, behauptete Lilly, die sich offenbar nach einem Disney-Film für eine Expertin in Liebesdingen hielt.

»Hallo, Lilly. Na, wie hat den anderen Kindern dein Verband gefallen?«

Als sie von der Straße her die tiefe Männerstimme hörte, riss Marie entsetzt den Kopf herum. Auf dieser Insel konnte man keinen Schritt gehen, ohne über den Arzt zu stolpern, so viel stand fest. Sie hoffte inständig, dass er von ihrer seltsamen Unterhaltung mit Neles Tochter nichts mitbekommen hatte.

»Klasse«, antwortete Lilly und grinste übers ganze Gesicht.

»Und was war das eben mit Schneewittchen und dem Prinzen?«, erkundigte sich Philipp, der mit seiner großen Ledertasche in der Hand in der offenen Pforte stehen geblieben war und Marie zur Begrüßung zugenickt hatte.

Sie nickte steif zurück und hielt die Luft an.

»Die gucken sich erst so an.« Lilly riss beide Augen weit auf. »Und dann küssen sie sich.« Wieder wurde das Mündchen gespitzt.

»Aha«, machte Philipp, während sein Blick in Maries Richtung wanderte. Er sah sie kurz und intensiv an und wandte sich dann wieder dem kecken Mädchen zu. »Gut zu wissen.«

»Genau wie du und Marie«, fuhr Lilly fröhlich fort.

Marie zuckte heftig zusammen, während Philipp nur erstaunt guckte. »Wir haben uns nicht geküsst«, stellte er dann gelassen richtig.

»Genau«, stimmte Marie weniger gelassen zu.

»Aber ihr habt geguckt wie Leute, die sich gleich küssen wollen.« Lilly legte den Kopf in den Nacken und ließ ihren Blick prüfend zwischen Marie und Philipp hin und her wandern.

»Tatsächlich?« Er lachte amüsiert.

»Auf keinen Fall wird das passieren!«, sagte Marie im selben Moment und ärgerte sich sofort über ihre viel zu heftige Reaktion.

»Doch, weil ihr doch wie Schneewittchen und …«

Marie wedelte mit ihrem riesigen Blumenstrauß durch die Luft und hielt ihn Lilly so dicht vors Gesicht, dass das Kind nicht weiterreden konnte, wenn es die Blumen nicht verschlucken wollte. »Gibst du den bitte deiner Mutter, Lilly? Und sag ihr, ich möchte mich entschuldigen. Kannst du dir das merken?«

»Nö.«

»Ich habe dir doch erzählt, dass ich etwas Dummes gesagt habe. Dafür möchte ich mich mit den Blumen entschuldigen«, erklärte Marie verzweifelt.

»Nö, ich kann den Strauß nicht nehmen, weil Mama keine Blumen aus dem Laden mag. Sie stellt nur welche aus unserem Garten ins Haus«, sagte Lilly mit wichtiger Miene und wippte auf den Zehenspitzen, um über den Riesenstrauß hinweg Marie ansehen zu können.

»Oh«, machte die und zog den Arm mit den Blumen zurück. »Dann grüß sie bitte von mir, und sag ihr, dass ich hier war.«

»Hm«, machte Lilly, winkte, drückte die Klinke der Haustür hinunter und verschwand in der Diele.

Verblüfft sah Marie ihr hinterher. Dann legte sie die schon leicht ramponierten Blumen auf den gemauerten Pfeiler neben der offenen Gartenpforte.

»Glaubst du, Nele nimmt sie mit ins Haus, wenn sie kommt?«, fragte Philipp interessiert.

Marie zuckte mit den Schultern. Tatsächlich war es ihr egal. Solange Nele nicht bereit war, ihr zuzuhören, würde jeder noch so große Blumenstrauß ihre Freundschaft nicht kitten, so viel stand fest.

»Schade um die schönen Blumen«, sagte Philipp. »Und schade, dass du keine Gelegenheit hattest, dich bei Nele zu entschuldigen.«

Marie winkte ab. »Ich kann morgen und übermorgen und jeden weiteren Tag einen Versuch machen, mich zu entschuldigen. Ob sie mir zuhört … na ja.«

Plötzlich verschwamm Philipps Bild vor ihren Augen, und sie senkte hastig den Kopf. Es hatte noch gefehlt, dass er sie wegen dieser alten Geschichte weinen sah.

Zu spät. Er hielt ihr ein Päckchen mit Papiertaschentüchern hin, denn er hätte blind sein müssen, um zu übersehen, dass ihr mittlerweile die Tränen in Strömen über die Wangen liefen.

Hastig griff sie nach den Taschentüchern, fummelte eines heraus und wischte sich damit über das feuchte Gesicht. Dann warf sie den Kopf in den Nacken, kniff die Augen zusammen, damit sie nicht wieder überliefen, und sah Philipp streng an. »Das erzählst du nicht rum, oder? Ärztliche Schweigepflicht.«

»Das habe ich nicht als Arzt gesehen. Schließlich bist du nicht meine Patientin.« Er grinste, aber aus irgendeinem Grund glaubte sie, dass er nicht der Typ war, der auf der Insel herumlief und allen erzählte, er hätte Marie weinen sehen.

Sie wechselte das Thema: »Ist Lilly schon wieder vom Klettergerüst gefallen? Ich meine wegen ihres dicken Verbands.«

Er lachte laut. »Ärztliche Schweigepflicht. Schon vergessen?«

»Entschuldigung«, murmelte sie.

Er lachte erneut. »Vielleicht muss ich in diesem Fall nicht so streng sein. Es geht gar nicht um eine Krankheit. Weil sie immer so stolz auf ihre Verbände ist, habe ich ihr einfach einen richtig dicken um den gesunden Arm gemacht. Sie hat gesagt, jetzt muss sie aufpassen, dass der Verband schön weiß bleibt. Kann sein, dass sie nun nicht mehr überall rumklettert und runterfällt.«

»Das könnte funktionieren«, stellte Marie lächelnd fest und betrachtete ihn heimlich von der Seite. Im Gegensatz zu den abendlichen Spaziergängen für ihren Vater war das mit Lillys Verband eine gute Idee gewesen.

»Du siehst blass aus«, stellte er fest. »Und du hast geweint.«

»Das ist eine Allergie. Mir tränen nur die Augen«, behauptete sie und wandte ihr Gesicht ab. *Und außerdem geht dich das nichts an.*

»Du bist traurig, und du bist gestresst«, stellte er fest.

»Mir geht es gut. Und wie geht es Emma?«

»Das verwöhnte Ding frisst nur Fischabfälle von Pauls Imbiss. Und auch nur, wenn ich sie dazu überrede. Seltsamerweise hat sie den Fisch von dir viel williger angenommen. Aber sie hüpft munter herum. Hast du Lust, sie zu besuchen? Wir müssen vorher allerdings bei Paul vorbeischauen und Fisch holen.«

Marie nickte. Seit sie die Möwe in ein grünes T-Shirt gewickelt am Meer entlanggetragen und zu ihrer ersten Fischmahlzeit bewegt hatte, fühlte sie sich für Emma verantwortlich.

Einträchtig ging sie neben Philipp in Richtung Strandstraße. Die Mittagszeit nahte, und vor Pauls Imbiss drängten sich bereits die Touristen. Als Paul Marie und Philipp sah, winkte er ihnen kurz zu, unterbrach seine Arbeit aber nicht. Sie stellten sich seitlich neben die Glasfront der Fischbude und warteten. Der herrliche Duft nach Backfisch umwehte sie, und prompt knurrte unüberhörbar Maries Magen.

Philipp grinste sie an. »Hunger? Oder nur Appetit auf Pauls Fisch?«

»Ich fürchte, es ist Hunger. Das Frühstück mit meinem Vater war etwas … diskussionslastig. Ich habe dir gesagt, dass Gespräche zwischen uns, na ja …« Sie sah ihn vorwurfsvoll an.

Er lachte leise. »Ich habe nie gesagt, dass ihr eure Probleme während der Mahlzeiten klären sollt. Das ist weder dem Appetit noch der Verdauung zuträglich.«

»Ach? Glaubst du, ich habe den ganzen Tag Zeit?« Marie rollte mit den Augen.

»Vorschlag zur Güte«, sagte er, und es entging ihr nicht, dass seine Mundwinkel immer noch amüsiert zuckten. Was sie wütend machte. Jemand, der sich ständig in die Privatangelegenheiten anderer Leute einmischte und es dann auch noch lustig fand, wenn es Probleme gab, war zweifellos ein ziemliches Ärgernis.

»Heute Nachmittag ist die Praxis geschlossen, und ich habe vorhin eingekauft, um mir etwas zu kochen. Du bist eingeladen. Offenbar bin ich deiner Meinung nach schuld, dass du heute nicht ordentlich gefrühstückt hast.«

»Ich esse ein Fischbrötchen«, sagte sie steif und wich seinem Blick aus.

»Pauls Fisch ist toll, aber ein Brötchen kannst du dir hier jeden Tag holen. Wenn du meine Einladung ausschlägst, entgeht dir was.«

Nun war sie es, die lachte, und sie gab sich keine Mühe, es leise zu tun. »Du glaubst also, dein Essen schmeckt besser als Pauls Fischbrötchen? Ernsthaft?«

»Zumindest kann meine Kocherei es damit aufnehmen, behaupte ich. Außerdem kann man nicht jeden Tag Fischbrötchen essen.«

»Männer machen meistens einen riesigen Aufstand daraus, wenn sie mal ein richtiges Essen kochen. Und Spaghetti mit Tomatensoße verkaufen sie als kulinarisches Meisterwerk.« Marie schaute ihn herausfordernd an. Natürlich wusste sie, dass es genügend Männer gab, die gut kochten, aber es bereitete ihr Freude, Philipp zu ärgern.

Nur ärgerte er sich nicht. Im Gegenteil – er grinste breit. »Die Einladung steht. Wenn du wirklich lieber ein Fischbrötchen möchtest, bin ich dir auch nicht böse.«

»Okay«, sagte sie gnädig, weil sie langsam neugierig wurde.

»Was heißt okay? Nimmst du die Einladung an?« Sein Grinsen wurde womöglich noch breiter. So einfach wollte er sie offenbar nicht davonkommen lassen.

Sie nickte stumm und wandte den Blick ab.

Mittlerweile hatte Paul seine Gäste bedient, die sich nun an den Stehtischen vor seinem Imbiss über den duftenden Fisch hermachten.

»Wie geht es Emma denn?« Mit seiner gebräunten Hand reichte Paul den vorbereiteten Behälter über den Tresen.

»Die gedeiht prächtig. Bleibt ihr ja nichts anderes übrig, bei dem tollen Fisch, den sie jeden Tag bekommt.«

Verblüfft stellte Marie fest, dass Philipp von Paul wie einer von ihnen behandelt wurde. Was erstaunlich war, denn auf der Insel sagte man, dass Zugezogene auch nach zwanzig Jahren noch Fremde waren. Sie waren nicht auf Juist aufgewachsen, und das konnte man nicht nachholen.

Sie beobachtete, wie Philipp ganz nebenbei einen Geldschein in den Sammelbehälter schob, auf dem *Gesellschaft zur Rettung Schiffbrüchiger* zu lesen war und der neben der Kasse stand.

Zum Abschied zwinkerte Paul erst Marie, dann Philipp zu. »Euch zwei Hübschen noch einen schönen Tag.«

Hastig wollte Marie verkünden, dass sie mitnichten vorhatten, den ganzen restlichen Tag gemeinsam zu verbringen, aber Paul hatte sich schon dem älteren Paar zugewandt, das zwei Mal Backfisch mit Pommes frites bestellte.

»Er denkt doch nicht etwa, wir beiden …«, sagte sie zu Philipp. Doch der stand gar nicht mehr neben ihr, sondern hatte sich schon in Bewegung gesetzt, sodass sie sich beeilen musste mitzukommen.

Wie alle Wege auf Juist war auch der, den sie von Pauls Imbiss zu Philipps Haus zurückzulegen hatten, nicht weit. Kaum fünf Minuten später ging Marie neben ihm durch den kleinen Garten, um die Hausecke herum zur Rückseite des Häuschens.

Als hätte Emma ungeduldig auf sie gewartet, begann sie in dem Augenblick, in dem Marie die Voliere sehen konnte und Emma wahrscheinlich sie, ihre klagenden Möwenschreie auszustoßen.

»Sie hat Hunger«, stellte Philipp fest und machte damit Maries spontanes Gefühl zunichte, der Vogel hätte sie erkannt und begrüßt.

»Willst du sie füttern?« Er hielt ihr den Behälter mit dem Fisch hin. »Sie liebt Gesellschaft beim Essen. Sicher fühlt sie sich einsam. Ich sitze hier draußen, sooft ich kann. Obwohl ich nicht glaube, dass ich einen Möwenschwarm ersetzen kann. Sie ruft nach ihren Freunden, sogar wenn ich bei ihr bin.«

»Gib her, ich setze mich zu ihr.« Marie nahm die Schachtel entgegen und zog den Deckel ab.

Die Möwe meldete sich mit einem weiteren Schrei, und als Marie den Kopf wandte, marschierte Emma über den mit Sand bestreuten Boden des Käfigs in Richtung Tür. Dabei streckte sie den gesunden Flügel zur Seite, als wolle sie damit das Gleichgewicht halten. Der gebrochene Flügel war mit Fixierpflaster immer noch am Körper befestigt.

»Mittlerweile kennt sie die Schachtel mit dem Fisch«, erklärte Philipp amüsiert. »Viel Spaß. Ich gehe schon mal rein und kümmere mich um das Essen.«

Marie nickte, hockte sich vor die Voliere und zog den Eisenstab heraus, mit dem die Tür verschlossen war.

»Vorsicht.« Philipp wandte sich noch einmal um. »Sie ist schon sehr gut zu Fuß. Du musst aufpassen, dass sie nicht einfach durch die Tür nach draußen marschiert. Sie dann wieder einzufangen könnte schwierig werden. Und mit dem gebrochenen Flügel würde sie in Freiheit nicht lange überleben.«

»Ich passe auf.« Für wie dumm hielt er sie? Marie nickte in seine Richtung, doch er war schon im Haus verschwunden. Die Tür ließ er hinter sich offen.

Als Marie sich wieder der Voliere zuwandte, saß Emma in der Öffnung der Gittertür und betrachtete die Schachtel, die vor dem Käfig im Gras stand.

Marie stieß einen unterdrückten Schrei aus, woraufhin die Möwe in aller Seelenruhe über den Rasen zum Fischbehälter spazierte und mit dem spitzen Schnabel auf den Deckel hackte.

»Philipp?«, rief Marie mit gesenkter Stimme, um die Möwe nicht zu erschrecken.

Aus der Küche war zu hören, wie Philipp herumhantierte. Wahrscheinlich hatte ihn ihr leises Rufen nicht erreicht. Zu zweit wäre es viel leichter gewesen, Emma einzufangen. Sie konnte zwar nicht fliegen, aber zu Fuß kam sie recht flott voran.

Im Grunde war es besser, wenn sie allein dafür sorgte, dass der Vogel wieder in die Voliere ging. Philipp musste von ihrer Unachtsamkeit nichts wissen. Erst recht nicht nach der Bemerkung, die er vor einer Minute gemacht hatte.

Vorsichtig bewegte sie sich auf Emma zu, die inzwischen schon einige Löcher in den Pappdeckel der Schachtel gebohrt hatte. Sie beugte sich über die Möwe und streckte die Hände vor, um sie von oben zu packen, zögerte dann aber. Wenn sie Emma erschreckte oder es ihr nicht gelang, sie richtig festzuhalten, würde sie möglicherweise ihren anderen Flügel auch noch verletzen.

Kurz entschlossen knöpfte Marie ihre Bluse auf und streifte sie ab. In dem Moment, in dem sie den leichten Baumwollstoff in den Händen hielt und sich bereitmachte, ihn über den Vogel zu werfen, bemerkte Emma, was vorging. Eilig hüpfte sie zur Seite. Leider in die falsche Richtung, weg vom Käfig, näher zum Haus.

Mitten auf dem Rasenstück blieb der große weiße Vogel sitzen und beobachtete Marie aufmerksam. Erinnerte die Möwe sich daran, was ihr das letzte Mal passiert war, als jemand mit einem Stück Stoff in ihrer Nähe herumgefuchtelt hatte?

Marie versteckte die Bluse hinter ihrem Rücken. Dann bückte sie sich hastig nach der ramponierten Schachtel, hob sie auf und nahm den durchlöcherten Deckel ab. Sie legte sich die Bluse wie einen Schal um den Nacken, um sie griffbereit zu haben, angelte mit spitzen Fingern ein Stückchen rohen Fisch aus der Schachtel und warf es der Möwe hin. Emma pickte es eilig auf, ließ dabei Marie jedoch nicht aus den kreisrunden dunklen Augen.

Marie streute eine Spur aus Fisch zur Käfigtür, die sie weit öffnete. Zwei Stückchen warf sie auf den Sandboden der Voliere.

Emma schaute sich ihr Tun aufmerksam an, dann marschierte sie zum nächsten Happen und verschlang ihn. Auch das zweite und dritte Fischstück fraß sie, dann stand sie fast direkt vor der Käfigtür, machte aber keine Anstalten hineinzuhüpfen, um sich die Stücke zu holen, die drinnen lagen. Emma war schlau. Und sie hatte offenbar keine Lust mehr, den ganzen Tag in der Voliere zu hocken.

Verzweifelt schaute Marie hinüber zur offenen Hintertür des Hauses. Sie brauchte Hilfe, aber sie wollte immer noch nicht laut nach Philipp rufen. Wenn sie der Möwe Angst machte, musste sie befürchten, dass sie eiligen Schrittes das Weite suchte. Marie konnte aber auch nicht ins Haus gehen, um ihn zu holen, denn sie musste Emma im Auge behalten. Wenn der Vogel aus dem Garten verschwand, würden sie ihn vielleicht nicht wiederfinden, und Emma musste qualvoll sterben.

Marie ließ ein Fischstück direkt vor ihre Füße fallen. Vielleicht konnte sie die Möwe ja doch mithilfe der Bluse einfangen.

Emma beäugte den Happen im Gras, kam ein kleines Stück näher, dachte aber nicht daran, sich Marie so weit zu nähern, dass sie sie einfangen konnte. Da das schlaue Tier sich auch weigerte, in den Käfig zu gehen, um sich von dort das Futter zu holen, sah Marie nur eine Lösung.

Sie legte aus den restlichen Fischstückchen eine Spur zur offenen Hintertür und weiter über die Schwelle bis in den kleinen Vorraum, von dem aus es in die Küche ging, wie sie wusste.

Eifrig marschierte Emma über das Gras und sammelte einen Happen nach dem anderen auf. Die Türschwelle schien sie nicht zu stören. Sie hüpfte darüber, verschlang den Fisch, der direkt dahinter lag, und tippelte eifrig durch den kleinen Raum, um die übrigen Stückchen einzusammeln.

Marie folgte ihr eilig ins Haus und zog die Tür hinter sich ins Schloss.

»Gefangen!«, verkündete sie triumphierend, doch Emma schien es nicht zu kümmern, dass der Rückweg in die Freiheit des Gartens abgeschnitten war. Munter lief sie herum und suchte nach weiteren Happen. Es gab jedoch keine mehr.

Marie umkurvte den Vogel, stürzte in die Küche und schloss auch diese Tür hinter sich.

Philipp stand mit dem Rücken zu ihr und stellte gerade eine tiefe Pfanne auf den Herd.

»Emma«, sagte sie. »Ich habe sie eingefangen. Sie ist im Vorraum gleich hinter dieser Tür.« Sie deutete hinter sich.

Er drehte sich um und betrachtete sie interessiert. »Was macht Emma hier im Haus? Und wieso hast du keine Bluse an?«

Erst in diesem Moment fiel Marie ein, dass sie in ihrem Eifer, die Möwe über die Hausschwelle zu locken, ihre Bluse ins Gras hatte fallen lassen. Sie trug zu ihrer dunklen Stoffhose nur noch einen BH. Einen schwarzen Spitzen-BH, weil Gerit auf schwarze, fast durchsichtige Dessous stand und sie deshalb alles, was in Richtung »vernünftige Unterwäsche« ging, in die Kleidersammlung gegeben hatte.

Maries Hände fuhren durch die Luft, doch sie ließ auf halbem Weg die Arme wieder fallen, anstatt sie vor der Brust zu verschränken. Schließlich war sie keine verklemmte Inselpomeranze, und viel mehr als im Bikini zeigte sie ihm in diesem Aufzug auch nicht. Außerdem sah Philipp sie nicht zum ersten Mal oben nur mit dem BH. Mit ihrer hübschen Blümchenbluse hatte er sich am Strand den Fuß verbunden. Damals hatte sie zwar gleich ihre Jacke übergezogen, aber sei's drum.

Sie warf den Kopf in den Nacken und schaute ihn quer durch die Küche direkt an. Kein verschämtes Senken des Blickes, das kam nicht infrage. »Mit der Bluse wollte ich deine Möwe einfangen. Hat nicht geklappt, aber jetzt ist sie drinnen, und du kannst mir helfen.«

»Aha«, machte Philipp nur, legte in aller Seelenruhe neben der Pfanne noch einen Kochlöffel bereit und kam zu ihr.

»Können wir?«, fragte er mit der Hand auf der Türklinke, die er mit einem Ruck herunterdrückte, als Marie nickte. Dicht hintereinander traten sie in den kleinen Vorraum.

Emma saß einen Meter hinter der Tür, als hätte sie auf sie beide gewartet.

»Da ist ja *unsere* Möwe«, sagte Philipp und zog sich das T-Shirt über den Kopf. Sie waren also wieder einmal beide halb nackt.

Fast ohne Schwierigkeiten ließ Emma sich ein weiteres Mal in Philipps T-Shirt wickeln. Gemeinsam brachten sie die Möwe zurück in ihren Käfig.

12. Kapitel

»Danke.« Marie warf Philipp einen Seitenblick zu und schaute dann wieder Emma an, die in ihrem Käfig auf dem Sand hockte und vorwurfsvoll die beiden Menschen auf der anderen Seite des Gitters betrachtete. »Tut mir leid, dass sie mir entwischt ist.«

Energisch schob er den Metallstab in die Halterung der Gittertür. »Sie fühlt sich einsam in ihrem Käfig, und sie ist pfiffig genug, jede Gelegenheit zu nutzen.«

Dieses Mal musterte Marie ihn ausgiebiger. »Ist sie dir auch schon mal abgehauen?«

Er lachte. »Mehrmals.«

»Ach so«, murmelte sie und fühlte sich gleich besser. Solange sie es aushalten konnte, erwiderte sie seinen Blick, ohne mit einer Wimper zu zucken, dann schaute sie weg.

»Hier.« Erst als er sie am Arm berührte, bemerkte sie, dass er ihr ihre Bluse hinhielt, die er offenbar vom Gras aufgehoben hatte.

»Ich habe ganz vergessen …« Hastig riss sie ihm das Kleidungsstück aus der Hand. Sie wollte es eilig anziehen, traf aber vor lauter Hektik das Armloch nicht.

»Darf ich helfen?«, erkundigte Philipp sich zurückhaltend.

»Das schaffe ich schon.«

Mit dem Rücken zu ihm fummelte Marie wild mit der Bluse herum. Sie spürte, dass ihr Gesicht glühte. Als endlich beide Ärmel da waren, wo sie hingehörten, und sämtliche Knöpfe bis oben hin geschlossen waren, atmete sie noch einige Male tief durch, bevor sie sich wieder umdrehte. Leider konnte sie immer noch die Hitze in ihrem Gesicht fühlen.

»Meinst du, sie ist unglücklich?«, lenkte sie die Aufmerksamkeit wieder auf die verletzte Möwe.

»Ich fürchte, solange sie in einem Käfig eingesperrt ist, kann sie nicht glücklich sein. Sie ist ein Vogel, und ich glaube, fliegen ist ihr Leben. Aber bis der Flügel geheilt ist, muss sie da drinnen bleiben, eine andere Möglichkeit sehe ich nicht.«

Marie nickte. »Immerhin hat sie einen guten Appetit.«

»Vielleicht solltest du häufiger kommen. Sie sieht heute viel munterer aus als sonst.«

»Das liegt daran, dass sie es geschafft hat, mich reinzulegen und einen Ausflug zu machen«, platzte Marie empört heraus, musste aber gleich drauf lachen.

Philipp grinste sie breit an und deutete dann auf die Hintertür. »Ich weiß nicht, wie es dir geht, ich habe jetzt noch mehr Hunger als vorhin. Allerdings braucht es noch ein Weilchen.«

»Kann ich helfen?«, erkundigte sich Marie artig.

»Gern. Dann gibt es schneller was zu essen.«

Zögernd folgte Marie ihm zur Tür. Gemeinsam zu kochen war einer ihrer Wünsche für die glückliche Beziehung mit Gerit, die sie sich seit Monaten herbeigeträumt hatte und die in ihrem Karibikurlaub hatte beginnen sollen – oder spätestens, wenn sie bei ihm einzog. Nun war das Bild von Gerit und ihr in der schicken Küche seines Penthouse, das sie sich gern und oft vorgestellt hatte, verschwommen, als wäre dichter Nebel aufgezogen. Sie wusste einfach nicht, ob sie das gemeinsame Leben mit ihm überhaupt noch wollte. Was sie am allermeisten irritierte: Konnte eine so große Sehnsucht, ein lang gehegter Traum so plötzlich verschwinden? Lag das wirklich nur an Gerits Reaktion auf ihren Entschluss, ihren Vater zu unterstützen? Irgendetwas in ihr hatte sich geändert, doch sie konnte nicht beschreiben, was es genau war. Als wäre ihr ihre Heimatinsel, von der sie vor knapp zehn Jahren regelrecht geflohen war, unter die Haut gegangen und ins Herz gedrungen und hätte dort irgendeinen verborgenen Schalter umgelegt. Als hätten die Menschen hier auf Juist ihr etwas gezeigt, was sie vorher nicht gesehen oder verstanden hatte.

Das hieß jedoch nicht, dass sie nun mit einem anderen Mann als

Gerit in dessen Küche werkeln wollte. Schon gar nicht mit Doktor Philipp Siemon, der ihr seit ihrer ersten Begegnung meistens auf die Nerven ging.

Doch nun war sie hier, aus irgendeinem Grund meinte er, dass sie gemeinsam mit ihm für eine verletzte Möwe namens Emma verantwortlich war, sie hatte seine Einladung zum Essen angenommen und ihm dummerweise nun auch noch ihre Hilfe beim Kochen angeboten.

Also folgte sie ihm in seine geräumige Küche. Außer einer modernen Küchenzeile mit Herd, Kühlschrank, Spülbecken und Geschirrspülmaschine gab es hier einen hübschen alten Holzschrank und einen massiven langen Holztisch. Marie blieb neben dem Tisch stehen und strich mit den Fingerspitzen gedankenverloren über eine der Kerben im Holz, die offenbar ein Messer hinterlassen hatte.

»Den Tisch habe ich mit dem Haus übernommen«, sagte Philipp, der ihre Handbewegung bemerkt hatte. »Man sieht, dass schon viele Menschen daran gegessen und darauf gearbeitet haben. Mir gefällt das.«

»Ja«, murmelte Marie. »Das ist schön.« Tatsächlich hatte sie für einen kurzen Moment das Gefühl, Stimmen und Gelächter zu hören, als hätte jeder der Menschen, die sich im Laufe der Jahre in dieser Küche aufgehalten hatten, etwas hiergelassen. Eine Stimmung, ein paar Töne, eine Erinnerung. Etwas Warmes und Heimeliges.

Philipp deutete auf einen der Rattanstühle mit den bunten Kissen, die rings um den Tisch standen. »Die habe ich gekauft. Sie sind bequemer als die alten Holzstühle, die außerdem alle gewackelt haben. Setz dich. Möchtest du ein Glas Wein? Im Kühlschrank steht noch eine angebrochene Flasche Pinot grigio.«

»Du trinkst mittags Wein?«, fragte sie verblüfft.

»Ein Glas zum Essen oder als Aperitif, wenn ich nachmittags nicht arbeiten muss, genehmige ich mir gelegentlich zum Mittagessen. Warum wundert dich das?« Auch Philipp machte ein erstauntes Gesicht.

»Weil du Arzt bist. Und wegen der Idee mit der Ganzheitlichkeit. Ich weiß nicht. Es wundert mich eben.« Sie zuckte mit den Schultern.

Wieder lachte er, und sie hatte das seltsame Gefühl, als würden die dunklen Töne wie samtige Luftblasen in sie einsickern.

»Du hast eine seltsame Vorstellung von mir, Marie. Nur weil ich begriffen habe, dass die Gefühle eines Menschen sich auch auf seine körperliche Gesundheit auswirken, heißt das nicht, dass ich mich der Askese verschrieben habe. Im Gegenteil. Ständige Askese und Verzicht auf alles Schöne finde ich fast genauso schlimm wie dauerndes Über-die-Stränge-Schlagen.«

»Aber ab und zu schlägst du über die Stränge?« Die Worte waren heraus, bevor Marie es verhindern konnte. Es klang, als wolle sie ihn aushorchen. Als würde sie sich für ihn interessieren, was nun wirklich nicht der Fall war.

Wieder lachte er kurz und tief, und ihr Bauch antwortete mit einem sanften Blubbern. Wahrscheinlich war es der Hunger, den sie da spürte.

»Ich bin ein Mensch, auch wenn es dir offenbar schwerfällt, das zu glauben.« Er holte zwei Gläser aus dem antiken Schrank und eine angebrochene Weinflasche aus dem Kühlschrank. Dann schenkte er ein.

Marie wollte protestieren. Es erschien ihr als keine gute Idee, in Philipps Gegenwart Alkohol zu trinken.

Doch sie war durstig, und der Wein schimmerte blassgolden in den Gläsern, die von der kalten Flüssigkeit beschlugen. Außerdem wurde sie von ein paar Schlucken Wein nicht betrunken.

»Prost.« Philipp hob sein Glas zum Mund, schaute ihr über den Rand hinweg in die Augen und nahm einen kräftigen Schluck.

Marie nippte nur an ihrem Wein. Kühl und fruchtig rann der Pinot durch ihre Kehle, und sie nahm einen weiteren kleinen Schluck.

In diesem Moment durchzuckte sie wie ein kleines, spitzes Eisstück ein Schreck. Die Pension! Seit sie da war, hatte sie in der Mittagszeit in Küche und Speisesaal nach dem Rechten geschaut. Wieso hatte sie das vergessen? Weil ihr Vater zurück war und ihr klargemacht hatte, dass letztlich er das Heft in der Hand hielt? Weil sie in Gedanken bei den Problemen in ihrem Leben war, bei Gerit und Nele und sogar bei der Möwe Emma? Weil Philipp sie auf eine äußerst ärgerliche Weise durcheinanderbrachte und sie einfach nicht wusste, was sie von diesem Mann halten sollte?

Sie erhob sich halb von ihrem Stuhl, schaute auf die Uhr an der Wand über der Arbeitsplatte und ließ sich wieder fallen. Es war ohnehin zu spät. Um diese Zeit musste das Mittagessen bereits vor den Gästen auf den Tischen stehen.

Nervös tastete Marie in ihrer Hosentasche nach dem Handy, stellte aber fest, dass sie es wegen der überstürzten Flucht nach der Auseinandersetzung mit ihrem Vater nicht bei sich hatte. Wieder stand sie auf und blieb erneut unschlüssig neben dem Tisch stehen.

Philipp schaute sie fragend an.

»Darf ich telefonieren? Mit deinem Handy? Oder vom Festnetz? Ich muss in der Pension anrufen und fragen, ob alles in Ordnung ist.«

»Sicher.« Mit einem gezielten Griff zog er ein schwarzes Smartphone aus einer Gesäßtasche und reichte es ihr über den Tisch.

Marie streckte die Hand danach aus, berührte es und zuckte zusammen. Das dunkle Gehäuse war von seinem Körper ganz warm.

Sein Blick ruhte herbstmeergraugrün auf ihr. »Ich kenne deinen Vater zwar erst seit ein paar Monaten, bin aber sicher, dass er sich um alles Nötige kümmern wird.«

»Vielleicht ist er noch zu schwach. Oder er ist eingeschlafen.« Während sie die Nummer des *Sandsterns* eintippte, musste sie an den Tag ihrer Ankunft denken, an dem sie Rainulf mitten am Tag fest schlafend im Bett gefunden hatte.

»So wie ich ihn gestern erlebt habe, geht es ihm schon viel besser als vor der OP. Aber ruf ihn ruhig an. Dich wird es beruhigen, und ihm wird es zeigen, wie wichtig er und die Pension dir sind.«

Marie pustete die Wangen auf und stieß die Luft durch die gespitzten Lippen aus. Da war er wieder, der Mann, der sich in alles einmischte. Sie wandte sich leicht von ihm ab, hielt das Telefon ans Ohr und lauschte dem Klingelzeichen.

Erst nach einer kleinen Ewigkeit meldete sich Susa. Sie klang atemlos. Wahrscheinlich war sie aus dem Speisesaal in die Diele zum Telefon gelaufen.

»Das Essen ist bereit zum Servieren. Die meisten Gäste sitzen schon am Tisch«, erwiderte sie auf Maries Frage. Dann stieß sie einen abgrundtiefen Seufzer aus.

»Was ist los?« Marie fixierte die Tür, bereit, auf der Stelle zurück in die Pension zu laufen. Ohnehin würde das Mittagessen mit mindestens einer Viertelstunde Verspätung serviert werden.

»Fricke und der Chef streiten sich«, berichtete Susa nach kurzem Zögern.

»Worüber?«

»Fricke will das mit dem Essen weiter so machen, wie du das eingeführt hast. Du weißt schon, wie die Salatteller angerichtet werden und so. Fricke hat auch diese Cru … Cro … diese Brotwürfel gebraten, die vor dem Servieren in die Suppe geworfen werden. Der Chef hat gesagt, das sei alles Schnickschnack. Keiner brauche das, und keiner wolle das. Und Fricke hat gesagt, wenn er nicht ordentlich kochen darf, kündigt er.«

»Und wieso sagst du dann, dass alles in Ordnung ist?«

»Weil ich das Essen gleich serviere. Fricke arbeitet beim Streiten weiter. Die Salatteller sind schon fertig, und die Cru … die Cro … die Brotwürfel auch.«

Erleichtert ließ Marie sich auf den Stuhl fallen, der hinter ihr stand. »Dann kommt ihr also klar?«

»Klar kommen wir klar. Du musst nich kommen, wir machen das. Ehrlich!«

Marie konnte regelrecht hören, wie Susa zu ihren Worten heftig nickte. Offenbar wollte sie verhindern, dass Marie herbeieilte. Vielleicht war es tatsächlich so, dass sie die Situation noch zusätzlich verkompliziert hätte.

»Ruf mich an, wenn ihr mich braucht. Versprichst du mir das?«

»Is klar, Marieke. Wird aber nich nötig sein. Ich muss dann jetzt wirklich weitermachen.«

»Halt! Warte! Nicht auflegen!«, stieß Marie atemlos hervor. »Falls du anrufen willst, wählst du die Nummer von Doktor Siemon. Ich habe mein Handy in der Pension vergessen.«

»Die Nummer vom Doktor?« Plötzlich schien Susa es nicht mehr ganz so eilig zu haben. »Was machst du denn bei dem? Du bist doch nich krank?«

»Es geht mir gut«, erwiderte Marie knapp, legte auf und schob das Handy von sich weg, als könne sie so auch die Gedanken an die Pension beiseiteschieben.

»Was soll ich tun? Irgendwas schnippeln, waschen, anbraten?«, erkundigte sie sich bei Philipp, der vor dem offenen Kühlschrank stand. »Was kochen wir überhaupt?«

»Geschnetzelte Hähnchenbrust mit Champignons.« Er wandte sich ihr zu. »Oder bist du Vegetarierin? Veganerin? Wir können auch eine Gemüsepfanne machen.«

Sie lachte laut. »Ich hätte eher gedacht, dass du Vegetarier bist. Wegen der Gesundheit und so. Aber da du schon mittags Wein trinkst … Ich esse Fleisch. Mäßig, aber regelmäßig.«

»Gut.« Er legte ein Schneidebrett vor ihr auf den Tisch und reichte ihr eine kleine Schüssel mit braunen Champignons. »Die habe ich schon abgebürstet. Du musst sie nur noch vierteln. Und dann bitte noch die Frühlingszwiebeln in Ringe schneiden.« Wenige Sekunden später lagen ein Bund Frühlingszwiebeln und ein Messer neben ihrem Brett.

Marie legte los, während Philipp ihr gegenübersaß und eine Hähnchenbrust in dünne Streifen schnitt. Sie arbeiteten schweigend und konzentriert. Marie genoss den würzigen Duft der Champignons und der Zwiebeln. Ab und zu hob sie den Kopf und ließ ihren Blick durch das geöffnete Fenster hinauf zum Himmel wandern. So dicht am Strand waren fast immer einige Möwen vor dem Sommerblau zu sehen, die sich im Wind wiegten und dabei jene Schreie ausstießen, die für Marie nach Freiheit klangen. Manchmal antwortete Emma aus dem Garten. Sehnsüchtig rief sie nach ihren Artgenossen. Ob sie begriff, dass ihre Gefangenschaft zu ihrem Besten war?

Schon als Kind hatte Marie Möwen geliebt. Stundenlang hatte sie im Sand gelegen und ihrer Luftakrobatik zugeschaut. Sie waren so frei und schienen so glücklich zu sein. Sie konnten mit dem Wind fliegen, wohin sie wollten. Fort von der engen Welt der kleinen Insel, weit über das Meer, zu fernen Orten und aufregenden Abenteuern.

»Ist dir kalt? Dann mach ich das Fenster zu«, drang Philipps Stimme in ihre Gedanken. »Ich lasse es gern offen, weil ich die Schreie der Möwen liebe. Und wenn ich dann zum Himmel schaue, sehe ich, wie frei diese Vögel sind. Sie können fliegen, wohin sie wollen. Bei dem Gedanken werde ich ganz sehnsüchtig.«

Verblüfft starrte Marie ihn an. »So … so kommt es mir auch immer vor.«

Über den Tisch hinweg trafen sich ihre Blicke, und als durchs Fenster ein Sonnenstrahl in seine Augen fiel, leuchteten sie auf, als wäre ein Lichtbündel ins Meer getaucht.

»Und deshalb«, sagte er in die Stille, die plötzlich knisterte wie trockenes Strandgras, »bin ich so gern auf dieser Insel. Ich finde es wunderbar, mitten im Meer zu leben, mit diesen Vögeln um mich herum, dem Wind, den Wellen … Auch wenn es nur ein kleines Stückchen Land ist, fühle ich mich hier frei, wenn auch nicht so frei wie eine Möwe.« Er lächelte.

Marie kniff die Augen zusammen und wandte hastig den Blick ab, als sie bemerkte, dass sie ihn immer noch anstarrte. »So eine Insel kann auch ein Gefängnis sein, wenn man hier nicht freiwillig lebt und nicht wegkann«, sagte sie zu dem Pilz auf ihrem Schneidebrett. »Die Fähre fährt nur ein einziges Mal am Tag. Das kann sich wie ein Gefängnis anfühlen.«

»Kann ich mir sehr gut vorstellen«, erwiderte Philipp, ohne zu zögern. »Aber heute haben wir zwei die Möglichkeit, ins nächste Flugzeug zu steigen, was vielleicht gar nicht so anders ist als die S-Bahn in einer Großstadt.«

»Hm«, machte Marie und runzelte nachdenklich die Stirn, während sie den letzten Champignon in Viertel teilte und dann nach einer Frühlingszwiebel griff. »Das ändert nichts an der Enge, in der die Menschen hier leben. Jeder kennt jeden, jeder redet über jeden. Es ist … eine kleine Welt.«

Obwohl sie Philipp nicht ansah, bemerkte sie, dass er wieder in ihre Richtung schaute. »Es hat auch Vorteile, von Menschen umgeben zu sein, die einander im Notfall beistehen. Dein Vater hatte durchaus Hilfe in der Zeit, als es ihm schlecht ging. Mehr als einmal habe ich einen Nachbarn oder einen der anderen Pensionsbesitzer im *Sandstern* angetroffen, wenn ich einen Hausbesuch machte. Sie haben mit angepackt, als im Frühjahr die Gartenmöbel nach draußen gestellt werden mussten, und beim Verstauen der Lebensmittelvorräte, die mit der Fähre gekommen waren. Und wenn sie nicht da waren, konnte er sie jederzeit um Hilfe bitten.«

»Ich weiß. Das ist sogar so, wenn niemand krank ist. Sie unterstützen einander«, gab Marie widerstrebend zu.

»Hast du das in der Stadt kein einziges Mal vermisst?« Philipps Stimme, in der sonst so oft ein kleines Lachen mitschwang, klang ernst.

»Kann schon sein. Aber wenn hier einer oder eine aus der Reihe tanzt oder etwas sagt, was den anderen nicht passt – das wird derjenigen so leicht nicht verziehen.« Marie biss sich so heftig auf die Unterlippe, dass es schmerzte. »Die Juister sind engstirnig und … und … hartherzig.«

»Nein«, widersprach Philipp. »Die Menschen hier sind direkt und ehrlich. Und wenn man ebenso ehrlich und von Herzen mit ihnen spricht, öffnen sie sich selbst einem Fremden gegenüber. Ich gebe zu, das musste ich erst lernen. Zu sagen, was ich meine. Aber inzwischen liebe ich diese direkte Art.« Da war es wieder, sein leises Lachen, das tief aus dem Bauch zu kommen schien.

Sie warf ihm einen bösen Blick zu. »Du hast keine Ahnung, wie mein Vater sein kann. Und Nele … sie war meine allerbeste Freundin. Bis ich etwas sagte, was … Vielleicht war es gemein, aber ich habe mich jetzt schon mehrmals bei ihr entschuldigt. Sie will trotzdem nicht mehr mit mir reden. Niemand verzeiht mir. Da kann ich noch so offen sagen, wie leid es mir tut.«

Zu ihrem Entsetzen stiegen ihr Tränen in die Augen, und das Gefühl der Einsamkeit schlug über ihr zusammen, als wäre sie weit ins Meer hinausgeschwommen und hohe Wellen würden sie an der Rückkehr zum Strand hindern.

Philipp streckte beide Arme über den Tisch, nahm ihr das Messer weg, legte es außer Reichweite und hielt ihre Hände fest. Seltsamerweise war das ein gutes und tröstliches Gefühl, obwohl sie auf diese Weise die Tränen nicht wegwischen konnte, sondern einfach laufenlassen musste. Sie rannen über ihre Wangen und tropften vom Kinn auf ihre Bluse. Doch selbst die Tatsache, dass er sie schon wieder heulen sah, störte sie nicht. Wenigstens hatte sie an diesem Morgen keine Zeit gehabt, sich die Wimpern zu tuschen, sodass er sie nicht wieder als Pandabärenparodie sehen würde.

Eine Weile saßen sie so da. Warm und fest umschloss er ihre Finger mit seinen, während sie still weinte. Schließlich ließ er eine ihrer Hände los und legte ein Papiertaschentuch hinein. Sie murmelte einen Dank, wischte sich das Gesicht trocken und schnäuzte sich die Nase.

»Dauernd siehst du mich in einem erbärmlichen Zustand. Das liegt nur an dieser Insel.«

»Du gehörst zu den Frauen, die sogar weinend attraktiv sind«, behauptete er mit fester Stimme.

Sie hob den Kopf und funkelte ihn an. »Ich gehöre aber auch zu den Frauen, die klug genug sind, zu merken, wenn jemand schwindelt, um sie zu trösten.«

»Wenn du meinst. Dann liegt es vielleicht daran, dass ich Arzt bin und ständig Menschen sehe, denen es nicht gut geht. Von denen bist du tatsächlich eine der attraktivsten – ich schwöre.« Dieses Mal war sein Lachen wie ein winziges Streicheln ihrer Seele. Sie wollte ihm gern glauben. Hatte er nicht behauptet, hier auf Juist hätte er gelernt, offen und ehrlich zu sein?

»Du bist der einzige Mensch auf dieser verdammten Insel, der wirklich nett zu mir ist«, entfuhr es ihr. »Und das auch erst neuerdings.«

Fast hätte sie vor lauter Selbstmitleid erneut den Tränen freien Lauf gelassen, doch es gelang ihr, sich zu beherrschen. Stattdessen stieß sie ein hartes Lachen hervor. »Und ich bin in einem derart kläglichen Zustand, dass ich deine Barmherzigkeit annehmen muss.«

»Du redest Quatsch, und das weißt du auch.«

Sie zuckte mit den Schultern und wich seinem Blick aus.

»Und nun erzähl mir von deiner Freundin Nele«, forderte Philipp sie nach einer Weile auf.

Marie öffnete den Mund, wurde jedoch von einem lauten Knurren ihres Magens unterbrochen. Sie sah ihn peinlich berührt an.

»Wir sollten weitermachen, damit wir endlich etwas zu essen bekommen«, sagte Philipp, ohne eine Miene zu verziehen. »Beim Kochen lässt es sich nach meiner Erfahrung gut reden.« Er nickte ihr auffordernd zu und begann, den Rest der Hähnchenbrust in Streifen zu schneiden.

Erleichtert, dass er sie auf diese Weise nicht die ganze Zeit ansehen konnte, beugte sich Marie ebenfalls wieder über ihr Schneidebrett und zerteilte die Frühlingszwiebeln in feine Ringe.

»Nele und ich waren zusammen auf dem Inselgymnasium in Esens, wo die Kinder von den Nordseeinseln das Abitur machen können«, begann sie nach kurzem Zögern. »Nele hatte die ganze Zeit Heimweh und zählte ständig die Tage und Stunden bis zum Wochenende oder bis zu den Ferien, wenn sie wieder auf die Insel konnte. Ich dagegen … Na ja, ich war froh, wenigstens schon mal auf dem Festland zu sein. Es war nicht sonderlich aufregend dort, und Esens ist ein kleiner Ort, aber es war ein Schritt aus dieser engen Welt hier.« Mit dem Messer machte sie eine Bewegung durch die Luft, die die kleine Insel umfassen sollte, die ihr so lange Heimat gewesen war.

»Ich wollte mehr … mehr Freiheit und mehr Raum, mehr Menschen und Möglichkeiten. Ich träumte von einem aufregenden Leben in der Großstadt. Von einer spannenden Arbeit, von schicken Geschäften und coolen Bars.« Sie lauschte ihren Worten nach und fragte sich, ob sie dumm und pubertär klangen. Aber hatte Philipp nicht davon geschwärmt, wie ehrlich und offen die Menschen hier auf der Insel waren? Dann war sie das jetzt eben auch.

Er hatte inzwischen die gesamte Hähnchenbrust geschnetzelt, legte sein Messer zur Seite und sah sie aufmerksam an. Kurz erwiderte sie seinen Blick, dann senkte sie ihn wieder auf die Frühlingszwiebeln und fuhr fort, sie in feine Ringe zu schneiden. Es war leichter zu sprechen, wenn sie ihn nicht dabei anschaute.

»War es in Hamburg so, wie du es dir vorgestellt hast?«, fragte er leise.

Nachdenklich starrte sie für einen Moment ins Leere. »Eigentlich schon«, sagte sie dann.

»Eigentlich?«, bohrte er nach, und für einen kurzen Moment ärgerte sie sich, dass er immer alles so genau wissen wollte. Dann begriff sie, dass es keinen Sinn hatte zu reden, wenn sie sich dabei selbst belog.

»Teilweise«, erwiderte sie. »Ich liebe meine Arbeit. Meistens jedenfalls. Wenn die Kunden mal nicht schrecklich anstrengend sind, weil man ihnen nichts recht machen kann. Aber gibt es einen Beruf, in dem absolut alles Spaß macht?«

»Nein«, stimmte er ihr lächelnd zu, und auch ihre Mundwinkel zuckten, weil sie überzeugt war, dass ihr Vater zu den Menschen gehörte, die Philipp *seine* Arbeit schwermachten. Vielleicht betrachtete er Rainulf, und auch sie, wenn sie sich wieder einmal heftig gegen seine *ganzheitlichen Methoden* wehrte, aber auch als Herausforderung. Als Menschen, die seinen Beruf interessant machten. Das gelang ihr schließlich bei einigen ihrer besonders anstrengenden Gäste auch.

»Und das Leben in der Großstadt? War es so schön, wie du es dir vorgestellt hattest? Die Menschen so interessant, das Nachtleben so aufregend?«

»Durchaus«, erwiderte sie vage und fuhr rasch fort, bevor er nachbohren konnte: »Bist du aus München weggegangen, weil es dir in der Großstadt nicht gefallen hat? Weil du die Menschen dort nicht mochtest, die Theater und Museen, die guten Restaurants und die Bars?«

»Wir reden jetzt nicht von mir. Es gibt niemals nur einen Grund für das, was wir tun.« Er sah sie ernst und ruhig an, und fast hätte sie nicht bemerkt, dass auch seine Antwort eigentlich keine war. »Du wolltest also dringend weg von der Insel. Ging es auch darum, dass du nicht mehr bei deinen Eltern sein wolltest? Und was war mit deiner Freundin Nele? Wolltest du andere, coolere Freundinnen finden? Großstadtfreundinnen?«

»So bin ich nicht!«, rief sie empört. »Ich habe versucht, Nele zu überreden, mitzukommen und auch eine Ausbildung in Hamburg zu machen, anstatt hier auf Juist bei der Stadtverwaltung anzufangen. Mal ehrlich – gibt es etwas Langweiligeres?«

Philipp zuckte mit den Schultern. »Darüber erlaube ich mir kein Urteil. Die Menschen sind unterschiedlich. Die meisten meiner Kollegen wären nicht nach Juist gegangen. Unter keinen Umständen.«

»Na ja«, sagte Marie nach einer kurzen Pause vage. Wer sollte verstehen, dass ein erfolgreicher Arzt seine Karriere in München aufgab, um hier auf der Insel … Nein, das war nicht zu begreifen.

»Nele und ich, wir hätten uns in Hamburg eine Wohnung teilen können und wären weiter beste Freundinnen gewesen«, fuhr sie fort. »Irgendwie war mir klar, dass ich selbst in einer so großen Stadt wie Hamburg keine wie sie finden würde.«

Sie wandte den Kopf und sah durchs Fenster hinaus in den Himmel. Für einen Moment spürte sie den Schmerz genau wie damals, als Nele nicht bereit gewesen war, ihren größten Wunsch mit ihr zu teilen und sie stattdessen mutterseelenallein in die fremde Welt schickte. Es war schwer gewesen, diesen Weg ohne jemanden an ihrer Seite zu gehen, obwohl sie es sich doch so sehr gewünscht hatte.

»Meine Eltern zu verlassen war auch nicht leicht. Mein Vater war schrecklich böse auf mich. Ich sollte im *Sandstern* arbeiten und die Pension später übernehmen. Meine Mutter hat mich verstanden, obwohl sie natürlich auch traurig war. Aber sie wollte niemals etwas anderes, als dass ich glücklich bin.« Marie schluckte heftig.

»Du wolltest also am liebsten zusammen mit Nele hinaus in die große weite Welt«, fasste Philipp zusammen. »Aber sie ließ sich von dir nicht überreden. Und dann, vielleicht weil du wütend auf sie warst, vielleicht auch weil du Angst hattest, allein von hier fortzugehen, hast du etwas zu ihr gesagt, das sie dir bis heute nicht verziehen hat?«

Marie saß starr da und konnte nicht antworten. Ihre Kehle war wie zugeschnürt.

»Bitte sieh mich nicht so an«, flüsterte sie. »Ich schäme mich so für meine Worte von damals.«

»Noch weiß ich nicht, was du damals gesagt hast, und du musst es mir nicht verraten, wenn du nicht willst.« Er stand auf, nahm das Brett mit dem klein geschnittenen Fleisch, drehte sich zu der Ceranplatte und der Pfanne um und hantierte mit einer Ölflasche, einem Kochlöffel und verschiedenen Gewürzdöschen, die griffbereit auf einem Brett über dem Herd standen.

Marie starrte seinen Rücken an und kämpfte wieder einmal mit den Tränen. Dieser Mann verwandelte sie in eine Heulsuse. Am liebsten wäre sie aufgestanden und gegangen, aber das wäre feige gewesen. Außerdem wusste sie, es würde ihr guttun, ihm die Wahrheit zu sagen. Aber es war schrecklich schwer.

»Ich höre dir zu«, sagte Philipp, als sie nach einer Weile immer noch schwieg. Sie konnte nicht genau sehen, was er gerade tat. Offenbar briet er das Fleisch an, denn es zischte, dann begann es zu brutzeln, und gleich darauf erfüllte ein köstlicher Duft die Küche.

»Nele ging es nicht nur darum, eine Ausbildung bei der Stadtverwaltung zu machen. Sie war damals schon seit fast zwei Jahren mit Bengt zusammen und immer noch schrecklich verliebt in ihn. Auch deshalb konnte sie es die Woche über im Internat kaum aushalten.«

Marie schob die kleinen Zwiebelringe auf dem Brett mit der Messerklinge zusammen, sodass sie einen weiß-grünen Miniberg bildeten. Im selben Moment drehte Philipp sich um und nahm das Brett und den Teller mit den Pilzvierteln, um sie neben dem Herd bereitzustellen, bevor er sich wieder über die Pfanne beugte.

Sie atmete tief durch und beschloss, es hinter sich zu bringen und die Sätze zu sagen, die sie so gern ungesagt gemacht hätte.

»Bengt ist drei Jahre älter als Nele, und am Abend unserer Abiturfeier hat er ihr einen Antrag gemacht«, fuhr sie fort, und ihre Stimme war plötzlich ganz heiser. »Nele war überglücklich und redete ständig davon, dass sie ihn so bald wie möglich heiraten wollte. Und dann wollte sie Kinder haben und nur noch Teilzeit arbeiten, und das würde ein wunderschönes, glückliches Leben werden. Solche Sachen … Ebendas, was alle Frauen hier auf der Insel tun. Heiraten, Kinder kriegen, nebenbei Zimmer vermieten und vielleicht noch ein kleiner Nebenjob. Da habe ich ihr gesagt …«

Sie stockte, schluckte, räusperte sich und stieß hervor: »Ich habe gesagt, dass sie eine spießige Trulla wäre, die zusammen mit ihrem spießigen Mann ihre Brut auf dieser öden Insel großziehen und niemals in ihrem Leben irgendetwas Interessantes oder Wichtiges tun würde. Dass ihre Kinder genauso langweilig und spießig sein würden wie sie und wie ihr Mann. Und ihre Kinder würden sich auch nicht trauen, im Leben irgendetwas Besonderes oder Spannendes zu tun, weil sie auf dieser Insel festsäßen. Und immer so weiter und weiter und weiter.«

Als es endlich heraus war, atmete Marie auf. Es war hart gewesen, ihre Worte von damals zu wiederholen, doch nun fühlte sie sich zu ihrem eigenen Erstaunen erleichtert.

Philipp stand immer noch mit dem Rücken zu ihr am Herd und

rührte in der Pfanne. Zu dem Geruch nach geröstetem Fleisch gesellte sich der würzige Duft der angebratenen braunen Pilze.

»Jetzt weißt du, was ich für eine schreckliche Person bin«, sagte Marie nach einer Weile. »Und weshalb ich nicht auf dieser Insel bleiben kann. Bestimmt wissen alle hier, weshalb Nele nicht mehr mit mir redet. Viele tuscheln miteinander und sehen mich komisch an, wenn sie mir begegnen. Und jedes Mal, wenn ich Nele über den Weg laufe, flieht sie praktisch vor mir. Nur – wo soll man hier schon hin? Weit kommt sie nicht, und wir begegnen uns garantiert am nächsten Tag schon wieder.« Marie lachte freudlos über ihren eigenen schwachen Scherz.

»Mein Vater kann mich im Grunde auch nicht leiden«, fügte sie hinzu, weil sie schon dabei war, die ganze Wahrheit über sich zu erzählen. »Aber das ist eine andere Geschichte.« Eine Geschichte, die sie ihm an diesem Tag nicht auch noch erzählen würde. Das ging über ihre Kräfte.

»Was für ein Quatsch!« Mit einem Ruck wandte Philipp sich ihr zu. »Wir machen alle Fehler, und du bereust offenbar von ganzem Herzen, was du damals gesagt hast. Ich kann mir übrigens nicht vorstellen, dass Nele es überall herumerzählt hat.«

»Ist mir sowieso egal, wenn es jeder weiß«, murmelte Marie. »Ich hätte nur gern meine Freundin zurück.«

»Dann würde ich nicht aufgeben. Jammere nicht herum, sondern versuch es wieder und wieder. Ich könnte wetten, Nele vermisst dich genauso wie du sie.«

Erstaunt hob Marie den Kopf und schaute zum Herd hinüber. »Meinst du? Ich will mich nicht vollkommen lächerlich machen. Nicht mal ihre kleine Tochter hat meine Blumen genommen. Ich kann von Glück sagen, dass Nele nicht zu Hause war, als ich mit meinem blöden Strauß vor ihrer Tür aufgetaucht bin.«

»Eine ehrliche Entschuldigung ist wirkungsvoller als jeder noch so große Strauß.«

»Meine Entschuldigung war *sehr* ehrlich.« Marie nickte energisch.

»Dann versuch es wieder. Und notfalls noch einmal.« Philipp zog die Pfanne von der Herdplatte. »Das Essen ist fertig. Möchtest du Brot dazu? Oder gehörst du zu den Frauen, die keine Kohlenhydrate essen?«

»Kohlenhydrate? Was ist das?« Sie kicherte. »Nur her damit. Ich sterbe vor Hunger!«

Sie sah zu, wie er das Essen auf zwei Teller verteilte, jeweils eine Scheibe Vollkornbrot mit Butter bestrich und danebenlegte. Nebenbei nippte sie an ihrem Weinglas, und plötzlich fühlte sie sich so entspannt, als hätte jemand ein Gewicht von ihrer Brust genommen. Sie lehnte sich auf ihrem Stuhl zurück und genoss den Augenblick.

13. Kapitel

Eine gute halbe Stunde später waren die Teller und die Weinflasche geleert.

»Höchste Zeit, dass ich in die Pension zurückgehe«, sagte Marie. Philipp saß ihr vollkommen entspannt gegenüber und tupfte sich gerade den Mund mit der Serviette ab. Am liebsten wäre sie noch länger in der stillen, friedlichen Küche geblieben, doch irgendwann musste sie sich wieder dem wahren Leben stellen, das draußen auf sie wartete. »Vielen Dank für das Essen. Das hat besser geschmeckt als manche der Gerichte, die Fricke zubereitet. Aber sag ihm das auf keinen Fall. Er würde mich wahrscheinlich erwürgen.«

»Du übertreibst.« Philipp lachte, aber er sah aus, als würde ihm ihr Kompliment gefallen.

Er sprang von seinem Stuhl auf. »Einen Augenblick noch, ich habe etwas für dich.«

Ehe sie etwas sagen konnte, verschwand er im Flur und kam gleich darauf mit einem flachen, in Seidenpapier eingeschlagenen Päckchen zurück, das er wortlos vor ihr auf den Tisch legte.

»Was ist das?«

»Pack aus!«

Neugierig schlug sie das Papier auseinander, starrte sekundenlang auf den hellen Stoff mit den kleinen Streublümchen und hob dann den Kopf, um Philipp ebenso verblüfft anzusehen.

»Ist das …? Sie sieht wie neu aus. Ich hätte nicht gedacht, dass du das Blut rausbekommst.«

»Sie *ist* neu. Natürlich konnte man das Blut nicht auswaschen. Aber in der Bluse stand deine Größe, und ich hatte den Stoff. Also habe ich im Internet so lange gesucht, bis ich das gleiche Modell aus dem gleichen Stoff gefunden habe.«

»Du liebe Güte!« Er musste unzählige Seiten in zahllosen Modeshops durchgesehen haben. »Ich habe dir doch gesagt, dass es nicht so schlimm ist.«

»Und ich habe beschlossen, dass du unbedingt diese Bluse haben musst, weil sie dir so gut steht. Außerdem darfst du nicht darunter leiden, dass ich dumm genug war, mir am Strand eine Scherbe einzutreten.«

»Das ist … wirklich nett von dir. Vielen Dank.« Verlegen packte sie die Bluse wieder in das Seidenpapier und stand auf. »Ich habe mir heute ein paar Sachen gekauft, weil ich ja jetzt länger hierbleibe. Aber natürlich gab es nichts wirklich Schönes. Deshalb kann ich sie gut gebrauchen.« Marie schob das Päckchen zu ihren Einkäufen in die Tragetasche, die sie neben der Tür abgestellt hatte.

»Das freut mich.« Philipp folgte ihr durch die Diele zur Haustür. Sie öffnete die Tür und wandte sich auf der Schwelle noch einmal zu ihm um.

»Vielen Dank für … alles«, wiederholte sie und schlenkerte verlegen die Hand durch die Luft. »Das war wirklich nett von dir.«

Er zog die Brauen hoch und lächelte. »Alles? Was genau meinst du?«

»Das mit der Bluse muss dich viel Zeit gekostet haben.« Sie hob den Blick und stürzte kopfüber in das stürmische Meer seiner Augen. Viel zu dicht war sein Gesicht plötzlich vor ihrem. Sie spürte seinen Atem auf ihrer Wange, dann strich er über ihre Lippen.

Marie blinzelte, schob ihren Kopf ein winziges Stückchen nach vorn – und erstarrte im nächsten Moment. Was tat sie da? War sie vollkommen von Sinnen? Sie konnte doch unmöglich daran denken, Philipp zu küssen, den sie eigentlich nicht einmal besonders mochte. Davon abgesehen gab es nun wirklich genug Gefühlschaos in ihrem Leben. Was wahrscheinlich genau der Grund war, aus dem sie auf seltsame Gedanken kam.

Sie wich so hastig zurück, dass sie sich den Hinterkopf an der offenstehenden Tür anstieß. Ohne sich etwas anmerken zu lassen, machte sie einen großen Schritt nach draußen und trat aus dem Schatten der Diele ins Sonnenlicht vor dem Haus, wo jeder sie sehen konnte.

»Hast du dir wehgetan?« Natürlich war ihm der kleine Unfall nicht entgangen. Er lehnte im Türrahmen und betrachtete sie besorgt.

»Nein«, behauptete sie, obwohl sie jetzt schon die wachsende Beule spüren konnte. »Ich werde auf keinen Fall deine Patientin, schon vergessen?«

»Wenn du den Kopf ernsthaft angeschlagen hast, bist du hoffentlich vernünftig genug, mich einen Blick darauf werfen zu lassen«, sagte er streng.

»Hör auf, mir dauernd Ratschläge zu geben!«, fuhr Marie ihn an. »Wahrscheinlich müsste ich im Fall einer Gehirnerschütterung morgens und abends mit meinem Vater spazieren gehen und unglaublich *ganzheitlich* mit ihm kommunizieren. Aber ich muss dich enttäuschen. Es geht mir gut.«

»Jetzt kriechst du also wieder in dein Schneckenhaus«, stellte er gelassen fest. »Bin ich dir zu nahegekommen? Bereust du, dass du mir ein paar Dinge anvertraut hast?«

»Was heißt anvertraut? Du hast mich nach allen Regeln der Kunst ausgefragt. Nur du … du erzählst nicht das kleinste bisschen über dich. Ich glaube dir nämlich nicht, dass du München verlassen und diese *Landarztpraxis* hier aufgemacht hast, weil dir nach ein bisschen Meeresluft war. Du hast auch eine Leiche im Keller. Oder mehrere.«

Das war ein Schuss ins Blaue gewesen, und sie war fast erstaunt, als er zusammenzuckte. Er sagte kein Wort, widersprach nicht und gab keine Begründung ab. Nichts. Was sehr untypisch für ihn war. Er stand einfach nur da und sah sie an. Die Augen dunkelgrün und verschleiert, als würde er hinter diesem Nebel all seine Geheimnisse verbergen. Und Marie war sicher, dass er Geheimnisse hatte. Vielleicht viel schlimmere Geheimnisse als die ihren.

Sie wandte sich ab und wollte ohne einen Gruß gehen, doch er hielt sie am Arm fest. »Es tut mir leid, wenn du das Gefühl hast, ich würde mich in Dinge einmischen, die mich nichts angehen, Marieke«, sagte er leise. »Ich wollte nur helfen.«

»Marie«, korrigierte sie ihn barsch.

Er biss sich auf die Unterlippe und sah fast verzweifelt aus. »Entschuldige. Seit ich deinen Vater kenne, redet er ständig von Marieke. Deshalb ist mir das rausgerutscht.«

Wütend funkelte sie ihn an und starrte dann hinunter auf ihren Oberarm, um den immer noch seine Hand lag. Dennoch machte er keine Anstalten, sie loszulassen. Also befreite sie sich mit einem Ruck aus seinem Griff und machte einen weiteren großen Schritt nach vorn, um noch mehr Abstand zwischen ihn und sich zu bringen.

Erst als sie bereits den halben Vorgarten durchquert hatte, drehte sie sich noch einmal um. »Du bist der Arzt meines Vaters. Er vertraut dir, und abgesehen davon gibt es sowieso keinen anderen Arzt auf der Insel. Darum bitte ich dich, seine Behandlung weiterhin so durchzuführen, wie du es für richtig hältst. Aus unseren Familienangelegenheiten hältst du dich aber heraus. Das geht dich nichts an. *Ich* gehe dich nichts an.«

Er nickte wortlos, und es war, als hätte jemand vor seinem Gesicht eine Jalousie heruntergezogen. Seine Miene war plötzlich ausdruckslos, ebenso wie sein Blick, der durch sie hindurchzugehen schien.

Sie drehte sich um und ging mit großen Schritten auf die Pforte zu. Dabei sah sie aus dem Augenwinkel, dass die Äpfel an dem alten Baum schon ein wenig größer waren als an dem Tag, an dem sie zum ersten Mal hier gewesen war. Das schien schon sehr lange her zu sein, obwohl in Wahrheit nur eine gute Woche vergangen war.

Hinter sich hörte sie, wie die Tür geschlossen wurde. Nicht unnötig laut, aber mit Nachdruck. Zischend stieß sie die Luft durch die Zähne und rannte fast im Laufschritt zum *Sandstern*, obwohl sie sicher nicht befürchten musste, dass Philipp sie verfolgte. Nicht nach dem Blick, mit dem er sie zuletzt angeschaut hatte.

Als sie durch die Gartenpforte trat, sah sie, dass sich eine junge Familie, die vor drei Tagen angekommen war, auf der Sitzgruppe vor dem Gebäude niedergelassen hatte. Die Eltern, beide sehr groß, blass und schmal mit Haaren in einer undefinierbaren Farbe, die sie ihren beiden Kindern vererbt hatten, waren sehr still und fast schüchtern. Zum Ausgleich machten die beiden Kleinkinder, die etwa ein und zwei Jahre alt waren, jede Menge Lärm.

Jetzt saßen sie im Gras, bewarfen sich gegenseitig mit Bauklötzchen und schrien dabei um die Wette. Ihre Mutter hockte mit leerem Blick daneben und starrte in die Luft, während der junge Vater verzweifelt versuchte, die Kinder abzulenken.

Marie zögerte und blieb dann doch stehen, während sie in ihrem Gedächtnis nach dem Namen der Familie kramte, der ihr nicht einfiel.

»Guten Tag«, sagte sie deshalb nur.

Die beiden Erwachsenen nickten ihr zu und erwiderten murmelnd ihren Gruß.

Spontan hockte Marie sich neben die Kinder ins Gras, nahm zwei Bauklötzchen und legte sie übereinander. Die Kleinen klappten fast gleichzeitig die schreienden Münder zu und schauten sie mit großen Augen an.

»Die beiden sind heute so unruhig«, sagte die junge Mutter unglücklich. Sie hatte bläuliche Schatten unter den Augen und sah aus, als hätte sie schon lange nicht mehr durchgeschlafen.

Marie nahm ein weiteres Klötzchen und legte es auf die anderen beiden. Eines der Kinder krähte vergnügt, das andere hob das Ärmchen, wischte durch die Luft und warf den kleinen Turm um. Mit beiden Händen baute Marie daraufhin Türme, zwei, drei, vier, unterschiedlich hoch, einen neben dem anderen. Als sie den Kopf hob und die Kinder anschaute, hatten sie beide die Lippen zu einem erstaunten O geformt.

Sie konnte tatsächlich zwei kleine Rabauken ablenken und zur Ruhe bringen. Marie spürte, wie Stolz in ihr aufstieg, als hätte sie soeben ein Bankett für dreihundert Personen organisiert, das reibungslos abgelaufen war und große Begeisterung hervorgerufen hatte. Als sie den Kopf hob, hatte die junge Mutter im Sonnenlicht die Augen geschlossen, während der Vater der Kinder fast misstrauisch beobachtete, was zu seinen Füßen im Gras vor sich ging.

»Ich mache Ihnen einen Vorschlag«, hörte Marie sich sagen und war selbst erstaunt über die Worte, die aus ihrem Mund kamen. »Hinten auf der Terrasse stehen Liegen. Ruhen Sie sich dort eine Stunde aus. Ich kümmere mich solange um die Kleinen.«

»Das … Das geht nicht«, protestierte die junge Mutter, klang aber nicht sonderlich überzeugend. Ihr Mann sagte nichts, starrte nur auf seine Kinder hinunter.

»Sie brauchen ein bisschen Ruhe«, erklärte Marie energisch. »Falls ich nicht zurechtkomme, bringe ich sie Ihnen wieder. Versprochen.«

Die Frau stand auf und wandte sich der Hausecke zu. Ihr Mann zögerte noch. Doch Marie konnte von seinem Gesicht ablesen, dass die Versuchung groß war.

»Eine Stunde«, wiederholte Marie und fragte sich verwundert, warum sie etwas so Verrücktes tat. Aus Mitleid mit den vollkommen erschöpften Eltern? Um sich von ihren chaotischen Gefühlen abzulenken? Oder etwa, weil im *Sandstern* nun einmal solche Dinge getan wurden?

»Danke. Vielen Dank«, rief ihr die junge Frau von der Hausecke aus zu. Ihr Mann sagte nichts, folgte ihr nur eilig.

Eine Weile spielte Marie weiter mit den Kindern, die noch fünf Minuten damit zubrachten, begeistert jedes Türmchen umzuwerfen, das sie aufgebaut hatte. Dann wurde es ihnen langweilig, und sie schrien wie auf Verabredung gleichzeitig los. Jeder Versuch, sie erneut mit den Bauklötzen abzulenken, misslang. Marie schaute verzweifelt zur Tür und hoffte, dass Susa oder Annemarie nachschauten, was es mit dem Radau auf sich hatte. Doch niemand kam. Annegret ging nach dem Mittagessen immer für zwei Stunden nach Hause, wo sie sich um ihren eigenen Haushalt und ihre Kinder zu kümmern, und

Susa war wahrscheinlich in den Zimmern an der Rückseite des Hauses beschäftigt, die sie vormittags noch nicht in Ordnung gebracht hatte.

»Hilfe! Susa?«, rief Marie gegen das Gebrüll der Kinder an und fragte sich, warum die Eltern auf der Terrasse das nicht hörten. Vielleicht schliefen sie in ihrer Erschöpfung längst so tief, dass sie nichts hörten. Oder sie *wollten* nichts hören.

»Kann ich helfen?«

Erst als sie von der Seite fast angeschrien wurde, bemerkte Marie die alte Dame, die direkt neben ihr stand.

»Frau Beck«, rief sie zurück. »Es tut mir schrecklich leid, dass es so laut ist. Ich kann nicht … Ich kriege sie einfach nicht zur Ruhe.«

»Ich kann mich um sie kümmern, wenn Sie wollen.« Frau Beck ließ sich neben Marie im Gras nieder.

»Das kann ich Ihnen nicht zumuten. Sie sind Gast unseres Hauses. Es ist schlimm genug, dass Sie diesen Lärm aushalten müssen.«

»Papperlapapp. Ich habe vier Kinder großgezogen. Da können mich zwei Winzlinge ganz sicher nicht in Panik versetzen. Sie haben doch sicher Besseres zu tun, Frau Janssen. Lassen Sie mich das machen.« Frau Beck tippte mit der Spitze ihres Zeigefingers erst dem einen, dann dem anderen Kind auf die Stupsnase und machte dazu ein Geräusch, das wohl wie eine Hupe klingen sollte, sich aber eher wie ein ungeöltes Tor anhörte. Die Kinder schwiegen verblüfft. Zumindest für den Moment.

Frau Beck verstand offenbar tatsächlich etwas davon, Kleinkinder zu bespaßen. Sie zauberte aus ihrer Handtasche, die sie wie immer bei sich trug, ein Schlüsselbund hervor und reichte es dem größeren der Kinder, das sofort zufrieden damit spielte.

»Und du, Basti? Was spielen wir zwei Schönes?«, wandte Frau Beck sich an den Einjährigen. Woher kannte sie seinen Namen? Offenbar hatte sie sich bereits mit ihnen bekannt gemacht.

Gleich darauf lag Basti auf dem Rücken, strampelte mit den Beinen und gluckste zufrieden, während Frau Beck ihre Finger über sein Bäuchlein zur Brust hinaufwandern ließ. Dazu sprach sie einen Kinderreim, in dem es um ein Mäuschen in einem Häuschen ging.

Die alte Dame wandte den Kopf und strahlte Marie an. »Es ist so wunderbar, kleine Kinder um sich zu haben, nicht wahr?«

»Sie sind süß«, murmelte Marie verlegen. »Aber wenn sie nicht aufhören zu schreien, ist es … schwierig.«

»Es ist ganz einfach. Sie sind mit so wenig zufrieden.« Frau Beck ließ mit einer Hand das Schlüsselbund in der Luft klirren und kraulte mit der anderen weiter Bastis Bäuchlein. »Obwohl ich natürlich zugeben muss … Mein Heinrich konnte mit den Kindern nicht sonderlich viel anfangen, bevor sie alt genug waren, um über Biologie zu sprechen. Pflanzenbestimmung, Vögel, Fische … Er interessierte sich sehr für Meerestiere.«

Ein Schatten legte sich über Frau Becks Gesicht.

»Heinrich? Ist das Ihr Mann?«, fragte Marie vorsichtig, als die alte Dame nach einer Weile immer noch schweigend in die Luft starrte.

Wie aus weiter Ferne kehrte ihr Blick zurück zu Marie, und sie verzog den Mund zu einem Lächeln, das mühsam wirkte. Dabei schüttelte sie abwehrend den Kopf. »Das spielt jetzt keine Rolle. Gehen Sie ruhig ins Haus. Ich mache das hier. Die Eltern sind sicher einverstanden. Gestern habe ich ihnen die Kinder auch für einige Zeit abgenommen.«

»Das kann ich Ihnen nicht zumuten, Frau Beck«, sagte Marie der Form halber. »Sie sind unser Gast.«

»Papperlapapp«, wiederholte Frau Beck ihr Lieblingswort und wandte Marie den Rücken zu, offenbar um deutlich zu machen, dass für sie die Diskussion beendet war.

Marie stand auf und wollte gerade ins Haus gehen, als ein junges Paar durch die Gartenpforte trat. Sie hatten nur einen kleinen Koffer dabei und wirkten seltsam erschöpft und zerzaust wie nach einer langen, anstrengenden Reise, dabei war die Überfahrt mit der Fähre nicht gerade eine abenteuerliche Seereise.

»Guten Tag.« Marie begrüßte die beiden mit einem professionellen Lächeln, das sie zu erschrecken schien, denn sie erwiderten es nur zögernd. »Kann ich Ihnen helfen?«

»Wir brauchen ein Zimmer. Bitte.« Die Stimme des jungen Mannes klang gehetzt, als wäre er auf der Flucht. »Wir waren schon *überall.* Und nirgends ist etwas frei.«

»Es ist Hochsaison«, teilte Marie ihm freundlich mit.

Daraufhin brach seine Begleiterin in Tränen aus. »Beim Fremdenverkehrsamt … konnten sie uns auch kein … kein Zimmer vermitteln. Und sie haben gesagt, es ist … verboten, am Strand zu schlafen. Wo sollen wir denn hin, wenn nicht mal … eine Fähre zurück aufs Festland geht?« Ihre Sätze wurden von Schluchzern unterbrochen.

Marie erinnerte sich sofort an die beiden Zimmer, die durch die überstürzte Abreise der Familie Zimmermann frei geworden waren. Hatte ihr Vater sie nicht einmal dem Fremdenverkehrsamt gemeldet, um sie möglichst schnell wieder zu vermieten, wenn er sich schon weigerte, bei den Zimmermanns den Betrag für die restliche Zeit zu kassieren?

Allerdings … Sehr vertrauenerweckend wirkten diese jungen Leute nicht. Ob sie die Unterkunft überhaupt bezahlen konnten?

»Vielleicht kann ich Ihnen helfen«, sagte Marie zögernd.

»Ich habe dir doch gesagt, es klappt, Laura«, sagte der junge Mann triumphierend und sah seine Begleiterin an, als hätte er höchstpersönlich einen Drachen besiegt.

»Ich weiß nicht, ob die freien Zimmer inzwischen anderweitig vergeben wurden«, versuchte Marie, seinen Enthusiasmus zu dämpfen. »Wie gesagt, es ist Hochsaison, und die Nachfrage ist groß.«

»Bitte, bitte, bitte«, flüsterte Laura vor sich hin und klammerte sich dabei mit beiden Händen an den Ärmel ihres Begleiters. Im Gegenzug versuchte er tapfer, den Eindruck zu erwecken, er hätte die Situation vollkommen unter Kontrolle.

Marie warf einen kurzen Blick auf Frau Beck und die beiden Kinder, die wieder vollkommen in ihr Spiel vertieft waren, dann führte sie das Paar in die Diele. Im Reservierungsbuch war für die freien Zimmer niemand eingetragen, und die Schlüssel hingen am Brett.

»Wie lange möchten Sie bleiben?«, erkundigte sich Marie.

»Ist es tatsächlich frei? Können wir es haben?« Laura ließ ihre Schultertasche auf den Boden gleiten und fiel Marie um den Hals.

Irritiert legte Marie den Arm um die schmalen Schultern des hochgewachsenen blonden Mädchens und verharrte unbehaglich in der Umarmung. Während all der Jahre, die sie nun schon im Hotel arbeitete, hatte noch kein Gast sie vor lauter Begeisterung über ihr Tun umarmt.

An Lauras Kopf vorbei teilte Marie dem jungen Mann den Preis des Zimmers mit, damit keine Missverständnisse entstanden.

»Kein Problem«, erwiderte er und zog eine Kreditkarte hervor. »Sollen wir im Voraus zahlen? Erst einmal für eine Woche?«

»Gern.« Marie füllte eine der vorbereiteten Rechnungen aus.

»Auf welchen Namen bitte?«, erkundigte sie sich, während ihr Stift bereits über dem Adressfeld im oberen Viertel des Blattes schwebte. Als keine Antwort kam, hob sie den Kopf und sah gerade noch, wie Laura und ihr Begleiter einen ratlosen Blick wechselten.

»Mein Name steht sowieso auf der Kreditkarte«, sagte er mit gesenkter Stimme zu ihr.

Er sprach leise, aber nicht leise genug. Marie hatte ihn verstanden. Sie runzelte die Stirn. Was hatte das zu bedeuten? War sie dabei, einem Verbrecherpärchen Unterschlupf zu gewähren? Bonnie und Clyde auf der Flucht vor der Bundespolizei?

»Ich brauche Ihre Ausweise bitte«, sagte sie mit einem freundlichen Lächeln und fester Stimme. »Den Meldeschein können Sie dann später ausfüllen.«

Erneut ging ein Blick hin und her. Dieses Mal meinte Marie, leichte Panik in den Augen der Neuankömmlinge zu erkennen. Die junge Frau ließ die Tragegurte ihres Rucksacks von den Schultern rutschen und begann, in den Seitentaschen zu wühlen, ihr Begleiter rührte sich nicht.

»Sagen Sie …«, sagte er nach einer Weile zögernd.

»Ja?« Marie zog die Brauen hoch und lächelte gleichzeitig möglichst harmlos und professionell.

»Wenn sich bei Ihnen jemand nach den Namen Ihrer Gäste erkundigt, geben Sie sie dann heraus?«

»Die Namen? Das kommt darauf an, wer nachfragt. Die Polizei?« Langsam wurde es Marie unbehaglich zumute.

»Egal wer – würden Sie uns verraten?« Der junge Mann schaute sie aus seinen fast schwarzen Augen starr an, als könnte er bis auf den Grund ihrer Seele blicken.

»Wenn die Polizei nachfragt, sind wir verpflichtet, Auskunft zu erteilen«, sagte sie mit fester Stimme. »In allen anderen Fällen verhalten wir uns diskret.«

Laura atmete hörbar auf und warf das lange blonde Haar über die Schulter nach hinten. Erst jetzt sah Marie ihre klaren Gesichtszüge. Sie war sehr jung und sehr schön.

»Meinst du, sie können uns trotzdem finden, Marco?« Laura biss sich unsicher auf die volle Unterlippe. Gleichzeitig zog sie ihren Personalausweis hervor. »Sie werden nach uns suchen, das steht fest.« Sie wickelte sich eine ihrer langen, glänzenden Haarsträhnen um den Zeigefinger.

Die weitere Debatte wurde im Flüsterton geführt, sodass Marie nur einzelne Worte verstand, auf die sie sich keinen Reim machen konnte. Mittlerweile war sie zu der Ansicht gelangt, dass sie diesem Paar weder Mord und Totschlag noch einen Bankraub zutraute. Vielleicht waren sie einfach das erste Mal gemeinsam verreist, und ihre strengen Eltern wussten nichts davon. Volljährig waren sie laut ihren Ausweisen beide, das hatte Marie als Erstes überprüft, also sollte es für den *Sandstern* kein Problem geben.

»Dann also ein Zimmer für eine Woche«, versuchte sie, die Sache voranzubringen.

»Ja bitte.« Marco reichte ihr seine Kreditkarte, von der sie den Zimmerpreis für eine Woche abzog.

»Wenn jemand anruft, verraten Sie uns bitte nicht«, bat der junge Mann ein weiteres Mal. Mit seinen dunklen Haaren, den fast schwarzen Augen und dem olivfarbenen Teint sah er nicht nur südländisch aus, er hörte auch auf den wunderschönen italienischen Nachnamen D'Amico. Laura bildete nicht nur optisch den perfekten Kontrast – blondes Haar, blaue Augen, helle Haut –, sie hieß noch dazu typisch deutsch Meier.

»Wie ich schon sagte, wir sind diskret.« Marie nahm den Zimmerschlüssel vom Haken und reichte ihn Marco.

»Wir haben nichts Schlimmes gemacht«, beteuerte Laura. »Ehrlich nicht. Nur etwas, das unsere Eltern nicht gut finden.«

Marie nickte und wünschte den neu angekommenen Gästen einen schönen Aufenthalt. Als die beiden mit ihrem Gepäck die Treppe hinauf verschwunden waren, fügte sie im Reservierungsbuch neben der Zimmernummer eine Notiz ein, die besagte, dass die Namen der Gäste auch auf Anfrage nicht genannt werden durften.

Anschließend warf sie einen kurzen Blick hinaus in den Garten, wo die Kinder immer noch ruhig und fröhlich waren und Frau Beck höchst zufrieden dreinblickte, während sie mit ihnen spielte. Dann machte Marie sich auf die Suche nach ihrem Vater, um ihm zu berichten, dass sie eines der freien Zimmer vermietet hatte. Auf die Streitigkeiten vom Vormittag würde sie nicht wieder eingehen. Es hatte ohnehin keinen Sinn.

14. Kapitel

Einige Tage später schlug plötzlich und übergangslos, wie es an der Nordsee üblich ist, das Wetter um. Es wurde deutlich kühler, am Himmel zogen eilig dichte Wolken vorbei, und immer wieder gab es heftige Schauer.

Als Marie morgens aufgestanden war, hatte sie durchs Fenster ihres Zimmers minutenlang zwei Möwen zugesehen, die sich vom Wind wild durch die Luft werfen ließen. Wie zwei kleine weiße Drachen, deren Schnüre ein wahrer Künstler in den Händen hielt, glitten sie vor dem Grau des Himmels auf und ab und hin und her. Nur dass sie keine Schnüre hatten, sondern frei waren und niemand ihnen seinen Willen aufzwang.

Marie öffnete das Fenster und lauschte ihren Schreien. Es klang, als würden sie jeden, der sie hörte, auffordern, sich ebenfalls die Freiheit zu nehmen, die zumindest das Herz fliegen ließ. Marie hoffte, dass Emma diese Töne nicht hörte. Aber da die Insel klein war, vernahm wahrscheinlich jeder, der sich nicht gerade die Ohren zuhielt, die Rufe der Möwen.

Maries Blick wanderte zu ihrem kleinen Koffer, der auf dem Kleiderschrank lag und darauf wartete, dass sie ihn wieder packte und die Insel verließ. Da sie mittlerweile ihre Garderobe aufgestockt hatte, würde sie sich wohl eine zusätzliche Reisetasche besorgen müssen.

Ihr Vater tat schon wenige Tage nach seiner Rückkehr aus der Klinik, als wäre er nie krank gewesen. Er scherzte und lachte mit den Gästen, stritt mit Fricke, was ihrem normalen Umgangston entsprach, und versuchte ansonsten, die meisten Änderungen, die Marie eingeführt hatte, wieder rückgängig zu machen. Die Kraft, sich mit ihr über den richtigen Zeitpunkt zum Wechseln der Handtücher oder über Croûtons auf dem Salatteller auseinanderzusetzen, fehlte ihm nie. Was sie trotz ihres Ärgers als ein gutes Zeichen wertete.

Dennoch – wenn er sich unbeobachtet wähnte, trat manchmal ein müder Ausdruck in seine Augen, wurde sein Gang schwerfälliger, und gelegentlich stützte er sich immer noch für einen Moment an einem Türrahmen oder seiner Stuhllehne ab.

Also sorgte Marie dafür, dass er sich regelmäßig ausruhte und mittags ein Schläfchen machte. Sie bemühte sich, ihn während der täglichen Diskussionen über die Leitung der Pension nicht unnötig aufzuregen – was wirklich schwierig war –, und sie machten tatsächlich jeden Tag einen gemeinsamen Spaziergang am Strand.

Obwohl sie inzwischen schon fast zwei Wochen auf der Insel war, gab es für Marie mehrere Gründe, noch zu bleiben, obwohl ihr Vater ein oder zwei Mal beiläufig betont hatte, dass er sich mindestens so gut fühle wie vor zehn Jahren. Das glaubte Marie ihm nicht ganz, obwohl er möglicherweise tatsächlich wieder in der Lage gewesen wäre, die Pension allein zu führen.

Sie war bei ihrem Entschluss geblieben, nicht nach Jamaika zu fahren. Seltsamerweise zog sie nichts zu Gerit. Sie hatten in der Zwischenzeit nur einmal kurz und kühl miteinander telefoniert. Er hatte wissen wollen, ob sie mittlerweile zur Vernunft gekommen wäre; sie hatte erklärt, sie sei nie vernünftiger gewesen. Anschließend hatte sie ein paar Minuten dagesessen, die Wand angestarrt und sich gewundert. Wie hatten ein paar verständnislose Bemerkungen, ein Streit und gute achttausend Kilometer Entfernung das Liebesverhältnis zwischen Gerit und ihr so schnell abkühlen lassen können? Oder war die Beziehung schon immer wenig leidenschaftlich gewesen, und sie hatte es durch die große Distanz erst bemerkt?

Nicht einmal die Karibik hatte noch einen Reiz für sie. Und im *Albatros* war sie momentan auch entbehrlich. Sie hatte noch eine Woche Urlaub und nicht die geringste Lust, ihren Hamburger Freundinnen oder irgendwelchen Bekannten, die ihr möglicherweise auf der Straße über den Weg liefen, zu erklären, warum sie nicht im Urlaub war.

Also konnte sie ebenso gut auf Juist bleiben, sich in der Pension nützlich machen und aufpassen, dass ihr Vater sich nicht überanstrengte.

Schlechtes Wetter war anstrengend für die Menschen, die auf der Insel in Pensionen oder Hotels arbeiteten. Auch die Gäste des *Sandsterns*, die sonst den ganzen Tag draußen waren, hielten sich viel mehr als sonst in der Pension auf. Schließlich konnten sie nicht vierzehn Stunden am Tag in der Halle des Meerwasserschwimmbads verbringen. Und die kleinen Museen der Insel hatten die meisten von ihnen ohnehin schon besucht. An solchen Tagen störten sie daher beim Herrichten der Zimmer, saßen in der Diele herum und diskutierten im Fernsehraum über das Programm, das eingestellt werden sollte, obwohl in den Zimmern auch Fernsehgeräte standen. Überhaupt stolperte man im ganzen Haus über Gäste. Es war sogar schwierig, für die Mahlzeiten einzudecken, weil mehrere Tische im Speisezimmer von Grüppchen belegt waren, die Karten oder Mensch ärgere Dich nicht spielten.

Doch irgendwie ging auch dieser Tag herum, und am Ende fand Marie es gar nicht so schlimm, die Gäste, die sonst nur zu den Mahlzeiten anwesend waren, ein bisschen besser kennenzulernen. Wahrscheinlich würde sie sich nun endlich auch die Namen merken können. Die meisten von ihnen waren entspannt und fröhlich. Sie hatten Ferien, und nicht einmal das stürmische, regnerische Wetter schien sie zu stören.

»Heute lassen wir unseren Ausflug wohl besser ausfallen. Es könnte jeden Moment einen Schauer geben«, sagte Marie nach dem Abendessen zu Rainulf. Für ihre Bemerkung musste sie abwarten, bis er zwischendurch Luft holte. Seit er seinen Teller mit gutem Appetit geleert hatte, dozierte er darüber, dass zusätzlich zu den Antipasti, die an diesem Abend serviert worden waren und die er ohnehin für unpassend hielt, eine Sorte Aufschnitt und eine Sorte Käse ausgereicht hätten.

»Der Doktor hat gesagt, jeden Abend«, antwortete ihr Vater stirnrunzelnd.

»Er hat sicher nicht gemeint, dass wir uns nassregnen und vom Sturm davontragen lassen müssen.«

Marie unterdrückte einen Seufzer. Seit wann legte er gesteigerten Wert darauf, genau das zu tun, was sein Arzt ihm sagte?

»Es wird nicht regnen. Und das bisschen Wind kann uns ja wohl nichts anhaben. *Wir sind die Niedersachsen, sturmfest und erdverwachsen.*« Den letzten Satz sang Rainulf mit seinem kräftigen Bariton und ohne jede Scheu. Da sie inzwischen gemeinsam den Speisesaal verlassen hatten und mitten in der Diele standen, wo sich nach dem Essen schon wieder einige der Gäste versammelt hatten, wandten sich ihm sämtliche Anwesenden zu. Einige klatschten Beifall.

»Schau mal, wie gemütlich es hier ist«, lockte ihn Marie und deutete auf den Kamin, in dem rotgolden die Flammen loderten. »Susa kocht eine große Kanne Tee, und es gibt Plätzchen.«

»Dafür ist nachher noch Zeit. Bei diesem Wetter bin ich am liebsten draußen.« Rainulf grinste so breit, dass seine Augen fast zwischen einen Strahlenkranz aus Falten verschwanden.

»Aber zieh dich bitte warm an. Eine Erkältung sollten wir nicht riskieren. Du bist immer noch Rekonvaleszent. Das hat Doktor Siemon vorhin gesagt, als er hier war.«

»Du darfst nicht lauschen«, erwiderte ihr Vater lächelnd.

»Dann solltest du mit ihm zur Untersuchung nach oben in deine Wohnung gehen oder wenigstens die Tür zum Fernsehraum schließen«, konterte Marie.

Sehnsüchtig fixierte sie den großen Keksteller und die dickbauchige Teekanne, die Susa gerade auf einem kleinen Tisch in der Ecke der Diele abstellte. Wie auf Bestellung fegte in diesem Moment der Wind um die Hausecke und pfiff im Schornstein.

Der Hund der Sieves, eine schwarze Promenadenmischung, die furchteinflößend bellen konnte und schrecklich ängstlich war, versuchte winselnd, sich unter dem Ohrensessel zu verstecken, was jedoch misslang, weil dort einfach nicht genug Platz für ihn war. Daraufhin zog Frau Sieve das bebende Fellbündel auf ihren Schoß, wofür es nun wiederum zu groß war, sodass es an allen Seiten überhing. Doch das störte weder Herrin noch Hund. Frau Sieve kraulte ihn hinter den Ohren, und statt zu zittern, blinzelte der Hund nur noch müde.

»Wie gemütlich der Wind heult«, stellte Frau Klussmeyer fest, aber die musste ja auch nicht bei diesem Wetter am Strand spazieren gehen.

Fricke trug auf einem großen Tablett Teetassen herbei, die bei jedem seiner Schritte leise klirrten. Rasch schob Susa die Kanne zur Seite, sodass er die Tassen abstellen konnte.

»Danke dir«, sagte sie mit seltsam piepsiger Stimme und strich sich mit einer nervösen Geste die Haare glatt.

»Da nich für«, murmelte der Koch, rückte die Tassen zurecht, stellte Zuckerdose und Milchkännchen daneben und verschwand, nachdem er Susa einen seltsamen Blick zugeworfen hatte, den Marie nicht zu deuten wusste.

Susa wiederum schaute ihm mit einem merkwürdigen Gesichtsausdruck hinterher. Einem Ausdruck, den Marie, die Susa schließlich seit ihrer Kindheit kannte, noch nie bei ihr gesehen hatte.

Waren die beiden etwa …? Marie schüttelte leicht den Kopf. Solange sie denken konnte, lebte Susa nach einer kurzen unglücklichen Ehe allein. Früher hatte sie immer verkündet, dass sie nichts mehr von Männern wissen wolle.

Und Fricke war einer jener älteren Männer, die Marie sich selbst mit größter Anstrengung nicht als Teil eines Paars vorstellen konnte. Er war der typische Einzelgänger. Wenn er überhaupt etwas sagte, redete er übers Kochen. Wenn er Gefühle zeigte, so ging es meistens darum, dass er irgendein bestimmtes Essen verabscheute und nicht zubereiten wollte.

War es also möglich, dass diese beiden Menschen, die so friesisch herb daherkamen, ineinander verliebt waren? Marie runzelte angestrengt die Stirn, während sie sich an andere Situationen erinnerte, in denen die beiden sich auch schon so seltsam angesehen hatten.

»Können wir dann los, Marieke?«

Als ihr Vater in voller Regenmontur mit über den Kopf gezogener, festgezurrter Kapuze, in Gummistiefeln und Regenhose neben ihr auftauchte, schreckte sie aus ihren Gedanken auf.

»Gleich. Ich ziehe mich nur schnell an.«

Ohne ihm Gelegenheit zu geben, sie wegen ihrer Trödelei zu tadeln, eilte sie hinauf in ihr Zimmer. Dort schlüpfte sie in den hässlichen Anorak, der noch aus ihrer Schulzeit stammte, aber wenigstens einigermaßen wasserdicht war. Anschließend lief sie wieder nach unten und zog in dem kleinen Raum neben der Hintertür, der der Familie und dem Personal als Garderobenraum diente, ihre alten Sneakers an. In den Rillen der Sohlen klebte feuchter Sand, und sie machte sich nicht mehr die Mühe, die Schuhe zwischendurch zu reinigen. Schließlich war es vollkommen gleichgültig, in welchem Aufzug sie hier herumlief.

Ihr Vater wartete schon auf dem Fußweg vor der Gartenpforte. Als er sie sah, warf er demonstrativ einen Blick auf seine Armbanduhr, sagte aber nichts. Auch das war mittlerweile ein Ritual zwischen ihnen geworden. Egal ob er zehn Sekunden oder zehn Minuten gewartet hatte, er versuchte jedes Mal, den Anschein zu erwecken, sie wäre Stunden zu spät gekommen.

»Tut mir leid«, sagte sie knapp. So wie immer.

Daraufhin brummte er wie stets etwas Unverständliches vor sich hin und setzte sich in Richtung Strand in Bewegung.

Die ersten hundert Meter ging er so flott, als hätte er es furchtbar eilig. Marie wusste jedoch, dass er das nicht durchhalten würde. Obwohl sie sich schon während dieser kurzen Strecke sorgte, die Anstrengung könne ihm schaden, sagte sie nichts und hielt einfach mit ihm Schritt. Er hörte ohnehin nicht auf sie.

Auch an diesem Abend war es so, dass Rainulf nach kurzer Zeit, sie hatten den Strand noch nicht erreicht, schneller atmete und deutlich langsamer wurde.

»Was sagt Doktor Siemon denn zu deinen Fortschritten?«, fragte

Marie, als sein Atem sich wieder beruhigt hatte. »Ich habe ihn schon länger nicht gesehen.«

Seit jenem gemeinsamen Mittagessen ging sie Philipp aus dem Weg. Sobald er zu seinem täglichen Hausbesuch bei Rainulf auftauchte, verschwand sie in einem entfernten Teil der Pension und kam erst wieder zum Vorschein, wenn sie sicher sein konnte, dass er gegangen war.

Während sie auf der Insel unterwegs gewesen war, hatte sie ihn genau zwei Mal aus der Ferne gesehen. Gottlob rechtzeitig, sodass sie einen anderen Weg wählen konnte. Zum Glück waren auf Juist auch Umwege nicht weit.

Nur die Tatsache, dass sie nicht wusste, wie es Emma ging, ob ihr Flügel heilte und sie bald wieder in die Freiheit entlassen werden konnte, tat ihr leid. Aber so war es nun mal. Philipp würde sich auch ohne ihre Unterstützung gut um die Möwe kümmern, dessen war Marie sich sicher.

»Mit meiner Gesundheit ist alles bestens, sagt der Doktor«, behauptete ihr Vater, ohne sie anzusehen.

Seite an Seite gingen sie durch den feuchten Sand zum Meer, das an diesem Tag wild und dunkelgrau über den vorderen Teil des Strandes rollte und sich fauchend wieder zurückzog, um einen neuen Anlauf zu nehmen.

»Der blanke Hans nagt heute wieder an unserer Insel«, stellte Rainulf fest. »Da müssen die Lastwagen noch mal eine Menge Sand herbeikarren. Das Meer ist stark, aber wir lassen ihm unsere Heimat nicht.«

Marie nickte und atmete tief durch. »Tut mir leid, was ich damals gesagt habe. Über die Befestigung der Küste, meine ich.« Der Wind riss ihr die Worte von den Lippen.

»Was? Ich verstehe dich nicht«, rief ihr Vater gegen das Tosen der Brandung an.

Sie wiederholte ihre Worte, laut und deutlich, fast schreiend.

Rainulf blieb stehen und sah sie aus dem Schatten seiner Kapuze lange an. Dann nickte er. »Ist schon gut. Wenn man fünfzehn ist, kann es wohl sein, dass sich auch eine so wunderbare Insel wie die unsrige wie ein Gefängnis anfühlt.«

Tatsächlich hatte er sofort gewusst, was sie meinte. Damals hatten ihre Eltern beim Essen wieder einmal über die Sicherung der Randdünen gesprochen, während sie wie so oft in Gedanken mit ihrem Schicksal als Inselkind haderte. Schlecht gelaunt hatte sie lauthals verkündet, es wäre am besten, wenn das Meer die Insel verschlingen würde. Dann wären sie endlich alle frei. Was gemein und schon deshalb dumm gewesen war, weil niemand auf der Insel gefangen gehalten wurde. Nicht einmal sie.

»Is schon gut«, wiederholte ihr Vater und tätschelte kurz und unbeholfen ihre Schulter in der feuchten Jacke.

Eine Weile gingen sie schweigend nebeneinanderher. Der Strand war menschenleer. Wer war schon so verrückt, bei diesem Wetter hier herumzulaufen?

»Der Doktor hat mir was verschrieben«, rief Rainulf nach einer Weile in den Wind.

»Neue Tabletten? Ich dachte, die Medizin, auf die du im Krankenhaus eingestellt worden bist, wirkt gut?«

»Es geht nicht um Tabletten.« Ernst schüttelte er den Kopf und ließ sich vom Wind, den sie nun im Rücken hatten, am Strand entlangschieben. »Ist was, was ich nicht schlucken kann. So was wie unsere Spaziergänge am Meer. Aber so einfach wie Spazierengehen ist nicht alles.«

»Was ist es?«, erkundigte sie sich vorsichtig.

Wieder blieb Rainulf stehen und schaute hinaus aufs Meer, das brodelte wie ein Hexenkessel. »Der Mann kann einfach keine Ruhe geben. Erst soll ich mich unbedingt operieren lassen, dann reicht das aber doch nicht, und ich soll noch viel dringender …« Der Rest des Satzes ging in einem unverständlichen Gemurmel unter, das der Wind mit sich trug.

»Er kann furchtbar nerven«, stimmte Marie ihm zu, und er nickte.

In dieser Sache waren sie sich jedenfalls einig. »Was ist es denn nun, was er dir verschrieben hat?«

»Arztgeheimnis!«, rief Rainulf triumphierend in den Wind. Er hatte offenbar nicht vor, ihr zu verraten, was Doktor Siemon ihm zusätzlich zu seinen Medikamenten »verschrieben« hatte. Ohnehin ahnte Marie, worum es ging. Und sie wusste, dass ihr Vater diese bittere Pille wahrscheinlich nicht schlucken würde.

Sie brachte es schließlich auch nicht über sich, über das zu reden, was damals geschehen war. Zu viel Schmerz lauerte seit dem Tod ihrer Mutter zwischen den sanften Dünen, am Saum des Wassers und unter dem reetgedeckten Dach der Pension *Sandstern*. Höchstwahrscheinlich hatte Philipp ihrem Vater ebenso wie ihr aufgetragen, sich in einem Vater-Tochter-Gespräch über die Vergangenheit auszutauschen und sich zu versöhnen. Er kannte sie beide einfach nicht. Marie schüttelte im Wind den Kopf.

»Du bist nicht der Arzt, also musst du auch kein Arztgeheimnis bewahren«, erklärte sie dennoch, einfach nur, um ihn zu ärgern. »Als Patient darfst du alles ausplaudern, was der Arzt über dich gesagt hat.«

»Die Frau Beck ist eine ulkige Nudel«, wechselte ihr Vater das Thema. »Ich weiß jetzt, warum sie dauernd mit sich selbst redet. Tut sie eigentlich nicht.«

Erstaunt schaute Marie ihn von der Seite an. »Woher weißt du das?«

»Ich habe sie gefragt«, rief er ins Tosen der Wellen, und es klang ganz selbstverständlich.

»Wie? Einfach gefragt? Ganz direkt?«

»Genau! Natürlich habe ich erst ein bisschen über das Wetter und die Insel geredet. Wie man das eben so macht. Und dann habe ich gefragt, warum sie unbedingt einen Zweiertisch und ein Doppelzimmer wollte und ob das Selbstgespräche sind, wenn sie laut etwas sagt, obwohl keiner in der Nähe ist.«

Wieder warf Marie ihm einen verblüfften Blick zu. Wann hatte ihr Vater sich in einen geschickten Plauderer verwandelt, der noch dazu fremde Menschen dazu brachte, ihm ihre Geheimnisse anzuvertrauen?

»Und?«, fragte sie.

»Sie spricht mit ihrem toten Mann«, platzte Rainulf unvermittelt heraus. »Sie hat ein schlechtes Gewissen und macht deshalb in Gedanken diese Urlaubsreise mit ihm.«

»Aha«, machte Marie und runzelte die Stirn. Beim Gehen schaute sie hinaus auf das aufgewühlte Meer. Ein Stück weit entfernt entdeckte sie auf den Wellen einen tollkühnen Windsurfer. Sein blaues Segel hob sich gestochen scharf vom Grau des Wassers und des Himmels ab. Wenn er wendete, schien er einen Moment in der Luft stillzustehen.

Schon als Kind hatte Marie es geliebt, den Windsurfern zuzusehen. Es musste ein wunderbares Gefühl sein, sich dort draußen Meer und Wind anzuvertrauen – frei und wild und weit weg von der Enge der Sandbank namens Juist. Dennoch hatte sie sich nie getraut, es auszuprobieren. Der Gedanke, es nur mit einem Brett und einem kleinen Segel mit der mächtigen Kraft des Windes und der Wellen aufzunehmen, erschien ihr ziemlich angsteinflößend.

»Waren Frau Beck und ihr Mann denn früher Gäste im *Sandstern?*«, fragte sie ihren Vater. »Ich hatte den Eindruck, sie war noch nie auf Juist.«

»Das ist es ja gerade. Sie sind jedes Jahr zusammen verreist. Aber immer in die Berge.« Mit seiner faltigen Hand, der man sein Alter deutlich ansah, machte Rainulf eine Bewegung durch die Luft, als müsste er Marie die Form eines Bergs zeigen.

»Das ist ja noch merkwürdiger. Andere Frauen gehen ans Grab ihres verstorbenen Mannes, um mit ihm zu reden, und Frau Beck kommt nach Juist und macht das bei uns in der Diele?« Das klang ziemlich verrückt, und Marie überlegte, ob es nicht vielleicht besser war, Frau Beck nicht mit den beiden kleinen Kindern der Cordes' allein zu lassen.

»Sie ist nicht verrückt, falls du das meinst«, erklärte Rainulf in entschiedenem Ton. »Hui, das war aber ein toller Sprung. Als könnte er fliegen!« Er schaute aufs Meer hinaus zu dem Windsurfer.

»Weißt du, wer das ist?«, erkundigte sie sich.

»Erkennst du ihn nicht?« Rainulf lachte. »Das ist unser Doktor. Dem ist kein Sturm zu wild. Sobald es ordentlich weht, ist er da draußen.«

»Bist du sicher?« Verblüfft kniff Marie gegen den Wind die Augen zusammen, aber in der sprühenden Gischt konnte sie das Gesicht des Surfers nicht erkennen.

»Klar bin ich sicher. Der ist verrückter als Frau Beck, kann ich dir sagen. Kennt keine Angst mit seinem kleinen Brett und dem Segel.«

Eine Weile folgte Maries Blick den eleganten Schwüngen, mit denen der Mann dort draußen sein Brett durch die Wellen lenkte. In dem engen Neoprenanzug bot er einen Anblick, auf den sie nicht gefasst gewesen war. Er wirkte noch größer, kräftiger und breitschultriger, als wenn man ihm direkt gegenüberstand. Das machte sie aus irgendeinem Grund wütend – noch wütender, als sie ohnehin schon auf ihn war.

Hastig wandte sie das Gesicht landeinwärts. Sie hatte keine Ahnung, ob er sie hier am Strand erkennen konnte, aber falls es so war, sollte er nicht glauben, sie würde ihn anstaunen. Er machte sich doch nur wichtig.

»Wir sollten umkehren«, sagte sie und nahm den Arm ihres Vaters. Leicht widerstrebend ließ er sich in die entgegengesetzte Richtung ziehen.

»Hat Frau Beck noch was über ihren Mann erzählt?«, fragte sie, während sie erleichtert ihrem Strandaufgang entgegenstrebte. Philipp machte seine Wasserkunststückchen nun hinter ihrem Rücken, wo sie ihn nicht sehen konnte.

»Er wollte immer gern nach Juist, aber sie hat jedes Jahr gesagt, das könnten sie im nächsten Urlaub machen, und wieder eine Reise in die Alpen gebucht. Und letzten Herbst ist er gestorben. Jetzt hat sie ein schlechtes Gewissen.«

Er machte eine Pause und fügte hinzu: »So ist das, wenn Menschen sterben, dann kann man seine Fehler nicht mehr gutmachen.«

Sie schüttelte den Kopf. Ihr war klar, dass er längst nicht mehr von Karoline Beck sprach, sondern von ihr. Aber er hatte unrecht. Es war nicht ihre Schuld, auch wenn sie manchmal darüber nachdachte, ob alles anders gekommen wäre, wenn sie damals die Insel nicht verlassen hätte.

»Das hast du Frau Beck hoffentlich nicht gesagt«, rief sie in den Wind. »Wenn ihr Mann sie geliebt hat, hat er ihr verziehen.«

Aus dem Augenwinkel sah sie, dass ihr Vater mit den Schultern zuckte.

»Und sie hat ihn auch geliebt, obwohl sie die Juist-Reise immer wieder aufgeschoben hat. Deshalb versucht sie nun auf ihre Weise, ihren Fehler wiedergutzumachen.«

»Davon hat er nichts mehr«, brummte Rainulf vor sich hin. »Tot ist tot, und zu spät ist zu spät. Aber natürlich habe ich ihr das nicht gesagt. Das hätte deine Mutter auch nicht getan.«

»Wenn sie diese Reise jetzt macht und dabei mit ihm redet, sich vorstellt, dass er bei ihr im Zimmer ist und mit ihr am Tisch und im Strandkorb sitzt, hat sie ihn sehr geliebt. Das hat er sicher gewusst. Kommt es nicht vor allem darauf an?« Marie nickte in den Wind, um ihren Worten Nachdruck zu verleihen.

»Hm«, machte ihr Vater und sagte eine Weile nichts mehr.

»Das zweite freie Zimmer wird übrigens morgen auch belegt«, sagte er nach einer Pause.

»Das von den Zimmermanns? Immerhin hat es drei Nächte leer gestanden. Das ist ein Verlust, den Gäste, die vorzeitig abreisen, eigentlich ausgleichen müssten.« Als die Worte heraus waren, biss Marie sich auf die Unterlippe. Schließlich hatte sie sich vorgenommen, sich nicht mehr mit ihrem Vater zu streiten. Es hatte keinen Sinn, und die Pension gehörte ihm, also war es seine Entscheidung.

»Ja, ja«, sagte er prompt, was so viel wie Nein hieß.

»Es ist dein Geld, also mach es, wie du möchtest«, lenkte sie ein.

»Darauf kannst du Gift nehmen.« Er beendete seinen Satz mit einem unwilligen Brummen.

Wieder schwiegen sie. Marie beschleunigte ihre Schritte, um diesen Spaziergang so schnell wie möglich hinter sich zu bringen, und das nicht nur wegen des Windes, der wie mit Dutzenden von Händen an ihrem Anorak zerrte. Als sie jedoch bemerkte, dass ihr Vater kaum hinterherkam und nach Atem rang, wurde sie sofort langsamer.

»Kennst du die Gäste, die das freie Zimmer mieten wollen? Sind es Stammgäste«, machte sie ihm ein weiteres Friedensangebot.

»Nein«, antwortete er knapp, überlegte es sich aber und fügte hinzu: »Ich kenne die Frau nicht, aber sie hat irgendwas mit dem jungen Paar zu tun, das in dem anderen Zimmer wohnt, das frei geworden war.«

Marie blieb erschrocken stehen. »Hat sie angerufen und nach den beiden gefragt?«

»Ja. Und sie war sehr froh, als ich ihr gesagt habe, dass sie bei uns wohnen. Offenbar hatte sie vorher schon die halbe Insel abtelefoniert.« Rainulf kicherte in sich hinein.

»Du kannst doch nicht irgendjemandem am Telefon die Namen unserer Gäste nennen«, rief Marie entsetzt.

»Ist nicht irgendjemand. Ich glaube, es ist die Mutter von dem jungen Mann. Jedenfalls ist sie irgendwie mit ihm verwandt«, beruhigte ihr Vater sie.

»Genau das wollten sie nicht! Sie haben beim Einchecken mehrmals gefragt, ob wir auch nicht verraten, wer bei uns wohnt. Und ich habe ihnen erklärt, dass aus Gründen der Diskretion *kein* Beherbergungsbetrieb einfach so die Namen seiner Gäste herausgibt.«

»Hab ich nicht. Die Namen kannte die Frau. Ist ja seine Mutter. Sie hat nur gefragt, ob die beiden bei uns wohnen.«

»Ich habe extra einen Vermerk im Reservierungsbuch gemacht, dass niemand auf Nachfrage verraten darf, dass sie bei uns wohnen.«

Marie presste verzweifelt die Lippen zusammen, um nicht noch mehr zu dieser Angelegenheit zu sagen.

»Wieso sollte ich denn ins Reservierungsbuch gucken, wenn mich jemand was fragt, was ich im Kopf hab? Ich kenn die Namen unserer Gäste.« Rainulf schüttelte verständnislos den Kopf. »Außerdem hat eine Mutter das Recht zu erfahren, wo ihr Sohn ist.«

»Dieser Sohn ist volljährig. Und wenn er nicht will, dass seine Mutter seinen Aufenthaltsort kennt, geht uns das nichts an.« Würde ihr Vater jemals begreifen, dass seine »Pensionsfamilie« keine echte Familie war – und dass auch die Mitglieder einer richtigen Familie ein Recht auf ihr eigenes Leben hatten?

Sie näherten sich dem Strandaufgang, von dem aus es nur noch wenige Minuten bis zum *Sandstern* waren. Marie hakte ihren Vater unter, und sie legten den restlichen Weg nach Hause schweigend zurück. Als sie die Gartenpforte öffnete, sah sie eine schmale Gestalt im roten Anorak vor der Tür stehen. Die Kapuze tief ins Gesicht gezogen, die Hände in den Taschen.

»Warum gehst du denn nicht rein, Nele, mein Kind?«, rief ihr Vater. »Die Tür ist doch offen.«

Marie zuckte zusammen und blieb mitten auf dem Plattenweg zur Haustür stehen.

»Drinnen haben sie mir gesagt, dass ihr auf einem Spaziergang seid. Da wollte ich hier draußen warten.« Nele sah nur Marie an. An ihren dichten, dunklen Wimpern hingen Regentropfen. Oder waren es Tränen? Marie schaute stumm zurück und spürte, dass ihr Herz aufgeregt pochte. Langsam legte sie die restlichen Meter zum Haus zurück.

»Wir müssen reden«, sagte Nele. »Meine Töchter haben mir den Kopf gewaschen. Weil ich ständig gereizt bin, seit du wieder auf der Insel bist. Und weil ich Kaja und Lilly dauernd erzähle, dass Freundschaft kostbar sei und sie sich nicht mit ihren Freundinnen zerstreiten sollen. Oder wenn es passiert ist, sollen sie darüber reden und die Sache klären. Nun haben sie mir gesagt, das muss ich auch tun, und deshalb bin ich hier. Und auch weil du mir den blöden Strauß gebracht hast.«

Marie stiegen Tränen in die Augen. Aber sie war es ja schon gewohnt, dass sie auf dieser verdammten Insel dauernd weinen musste.

15. Kapitel

»Rühreier mit Bacon? Oder lieber Müsli?« Fragend schaute Marie ihre Freundin an und spürte das warme Gefühl in der Brust, das sie durch die vergangene Nacht begleitet hatte.

Bis in den frühen Morgen hatten Nele und sie oben in ihrem Zimmer geredet. Die erste Stunde hatte Marie genutzt, sich unzählige Male zu entschuldigen. Sie hatte nur eine Pause gemacht, um die Teetassen aufzufüllen, die auf dem kleinen runden Tisch in der Fensternische zwischen ihnen standen. Ebenso oft hatte Nele erklärt, es wäre nun genug mit den Entschuldigungen, denn sie hätte Marie längst verzeihen sollen.

Irgendwann waren sie wie auf Verabredung aufgestanden und einander in die Arme gefallen. Seit diesem Moment fühlte sich alles an wie früher. Sie waren beste Freundinnen und versicherten sich mehrmals gegenseitig, dass von nun an nichts mehr zwischen sie kommen sollte.

Den Rest der Nacht hatten sie damit verbracht, einander zu erzählen, was während der verlorenen Jahre in ihrer beider Leben geschehen war. Inzwischen war es fünf Uhr morgens, und sie waren längst noch nicht fertig. Auch das war wie früher: Ihre Unterhaltungen hatten niemals einen Anfang und ein Ende gehabt. Wenn sie zusammen waren, redeten sie, wenn sie getrennt waren, machten sie eine Pause und fuhren bei ihrer nächsten Begegnung einfach dort fort, wo sie durch die Erfordernisse ihres Alltags unterbrochen worden waren.

Doch jetzt hatten sie erst einmal Hunger und waren leise durch das noch schlafende Haus hinunter in die Küche geschlichen, um zu frühstücken.

»Spiegeleier *und* Müsli«, beantwortete Nele lachend Maries Frage. »Vom vielen Quatschen bin ich halb verhungert.«

»Ich auch.« Marie, die vor dem großen Vorratsschrank in der Ecke stand, wandte sich um und lächelte Nele strahlend an. Es war so ein gutes Gefühl, endlich ihre Freundin wiederzuhaben.

»Holst du ein paar Eier aus dem Kühlraum?«, bat sie Nele, während sie die große Plastikbox mit Schokomüsli vom obersten Schrankbrett angelte. Nele hatte schon immer Schokolade geliebt, das war sicher so geblieben.

Nele brachte vier Eier aus der Speisekammer, und Marie nahm eine Pfanne von einem der Haken über dem Herd. Während sie die Eier in einer kleinen Schüssel verrührte und mit Salz und Pfeffer würzte, betrachtete Nele mit gerunzelter Stirn den Kaffeeautomaten. »Ich würde für eine Tasse Kaffee sterben, aber ich habe keine Ahnung, wie das Ding funktioniert.«

»Wasser und frische Kaffeebohnen habe ich schon eingefüllt. Man muss nur noch hier und hier drücken.« Marie setzte die Maschine in Gang, legte anschließend den Arm um Neles Schultern und zog sie sekundenlang an sich. »Du wirst weder für Kaffee noch für sonst irgendwas sterben. Das verbiete ich dir, nachdem wir uns endlich wiedergefunden haben. Du musst ewig leben.«

»Ewig klappt nicht, aber ich werde mir Mühe geben, sehr alt zu werden. Gemeinsam mit dir.« Plötzlich wurde Nele ernst. »Vermisst du deine Mutter sehr?«

Marie nickte stumm und drängte die Tränen zurück, die ihr in die Augen stiegen. Nach einer Weile sagte sie: »Ich wollte damals unbedingt die Insel verlassen, um mir in Hamburg ein neues Leben aufzubauen. Aber ich wusste, ich kann jederzeit anrufen und meine Mutter um Rat fragen. Und ich konnte sie besuchen, sooft ich wollte. Ich weiß, es war nicht oft, aber es gab die Möglichkeit. Und jetzt … Es ist, als hätte ich ein Loch in meinem Herzen. Eine Wunde, die niemals verheilen wird.«

Nele legte sanft die Hand auf Maries Schulter. Ganz still stand Marie da und genoss den Moment. Wenigstens die schmerzliche Sehnsucht nach Nele musste sie nun nicht mehr aushalten.

»Warst du schon an ihrem Grab?«, erkundigte sich Nele, nachdem sie beide minutenlang ihren Gedanken nachgehangen hatten.

Mit dem Handrücken wischte sich Marie über die Augen und verzog die Lippen zu einem traurigen Lächeln. »Du kennst mich gut. Ich bin schon länger als zwei Wochen hier und habe mich nicht getraut.«

»Es tut weh, ans Grab eines Menschen zu gehen, den man so sehr vermisst«, sagte Nele leise.

Marie nickte. »Ich weiß, dass viele Leute an den Gräbern ihrer Lieben Trost finden. Mich erinnert das Grab meiner Mutter vor allem an den schrecklichen Tag ihrer Beerdigung. Es tut schon weh, die kleine Vase, die sie getöpfert hat und die noch in der Küche steht, mit Blumen zu füllen. Weil sie das immer getan hat und nun nicht mehr machen kann. Das mit dem Grab … Ich habe Angst, dort fange ich an zu weinen und kann nicht mehr aufhören.«

»Ich vermisse Cornelia auch. Sie hat mir immer das Gefühl gegeben, bei euch willkommen zu sein, als würde ich zur Familie gehören.« Von Neles Wimpern löste sich eine Träne und rollte langsam über ihre Wange.

Ein wenig beschämt starrte Marie ihre Freundin an. Nele war immer näher am Wasser gebaut gewesen als Marie. Doch seit Marie dieses Mal auf der Insel war, hatte sie schon erstaunlich oft geweint – und sich meistens dafür geschämt.

Nicht ein einziges Mal hatte sie jedoch Tränen um ihre Mutter vergossen. Nicht sofort nach ihrem Tod, nicht während der Beerdigung und auch später nicht. Sie konnte es nicht. Es war, als würde der Schmerz wie ein schwerer Stein auf ihr lasten, der jedes Gefühl und auch die Tränen abdrückte. Wenn sie aber zuließ, dass dieser Stein ein winziges Stück angehoben wurde, musste sie befürchten, dass die Tränen so schnell nicht versiegten.

Als die Freundin die Arme ausstreckte, ließ Marie sich mit einem Seufzer hineinfallen. Sie spürte, wie Neles schmaler Körper unter ihren leisen Schluchzern zuckte. Und plötzlich löste sich etwas in ihrer Brust. Es war, als würde eine Quelle anfangen zu sprudeln. Ströme von Tränen liefen ihr übers Gesicht, auch sie begann zu schluchzen – und erstaunlicherweise war es in Ordnung. Sie hatte nicht einmal Angst. Nele war bei ihr, und irgendwann würden sie beide wieder aufhören zu weinen.

Es dauerte lange, doch schließlich versiegten ihre Tränen. Marie kramte ihre Papiertaschentücher hervor. Sie gab Nele eines davon und wischte sich selber das Gesicht trocken, bevor sie sich kräftig die Nase schnäuzte.

»Wenn du möchtest, können wir zusammen zu ihrem Grab gehen«, sagte Nele schließlich.

»Vielleicht«, murmelte Marie. Dann begann sie entschlossen, das Rührei zuzubereiten. Zehn Minuten später saßen die beiden Freundinnen an dem kleinen Tisch in der Ecke der Küche und ließen sich ihr Frühstück schmecken.

Nachdem sie Eier auf Toast, ein Schälchen Müsli und ein Joghurt verdrückt hatte, lehnte Marie sich mit einem zufriedenen Seufzer auf ihrem Stuhl zurück.

Sie war satt und fühlte sich gleichzeitig müde, wunderbar entspannt und trotz – oder gerade wegen – der vielen Tränen, die sie gerade vergossen hatte, glücklicher als seit Langem.

»Weißt du was?« Marie spürte, wie ihre Mundwinkel sich zu einem breiten Lächeln auseinanderzogen.

»Hm?«, machte Nele mit vollem Mund. Sie hatte sich aus dem Obstkorb, den Marie aus der Kühlkammer geholt hatte, eine Banane genommen.

»Seit ich dir heute Nacht von Gerit erzählt habe, habe ich kaum an ihn gedacht.«

Nele schluckte den Happen in ihrem Mund hinunter und lächelte die Freundin strahlend an. »Das finde ich gut. Quäl dich nicht. Das ist kein Mann wert.«

»Und wie ist es mit Bengt? Ist er es wert?«

Nele lachte auf, und in ihre Augen trat ein Glanz, als hätte sie Fieber. »Manchmal bin ich so wütend auf ihn, dass ich ihn auf den

Mond schießen könnte. Zum Beispiel, wenn er sich ein Brot gemacht hat und mal wieder den Teller stehen lässt, anstatt ihn in die Spülmaschine zu räumen. Aber … na ja.« Sie wedelte mit der halb aufgegessenen Banane herum.

»Viel wichtiger als ab und zu ein blöder Teller ist, dass ich mich immer auf ihn verlassen kann. Er würde alles für die Mädchen und für mich tun. Sogar die Spülmaschine einräumen … wenn ich ihm das extra sage.« Sie kicherte und sah in diesem Moment unverschämt jung und sehr verliebt aus. Fast wie damals mit neunzehn, als sie es nicht hatte erwarten können, Bengt zu heiraten und mit ihm eine Familie zu gründen.

Für einen kurzen Moment beneidete Marie sie. Dann erinnerte sie sich daran, dass Nele ihre beste Freundin war und sie ihr selbstverständlich alles Glück dieser Erde gönnte, so wie Nele es bei ihr ganz sicher ebenfalls tat.

»Und wie ist es bei Gerit und dir? Was waren die Glücksmomente und was die Dinge, über die du dich immer geärgert hast?« Nele sprach in der Vergangenheit, und das irritierte Marie. Sie wusste nicht, ob Gerit wirklich Vergangenheit für sie war. Paare stritten sich, und Paare versöhnten sich. Es gab gute und schlechte Zeiten. Noch hatte sie keine endgültige Entscheidung getroffen – und sie wusste nicht, wie Gerit über sie und eine gemeinsame Zukunft dachte. Sie wusste nur, dass sie kein Mensch war, der leicht aufgab. Und dass es nicht einfach war, die Liebe zu finden. Vielleicht bereute sie es eines Tages, nicht um Gerit gekämpft zu haben, in den sie schließlich bis über beide Ohren verliebt gewesen war. Aber war sie es immer noch?

Nachdenklich schaute sie Nele an. Früher hatten sie über alles geredet und waren immer ehrlich zueinander gewesen.

»Ich muss darüber nachdenken.« Sie spielte mit ihrem Löffel im leeren Müslischälchen. »Natürlich gab es schöne Augenblicke. Es gab aber auch viele Momente, in denen ich über das, was er tat oder nicht tat, enttäuscht war. Aber ist das nicht immer so? Schließlich ist das Leben kein Märchen.«

»Aber manchmal sollte es sich wie eins anfühlen«, sagte Nele leise und legte ihre Hand über Maries. Die Wärme und der Druck ihrer Finger waren tröstlich. Maries Augen brannten, doch sie weinte nicht mehr.

»Ich glaube, ich liebe ihn noch immer, Nele«, flüsterte sie und starrte einen Fettfleck über dem Herd an. Sobald die Saison vorbei war, musste die Küche frisch gestrichen werden.

»Du wirst noch herausfinden, ob er der Richtige für dich ist. Und wenn nicht, verliebst du dich in einen anderen. Es dauert eben manchmal, die wahre Liebe zu finden.« Nele streichelte Maries Handrücken.

»Bei dir nicht.« Marie lachte auf, und tatsächlich war sie in diesem Moment kein bisschen neidisch auf Nele. Schließlich war es gar nicht schlecht, eine beste Freundin zu haben, die wusste, wie man das Leben bei den Hörnern packte und den richtigen Mann erkannte, wenn man ihn vor sich hatte. »Du wusstest schon mit achtzehn, wer der Richtige für dich ist. Und ich habe mich darüber lustig gemacht. Wie dumm ich war.«

»Ich habe auch meine Fehler gemacht. Wer nicht?«, sagte Nele in ihre Gedanken hinein.

Wieder musste Marie lachen. »Du meinst doch nicht etwa den schönen Kord im Inselgymnasium? Der war allerdings ein Fehler. Ein kurzer Fehler von drei Monaten. Oder ging das vier Monate?«

»Dreieinhalb.« Nele lächelte schief.

»Da du mit neunzehn geheiratet hast, hattest du dann ja nicht mehr viel Gelegenheit, Fehler zu machen«, stellte Marie fest. »Im Gegensatz zu mir. Ich habe ziemlich viele Enttäuschungen erlebt. Deshalb will ich nicht bei der ersten Schwierigkeit schon wieder aufgeben.«

»Lass dir Zeit, dann findest du schon noch raus, was richtig und was falsch ist«, sagte Nele.

»Vielleicht«, stimmte Marie ihr zu, und ein tiefer Seufzer löste sich aus ihrer Brust.

Das Schrillen der Haustürklingel ließ die beiden Frauen zusammenzucken. Erstaunt sahen die Freundinnen sich an.

»Vielleicht hat Fricke seinen Schlüssel vergessen«, sagte Nele.

»Fricke vergisst seinen Schlüssel nie. Für den Fall, dass es trotzdem mal passieren sollte, liegt ein Ersatzschlüssel im Schuppen.« So war es schon während Maries Schulzeit gewesen, und sie hatte sich längst vergewissert, dass der Notfallschlüssel immer noch dort lag. Schließlich konnte es sein, dass sie ihn auch mal brauchte, obwohl sie schlichtweg nicht wusste, wieso sie abends so spät in die Pension zurückkehren sollte, dass die Tür schon abgeschlossen war.

Mittlerweile wurde Sturm geklingelt. Hastig sprang Marie auf und eilte zur Küchentür. Sie musste verhindern, dass der Mensch dort draußen das ganze Haus weckte. Mit klappernden Absätzen lief sie durch den schmalen Küchengang in die Diele und weiter zur Tür.

»Ich bin ja schon da!«, rief sie mit gesenkter Stimme, während sie von innen den Schlüssel umdreht und die Tür aufriss.

»Guten Morgen«, sagte sie verblüfft zu der älteren Frau, die neben einem großen Koffer vor dem Eingang stand und ihren rechten Zeigefinger auf dem Klingelknopf geparkt hatte.

»Guten Morgen«, antwortete die Frau mit einem unverkennbar italienischen Akzent, ließ den Arm sinken und zerrte energisch ihren Trolley über die Schwelle, sodass Marie nichts anderes übrig blieb, als zur Seite zu treten.

Mit gerunzelter Stirn betrachtete sie den frühen Gast. Wo kam diese Frau her, die sich mittlerweile mitten in der Diele aufgebaut hatte und sich auffordernd umsah, als würde sie anlässlich ihrer unangekündigten Ankunft am frühen Morgen ein Begrüßungsständchen von einer Blaskapelle erwarten. Mit der heutigen Fähre konnte sie nicht gekommen sein, die lief erst am späten Vormittag ein.

»Entschuldigen Sie … Ich fürchte, wir haben kein Zimmer frei. Es ist Hochsaison und …« Marie kam nicht dazu, ihre Erklärung zu beenden.

»Ich habe reserviert«, unterbrach sie die Fremde und strich sich energisch eine dunkle Haarsträhne aus der Stirn. »Federica D'Amico ist mein Name. Aber vielleicht brauche ich das Zimmer gar nicht. Erst mal will ich mit meinem Sohn sprechen.«

Marie wusste sofort, wer dieser Sohn war. Sie schnappte erschrocken nach Luft.

»Es tut mir leid.« Vergeblich versuchte Marie, der resoluten schwarzhaarigen Frau den Weg zur Treppe zu versperren, auf die sie zumarschierte, ohne sich weiter um ihren riesigen Koffer zu kümmern, der wie ein einsames Bergmassiv unter der Lampe aufragte. »Sie können da nicht einfach raufgehen. Es ist nicht mal sechs Uhr.«

»Ich bin extra mit einem von den kleinen Flugzeugen gekommen, was mich eine Menge Geld gekostet hat, weil es dem Piloten zu früh am Morgen war. Und dann war es eng und sehr unangenehm, weil der Wind uns in dem winzigen Ding hin und her geworfen hat. Das habe ich nicht auf mich genommen, um dann hier erst mal ein paar Stunden zu warten, bis alle aufgestanden sind!« Herausfordernd musterte die italienische Mutter Marie, die sie umrundet und sich kampfbereit vor die unterste Treppenstufe gestellt hatte.

»Es tut mir leid, dass Sie Unannehmlichkeiten hatten«, wiederholte Marie freundlich. Aus dem Augenwinkel sah sie Nele im Küchengang auftauchen.

»Mir auch. Und deshalb will ich jetzt …« Federica D'Amico legte die Hand auf das Geländer.

Marie schüttelte stumm den Kopf und sah hilfesuchend zu Nele hinüber, die sofort an ihre Seite eilte.

»Kann ich helfen?«, erkundigte sie sich.

»Vielleicht können wir schnell ein Frühstück für Frau D'Amico zubereiten«, überlegte Marie laut. »Sie haben nach dem aufregenden Flug sicher großen Hunger, nicht wahr?«

»Nein. Mir ist immer noch schlecht. Und ich will sofort meinen Sohn sprechen. Die Fähre geht um elf Uhr. Laura und er müssen noch packen.«

Die Italienerin war offenbar wild entschlossen, ihren Sohn und seine Begleiterin mit aufs Festland zu nehmen. Und zwar noch heute, selbst wenn sie sie an den Haaren dorthin zerren musste. Was Marie ihr mittlerweile durchaus zutraute. Zumindest wusste sie jetzt, vor wem das junge Paar auf der Flucht war.

Andererseits schien Federica D'Amico sich doch nicht so sicher zu sein, dass sie ihren erwachsenen Sohn zur Abreise würde bewegen können. Oder warum hatte sie einen so riesigen Koffer mitgebracht und ein Zimmer reserviert?

»So eilig ist es doch gar nicht«, versuchte Marie die Frau zu besänftigen. »Am besten richten Sie sich in Ihrem Zimmer ein, und später, wenn Ihr Sohn aufsteht, reden Sie mit ihm. Oder Sie frühstücken erst einmal.«

»Es gibt Müsli, Eier und Obst, Toast und Aufschnitt«, verkündete Nele lockend.

»Ich habe keinen Hunger«, wiederholte die Italienerin, legte unverhofft den Kopf in den Nacken und rief mit lauter, schriller Stimme. »Marco? Ich weiß, dass du da oben bist. Komm sofort runter. Ich habe mit dir zu reden.«

»Bitte! Sie wecken das ganze Haus.« Entsetzt packte Marie die Frau beim Arm und zog sie von der Treppe weg.

Mit einer ruckartigen Bewegung befreite Federica D'Amico sich aus Maries Griff. »Ich will sofort meinen Sohn sprechen! Schließlich geht es um die Zukunft unserer Familie.«

Die Frau dachte nicht daran, ihren Ton auch nur ein kleines bisschen zu dämpfen. Erneut warf Marie ihrer Freundin einen flehenden Blick zu, aber natürlich konnte auch Nele nichts tun. Ohnehin wäre wohl die einzige Lösung gewesen, die temperamentvolle italienische Mutter zu knebeln und zu fesseln, damit sie endlich Ruhe gab.

Marie seufzte. »Warten Sie bitte hier, ich hole Ihren Sohn.«

Die Frau warf den Kopf in den Nacken. »Ich gehe selbst rauf. Welche Zimmernummer?«

»Sie warten bitte hier. Frau Reinders macht Ihnen in der Zwischenzeit einen Tee.«

Nele reagierte auf Maries Seitenblick mit einem Nicken und nahm nun ihrerseits Federica D'Amico beim Arm. Erstaunlicherweise ließ die Italienerin sich von Nele dazu bringen, ihren Plan aufzugeben, persönlich nach oben zu gehen.

Während Marie die Stufen hinaufstieg, hörte sie, wie Frau D'Amico energisch erklärte, dass sie *niemals* Tee trinke, einem vernünftigen Espresso aber nicht abgeneigt wäre.

In der Hoffnung, dass die Italienerin in Erwartung des Kaffees tatsächlich unten blieb, eilte Marie den oberen Flur entlang und blieb gleich darauf vor der Tür stehen, hinter der Laura und Marco schliefen. Falls sie nicht von dem Geschrei unten wach geworden waren. Soweit Marie vom Flur aus hören konnte, war es in allen Zimmern still. Schlummerten die Gäste, wunderbar müde von der Nordseeluft, trotz des Radaus, der unten geherrscht hatte, immer noch fest?

Leise klopfte Marie bei Marco und Laura an und wartete. Die Tür wurde überraschend schnell geöffnet. Marco stand mit vom Schlaf zerzausten Haaren, aber bekleidet mit Jeans und T-Shirt, vor ihr.

»Sie haben uns verraten, obwohl Sie versprochen haben, es nicht zu tun«, stellte er fest, bevor sie etwas sagen konnte. Offenbar war er, entgegen Maries Hoffnung, von der lauten Stimme seiner Mutter erwacht.

»Ein Irrtum. Ich kann mich nur entschuldigen«, beteuerte sie.

Er hob den Arm und fuhr mit einer resignierten Geste durch die Luft. »War ohnehin klar, dass sie uns finden wird. Meine Mutter gibt niemals auf, und wenn sie etwas erreichen will, gelingt ihr das auch.«

»Sie will Sie beide mitnehmen«, warnte Marie ihn leise.

»Dieses Mal wird sie ihren Willen nicht bekommen.« Marco warf einen Blick über seine Schulter in die bläuliche Dämmerung des Zimmers hinter sich, in dem die Vorhänge noch zugezogen waren. »Laura und ich sind erwachsen, und wir sind uns einig.«

Aus dem Zimmer kam ein zustimmendes Geräusch, und das Bettzeug raschelte. Dann tappten nackte Füße über den Holzboden, die Gardinenringe klapperten, und helles Licht strömte durchs Fenster. Aus Marco in der offenen Tür wurde für Marie ein Schattenriss mit breiten Schultern und einer fast senkrecht hochstehenden dicken Haarsträhne.

In diesem Moment hörte Marie von unten wieder die grelle Frauenstimme. Sie rief irgendetwas die Treppe herauf, was Marie nicht verstand. Wahrscheinlich bediente sie sich ihrer italienischen Muttersprache.

Nervös schaute Marie sich auf dem Gang um. Irgendwann würde Federica D'Amico es ganz sicher schaffen, sämtliche Gäste aufzuwecken.

»Bitte kommen Sie!«, flehte sie Marco an.

Er nickte, wandte sich kurz um, sagte mit gesenkter Stimme etwas zu Laura, die sich, für Marie unsichtbar, durchs Zimmer bewegte, zog die Tür hinter sich zu und folgte Marie den Flur entlang und die Treppe hinunter.

Federica saß mit einer Espressotasse in der Hand vor dem kalten Kamin. Neben ihr stand Nele, offenbar jederzeit bereit, die Frau festzuhalten, falls sie versuchte, die Treppe zu erreichen.

Als die Italienerin ihren Sohn sah, stellte sie mit lautem Klirren die Tasse ab, sprang auf und lief ihm entgegen. Dabei sprudelte eine ganze Springflut italienischer Worte aus ihrem Mund. Offenbar konnte sie sich nicht entscheiden, ob sie wütend auf ihn war oder glücklich, ihn wiederzusehen. Wohl beides, denn sie lachte und schimpfte abwechselnd, was sogar Marie begriff, die kein Wort Italienisch verstand. Mutter und Sohn trafen mitten in der Diele aufeinander. Der junge Mann blieb ruckartig stehen, seine Mutter warf die Arme um seine Taille, schüttelte ihn, zog ihn an sich, schüttelte ihn erneut und redete dabei ununterbrochen auf ihn ein.

»Es tut mir leid, Mamma«, antwortete Marco, als er nach dem Redeschwall seiner Mutter endlich zu Wort kam. »Laura und ich, wir wollten einfach weg.« Er bediente sich der deutschen Sprache, vielleicht absichtlich, um seiner Mutter ein wenig von ihrem Schwung zu nehmen.

»Ihr wolltet weg? Einen Tag vor der Hochzeit?«, erwiderte Federica, nun ebenfalls auf Deutsch. »Wie konntet ihr nur! Lauras Eltern mussten fast alles, was für die Feier bestellt war, auch bezahlen, weil man natürlich ein Fest für dreihundert Personen so kurz vorher nicht absagen kann.«

»Das tut uns leid«, entschuldigte Marco sich brav weiter.

»Das ist aber längst nicht das Schlimmste«, fuhr seine Mutter fort und legte wieder an Lautstärke zu. »Die Familie, die Verwandtschaft, die Freunde … habt ihr euch überlegt, wie wir dastehen und was wir denen allen sagen sollen? Die meisten sind nämlich angereist, weil wir sie nicht mehr rechtzeitig erreicht haben. Wir wussten ja nicht, ob ihr im letzten Moment wieder auftauchen würdet.«

»Es tut mir …«

»Hör auf, dich zu entschuldigen!« Federica funkelte ihren Sohn böse an. »Das macht es auch nicht besser. Wir standen da wie Idioten und wussten nicht mal, *weshalb* ihr überhaupt verschwunden wart.«

»Habt ihr den Zettel nicht gefunden, Papa und du?« Marco blickte mit jeder Minute, die seine Mutter auf ihn einredete, unglücklicher drein. Wenn das so weiterging, würde er tatsächlich zusammen mit ihr und Laura die nächste Fähre besteigen und tun, was sie von ihm verlangte. Was auch immer das genau war, denn der Termin für die Hochzeit, vor der Marco und Laura sich gedrückt hatten, war offenbar längst verstrichen.

»*Wir müssen weg. Bitte verzeiht uns*«, zitierte sie mit schriller Stimme den Inhalt des besagten Zettels. »Was soll das bitte heißen? Viele Menschen bekommen kurz vor der Trauung kalte Füße, aber die rennen doch nicht weg. Noch dazu gemeinsam!«

»Ich weiß. Aber wir wollten beide weg. Darin waren wir uns einig, wie bei den meisten Dingen. Wir verstehen uns blind.« Marco machte eine kurze Pause. »Ich liebe Laura.«

»So was Verrücktes habe ich ja noch nie gehört! Du liebst sie, willst sie aber nicht heiraten. Und was sagt Laura?« Federica D'Amico stemmte die Hände in die Hüften und sah ihren Sohn herausfordernd an.

»Sie liebt mich auch, aber sie fühlte sich plötzlich zu jung für die Ehe. Es ging alles so schnell. Plötzlich gab es einen Hochzeitstermin und Hunderte von Einladungen. Ich wollte nie diese riesige Hochzeitsfeier. All die Menschen, von denen ich die meisten gar nicht kenne – der Gedanke an so ein riesiges Fest fühlte sich schrecklich unpersönlich an. Außerdem sind Laura und ich nie gefragt worden, was wir eigentlich wollen.«

»Aber es gehört sich so, dass man die beiden Familien und alle Freunde zusammenbringt, wenn junge Leute heiraten.« Federica D'Amico schüttelte verständnislos den Kopf.

»Ich finde, der Moment, in dem wir uns das Jawort geben, sollte nur Laura und mir gehören. Und vielleicht noch der engsten Familie und den allerbesten Freunden.« Fast bittend schaute Marco seine Mutter an.

»Ach, und das fällt dir so plötzlich ein? Ich dachte, Laura weiß nicht einmal, ob sie dich heiraten will?«

Mit einem Ruck wandte sich die Italienerin Marie zu, die im Hintergrund in Neles Nähe stand. Am liebsten hätte sie sich zurückgezogen, aber sie hatte zu viel Sorge, die Italienerin könnte wieder laut werden.

»Haben Sie so was Seltsames schon mal gehört?« Auffordernd sah sie Marie an.

»Darüber möchte ich mir kein Urteil erlauben«, wehrte Marie ab. Auf keinen Fall würde sie sich in diesen Streit hineinziehen lassen.

»Sind Sie verheiratet?«

»Das tut nichts zur Sache.«

»Also nicht«, stellte Federica D'Amico mit einem energischen Nicken fest. »Wenn Sie in Ihrem Alter noch nicht gewagt haben, sich fest zu binden, verstehen Sie nicht, worum es hier geht.«

»Ich bin erst knapp dreißig!«, empörte sich Marie.

»Eben!« Die Italienerin musterte sie streng.

»Wie wäre es, wenn Sie gemeinsam frühstücken und dabei über alles reden?«, schlug Marie verzweifelt vor. Der Speisesaal lag weiter von der Treppe entfernt, was ein Fortschritt gewesen wäre.

»Wir wollen nicht essen, wir wollen diese Sache klären!« Federica D'Amico warf den Kopf in den Nacken.

»Mamma!«, meldete Marco sich wieder zu Wort. »Wir sollten wirklich …«

»Ihr solltet wirklich euer Versprechen einlösen!«, beendete seine Mutter seinen Satz. »Wir haben fast dreihundert Menschen eine Einladung geschickt. Also wird diese Hochzeit auch stattfinden. Nur weil ihr zum festgesetzten Termin nicht da wart, heißt das nicht, dass ihr kneifen könnt. Das ist … Das geht nicht.«

Gerade öffnete Marco den Mund zu einer Erwiderung, als oben an der Treppe Laura auftauchte. Sie trug ein helles Sommerkleid, dessen Rock um ihre schon leicht gebräunten Beine schwang, und hatte die Haare zu einem Pferdeschwanz hochgebunden, der unternehmungslustig wippte, während sie die Stufen herunterkam.

Dann sah Marie zu ihrem Entsetzen, dass dicht hinter Laura eine kleine, schmale Gestalt auftauchte. Karoline Beck war in einen großgeblümten Morgenmantel gehüllt, trug zierliche, mit rosa Federn geschmückte Pantöffelchen und hatte sich ein Seidentuch um den Kopf gewickelt, unter dem sie wahrscheinlich ihre vom Schlaf zerzausten Haare verbarg. Allerdings sah sie mit diesem Tuch eher wie eine der Trümmerfrauen auf Nachkriegsfotos aus.

»Frau Beck!«, rief Marie und eilte zum Fuß der Treppe. »Es tut mir leid, wenn wir sie geweckt haben. Leider gibt es erst in einer Stunde Frühstück. Vielleicht können Sie solange …«

Die alte Dame blieb auf halber Höhe der Treppe stehen und schaute hoheitsvoll auf die Menschenansammlung in der Diele herunter. »Seit wann komme ich im Nachthemd zum Frühstück? Ich bin hier, weil Fräulein Laura mich gebeten hat, sie zu ihrer moralischen Unterstützung zu begleiten.«

Laura, die inzwischen unten angekommen war und sich dicht

neben Marco gestellt hatte, nickte. »Frau Beck hat gestern lange mit mir über Liebe und Ehe gesprochen. Und jetzt weiß ich, was ich will.«

Federica warf Karoline Beck einen zornigen Blick zu. »Sie haben dem Mädchen doch wohl nicht die Hochzeit ausgeredet? Eine Frau in Ihrem Alter sollte es wahrhaftig besser wissen.«

Frau Beck spitzte den Mund und machte ein Geräusch, das an einen missgestimmten Spatzen erinnerte. »Wie wollen Sie wissen, was ich dem Mädchen gesagt habe?«

»Ich ahne es.«

Die beiden Frauen maßen einander mit kampfeslustigen Blicken, und Marie wurde klar, dass sie soeben Zeugin des Beginns einer spontanen Feindschaft zwischen ebenbürtigen Gegnerinnen wurde.

»Frau Beck hat mir von ihrer Ehe erzählt«, mischte Laura sich ein. »Sie war fünfunddreißig Jahre verheiratet.«

»Sechsunddreißig«, warf Karoline Beck ein. »Im vergangenen Jahr ist mein Heinrich leider von mir gegangen.«

»Und Sie wollen Laura Ratschläge geben, obwohl Ihre Ehe nicht gehalten hat?«, fauchte die Italienerin.

»Bitte, Mamma!«, flehte Laura. »Der Mann von Frau Beck ist gestorben. Sie waren sehr glücklich miteinander.«

Federica D'Amico besaß immerhin den Anstand, eine Entschuldigung zu murmeln, als sie hörte, dass Karoline Witwe war. Ein bisschen hatte ihr das Auftauchen der alten Dame den Wind aus den Segeln genommen. Doch sie erholte sich schnell wieder.

»Ihr zwei geht jetzt nach oben und packt«, befahl sie dem jungen Paar, das Seite an Seite vor ihr stand, nun auf der rechten Seite flankiert von der zierlichen Frau Beck.

»Nein«, sagte Marco, und Laura schüttelte gleichzeitig den Kopf.

Marcos Mutter öffnete den Mund, um lautstark zu protestieren, doch Laura kam ihr erstaunlicherweise zuvor.

»Frau Beck hat mich gefragt, was ich am allerliebsten esse«, sagte sie unvermittelt.

»Das ist jetzt unwichtig. Ihr sollt packen. Die Fähre …«

»Hörst du Laura bitte zu, Mamma?« Marco klang plötzlich erstaunlich energisch.

Mit einem demonstrativen Seufzer verschränkte Federica D'Amico die Arme vor der Brust.

»Pistazieneis. Du liebst Pistazieneis.« Marco sah Laura so liebevoll an, dass unter diesem Blick jede Eissorte sofort geschmolzen wäre.

Laura schaute ihm in die Augen, und es war nicht zu übersehen, dass sie ebenfalls dahinschmolz. »Ja«, sagte sie mit einem zärtlichen Lächeln. »Und Frau Beck hat mich gefragt, was ich tun würde, wenn es nur noch eine Kugel Pistazieneis gäbe und Marco lange nichts gegessen hätte.«

»Was hat das denn bitte mit eurer Hochzeit zu tun?«, nörgelte Federica D'Amico. »Da sollte es zum Nachtisch sowieso auf deinen besonderen Wunsch Pistazieneis geben. Natürlich mehrere Kugeln für jeden.«

»Lass sie bitte ausreden, Mamma«, wiederholte Marco.

»Ich würde Marco das ganze Eis geben, und ich würde es gern tun. Und ich weiß, er würde mir genauso gern seine ganze Portion Spaghetti Carbonara überlassen, wenn ich Hunger hätte. Jede einzelne Nudel.« Nun sprudelten die Worte nur so aus Laura heraus, vielleicht um zu verhindern, dass sie noch einmal unterbrochen wurde. »Wir lieben uns nämlich, auch wenn wir beide erst zweiundzwanzig sind. Ich habe mir solche Gedanken darüber gemacht, dass wir beide noch so jung sind und nie richtig mit jemand anders zusammen waren, vielleicht gar nicht wissen, ob wir etwas versäumen, und später vielleicht bereuen, dass wir so früh geheiratet haben.«

Automatisch sah Marie in Neles Richtung. Die Freundin stand immer noch in der offenen Tür zum Personalgang in die Küche. Als sie Maries Blick bemerkte, lächelte sie. Ganz leicht nur und kein bisschen selbstzufrieden. Und Marie dachte, dass es eben unterschiedliche Wünsche, Träume und Ängste gab, und deshalb auch ganz verschiedene Lebenswege. Am Ende ging es nur darum, glücklich zu sein. Und wenn sie ganz ehrlich zu sich war, schien es, als wäre

Neles Weg, jung zu heiraten und Kinder zu bekommen, der sicherere. Schließlich war die Freundin schon seit vielen Jahren glücklich, während sie selbst immer noch suchte und hoffte und schon mehrmals gescheitert war. Aber letztlich hatte sie keine Wahl gehabt, weil sie bis jetzt einfach noch keinem Mann begegnet war, den sie hätte heiraten wollen – außer Gerit vielleicht.

Mit erhobener Stimme beendete Laura ihre Rede. »Frau Beck hat mir erklärt, wenn ich jemanden gefunden habe, den ich liebe, sollte ich nicht traurig sein, dass ich vorher nicht ein paar Irrwege mit den falschen Männern gegangen bin. Dann sollte ich dieses Glück festhalten. Und deshalb …« Sie machte eine Pause und atmete tief durch. »Deshalb will ich Marco heiraten. Noch diesen Sommer.«

Mit einer raschen Bewegung zog Marco die junge Frau an sich und küsste sie heftig.

»Bitte, Kinder! Ihr seid nicht allein. Das könnt ihr an eurem Hochzeitstag machen«, tadelte Federica D'Amico sie streng.

Gehorsam lösten sich die beiden Verliebten voneinander, hielten sich aber immer noch bei den Händen.

»Dann ist das ja geklärt«, stellte die italienische Mutter fest und wedelte mit den Armen in Richtung Treppe. »Schnell nach oben und Sachen packen. Hopp, hopp. Die Fähre wartet nicht auf uns.«

»Nein!« Marco schüttelte den Kopf.

»Jetzt sag bloß nicht, nun bist du derjenige, der nicht heiraten will!« Böse funkelte sie ihren Sohn an. »Du wirst zu deinem Versprechen stehen! Was für ein Quatsch, dass ihr euch plötzlich zu jung fühlt. Schließlich wusstet ihr schon bei der Verlobung, wie alt ihr seid. Und wenn ich Frau Beck auch nicht kenne, hat sie natürlich recht. Einen Menschen, den man liebt, lässt man nicht mehr los. Deshalb …«

»Auf keinen Fall lasse ich Laura wieder los. Und ich werde sie heiraten. Noch diesen Sommer«, unterbrach Marco sie in sanftem Ton.

»Dann solltet ihr endlich packen, wir nehmen heute Vormittag die Fähre und bereiten so schnell wie möglich die Hochzeit zu einem neuen Termin vor. Allerdings bin ich nicht sicher, ob wir das noch vor dem Herbst schaffen. Wahrscheinlich werden Papa und ich uns an den Kosten beteiligen müssen, nachdem Lauras Eltern bei eurem ersten Versuch durch eure Schuld so viel Geld verloren haben. Ob wir allerdings das Schloss so kurzfristig buchen können, weiß ich nun wirklich nicht. Wahrscheinlich müssen wir auf einen Saal in irgendeinem Hotel ausweichen. Aber …«

»Mamma, bitte!« Wieder unterbrach Marco seine Mutter und nahm dieses Mal eine ungeduldige Handbewegung zur Hilfe. »Wir werden heiraten, aber wir wollen keine riesige Hochzeit mit schrecklich vielen Menschen, die wir gar nicht oder nur ganz flüchtig kennen. Das habe ich dir doch vorhin schon erklärt.«

Federica D'Amico schnappte nach Luft. »Und ich habe dir erklärt, dass es Sitte ist, die Verwandtschaft und alle guten Bekannten einzuladen. Schließlich waren wir auch schon auf vielen Hochzeiten.«

»Nein!« Dieses Mal sagten Laura und Marco das kleine, aber so bedeutsame Wort im Chor. Dann sahen sie einander an und lächelten.

Marcos Mutter dachte nicht daran, dieses Lächeln zu erwidern. Im Gegenteil. Sie zog die Brauen so weit herunter, dass ihre dunklen Augen fast in den dadurch entstandenen Hautfalten verschwanden.

Marie fing wieder an, nervöse Blicke in Richtung Treppe zu werfen. Zwar würde Fricke gleich kommen, aber fürs Frühstück war es immer noch zu früh. Was sollte sie also tun, wenn die vorzeitig vom Lärm erwachten Gäste hungrig in den Speisesaal strömten? Das Büfett war noch nicht bereit. Nicht einmal die Brötchen waren geliefert worden. Und Sekt war am frühen Morgen auch keine Lösung.

»Wir wollen hier auf Juist heiraten«, verkündete Marco nachdrücklich. »Mit zehn, allerhöchstens fünfzehn Gästen.«

Seine Mutter schnappte mehrmals nach Luft, bevor sie versuchte, etwas zu sagen. Aus ihrem Mund kam aber nur ein hilfloses Krächzen.

Laura und Marco standen ihr Arm in Arm gegenüber und strahlten sie an.

»Das geht nicht«, brachte Federica D'Amico schließlich heraus.

»Der Termin ist sowieso verpasst. Deshalb gelten auch die Einladungen nicht mehr«, verkündete Marco munter. »Wir laden nur die engste Familie und die allerbesten Freunde ein. Entweder heiraten wir so oder gar nicht.«

»Nein!«

»Doch«, erwiderte Marco ebenso energisch.

Seine Mutter schwieg ein oder zwei Minuten mit zusammengepressten Lippen, und in der Diele herrschte himmlische Ruhe. Dann nickte sie und stieß gleichzeitig einen tiefen Seufzer aus. Sie sah Marie an. »Wie schnell geht das hier auf Juist? Ich meine, eine Hochzeit zu organisieren und einen Termin zu bekommen?«

Was die Organisation von Hochzeiten betraf, war sie bei Marie natürlich genau an der richtigen Adresse, aber wie das alles auf Juist ablief, wusste sie nicht. Bekam man von jetzt auf gleich einen Termin in der Inselkirche und auf dem Standesamt? Und wo sollte sie um Himmels willen in der Hochsaison zehn oder fünfzehn zusätzliche Gäste unterbringen?

»Letztlich lässt sich alles organisieren«, hörte sie sich behaupten, genau wie sie es zu ihren Gästen in Hamburg zu sagen pflegte, wenn sie Bälle, Hochzeiten und aufwendige Abendeinladungen aller Art vorbereitete.

Laura stieß einen schrillen Juchzer aus, Marco lächelte breit, Frau Beck klatschte in die Hände, und sogar Federica D'Amico lachte probeweise, was allerdings eher resigniert als freudig klang.

Dieser Tumult hatte die Gäste, die bis jetzt nicht wach waren, ganz sicher aus dem Schlaf gerissen.

»Wollen Sie dann Ihr Zimmer beziehen, Frau D'Amico, oder verlassen Sie die Insel bis zu Hochzeit wieder?«, erkundigte Marie sich hastig.

»Auf keinen Fall verlasse ich die Insel.« Die Italienerin zerrte ihren Trolley zum Fuß der Treppe. »Wer soll sich denn dann um die Hochzeitsvorbereitungen kümmern?«

»Hochzeit? Wer will denn heiraten?«

Das Ehepaar Sieve stand plötzlich mitsamt seinem riesigen schwarzen Hund in der Diele. Obwohl Marie so häufig nach oben geschaut hatte, war ihr der Auftritt der ersten Gäste nun doch entgangen.

Sofort erzählten Laura und Marco glücklich von ihrer bevorstehenden Hochzeit. Sieves gratulierten, Karl und Grete Berger, die im selben Moment die Treppe herunterkamen, schlossen sich an. Es wurde langsam eng, zumal im oberen Flur weitere Stimmen zu hören waren.

Marie überlegte, dass die Tageszeit womöglich gar nicht auffallen würde, wenn sie jetzt einfach eine Flasche Sekt öffnete. Schließlich konnten sie darauf anstoßen, dass ein junges Paar den Bund fürs Leben schließen wollte.

16. Kapitel

»Aber wir haben doch abgemacht, dass alles ganz schlicht sein soll«, sagte Laura, blanke Verzweiflung in den Augen. »Schlicht und irgendwie … heiter.«

Marie hielt die Luft an, während Federica ihre zukünftige Schwiegertochter endlos lange wortlos musterte. Dann legte die Italienerin los: »Heiter? Was soll das denn bitte heißen? Soll eine Blaskapelle spielen? Und was heißt schlicht? Willst du den Leuten Leberwurstbrot servieren?«

Obwohl Marie von schlichten Veranstaltungen nun wirklich nicht viel verstand und Bräute ihr mit ihren vagen Vorstellungen einer ganz besonderen Hochzeitsfeier schon viel Kopfzerbrechen bereitet hatten, tat Laura ihr leid.

Die junge Frau kämpfte auf verlorenem Posten. Allein hatte sie gegen Federica keine Chance, obwohl sie es tapfer versuchte. Marco war mit einigen der älteren Kinder, die mit ihren Eltern im *Sandstern* wohnten, an den Strand gegangen. Er wollte ihnen zeigen, wie wunderbar man im Nordseewind Drachen steigen lassen konnte. Marco liebte Kinder und erklärte bei jeder Gelegenheit, er könne es gar nicht erwarten, eigene zu haben, am besten eine ganze Fußballmannschaft. Dann leuchteten Lauras Augen, sodass dieser Wunsch wohl durchaus in Ordnung war.

Federica hatte Marcos Abwesenheit prompt genutzt und verkündet, die Hochzeit müsse dringend geplant werden.

»Es ist höchste Zeit, die Einladungen zu verschicken. Ich lade aber niemanden ein, solange ich nicht weiß, wie *diese sogenannte Feier* überhaupt ablaufen soll«, hatte sie verkündet und sowohl Laura als auch Marie an einen Tisch im leeren Speisesaal beordert.

Natürlich hätte Marie dringende Arbeit in der Pension vorschützen können, aber sie hatte es nicht über sich gebracht, Laura mit Federica allein zu lassen.

Nun atmete Marie tief durch und sagte mit fester Stimme: »Ich schlage vor, wir vertagen uns und warten auf den Bräutigam. Schließlich ist es auch seine Hochzeit und …«

»Männer haben von so was keine Ahnung«, unterbrach Marcos Mutter sie mit einer wegwerfenden Handbewegung. »Wenn wir meinen Sohn fragen, werden wir mit der Planung nie fertig. Oder wir essen tatsächlich Leberwurstbrote.«

Irritiert schaute Marie über den Tisch hinweg Laura an, die jedoch nur unterdrückt seufzte und den Blick senkte.

Daraufhin schaute Marie sich hilfesuchend um. Vielleicht konnte sie wenigstens Karoline Beck mit an den Tisch holen. Erstaunlicherweise schien die italienische Mutter Respekt vor der deutlich älteren Frau zu haben, die keinen Moment zögerte, ihre Meinung energisch vorzubringen. Und sie schien sehr gut zu verstehen, was Laura und Marco sich für eine Hochzeit wünschten.

Doch Frau Beck war um diese Zeit meistens unterwegs und erkundete die Insel, in Gedanken mit dem verstorbenen Heinrich verbunden.

Da sah Marie ihren Vater im Gang zur Küche auftauchen. Aufgeregt winkte sie ihm zu, und erst als er sich mit einem erstaunten Lächeln dem Tisch näherte, wurde ihr klar, dass sie ihn zum ersten Mal als mögliche Unterstützung empfand und nicht als Widerstand, den es zu überwinden galt.

»Papa! Hast du einen Moment Zeit? Kannst du uns helfen?« Sie sprang auf und rückte auffordernd den Stuhl an der Stirnseite des Tisches zurecht.

»Wobei?«, erkundigte er sich misstrauisch.

»Die Hochzeit.« Marie schaute ihn bittend an und sah aus dem Augenwinkel, dass auch Laura sich mit hoffnungsvollem Gesichtsausdruck aufgerichtet hatte. »Es gibt so viel zu planen, und du kennst dich mit den Möglichkeiten auf der Insel besser aus als ich.«

»Ich kenne mich besser aus als du? Das höre ich wirklich zum ersten Mal von dir.« Das klang weder ironisch noch bitter, sondern fröhlich. Dann zwinkerte er ihr auch noch zu.

Marie nickte stumm und trat zur Seite, damit er sich setzen konnte, was er zu ihrer Erleichterung auch tat. Tatsächlich hatte sie zwar eine Menge Erfahrung mit der Planung von Festlichkeiten aller Art. Sie hatte schon mit vielen Müttern und Schwiegermüttern zu tun gehabt, die sich nach Kräften einmischten und in allem anderer Meinung waren als die jeweilige Braut. Aber dann ging es um solche Fragen wie lieber Austern oder lieber Shrimps-Cocktail, Schokoladenbrunnen oder Cupcake-Bar, weiße oder champagnerfarbene Tischtücher.

Niemals hatte Marie allerdings erlebt, dass die Braut sich inbrünstig gegen eine große, elegante Feier wehrte. In diesem Fall wäre sie als Bankettmanagerin des *Albatros* gar nicht erst mit dieser Braut in Kontakt gekommen, weil es in einem Fünfsternehotel nur exklusive Festlichkeiten gab. Erfahrungen mit kleinen, schlichten und »heiteren« Feiern hatte sie praktisch keine. Wohl deshalb fühlte sie sich angesichts dieser Aufgabe ein bisschen gestresst.

Ihr Vater hingegen lehnte vollkommen entspannt in seinem Stuhl und ließ seinen Blick im Kreis wandern. Als er Marie musterte, versuchte sie sich an einem Lächeln, sagte aber nichts. Selbst die Italienerin blieb für den Moment stumm, als wollte sie abwarten, was nun geschah.

»Wie viele Gäste werden anreisen?«, erkundigte sich Rainulf schließlich. »Euch ist klar, dass wir Hochsaison haben und eigentlich kein Bett auf der Insel frei ist? Außer den paar wenigen, wenn Gäste kurzfristig absagen, aber die sind meistens sofort wieder besetzt.«

Obwohl sie saß, spürte Marie, wie ihr das Blut in die Füße sackte. Laura auf der anderen Tischseite wurde blass, Marcos Mutter jedoch machte ein triumphierendes Gesicht.

»Dann können wir uns also die Mühe sparen, hier auf der Insel eine *bescheidene Feier* zu planen!«, stellte sie fest, lächelte breit und verschränkte wieder die Arme vor der Brust. Möglicherweise überlegte sie, ob die heutige Fähre doch noch zu erreichen war, wenn alle schnell ihre Koffer packten.

»Es lohnt *selbstverständlich*«, widersprach Rainulf energisch und lächelte noch breiter. »Hier auf Juist helfen wir uns gegenseitig. Seien Sie versichert: Für bis zu fünfzehn Gäste finden wir Unterbringungsmöglichkeiten.«

Federica pustete Luft durch die gespitzten Lippen, Laura atmete hörbar auf. Marie ebenfalls.

»Wie wäre es mit einer Grillparty?«, fuhr Rainulf fort.

Marie riss mit wachsendem Erstaunen die Augen auf. Niemals hätte sie gewagt, für eine Hochzeitsfeier einen Grill aufzustellen. Laura reagierte jedoch mit einem heftigen Nicken. Marcos Mutter schwieg verbissen, widersprach aber erstaunlicherweise nicht. Vielleicht sparte sie sich ihre Munition für einen späteren Zeitpunkt auf.

»So, wie wir es sonst auch machen – verschiedenes Grillgut, dazu ein kleines Büfett mit Salaten und Saucen. Und du dekorierst alles hübsch, wie du das sonst in deinem Ballsaal machst, Marieke?«

Sie runzelte die Stirn. Wie im Ballsaal? Das würde kaum möglich und schon gar nicht passend sein. Aber nun kamen ihr langsam die Ideen. Terrasse, Büfett und Bar konnte sie sich sehr ansprechend mit bunten Luftballons vorstellen. Auf dem Rasen Fackeln und Windlichter.

Hochzeit im Garten war fast ein richtiges Motto, auch wenn sie sich hüten würde, es zu nennen. Außerdem war es natürlich kein Motto, wenn die Feier tatsächlich im Garten stattfand.

»Blau und Rot würden sich gut machen«, sagte sie gedankenverloren und sah schon die Luftballons im Wind schaukeln. »Oder lieber Weiß und Rot?« Fragend schaute sie Laura an.

Bevor diese antworten konnte, hatte Federica D'Amico ihre Sprache wiedergefunden. »Das geht auf keinen Fall!«, mischte sie sich ein. »Was sollen wir denn machen, wenn es regnet? Es gibt doch sicher irgendeinen Saal auf der Insel. Eine Tanzfläche brauchen wir und eine kleine Bühne für die Kapelle …«

»Natürlich gibt es einen Saal. Aber dann wäre es eine Hochzeit wie jede andere auch, die man in Husum oder in Kaufbeuren feiern könnte«, unterbrach Rainulf sie mit tiefer, sanfter Stimme, als würde er mit einem aufmüpfigen Kind reden.

»Wir wollen nicht mehr als fünfzehn Gäste von zu Hause. Da brauchen wir keinen Saal.« Plötzlich klang Laura gar nicht mehr so schüchtern. Offenbar tat es ihr gut, Rainulf auf ihrer Seite zu wissen. »Wenn wir es schaffen, eine Trauung am Strand zu organisieren, können wir anschließend alle zusammen zu Fuß hierher zum *Sandstern* kommen und draußen feiern. Das stelle ich mir wunderschön vor.« Ihre Augen funkelten, und Marie freute sich plötzlich darauf, diese Hochzeit vorzubereiten.

Laura und Marco sollten ein Fest ganz nach ihren Wünschen bekommen – eine Hochzeit, an die sie ihr Leben lang gern zurückdenken würden. Auch wenn Marie noch keine Ahnung hatte, wie das ablaufen sollte. Sie würde es schaffen, oder sich Hilfe suchen.

Marcos Mutter stieß einen ungeduldigen Ton aus, aber Rainulf sagte: »Dann sind wir uns ja einig. Ich schlage vor, Marieke kümmert sich um die Dekoration, unser Koch Fricke stellt eine Auswahl an Speisen für das Büfett zusammen, und dann sucht sich das junge Paar das Gewünschte aus.«

Federica D'Amico klappte den Mund auf und wieder zu, glücklicherweise kam jedoch kein Wort über ihre Lippen.

»So machen wir es«, sagte Marie rasch. Laura nickte dazu eifrig.

»So geht es nun wirklich nicht!« Leider eine Minute zu schnell fand Marcos Mutter wieder Worte. Gleichzeitig ließ sie mit einem klatschenden Geräusch die flachen Hände vor sich auf die Tischplatte fallen und schaute sich herausfordernd um.

»Es ist so einfach, wenn man es nicht kompliziert macht«, stellte Rainulf ruhig fest und stand auf.

»Es ist unsere Hochzeit, und wir bestimmen, wie sie abläuft.« Die Italienerin presste die Hände so fest auf das Tischtuch, dass die olivfarbene Haut der Finger deutlich heller wurde.

»Es ist Lauras Hochzeit und die Hochzeit Ihres Sohnes«, korrigierte Maries Vater sie mit einem Lächeln. »Und Laura hat entschieden, wenn ich das richtig verstanden habe.« Er schaute die Braut an.

Die zögerte, nickte dann aber heftig.

»Die jungen Leute sind doch viel zu unerfahren, um eine so wichtige Sache wie eine Hochzeit zu organisieren oder auch nur zu verstehen, worum es dabei geht.« Federica schob sich mit beiden Händen die Haare aus dem Gesicht, als wolle sie allen ihre entschlossene Miene zeigen.

»Das schaffen die beiden schon. Und wir helfen natürlich alle«, mischte Marie sich ein. »Außerdem bin ich ziemlich sicher, dass Laura und Marco sehr genau wissen, worum es ihnen geht.«

»Für Sie gibt es auch eine Menge zu tun, Federica.« Zu Maries Überraschung trat Rainulf neben Federicas Stuhl und beugte sich leicht zu ihr hinunter. »Was halten Sie davon, wenn Sie mich heute auf meinem täglichen Strandspaziergang begleiten? Ausnahmsweise werde ich ihn bei Tageslicht und ohne meine Tochter machen.« Über den Kopf der Bräutigammutter hinweg zwinkerte er der verblüfften Marie zu.

»Ein Spaziergang? Und was soll das für eine Hilfe bei den Hochzeitsvorbereitungen sein?« Ungeduldig ruckte Federica mit dem Kopf, wodurch sie ein wenig an ein wütendes Huhn erinnerte.

»Das junge Paar möchte am Strand heiraten. Also brauchen wir einen schönen Platz dafür, nicht wahr?«

Federica richtete sich kerzengerade auf und schaute zum Fenster. »Wenn es wirklich so sein soll, brauchen wir nicht nur einen geeigneten Platz, sondern auch hübschen Schmuck, Stühle für die Gäste, vielleicht eine Art Pavillon. Und was soll werden, wenn es regnet?«

Marie hörte Laura unterdrückt seufzen und warf der jungen Frau einen beschwörenden Blick zu. Jetzt bloß nicht die Diskussion von vorn beginnen, sollte das heißen. Tatsächlich blieb Laura stumm.

»Es wird nicht regnen. Trotzdem müssen wir einen Plan B machen«, stellte Rainulf gelassen fest, schob die Hand unter Federicas Arm und half ihr beim Aufstehen.

Tatsächlich ließ sie sich von ihm zur Tür führen. Marie konnte es kaum glauben.

»Wie schön, dass ich heute in so charmanter Begleitung spazieren gehen kann«, hörte Marie ihren Vater sagen, während er mit Federica in Richtung Diele verschwand. Maries Verblüffung stieg ins Unermessliche. So hatte sie ihren Vater noch nie erlebt.

Wann hatte er das gelernt? Setzte er diese Fähigkeit häufiger bei weiblichen Gästen ein? Oder war das ein Einzelfall, weil Federica ein wirklich harter Brocken war? Nein, dazu agierte er zu gekonnt.

»Ich gehe nur schnell nach oben in mein Zimmer und wechsle meine Schuhe, dann können wir gehen«, hörte sie Federica D'Amico noch sagen, dann war es in der Diele still.

»Ich glaube, Ihr Vater mag Marcos Mutter«, stellte Laura fest, während sie ihren Stuhl wieder ordentlich unter den Tisch schob.

Marie ertappte sich bei einem etwas zu schrillen Lachen. »Nein!«, sagte sie dann. »Seit dem Tod meiner Mutter hat er sich für keine Frau interessiert. Er ist ja auch schon über sechzig und hat gerade eine Herz-OP hinter sich.«

»Sechzig ist kein Alter, sagt mein Vater immer. Er feiert in zwei Jahren seinen fünfundsechzigsten Geburtstag. Meine Eltern sind noch sehr glücklich und sehr verliebt. Warum sollte Ihr Vater sich nicht neu verlieben?« Sie hielt inne und schlug sich erschrocken die Hand vor den Mund. »Oder möchten Sie nicht, dass er mit einer anderen Frau zusammen ist? Wegen Ihrer Mutter und so …«

»Darüber habe ich noch nie nachgedacht«, gestand Marie. »Ich hätte sowieso nicht das Recht, meinem Vater eine neue Liebe zu verbieten. Aber glauben Sie mir, das ist völlig unvorstellbar.« Sie rückte so energisch die übrigen Stühle zurecht, dass die Holzbeine empört über den Fliesenboden scharrten.

»Er hat jedenfalls geflirtet.« Laura zuckte mit den Schultern.

Während Marie den Speisesaal verließ, fragte sie sich, was sie überhaupt über ihren Vater wusste.

»Fricke hat keine Lust, für die Hochzeitsfeier etwas Besonderes zu planen«, erzählte Marie ihrem Vater, als sie abends im Garten saßen.

Es war nach elf Uhr und wurde langsam kühl. Die letzten Gäste hatten sich vor einigen Minuten ins Haus zurückgezogen. Da der Wetterbericht einen sonnigen Tag vorhersagte, wollten alle so früh wie möglich zum Strand aufbrechen. Schließlich hatten sie wegen des stürmischen Wetters schon mehrere Ferientage im Haus verbracht. Obwohl das Erlebnisbad und die Panoramasauna Abwechslung boten – die Inselgäste kamen wegen Meer und Strand.

Auch Marie und Rainulf mussten morgens früh aufstehen, um die Arbeit des Tages zu bewältigen. Doch aus verschiedenen Gründen fiel es Marie schwer, sich jetzt schon in ihr Zimmer zurückzuziehen. Tagsüber war sie zu beschäftigt zum Grübeln. Aber wenn sie abends im Bett lag, kamen die Gedanken und huschten wie Nebelfetzen im Sturm durch ihren Kopf. Quälend und doch kaum zu fassen. Die meisten davon drehten sich um Gerit. Sollte sie doch noch einmal das Gespräch mit ihm suchen? Warum meldete er sich gar nicht mehr? Hatte er wegen der kleinen Meinungsverschiedenheit um den gemeinsamen Urlaub ihre Beziehung aufgegeben? Wollte sie das auch, oder wollte sie kämpfen? Und was genau war es, worum sie kämpfte? Ging es wirklich nur um den Streit wegen ihrer Reise nach Juist oder auch um all das, was vorher zwischen ihnen geschehen – und nicht geschehen – war?

All diese Gedanken ließen Marie nachts kaum zur Ruhe kommen. Es dauerte lange, bis sie einschlafen konnte, und nach wenigen Stunden war sie in den frühen Morgenstunden meistens schon wieder munter – erneut mit dem Kopf voller Grübeleien. Deshalb zog es sie trotz der schon recht späten Stunde nicht nach oben in ihr Zimmer. Und da sie ausnahmsweise nicht mit ihrem Vater über Neuerungen in der Pension stritt, genoss sie den friedlichen Abend und die klare Luft.

Über ihnen wölbte sich ein Sternenhimmel wie dunkelblauer Samt mit Goldglitter. Der leichte Wind, der ihre Gesichter streichelte und mit ihren Haaren spielte, schmeckte wie salziger Champagner. Marie liebte dieses prickelnde Aroma. Allerdings war sie sicher, dass sie schon bald wieder Appetit auf echten Champagner verspüren würde, denn das enge Leben hier auf der Insel war vielleicht für ein paar Sommerwochen ganz nett, aber sicher nicht für immer. Gelegentlich vermisste sie doch die Annehmlichkeiten und Abwechslungen, die die Großstadt ihr bot.

Wenn Rainulf Janssen etwas konnte, so war es zu schweigen. Äußerlich entspannt – wie es in seinem Inneren aussah, wusste Marie nach wie vor nicht – saß er in seinem Gartenstuhl, die Hände im Schoß gefaltet, den Kopf leicht in den Nacken gelegt, die Lider geschlossen. Als Marie ihn ansprach, dauerte es ein paar Sekunden, bis er die Augen aufschlug und ihr sein Gesicht zuwandte.

Als Antwort auf ihre Bemerkung darüber, dass Fricke nicht sonderlich begeistert über die bevorstehende Hochzeitsfeier im *Sandstern* war, lachte er leise. »Fricke hat nie Lust, etwas anders zu machen. So gut solltest du ihn mittlerweile kennen, Marieke. Wenn er sich dann allerdings an das Neue gewöhnt hat, ist es genauso schwierig, ihn dazu zu bringen, wieder das zu machen, was er vorher gewohnt war. Davon hast du mit deinen Ideen schon profitiert, stimmt's?« Wieder verzog er den Mund zu einem Grinsen, und dabei gluckste es tief in seiner Brust.

»Stimmt.« Marie lachte ebenfalls, während sie ihren Vater erstaunt von der Seite ansah. Dass er über die Änderungen des Speiseplans der Gäste lachte, war neu.

»Kannst du ihm sagen, dass er beim Hochzeitsmenü mitarbeiten muss?«, fragte Marie. »Schließlich bist du sein Chef.«

»Nee!« Energisch schüttelte Rainulf den Kopf. »Das mach mal schön selber. Schaffst du schon. Du hast ihn ja auch dazu gebracht, zu tun, was du willst, als ich im Krankenhaus war.«

Marie musste lächeln, obwohl ihr der Gedanke an die langwierige Auseinandersetzung mit dem Koch nicht sonderlich gefiel. Dieses

Mal ging es nicht um eine zusätzliche Suppe oder eine Variation bekannter Rezepte, sondern um eine Menge zusätzlicher Arbeit. Und Fricke konnte äußerst hartnäckig auf seinem Standpunkt beharren. Sie aber auch.

Eine Weile schauten sie wieder schweigend hinauf zum Sternenhimmel. Gerade wollte Marie vorschlagen, ins Haus zu gehen, als sie in der Dunkelheit bei der Hausecke eine Bewegung wahrnahm. Gleich darauf erkannte sie vage eine menschliche Gestalt und richtete sich erschrocken auf.

»Da ist jemand«, flüsterte sie ihrem Vater zu.

»Hm«, machte er und blinzelte träge ins Dunkel. »Später Besuch oder ein Pensionsgast.«

Marie kniff angespannt die Augen zusammen, erkannte in der Schwärze dort hinten aber nichts.

»Hier auf der Insel passiert dir nichts.« Ihr Vater berührte leicht ihre Schulter. »Ist keine Großstadt, wo man im Dunkeln Angst haben muss.«

»Auch hier kann was passieren«, sagte sie trotzig.

»Kann schon, aber tut's fast nie. Glaubst du etwa, da kommt ein Mörder? Ziemlich zarter Mörder, will ich meinen.«

Marie wollte widersprechen. Es schadete nicht, vorsichtig zu sein und auf sich aufzupassen. Doch wie zur Bestätigung seiner Worte trat in diesem Moment Karoline Beck in den sanften Schein der beiden Lampen, die links und rechts von der Terrasse standen. Marie atmete heimlich auf.

Als das Licht auf Frau Becks Gesicht fiel, sah Marie ein Glitzern und sprang auf, nun doch wieder erschrocken, wenn auch aus einem anderen Grund. Die alte Dame weinte!

»Geht es Ihnen nicht gut, Frau Beck? Ist Ihnen etwas zugestoßen?« Marie trat neben sie, hakte sie unter und führte sie zu einem leeren Stuhl.

Karoline Beck schluchzte auf und schüttelte gleichzeitig den Kopf, während sie sich neben Rainulf niederließ.

»Es ist alles gut«, behauptete sie, während die Tränen in Strömen über ihre Wangen liefen. »Es ist sozusagen wunderbar.«

»Aber warum weinen Sie dann?« Marie zog sich einen weiteren Stuhl heran.

»Heinrich – er hat zu mir gesprochen«, schluchzte Frau Beck und holte aus ihrer Handtasche, die sie wie immer über dem Arm trug, ein Taschentuch, um sich ausgiebig zu schnäuzen.

»Ihr verstorbener Mann?«, vergewisserte sich Marie und erschauderte. Würde die alte Dame ihnen jetzt eine Geistergeschichte erzählen?

»Ich rede jeden Tag mit ihm. Weil es doch sein Wunsch war, hierherzukommen, und er die Insel durch meine Schuld nie gesehen hat.« Mit einem frischen Taschentuch wischte die alte Dame neuerliche Tränen fort. »Aber so viel ich ihm auch über die Insel erzählt habe und so oft ich ihn gefragt habe, ob er mir verzeihen kann, er hat mir nie geantwortet.«

Rainulf murmelte etwas Unverständliches vor sich hin, und Marie warf ihm einen warnenden Blick zu. Nun zu verkünden, dass von einem Toten keine Antwort zu erwarten war, würde nicht sonderlich hilfreich sein.

»Und heute, endlich …« Nun schluchzte Karoline Beck so laut, dass Marie besorgte Blicke hinauf zu den oberen Fenstern warf. Zum Glück hatte sie inzwischen mehrmals festgestellt, dass die Gäste in der frischen Nordseeluft ungewöhnlich fest schliefen und nicht so leicht zu wecken waren. Mit Ausnahme der Cordes-Kinder, aber deren Zimmer lag zur anderen Seite hinaus.

»Was ist passiert?« Marie berührte Frau Becks Finger. Sie waren kühl, und als sie über den Handrücken der alten Dame strich, fühlte er sich an wie Seidenpapier, das jemand zerknüllt und wieder glatt gestrichen hatte.

Frau Beck hörte auf zu schluchzen und atmete tief durch. »Ich war in meinem Strandkorb. Weil Heinrich doch immer gesagt hat, auf Juist würden wir uns einen Strandkorb mieten und jeden Abend dort sitzen, um die Sterne anzuschauen. Während der letzten Tage konnte ich das ja nicht machen, weil das Wetter zu schlecht war, aber heute habe ich es wieder getan. Ich sitze also dort und rede mit Heinrich. Erzähle ihm, wie schön der Sternenhimmel ist und dass ich schrecklich dumm war, weil ich nicht mit ihm hergefahren bin, denn dann hätten wir das zusammen sehen können und dabei das Meeresrauschen hören, denn die Berge sind ja stumm, da hat es nie gerauscht und geplätschert.«

Wieder kam ein kurzes Aufschluchzen aus dem Mund der alten Dame, doch als Marie tröstend ihre Hand drückte, fuhr sie fort: »Heute habe ich ihn wieder gefragt, ob er mir verzeihen kann. Ich habe ihn so sehr gebeten, mir ein Zeichen zu geben, damit ich mir nicht immer weiter Vorwürfe machen muss.«

»Und, hat er Ihnen ein Zeichen gegeben?«, erkundigte Marie sich leise und sah Karoline Beck gespannt an.

Die nickte, blickte versonnen vor sich hin und stand langsam auf. »Ja, hat er. Und ich bin so schrecklich erleichtert, dass ich immerzu weinen muss. Es tut mir leid, wenn ich Sie erschreckt habe. Ich sollte jetzt ins Bett gehen und noch ein bisschen mit Heinrich reden. Mich bei ihm bedanken und ihm sagen, dass er mich heute sehr glücklich gemacht hat. Aber das hat er ja früher auch so oft getan, nur ich … Ich war manchmal ein bisschen unbedacht und …« Der Rest des Satzes verlor sich in der Dunkelheit, während Karoline Beck durch die Glastür im Haus verschwand.

»Was war es denn nun für ein Zeichen?«, ließ sich Maries Vater vernehmen. Er hatte die ganze Zeit nur zugehört.

»Das würde ich auch gern wissen, aber vielleicht ist es etwas so Persönliches, dass sie es nicht verraten will.«

»Sagst du es mir, wenn du es herausgefunden hast?«, fragte Rainulf.

»Falls ich es tatsächlich erfahre und Frau Beck mich nicht bittet, darüber Stillschweigen zu bewahren, erzähle ich es dir.« Wahrscheinlich wirst du derjenige sein, der das Geheimnis als Erster erfährt, dachte sie.

»Manchmal erinnerst du mich sehr an deine Mutter«, sagte ihr Vater so leise, dass sie ihn kaum verstand.

»Ist das gut oder schlecht?«, fragte sie, nachdem sie kurz gezögert hatte. »Ich meine – das muss dir doch wehtun.«

»Sie fehlt mir immer noch sehr. Aber es tröstet mich, wenn ich sie in dir sehen und hören kann. Gestern hast du ein paar Gräser in die kleine, schiefe Vase in der Küche gestellt. So wie sie es immer gemacht hat.«

Marie lächelte vage in seine Richtung und schaute dann wieder hinauf in den Sternenhimmel, der sich schützend wie eine Kuppel über ihnen wölbte. »Das habe ich gemacht, weil ich sie so auch so sehr vermisse«, sagte sie leise.

Er wandte den Kopf und schaute sie im schwachen goldfarbenen Licht der Gartenlaternen ruhig an. »Was ich am Tag von Mamas Beerdigung gesagt habe, und auch später noch ein paar Mal … Das tut mir leid, Marieke.«

Es dauerte eine Weile, bis die Bedeutung seiner Worte bei ihr ankam. Ihr Herz fühlte sich plötzlich seltsam warm an und klopfte schneller. Zum ersten Mal war sie nicht zusammengezuckt, als er sie Marieke genannt hatte.

Doch sie wusste nicht, was sie antworten sollte, ihr Kopf war leer.

»Ich war damals so schrecklich wütend auf das Leben. Und wohl auch auf mich. Weil ich nicht gemerkt hatte, dass es deiner Mutter schlecht ging. Sie achtete selbst gar nicht auf sich, beklagte sich nie, tat ihre Arbeit und gönnte sich keine Ruhe, bis alles erledigt war. Ich hätte dafür sorgen müssen, dass sie sich öfter mal ausruhte. Und dass sie zum Arzt ging, als sie immer blasser und schmaler wurde. Aber ich dachte wohl, sie sei unzerbrechlich. Ich kann mich nicht erinnern, dass sie irgendwann mal einen Tag krank im Bett gelegen hätte. Und geweint hat sie auch nie. Fast nie. Nur an dem Tag, an dem du mit deinen beiden riesigen Koffern nach Hamburg aufgebrochen bist. Sie hatte es geschafft, vor dir ihre Tränen zu verbergen. Aber als du dann fort warst – nicht mal ich konnte ihren Kummer übersehen.«

Marie konnte sich nicht erinnern, dass ihr Vater jemals eine so lange Rede gehalten hatte. Sie streckte den Arm aus und legte ihre Hand auf seine. Nicht mal als kleines Mädchen war sie an der Hand ihres Vaters gegangen. Doch jetzt fühlte es sich richtig an, ihre Finger mit seinen zu verschränken.

Seltsamerweise tat sie in diesen Wochen viele Dinge zum ersten Mal. Als hätte sich durch die Krankheit ihres Vaters und ihre Rückkehr auf die Insel in ihrem Inneren ein Schalter umgelegt.

»Papa«, flüsterte sie. »Niemand ist schuld an dem, was passiert ist. Es war das Schicksal, ein gemeines, bösartiges Schicksal, und Mama war nun wirklich die Letzte, die es verdient hatte.«

»Ja«, sagte er leise, und der Wind nahm das eine kurze Wort mit sich.

»Als du so sehr auf mich geschimpft hast, dachte ich auch oft, ich wäre schuld. Schließlich hätte ich bei der Arbeit in der Pension helfen können. Aber niemand bekommt von zu viel Arbeit eine Hirnblutung. Das ist einfach … eine Gemeinheit, an der keiner schuld ist. Du weißt doch, was uns der Arzt damals im Krankenhaus gesagt hat.«

Ein leiser Seufzer erreichte Maries Ohr. »Es ist immer noch so schwer zu begreifen, dass meine Connie nicht mehr da ist. Manchmal, wenn im Haus eine Tür aufgeht, drehe ich mich um und denke, jetzt kommt sie herein. Aber sie ist es nicht, und sie wird es niemals mehr sein.«

Erschrocken sah Marie ein silbriges Glitzern auf der Wange ihres Vaters. Aber schon machte er eine rasche Handbewegung, und der Schimmer war fort.

»Sie fehlt mir so sehr, dass ich mich bis jetzt nicht getraut habe, zu ihrem Grab zu gehen. Vielleicht können wir zwei zusammen hingehen, Papa?«

Mit einem Ruck richtete Rainulf sich auf seinem Stuhl auf. »Dafür habe ich keine Zeit. Es gibt viel zu tun.«

Seine Worte fühlten sich für Marie wie ein Eimer kaltes Wasser an, den ihr jemand über den Kopf geschüttet hatte. Doch dann kam die Erkenntnis, dass ihr Vater an diesem Abend über seinen Schatten gesprungen war. Es musste ihn große Überwindung gekostet haben, sich bei ihr zu entschuldigen und über seine Trauer zu sprechen. Ein gemeinsamer Besuch am Grab seiner Frau würde ihn noch mehr Kraft kosten. Sie musste ihm Zeit lassen.

»Kein Problem. Nele begleitet mich bestimmt«, sagte Marie rasch. »Und jetzt sollten wir zu Bett gehen. Es ist spät.«

Sie standen auf, nahmen die Sitzkissen von den Stühlen und gingen Seite an Seite ins Haus.

»Ich bringe die Kissen weg, geh ruhig schon nach oben, Papa.« In der Diele wandte Marie sich der Tür zum Keller zu, wo der Behälter für die Kissen stand.

Ihr Vater nickte und blieb am Fuß der Treppe stehen. Die Hand auf dem Geländer, zögerte er.

Wartete er auf eine Umarmung? Wenn sie die Arme um ihn schlang und er sich steif machte oder sie gar von sich schob – das wollte sie nicht riskieren.

Verlegen sah sie ihn an und presste die weiß-blau gemusterten Polster an ihre Brust.

»Gute Nacht, Papa«, sagte sie leise.

»Schlaf gut, Marieke«, murmelte er und stieg langsam die Treppe hinauf.

17. Kapitel

»Mir gefällt es am besten, wenn wir die Tische und Bänke wie ein großes T aufstellen«, sagte Laura, nachdem alle Anwesenden sie lange stumm und auffordernd angesehen hatten.

Es war schwierig, die schüchterne Laura dazu zu bewegen, ihre Wünsche zu äußern, aber mittlerweile wusste auch Marie, wie das ging. Sie hatte es sich von Marco abgeschaut. Er fragte Laura, und dann schwieg er so lange, bis sie antwortete. Sie brauchte immer eine Weile, um nachzudenken und vielleicht auch, um Mut zu fassen.

»Was denkst du?«, wandte sie sich jetzt an Marco, als müsse sie sich vergewissern, ob ihre Meinung in Ordnung war.

Ihr Bräutigam strahlte sie an. »Erstens finde ich das auch, Liebste, und zweitens möchte ich es unbedingt so haben, wie es dir am besten gefällt. Weil ich will, dass du genau die Hochzeit bekommst, die du dir wünschst.«

Laura seufzte. »Deine Mutter wird aber nicht begeistert sein. Und sie wird versuchen, uns doch noch von weißen Tischdecken und all diesen Dingen zu überzeugen, die man nur in einem Saal haben kann.«

»Es ist unsere Hochzeit, und du bist die Braut, nicht meine Mutter.« Marco trat neben sie und legte ihr den Arm um die Schultern.

»Wart's ab, bis sie wieder da ist und das hier sieht«, sagte Laura leise.

Marie hatte ihren Vater gefragt, ob er mit Federica einen Ausflug zum Pferdehof machen könnte. Schließlich sollten die Hochzeitsgäste mit dem Pferdewagen von der Fähre abgeholt werden. Das hätte man natürlich auch telefonisch regeln können, aber Marie war klar, dass das Aufstellen der Tische und Bänke für die Feier in Federicas Abwesenheit deutlich entspannter verlaufen würde. Und der Anblick von

Lauras Gesicht, wenn sie an die zu erwartende Einmischung ihrer künftigen Schwiegermutter dachte, gab ihr recht.

Seltsamerweise hatte es sie kaum Mühe gekostet, ihren Vater zu dem Ausflug mit Federica zu überreden. Fast schien er sich darauf zu freuen, einige Zeit mit der Italienerin zu verbringen. Was sehr erstaunlich war, denn sie konnte sehr anstrengend sein, wenn etwas nicht nach ihrem Kopf ging, wie mittlerweile jeder wusste, der an den Hochzeitsvorbereitungen beteiligt war.

»Der Grill steht da drüben, das Büfett, auf dem wir auch Geschirr und Bestecke aufbauen werden, zwei Meter weiter links. Die Terrasse lassen wir als Tanzfläche frei«, erklärte Marie und deutete mit ausgestrecktem Arm in die jeweilige Richtung. »Über den Tischen und Bänken wird der große Pavillon aufgebaut. Die Seitenwände kann man je nach Bedarf zur Seite schieben oder schließen. Falls es regnen sollte oder kühl wird.«

»Es *darf* nicht regnen!« Laura legte die Hände vor die Brust, als wolle sie beten. »Ich wünsche mir so sehr, dass wir am Strand heiraten können!«

»Der Pavillon ist nur für den Notfall«, erklärte Marie. »Selbst im unwahrscheinlichen Fall, dass es regnet, wird es ein schönes Fest. Die Terrasse ist überdacht, und für das Büfett haben wir einen zusätzlichen kleinen Pavillon bestellt.«

»Aber die Hochzeit am Strand …« Laura sah sie mit großen Augen an, die zu Maries Schrecken feucht schimmerten. »Wenn es regnet, müssen wir ins Rathaus.«

»Ihr zwei seid Glückskinder«, mischte sich Nele energisch ein. »Also wird es nicht regnen, und ihr werdet eine sehr, sehr romantische Trauung am Meer haben.«

Sofort verzog Laura den Mund zu einem Lächeln, und ihr Kummer schien vergessen.

Marie runzelte die Stirn. Wieso glaubte die Braut Nele, nicht aber ihr? Schließlich wusste auch Nele nicht, wie in drei Tagen das Wetter sein würde. Und zaubern konnte sie genauso wenig wie Marie selbst.

Aber spielte das eine Rolle? Schließlich ging es darum, das junge Brautpaar glücklich zu machen.

Über den Kopf der Braut hinweg schaute Nele Marie an und zwinkerte ihr heimlich zu. Offenbar konnte sie ihrer Freundin immer noch von der Stirn ablesen, was sie gerade dachte und fühlte. Sofort ging es Marie besser. Sie würde schon noch lernen, mit den Menschen hier auf Juist umzugehen. Aus irgendeinem Grund funktionierte auf der Insel alles anders, als würden die Meeresluft, die Weite und die Stille die Menschen innerhalb kürzester Zeit verändern, denn sogar die Feriengäste waren einfach … anders als die Menschen, mit denen Marie im *Albatros* zu tun hatte. Was vielleicht aber auch daran lag, dass die Gäste einer Familienpension andere Wünsche und Vorstellungen hatten als die eines Luxushotels.

Marie reckte die Nase in den Nordseewind und atmete tief durch. So schwierig konnte es nicht sein, auch auf Juist ein Fest vorzubereiten, das die Menschen glücklich machte. Schließlich kannte sie nervöse Bräute und schwierige Gastgeber nur zu gut. Hier ging es eben nicht um eine seltene Champagnermarke, die extra eingeflogen werden musste, um mauvefarbene Tischdekorationen oder Tischgestecke aus blau gefärbten Rosen, sondern um eine Trauung am Strand und die Angst vor Regen.

Sie rückte den langen Tisch zurecht, der für das Büfett vorgesehen war, und schaute sich lächelnd um, weil sie Lauras Meinung dazu hören wollte. Als sie unvermittelt direkt in Philipps Gesicht schaute, fuhr sie zusammen und unterdrückte nur mit Mühe einen erschrockenen Aufschrei. Dieser Mann schien die Fähigkeit zu haben, wie aus dem Nichts aufzutauchen.

»Was? Wo? Willst du zu meinem Vater?« Sie funkelte ihn genervt an.

»Er war vorhin bei mir in der Praxis. Sein Blutdruck ist perfekt«, erzählte Philipp fröhlich. »Ich bin deinetwegen hier.«

»Ach«, machte sie und sah aus dem Augenwinkel, dass Nele neugierig näher kam.

»Moin, Philipp«, begrüßte sie den Arzt vertraulich.

»Moin, Nele«, erwiderte er ebenso selbstverständlich, und prompt beneidete Marie die Freundin, weil sie so entspannt mit ihm war. Warum gelang ihr das nicht? Schließlich war sie Großstädterin und gewohnt, mit den unterschiedlichen Menschen umzugehen.

»Was macht die Piratenprinzessin?«, erkundigte sich Philipp mit einem Augenzwinkern bei Nele.

»Die ist schon seit mindestens einer Woche nirgendwo mehr runtergefallen. Dafür weigert Kaja sich jetzt, zu dir zum Impfen zu kommen.«

»Bring sie mit, wenn ich bei Lilly einen Verbandswechsel mache. Dann kriegen wir das schon hin.« Er lächelte Nele an, die lächelte im schönsten Einvernehmen zurück.

Als er sich nach der kurzen Unterhaltung mit Nele wieder Marie zuwandte, versteifte sie sich sofort wieder. Was war nur los mit ihr?

»Schöne Grüße von Emma«, sagte er und schaute sie erwartungsvoll an.

»Danke.« Äußerlich ungerührt erwiderte sie seinen Blick.

Sie guckte, und er guckte, sie wartete, was er noch zu sagen hatte, er schwieg. Nach kurzer Zeit war ihr klar, dass er den längeren Atem hatte.

»Wie geht es ihr?«, erkundigte sie sich steif. »Frisst sie, und heilt der Flügel?«

»Sie frisst, und ich glaube, es dauert nicht mehr lange, bis sie ihren Flügel wieder benutzen kann. Ich habe mich nur gewundert, dass du dich nicht mehr hast sehen lassen, um sie zu besuchen.«

»Es gibt eine Menge zu tun. Vorbereitung einer Hochzeit und so weiter.« Mit einer weit ausholenden Handbewegung deutete sie auf Garten, Terrasse und Haus.

»Wer ist Emma?«, mischte sich Nele ein, die mittlerweile ein paar Bänke geradegerückt hatte.

»Die Möwe, die Marieke und ich gerettet haben«, sagte Philipp in einem so selbstverständlichen Ton, als würde er täglich gemeinsam mit Marie Tiere in der Gegend herumtragen und verarzten. »Sie hat einen gebrochenen Flügel.«

Marie öffnete den Mund, um wieder einmal zu verkünden, wie sie genannt zu werden wünschte, ließ es dann aber doch sein. Es hatte einfach keinen Sinn.

»Ach, ihr habt euch gemeinsam um eine verletzte Möwe gekümmert? Das hast du mir ja gar nicht erzählt.« Nele sah Marie mit dem geheimen Zwinkern an, das sie schon während ihrer Schulzeit perfektioniert hatten. Es war nur ein ganz leichtes Zucken der Wimpern, das wahrscheinlich niemandem auffiel, der nicht wusste, worum es ging. Marie bemerkte es immer noch sofort, verzog aber keine Miene.

»Ich fand es nicht so wichtig«, erwiderte sie nur. »Ich bin zufällig vorbeigekommen und habe ein bisschen geholfen. Keine große Sache.«

»Ich wusste nicht, dass ihr euch quasi privat kennt.« Wieder ein Zucken der Wimpern, und wieder tat Marie, als hätte sie nichts gesehen.

»Ich komme nachher mal vorbei und bringe Fisch von Pauls Imbiss mit. Falls du nicht zu Hause bist, ist das kein Problem. Ich gehe durch den Garten ums Haus herum und gebe ihr den Fisch.«

»Ich bin den ganzen Nachmittag da«, erklärte Philipp fröhlich.

»Okay.« Marie wich Neles Blick aus. Trotzdem sah sie das seltsame Lächeln auf ihrem Gesicht.

»Deine Töchter möchten vielleicht gern mal die Möwe besuchen«, wandte Marie sich hoffnungsvoll an ihre Freundin. »Wir könnten sie gemeinsam füttern.«

Sie konnte regelrecht sehen, wie es hinter Neles Stirn arbeitete. Dann schüttelte sie den Kopf. »Besser nicht. Die Mädchen hängen ihr Herz an jedes Tier. Letztes Jahr haben sie eine Schnecke im Einmachglas zu ihrem Lieblingstier erkoren. Sie hieß Karla, und als sie eines Nachts getürmt ist, hatten wir eine Woche lang Staatstrauer. Die Tränen flossen reichlich. Das Geheule, wenn die Möwe freigelassen wird, möchtest du nicht erleben, das schwöre ich dir.«

»Oh«, machte Marie. »Dann muss ich wohl allein gehen.«

»Musst du wohl.« Nele nickte mit todernster Miene.

»Was denkst du, wie lange es mit dem Flügel noch dauert?«, erkundigte sie sich bei Philipp. Wenn Emma endlich wieder frei war, musste sie auch nicht mehr ständig mit Fischabfällen bei ihm auftauchen, weil er so tat, als wäre sie mindestens ebenso sehr verantwortlich für den Vogel wie er.

»Ein paar Tage«, erwiderte er vage.

Marie nickte. Da sie während der kommenden Tage mit der Vorbereitung der Hochzeit beschäftigt sein würde, konnte sie nach dem heutigen vielleicht weitere Besuche vermeiden.

»Dann komme ich also heute Nachmittag vorbei.«

Demonstrativ warf sie einen Blick auf ihre Armbanduhr, um deutlich zu machen, dass sie in Eile war. Was gar nicht stimmte. Auf wundersame Weise hatte sich der Tagesablauf im *Sandstern* seit der Rückkehr ihres Vaters ganz von allein geregelt. Zum Teil lag es daran, dass er einige ihrer Verbesserungen mit eifriger Unterstützung von Susa und Annegret rückgängig gemacht hatte. Es gab aber immer noch abwechslungsreicheres Essen und ein kleines Frühstücksbüfett. Vor allem aber hatten sie ohne Diskussionen oder sonstige Schwierigkeiten die täglichen Aufgaben zwischen sich aufgeteilt. Fast war es so, als würden ihr die Arbeiten besonders liegen, die er nicht sonderlich mochte.

Am späten Nachmittag, nachdem sie eine ausführliche To-do-Liste für die Hochzeitsfeier erstellt hatte, machte Marie sich auf den Weg zu Philipps Praxis, natürlich mit einem Umweg über die Strandstraße und Pauls Imbiss.

»Lieben Dank, vor allem in Emmas Namen«, sagte sie zu Paul, der mit einem Griff den Behälter mit Fischresten unter seinem Tresen hervorgeholt hatte. »Dann hätte ich gern noch ein Brötchen mit Backfisch. Und kannst du mir sagen, ob man inzwischen hier auf der Insel Computer und Zubehör kaufen kann?«

»Computerzubehör?« Ohne hinzusehen, warf Paul das panierte

Fischfilet ins zischende Fett und runzelte dabei nachdenklich die Stirn. »Was genau jetzt?«

»Software. Ein Programm für Hotels. Vielleicht auch einen Laptop«, präzisierte Marie ihr Anliegen. Wenn das Ding erst mal da war, würde ihr Vater sich bestimmt daran gewöhnen. Vielleicht würde das Programm auf dem uralten Computer in dem kleinen Büro laufen, doch da war sie sich nicht sicher. Ein neuer Laptop konnte also nicht schaden, obwohl ihr Vater sich dagegen sicher auch mit Händen und Füßen wehren würde.

»Solche Sachen bestell ich im Internet«, beantwortete Paul ihre Frage. »Is dann meistens zwei Tage später mit der Fähre da. Und ich habe 'ne richtig große Auswahl. In Hamburch macht ihr das wohl anders. Is eben 'ne Großstadt.«

»Hm. Klar. Danke.« Nickend kramte Marie Geld für das Fischbrötchen hervor.

Gemächlich legte sie die restlichen hundertfünfzig Meter zu Philipps Häuschen zurück. Sie wollte ihr Brötchen aufgegessen haben, wenn sie dort ankam. Es war ihm zuzutrauen, dass er ihr sofort ein Glas Wein dazu anbot oder einen Kaffee kochte. Und womöglich auch gleich einen Nachtisch.

Es war Mittwochnachmittag, der Tag, an dem auch auf Juist die Arztpraxis geschlossen war. Marie wischte sich die fettigen Finger an einem Papiertaschentuch ab, stopfte es in die Tasche ihrer Jeans, schob die schiefe Gartenpforte auf und ging ums Haus herum zur Voliere. Wenn sie Glück hätte, würde Philipp ihren Besuch gar nicht bemerken. Sie würde Emma die Fischstückchen hinlegen – dieses Mal natürlich, ohne ihr eine Chance zur Flucht aus dem Käfig zu geben –, zwei oder drei Minuten bei ihr bleiben und dann wieder verschwinden.

Noch bevor sie die Voliere sehen konnte, hörte sie Emmas sehnsüchtige Schreie.

»Ist ja gut! Ich bringe dir was Leckeres mit, dann geht's dir besser«, rief Marie mit gesenkter Stimme.

»Das ist schön«, kam es prompt zurück, und als sie um die Hausecke kam, sah sie Philipp auf einem Gartenstuhl neben dem großen Käfig sitzen. Er hielt ein aufgeschlagenes Buch in der Hand. Offenbar leistete er der Möwe Gesellschaft und las dabei.

»Dich meinte ich nicht«, sagte Marie kühl, trat vor die Voliere und nahm den Deckel von dem Behälter mit Fischstückchen ab. Emma, die auf dem sandigen Boden saß, legte den Kopf schief und beobachtete sie aufmerksam.

»Ich weiß«, erwiderte er grinsend.

»Da du schon hier bist, kannst du mir helfen und die Tür aufmachen, damit sie nicht wieder abhaut«, sagte Marie, ohne ihn anzusehen.

»Stets zu Diensten.« Er stand auf, zog geschickt den Eisenstab aus der Metallöse und öffnete die Tür ein kleines Stück.

»Darf ich da mal ran?«, erkundigte sich Marie gereizt. Sie bereute bereits, dass sie gekommen war. Da Philipp sich um die Möwe kümmerte, würde Emma keinesfalls verhungern, wenn Marie nicht mehr auftauchte.

Wortlos bewegte er sich ein winziges Stück zur Seite.

»Geht es ein bisschen mehr?«

»Willst du, dass sie wieder ausbüxt?«

Marie seufzte demonstrativ, quetschte sich vor den schmalen Spalt zwischen Philipp und der Tür und warf Emma eilig die Fischabfälle hin. Die Möwe stürzte sich sofort auf das Futter. Dabei flatterte sie heftig mit dem gesunden Flügel, und Marie sah, dass auch der verletzte Flügel, der immer noch am Körper festgeklebt war, zuckte, als wolle sie ihn ebenfalls bewegen.

»Hast du das gesehen?«, rief Marie aufgeregt. »Ich glaube, der Bruch ist tatsächlich bald geheilt.«

Vor lauter Freude bemerkte sie erst hinterher, dass sie Philipp aus nächster Nähe ins Gesicht geschrien hatte.

»Ja.« Sein Lächeln traf sie viel zu direkt, während sie hastig zurückwich. »Sie bewegt den kranken Flügel schon ein bisschen. Das heißt, er scheint nicht mehr sehr wehzutun.«

»Darf ich dabei sein, wenn du sie freilässt?«, fragte sie spontan.

»Glaubst du, ich hätte sie fliegen lassen, ohne dir Bescheid zu sagen?« Während Emma sich mit den Fischstücken vergnügte, schloss Philipp die Käfigtür wieder.

Sie zuckte mit den Schultern. »So einen riesigen Anteil hatte ich ja nun auch wieder nicht an der Rettungsaktion.«

»Ich fand es neulich schön, als wir zusammen gekocht und gegessen haben«, sagte er nach kurzem Schweigen.

»Ich hatte gerade ein Fischbrötchen. Von Paul«, erklärte sie hastig.

»Schade. Ich wollte mir ein Gemüsecurry machen und dachte, du hast vielleicht auch Lust darauf.« Er lachte leise. »Außerdem könnte ich gut jemanden zum Schnippeln gebrauchen.«

»Pech gehabt.« Das hatte locker klingen sollen, kam aber viel zu hart über ihre Lippen. Sie hielt sich mit einer Hand am Gitter des hohen Käfigs fest und starrte angespannt die Möwe an, die längst ihre Mahlzeit verschlungen hatte und nun im Sand herumlief, wohl in der Hoffnung, noch ein übersehenes Fischstückchen zu finden.

»Vielleicht hast du ja doch noch ein bisschen Appetit.« Er gehörte nicht zu den Menschen, die schnell aufgaben.

»Nein.« Wieder klang sie barscher als beabsichtigt.

»Hör zu, Marie. Es geht nicht darum, dass ich dich ins Bett bekommen möchte. Ich weiß, dass du in dieser Hinsicht kein Interesse an mir hast, und mir geht es umgekehrt genauso.«

Sie schnappte nach Luft. Das war nun auch wieder nicht nötig gewesen.

»Ich habe einen Freund«, stieß sie hervor, um deutlich zu machen, dass sie auf das Interesse eines Inselarztes nicht angewiesen war.

»Ich weiß. Der Mann, den du im Urlaub davon überzeugen wolltest, dass ein Leben mit dir schön ist.« Philipps Miene war ausdruckslos. Oder hatte sein rechter Mundwinkel gezuckt?

Sie verzog die Lippen, als hätte sie in eine Zitrone gebissen. Der Geschmack in ihrem Mund war jedoch bitter. Wütend funkelte sie Philipp an.

»So war es ganz und gar nicht. Aber das ist jetzt auch egal. Schließlich konnte ich nicht mit ihm nach Jamaika fliegen, weil du mich gezwungen hast, auf die Insel zu kommen. Heute denke ich, mein Vater hätte die ganze Sache mit Leichtigkeit ohne mich bewältigt. Er kommt gut allein zurecht. Und deine Idee von Ganzheitlichkeit – na ja …«

»Er versucht, den Eindruck zu erwecken, dass er niemanden braucht, auch dich nicht«, korrigierte Philipp sie. »Aber ich bin fest überzeugt, es geht ihm nur so gut, weil du da bist, ihm mit der Pension hilfst, mit ihm spazieren gehst und mit ihm redest. Wäre es dir tatsächlich lieber gewesen, du hättest nichts von den Problemen deines Vaters erfahren?«

Am liebsten hätte sie behauptet, es sei so, doch das wäre eine Lüge gewesen. Also schwieg sie.

»Gestern Abend haben wir endlich über meine Mutter gesprochen«, sagte sie schließlich.

»Das ist gut. Gut für dich und gut für deinen Vater«, verkündete er mit zufriedener Miene.

»Kann sein. Ob du tatsächlich recht hast, werden wir nie erfahren.« Sie schlug sich mit der flachen Hand auf den nackten Arm, um eine Mücke zu vertreiben. Doch sie war zu langsam gewesen, es fing schon an zu jucken.

»Du wirst auch nie wissen, wie es mit dir und deinem Freund weitergegangen wäre, wenn ihr wie geplant zusammen in den Urlaub gefahren wärt. Das heißt aber nicht, dass sich dadurch eure Geschichte ändern wird. Ob ihr zusammenleben und miteinander glücklich sein werdet, sollte nicht von einer solchen Kleinigkeit abhängen. Entweder passt es, oder es passt nicht.«

Sie lachte laut auf, und Emma stimmte mit einem hohen Ton ein. »Du glaubst an so etwas wie Bestimmung?«

»Manchmal«, sagte er ohne jede Verlegenheit.

Verunsichert ließ sie ihren Blick hinauf zu ein paar eiligen Wolken wandern. Gab es denn nichts, was diesem Mann die Ruhe und Selbstsicherheit nehmen konnte?

»Du nicht?«, fragte er nach einer Weile.

Sie musste an Gerit denken, an die Unsicherheit, die sie ihm gegenüber so oft gespürt hatte, die Zweifel, die sie seit Tagen verfolgten, und die Gefühle, die er von Anfang an in ihr geweckt hatte und die immer noch da waren. Schmerzlich und sehnsüchtig. Wenn Gerit nun ihre Bestimmung war, und das hielt sie für ziemlich wahrscheinlich, würde sich dann alles wieder einrenken? Würden sie wieder zusammenfinden und letztlich zusammen glücklich werden? Weil es so sein sollte und weil es zwischen ihnen passte? Ein warmes Gefühl durchflutete sie. Hoffnung, Sehnsucht – und Liebe.

»Vielleicht«, flüsterte sie. »Vielleicht gibt es tatsächlich etwas wie Bestimmung, etwas wie ein Schicksal, dem wir nicht ausweichen können.«

Er nickte mit nachdenklicher Miene. »Das Schwierige ist wahrscheinlich, zu erkennen, was unsere wahre Bestimmung ist, und sie dann anzunehmen.« Er sah angestrengt hinauf zum Himmel.

»Hast du schon erlebt, dass du etwas für dein Schicksal hieltest, was sich nachher als falsch herausstellte?«, fragte Marie neugierig, während sie gleichzeitig darüber nachdachte, ob sie in der Lage war, ihr wahres Schicksal zu erkennen, wenn es vor ihr lag.

Philipp schaute immer noch nach oben, folgte mit seinen Blicken einer kleinen weißen Wolke und schwieg.

Ungeduldig bohrte Marie die Spitze ihres Schuhs in den Rasen. »So bist du! Du bringst mich dazu, dir alles Mögliche zu erzählen, was ich eigentlich für mich behalten wollte, selbst bist du aber ein Buch mit sieben Siegeln.«

»Ich habe dir nie eine Pistole vor die Nase gehalten und dich zum Reden gezwungen«, sagte er auf seine viel zu ruhige, viel zu gelassene Art, die sie wieder einmal nervös machte.

»Dazu brauchst du gar keine Pistole. Du machst das mit anderen Tricks.«

»Keine Tricks. Ich höre einfach zu.«

Marie rollte mit den Augen.

»Okay. Ich sage dir, weshalb ich München verlassen habe und nach Juist gezogen bin.«

Überrascht starrte sie ihn an. »Wirklich? Ich dachte, das ist dein ganz großes Geheimnis.«

»Ich hänge es nicht an die große Glocke. Aber weil du offenbar das Gefühl hast, ich hätte dich ausgehorcht, ohne dir etwas anzuvertrauen, erzähle ich es dir.« Er atmete tief durch, als müsste er Mut für dieses Geständnis sammeln.

Marie hingegen hielt vor lauter Spannung die Luft an und zupfte nervös an ihren Haaren. Sie hatte schon mehr als einmal darüber nachgedacht, was Philipp wohl dazu gebracht haben könnte, diesen für sie nicht nachvollziehbaren Schritt zu tun. Und sie war davon ausgegangen, sie würde es niemals erfahren.

»Eine verheiratete Kollegin«, sagte er leise und setzte sich auf den Rasen, als würde er sich auf eine längere Erzählung vorbereiten. Sie ließ sich ebenfalls im Gras nieder, achtete aber darauf, dass sie nicht zu dicht neben ihm saß.

»Als sie neu an die Klinik kam, in der ich Oberarzt war, verliebten wir uns Hals über Kopf ineinander. Für mich war es die ganz große Liebe, und sie sagte schon nach wenigen Tagen, sie würde sich von ihrem Mann trennen, damit wir zusammen sein konnten.«

»Hat sie Kinder?« Marie verschränkte die Arme vor der Brust und umfasste mit den Händen ihre Ellbogen, als müsste sie sich vor dem schützen, was nun kommen würde. Für sie waren verheiratete Männer, ganz besonders solche mit Kindern, immer tabu gewesen, und aus irgendeinem Grund wunderte sie, dass es für Philipp mit verheirateten Frauen nicht genauso war. Aber vielleicht gehörte das dazu, wenn man an Bestimmung glaubte.

»Nein. Sie war erst seit zwei Jahren verheiratet. Ihr Mann war zwanzig Jahre älter als sie und sehr wohlhabend. Und irgendwann, nachdem ich Monate lang gewartet und sie das Gespräch mit ihrem Mann immer wieder aufgeschoben hatte, kam endlich der Tag, an dem sie es ihm sagen wollte. Am nächsten Morgen fuhr sie mit einem nagelneuen Sportwagen vor der Klinik vor, der gut und gern hunderttausend Euro kostet.«

Marie runzelte die Stirn, während Philipp einen Moment lang schwieg, als überlege er, ob er seine Geschichte weitererzählen wollte. Dann atmete er tief durch und fuhr fort: »Dieser Wagen – seltsamerweise fand ich das schlimmer als all die Monate, die sie mich mit ihren Versprechungen hingehalten hatte. Wieso erschien sie ausgerechnet am Tag nach ihrer großen Aussprache mit ihrem Mann mit diesem Auto zur Arbeit? Ich wusste in dem Augenblick, in dem ich diesen Wagen sah, dass sie ihn nicht verlassen würde.«

»Wie kann er es ihr so schnell gekauft haben?«, gab Marie zu bedenken.

»Sie kam zwei Stunden später als üblich. Zufällig sah ich sie, weil ich natürlich wie auf glühenden Kohlen saß, um endlich zu erfahren, ob sie nun frei für mich wäre. Diese zwei Stunden, die sie mit einem Zahnarztbesuch entschuldigt hatte, waren genug Zeit, um in ein Autohaus zu fahren und ihren Traumwagen, von dem sie mir auch schon vorgeschwärmt hatte, zu kaufen.«

Philipp verzog sein Gesicht zu einer bitteren Grimasse.

»Aber …« Marie war fassungslos. »Sie hat eine Zukunft mit dir gegen ein Auto eingetauscht?«

Er zuckte mit den Schultern. »Heute denke ich, sie hatte niemals vor, sich zu trennen. Vielleicht habe ich das auch verdient. Ich hätte keine Affäre haben dürfen, sondern lieber die Finger von ihr lassen sollen, bis sie wirklich getrennt war.«

Eine Weile schwiegen sie beide, und Marie konnte hören, dass er versuchte, einen Seufzer zu unterdrücken, was ihm jedoch nicht gelang.

»Aber was, wenn sie deine Bestimmung war?« Marie schaute ihn fragend an.

»Sie war es definitiv nicht«, erwiderte er mit fester Stimme. »Denn natürlich erklärte sie mir noch am selben Tag, dass es mit uns aus und vorbei sei und sie sich wegen ihrer Gefühle für mich getäuscht hätte.

Seitdem ... fällt es mir schwer, meinen Empfindungen zu trauen. So was möchte ich nicht noch einmal erleben.« Sein Blick streifte sie und glitt sofort weiter, verhakte sich mit irgendetwas in den Dünen.

Marie sah ihn prüfend an. Sie war zwar nicht verheiratet, aber sie hatte einen Freund. Und Philipp wusste das seit ihrer ersten Begegnung. Dass sie manchmal das Gefühl gehabt hatte, er würde sich für sie als Frau interessieren, war offensichtlich ein Irrtum gewesen. Was nur gut war, denn noch mehr Komplikationen konnte sie in ihrem Leben nun wahrlich nicht gebrauchen.

»Und wegen dieser Frau hast du deinen guten Job aufgegeben und bist nach Juist gezogen?«, fasste sie das Ergebnis seiner Geschichte nach kurzem Nachdenken zusammen. »Ist sie das wert?«

»*Ich* bin es mir wert«, erwiderte er. »Hier konnte ich wieder zur Ruhe kommen. Es war unerträglich für mich, diese Frau jeden Tag zu sehen. Ich war wütend auf sie, aber so dumm es war – ich liebte sie immer noch. Hier auf Juist habe ich sehr schnell mein inneres Gleichgewicht wiedergefunden. Und inzwischen ist sie für mich nur noch eine Erinnerung, wenn auch eine schmerzliche, manchmal auch voller Wut.« Über seiner Nasenwurzel erschien eine senkrechte Falte.

»Du wolltest einen Neuanfang, und der ist dir gelungen«, sagte Marie nachdenklich.

»Das ist nur die halbe Wahrheit«, setzte Philipp nach kurzem Überlegen entschlossen hinzu. »Als es mir wegen dieser Frau so schlecht ging, wäre fast eine komplizierte OP an einem fünfjährigen Kind schiefgegangen. Meine Gedanken schweiften ab, ich war nicht so konzentriert, wie ich es hätte sein sollen. Am Ende ist alles gut gegangen, aber ich hätte mir nie verziehen, wenn das kleine Mädchen einen bleibenden Schaden davongetragen hätte oder sogar gestorben wäre. Deshalb werde ich vorerst nicht mehr operieren. Vielleicht auch nie wieder.«

Er kniff entschlossen die Augen zusammen, während er seinen Blick auf Marie richtete. »Das ist sie meine Geschichte. Nun kennst du den Grund, weshalb ich hier bin. Und ich denke oft, letztlich muss ich dieser Frau dankbar sein, denn mir hätte nichts Besseres passieren können als Juist. Ich bin glücklich hier. Und ich liebe es, als Arzt so direkt mit den Menschen zu arbeiten und nicht einfach nur an ihnen herumzuschnippeln. Hier habe ich Zeit, mit ihnen zu reden. Ich kenne die ganze Familie, sehe, was sie vielleicht krank macht, kann nicht nur Tabletten verschreiben, sondern auch den einen oder anderen Rat geben. Das ist viel befriedigender als die Arbeit in der Klinik.«

Marie sah ihn von der Seite an. Sein Lächeln wirkte so befreit wie seine Worte. Deshalb verlor sie kein Wort über seinen *ganzheitlichen Ansatz,* der ihr von Anfang an so auf die Nerven gegangen war.

»Danke«, sagte sie stattdessen mit fester Stimme.

»Wofür?«

»Dass du mir dein Geheimnis anvertraut hast.« Sie stand vom Boden auf und klopfte sich die Jeans ab.

»Das ist nur fair, denn du hast es schließlich auch getan, hast mir erzählt, was zwischen Nele und dir passiert ist und dass du anfängst, mit deinem Vater die Vergangenheit aufzuarbeiten. Ich danke dir, dass du mir zugehört hast. Es tat gut, darüber zu sprechen. Zum ersten Mal übrigens, seit ich hier auf Juist bin.« Auch Philipp hatte sich beim Sprechen erhoben.

»Ich habe wirklich keinen Hunger, aber vielleicht können wir zusammen eine Tasse Kaffee trinken. Oder ein Glas Wasser. Was du magst.« Marie fand es schwierig, sich so kurz, nachdem er ihr seine Geschichte anvertraut hatte, einfach umzudrehen und fortzugehen.

»Gern.« Er ging voraus zum Hintereingang. Marie folgte ihm in die Küche, die ihr seit dem gemeinsamen Mittagessen vor einiger Zeit ganz vertraut war.

18. Kapitel

»Sieht hier auf Juist so der Himmel aus, wenn das Wetter beständig ist?« Laura zog die Brauen zusammen und starrte beschwörend ein winziges Wölkchen an, das sich vor das zarte Blau des Sommerhimmels gewagt hatte.

»Ihr zwei seid Glückskinder«, wiederholte Marie Neles Worte mit einem Lächeln. »Morgen an eurem Hochzeitstag werden wir absolutes Traumwetter haben.«

Sie war immer noch ein bisschen erstaunt, wie leicht es ihr fiel, Pensionsgäste zu duzen. Im *Albatros* war das verboten, und sie verstand auch sehr gut, warum. Eine gewisse Distanz zwischen den Hotelgästen und den Menschen, die ihnen einen möglichst angenehmen Aufenthalt bereiten sollten, war in vielen Situationen hilfreich.

Nachdem sie jedoch am Vorabend mehrere Stunden mit Marco und Laura auf der Terrasse gesessen, zwei Flaschen Wein geleert und noch einmal den Ablauf der Hochzeitsfeier besprochen hatte, war es passiert: Laura, beschwingt vom Wein und der Vorfreude auf ihren großen Tag, hatte Marie das Du angeboten.

»Wir verdanken dir die schönste Hochzeit von allen«, hatte sie gesagt und ihr volles Glas so heftig durch die Dunkelheit geschwenkt, dass die Weintropfen, die über den Rand schwappten, im Schein der Terrassenbeleuchtung golden schimmerten.

»Bitte keine Vorschusslorbeeren«, bat Marie angesichts dieses Überschwangs. Im Vergleich mit den riesigen und oft pompösen Hochzeitsfeiern, die sie in Hamburg organisiert hatte, war die Feier für Laura und Marco ein Kinderspiel für sie. Jedenfalls nachdem sie, vor allem durch Neles dezenten Hinweis, begriffen hatte, dass im Rahmen einer Grillparty für fünfzehn Personen weder ein Champagnerbrunnen noch gedruckte Platzkärtchen auf Büttenpapier nötig waren.

Allerdings beharrte Marie darauf, dass eine Hochzeitsfeier mit Papierservietten nicht infrage käme. Und es würde Porzellangeschirr und hübsches Besteck geben, keine Pappbecher oder Sektkelche aus Plastik. »Und wir brauchen Gläser, die beim Anstoßen klingen und nicht scheppern!«, hatte sie beschwörend gesagt. Zum Glück bestanden die im *Sandstern* vorrätigen Gläser den anschließenden Test.

Als Marcos Mutter später von Maries Plänen bezüglich des Porzellans und der Gläser gehört hatte, war sie Marie vor Dankbarkeit fast um den Hals gefallen. Sie schwankte mittlerweile stündlich zwischen dem üblichen Stolz einer Mutter kurz vor der Hochzeit eines ihrer Kinder und tiefster Enttäuschung, weil alles so *alltäglich und schlicht* werden würde. Allerdings hatte Rainulf sich so intensiv in seine Aufgabe gestürzt, Lauras künftige Schwiegermutter möglichst häufig von den Hochzeitsvorbereitungen fernzuhalten, dass Federica jeden Tag stundenlang unterwegs gewesen und abends entsprechend müde gewesen war.

Aus diesem Grund hatte sie am Vorabend auch bei der kleinen Runde auf der Terrasse gefehlt, als noch einmal alle Punkte auf Maries Liste für den großen Tag durchgegangen worden war. Federica hatte nur die erste halbe Stunde durchgehalten, war durch zwei große Gläser Wein noch schläfriger geworden und hatte sich schließlich, vor Müdigkeit blinzelnd, in ihr Zimmer zurückgezogen.

Heute, am Tag vor der Hochzeit, hatte Laura ihrer künftigen Schwiegermutter auf Maries Vorschlag hin die Aufgabe übertragen, die zweihundert roten Luftballons in Herzform aufzublasen, mit denen der weiße Pavillon geschmückt werden sollte. Zu den Ballons gab es eine kleine Handpumpe, und selbst wenn es Federica gelingen sollte, innerhalb von zwei Minuten einen Ballon aufzupumpen, würde sie über sechs Stunden beschäftigt sein. Das hatte Marie vorab ausgerechnet.

Anschließend wollte ihr Vater wieder einen Strandspaziergang mit ihr machen, damit sie sich noch einmal vergewissern konnte, ob der Platz, den sie für die Trauung ausgewählt hatte – und den Laura und Marco ebenfalls für gut befunden hatten –, auch wirklich der allerbeste Ort war, den man am Meer finden konnte.

Gedankenverloren betrachtete Marie die künftige Braut, die immer noch beschwörend hinauf zum Himmel sah.

»Und wenn es stürmisch wird? Kann es sein, dass der Pavillon wegfliegt?«, fragte Laura nun mit gerunzelter Stirn.

»Auf keinen Fall!«, erwiderte Marie energisch. Mittlerweile hatte sie von Nele gelernt.

Neles Methode, einfach so zu tun, als könne sie jede Frage, auf die es eigentlich keine Antwort gab, beantworten, funktionierte auch, wenn Marie sie anwandte. Tatsächlich wechselte Laura sofort das Thema.

»Möchtest du das Kleid sehen, das ich mir gestern für die Hochzeit gekauft habe?«

»Gibt es hier auf der Insel ein Brautmodengeschäft?«, fragte Marie erstaunt.

»Es ist kein Brautkleid.« Laura kicherte. »Nicht so ein aufgeplustertes Ding in Weiß, in dem man aussieht wie ein Sahnebaiser. Es ist lang und hell, mit großen Blumen bedruckt und ganz schlicht. Frau Beck hat mir beim Aussuchen geholfen.«

»Hattest du nicht schon ein Brautkleid? Ich dachte, die Hochzeit sollte eigentlich schon in der vergangenen Woche stattfinden.« Erschrocken stellte Marie sich vor, was Federica zu einem schlichten Kleid mit Blümchendruck sagen würde.

Natürlich ging es sie nichts an, was die Braut zur Feier trug oder welche Meinung die Schwiegermutter zu diesem Kleid hatte. Dummerweise schien sie hier auf Juist trotzdem alles etwas anzugehen, was auch nur im Entferntesten mit der Hochzeit zu tun hatte. Oder mit den Pensionsgästen. Oder mit allen anderen Menschen, die hier lebten. Jedenfalls wurde sie in alles hineingezogen, ob sie wollte oder nicht.

Laura strahlte sie immer noch an. »Ich habe gar nicht damit gerechnet, dass ich auf so einer kleinen Insel etwas so Wunderhübsches finde.« Sie warf Marie einen entschuldigenden Seitenblick zu. »Juist ist sehr klein, nicht wahr?«

Mühsam unterdrückte Marie ein Lachen. »Das kann man durchaus so sagen«, stimmte sie Laura zu.

»Hoffentlich gefällt das Kleid Marco so gut wie mir.« Laura lächelte selig. Denn natürlich konnte sie sich sicher sein, dass ihr Bräutigam sie auch dann wunderhübsch finden würde, wenn sie in einem Kartoffelsack zur Trauung erschiene.

»Dich könnte man in ein Kleid aus dem Ein-Euro-Shop stecken, du wärst immer noch die schönste Frau weit und breit.« Es war eine Weile her, seit Gerit das zu ihr gesagt hatte. Ganz zu Anfang ihrer Liebe war das gewesen, womöglich während der ersten vier Wochen, bevor sie zum ersten Mal mit ihm ins Bett gegangen war. Sie hatte sich Zeit gelassen, weil sie gespürt hatte, dass das zwischen ihnen etwas ganz Besonderes war. Und das war es auch geworden. Bestimmung? Sie musste an ihr Gespräch mit Philipp denken. Wenn Gerit ihr Schicksal war, und daran wollte sie in manchen Momenten schrecklich gern glauben, würde sich alles wieder einrenken. Dann konnte es unmöglich durch einen verpassten Urlaub kaputtgehen.

Marie atmete tief durch und beschloss, mit Gerit zu telefonieren, sobald die Hochzeit vorbei war. Sie mussten reden. Lange und ausführlich. Vielleicht konnte sie doch noch nach Jamaika fliegen, wenn auch nur für ein paar Tage. Gerit fehlte ihr, sie sehnte sich nach seiner Nähe. Wie schön es sein würde, wenigstens noch für eine kurze Zeit an seiner Seite die karibische Sonne zu genießen.

»Ich bin gespannt. Hast du das Kleid oben in eurem Zimmer?« Marie schaute hinauf zu der in der Sonne blitzenden Fensterreihe im ersten Stock.

Laura nickte. »Kommst du mit? Ich möchte es sowieso noch mal anziehen.«

»Gern. Viel Zeit habe ich allerdings nicht. Ich muss mich noch darum kümmern, dass die Getränke für eure Hochzeit in den großen Kühlschrank im Keller kommen, damit sie durchkühlen.«

»Ich habe gesehen, wie sie geliefert wurden. Es ist sooo schön, dass der Sekt zum Anstoßen nach der Trauung mit einem Pferdewagen von der Fähre gebracht wird.« Laura schien entschlossen zu sein, einfach alles schön zu finden, was mit ihrer Hochzeit zusammenhing.

Gemeinsam gingen sie durch die Terrassentür ins Haus, die Treppe hinauf und den Flur entlang zu dem Zimmer, das Laura mit Marco teilte.

»Heute Abend muss ich bei Federica schlafen. Die Nacht vor der Hochzeit und so«, erzählte Laura, während sie die Zimmertür öffnete. »Zum Glück hat sie zwei Betten.«

Sie machte ein paar Schritte in den großen, lichtdurchfluteten Raum und stieß einen schrillen Schrei aus.

Erschrocken schaute Marie hinüber zum Doppelbett, vor dem Laura stehen geblieben war. Darauf lag mit ausgebreiteten Ärmeln und einem Rock, der praktisch die ganze Breite der beiden Matratzen einnahm, ein schneeweißes Hochzeitskleid. Es erinnerte fatal an das von Laura erwähnte Sahnebaiser, das sie *nicht* tragen wollte.

Sie wandte Marie ihr Gesicht zu, das fast so weiß war wie das Kleid. »Wo kommt das her?«, flüsterte sie.

»Ich weiß nicht. Die Tür war nicht abgeschlossen. Das kann jeder da hingelegt haben. Ist das nicht das Kleid, das du gekauft hast?«

»Nein!« Laura klang empört. »Das ist mit großen roten Mohnblumen bedruckt und hing da drüben.« Sie zeigte auf einen Bügel, der leer an der oberen Kante des Kleiderschranks baumelte.

Die Lippen zu einem schmalen Strich zusammengepresst, fügte sie hinzu. »Das auf dem Bett ist das Kleid, in dem die große Hochzeit mit dreihundert Gästen stattfinden sollte. Ich habe während der Vorbereitungen alles über mich ergehen lassen, was Federica wollte. Ich wurde ja sowieso nicht gefragt. Und jetzt … Sie hat es sicher herschicken lassen.«

Vorsichtig, als müsse sie befürchten, dass das Kleid sie hinterrücks ansprang, berührte sie den pluderigen Rock mit den Fingerspitzen.

Eine Weile standen sie beide nebeneinander und starrten stumm auf das pompöse Gewand. Dann drehte Laura sich auf dem Absatz um. »Jetzt reicht's!«

Sie stürmte zur Tür. Vom Flur aus hörte Marie sie rufen: »Federica! Wo ist mein neues Kleid? Wenn du es nicht sofort herausrückst, fahren Marco und ich nach Las Vegas und heiraten da. Zu zweit, mit einem falschen Elvis als Trauzeugen, das schwöre ich dir.«

Marie verließ ebenfalls das Zimmer, zog die Tür hinter sich ins Schloss und blieb lauschend auf dem Flur stehen. Falls die Auseinandersetzung in Federicas Zimmer zu laut würde, müsste sie vielleicht eingreifen. Sie wusste, dass sich noch einige andere Gäste in ihren Zimmern aufhielten, und konnte nicht zulassen, dass sie Zeugen einer lautstarken Auseinandersetzung wurden.

Zunächst war nur Laura zu hören. Nicht gerade leise, aber auch nicht so laut, dass Marie jedes Wort hätte verstehen können. Dennoch klang sie erstaunlich energisch, geradezu wütend. So hatte Marie die schüchterne junge Frau noch nie reden hören.

»*Unsere* Hochzeit«, hörte Marie sie sagen. »Mein Kleid … Ich allein bestimme … Wo ist mein Kleid?«

Den letzten Satz hörte Marie laut und deutlich. Federica hingegen sprach so leise, dass sie kaum zu hören war. Dabei war sonst sie diejenige, die stets laut und deutlich ihre Meinung kundtat. Ob Lauras unerwartet selbstbewusstes Auftreten sie derart verwunderte, dass es ihr teilweise die Sprache verschlagen hatte?

Nun war aus Federicas Zimmer nur noch ein halblautes Gemurmel zu hören. Laura klang immer noch aufgeregt, Federica schien zu versuchen, sie zu beruhigen.

Lächelnd ging Marie zur Treppe. Nach dem, was sie eben gehört hatte, war sie so gut wie sicher, dass Laura am nächsten Morgen in ihrem neuen Kleid mit Blumendruck heiraten würde. Alles andere hätte sie sehr gewundert.

Unten angekommen, wollte Marie die Sekt- und Weinkartons in den Keller bringen, die Fritz vom Getränkehandel neben der Hintertür abgestellt hatte. Der kleine Turm aus Pappkartons war jedoch schon verschwunden, und aus dem Keller hörte sie es leise klirren. Das konnte nur ihr Vater sein, denn Fricke klapperte in der Küche, Annegret hatte frei, und Susa machte oben die Zimmer sauber, die sie vormittags nicht geschafft hatte.

Kurz fragte Marie sich, ob ihr Vater sich mit dieser Arbeit übernahm und sie deshalb lieber einschreiten sollte. Aber er war seit einigen Tagen wieder von morgens bis abends auf den Beinen und wirkte längst nicht mehr so erschöpft wie nach seiner Rückkehr aus dem Krankenhaus.

Vormittags hatte er bereits mit Seifenwasser die Tische und die Bänke abgewaschen, auf denen die Hochzeitsgäste sitzen sollten, einen lebhaften Streit mit Fricke über das morgige Frühstück vor der Hochzeitsfeier ausgefochten, die bereits vorhandenen Getränkevorräte umgelagert, um Platz für die neue Lieferung zu schaffen, und nebenher unzählige Kleinigkeiten erledigt.

Da er das gute Dutzend Getränkekartons schon in den Keller getragen hatte, würde er es wahrscheinlich problemlos fertigbringen, die Flaschen in den Kühlschrank zu legen. Sie konnte also erst einmal zu Fricke in die Küche gehen, um ihm ein paar weitere Wünsche des Hochzeitspaars zu erklären. Es gab sie immer, die Ideen ganz kurz vor dem Fest. Im Falle von Laura und Marco war es Waldorfsalat. Marco war eingefallen, dass er diesen Salat liebte, und Laura pflichtete ihm bei.

Marie hatte in letzter Minute schon deutlich kompliziertere Wünsche erfüllt. Ein Salat konnte nicht so schwierig sein, selbst wenn man sich auf einer kleinen Insel befand und die Zutaten wahrscheinlich nicht alle im Haus waren.

Also ging Marie in die Küche und teilte Fricke mit, dass er zusätzlich zu den anderen Gerichten auf dem Büfett einen Waldorfsalat zubereiten müsse.

»Das Zeug besteht zur Hälfte aus Sellerie«, verkündete er mit finsterer Miene und verschränkte die Arme vor der Brust.

»Ich weiß«, erwiderte Marie, warf den Kopf in den Nacken und schob das Kinn vor. »Meinst du, wir kriegen bis morgen Vormittag keinen mehr? Den gibt es sicher sogar im Supermarkt. Notfalls gefroren.«

»Wie soll ich das Zeug zubereiten, wenn ich es vor lauter Ekel nicht abschmecken kann?« Fricke hakte die Daumen auf Taillenhöhe seitlich in die Bänder seiner Schürze und starrte Marie finster an.

»Ich könnte für dich abschmecken.« Als von der Tür her unvermittelt Susas Stimme kam, schauten Marie und Fricke sich gleichzeitig um.

»*Du* willst abschmecken?« Plötzlich bekam Fricke einen roten Kopf, obwohl es in der Küche nicht sonderlich heiß war.

Susa kam näher, zuckte mit den Schultern und nickte. »Warum nicht? Ich mag Sellerie auch nicht besonders, aber ich kann trotzdem feststellen, ob der Salat lecker ist.«

»Wie denn das, wenn du Sellerie nicht magst?«, erkundigte sich Fricke.

»Ich denke mir den Sellerie weg und schmecke die Gewürze und alles Übrige.«

»Interessant. Da bin ich gespannt.« Mit gerunzelter Stirn starrte Fricke die Frau an, die neben ihm sehr klein und zart wirkte und plötzlich auch ein rosiges Gesicht bekam.

Verblüfft verfolgte Marie die Szene. Fricke stritt sich praktisch mit jedem über jede Kleinigkeit. Das war sein normaler Umgangston. Und Susa ließ sich nicht die Butter vom Brot nehmen. Wieso waren die beiden plötzlich so freundlich zueinander? Und vor allem, weshalb erröteten sie beide gleichzeitig?

Marie ließ ihren Blick hin und her wandern, konnte aber keine weiteren Erkenntnisse gewinnen.

»Wunderbar. Dann machen wir es so.« Eilig verließ sie die Küche, bevor doch noch irgendwelche Proteste kamen. Ob tatsächlich eine Schüssel mit Waldorfsalat auf dem Hochzeitsbüfett stehen würde, blieb ungewiss, aber mehr konnte sie im Augenblick nicht tun.

In der Diele war Karoline Beck damit beschäftigt, die Lichterketten zu entwirren, die Marie in einer riesigen Plastiktüte aus dem Keller geholt hatte. Möglichst viele davon sollten unter dem Dach des großen Pavillons befestigt werden und neben Dutzenden von Windlichtern als Beleuchtung dienen.

Als Marie sich näherte, hob die alte Dame den Kopf und lächelte sie an. »Das hier ist eine Art Gordischer Knoten, aber ich habe schon zwei Ketten aus dem Durcheinander befreit.«

»Tut mir leid. Ich habe keine Ahnung, wer das alles so unordentlich verstaut hat. Mein Vater sagte mir, die Sachen wären schon mindestens fünf Jahre nicht benutzt worden.«

Wahrscheinlich hatte seit dem Tod ihrer Mutter keines jener Sommerfeste stattgefunden, die früher alljährlich für die Gäste der Pension und Juister Freunde veranstaltet worden waren. Als Kind und Jugendliche hatte Marie sich immer auf diese Abende gefreut, an denen die Terrasse und der ganze Garten im Schein von Lampions, Kerzen und bunten Lichterketten wie ein Märchenreich gefunkelt hatten.

Ob Mama die Sachen so unordentlich weggeräumt hat?, fragte sich Marie. Eigentlich war das nicht ihre Art gewesen, aber vielleicht hatte sie sich nach dem letzten Fest schon so schwach gefühlt, dass ihr die Arbeit schwergefallen war.

Für einen Moment senkte sich Traurigkeit wie eine dunkle Wolke über Marie. Sie hätte hier sein und helfen können. Vielleicht hatte ihr Vater recht, und alles wäre anders gekommen, wenn sie nicht so selbstsüchtig auf ihren eigenen Plänen und Wünschen bestanden hätte.

»Ich hoffe nur, dass sie noch funktionieren« sagte sie mit einem Blick auf die beiden schon bereitliegenden Ketten aus bunten Lämpchen. »Sonst haben wir ein Problem.«

Konnte man hier auf Juist Lichterketten kaufen? In größeren Mengen und passenden Farben? Nele würde es wissen. Vielleicht auch ihr Vater. Aber womit sollten sie die Pavillons beleuchten, wenn beide keinen Rat wussten? Es war zu spät, um Ersatz vom Festland kommen zu lassen. Kerzenlicht allein war zu schwach und zu unruhig.

»Die beiden da sind in Ordnung, alle Lämpchen leuchten. Das habe ich schon überprüft.« Karoline Beck löste gelassen einen weiteren Knoten im dünnen Kabel der Lichterkette, die sie gerade in der Hand hielt.

»Das beruhigt mich!« Marie atmete auf. Wenn die ersten beiden Ketten funktionierten, standen die Chancen gut, dass es noch mehr gab, die in Ordnung waren.

»Darf ich Sie etwas fragen?« Die alte Dame schaute von ihrer Arbeit auf, lächelte Marie an und blickte dann wieder hinunter auf ihre Hände, die unermüdlich mit den verknoteten Kabeln beschäftigt waren. »Sie müssen nicht antworten, wenn Sie nicht möchten.« Wieder warf Karoline Beck einen kurzen Blick in Maries Richtung, bevor sie behutsam ein Lämpchen in ihren Schoß legte und ein anderes durch eine Schlaufe im Kabel führte.

»Okay«, erwiderte Marie vorsichtig.

»Warum nennt Ihr Vater Sie Marieke, und Sie bestehen bei allen anderen Menschen darauf, dass Sie Marie heißen?« Nun ließ die alte Dame ihre Arbeit ruhen und schaute Marie direkt ins Gesicht.

»Ich mag den Namen Marieke nicht«, stieß diese spontan hervor.

»Es ist ein schöner Name, und er ist besonders.« Ohne hinzusehen, strich Frau Beck mit ihrer schmalen, faltigen Hand über die Lichterkette in ihrem Schoß.

»Es muss nicht gleich jeder hören, dass ich von einer kleinen Nordseeinsel komme«, sagte Marie nach einer langen Pause. »So hört sich der Name nämlich an. Jedenfalls für mich. Jetzt lebe ich in Hamburg und habe einen guten Job in einem Fünfsternehotel und … Es passt einfach nicht.«

»Sie wollen nicht an Ihre Herkunft erinnert werden, an Ihr Elternhaus und daran, dass Ihre Eltern Ihnen diesen Namen mit auf den Weg gegeben haben?« Das klang fast ratlos.

Marie zuckte unbestimmt mit den Schultern.

»Für Ihren Vater werden Sie immer Marieke bleiben. Das Kind, das er großgezogen hat und das er liebt«, stellte Karoline fest und nahm die verknotete Lichterkette wieder in die Hand.

»Mag sein«, gab Marie zu. Ihr Vater war mindestens so hartnäckig wie sie selbst. Aus diesem Grund würde er ihr ohnehin niemals den Gefallen tun, sie Marie zu nennen.

»Marieke ist ein schöner Name, auch in Hamburg, denke ich.« Karoline Becks Lächeln war warmherzig und freundlich und erinnerte Marie auf schmerzliche Weise an ihre Mutter.

»Darf ich Sie auch etwas fragen?«, sagte sie, nachdem sie mehrmals mühsam geschluckt hatte.

»Fragen Sie ruhig. Wenn ich nicht antworten will, werde ich es nicht tun.«

»Neulich, als Sie vom Strand zurückkamen. Da sagten Sie, Ihr Mann hätte Ihnen ein Zeichen gegeben. Seitdem wirken Sie, als wäre Ihnen eine Last von den Schultern genommen worden.«

Karoline nickte. »So fühlt es sich auch an.«

»Und welches Zeichen hat er Ihnen gegeben?«

Mit leisem Klirren ließ Karoline Beck die Lichterkette wieder in ihren Schoß sinken. »Ich weiß nicht, ob ich das erzählen soll. Ich bin ein bisschen in Sorge, für verrückt gehalten zu werden.«

»Ganz sicher nicht.« Marie verkniff sich ein Lächeln. Schließlich hatte Frau Beck vor den Augen und Ohren sämtlicher Gäste lange Gespräche mit ihrem toten Mann geführt. Sie hatte darauf bestanden, allein in einem Doppelbett zu schlafen und bei Tisch einem leeren Platz gegenüberzusitzen. Wieso hatte sie nun plötzlich Angst, für verrückt gehalten zu werden?

»Ich saß in meinem Strandkorb und fühlte mich sehr allein«, begann Karoline leise. »Heinrich hatte so oft davon gesprochen, wie wir zwei abends am Strand sitzen und den Sternenhimmel betrachten würden. Ich musste an seine Worte denken, und die Erinnerung tat schrecklich weh. Denn ich habe unseren Urlaub auf Juist immer wieder von einem Jahr auf das andere verschoben. Weil ich dachte, wir hätten noch Zeit. Noch können wir in den Bergen wandern, habe ich immer gesagt, wenn es Zeit wurde, den Urlaub zu buchen. Wenn wir älter und nicht mehr so gut zu Fuß sind, können wir immer noch am Strand herumsitzen. Und Heinrich hat jedes Jahr nachgegeben. Weil er mich liebte und wusste, dass ich so viel lieber in die Berge wollte.«

Der Ton, den Karoline Beck ausstieß, klang wie eine Mischung aus verzweifeltem Lachen und unterdrücktem Seufzer.

»Ich habe nicht bedachte, dass wir längst alt waren, auch wenn unsere Beine uns noch recht gut trugen. Wir waren so alt, dass es für Heinrich schon Zeit war zu gehen. Und als ich so allein im Strandkorb saß, um wenigstens jetzt die Dinge zu tun, die er so gern mit mir gemeinsam machen wollte, weinte ich und fragte ihn, ob er mir verzeihen könne, wo auch immer er jetzt sein mag. Ob er mich hören und hier auf Juist sehen und mir ein Zeichen geben könne, ein ganz kleines Zeichen nur. Weil ich doch jetzt all das tue, was er gern tun wollte. Für ihn. Auch wenn es zu spät ist.«

Als sie den Kopf hob und Marie anschaute, schimmerten in ihren Augen Tränen. Doch gleichzeitig tanzte ein glückliches Lächeln um ihre Lippen.

»Und?«, fragte Marie, als sie die Spannung nicht mehr aushielt. »Welches Zeichen hat er Ihnen geschickt?«

»Eine Sternschnuppe.« Das Lächeln der alten Dame wurde noch breiter, und nun strahlten auch ihre Augen, obwohl sie immer noch nass waren.

»Eine Sternschnuppe?«, wiederholte Marie enttäuscht. In der ersten Augusthälfte fielen eine Menge Sternschnuppen. Es war die Zeit der Perseiden. Das wusste auf Juist jedes Kind. Wenn man während dieser Wochen bei Dunkelheit an den Strand ging, konnte man innerhalb einer Stunde oft Dutzende von Sternschnuppen sehen. Sie glitten wie ferne Reisende kreuz und quer über den Himmel, malten lange, goldene Bögen oder verglühten innerhalb weniger Augenblicke. In der Stadt, wo die ganze Nacht helle Lichter brannten, bemerkte man den Meteorstrom kaum, das war hier auf der Insel anders.

Karoline Beck lachte laut auf. »Wissen Sie, was mir besonders an Ihnen gefällt?«

Erstaunt schaute Marie sie an. »Nein.«

»Sie können sich nicht verstellen. Man kann Ihnen praktisch jeden Gedanken vom Gesicht ablesen.«

»Wirklich?« Was für eine schreckliche Vorstellung.

»Warum erschreckt Sie das? Haben Sie so viel zu verbergen? Ich finde, das macht Sie zu einer offenen, sympathischen jungen Frau.«

»Sie können doch gar nicht wissen, was ich denke, wenn Sie meinen, irgendetwas von meinem Gesicht abzulesen.«

»Eben haben Sie jedenfalls gedacht, dass es doch kein Zeichen sein kann, wenn während der Perseiden eine Sternschnuppe fällt. Ich aber weiß, dass ich Heinrich meine Frage gestellt habe, und im selben Moment kam die Antwort. Selten habe ich eine so schöne, hell funkelnde Sternschnuppe gesehen. Das war seine Antwort an mich.«

Marie nickte hastig. »Sicher war sie das.«

»Sie müssen es nicht glauben. Es reicht, wenn ich es tue.« Frau Beck zwinkerte ihr zu und begann wieder, mit flinken Fingern eine Lichterkette zu entwirren.

Marie griff in den Haufen aus verknoteten Kabeln, um wenigstens ein oder zwei der Lichterketten betriebsbereit zu machen, bevor sie sich einer anderen Aufgabe widmete. Doch bevor sie anfangen konnte, war durch die Kellertür von unten ein lautes Klirren zu hören. Hatte ihr Vater Probleme, den Weißwein und den Sekt im Kühlschrank unterzubringen? In diesem Fall konnten sie in der Kühlung neben der Küche Platz schaffen und einen Teil der Flaschen dort lagern.

»Vielen Dank. Sie sind uns eine große Hilfe, Frau Beck«, sagte sie hastig, ließ die verknotete Lichterkette fallen und war schon auf dem Weg zur Kellertreppe.

»Papa?«, rief sie unten in den engen Gang, von dem mehrere

Räume abgingen. Keine Antwort. Auch sonst war es still. Wahrscheinlich war er schon fertig und hatte den Keller durch die hintere Tür verlassen, die hinaus in den Garten führte.

Wenn sie schon hier war, konnte sie gleich nachsehen, ob im Kühlschrank noch Platz für ein paar Flaschen von dem Orangensaft war, die sie vorerst im oberen Kühlraum verstaut hatte, wo morgen Vormittag die Salate und Platten für das Büfett untergebracht werden mussten.

Während sie in den Vorratsraum trat, in dem sich außer dem großen Kühlschrank mehrere deckenhohe Regale für Dosen, Flaschen und lange haltbare Lebensmittel wie Nudeln und Reis befanden, schaute Marie prüfend auf ihre Armbanduhr. Erstaunlicherweise hatte sie noch genügend Zeit, um die ganze To-do-Liste ein weiteres Mal zu überprüfen und abzuhaken. Selten war die Organisation einer Feier so entspannt abgelaufen, dabei bot Lauras und Marcos Hochzeit durchaus Herausforderungen für sie, die sie so nicht gekannt hatte.

Im Geist machte Marie sich eine Notiz, unbedingt Nele anzurufen und sich zu vergewissern, dass tatsächlich alle Hochzeitsgäste vom Festland, die morgen eintreffen würden, ein Bett und ein Dach über dem Kopf haben würden. Was während der Hochsaison so kurzfristig ein wahres Wunder sein würde. Aber Nele hatte ihr versprochen, dieses Wunder wahr werden zu lassen, also verließ Marie sich einfach darauf.

Das war es wohl, was ihr bei der Organisation dieser Feier so erstaunlich viel Zeit sparte: Es gab Menschen, die ihr nicht nur zur Hand gingen, sondern ihr auch Verantwortung abnahmen. Selbst Karoline Beck, wohlgemerkt ein Pensionsgast, überprüfte ohne jede Aufforderung, ob die Lichterketten, die sie entwirrt hatte, auch funktionierten. Und Nele … auf sie konnte Marie sich blind verlassen. Wenn Nele sagte, sie könne mitten in der Hochsaison Unterkünfte für zwölf Personen besorgen, würde sie es tun.

Lächelnd schob Marie sich die Haare aus der Stirn, hob den Kopf und hätte vor Entsetzen fast laut aufgeschrien. Eisige Kälte schoss durch ihre Knochen, und sie erstarrte mitten in der Bewegung. Dann ging ein Ruck durch ihren Körper, und sie stürzte vorwärts.

»Papa!« Das Wort kam heiser vor Entsetzen aus ihrem Mund.

Mit einer Hand schloss sie die weit geöffnete Kühlschranktür, sodass sie sich neben ihren Vater hocken konnten. Er saß auf dem Boden und lehnte halb aufgerichtet an der getünchten Wand. Sein Gesicht war fast so weiß wie der Kühlschrank neben ihm.

»Marieke«, sagte er mit einer Stimme brüchig wie trockenes Herbstlaub. »Ich ruhe mich nur ein bisschen aus.« Das Lächeln, mit dem er seinen verunglückten Scherz begleiten wollte, war nicht mehr als ein müdes Zucken seiner Mundwinkel.

»Bist du umgefallen? Hast du dich verletzt? Oder ist es das Herz? Ist dir übel? Doktor Siemon hat gesagt, Übelkeit ...«

»Es ist alles gut«, unterbrach er sie, klang jedoch kein bisschen überzeugend. Nichts war gut, absolut gar nichts.

»Mir war ein bisschen flau, und deshalb habe ich mich kurz hingesetzt.« Wieder der Versuch eines Lächelns, wieder verunglückte es schrecklich.

»Du sitzt nicht, du liegst halb. Auf dem Boden!« Zögernd legte Marie die Hand auf die Schulter ihres Vaters und zog ihn vorsichtig nach vorn, um es ihm ein wenig bequemer zu machen. Als sie ihn losließ, rutschte er sofort wieder an der Wand hinab. Hastig zog sie ihre Strickjacke aus, rollte sie auf und schob sie ihm in den Nacken.

»Bleib einfach liegen«, stieß sie hervor.

»Nur wenn du nach oben verschwindest und weiter die Hochzeit vorbereitest«, sagte er, schaffte es aber nicht, streng zu klingen, wie er es wahrscheinlich beabsichtigt hatte. »Hör auf, da rumzustehen und mich mit diesem Gesicht anzusehen. Ich komme auch gleich nach oben.«

Marie würdigte seinen absurden Vorschlag keiner Antwort. Sie zerrte ihr Handy aus der Hosentasche, suchte Philipps Nummer heraus und stellte mit bebenden Fingern die Verbindung her. Er meldete sich nach wenigen Sekunden.

»Ich bin es. Marie«, sagte sie und wandte ihrem Vater den Rücken zu. Er sollte ihr Gesicht nicht sehen. Schlimm genug, dass er wahrscheinlich das Zittern ihrer Stimme bemerkte.

»Was ist los? Ist etwas passiert?« Philipp klang erschrocken. Offenbar konnte sie sich wirklich nicht verstellen. Doch in diesem Moment war es ihr völlig egal, ob er ihr schon beim ersten Wort anhörte, dass etwas nicht stimmte.

»Bitte komm«, stieß sie hervor. »Komm ganz schnell. Ich brauche dich.«

19. Kapitel

Marie zog den Zipfel der Steppdecke über die Schulter ihres Vaters, der mit geschlossenen Augen in seinem Bett lag. Inzwischen hatte er wieder etwas Farbe im Gesicht, und sein Atem ging ruhig und gleichmäßig.

»Bist du sicher, dass ich ihn allein lassen kann?«, flüsterte sie Philipp zu, der auf der anderen Seite des Bettes stand und gerade dabei war, sein Stethoskop und das Blutdruckmessgerät wieder in die bauchige braune Ledertasche zu packen. Nach Maries Anruf war er innerhalb weniger Minuten da gewesen. Ihr Notruf hatte ihn dazu gebracht, in seinen Kleinwagen zu springen, der nun ziemlich schief an der Wegmündung stand. Durch das Schlafzimmerfenster ihres Vaters konnte Marie das blaue Autodach sehen.

Philipp legte den Zeigefinger an die Lippen und deutete auf die Tür, um Marie deutlich zu machen, dass sie das Zimmer verlassen und ihren Vater in Ruhe schlafen lassen sollten.

Stumm folgte sie ihm in den Flur. Die Tür ließ sie einen Spaltbreit offen.

»Ich bleibe hier in der Wohnung, dann höre ich, wenn er aufwacht und etwas braucht. Du musst mir sagen, was ich tun kann, damit er wieder auf die Beine kommt und das nicht noch einmal passiert«, sagte sie, während sie ihm voraus ins Wohnzimmer ging. Dabei wischte sie sich unauffällig mit dem Handrücken über die Augen. Beim Gedanken, sie könnte ihren Vater schon bald erneut hilflos am Boden liegend vorfinden, verschwamm vor ihr das Bild des schmalen Flurs.

»Ich habe ihm eine Spritze zur Stützung des Kreislaufs gegeben. Ein paar Stunden Schlaf werden ihm guttun, dann kann er aufstehen, und ihr könnt euren üblichen Abendspaziergang machen.«

»Wirklich? Und was soll ich tun, wenn er am Strand umfällt?« Neben dem Wandbrett mit der Sammlung von Fundstücken aus dem Meer, die ihre Mutter zusammengetragen hatte, blieb Marie stehen und drehte sich zu Philipp um. »Ich möchte lieber, dass er zu Hause bleibt. Das ist sicherer.«

»Dein Vater hatte zu wenig getrunken, und er hat sich wohl überanstrengt. Das heißt nicht, dass er ab sofort in Watte gepackt werden muss. Bewegung ist grundsätzlich gut für ihn. Es reicht, wenn du ein wenig darauf achtest, dass er nicht wieder eine Stunde lang Weinkartons schleppt und hinterher den ganzen Keller umräumt.«

»Es ist meine Schuld. Ich hätte dafür sorgen müssen, dass er nicht die ganze Arbeit allein macht. Und ich hätte früher nach ihm sehen müssen.« Marie schluckte verzweifelt und kniff die Lider zusammen, konnte aber dennoch nicht verhindern, dass ihr schon wieder Tränen in die Augen stiegen. »Ich hatte solche Angst, als ich ihn da liegen sah. Er war so blass, und er konnte nicht aufstehen. Ich habe ihn noch nie so hilflos gesehen. Nicht mal vor der Operation.«

Sie schlug sich hastig die Hand vor den Mund, aber der Schluchzer, der in ihrer Kehle lauerte, drängte sich dennoch zwischen ihre Lippen und hallte laut in ihren Ohren wider.

»Es ist nicht deine Schuld. Dein Vater wird selbst lernen müssen, seine Grenzen zu erkennen. Du kannst ihm das nicht abnehmen. Das heute war ein Warnschuss. Daraus wird er lernen.«

Als sie bemerkte, dass seine Stimme ganz nah an ihrem Ohr war, fuhr Marie herum. Das dunkle Meergrün seiner Augen verschwamm vor ihrem Blick. Sie schnappte nach Luft, als müsste sie in stürmischer See ertrinken. Dann ließ sie sich einfach nach vorn fallen und spürte dankbar, wie er sie auffing und festhielt. Wie er beruhigend ihren Rücken streichelte, während sie seinen Pullover vollweinte.

Er riecht nach Meer und Wind … Es tut gut, dass er da ist … Er soll sich um Papa kümmern, nicht um mich … Ich brauche ihn nicht … Schließlich bin ich hier nicht die Kranke …

Die Gedanken wirbelten durch ihren Kopf, als würde ein Sturm das Meer zum Kochen bringen. Sie wusste, dass es falsch war, sich vom Arzt ihres Vaters trösten zu lassen, dennoch stand sie einfach nur da, krallte die Finger in die weiche Baumwolle seiner Ärmel, hielt sich an ihm fest und spürte, wie er sie hielt.

»Alles wird gut«, hörte sie ihn zwischen ihren Schluchzern sagen. Seine Hände glitten über ihr Haar, und seine Fingerspitzen strichen an ihrem Ohr entlang, als er ihr eine lockige Strähne aus dem Gesicht schob.

Ein heißes Prickeln lief an ihrem Rückgrat hinab und breitete sich in ihrem Körper aus. Marie erstarrte und hörte vor Schreck auf zu weinen. Hastig befreite sie sich aus Philipps Umarmung und trat einen Schritt zurück.

»Tut mir leid«, murmelte sie und wich seinem Blick aus.

»Du musste dich nicht schämen, weil du wegen deines Vaters weinst. Er liegt dir am Herzen. Das ist gut, und so soll es sein«, sagte er nach langem Schweigen. »Ihr seid euch endlich nähergekommen. Das hilft auch dir.«

»Nein!«, widersprach sie heftig. »Mir geht es gar nicht gut. Aber das tut nichts zur Sache. Ich habe dich wegen meines Vaters gerufen, nicht meinetwegen.« Sie wühlte in ihrer Hosentasche, fand ein zerknülltes, aber einigermaßen sauberes Papiertaschentuch und putzte sich damit ausdauernd die Nase.

»Tränen reinigen die Seele«, behauptete Philipp. »Es geht nie nur um den Patienten, sondern immer auch um die Menschen, die ihm nahestehen.«

Nicht das schon wieder! Marie verdrehte die Augen und schwieg beredt.

»Wie ich schon sagte, muss dein Vater lernen, auf sich aufzupassen. Er darf sich nicht überanstrengen, er muss regelmäßig essen und trinken, ruhen und sich bewegen.«

»Solange ich hier bin, werde ich selbstverständlich darauf achten, dass er sich nicht überanstrengt, isst und trinkt«, sagte sie steif und sorgte mit einem wütenden Blick dafür, dass er ihr nicht erneut widersprach.

»Es schadet ja nicht, wenn du ihn darauf aufmerksam machst, sobald er es mit der Arbeit übertreibt.« Sein Lächeln war verständnisvoll, als wäre sie ein bockiges Kind, das ein wenig Einsicht gezeigt hatte und sich bestimmt noch bessern würde.

Marie schwieg verbissen und kniff die Lider bis auf einen kleinen Spalt zusammen.

»Falls noch irgendwas sein sollte, ruf mich an.« Philipp griff nach seiner Tasche und wandte sich der Tür zu. »Ich bin aber sicher, dass alles in bester Ordnung ist. Wenn es dich beruhigt, schau ab und zu nach ihm.« Ein letztes entnervend verständnisvolles Lächeln, dann war er fort.

Auf Zehenspitzen ging Marie zum Schlafzimmer und schaute durch den Türspalt. Ihr Vater hatte sich nicht gerührt. Er lag auf dem Rücken, seine Brust hob und senkte sich regelmäßig. Ob sie tatsächlich nach unten gehen und sich weiter um die Hochzeitsvorbereitungen kümmern sollte?

Eine Weile trödelte sie noch in der Küche herum, spülte ein paar Gläser und Tassen, zupfte an den Gräsern herum, die sie am Vortag in das schiefe Töpferkunstwerk ihrer Mutter gestellt hatte, wischte den Tisch ab, sah aus dem Fenster in den immer noch blitzblank blauen Himmel und schlich ein weiteres Mal in den Flur, um ins Schlafzimmer zu spähen.

Dort hatte sich nichts geändert, außer dass ihr Vater leise schnarchte. Auf Zehenspitzen ging Marie zur Wohnungstür, öffnete sie weit und schob einen im Flur herumstehen Pantoffel unter die Tür, sodass sie nicht zuschlagen konnte. Dann lief sie die Treppe hinunter, während sie im Kopf die Aufgaben durchging, die sie noch erledigen musste.

Während der nächsten vier Stunden lief Marie mindestens zehn Mal nach oben in die Wohnung und schaute nach ihrem Vater. Und wann immer sie in sein Schlafzimmer schaute, traf sie ihn fest schlafend an. Zwischendurch erledigte sie alles, was es für den morgigen Tag noch zu tun gab.

Gegen Abend kam Rainulf die Treppe herunter. Er wirkte munter und ausgeschlafen, und auf Maries besorgte Frage nach seinem Befinden reagierte er mit einem »Hervorragend!« und einem Schulterzucken, als würde er gar nicht verstehen, weshalb sie fragte.

Marie sorgte dafür, dass er zwei Gläser Wasser trank und eine Portion Salat mit Hähnchenstreifen aß, dann forderte sie ihn zu einem kurzen Spaziergang an den Strand auf.

»Ich soll spazieren gehen, nachdem ich vor ein paar Stunden vor lauter Erschöpfung zusammengebrochen bin?«

»Fühlst du dich schwach? Ist dir übel? Soll ich Doktor Siemon rufen?« Marie eilte an die Seite ihres Vaters und schob die Hand unter seinen Arm, um ihn zu stützen. »Eben hast du doch gesagt, es geht dir gut. War das geschwindelt? Du musst es mir sagen, wenn du dich nicht gut fühlst!«

»Marieke, Marieke! Beruhige dich!« Rainulf hob die Hand, um ihren Redefluss zu unterbrechen. »Das war nur ein Scherz. Natürlich kann ich spazieren gehen. Ich wette, das hat der Doktor auch gesagt. Ich kenn ihn doch. Am Strand rumlaufen geht immer, da muss man schon halb tot sein, dass er das nicht verschreibt.«

»Der weiß auch nicht alles«, murmelte Marie vor sich hin.

»Mach dir keine Sorgen. Jetzt passe ich besser auf.« So kurz, dass es schon vorbei war, als sie es spürte, strich ihr Vater ihr über die Schulter. »Du hast wegen der Hochzeit morgen doch sicher keine Zeit für einen Spaziergang. Wollen wir den Gang an den Strand heute nicht einfach ausfallen lassen?«

»Das kommt überhaupt nicht infrage. Ärztliche Anweisung für dich ist regelmäßiges Essen, viel Trinken, viel Ruhe und täglich ein Spaziergang am Meer. In Begleitung. Und das machen wir jetzt.«

Sie nahm ihren Anorak vom Haken, reichte ihrem Vater seine blaue Kapuzenjacke und öffnete ihm die Tür.

In einträchtigem Schweigen spazierten sie auf dem schmalen Weg zum Strand hinunter. Es war ein windstiller, milder Abend. Als sie den Saum des Wassers erreicht hatten, blieben sie stehen und bewunderten minutenlang die Sonne, die im Westen tief und rotgolden am Himmel stand. Darunter kräuselten sich die Wellen, fingen die letzten Sonnenstrahlen auf und warfen sie in die Luft wie goldfunkelndes Konfetti.

Als hätten sie es vorab vereinbart, wandten sie schließlich wortlos der untergehenden Sonne die Rücken zu und gingen nach Osten. Nach all den gemeinsamen Spaziergängen war das Schweigen zwischen ihnen längst nicht mehr peinlich, sondern vertraut wie der Sand unter ihren Sohlen. Erst als sie eine halbe Stunde den fast leeren Strand entlangspaziert waren, begriff Marie, wohin sie unterwegs waren. Und sie war sicher, dass ihr Vater genau wie sie wusste, dass dies der Tag war, an dem sie es tun würden.

Sie schaute ihn von der Seite an. Er spürte ihren Blick und wandte ihr ebenfalls das Gesicht zu.

»Ist es nicht zu weit für dich?«, fragte sie besorgt.

Er schüttelte den Kopf und sah wieder nach vorn, dorthin, wo ihr Ziel lag. »Hör endlich auf, dir Sorgen zu machen, Marieke. Ich fühle mich gut.«

Und so gingen sie noch eine gute Viertelstunde weiter bis zu dem Strandaufgang, über den sie mit einem kleinen Umweg den Dünenfriedhof erreichten. Die meisten Juister lagen auf dem Friedhof mitten im Ort begraben. Dort, wo ihre Verwandten und Freunde täglich vorbeikamen, wo sie nah bei den Menschen waren, die sie während ihres Lebens umgeben hatten.

Maries Mutter aber hatte den Dünenfriedhof geliebt. Dort befanden sich auch die Gräber ihrer Eltern, die vor fünfzehn Jahren kurz hintereinander gestorben waren. *Zwischen Himmel und Meer*, hatte Cornelia Janssen über diesen besonderen Ort immer gesagt. Da sie eine viel beschäftigte Frau gewesen war, hatte sie es nicht allzu oft geschafft, die Gräber ihrer Eltern zu besuchen. Doch auf ihren langen Spaziergängen im Herbst und Winter, wenn die Saison vorbei war und nur wenige Gäste im *Sandstern* wohnten, machte sie immer einen Abstecher zum Dünenfriedhof. Sie brachte ihren Eltern Muscheln und von den Wellen polierte Holzstücke mit, die sie auf ihrem Weg am Meer entlang gefunden hatte, und schmückte damit die Gräber. Dann saß sie eine Weile dort, hielt im Stillen Zwiesprache mit ihren Eltern und schaute dabei hinunter aufs Meer, bevor sie wieder nach Hause ging.

Marie wusste das, weil sie ihre Mutter einige Male begleitet hatte. Dann hatten sie still nebeneinandergesessen und an die beiden Menschen gedacht, die einander so sehr geliebt hatten, dass Maries Großvater allen Lebensmut verloren hatte, als seine Frau nicht mehr an seiner Seite gewesen war. Innerhalb von nicht einmal sechs Wochen war er seiner Hedi nachgefolgt und hatte seine Seite des Doppelgrabs bezogen.

Für Marie war es immer schwierig gewesen, die Gräber geliebter Menschen zu besuchen. Sie dachte lieber dort an ihre Großeltern, wo sie sie lebendig und lachend erlebt hatte.

»Wann warst du zuletzt hier?«, fragte Marie leise, als sie neben ihrem Vater vor dem Grab ihrer Mutter stand.

»Ist schon eine Weile her.« Er verzog den Mund zu einem vagen Lächeln, doch seine Augen blieben traurig. »Ist schwierig für mich, sie hier zu besuchen, allein an ihrem Grab zu stehen und an sie zu denken. Dann ist sie irgendwie noch weiter fort als zu Hause.«

»Es tut mir leid, dass ich so lange nicht hier war. Ich hätte kommen und mit dir herkommen sollen«, sagte Marie leise und sah dabei zum Himmel über den Dünen hinauf, dessen Blau in Erwartung der Nacht schon dunkler geworden war, obwohl die Sonne noch knapp über den Horizont schaute.

»Deine Mutter würde dir verzeihen«, erwiderte ihr Vater ebenso leise. »Sie hat dich geliebt, und sie hätte dir alles verziehen.«

Nach einer kleinen Pause fügte er hinzu: »Sie *hat* dir alles verziehen.«

Marie nickte. Sie wusste, dass ihr Vater damit noch einmal sagen wollte, dass er ihr nicht mehr die Schuld am Tod ihrer Mutter gab. Cornelia Janssen hatte ihre geliebte Tochter vermisst, doch niemals hätte sie gewollt, dass Marie ihretwegen auf der Insel blieb und ein Leben führte, das sie nicht wollte.

Stumm stand Marie neben ihrem Vater, und sie blickten beide auf das Grab hinunter, auf dem Rosmarin und Lavendel blühten. Diese Pflanzen hatte ihre Mutter geliebt. Nicht nur wegen ihrer blauen Blüten, sondern auch weil sie so anspruchslos waren und problemlos mit dem kargen Sandboden auf der Insel zurechtkamen.

»Sie sind wie wir Menschen auf Juist«, pflegte sie zu sagen. »Wir brauchen nicht viel, um zu blühen.«

Rainulf wühlte in seiner Jackentasche, holte eine schneeweiße Herzmuschel hervor und legte sie auf den Grabstein, der fast ebenso hell war.

Obwohl sie fast sicher war, kein Geschenk für ihre Mutter dabeizuhaben, schob auch Marie die Hand in die Tasche ihres Anoraks. An diesem Abend hatte sie unten am Strand nichts aufgehoben. Und doch stießen ihre Fingerspitzen ganz in der Ecke der linken Tasche auf etwas Kühles, Glattes. Sie zog es heraus und betrachtete erstaunt die von den Wellen polierte blaue Glasscherbe, die sie vor einer gefühlten Ewigkeit im Sand gefunden hatte. Wortlos legte sie das Stückchen schimmerndes Blau neben die weiße Muschel, und in selben Augenblick ließ einer der letzten Sonnenstrahlen des Tages sie aufblitzen.

»Hast du das gesehen?« Plötzlich war Maries Kehle so eng, dass sie die Worte kaum hervorbrachte.

Ihr Vater nickte wortlos.

Lange standen sie da und schauten hinunter auf das Grab der Frau, die ihnen beiden so viel bedeutet hatte. Zu Maries Füßen zerplatzte eine Träne auf der Umrandung des Grabs. Sie ließ die Tränen einfach laufen. Es tat ihr gut, neben ihrem Vater zu stehen und am Grab ihrer Mutter zu weinen.

»Wir sollten gehen, bevor es ganz dunkel wird«, sagte Rainulf schließlich und wischte sich mit dem Handrücken verstohlen über die Augen.

Marie putzte sich die Nase mit einem Taschentuch, das sie nach längerer Suche in ihrer Hosentasche gefunden hatte.

»Aber nicht über den Strand. Lass uns die Flughafenstraße nehmen. Nicht dass wir uns im Dunkeln die Beine brechen.«

Einträchtig machten sie sich auf den Heimweg.

»Ich weiß jetzt übrigens, was das Zeichen war, das Frau Beck von ihrem verstorbenen Mann bekommen hat«, sagte Marie, als sie die Straße erreicht hatten.

»Na?«

»Glaubst du denn an so etwas?«

Aus dem Augenwinkel sah sie sein Schulterzucken. Was sie wunderte, denn sie hätte erwartet, dass er über Zeichen aus dem Jenseits lachte.

Marie musste an die dunkelblaue Scherbe denken, die im Licht des letzten Sonnenstrahls aufgeleuchtet hatte.

»Nun sag schon«, drängte er sie nach einer Weile, und sie erzählte ihm von Karoline Becks Sternschnuppe.

Eine Weile überlegte er, um schließlich zu sagen: »Wenn es sie tröstet, ist es gut, nicht wahr?«

»Das ist es«, erwiderte Marie und hakte ihn unter. Den Rest des Wegs legten sie schweigend zurück.

20. Kapitel

Marie stand etwa zwanzig Meter von der Hochzeitsgesellschaft entfernt etwas erhöht am Ende des Strandaufgangs. Für die Hochzeitszeremonie hatten Rainulf und Federica auf mehreren Spaziergängen eine Stelle ausgewählt, die nur eine knappe halbe Stunde Fußweg vom *Sandstern* entfernt, jedoch abseits der belebten Strandabschnitte mit all den Strandkörben, spielenden Kindern und zahlreichen Touristen lag. Hier hatte Marco mit Federicas und Susas Hilfe einen kleinen, offenen Pavillon aus mehreren Stangen und weißen Tüchern aufgebaut. Wie Brautschleier wehte der zarte Stoff, der an mehreren Stellen seitlich vom improvisierten Dach herabhing, im Wind.

Das kleine Holzpult, vor dem die Zeremonie stattfinden würde, war mit einem Strauß roter Rosen und einem Kreuz geschmückt. An den Stangen des Pavillons und an den Tüchern waren kleine Sträußchen dunkelroter Moosröschen befestigt, von denen Laura einen dicken Strauß in den Händen hielt. Die leuchtende Farbe der Blumen passte perfekt zu den großen Mohnblüten auf ihrem weißen Kleid.

Lächelnd betrachtete Marie die strahlende Braut. Offenbar hatte Laura sich gegen ihre Schwiegermutter durchgesetzt und sich strikt geweigert, das Sahnebaiser-Kleid zu tragen. Am Strand hätte sie damit auch ziemlich fehl am Platz gewirkt, während das schlichte lange Kleid aus leichtem Stoff perfekt war. Im Grunde war es jedoch egal, was Laura trug. Sie leuchtete wie die Sommersonne. Die Sonne, die sich an diesem Vormittag wider Erwarten hinter einer dicken Wolkenschicht versteckte.

Erstaunlicherweise schien Laura, die sich seit Tagen wegen des Wetters sorgte, den grauen Himmel gar nicht zu bemerken. Sie sah nur Marco. Ihr strahlender Blick hing an seinem Gesicht, als er nun sein selbst formuliertes Gelöbnis sprach.

Marie stand zu weit entfernt, um jedes Wort zu verstehen, aber das musste sie auch gar nicht. Es schienen genau die richtigen Worte zu sein, das konnte sie von Lauras Gesicht ablesen. Falls das überhaupt möglich war, wurde ihr Lächeln noch glücklicher.

Sogar Federica schien mit der Feier am Strand ihren Frieden gemacht zu haben. Sie nickte immer wieder zu den Worten des Geistlichen, und soweit Marie ihr Gesicht unter der breiten Hutkrempe erkennen konnte, blickte sie recht zufrieden drein.

Federica hatte eindeutig den Kleidungsstil beibehalten, den sie ursprünglich zu der großen, traditionellen Hochzeit ihres Sohnes ausgewählt hatte. Wie sie es in den High Heels, die sie zu ihrem eleganten Kostüm trug, durch den Sand geschafft hatte, verstand Marie nicht ganz. Offenbar war Federica in dieser Hinsicht talentierter als sie. Bei ihr selbst hatte es nur wenige Tage und ein paar nervtötende Bemerkungen des Inselarztes gebraucht, und sie war wieder in die Art von Schuhen geschlüpft, in denen sie schon früher durch den Sand und über die Wege von Juist gelaufen war: leichte Sneakers, die sie kaum an den Füßen spürte.

Plötzlich stutzte Marie. Die Menschen, die Laura und Marco umringten, waren deutlich in drei Gruppen geteilt. Nicht streng getrennt, aber doch so, dass sie aus der Entfernung erkennen konnte, wer wohin gehörte: Ganz links standen die Gäste vom Festland. Jene Familienangehörigen und guten Freunde, die Laura und Marco gern dabeihaben wollten. Einen zweiten Pulk bildeten die Pensionsgäste, die alle eingeladen waren, denn Laura hatte gesagt, obwohl sie seit nicht einmal einer Woche im *Sandstern* wohnten, kämen ihr die anderen Gäste ein bisschen wie ihre Familie vor. Und außerdem konnten sie nicht unter den Fenstern der Gästezimmer feiern, während ihre Bewohner versuchten zu schlafen. Und dann gab es noch die Inselbewohner, die gerührt die Zeremonie verfolgten. Das waren vor allem Menschen, die bei den Hochzeitsvorbereitungen geholfen hatten: Nele, Sina Martens vom Blumengeschäft und ihr Mann und die sechs Hausbesitzer, die jeweils eines ihrer Privatzimmer geräumt hatten, damit die Gäste vom Festland dort übernachten konnten. Ohne die Freundlichkeit dieser Leute wäre die Hochzeit während der Hochsaison nicht möglich gewesen. Einige ließen ihre Kinder für eine Nacht mit im Ehebett schlafen, andere klappten die Schlafcouch im Wohnzimmer auf und übernachteten selbst dort, während sie den Gästen ihr Schlafzimmer überließen.

»Fünfzehn Schlafplätze«, hatte Nele noch am Vorabend stolz verkündet. »Laura sagt, mehr Gäste werden auf keinen Fall kommen. Es war nicht einfach, so viele Betten aufzutreiben, aber wir haben es geschafft.«

Doch als Marie nun die Gäste vom Festland zählte, kam sie auf genau vierundzwanzig, wenn sie Federica und die eine Person abzog, die Marcos Mutter mit in ihrem Doppelzimmer übernachten ließ. Wer hatte die alle eingeladen? Laura und Marco sicher nicht. Sie hatten immer wieder die Fünfzehn als Anzahl der auswärtigen Gäste betont.

»Uns ist klar, dass es sehr schwierig ist, im August auch nur fünf Menschen spontan hier auf Juist unterzubringen. Und wir sind schrecklich dankbar, dass ihr uns helfen wollt, für fünfzehn gute Freunde und liebe Verwandte Betten zu finden«, hatte Marco gesagt.

»Wenn alle möglichen Leute anreisen, die uns kaum kennen, wird es genau die steife Angelegenheit, die wir nicht wollen«, hatte Laura hinzugefügt. »Die anderen Pensionsgäste und ein paar Menschen von der Insel kennen wir auch nicht so gut, aber sie sind freundlich und fröhlich und kein bisschen steif. Wir werden ein wunderbares Fest haben. Eine Inselhochzeit mit Inselgästen.«

Angesichts der zusätzlichen Gäste vom Festland kam ein lauter Seufzer über Maries Lippen. Erschrocken hielt sie die Luft an, doch offenbar hatte sie niemand von der Festgesellschaft gehört. Alle Blicke hingen weiterhin an dem glücklichen Brautpaar.

Federica! Natürlich war es Federica gewesen, die hinterrücks noch ein paar Leute eingeladen hatte. In ihrer Wolke aus Glück hatten Laura und Marco das bisher wahrscheinlich nicht einmal bemerkt.

Und an ihr blieb es nun hängen, die zusätzlichen Gäste irgendwie unterzubringen. Was eigentlich gar nicht möglich war. Fast wäre ihr ein weiterer Seufzer entfahren, doch dieses Mal presste sie schnell genug die Lippen aufeinander. Es würde sich eine Lösung finden. Bis jetzt hatte sich immer eine gefunden, sowohl in Hamburg als auch hier auf Juist.

»Für immer«, sagte in diesem Moment Marco mit lauter, klarer Stimme.

»Für immer«, echote Laura, ein wenig leiser, aber doch gut verständlich und mit ebenso viel Nachdruck.

»Für immer«, wiederholten sie beide gemeinsam.

In genau diesem Augenblick ließ ein heftiger Windstoß die Tücher des Pavillons auffliegen wie einen Schwarm schneeweißer Möwen. Die dichte Wolkendecke riss auf, und die Sonne warf ihr goldenes Licht auf das Brautpaar, die Hochzeitsgesellschaft und den Sandstrand ringsum. Das Meer funkelte, als hätte jemand eine Million Kerzen darin entzündet. Die Menschengruppe rings um Laura und Marco gab unisono einen Ton von sich, der irgendwo zwischen »Oh« und »Ah« lag.

Gleichzeitig stieß Federica einen lauten, spitzen Schrei aus und fuchtelte mit beiden Armen durch die Luft. Zu spät. Ihr riesiger Hut segelte wie ein fuchsiafarbenes Miniatur-Ufo über den Sand davon, flog einen großen Bogen und verschwand über die Dünen.

Auch Laura hatte hastig den Arm gehoben. Ihr gelang es jedoch, den Kranz aus roten und weißen Röschen, den sie im Haar trug, am Davonfliegen zu hindern.

»Seht nur, die Sonne«, rief eine junge Frau mit wilden roten Locken, die im hellen Licht leuchteten wie Feuer. »Das ist ein gutes Omen. Ihr werdet eine wunderbare Ehe führen.«

»Und mich hoffentlich schon bald zur Großmutter machen«, fügte Federica, die sich erstaunlich schnell vom Verlust ihres Huts erholt hatte, mit lauter Stimme hinzu. »Ich wünsche mir viele, viele Enkelkinder.«

»Wir sind noch jung und haben noch viel Zeit, Mamma«, wehrte Marco ab, während die Braut errötete.

Marie warf einen Blick auf ihre Armbanduhr. Die Zeremonie war praktisch beendet. Es wurde Zeit, in der Pension zu überprüfen, ob alles für den Empfang der Gäste bereit war. Marie schaute hinüber zu ihrem Vater. Auf Federicas ausdrücklichen Wunsch hin stand er direkt neben dieser. Zur Feier des Tages hatte er sogar seinen dunkelblauen Anzug aus dem Schrank geholt, den er zuletzt zur Silberhochzeit getragen hatte, die Maries Eltern drei Jahre vor dem Tod seiner Frau gefeiert hatten.

Federica und Maries Vater fielen in ihrer eleganten Kleidung inmitten der leger gekleideten Hochzeitsgesellschaft sofort auf. Rainulf schien das nicht zu bemerken, oder es störte ihn zumindest nicht. Mit erhobenem Kopf und gestrafften Schultern stand er neben Marcos Mutter und lächelte stolz. Er betrachtete abwechselnd ihr Profil und das junge Paar, das sich gerade küsste.

Marie hatte ihr Fahrrad oben auf der Düne abgestellt. Damit würde sie lange vor der Festgesellschaft in der Pension sein und könnte alles, was vielleicht bei den Vorbereitungen schiefgegangen war, noch in Ruhe richten.

Beim *Sandstern* angekommen, schob Marie das Fahrrad in den Schuppen und ging außen ums Haus herum. Noch bevor sie die Terrasse sehen konnte, hörte sie Philipps Stimme.

Sie runzelte die Stirn und ging entschlossen weiter. Immerhin war sie es schon gewohnt, überall auf der Insel über ihn zu stolpern. Und auch wenn sie jedes Mal einen seltsamen kleinen Schreck bekam, war es am Ende doch meistens gar nicht so schlimm, ihn zu sehen. Im Grunde konnte sie sich ihre merkwürdige Reaktion auf ihn gar nicht richtig erklären. Emmas Rettung, das gemeinsame Kochen – das alles war doch eigentlich recht nett gewesen.

Kurz bevor sie um die Hausecke bog, hörte sie Susa und Annegret lachen. Sogar Fricke stimmte heiser in das Gelächter ein. Offenbar hatte Philipp einen Scherz gemacht, denn als sie ihn Sekunden später sah, stand er mit einem breiten Lächeln neben den drei Angestellten der Pension, die sich vor Heiterkeit bogen.

»Was gibt es?«, erkundigte sie sich beim Näherkommen. »Ist es etwas, das ich auch lustig finde?« Sie schaute sich misstrauisch um. Manche Menschen fanden es furchtbar komisch, wenn Sektflaschen explodierten oder ein ganzes Tablett voller Gläser zu Bruch ging.

Philipp wandte sich ihr zu. »Hallo, Marie«, begrüßte er sie freundlich. »Ob du es lustig findest, weiß ich nicht. Manchmal ist dein Humor sehr … großstädtisch.«

»Tatsächlich?« Sie runzelte die Stirn. Falls das eine Beleidigung sein sollte, würde sie sie einfach ignorieren. Und auf keinen Fall hatte sie vor nachzufragen, was denn nun alle so amüsiert hatte.

»Die anderen Gäste sind noch unten am Strand«, sagte sie stattdessen. »Wolltest du bei der Trauung nicht dabei sein? Schließlich haben Marco und Laura dich extra eingeladen.«

Aus irgendeinem Grund glaubte jeder, auf dieser Insel ginge nichts ohne Philipp. Anders war es nicht zu erklären, dass er ebenfalls eingeladen war, obwohl weder Laura noch Marco krank gewesen waren, soweit sie wusste.

»Natürlich hätte ich die Trauung gern miterlebt«, beteuerte er. »Mir ist ein Notfall dazwischengekommen. Ich hoffe, es gibt Fotos oder vielleicht sogar ein Video.«

»Keine Ahnung«, sagte Marie achselzuckend.

»Gibt es. Jedenfalls hat Laura versprochen, dass ich mir den Film ansehen darf, den ihre Cousine machen soll. Weil ich doch die Trauung verpasst hab.« Susa deutete auf den kleinen Tisch mitten auf der Terrasse, dessen ganze Platte unter dicht an dicht aufgestellten in der Sonne funkelnden Sektkelchen verschwand.

»Dann schauen wir uns den Film gemeinsam an. Geht das?«, sagte Fricke aus dem Hintergrund. Er stand neben dem Grill und war damit beschäftigt, Fleischscheiben zu würzen. Jetzt schaute er zu Susa herüber, und wieder sah Marie das seltsame Zucken in seinen Augenwinkeln.

Susa nickte eifrig. »Sicher. Gern«, murmelte sie und konnte offenbar gar nicht aufhören, den Kopf nickend auf und ab zu bewegen.

Marie beobachtete nicht zum ersten Mal irritiert eine solche Szene. Zwischen den beiden ging es einfach nicht vorwärts. Sie hatte sich zwar vorgenommen, sich nicht in die Privatangelegenheiten anderer Menschen einzumischen, obwohl das hier auf Juist absolut üblich war – aber das da konnte sie bald nicht mehr mit ansehen. Vielleicht sollte sie Susa beiseitenehmen und ihr raten, Fricke zu fragen, ob er abends mal ein Bier mit ihr trinken gehen wollte?

Plötzlich bemerkte Marie, dass Philipp sie anschaute. Als sie seinen Blick erwiderte, zwinkerte er ihr zu. Natürlich hatte er ebenfalls bemerkt, was zwischen Susa und Fricke los war. Hastig wandte sie den Kopf ab.

»Ist alles vorbereitet, wie wir es besprochen haben?«, erkundigte sie sich mit lauter Stimme.

»Es ist alles bereit«, erwiderte Annegret aus dem Hintergrund und wedelte mit dem Handtuch, mit dem sie die Gläser poliert hatte.

»Der Sekt und der Orangensaft sind noch im Kühlschrank?«

»Natürlich.« Susa machte einfach weiter mit dem Nicken.

»Der alkoholfreie Sekt auch?«

Nun nickte Annegret mit.

»Die Salate holen wir erst aus der Kühlung, nachdem alle angestoßen haben«, sagte Marie mehr zu sich selbst als zu Fricke, der dennoch ebenso heftig nickte wie Susa. »Der DJ kommt hoffentlich gleich. Laura und Marco wollen noch vor dem Essen den Tanz eröffnen und ihren Walzer tanzen.«

Am Vorabend hatte das Brautpaar im leeren Speisesaal stundenlang den Hochzeitstanz geübt. Niemand hatte zuschauen dürfen. Marco hatte den Türschlüssel verlangt und Laura die Vorhänge zugezogen. Dennoch oder gerade deswegen war wohl kaum jemandem in der Pension entgangen, wie aufgeregt Marco wegen dieses Tanzes war. Deshalb hatte Laura beschlossen, dass sie diesen Programmpunkt so früh wie möglich hinter sich bringen wollten. Natürlich war Federica dagegen gewesen, weil man auf einer Hochzeit erst nach dem Essen tanzte. So gehörte es sich, und so sollte es bei ihrem Sohn gefälligst auch sein, wenn er sich schon einbildete, auf dieser Insel ein Hochzeitsfest zu feiern, das den Namen kaum verdiente.

Erstaunlicherweise ließ Laura sich mittlerweile von den Mäkeleien ihrer Schwiegermutter kaum noch aus der Ruhe bringen, nicht einmal, wenn Marco nicht in der Nähe war. Sie lächelte, schüttelte den Kopf und erklärte, sie hätte andere Vorstellungen von der Feier.

Noch überraschender war jedoch, dass Federica meistens zwar ein zweites und seltener noch ein drittes Mal versuchte, Laura von ihrer Meinung zu überzeugen, dann aber Ruhe gab. Blieb die Frage, ob sie aus Lauras neuer Willenskraft nicht gelernt hatte, einfach hinter dem Rücken des Brautpaars die Dinge zu tun, von denen sie wusste, dass Laura und Marco nicht zustimmen würden. Wie zum Beispiel die Einladung von Gästen, die die beiden nicht dabeihaben wollten.

»Gibt es einen Geschenketisch?«, erkundigte sich Philipp und wedelte mit einem in blaues Seidenpapier eingewickelten Päckchen.

Annegret zeigte ihm, wo er es hinlegen konnte. Währenddessen tastete Marie in ihrer Hosentasche nach dem Handy. Sie musste sofort mit Nele sprechen und sie fragen, ob sie eine Idee hätte, wo sie die zusätzlichen Gäste unterbringen konnten.

Gerade wollte sie die Nummer ihrer Freundin wählen, als Nele wie auf Bestellung um die Hausecke hetzte. »Hast du das gesehen?«, rief sie Marie schon von Weitem zu.

»Es sind zu viele Gäste vom Festland«, rief Marie zurück. »Glaubst du, wir können noch ein paar zusätzliche Betten auftreiben?«

»Wenn ihr so was wie Feldbetten habt, bringe ich gern zwei, drei Leute in meinem Haus unter«, bot Philipp an. »Ich habe ein leeres Zimmer, aber keine überzähligen Betten und kein Bettzeug.«

»Das ist nett. Wir behalten es im Hinterkopf.« Nele lächelte ihm zu. »Ich glaube aber, ich habe eine bessere Idee. Jedenfalls eine, die einfacher umzusetzen ist, als wenn wir auf die Schnelle noch weitere Leute finden müssen, die jemanden unterbringen können und wollen.«

»Dann sag!« Ungeduldig wedelte Marie mit den Händen durch die Luft.

»Zelte. Wir könnten für die jungen Leute dahinten auf eurer Wiese Zelte aufbauen. Es wird nicht schwierig sein, welche für eine Nacht auszuleihen. Wir haben auch eins und dazu Luftmatratzen und Schlafsäcke. Es könnte sogar sein, dass den jüngeren Gästen die Idee mit dem Camping nach der Feier besser gefällt, als in einem fremden Wohnzimmer auf der Couch zu schlafen.«

»Du bist die Beste, Nele!« Erleichtert fiel Marie der Freundin um den Hals.

Lachend befreite Nele sich aus Maries Umklammerung. »Ich besorge die Zelte und alles, was dazugehört. Allerdings musst du mich dazu am Leben lassen.«

»Vielen, vielen Dank!« Noch einmal drückte Marie sie fest an sich, dann löste sie die Umarmung.

Im nächsten Augenblick hielt Nele schon ihr Handy in der Hand und fing an herumzutelefonieren.

Marie starrte sie entzückt an. Wie einfach hier auf der Insel manche Dinge waren, die sie in Hamburg so kurzfristig nur unter größter Mühe oder gar nicht hätte organisieren können.

»War die Zeremonie schon zu Ende, als du gegangen bist?«, erkundigte sich Marie rasch, als Nele ihr erstes Telefonat beendet hatte.

»Fast. Aber die Leute werden nicht sofort losrennen, wenn die Trauung vorbei ist. Erst werden alle gratulieren wollen, und dann brauchen sie sicher sehr viel länger als ich, um herzukommen. Ich bin gerannt. Es ist also noch genügend Zeit, alles in Ruhe vorzubereiten.«

»Es ist alles fertig. Das stimmt doch?« Marie ließ ihren Blick in die Runde schweifen und sah erst Susa, dann Annegret und Fricke an. Alle drei nickten.

»Wenn das so ist …« Plötzlich stand Philipp neben ihr, und wie immer, wenn er unvermittelt auftauchte oder ihr nahekam, war da dieses seltsame Prickeln auf ihrer Haut und in ihrem Magen. Fast wäre sie erschrocken zur Seite gesprungen, beherrschte sich aber im letzten Moment.

»Wenn heute nicht die Feier wäre, hätte ich dich gefragt, ob wir Emma freilassen wollen. Sie ist so weit. Heute Morgen hat sie mit den Flügeln geschlagen und hatte so viel Kraft im verletzten Flügel, dass es ihr gelungen ist, das Tape zu lockern. Sie ist bereit, und das hat sie selber auch begriffen. Sie ruft und ruft nach ihrem Schwarm. Oder nach der Freiheit. Wohl nach beidem.«

»Oh«, machte Marie. »Das ist … gut. Wenn du meinst, dass sie da draußen zurechtkommt, hättest du sie freilassen sollen.«

»Nicht ohne dich«, sagte er schlicht. »Das hatten wir doch abgemacht.«

Marie nickte und gab sich Mühe, gleichmütig dreinzublicken. Tatsächlich hätte sie gern gesehen, wie die Möwe Emma sich wieder in die Lüfte erhob.

»Wenn alles vorbereitet ist, und die Gäste noch nicht gleich kommen, könnten wir doch schnell …« Philipp schaute sie fragend an.

»Ich weiß nicht …« Unsicher sah Marie sich um.

»Wenn du noch mal kurz wegwillst, geh ruhig.« Nele nahm ihr Handy vom Ohr und bewegte auffordernd ihre freie Hand. »Ich bin ja hier. Susa, Annegret und Fricke kennen sich aus. Das kriegen wir schon hin. Du bist ja sicher bald wieder da.«

Marie zögerte und sah unschlüssig zwischen den leeren Sektkelchen und der Hausecke hin und her.

»Nun geht schon!« Neles Gewedel wurde heftiger. »Hallo, Sabine«, sagte sie gleich darauf in ihr Telefon. »Ihr habt doch ein Zelt, stimmt's?«

»Komm! Wir sind gleich zurück.« Philipp nahm Marie beim Arm, und sie ging mit ihm.

Als sie sich Philipps Haus näherten, hörte sie bereits die sehnsüchtigen Schreie der Möwe. Automatisch beschleunigte sie ihre

Schritte. Fast konnte sie körperlich spüren, wie sehr Emma sich nach der Freiheit sehnte.

An der Pforte zum Vorgarten blieb Marie stehen. »Glaubst du, ihr Schwarm nimmt sie wieder auf? Wird sie ihn überhaupt wiederfinden?«

»Das weiß ich leider nicht. Schon bei der ersten Möwe, die ich gesund gepflegt habe, habe ich versucht herauszufinden, was geschieht, wenn das Tier wieder in Freiheit ist. Ich habe sogar mehrere Tierärzte angerufen und einen Ornithologen von der Uni München. Ganz genau konnte mir das niemand sagen.«

»Sie findet bestimmt Gesellschaft. Das hoffe ich sehr.«

»Ich auch.« Federleicht legte Philipp seine Hand auf ihren Oberarm und führte sie am windzerzausten Apfelbaum vorbei um die Hausecke herum bis zur Voliere hinter dem Haus.

Emmas Schreie wehten ihnen entgegen und waren jetzt so laut, dass sie in Maries Ohren schrillten.

»Hörst du das?« Philipp blieb dicht vor dem Käfig stehen.

Sie nickte. »Die Rufe klingen anders als vorher. Irgendwie noch trauriger und sehnsüchtiger.«

Marie stand steif neben ihm, denn er hatte offenbar vergessen, die Hand von ihrem Arm zu nehmen. Sie war nicht sicher, ob sie einen Schritt zur Seite machen oder sich lieber nicht bewegen sollte, damit seine Hand dort blieb, wo sie war.

Während sie noch überlegte, ließ er seine Finger einige Zentimeter in Richtung ihres Ellbogens gleiten, und dann waren sie fort. Die Stelle, wo sie gelegen hatten, kribbelte ein bisschen, schließlich war auch das vergangen.

Nervös strich Marie ihren Ärmel glatt. Sie musste wirklich aufhören, so seltsam auf diesen Mann zu reagieren, der ihr in manchen Augenblicken auf die Nerven ging und sie dann wieder anzog wie ein Magnet.

»Dann wollen wir mal. Bist du bereit?« Philipp schaute sie fragend an.

Sie nickte stumm und trat beiseite, damit er die Voliere öffnen konnte.

»Den Verband habe ich schon abgemacht«, sagte er leise, während er die leise quietschende Metalltür zur Seite zog.

Marie verzog den Mund zur Andeutung eines Lächelns. Hier auf der Insel musste man alles ständig ölen, sonst machte es Geräusche.

Die Möwe legte den Kopf schief und betrachtete aufmerksam die Öffnung im Gitter, die in die Freiheit führte. Dann bewegte sie sich über den Sandboden des Käfigs langsam darauf zu, blieb aber einige Zentimeter davon entfernt sitzen.

»Sie hat Angst, dass wir sie wieder einfangen«, flüsterte Marie. »Wahrscheinlich sollten wir ein bisschen zur Seite gehen.«

Wortlos entfernte Philipp sich mehrere Schritte vom Käfig. Marie folgte ihm. Seite an Seite standen sie bewegungslos da und beobachteten gespannt die Möwe, die sich ebenfalls nicht rührte.

Dann endlich tippelte sie vorwärts und wirkte plötzlich sehr entschlossen. Einmal pickte sie noch in den Sand, dann hatte sie das Gras vor der Voliere erreicht.

Gespannt hielt Marie den Atem an. Würde Emma nun ihre Flügel ausbreiten und davonfliegen? Vom Meer her waren die Schreie mehrerer Möwen zu hören, und als Marie langsam und vorsichtig den Kopf in diese Richtung wandte, sah sie drei der weißen Vögel elegant im Wind tanzen. Sie flogen weite Bögen, enge Spiralen und einander kreuzende Linien.

Natürlich hörte auch Emma die Rufe ihre Artgenossen. Wieder legte sie den Kopf schief, rührte sich aber nicht, sondern blieb im Gras sitzen.

»Vielleicht kann sie doch noch nicht fliegen«, sagte Marie mit gesenkter Stimme.

»Ich bin sicher, dass sie es kann. Sieh nur!«

In diesem Moment breitete Emma beide Flügel aus und flatterte kurz, aber eindrucksvoll damit, ohne vom Boden abzuheben.

»Warum fliegt sie nicht fort? Das wollte sie doch die ganze Zeit. Vielleicht hat sie Angst.«

»Vielleicht liebt sie Pauls Fischabfälle so sehr«, schlug Philipp vor. »Die gibt es in der Freiheit natürlich nicht mehr. Da muss sie ihr Futter selbst finden. Oder sie muss erst Mut fassen und daran glauben, dass sie ihrem Flügel trauen kann.«

Als wollte die Möwe ihm beweisen, dass er falschlag, breitete sie ein weiteres Mal die Flügel aus, und dieses Mal stieg sie direkt in den Himmel auf.

Marie beschirmte die Augen mit der flachen Hand, um Emmas Flug verfolgen zu können.

Sie nahm direkt Kurs auf die drei Möwen, die ihre Flugkunststücke über dem Strand vorführten. Ein wenig ungeschickt flatternd, fügte Emma sich in die kleine Gruppe ein. Statt eleganter Bögen malte sie ein paar schiefe Zacken an den Himmel, aber sie stürzte nicht ab, und schon nach zwei oder drei Minuten wirkte ihr Flug deutlich eleganter.

Plötzlich drehte der kleine Schwarm ab und flog am Ufer entlang davon. Schon bald waren die vier weißen Vögel kaum noch zu sehen.

»Sie wird es schaffen«, sagte Marie mehr zu sich selbst als zu Philipp und wischte sich hastig mit dem Handrücken über die Augen.

»Weinst du?«, fragte er verblüfft.

»Es ist nur … Ich bin albern …« Sie wandte ihm den Rücken zu, damit er die große Träne nicht sah, die trotz aller Bemühungen, sich zusammenzunehmen, über ihre Wange rollte.

Wortlos legte er die Hände auf ihre Schultern, drehte sie zu sich herum und nahm sie tröstend in die Arme. »Sie ist jetzt wieder frei und glücklich«, sagte er dicht an ihrem Ohr.

Marie konnte nicht antworten. Nur ein unterdrückter Schluchzer kam über ihre Lippen.

»Gerade du solltest den Drang nach Freiheit verstehen. Schließlich hältst du es nicht mal hier auf der Insel aus.« Sanft strich Philipp ihr über die Haare.

»Natürlich verstehe ich das!« Energisch befreite sie sich aus seinen Armen. »Ich muss schnell zurück zum *Sandstern*. Die Hochzeitsgesellschaft ist bestimmt schon da. Komm, wir gehen!«

21. Kapitel

Als Marie und Philipp den Garten der Pension betraten, empfingen sie Stimmengewirr, fröhliches Lachen, Gläserklirren und die Melodie von Tim Bendzkos *Sag einfach ja*, eines jener Liebeslieder, die Laura und Marco auf einer fast zehn Seiten langen Liste gesammelt und dem Discjockey überreicht hatten.

»Seit wann sind sie da?«, wandte Marie sich, nun doch erschrocken, an Nele, die mit einer Sektflasche in der Hand herumging und die Gläser auffüllte.

»Seit zehn Minuten. Und es ist alles in bester Ordnung. Alle haben was zu trinken, und das Brautpaar bereitet sich auf seinen Tanz vor.« Beruhigend berührte die Freundin ihre Schulter. »Im Schuppen liegen schon drei Zelte, Bengt bringt nachher noch unser Viermannzelt mit, und einen ganzen Haufen Luftmatratzen und Schlafsäcke haben wir auch.«

»Wunderbar. Vielen Dank! Fricke muss den Grill anwerfen! Nach den ersten Tänzen haben die Gäste sicher Hunger.« Marie lief los, blieb aber nach wenigen Schritten stehen. Jetzt erst bemerkte sie, dass es bereits köstlich nach gegrilltem Fleisch duftete. Fricke stand mit einer großen Grillzange in der Hand neben Susa. Vor ihnen auf dem Rost schmurgelten Steaks und Würstchen, und beide hatten die Köpfe zusammengesteckt und flüsterten miteinander. Nebenbei reichte Susa dem Koch rohe Steaks auf einem Teller zu, nahm ihm zwischendurch das Grillbesteck ab und hielt ihm die Pfeffermühle hin.

»Es läuft alles wie geplant. Du hast die Sache hervorragend im Griff.« Philipp war plötzlich wieder neben ihr.

»Ich war doch gar nicht da.« Ein wenig unsicher schaute Marie sich um. Gerade bildeten die Gäste einen Halbkreis vor dem DJ-Pult auf der Terrasse. Das Brautpaar stand in der Mitte. Marco verhandelte leise mit »Piet von der Waterkant«, dem einzigen Discjockey, den man hier auf der Insel für eine Feier engagieren konnte. Allein der Name hatte Marie Angst gemacht, aber Laura und Marco hatten ihr versichert, das Programm des Fünfzigjährigen wäre vollkommen in Ordnung.

»Hauptsache, wir haben Musik«, hatte Laura lächelnd erklärt.

Dann tanzte das Brautpaar mit strahlenden Gesichtern und mehreren Stolperern zu einem deutschen Schlager, den Marie noch nie gehört hatte. Eine samtweiche Männerstimme sang von ewiger Liebe, von Sehnsucht und den Sternen am Himmel.

Nach der ersten Strophe ließ Marco mit einem bedauernden Lächeln seine Braut los und verbeugte sich vor seiner Mutter. Federica, immer noch ohne Hut, aber mit einem stolzen Lächeln auf den Lippen, ließ sich von ihrem Sohn in die Mitte der Terrasse führen, und die beiden tanzten weiter, während Laura einen hochgewachsenen älteren Herrn, wahrscheinlich einen von Marcos Verwandten, als neuen Partner auswählte.

Lauras Eltern waren leider schon vor Jahren gestorben, wie Marie wusste. Aus der Familie der Braut waren nur ihre Schwester und ein Cousin angereist.

»Tanzt alle mit!«, rief Marco nach einer Weile, und sofort war die improvisierte Tanzfläche auf der Terrasse voller gut gelaunter Paare. Zwei Minuten später tanzte der Bräutigam mit einer erstaunlich beweglichen, wirklich alten Dame, und Federica forderte mit einer eleganten Handbewegung Rainulf auf. Der ließ sich nicht lange bitten und legte nach einer galanten Verbeugung die Arme um sie.

»Aber …«, sagte Marie und schaute mit gerunzelter Stirn zu, wie ihr Vater sich mit Federica schwungvoll zwischen den anderen Paaren drehte.

»Keine Sorge. Es macht ihm Freude, also ist es gut für ihn. Wenn es ihm zu viel wird, merkt er es und hört von allein auf.«

Erstaunt wandte Marie den Kopf. Sie hatte gar nicht bemerkt, dass Philipp wieder neben ihr stand. Ehe sie sich versah, lag sie in seinen Armen und wiegte sich mit ihm zur Musik. Er hatte es nicht einmal für nötig gehalten, sie zu fragen. Erstaunlicherweise machte es ihr Spaß, inmitten fremder Menschen zu einem seltsamen deutschen Schlager zu tanzen.

Inzwischen lief ein neues Stück, das sich nicht wesentlich vom ersten unterschied. Wieder ging es im Viervierteltakt um Liebe und Sehnsucht und Sterne und dieses Mal auch um den Mond.

Marie legte den Kopf in den Nacken und schaute hinauf zum zartblauen Sommerhimmel. Es würde noch eine Weile dauern, bis die ersten Sterne auftauchten. Aber sollte der Schmusesänger bei strahlendem Sonnenschein ruhig von samtblauen Nächten singen. Mit Philipp zu tanzen war so einfach, als hätten sie es schon unzählige Male getan. Maries Füße glitten über den Boden, und sie fühlte sich federleicht. So musste es für die Möwe Emma gewesen sein, als sie nach vielen Tagen im Käfig wieder in die Luft aufgestiegen war.

»Du tanzt wunderbar«, sagte Philipp in diesem Moment, zog sie ein wenig enger an sich und wirbelte sie mehrmals schnell herum. Ihr wurde schwindelig, doch das war nicht schlimm, denn er hielt fest, und sie wusste, dass ihr nichts passieren würde.

»Ich kann eigentlich gar nicht tanzen«, gestand sie außer Atem. »Vielleicht funktioniert es heute ganz gut, weil ich flache Schuhe trage. Hat mir ein Arzt empfohlen, damit ich mir nicht die Beine breche.«

Sie musste kichern, und Philipp stimmte in ihr Lachen ein. Als sie den Kopf wandte, sah sie Nele in Bengts Armen vorbeigleiten. Mitten unter den fröhlichen Paaren tanzten nun wieder Laura und Marco miteinander. Die Blicke ineinander versunken, drehten sie sich wie in Zeitlupe, versunken in ihrer eigenen Welt. Maries Vater und Federica dagegen warfen die Arme hoch, klatschten über ihren Köpfen in die Hände, drehten sich auf der Stelle und lachten so laut, dass sie sogar die helle Stimme von Helene Fischer übertönten, die nun an der Reihe war, über Liebe zu singen.

»Was für ein schöner Tag«, sagte Philipp.

Marie nickte. »Ich hatte schon lange nicht so viel Spaß.« Kaum hatte sie die Worte ausgesprochen, wunderte sie sich aus zwei Gründen: erstens, weil sie ihm ohne Wenn und Aber zustimmte, und zweitens, weil sie sich beim Tanzen zu beliebiger Schlagermusik so herrlich amüsierte.

Da tippte von hinten jemand auf ihre Schulter. Sie blieb stehen. Philipp tat es ihr gleich und schaute mit erstaunter Miene an ihr vorbei. Sie wandte den Kopf, und es verschlug ihr den Atem.

»Wo kommst du denn her? Ich dachte, du bist noch auf Jamaika«, stieß sie mit gepresster Stimme hervor. Plötzlich bekam sie kaum noch Luft, ihre Beine drohten unter ihr wegzusacken, und dummerweise hielt Philipp sie nicht mehr fest.

»Ich konnte umbuchen und bin ein paar Tage früher als geplant nach Hamburg zurückgekehrt. Jamaika hat mir einfach keinen Spaß gemacht. Und heute hat Tom mich mit seiner Maschine von Hamburg aus hergeflogen.« Gerit lächelte sie so entspannt an, als hätten sie sich morgens voneinander verabschiedet und würden sich nun wiedertreffen, um den Abend miteinander zu verbringen.

Unvermittelt tat Maries Herz einen seltsamen Hüpfer, als wolle es sich in die Luft erheben, was aber nicht ganz gelang, denn gleichzeitig spürte sie all die Zweifel und Ängste, die es am Boden hielten.

»Du bist extra hergeflogen? Meinetwegen?« Immer noch rang sie nach Luft und brachte die Worte nur mühsam heraus.

»Wie du siehst.« Sein harmloses Lächeln verblasste. »Können wir irgendwo in Ruhe reden?«

Hilflos schaute sie sich um. »Gleich wird das Essen serviert. Ich muss mich darum kümmern, dass alles glattläuft.«

In diesem Moment schwebte Nele in Bengts Armen an ihr vorbei. Automatisch streckte Marie die Hand aus und hielt die Freundin an ihrem hübschen hellblauen Sommerkleid fest. Ohne sich von ihrem Mann zu lösen, blieb Nele stehen und sah sie lächelnd an.

»Gerit ist gekommen«, stieß Marie atemlos hervor. »Er und ich … wir sollten reden. Deshalb …«

»Das ist Gerit?« Mit gerunzelter Stirn betrachtete Nele den unerwarteten Gast, der hinter Marie stand.

»Ach, das ist der Mann, mit dem du in Urlaub fahren wolltest?« Interessiert ließ Philipp seinen Blick zwischen Marie und Gerit hin und her wandern.

»Vielen Dank für den Tanz, Philipp.« Marie quälte sich ein Lächeln ab und machte einen großen Schritt zur Seite, um deutlich zu machen, dass sie nun keine Zeit mehr zum Tanzen hatte.

»Ich habe zu danken«, erwiderte er mit einem freundlichen Kopfnicken. Allerdings tat er ihr nicht den Gefallen zu verschwinden. Er stand einfach nur da und beobachtete die Szene. Demonstrativ wandte Marie ihm den Rücken zu und widmete ihre Aufmerksamkeit Nele und Gerit. Bengt tanzte mittlerweile einige Schritte entfernt mit seinen beiden Töchtern. Die drei hielten sich bei den Händen und drehten sich lachend im Kreis.

»Wenn die Gäste aufhören zu tanzen, werden sie essen wollen. Fricke grillt schon, und Annegret hat die Salate aus der Kühlung geholt. Könntest du ein Auge auf alles haben, falls ich etwas länger wegbleibe? Die Weinflaschen und das Bier stehen da drüben, Nachschub ist in der Kühlung. Susa und Annegret wissen Bescheid. Es tut mir leid, dass ich dich so beanspruche, aber …«

»Hörst du bitte auf, dich zu entschuldigen, Marieke!« Nele verdrehte die Augen. »Wir sind Freundinnen, nicht wahr?«

»Trotzdem sollte ich dich nicht ständig um Hilfe bitten.«

Ungeduldig fuhr Nele mit der Hand durch die Luft. »Wenn es dich beruhigt, kannst du nächste Woche für einen Abend den Babysitter für Kaja und Lilly spielen, damit Bengt und ich mal wieder auf dem Festland ausgehen können. Das haben wir schon ewig nicht mehr gemacht.«

»Natürlich. Gern.« Marie schaute hinüber zu den beiden Mädchen, die ausgelassen mit ihrem Vater herumhüpften. Sie hatte keine Ahnung, ob und wie sie mit den beiden lebhaften Kindern klarkommen würde. Aber das würde sie zweifellos herausfinden.

»Die Mädchen mögen dich. Weil du aus der Großstadt kommst, glauben sie, du wüsstest mehr über das Leben und das Erwachsensein als die Menschen hier auf der Insel.« Nele grinste sie breit an. Natürlich las sie Marie ihre Zweifel vom Gesicht ab. Sie kannte sie einfach viel zu gut.

»Wenn *sie* das meinen …«, sagte Marie vage und fragte sich, ob sie in Hamburg tatsächlich mehr über das Leben gelernt hatte.

»Und jetzt geh«, forderte Nele sie energisch auf. »Und du …« Sie richtete ihren Blick auf Gerit und sah ihn drohend an.

Hastig griff Marie nach seinem Arm und zog ihn von der Freundin weg. »Ich bin so schnell wie möglich wieder da«, rief sie Nele über die Schulter zu, als sie schon fast an der Hausecke waren. Aus dem Augenwinkel bemerkte sie den seltsamen Blick, mit dem Philipp ihren Abgang verfolgte, doch er war ihr in diesem Moment egal.

»Wohin gehen wir?«, fragte Gerit, als sie ihn durch den Vorgarten in Richtung Gartenpforte führte.

»An den Strand«, erwiderte sie knapp.

Gerit öffnete den Mund, als wolle er protestieren, nickte dann aber und blieb wortlos an ihrer Seite.

Obwohl sie den Weg zum Strand während der vergangenen Wochen Dutzende von Malen gegangen war, fühlte Marie sich an diesem Tag seltsam unsicher auf der dünnen Sandschicht, die der Wind über den Asphalt geweht hatte. Ihr Herz schlug bis zum Hals, und ihre Knie fühlten sich an wie aus Gummi. Prompt geriet sie ins Stolpern.

Sofort packte Gerit sie bei den Schultern und verhinderte, dass sie lang hinschlug. Es war ein seltsames Gefühl, ihn plötzlich wieder so nah zu spüren. Die Wärme und Kraft seiner Hände drang durch den dünnen Stoff ihres Kleids, und sie fühlte die Berührung auf ihrer Haut, als wäre sie nackt.

Marie wandte den Kopf, und für einen kurzen atemlosen Moment versank ihr Blick in seinem. Sie hatte fast vergessen, wie intensiv das Blau seiner Augen war. Blauer, als das Meer jemals sein konnte. Hastig drehte sie sich wieder weg und machte sich im Eiltempo auf den Weg zum Strand.

Nach einigen Schritten suchte Gerit ihre Hand. Sie ließ sie ihm. In Hamburg waren sie so gut wie nie Hand in Hand gegangen.

»Wenn uns einer meiner Kunden sieht«, hatte Gerit gesagt. »Das wirkt irgendwie albern, fürchte ich.«

Sie hatte sich mit dieser Begründung abgefunden, die ja vielleicht nicht so ganz aus der Luft gegriffen war. Jedenfalls hatte sie sich das eingeredet. Umso mehr genoss sie nun, wie seine Finger sich mit ihren verschlangen. Es fühlte sich gut an.

»Komm mit mir nach Hamburg«, sagte Gerit leise, als sie wie auf Verabredung am Ende des Strandaufgangs stehen blieben und von diesem erhöhten Punkt aus aufs Meer hinunterschauten. »Tom wartet auf dem Flugplatz. Wir könnten schon heute Abend gemeinsam in meinem Bett einschlafen. Ich habe dich so vermisst, als ich zurückkam. Und auf Jamaika erst recht. Es war schrecklich einsam ohne dich.«

Marie schluckte und sah ihn von der Seite an. Sie konnte sich nicht erinnern, wann er zuletzt so eindringlich mit ihr gesprochen hatte. Seine Stimme klang warm und entschieden. Er meinte, was er sagte.

»Ich kann nicht so schnell von hier weg«, sagte sie dennoch nach kurzem Zögern. »Mein Vater … Ich habe ihm versprochen …«

»War das nicht dein Vater, der so wild getanzt hat, als ich kam? Ich meine, ihn von dem Foto deiner Eltern erkannt haben, das bei dir im Regal steht.« Gerit klang vorsichtig tastend, nicht vorwurfsvoll.

»Es geht ihm gut. Aber er hatte vor nicht mal drei Tagen einen Schwächeanfall. Das heißt, er muss vorsichtig sein. Deshalb ist es mir lieber, ihn noch im Auge zu behalten.«

»Nach Vorsicht sah das nicht aus«, murmelte Gerit vor sich hin. Er sprach jedoch so leise, als würde er keine Antwort von ihr erwarten und vielleicht nicht einmal wollen, dass sie ihn verstand.

»Er ist manchmal unvernünftig wie ein großes Kind. Deshalb ist es sicherer, wenn ich noch nicht heute abreise«, sagte sie entschuldigend. Im gleichen Moment fiel ihr ein, dass während der langen

Nächte, in denen sie wach gelegen und über Gerit und sich gegrübelt hatte, die Erkenntnis in ihr gewachsen war, dass sie sich viel zu oft bei ihm für ihre Gedanken, ihre Wünsche und ihr Verhalten entschuldigt hatte.

»Ich will noch etwas bleiben«, setzte sie deshalb mit fester Stimme hinzu.

»Hamburg wartet auf dich. Die Lichter der Großstadt. Theater, Kinos, Restaurants. Es wird höchste Zeit, dass ich dich wieder mal ganz elegant ausführe«, sagte Gerit lockend.

Marie seufzte sehnsüchtig. Es war lange her, seit sie und Gerit groß ausgegangen waren. Außer einem schnellen Essen zwischendurch, wenn es ihrer beider Arbeit gestattete, hatte Gerit während der Monate vor der geplanten Karibikreise nie Zeit gefunden. Und sie hatte alle ihre Hoffnungen auf gemeinsame Zeit und Romantik in den Urlaub gelegt, der dann gar nicht wie geplant stattgefunden hatte.

Offenbar bemerkte er ihr Zögern. »Es wäre doch bequem, wenn du gleich heute mitkämst. Wir landen direkt in Hamburg. Mein Wagen steht am Flugplatz, und wir sind innerhalb einer Dreiviertelstunde bei mir zu Hause.«

»Ach, Gerit. Das geht wirklich nicht, obwohl ich sehr gern sofort mitfliegen würde.« Sie erschrak ein wenig, als ihr einfiel, wie sehr sie während der vergangenen zwei Wochen an der Beziehung mit Gerit gezweifelt hatte. Und jetzt fand sie es höchst verlockend, sofort mit ihm ins Flugzeug zu steigen und nach Hamburg zurückzukehren. Aber war das nicht verständlich, nun, da er endlich das tat, was sie sich so sehr gewünscht hatte, nämlich ihr zu sagen, wie sehr er sie vermisst hätte und sich wünschte, sie sofort wieder an seiner Seite zu haben. Und dennoch hatte sie aus den vergangenen Wochen gelernt, riskierte es, ihn zu enttäuschen, und wollte ihn, aus guten Gründen, noch ein paar Tage warten lassen, bis sie tatsächlich zu ihm käme.

Als er den Arm um ihre Schultern legte und sie langsam Seite an Seite zum Wasser schlenderten, schmiegte sie sich an ihn.

»So viel kann es doch nicht sein, was du noch zu klären hast«, sagte er nach einer Weile. »Geht es etwa um den Typen, mit dem du getanzt hast, als ich kam?« Misstrauisch schaute Gerit sie von der Seite an, lockerte den Griff seiner Hand auf ihrer Schulter aber nicht, sondern packte noch ein wenig fester zu, während er seinen Arm warm und schwer um ihre Schultern liegen ließ.

»Bist du eifersüchtig?«, fragte sie erstaunt.

»Ach, weißt du, so ein Urlaubsflirt. Das muss man doch nicht ernst nehmen, oder?«

Fast hätte sie laut aufgelacht. Doch dann beschloss sie, dass es gemein war, Gerit in dem Glauben zu lassen, sie hätte irgendein Interesse an Philipp.

»Der Mann, mit dem ich getanzt habe, ist der Arzt meines Vaters. Er kommt gelegentlich ins Haus, um nach Papa zu sehen. Daher kenne ich ihn flüchtig. Er ist anstrengend und mischt sich in alles ein, weil er auf ganzheitliche Medizin schwört.«

»Ach, so einer ist das.« Trotz des Seewinds war zu hören, wie Gerit aufatmete.

»Am Wochenende findet der große IT-Ball statt. Es wäre schön, wenn du mich dorthin begleiten würdest. Einige meiner Geschäftsfreunde kennen dich, und es würde komisch aussehen, wenn ich mit einer anderen Frau käme.«

Marie runzelte angestrengt die Stirn. »Ich fürchte, bis zum Wochenende schaffe ich es nicht. Ich wollte noch mindestens eine Woche unbezahlten Urlaub nehmen, um genügend Zeit zu haben, jemanden zu suchen, der meinen Vater in der Pension unterstützt, wenn ich nicht mehr hier bin.«

»Du willst also wirklich, dass ich mit einer anderen Frau auf dem Ball erscheine?«

»Es tut mir leid. Wenn du es für nötig hältst, eine Begleitung zu haben, muss es wohl so sein. Das ist ja auch kein Drama. Ich kann dir doch vertrauen, nicht wahr? Ohne Vertrauen geht es nicht.«

»Jaaa«, sagte er gedehnt. »Aber wäre es nicht schöner, wenn wir zwei hingingen?«

»Das wäre es«, Marie zuckte mit den Achseln. »Leider geht es nun mal nicht. Nächstes Jahr klappt es bestimmt.«

»Wenn du meinst«, murmelte er und atmete tief durch. »Was hältst du davon, wenn du bei mir einziehst?«, fragte er dann.

Seine Worte sorgten dafür, dass Marie sekundenlang die Luft wegblieb. Als sie wieder sprechen konnte, war sie atemlos, als hätte sie am Strand einen Dauerlauf gemacht.

»Wir zusammen?«, keuchte sie. »In deiner Wohnung in der Hafencity?«

»Ja. In meiner Wohnung. Natürlich. Ich dachte, sie gefällt dir.«

»Ich finde sie wunderschön. Und die Aussicht ist toll. Vor allem aber … Du und ich …«

Seit Monaten träumte sie davon, mit Gerit zusammenzuleben, morgens neben ihm zu aufzuwachen und abends neben ihm einzuschlafen. Sie träumte davon, wie es sein musste, nach der Arbeit in die gemeinsame Wohnung zurückzukehren, wo er vielleicht schon auf sie wartete oder sie das Essen für ihrer beider Mahlzeit vorbereitete. Und jetzt servierte Gerit ihr die Erfüllung ihres Traums ganz unverhofft auf dem Silbertablett.

»Komm, so schnell es geht, zurück nach Hamburg, pack deine Sachen, und zieh bei mir ein.« Er nickte entschieden zu seinen Worten.

Das klang so einfach, so selbstverständlich. Marie starrte ihn immer noch verblüfft an.

»Warum so plötzlich? Ich hatte immer das Gefühl, der Gedanke würde dir nicht gefallen.« Vielleicht war es dumm, das zu sagen und damit möglicherweise wieder Zweifel bei ihm zu wecken, aber sie musste es einfach wissen.

»Wir kennen uns noch nicht so schrecklich lange. Aber jetzt habe ich gemerkt, dass es ohne dich … Du fehlst mir eben. Ich habe dir doch gesagt, dass es im Urlaub schrecklich war, mit all den Paaren um mich herum. Und als ich wieder zu Hause war, hatte keiner spontan Zeit, mit mir essen zu gehen. All meine Freunde und Bekannten waren entweder noch im Urlaub, oder sie steckten bis zum Hals in Arbeit. Da saß ich wieder allein am Tisch.«

»Mhm«, machte Marie und spürte leise Enttäuschung. »Ich wäre wohl mit dir essen gegangen. Aber vielleicht hätte ich auch arbeiten müssen.«

»Meistens machst du es möglich, wenn ich dir etwas vorschlage. Das gefällt mir.« Gerit lächelte sie strahlend an.

Nachdenklich schaute Marie hinaus aufs Meer, das in der Sonne golden funkelte. Sie hatte keinen Grund, enttäuscht zu sein. Gerit wollte Zeit mit ihr verbringen, möglichst viel Zeit. Das war gut und richtig. Alles würde wunderbar werden.

»Nun sag schon, wann du einziehst.« Er suchte ihren Blick.

»Ich … So bald wie möglich. Ich denke, in einer Woche könnte ich spätestens wieder in Hamburg sein und dann … Ich muss meine Wohnung kündigen, aber bei der augenblicklichen Lage auf dem Wohnungsmarkt finde ich bestimmt schnell einen Nachmieter oder eine Nachmieterin. Dann muss ich meine Sachen packen, wir müssen uns einigen, welche Möbel ich mitbringe und welche ich vielleicht verkaufe. Das kann auch nicht allzu lange dauern.«

»Meine Wohnung ist komplett eingerichtet. Ich dachte, sie gefällt dir.«

»Tut sie auch. Aber irgendwo muss ich mit meinen Sachen hin. Meinen Kleiderschrank brauche ich auf jeden Fall. Vielleicht noch eine Kommode und …«

»Das sehen wir dann«, unterbrach Gerit sie.

Sie nickte.

»Gut. Dann sind wir uns einig. Ich erwarte dich in spätestens einer Woche in Hamburg. Am besten bist du am Samstag zum Ball da.«

Marie öffnete den Mund, um ein weiteres Mal zu erklären, dass sie am Wochenende nicht käme, doch sie ließ es sein. Ohnehin konnte sie nichts mehr sagen, weil er sie mit Schwung an seine Brust gerissen hatte, um sie zu küssen. Sein Kuss war leidenschaftlich und nachdrücklich, als wolle Gerit damit die Abmachung besiegeln.

Als er sie wieder freigab, fühlte Marie sich wie benebelt. Ihr schien, als hätte sich innerhalb einer halben Stunde ihre ganze Welt auf den Kopf gestellt. Ihr größter Wunsch würde in Erfüllung gehen, sie würde zu Gerit ziehen, nachdem sie vorher kaum noch an ihre Beziehung geglaubt hatte.

Gerit sah auf seine teure Armbanduhr. »Tom wartet. Ich muss mich auf den Weg zum Flugplatz machen. Bist du sicher, dass du nicht heute schon mitkommen willst?«

»Ich würde gern, aber es geht nicht«, wiederholte sie, verblüfft, dass er sich so hastig wieder auf den Heimweg machen wollte. Aber es war wohl alles gesagt. Irgendetwas schien ihr zu fehlen, doch wie konnte das sein, nachdem Gerit ihr angeboten hatte, bei ihm einzuziehen? Wenn es ihr erst einmal gelingen würde zu begreifen, wie vielversprechend die nahe Zukunft war, die vor ihr lag, würde sie begreifen, dass absolut nichts zu ihrem Glück fehlte.

»Mach's gut, Liebste.« Zum Abschied hauchte Gerit ihr einen Kuss auf die Nasenspitze. »Ich warte auf dich.«

Damit drehte er sich um und eilte über den Sand zum Strandaufgang, von dem sie sich nur etwa dreißig Meter entfernt hatten. Marie ging parallel zu ihm am Meer entlang. Sie wollte noch ein wenig am Wasser bleiben. Bevor sie zur Hochzeitsfeier zurückkehrte, musste sie ihre Gefühle sortieren.

Als er den Holzsteg erreichte, der über die Dünen in den Ort führte, blieb Gerit stehen und drehte sich noch einmal um. Marie sah zu ihm hinauf. Er winkte ihr, und sie winkte zurück. Dann ging er eilig weiter.

Marie schaute ihm noch eine Weile hinterher, dann streifte sie ihre Schuhe ab und schlenderte über den feuchten Sand ins Wasser. Wunderbar kühl und belebend floss es über ihre nackten Füße. Ein Schritt ins Nass, noch einer. Jetzt reichte ihr das Meer fast bis zu den Knien. Sie schloss die Augen und genoss das Prickeln auf ihrer Haut. Was für ein wunderbarer Tag.

22. Kapitel

Am Tag nach der Hochzeit packte Marie im Fernsehzimmer die Lichterketten wieder in die Kartons. Die jungen Leute, die im Garten der Pension gecampt hatten, frühstückten auf der Terrasse, lachten, redeten durcheinander und ließen die fröhliche Stimmung des Gartenfestes mühelos wieder aufleben. Laura und Marco waren vor einer halben Stunde ebenfalls aufgetaucht und hatten sich zu ihnen gesellt.

Vorher hatte Marie sie in der Diele gesehen. Sie strahlten immer noch, wie sie es am Tag ihrer Trauung getan hatten.

»Vielen, vielen Dank. Es war einfach toll gestern. Die allerschönste Hochzeit, die man sich nur wünschen kann!« Laura war Marie spontan um den Hals gefallen.

»Das freut mich so sehr«, erwiderte Marie aus tiefstem Herzen. »Aber das ist nicht allein mein Verdienst. Viele Menschen haben geholfen. Mein Vater und Susa, Annegret und Fricke, viele Leute von der Insel, die Gäste aus der Pension …«

»Ich weiß. Wir werden uns noch bei allen bedanken, nicht wahr, Marco? Und bei dir fangen wir an.« Laura löste die Arme von Maries Hals und wandte sich ihrem frischgebackenen Ehemann zu.

»Natürlich. Erst mal danken wir dir, liebe Marieke … ich meine Marie … ach, ich weiß nicht.« Marco legte lachend den Kopf in den Nacken und den Arm um die Schultern seiner Frau.

»Draußen gibt es Frühstück.« Marie deutete in Richtung Terrasse. »Die Fähre legt in einer guten Stunde ab. Ein bisschen Zeit habt ihr noch, euch zu euren Gästen zu setzen.«

Das junge Paar wollte noch für eine weitere Woche in der Pension bleiben – eine Flitterwoche, wie Laura mit einem verlegenen Lächeln gesagt hatte. Ihre Hochzeitsgäste würden mit der Fähre am Vormittag aufs Festland zurückkehren.

Nach einer weiteren überschwänglichen Umarmung von Laura und einem herzlichen Händedruck von Marco war das strahlende junge Ehepaar in Richtung Terrasse verschwunden. Von dort hörte Marie durch die offenen Glastüren auch ihre fröhlichen Stimmen, während sie eine weitere Lichterkette aufwickelte und in den Karton zu den anderen legte.

Als ihr Handy, das sie auf einen der niedrigen Tische zwischen den Fernsehsesseln gelegt hatte, leise brummte, griff sie automatisch danach und lächelte breit, als sie Gerits Namen auf dem Display sah.

Ich denke an dich und warte auf dich, hatte er geschrieben. Vorsichtig, wie eine zerbrechliche Kostbarkeit, legte sie das silberfarbene Telefon zurück auf den Tisch.

Da vibrierte es erneut. Gerit hatte ihr eine weitere Nachricht geschickt.

Der Champagner, um deinen Einzug bei mir zu feiern, steht im Kühlschrank. Wann kommst du?

Marie tippte automatisch aufs Display. Sie wollte Gerit sofort antworten. Oder ihn noch lieber sofort anrufen. Sie sehnte sich danach, seine Stimme zu hören, wenn er aussprach, wie sehr er sich wünschte, dass sie bei ihm einzog. Früher hatte er sich so gut wie nie tagsüber bei ihr gemeldet. Immer wieder hatte er betont, dass er bei seiner Arbeit keine Ablenkung gebrauchen konnte. Das schien sich geändert zu haben. Marie war ziemlich sicher, dass er sich am hellen Tag über einen Anruf von ihr freuen würde. Doch bevor sie dazu kam, hörte sie aus der Diele die Stimme ihres Vaters.

»Warum bleiben Sie nicht noch ein paar Tage? Das Wetter soll sich halten, und Sie könnten sich wunderbar erholen, denn nun muss keine Hochzeit mehr vorbereitet werden.«

»Führen Sie mich nicht in Versuchung, Rainulf!«

Marie, die den Kopf in Richtung der offenen Tür gedreht hatte, brauchte einen Moment, um die Frauenstimme zu erkennen. Das kleine Lachen am Ende des Satzes und den flirtenden Tonfall hatte sie noch nie zuvor von Federica gehört.

»Ich würde Sie sehr gern in Versuchung führen. Seien Sie mein Gast, Federica. Selten habe ich mich so gut mit jemandem unterhalten. Sie sind eine ganz besondere Frau.«

»Vielen lieben Dank. Ich fühle mich sehr geehrt, mein lieber Rainulf.« Wieder das seltsame Lachen, das Marie im höchsten Maße erstaunte. Meistens hatte sich die Italienerin eines strengen Tonfalls bedient, der im Gespräch mit Maries Vater plötzlich verschwunden war. Stattdessen klang ihre Stimme wie schmelzendes Sahneeis.

»Ich fühle mich geehrt, dass ich Sie kennenlernen durfte, liebe Federica. Und ich möchte unsere Bekanntschaft sehr gern fortsetzen.«

»Ich auch. Aber ich muss zurück nach Gelsenkirchen und mich um meine Enkel kümmern. Mein ältester Sohn und seine Frau sind beide berufstätig. Ich hole die Kinder jeden Tag vom Kindergarten ab und betreue sie nachmittags. Sonst würde ich gern noch ein paar Tage bleiben. Sehr, sehr gern.«

»Dann kommen Sie, sobald Sie es einrichten können. Versprechen Sie mir das?«

In der Diele blieb es daraufhin still. Spontan tat Marie einige Schritte zur Tür. Fast erwartete sie, ihren Vater und die Italienerin in inniger Umarmung zu sehen. Doch sie hielten einander nur bei den Händen und sahen sich stumm in die Augen.

»Ich verspreche es«, sagte Federica nach einer langen Pause.

»So bald wie möglich«, drängte Rainulf.

»So bald wie möglich«, wiederholte Federica. »Bringen Sie mir meinen Koffer noch nach draußen? Ich fürchte, wir müssen bald zum Hafen aufbrechen.«

Lächelnd trat Marie wieder vor den Pappkarton und griff nach der nächsten Lichterkette, während sie aus der Diele hörte, wie die Schritte ihres Vaters und seiner Begleiterin sich in Richtung Terrasse bewegten. Dort wurde Federica mit lautem Hallo begrüßt.

Einige Minuten später sah Marie durchs Fenster des Fernsehzimmers, wie sich die fröhliche Gruppe, von der sie sich bereits früher am Morgen verabschiedet hatte, mit Koffern und Rucksäcken durch den Vorgarten bewegte. Rainulf ging neben Federica und zog ihren Trolley hinter sich her. Offenbar hatte er vor, die Italienerin zur Fähre zu begleiten. Laura und Marco gingen Hand in Hand als Letzte. Auch sie wollten ihren Gästen vom Kai aus hinterherwinken.

Als alle anderen schon durch die Pforte verschwunden waren, blieb das junge Ehepaar stehen, sah sich lange in die Augen und küsste sich zärtlich. Dann folgten die beiden eilig der kleinen Gruppe.

Marie sah sehnsüchtig auf ihr Handy. Es kribbelte sie in den Fingern, Gerit anzurufen, doch sie beschloss, sich diese Freude für später aufzuheben. Erst wollte sie die Überreste der Hochzeitsfeier wegräumen, damit die Pensionsgäste wieder den Fernsehraum und die Terrasse benutzen konnten.

Sie tippte nur eine kurze Nachricht an Gerit. *Ich* ... An dieser Stelle zögerte sie und fuhr dann fort: ... *denke an dich. Gegen Abend rufe ich dich an. Dann können wir über alles sprechen, auch den Zeitpunkt meines Einzugs.*

Sie drückte auf *Senden* und erschrak, als plötzlich eine große Träne auf das Handy in ihrer Hand fiel. Erschrocken legte sie das kleine silberfarbene Telefon weg und wischte sich mit dem Handrücken übers Gesicht. Doch das nützte nichts, es kamen immer neue Tränen.

So fand Nele sie, als sie kurz darauf mit ihren beiden Töchtern im Gefolge das Zimmer betrat.

»Süße! Was ist denn los? Gerit?«, rief Nele empört. »Was ist gestern zwischen euch passiert?«

»Was hat Marieke? Hat sie sich wehgetan?«, erkundigte sich Lilly, bevor Marie etwas sagen konnte. »Dann müssen wir Doktor Philipp rufen, der macht sie wieder heil.«

Hastig wischte Marie sich mit dem Taschentuch, das Nele ihr in die Hand gedrückt hatte, das Gesicht trocken und quälte sich die Andeutung eines Lächelns ab.

»Doktor Siemon muss nicht kommen, Lilly. Mir geht es gut.«

»Dir geht es nicht gut«, widersprach Kaja und baute sich vor ihr auf. »Wenn man weint, hat man Kummer. Oder man hat sich wehgetan. Ist doch so, oder nicht, Mama?«

»Manche Menschen weinen auch vor Freude«, erklärte Nele hastig. »Was haltet ihr beiden davon, wenn ihr in die Küche geht und nachschaut, ob noch ein paar Stücke von der Hochzeitstorte übrig sind?«

»Die mochte ich nicht. Außerdem hast du gesagt, dass wir Marieke besser kennenlernen sollen. Weil wir mal über Nacht mit ihr allein bleiben müssen, wenn Papa und du aufs Festland fahrt.« Kaja runzelte die Stirn.

»Dafür ist später noch Zeit. Jetzt könnt ihr …«

»Ich mochte die Torte«, krähte Lilly. »Aber nur die Stücke mit Schokolade, nicht die mit dem roten Zeug drauf.«

»Es ist bestimmt auch noch was von den Schokostücken übrig.« Nele schob die beiden Mädchen mit sanftem Nachdruck zur Tür.

»Mag ich auch nicht«, maulte Kaja.

»Fricke ist manchmal böse, wenn man einfach in die Küche kommt«, gab Lilly zu bedenken. »Manchmal aber auch nicht.«

»Heute bestimmt nicht«, behauptete Nele.

»Fragt doch einfach Susa«, mischte sich Marie mit schwacher Stimme ein. In ihrer Brust lauerten immer noch Schluchzer, die sie nur mit Mühe unterdrücken konnte. »Sie gibt euch Torte und spielt mit euch.«

»Ich will keine Torte. Und ich bin auch kein kleines Kind mehr, das im Sandkasten spielt«, sagte Kaja missmutig.

»Dann schaukelst du. Oder du setzt dich einfach still in die Ecke«, bestimmte ihre Mutter.

Endlich war es Nele gelungen, ihre beiden Töchter hinaus in die Diele zu schieben und die Tür hinter ihnen zu schließen. Sie eilte zurück zu Marie, ließ sich neben ihr auf das Sofa fallen und zog sie in die Arme.

»Was ist passiert? Hast du mit Gerit telefoniert?« Misstrauisch fixierte sie das Handy auf dem kleinen Tisch.

»Nein. Obwohl ich schrecklich gern mit ihm reden und seine Stimme hören würde. Aber das hebe ich mir für den Nachmittag auf, wenn die wichtigsten Arbeiten erledigt sind.«

»Konntet ihr gestern nicht alles klären, als du mit ihm am Strand warst?« Nele runzelte die Stirn. »Eine Trennung ist nicht einfach. Aber du musst dich jetzt zusammenreißen. Es wird dir von Tag zu Tag leichter fallen, ohne Gerit zu leben. Mal ehrlich – nach allem, was du mir erzählt hast, ist es kein großer Verlust für dich, nicht mehr mit ihm zusammen zu sein.« Bei ihren letzten Worten zog Nele die Freundin fest an sich.

»Wir haben uns nicht getrennt«, erklärte Marie mit dumpfer Stimme, weil Neles Jackenkragen ihren Mund bedeckte.

Sofort ließ Nele sie los und starrte sie an. »Ihr habt euch nicht getrennt? Warum weinst du dann? Hattest du Angst, es ihm zu sagen?«

»Ich wollte mich nicht trennen. Ich weine nur, weil alles so verwirrend ist. Und so schön. Und gleichzeitig habe ich Angst, dass es nicht funktioniert. Ich weiß auch nicht. Seit ich auf der Insel bin, bin ich eine Heulsuse geworden.« Kraftlos ließ Marie sich auf der kleinen Couch nach hinten sinken.

Nele drückte ihr ein frisches Papiertaschentuch in die Hand, das Marie aber nicht brauchte. Sie hatte endlich aufgehört zu weinen.

»Gerit hat mir angeboten, bei ihm einzuziehen. Das habe ich mir so sehr gewünscht. Deshalb bin ich glücklich. Ich weine wohl tatsächlich vor Glück.« Nun wischte Marie sich ziellos im Gesicht herum.

»Glücklich? So siehst du aber nicht aus.«

»Es kam so überraschend. Plötzlich sagt er mir, wie sehr er mich braucht und vermisst und dass er mich immer um sich haben will. Das habe ich nicht mehr zu hoffen gewagt. Und ich weiß nicht, ob wir …« Marie stockte.

»Wenn du dir nicht sicher bist, solltest du auf keinen Fall mit ihm zusammenziehen«, sagte Nele streng.

»Aber ich bin ja sicher! Das war doch mein ganz großer Wunsch.«

»Seit du hier bist, hast du die Geschichte aus der Entfernung und wegen seines komischen Verhaltens ein bisschen anders gesehen. Erinnerst du dich?«

Marie zuckte mit den Schultern. »Das lag nur daran, dass ich nicht wie versprochen zu ihm nach Jamaika gefahren bin. Er war ein bisschen sauer auf mich, das habe ich ihm wiederum übel genommen. Aber jetzt ist alles wieder gut. Er versteht, dass ich meinen Vater unterstützen musste. Und er hat mich vermisst. Deshalb geht es in unserer Beziehung vorwärts. Ein Streit kommt doch überall mal vor.«

Nele sah sie mit skeptischer Miene an. »Ich weiß nicht. Was du mir über Gerit und dich erzählt hast, klang nicht danach, als …«

»Ich sagte doch schon: Ich war sauer auf ihn. Jetzt ist alles wieder gut.«

»Und du willst wirklich direkt nach dieser Krise mit ihm zusammenziehen? Lass dir doch ein bisschen Zeit, und guck erst mal, wie es jetzt zwischen euch läuft.«

»Das kann ich nicht, und das will ich nicht. Ich wünsche mir seit Monaten, mit ihm zusammenzuleben, also werde ich es jetzt, wo er es auch will, auch tun.« Marie begleitete jeden ihrer Sätze mit einem nachdrücklichen Nicken.

»Mama? Fricke und Susa wollen uns keinen Kuchen geben. Alle beide nicht.« Lilly streckte den Kopf ins Zimmer.

»Susa auch nicht?«, fragte Marie ungläubig.

»Nee. Die steht mit Fricke hinten in der Küche und knutscht. Sie hat nur was von später gesagt. Aber ich möchte sowieso keinen Kuchen.« Kaja schob ihre kleine Schwester zur Seite und kam ins Zimmer. »Mir ist langweilig. Ich will nach Hause.«

Marie rappelte sich vom Sofa hoch. »Habt ihr Lust, an den Strand zu gehen? Heute ist es schön windig. Wir könnten den Drachen mitnehmen, der im Schuppen liegt.«

»Ist das ein Lenkdrachen oder so ein langweiliger, der nur durch die Luft trudelt?«, erkundigte sich Kaja und starrte Marie aus zusammengekniffenen Augen an.

»Ein Lenkdrachen«, behauptete Marie, die keine Ahnung hatte, was es für ein Drachen war und ob sie in der Lage war, mit so einem Ding umzugehen. Sie wusste nur, dass Marco und die Kinder aus der Pension damit viel Spaß gehabt hatten.

»Ist gut«, sagte Kaja gnädig.

»Ich will aber vorher noch was essen«, verlangte ihre kleine Schwester. »Schokokuchen.«

»Wie wäre es mit Keksen? Ich weiß, wo die Dose steht, da müssen wir nicht mal in die Küche.«

»Sind die mit Schokolade?«

»Es sind Schokokekse dabei. Die darfst du dir raussuchen.«

»Gut.« Jetzt nickte auch Lilly und schaffte es, dabei fast ebenso gnädig zu wirken wie ihre große Schwester.

»Wenn du sie so verwöhnst, wirst du bald Schwierigkeiten haben, irgendwas durchzusetzen«, flüsterte Nele ihr zu.

»Lass mich doch. Es macht mir Spaß.« Das war zu Maries eigenem Erstaunen die Wahrheit. Außerdem würde sie die Insel bald verlassen und deshalb die Folgen ihrer Nachgiebigkeit nicht mehr ausbaden müssen. Den einen Abend als Babysitter, den sie Nele versprochen hatte, würde sie schon schaffen.

»Es ist eine gute Idee, an den Strand zu gehen«, sagte Nele etwas lauter. »Vielleicht pustet dir der Wind den Kopf frei, und du kannst wieder klar denken.«

»Ich denke klar«, behauptete Marie, obwohl sie sich nur zu gut erinnerte, dass sie noch vor Kurzem selbst zugegeben hatte, wie durcheinander sie war. Aber sie war nicht so verwirrt, wie Nele glaubte, und wusste sehr genau, dass sie mit Gerit zusammen sein wollte.

»Soll ich mitgehen, oder kommst du mit meinen beiden kleinen Monstern klar? Dann würde ich schnell nach Hause flitzen und die Gästezimmer in Ordnung bringen. Wir hatten heute Abreise.«

Pflichtgemäß quietschten die beiden Mädchen empört, als ihre Mutter sie als Monster bezeichnete. Sie warfen sich lachend aufs Sofa und strampelten mit den Beinen.

»Sicher komme ich klar«, sagte Marie. »Ich bringe die beiden nachher vom Strand aus direkt nach Hause.«

Dann wandte sie sich den Schwestern zu. »Gehen wir, sonst verpassen wir den besten Wind.«

23. Kapitel

Gedankenverloren legte Marie in der Wäschekammer die frischgewaschenen Handtücher zusammen. Wenn sie übermorgen die Fähre nehmen wollte, würde sie heute mit ihrem Vater reden müssen. Auch wegen des jungen Hotelfachmanns, den sie bereits bei der Vermittlung als Aushilfe für zunächst vier Wochen ausgesucht hatte. Der Vertrag musste noch unterschrieben werden, doch das wollte sie nicht ohne die Einwilligung ihres Vaters tun.

Im Anschluss an ihre drei Wochen Urlaub, den sie eigentlich hatte auf Jamaika verbringen wollen und der unversehens zu einer verwirrenden, teils tränenreichen, teils heiteren Zeit auf Juist geworden war, hatte sie eine weitere Woche Urlaub genommen. Es hatte sich herausgestellt, dass ihr wegen ihrer vielen Überstunden noch genügend freie Tage zustanden. Zudem war der Sommer im Bankettgeschäft stets eine ruhige Zeit, und Tina kam gut ohne sie klar. Nun war auch diese Woche fast vorbei, und es gab keinen Grund mehr, noch länger zu bleiben.

»Marieke? Kommst du mit an den Strand, Sachen suchen? Lilly will am liebsten schon wieder den Drachen steigen lassen, aber das haben wir schon so oft gemacht, und du hast mir versprochen, dass wir das nächste Mal einen weiten Spaziergang machen und viele tolle Sachen finden. Vielleicht sogar Bernstein, hast du gesagt.«

Beim Klang von Kajas Stimme fuhr Marie erschrocken herum. Sie war so in ihre Gedanken vertieft gewesen, dass sie trotz der offenen Tür die leichten Schritte des Mädchens auf dem Flur nicht gehört hatte.

»Tut mir leid, Kaja. Ich habe noch eine Menge zu tun. Heute schaffe ich es nicht mehr, an den Strand zu gehen.« Mit einem unterdrückten Seufzer schob Marie einen Stapel weiße Handtücher ins Regal.

»Dann eben morgen«, drängelte Kaja. »Da hat Lillys Freundin Tabea Geburtstag. Aber es macht nichts, wenn Lilly nicht mitkommt, oder? Dann jammert sie nicht herum, dass sie lieber mit dem Drachen spielen will.«

»Es tut mir schrecklich leid, Kaja-Schatz. Ich weiß noch nicht, ob ich morgen Zeit habe.«

»Übermorgen?«

Da bin ich wahrscheinlich nicht mehr da. Doch das sagte sie lieber nicht. Kaja durfte es nicht vor Rainulf erfahren.

»Das sehen wir dann«, wich Marie aus. »Ich bin hier mit den Handtüchern fertig. Was hältst du davon, wenn wir in die Küche gehen und uns ein Eis aus dem Gefrierschrank holen?«

»Au ja.« Kaja strahlte sie an. »Ist auch Zitroneneis da?«

»Jede Menge.«

Seite an Seite gingen sie den Flur entlang und die Treppe hinunter. Die Küche war leer und nach dem Mittagessen blitzblank aufgeräumt. Fricke hatte schon seine Mittagspause angetreten, und Susa machte zwischen drei und vier jetzt auch immer eine Pause, die sie mit Fricke verbrachte. Dafür blieb sie abends etwas länger, was ganz gut passte.

Susa und Fricke hielten ihre Beziehung geheim. Jedenfalls sprachen sie nicht darüber. Wer allerdings nicht blind war, konnte das Glück der beiden an den Blicken erkennen, die sie einander zuwarfen, sobald sie in einem Raum waren. Deshalb wussten alle in der Pension Bescheid, erwähnten es aber nicht. Marie fragte sich oft, wann die beiden mit der Sprache herausrücken würden. Inzwischen befürchtete sie, dass sie den großen Moment nicht miterleben würde, weil sie dann längst wieder in Hamburg wäre.

Nachdem Kaja eine riesige Portion Eis vertilgt hatte, zog sie zufrieden ab. Marie lehnte in der Hintertür und schaute dem wippenden Pferdeschwanz hinterher, der noch für einige Sekunden über die Hecke hinweg zu sehen war. Dann machte sie sich auf die Suche nach ihrem Vater. Das Gespräch, das sie mit ihm zu führen hatte, schob sie schon seit Tagen vor sich her. Heute musste es sein.

Rainulf saß in dem winzigen Büro neben der Diele, starrte mit finsterer Miene in den Monitor des Computers und tippte mit dem rechten Zeigefinger heftig auf einer Taste herum.

»Das Ding klemmt!«, erklärte er Marie, als sie hereinkam. »Mein Reservierungsbuch hat nie geklemmt.«

»Zeig mal her.« Sie beugte sich über seine Schulter und erledigte die Sache mit einem Klick. »Du hast wieder nicht gespeichert. Hier klicken, dann geht alles wieder.«

»Hm«, brummte ihr Vater und grinste sie dann an. »Das lern ich schon noch.«

»Natürlich lernst du das.« Sie ließ sich ihm gegenüber auf dem unbequemen Holzstuhl nieder. »Ich muss mit dir reden, Papa.«

»Das hört sich gefährlich an.« Er zog die Brauen zusammen, schaute sie aber nicht an, sondern begutachtete weiter die Reservierungen auf dem Bildschirm.

»Mein Urlaub ist fast vorbei. Falls du meinst, dass du allein zurechtkommst, würde ich übermorgen zurück nach Hamburg fahren. Notfalls könnte ich aber auch noch ein paar Tage Urlaub nehmen. Auf keinen Fall möchte ich riskieren, dass du dich wieder überanstrengst. Es gibt die Möglichkeit …«

Mit einer energischen Handbewegung gebot Rainulf ihr Einhalt. »Es geht mir gut. Das sagt auch der Doktor. Es ist klar, dass du nicht ewig bleiben kannst, nicht wahr? Also pack deine Sachen, und fahr zurück nach Hamburg, wo du sein willst und wo es dir gefällt. Ich komme klar. Schließlich habe ich jetzt dieses wunderbare Reservierungsprogramm.« Er lachte ironisch auf, sie wusste aber, dass er sich erstaunlicherweise sehr schnell mit dem Programm angefreundet hatte, wenn er auch manchmal noch Schwierigkeiten damit hatte.

»Das mit dem Speichern lerne ich auch noch. Und wenn ich Computerprobleme habe, rufe ich dich einfach an. Notfalls fünf Mal am Tag. Da kannst du dich auf was gefasst machen.« Wieder ein kurzes, hartes Lachen. Ihrem Blick wich er aus, schaute lieber aus dem Fenster.

»Das musst du unbedingt tun.« Marie hatte Mühe, die Worte durch ihre enge Kehle zu quetschen. »Dann packe ich also morgen.«

Rainulf nickte stumm und beugte sich wieder über die Tastatur. Wortlos verließ Marie das Zimmer.

Natürlich konnte sie sich nicht auf die Worte ihres Vaters verlassen. Schließlich hatte er von Anfang an steif und fest behauptet, es ginge ihm gut. Und dann war er unvermittelt im Keller zusammengebrochen. Also machte sie sich auf den Weg zu Philipp. Wenn sie sich beeilte, würde sie noch rechtzeitig zu seiner Nachmittagssprechstunde kommen.

Als Marie den großen, hellen Warteraum betrat, saß dort nur noch eine Patientin.

»Sieh an, unsere Marieke«, begrüßte sie Marie mit einem breiten Lächeln.

»Hallo, Frau Wilke.« Zu ihrem Erstaunen fiel es Marie gar nicht so schwer, das Lächeln zu erwidern.

»Sag doch Anja. Ich kannte dich schon, als du noch so klein warst.« Mit ihren beiden Händen zeigte sie die Größe eines winzigen Kätzchens.

»Das stimmt, wir kennen uns schon ewig. Du warst auch eine der Ersten, denen ich wiederbegegnet bin, als ich vor fast vier Wochen zurück auf die Insel gekommen bin. In diesem Wartezimmer.«

»Ich weiß.« Anja Wilke lächelte versonnen. »Ich bin öfter hier.«

»Ich hoffe, du bist nicht ernsthaft krank.«

»Nein. Du hoffentlich auch nicht.« Anja Wilke zwinkerte ihr zu. Glaubte sie etwa, dass Marie kam, weil sie Philipp treffen wollte?

»Ich bin wegen meines Vaters hier«, beteuerte sie hastig.

Anja Wilke lächelte wissend. In diesem Moment öffnete sich die Tür zum Sprechzimmer, ein älterer Mann kam mit einem Rezept in der Hand heraus. Von drinnen rief Philipp: »Der Nächste bitte.«

Anja Wilke sprang auf, eilte durch die offene Tür und zog sie energisch hinter sich ins Schloss.

Marie blätterte uninteressiert in einer Zeitschrift, dann stand sie auf und schaute durch die große Glaswand an der Rückseite des Zimmers. Nicht weit vom Haus entfernt schwebte eine einzelne Möwe durch die Luft, flog elegante Kurven, stieg weit in die Höhe und ließ sich steil nach unten fallen. Marie wurde eng ums Herz.

»Was meinst du – ist sie das?«

Obwohl sie nicht gehört hatte, dass er aus seinem Sprechzimmer gekommen war und sich neben sie gestellt hatte, erschrak Marie seltsamerweise nicht, als Philipp sie ansprach.

Sie wandte den Kopf, sah ihn an und erwiderte: »Ich weiß nicht. Aber es wäre schön zu wissen, dass sie wieder so wunderbar fliegen kann. So frei und elegant.«

»Ja, das wäre es.« Sekundenlang lächelten sie einander versonnen an. Seit Gerit auf der Hochzeitsfeier aufgetaucht war, hatten sie nicht miteinander geredet. Dieses Mal war es Marie so vorgekommen, als wäre Philipp ihr aus dem Weg gegangen.

»Auf Wiedersehen, Herr Doktor«, meldete sich aus dem Hintergrund Anja Wilke.

»Auf Wiedersehen, Frau Wilke. Gute Besserung. Falls Sie in ein paar Tagen noch immer Beschwerden haben, schauen Sie noch mal rein.« Er lächelte in Richtung Tür, sah aber sofort wieder Marie an.

»Tschüss, Anja.« Ohne hinzusehen, winkte Marie der älteren Frau zu.

Nachdem die Außentür ins Schloss gefallen war, standen Marie und Philipp eine Weile schweigend nebeneinander und beobachteten die Möwe bei ihren Flugkunststücken. Dann verschwand der Vogel über den Dünen aus ihrem Blickfeld.

»Geht es dir gut?«, fragte er. »Du bist blass.«

Marie verzog keine Miene. »Ich bin immer noch nicht deine Patientin«, sagte sie, um einen lockeren Ton bemüht, der ihr aber mehr schlecht als recht gelang.

»Ich fragte nicht als Arzt, sondern als …« Er stockte.

Sie wusste, er hatte »Freund« sagen wollen, es aber nicht gewagt.

Nein, sie waren keine Freunde. Auch wenn sie vor wenigen Tagen einen ganzen Abend miteinander getanzt und gelacht hatten, wenn sie gemeinsam eine Möwe gerettet und sie auch zusammen freigelassen hatten. Sie hatten gemeinsam gekocht und gegessen, sich gestritten und sich um Maries Vater gesorgt.

Aber am schlimmsten war das, was Marie mühsam aus ihren Gedanken zu verbannen versuchte und worüber sie nicht einmal mit Nele sprechen konnte: Sie hatten sich nach der Hochzeitsfeier geküsst, als die anderen Gäste schon fort gewesen waren und Philipp ihr geholfen hatte, die Stuhlkissen einzusammeln.

Nachdem Marie am Strand mit Gerit gesprochen hatte und er sich in Richtung Flugplatz aufgemacht hatte, war sie in die Pension zur Hochzeitsfeier zurückgekehrt. Alles lief wunderbar, sie musste sich praktisch um nichts kümmern. Die Gäste bedienten sich selbst vom Büfett und nahmen sich auch zu trinken. Wie von Zauberhand tauchten immer rechtzeitig frisch gekühlte Getränke auf. Die meisten brachten Fricke und Susa von gemeinsamen Ausflügen in den Keller mit, von denen sie mit glänzenden Augen und geröteten Wangen zurückkehrten.

Marie tanzte, aß ab und zu einen Happen, erfrischte sich mit einem Glas Weißwein oder Bowle. Sie tanzte mit den Gästen und den Männern von der Insel, sogar mit ihrem Vater, als er einmal Federica für einen Moment losließ, die meiste Zeit aber mit Philipp. Das hatte nichts zu bedeuten, denn sie war wieder bis über beide Ohren in Gerit verliebt. In Gerit, der sie vermisst hatte und unbedingt wollte, dass sie zu ihm in sein Penthouse in der Hafencity zog.

Dieses Wissen machte sie glücklich, und das Glück verlieh ihr Flügel, sodass sie das Gefühl hatte, Zentimeter über dem Boden zu schweben. Ganz besonders wenn sie mit Philipp tanzte, mit dem es so leicht war, im gleichen Takt zur Musik dahinzugleiten.

Und so waren sie in den frühen Morgenstunden, als die Feier beendet war, beide ein wenig beschwipst, vor allem aber berauscht vom Tanzen. Vor sich hin summend hatte Marie die Sitzkissen übereinandergestapelt, die Philipp einsammelte und zu ihr brachte. Als sie sich umdrehte, um nachzusehen, wie viele Kissen noch auf den Stühlen lagen, prallte sie unversehens gegen ihn, weil er in diesem Augenblick mit den letzten Polstern herbeieilte.

Beide fuhren zusammen, lachten gleichzeitig verlegen auf und starrten sich aus nächster Nähe in die Augen. Irgendwie stupste Philipps Zungenspitze gegen Maries Mundwinkel, instinktiv drehte sie den Kopf in seine Richtung, und plötzlich lagen ihre Lippen aufeinander.

Das fühlte sich gut an, und sie erwiderte seine Zärtlichkeit, trotzdem stimmte irgendetwas nicht. Wenn sie nur gewusst hätte, was es war. Doch ihr Kopf war voller rosiger Nebelschwaden. Als sie endlich erschrocken zurückzuckte, weil sie plötzlich begriff, dass es der falsche Mann war, den sie küsste, blieb eine schmerzliche Sehnsucht zurück. Die Sehnsucht nach einer sanften Leidenschaft, die sie so noch nie erlebt hatte.

»Lass mich«, hatte sie viel zu laut gerufen, und ihn mit aller Kraft weggeschoben. Philipp war hastig zurückgewichen und ins Taumeln geraten, hatte sich im letzten Moment an einer Stuhllehne festgehalten und sich anschließend entschuldigt. Dann war er in der Dunkelheit um die Hausecke verschwunden.

Seit jenem verwirrenden Zusammenstoß waren sie sich in stillem Einvernehmen ausgewichen. Es waren nur wenige Tage gewesen, doch auf der kleinen Insel, auf der sie sich sonst manchmal mehrmals täglich über den Weg gelaufen waren, bedeutete es ständige Wachsamkeit und einige Umwege, unverhoffte Begegnungen möglichst zu vermeiden.

Und nun war Marie freiwillig zu ihm gekommen, weil das Gespräch notwendig war und es albern gewesen wäre, aus Feigheit darauf zu verzichten.

»Ich bin hier, um mit dir über meinen Vater zu sprechen.«

»Komm rein.« Er hielt ihr die Tür zum Sprechzimmer auf und ließ sie vorgehen.

Dieses Mal bot er ihr zwar einen Stuhl, aber keinen Kaffee an. Er setzte sich ihr gegenüber auf die andere Seite des Schreibtischs, faltete die Hände auf der Holzplatte und schaute sie an, wie ein Arzt eine Patientin anschaut. Oder eben die Tochter eines Patienten.

Sie hatte gedacht, er würde noch einmal auf den Kuss zu sprechen kommen, sich vielleicht ein weiteres Mal entschuldigen. Aber Philipp saß schweigend da und wartete, was sie ihm zu sagen hatte.

Marie räusperte sich. »Was nach der Hochzeitsfeier zwischen uns passiert ist – ich hoffe, wir sind uns wegen dieser Sache einig?«

Immer noch saß er stumm da, und Marie biss sich auf die Unterlippe. Wieso hatte sie das gesagt? Es wäre doch viel besser gewesen, über den Kuss den Mantel des Schweigens zu breiten, ihn nie mehr zu erwähnen und für immer zu vergessen.

»Inwiefern sind wir uns einig?«, erkundigte er sich vorsichtig.

Stellte er sich absichtlich dumm? Marie spürte, dass ihre Wangen anfingen zu brennen. Aus Ärger, wohl auch aus Verlegenheit.

»Wir hatten beide mehrere Gläser Wein getrunken und waren vollkommen übermüdet. Was geschehen ist, war so eine Art Unfall. Ein Irrtum«, erklärte sie mit fester Stimme.

»Das hoffe ich auch«, erwiderte er ernst. »Wie du weißt, bin ich nach Juist gekommen, weil ich nach einer unangenehmen Erfahrung vorerst keine großen Gefühle mehr in mein Leben lassen will. Das bedeutet, ich möchte keine Beziehung. Ich kenne dich noch nicht sehr gut, aber ich gehe davon aus, du bist eine Frau, die nicht auf eine Affäre aus ist.«

»Soll das eine Frage sein?« Sie war nicht sicher, ob sie sich empören sollte. Bot er ihr etwa eine unverbindliche Beziehung an?

»Falls du sie beantworten möchtest, ist es eine.«

»Ich will sie nicht beantworten … Oder doch! Warum nicht?« Sie holte tief Luft. »Mit One-Night-Stands und unverbindlichen Liebesabenteuern komme ich nicht klar. Aus dem Alter bin ich raus. Aber das ist sowieso völlig egal, weil ich einen Freund habe und demnächst mit ihm zusammenziehen werde. Du weißt ja, dass er am Tag der

Hochzeit von Laura und Marco hier war. Er war gekommen, um mich zu bitten, möglichst bald bei ihm einzuziehen.«

»Gratuliere.« Philipp lehnte sich gelassen zurück. Sein Gesicht war unbewegt, nur ein Nerv zuckte in der Nähe seines Augenwinkels. »Dann hat es also auch ohne Karibik-Urlaub geklappt.«

»Genau!« Sie verzog ebenfalls keine Miene. Sah ihn nur starr an und nahm sich sehr zusammen, nicht stolz den Kopf in den Nacken zu werfen. Schließlich hatte er sich über die Idee lustig gemacht, sie müsse Gerit während eines langen Urlaubs vom Zusammenleben überzeugen.

»Dann sind wir uns also einig: Die harmlose Berührung unserer Lippen ist kein Anlass, stundenlange Diskussionen zu führen. Wir vergessen das einfach.« Er verschränkte die Arme vor der Brust, kniff die Augen zusammen und verzog den Mund zu einem angedeuteten Lächeln.

Eine Weile herrschte Schweigen im Raum. Marie räusperte sich erneut.

»Ich habe mich gefragt, ob mein Vater in der Pension tatsächlich schon allein zurechtkommt. Auf keinen Fall will ich, dass er sich überanstrengt und noch einmal zusammenbricht. Er behauptet zwar, du hättest gesagt, er wäre wieder fit, aber …« Sie wusste nicht weiter und stockte.

»Möchtest du noch bleiben?« Er musterte sie prüfend.

Ein Ruck ging durch ihren Körper, und sie öffnete den Mund, um laut und deutlich zu protestieren. Doch da war eine Stimme in ihrem Inneren, die zu ihrem eigenen Erstaunen *Ja* flüsterte. Ganz leise nur, sodass sie es überhören konnte, wenn sie wollte. Und sie ignorierte diese dumme Antwort, weil sie keinen Sinn ergab. Schließlich wartete Hamburg auf sie, wo sich endlich ihr großer Traum erfüllen würde.

»Was heißt, ich möchte?«, fuhr sie auf. »Ich würde bleiben, wenn mein Vater mich braucht. Ansonsten … Ich werde in Hamburg erwartet.«

Marie, die beim Reden haarscharf an Philipps linkem Ohr vorbeigeschaut hatte, sah ihm nun direkt ins Gesicht. »Aber auch aus anderen Gründen freue ich mich darauf, zurück nach Hamburg, nach Hause, zu kommen. Mit meinen Freundinnen Cocktails in einer schicken Bar zu trinken. Ins Theater zu gehen, mir vielleicht mal wieder ein Musical anzusehen. Museen, Restaurants – all die Dinge, die es hier nicht gibt.«

Mit einem fast nachsichtigen Lächeln nickte Philipp. »Und bei deinem Freund einzuziehen«, ergänzte er.

»Und das.« Trotzig erwiderte sie seinen Blick.

»Ich glaube zwar, dass es gut für deinen Vater – und wahrscheinlich auch für dich – wäre, wenn du noch bleiben würdest, aber ihm ist klar, dass du das nicht tun wirst. Deshalb hat er vor, jemanden einzustellen, der ihn bei der Leitung der Pension unterstützt. Weißt du das nicht?«

»Nein, davon hat er mir nichts gesagt.« Verblüfft starrte sie ihn an. »Wieso ist er plötzlich bereit, einen Teil der Verantwortung aus der Hand zu geben? Noch dazu an einen Fremden.«

»Ich denke, er weiß jetzt, dass er dich nicht hier festhalten darf. Dass du ein Recht auf ein eigenes Leben hast. Und er sieht ein, dass er sich nicht überanstrengen darf, also arrangiert er sich mit einem Mitarbeiter, der nicht zur Familie gehört.«

»Komisch ist es trotzdem«, murmelte sie.

»Es kommt nicht selten vor, dass Menschen an einer ernsthaften Erkrankung wachsen. Und dass sich die Beziehung zu nahen Angehörigen oder Freunden verbessert. Das führt nicht selten auch dazu, dass die Beteiligten ihr Tun überdenken und sich weiterentwickeln.« Er löste seine ineinander verschränkten Finger und verflocht sie wieder miteinander.

»Wenn du meinst.« Marie hatte nicht die Absicht, sich wieder auf diese Diskussion einzulassen.

Plötzlich fiel ihr etwas ein, und sie runzelte die Stirn.

»Federica«, murmelte sie vor sich hin. Wenn sich etwas im Leben ihres Vaters geändert hatte, dann war es die Tatsache, dass er sich offenbar neu verliebt hatte. Der Gedanke bereitete ihr ein wenig Unbehagen, doch sie sagte sich streng, dass es albern wäre zu denken, ihr Vater müsse ihrer Mutter über den Tod hinaus treu sein. Falls sich zwischen Rainulf und der Italienerin tatsächlich eine Beziehung entwickelte, würde sie sich für ihn freuen.

»Bitte?« Philipp hob fragend die Brauen.

»Nichts. Es ist gut, dass mein Vater zu der Erkenntnis gekommen ist, auch Fremden bei der Führung der Pension zu vertrauen«, erklärte sie mit fester Stimme. »Dann kann ich ja beruhigt abreisen. Noch dazu, wenn du meinst, dass körperlich bei ihm alles in Ordnung ist.«

Sie schob ihren Stuhl zurück und stand auf. »Vielen Dank, Philipp. Ich finde allein hinaus.«

Sie ging zur Tür, doch seine Stimme holte sie auf dem halben Weg ein.

»Sehen wir uns vor deiner Abreise nicht mehr?«

Marie wandte sich um. »Wahrscheinlich nicht. Ich nehme die Fähre übermorgen um neun. Morgen werde ich mit den ganzen Tag in der Pension und mit Packen beschäftigt sein.«

Er stand auf, ging um den Schreibtisch herum und kam mit ausgestreckter Hand auf sie zu.

Marie zögerte nur kurz, bevor sie ihre Hand in seine legte. Seine Finger umfassten ihre kräftig und warm, hielten sie einen Moment fest und lösten sich dann langsam wieder.

»Mach's gut, Marie«, sagte er leise.

»Du auch.«

Dann drehte sie sich um und verließ sein Haus, ohne sich noch einmal umzusehen. Auf dem Weg durch den Vorgarten pflückte sie im Vorbeigehen einen der Äpfel von dem alten Baum. Mittlerweile waren sie schon ziemlich groß und hatten sogar rote Bäckchen. Sie wischte den Apfel an ihrer Bluse ab und biss kräftig hinein. Erstaunlicherweise war er saftig und süß, mit einer angenehmen Säure, ganz anders, als sie das gestohlene Obst aus ihrer Kindheit in Erinnerung gehabt hatte.

Auf dem Weg zurück in die Pension aß sie den Apfel vollständig auf und wunderte sich mit jedem Bissen, wie gut er ihr schmeckte. Manche Dinge änderten sich eben doch, wenn man erwachsen war.

24. Kapitel

Marie stand in der offenen Tür und schaute sich ein letztes Mal in ihrem Zimmer um. Es hatte sich innerhalb der vergangenen Wochen sehr verändert. Fast alles, was an ihre Jungmädchenzeit erinnerte, war verschwunden. Die Poster an den Wänden hatte sie durch ein paar moderne Drucke mit Seelandschaften ersetzt. Und statt der Kissen in knalligen Farben lagen nun auf der kleinen Couch und der Tagesdecke ihres Bettes blau-weiß gestreifte Kissen, deren Muster sich in dem neuen Rollo am Fenster wiederholte. Einen Teppich gab es nicht mehr, die matt schimmernden Holzdielen gefielen ihr ohne besser. Nur ihr alter Teddy Brumms, dessen Fell zum größten Teil ihren kindlichen Liebkosungen zum Opfer gefallen war, saß noch auf der Armlehne des Sessels am Fenster.

Erst im Moment ihres Abschieds fiel Marie auf, wie sehr sie ihr Zimmer wieder in Besitz genommen und als Zuhause empfunden hatte. Wenn sie früher für ein Wochenende nach Juist gekommen war, hatte es sie nicht gekümmert, dass ihr Jungmädchenzimmer längst nicht mehr ihrem Geschmack entsprach. Jetzt fiel es ihr fast schwer, den hübschen Raum, der nun ihren Stempel trug, zurückzulassen. Natürlich hatte sie ihre Hamburger Wohnung ebenso liebevoll gestaltet, aber von dort aus ging der Blick nicht über die Dünen hin zu einem glitzernden Streifen Meer am Horizont, über dem sich ein weiter Himmel spannte. Diesen Himmel über der Insel, der sein Aussehen ständig änderte, würde sie besonders vermissen. Die weißen Wolken, die vorüberhuschten, und die Möwen, die mit dem Wind tanzten. Sie stieß einen kleinen wehmütigen Seufzer aus.

Andererseits … Hamburg war nun einmal Hamburg, eine Stadt mit tausend und abertausend Möglichkeiten. Und ihre Wohnung war sehr viel geräumiger als ein Gästezimmer in der Pension *Sandstern*.

Marie zögerte kurz, dann nahm sie Brumms vom Sessel, zog den Reißverschluss ihres Koffers ein Stückchen auf und stopfte den alten Teddy hinein. Sie hatte ihren kleinen Koffer in der Abstellkammer ihres Vaters zurückgelassen und sich ein sehr viel geräumigeres Gepäckstück ausgeliehen, um die auf der Insel gekaufte Kleidung unterbringen zu können. Auch für Brumms war noch genügend Platz.

Sie hievte den Trolley über die Schwelle und die Treppe hinunter. In der Diele stand ihr Vater und starrte vor sich hin. Auf dem Treppenabsatz blieb sie eine Weile stehen und schaute ihn an. Er wirkte nachdenklich, fast traurig, was merkwürdig war. Als sie am Vorabend noch ein Glas Wein zusammen getrunken hatten, war er betont fröhlich gewesen und hatte ihr viel Spaß für ihre Rückkehr in die Großstadt gewünscht.

Im selben Moment, in dem Rainulf sie auf den Stufen bemerkte, erschien ein Lächeln auf seinem Gesicht, und er eilte zum Fuß der Treppe.

»Lass dir helfen. Das Ding sieht furchtbar schwer aus.« Er streckte die Hand nach ihrem Koffer aus.

»Das geht schon. Du sollst dich doch nicht anstrengen«, ächzte Marie, doch da war ihr Vater schon ein paar Stufen heraufgestiegen, hatte nach ihrem Gepäck gegriffen, es mit einer schwungvollen Bewegung nach unten getragen und auf den Boden der Diele gestellt.

»So«, verkündete er zufrieden. »Damit du siehst, dass dein alter Vater wieder ganz fit ist und du beruhigt die Insel verlassen kannst, wie du es schon so lange willst.«

Marie zögerte. »Versprichst du mir, dass du tatsächlich jemanden einstellst, der dir bei der Leitung der Pension hilft?«

»Woher weißt du …?« Er sah sie verdutzt an.

Marie lachte. »Als würde es auf Juist irgendwelche Geheimnisse geben.«

»Ich wollte nicht, dass du dir unnötige Gedanken machst.«

»Ich würde mir viel mehr Gedanken machen, wenn du keine Hilfe hättest. Hast du denn schon jemanden im Auge?«

Ihr Vater nickte.

»Jemanden, der Ahnung hat?«

Nun lachte er. »Siehst du! Du machst dir Gedanken, ob ich auch jemand Passenden auswähle.«

Marie ließ sich nicht beirren. »Ist es jemand von der Insel?«

»Das ist meine Sache. Ich denke, ich habe eine gute Wahl getroffen, wenn auch die beste Wahl natürlich nicht zur Verfügung …« Er brach ab und trug den Koffer zur Haustür.

»Wer ist das, die beste Wahl?« Bewegungslos stand sie mitten in der Diele und wartete auf seine Antwort. Erst nach einigen Sekunden fiel ihr auf, dass sie unbewusst die Luft angehalten hatte.

Er wandte sich ihr zu und zuckte mit den Schultern. »Spielt ohnehin keine Rolle, wer das ist. Sie steht nicht zur Verfügung.« Seine Miene war ausdruckslos, nur sein Blick irritierte sie. Bildete sie sich die Traurigkeit in seinen Augen ein?

»Hast du denn gefragt?«, erkundigte sie sich.

»Gefragt? Wen?«

»Die beste Wahl.«

»Das ist nicht nötig. Außerdem habe ich jemanden, und der ist in Ordnung.«

Schweigend standen sie einander gegenüber. Marie spürte Enttäuschung in sich aufsteigen. Für einen Moment war sie fast sicher gewesen, dass er mit der besten Wahl sie gemeint hatte. Doch dann hätte er sie genau jetzt gefragt. Was er nicht getan hatte.

Federica, schoss es ihr unvermittelt durch den Kopf. Das ergab einen Sinn, denn die Italienerin würde ganz sicher ihre Familie nicht alleinlassen, um auf Juist gemeinsam mit Maries Vater eine Pension zu führen. Selbst nicht, wenn sie ebenso in ihn verliebt war wie er offenbar in sie, erübrigte es sich, sie zu fragen.

Marie biss sich auf die Unterlippe. Fast hätte sie ihrem Vater angeboten, noch länger zu bleiben. Obwohl das verrückt gewesen wäre, denn sie konnte sich lebhaft vorstellen, wie Gerit darauf reagiert hätte. Das wäre sehr wahrscheinlich das Ende ihrer Beziehung gewesen, die sich doch während der vergangenen Tage so wunderbar entwickelt hatte. Also hätte sie ihrem Vater genauso gut gleich anbieten können, für immer auf Juist zu bleiben – und das zu denken war nicht nur vollkommen ungewohnt, sondern geradezu absurd. Schließlich hatte sie viele Jahre kein anderes Ziel gekannt, als diese Insel zu verlassen und ihr Glück in der Großstadt zu suchen. Wieso dachte sie nun, da sie endlich auf dem Weg zurück nach Hamburg war, überhaupt an diese Möglichkeit?

»Es ist Zeit, sonst musst du dich am Ende abhetzen«, unterbrach ihr Vater ihre Gedanken. »Die Fähre legt in einer halben Stunde ab.«

Marie schaute sich suchend um. »Wo sind denn alle? Ich wollte mich noch mal verabschieden.«

»Keine Ahnung, wo die stecken. Du hast doch Susa, Annegret und Fricke gestern schon auf Wiedersehen gesagt.« Rainulf zuckte mit den Schultern.

»Es ist komisch, jetzt einfach so zu gehen.« Insgeheim hatte sie gehofft, dass wenigstens ein oder zwei der Menschen, mit denen sie während der vergangenen Wochen zusammengearbeitet hatte, sie zur Fähre begleiten würden. Ihr Vater, der – außer bei Federica, wie Marie nun wusste – erklärtermaßen nichts vom »Hinterherwinken und Taschentücher schwenken« hielt, hatte schon am Vorabend verkündet, dass er sich zu Hause verabschieden würde.

»Ist doch kein großer Abschied. Du kommst uns von nun an regelmäßig besuchen, hast du gesagt.« Rainulf runzelte die Stirn. »Oder überlegst du dir das anders, wenn du erst mal wieder in Hamburg bist?«

»Natürlich nicht. Sobald ich ein verlängertes Wochenende hinkriege, komme ich.« Marie zögerte nur kurz, bevor sie die Arme um die Schultern ihres Vaters legte. Er tätschelte ihr unbeholfen den Rücken und schob sie dann von sich.

»Jetzt musst du aber wirklich los. Sonst verpasst du die Fähre, bist nicht rechtzeitig in deinem vornehmen Hotel, verlierst deinen Job und musst hier arbeiten. Das wäre doch nun wirklich ein Unglück, nicht wahr?«

»Mhm«, machte sie und zerrte ihren Koffer über die Schwelle. Dann drehte sie sich noch einmal um. »Mach's gut, Papa«, sagte sie und zwang sich, schwungvoll zu klingen. »Ich rufe an, sobald ich in Hamburg bin. Und wenn ich das nächste Mal komme, bringe ich Gerit mit.«

»Ist wohl eine ernste Sache, mit diesem … Gerit?« Rainulf runzelte die Stirn.

Marie nickte. »Wir werden zusammenziehen.«

Sie hatte schon jetzt ein schlechtes Gewissen, weil sie ahnte, dass Gerit keine große Lust haben würde, sie nach Juist zu begleiten, und sei es auch nur für ein Wochenende. Doch er würde einsehen müssen, dass es nur recht und billig war, wenn sie ihrem Vater den Mann vorstellen wollte, mit dem sie das Bett und demnächst auch die Wohnung teilte.

»Aha«, machte ihr Vater auf ihre Ankündigung hin, dass sie schon bald mit Gerit zusammenleben würde. Dann hob er kurz grüßend die Hand und schloss anschließend die Tür so hastig, dass er fast Maries Fuß eingequetscht hätte.

Sekundenlang starrte sie verblüfft das blau lackierte Holz an. War da eben ein verdächtiger Schimmer in seinen Augen gewesen? Sie schüttelte den Kopf. Unmöglich. Ihr Vater weinte nicht, nur weil sie die Insel wieder verließ. Im Gegenteil – er schien es kaum erwarten zu können, dass sie die Pension verließ. Entschlossen packte sie den Griff ihres Trolleys und marschierte los. Es war wirklich allerhöchste Zeit.

Als Marie sich dem Fähranleger näherte, wegen ihrer raschen Gangart und des schweren Koffers leicht außer Atem, waren die meisten Passagiere schon an Bord der *Frisia I.* Nur noch vereinzelte Paare und Grüppchen verschwanden über die Gangway im Bauch des Schiffs.

Marie blieb stehen und wandte den Kopf, um die Straße in den Ort hinunterzuschauen, die fast leer war. Sie war tatsächlich einer der letzten Fahrgäste für heute. Plötzlich fühlte sie sich sehr einsam. Sie hatte nicht damit gerechnet, dass es ihr schwerfallen würde, die Insel zu verlassen und nach Hamburg zurückzukehren. Leise Wehmut überkam sie. Aber immerhin wartete Gerit auf sie, und sie würden ein wunderbares neues gemeinsames Leben in seiner Wohnung beginnen. Sie würde ihre Freundinnen in der kleinen Cocktailbar treffen und endlich einmal wieder ins Theater gehen.

Aber sie würde Nele vermissen, der sie alles anvertrauen konnte und die immer einen guten Rat für sie hatte. Sie würde keine Zeit mehr mit Kaja und Lilly verbringen können, die sich längst in ihr Herz geschlichen hatten. Sogar ihr Vater und ihre kleinen Streitereien mit ihm würde ihr fehlen und möglicherweise auch die unverhofften Begegnungen mit Philipp, obwohl er ihr gelegentlich auf die Nerven ging, oft aber auch mit ihr lachte, tanzte und Möwen rettete. Seltsamerweise hatte es ihr zuletzt auch gefallen, dass fast alle Einheimischen auf der Insel sie kannten und mit Namen anredeten. Obwohl sie sie trotz all ihrer Bemühungen hartnäckig Marieke nannten.

In Hamburg würde sie wieder unerkannt durch die Straßen laufen können. Wenn sie wollte, konnte sie sogar am helllichten Tag auf offener Straße weinen, es würde niemanden kümmern, und niemand würde sie fragen, warum sie traurig war und ob er helfen könnte. Das war doch ein großer Vorteil, oder?

Marie atmete tief durch und eilte zum einzigen Gepäckwagen, der noch bereitstand. Alle anderen Wagen waren bereits an Bord gebracht worden.

Sie schob ihren Koffer in eines der unteren Fächer und nickte dem Mann zu, der in diesem Augenblick von dem kleinen Traktor sprang, mit dem er auch diesen Wagen auf die Fähre ziehen würde. Er begann, die Plane über dem Gepäck festzuzurren.

Angesichts des mit schwarzen, roten und bunten Koffern beladenen Wägelchens musste Marie an den Tag ihrer Ankunft auf Juist denken. Vor so einem Gepäckwagen war sie Frau Beck begegnet. Am Anfang hatte die alte Dame sie irritiert – und nicht nur sie. Doch seit Karoline Beck in der vergangenen Woche abgereist war, hatte sie mehr als einmal an sie gedacht. Sie fehlte im *Sandstern*, mit ihrer direkten, hilfsbereiten, manchmal aber auch versponnenen Art.

Frau Beck hatte versprochen, spätestens im Frühjahr auf die Insel zurückzukehren. »Ich habe in all den Jahren so viel versäumt«, hatte sie gesagt. »Und mein Heinrich leider auch.«

Den letzten Satz hatte sie mit einem tiefen Seufzer begleitet, doch gleich darauf hatte sie schon wieder gelächelt. »Aber ich glaube, er weiß, dass ich jetzt verstanden habe, warum er das Meer liebte. Denn jetzt liebe ich es auch. Und diese Insel – ich habe mich hier wie zu Hause gefühlt.«

Marie bedauerte, dass sie nicht hier sein würde, wenn Frau Beck wiederkam. So wie sie auch die Rückkehr der anderen Stammgäste versäumen würde, die sie in der Pension kennengelernt hatte. Merkwürdigerweise hätte sie sogar die Cordes' mit ihren beiden nervtötenden Kleinkindern, die aber auch sehr süß sein konnten, gern wiedergesehen. Oder die Zimmermanns mit ihren beiden Töchtern. Vielleicht hatte ihr Vater ein kleines bisschen recht, wenn er behauptete, dass die Stammgäste eine Art Familie bildeten, obwohl sie diesen Gedanken noch vor vier Wochen einfach nur anstrengend gefunden hatte.

Nun, darüber musste sie sich keine Gedanken mehr machen. In Hamburg im *Albatros* kamen und gingen die Gäste, und wenn sie erst einmal fort waren, hakte Marie sie in Gedanken ab und wandte sich neuen Herausforderungen in Gestalt anderer Menschen mit ihren Wünschen und Vorstellungen zu.

Noch einmal schaute Marie sich suchend um. Es war schwer, Abschied zu nehmen, wenn niemand da war, von dem sie sich verabschieden konnte. Nicht einmal Nele hatte Zeit gefunden, zum Fähranleger zu kommen. Auch ihrer Freundin hatte sie schon am Tag zuvor auf Wiedersehen gesagt. Insgeheim hatte Marie trotz Neles Beteuerungen, dass sie zur Abfahrtzeit der Fähre Dienst im Tourismusbüro hatte, fest geglaubt, die Freundin würde dennoch überraschend auftauchen, um sie zum letzten Mal zu umarmen und ihr nachzuwinken. Was offenbar ein Irrtum gewesen war. Sie stieß einen tiefen Seufzer aus.

Das Leben auf der Insel ging ohne Marie weiter, alle waren während der Hochsaison sehr beschäftigt und hatten keine Zeit, sich Gedanken um eine Städterin zu machen, die nach Hause zurückfuhr, wie es jeden Tag Hunderte von Gästen taten.

Mit einem Ruck wandte sie sich dem flachen Gebäude zu, in dem die Fahrkarten kontrolliert wurden und von dessen anderer Seite aus die verglaste Gangway auf die Fähre führte. Fenja stand schon in der Tür und hielt nach den letzten Fahrgästen Ausschau. Als sie Marie sah, wedelte sie wild mit beiden Armen.

»Komm, Marieke!«, rief sie. »Nur noch zehn Minuten.«

Ohne sich noch einmal umzusehen, ging Marie mit raschen Schritten auf die Tür zur Abfertigungshalle zu. Die Fähre würde sie zurück in ihr altes Leben bringen. Zu Gerit, zu ihrem Job, zu den Möglichkeiten, die nur eine Großstadt ihr bot.

Sie lauschte in sich hinein und wartete herzklopfend auf das Brausepulver im Bauch, die Vorfreude, weil sich ihr größter Wunsch endlich erfüllte. Die Freude, endlich nach Hamburg zurückzukehren – und zu Gerit. Doch es blieb still in ihrem Inneren. Was wahrscheinlich daran lag, dass sie noch auf der Insel war und dadurch gefangen in der Enge und den Gedanken an ihre Pflichten. Das würde sich geben, sobald die Fähre abgelegt hatte, redete sie sich gut zu.

Aus dem Augenwinkel sah sie etwas Buntes in der Luft tanzen und rasch auf sich zukommen. Als sie den Kopf wandte, waren der blaue, der weiße und der rote Luftballon fast vor ihrem Gesicht.

»Überraschung, Überraschung«, krähte Lillys helles Stimmchen. Kaja stimmte in ihre Rufe ein, und Nele lachte dazu.

»Ihr seid da!«, rief Marie begeistert und hatte plötzlich Tränen in den Augen. Auch die Heulerei würde in Hamburg endlich aufhören.

Im nächsten Moment hatten sich ihre Arme wie von selbst um Neles Hals geschlungen, und sie drückte die Freundin fest an sich.

»Hast du wirklich gedacht, wir würden dich abreisen lassen, ohne dir nachzuwinken?« Neles Hand strich wieder und wieder über Maries Rücken.

»Du sollst nicht weggehen. Du sollst hierbleiben!«, meldete sich Lilly energisch zu Wort. »Ich will mit dir den Drachen steigen lassen und Eis essen und dieses Spiel mit den bunten Figürchen spielen.«

Als Marie auf die Kinder aufgepasst hatte, während Nele und Bengt eine Nacht auf dem Festland verbracht hatten, hatte Lilly ihre Vorliebe für das alte Halma-Spiel entdeckt, mit dem Marie schon als Kind gespielt hatte.

»Ach, Lilly, meine Süße. Ich kann leider nicht so einfach bleiben.« Marie löste sich aus Neles Umarmung und wischte sich verstohlen über die Augen, während sie sich vor Lilly hinhockte.

»Doch, das geht! Wenn du willst, geht es ganz sicher.« Das war Susas Stimme. Plötzlich stand sie neben Nele. Hinter ihr tauchte Annegret auf. Sogar Fricke war da.

Jetzt liefen Marie die Tränen in Strömen über die Wangen. »Ach, ihr seid so lieb«, schluchzte sie. »Aber ich muss zurück nach Hamburg. Mein Freund wartet auf mich. Und mein Job.«

Als Marie ihren Freund erwähnte, räusperte sich Nele laut und warf ihr einen vielsagenden Blick zu.

»Wenn du weiter im *Sandstern* arbeiten würdest, wäre das schließlich auch ein Job«, sagte Susa.

»Das geht nicht«, beteuerte Marie.

Für einen kurzen Moment hatte sie beim Abschied geglaubt, ihr Vater würde sie bitten zu bleiben. Doch das war ein Irrtum gewesen. Er gab ihr zwar nicht mehr die Schuld am Tod ihrer Mutter, doch das hieß noch lange nicht, dass er bereit sein würde, mit ihr gemeinsam die Pension zu führen. Schließlich hatten sie sich oft genug über große und kleine Entscheidungen gestritten. Und es hatte Zeiten gegeben, da hatte Marie kein gutes Haar am Leben auf Juist gelassen. Wieso hätte ihr Vater das vergessen sollen? Er musste doch befürchten, dass er Ähnliches wieder zu hören bekam, wenn er es wagte, sie zu fragen, ob sie bleiben wollte.

Es war wirklich besser, wenn sie nicht jetzt noch anfing, darüber nachzudenken, ob sie tatsächlich die Fähre besteigen wollte. Auch wenn es Momente gab, in denen ihr Herz ganz schwer wurde, wenn sie sich vorstellte, nicht mehr diesen weiten Himmel über sich zu haben. Sie würde das Meeresrauschen vermissen, das man an fast jedem Ort auf der Insel hörte. Und die Menschen von Juist würden ihr auch fehlen. Aber sie konnte zu Besuch kommen. Sie lächelte Nele an, und dieses Lächeln fiel ihr unendlich schwer.

»Muss ich sagen, dass ich es wunderbar fände, meine Freundin wieder auf der Insel zu haben?« Nele strich ihr über den Arm.

»Du kannst mich jederzeit in Hamburg besuchen, Nele. Und ihr anderen auch«, sagte Marie in die Runde und schluckte weitere Tränen hinunter.

»Ich auch?«, fragte Lilly laut und energisch.

»Du und Kaja natürlich auch. Und ich komme so bald wie möglich wieder her. Vielleicht schon im nächsten Monat. Aber jetzt muss ich an Bord gehen, sonst fährt die Fähre noch ohne mich ab.« Marie tat einen zögernden Schritt aus dem Kreis der Menschen, die sie umringten.

Mit fest zusammengepressten Lippen, damit ihr nicht versehentlich ein Schluchzer entwischte, eilte Marie zu der offenen Tür, in der Fenja stand und ihr immer heftigere Handzeichen machte.

»Marie? Kann ich dich kurz sprechen? Nur für eine Minute?«

Sie fuhr herum und hätte vor Überraschung fast aufgeschrien. Wo kam Philipp plötzlich her? Wieder einmal war er wie aus dem Nichts aufgetaucht.

»Ich … bin in Eile. Die Fähre legt gleich ab«, stieß sie hervor und starrte ihn an, unfähig, den Blick abzuwenden.

»Eine Minute«, wiederholte er und griff nach ihren Händen.

Marie hörte, wie hinter ihrem Rücken getuschelt wurde. Nele und die Leute vom *Sandstern* verfolgten offenbar interessiert die Szene, die sich ihnen bot. Selbst die beiden Mädchen beobachten neugierig, was zwischen Philipp und ihr passierte.

»Ich wollte nur sagen, dass ich gestern Quatsch geredet habe.« Er ließ nicht zu, dass sie ihm ihre Hände entzog, was sie allerdings nur halbherzig versuchte. Warm und fest hielt er ihre Finger mit seinen umschlungen. »Das mit dem Kuss nach der Hochzeitsfeier – für mich war das kein Irrtum und kein Spiel. Ich hatte es nicht vor, es ist einfach so geschehen, das stimmt. Doch als ich deine Lippen gespürt habe, wusste ich, dass es etwas bedeutet. Dass *du* mir etwas bedeutest.«

Verzweifelt riss Marie ihren Blick von seinen Augen los, in denen sich das Meer und der Himmel zu spiegeln schienen. »Was soll ich dazu sagen?«, flüsterte sie. »Ich bin auf dem Weg zurück nach Hamburg. Zu meinem Freund, wie du weißt.«

»Du musst nichts sagen. Ich wollte nur, dass du es weißt.«

Langsam lockerte er seinen Griff und ließ sie schließlich los. Ihre Arme fielen an ihrem Körper herab, und sie schwankte ein wenig, als hätte sie ihren Halt verloren.

»Ich muss gehen«, sagte sie und rührte sich nicht von der Stelle.

Philipp nickte und trat einen Schritt zurück. Sein Blick ruhte unverwandt auf ihrem Gesicht.

»Du hast deine Luftballons nicht mitgenommen«, rief Lilly ihr in diesem Moment zu.

»Heb sie für mich auf, Lilly! Ich bin bald wieder da.« Marie winkte dem Mädchen, winkte allen, die als Pulk zwischen einigen anderen Grüppchen standen, die Passagiere herbegleitet hatten.

Lilly nickte eifrig.

»Mach hinne! Wenn du jetzt nicht kommst, wird die Tür der Fähre geschlossen. Sie legt in drei Minuten ab«, rief Fenja ihr zu. Seltsamerweise trieb ihr Fenjas barscher Ton schon wieder die Tränen der Rührung in die Augen. Rau, aber herzlich, so waren die Menschen hier.

»Auf Wiedersehen, Philipp«, sagte sie leise und wagte nicht, ihn noch einmal anzuschauen. Sie hatte zu viel Angst, sie würde nicht wieder wegsehen können.

»Auf Wiedersehen, Marie«, erwiderte er ebenfalls mit gesenkter Stimme.

Sie wollte sich umdrehen und endlich gehen, als sie eine vertraute Gestalt sah, die mit beiden Armen winkend die Straße zum Fährhafen entlangeilte. Sie konnte hören, dass ihr Vater etwas rief, verstand aber seine Worte nicht.

Marie zögerte. Fenja machte ein paar Schritte aus dem Abfertigungsgebäude heraus und berührte sie am Arm.

»Was ist denn nun? Willst du weg oder nicht?«

»Ich … Ich weiß nicht.« Marie rührte sich nicht von der Stelle.

»Dann bleib hier«, entschied Fenja und gab den beiden Männern, die bereitstanden, die große Metalltür der Fähre zu schließen, ein Zeichen.

»Nein … Ich …« Angestrengt blickte Marie ihrem Vater entgegen, schaute zur Fähre hinüber und wieder zu ihrem Vater.

»Marie, Marie!« Nannte er sie wirklich Marie, oder hatte sie sich verhört? »Marieke, ich muss dir was sagen!«

Hatte sie etwas Wichtiges in der Pension liegenlassen? Ihren Personalausweis oder die Schlüssel zu ihrer Hamburger Wohnung?

Marie hörte den dumpfen Ton, mit dem die Tür des Schiffs sich schloss. Es war zu spät, um noch an Bord zu gehen, aber morgen fuhr schließlich auch wieder eine Fähre. Ganz kurz dachte sie an ihren Koffer, der bereits im Schiff war. Darum würde sie sich später kümmern, es gab Wichtigeres.

Rainulf hatte gesehen, dass Marie an Land zurückblieb, während das Schiffshorn signalisierte, dass die Fähre gleich ablegen würde. Erschöpft blieb ihr Vater stehen, beugte sich vor und stützte sich mit den Händen an seinen Schenkeln ab.

Marie ging ihm entgegen. Schritt für Schritt, mit klopfendem Herzen. Als sie ihn erreichte, stand er immer noch schwer atmend da und sah sie mit einem seltsamen Blick an.

»Die Fähre ist ohne mich gefahren«, teilte Marie ihm überflüssigerweise mit, denn in diesem Moment ertönte das Schiffshorn der *Frisia 1* ein weiteres Mal.

»Womöglich bereust du schon, dass du nicht eingestiegen bist«, sagte ihr Vater und keuchte mitleiderregend. Marie durchfuhr ein Schreck.

»Was machst du denn! Du darfst dich nicht so anstrengen!« Sie packte ihn fest beim Arm und stützte ihn.

»Es geht mir gut«, behauptete ihr Vater starrsinnig und schien zum Glück mittlerweile etwas besser atmen zu können. »Du bekommst auch erst mal keine Luft, wenn du vom *Sandstern* bis zum Hafen rennst wie ein Hundert-Meter-Läufer.«

»Warum hast du das getan?« Sie spähte ihm forschend ins Gesicht.

»Weil ... Vielleicht gab es ein Missverständnis zwischen uns, und das wollte ich ...« Plötzlich fehlte ihm doch wieder die Luft zum Reden.

Marie runzelte die Stirn. Was war mit den Menschen auf dieser Insel los, dass ihnen erst im letzten Augenblick, als sie praktisch schon mit einem Bein auf der Fähre stand, einfiel, was sie Dringendes mit ihr zu klären hatten. Erst war Philipp aufgetaucht, und wegen ihres Vaters hatte sie sogar das Schiff fahren lassen.

»Was willst du mir sagen, Papa?«

Aus dem Augenwinkel sah sie, dass Nele, ihre beiden Töchter und die Angestellten des *Sandsterns* näher gekommen, aber in respektvoller Entfernung stehen geblieben waren.

»Ich wollte ...«, begann ihr Vater nach einem weiteren Schnaufer und stockte sofort wieder.

Nun schwiegen sie gemeinsam, Marie abwartend, Rainulf unruhig mit den Füßen scharrend. Er starrte der Fähre hinterher, sah hinauf in den Himmel, schaute Marie an und gleich wieder weg. Dann atmete er tief durch, und nun sprudelten die Worte nur so aus seinem Mund.

»Ich weiß, dass du dich damals für ein Leben in Hamburg entschieden hast, aber vielleicht denkst du mittlerweile anders über Juist und über unser Leben hier. Wenn du willst – nur, wenn du wirklich willst –, würde es mich freuen, wenn du diejenige wärst, die mir hilft, die Pension zu führen. Das ist nur ein Angebot, aber ich möchte, dass du weißt, ich würde mich freuen. Es wär dumm, wenn ich aus lauter Stolz oder Feigheit das jetzt nicht gesagt hätte. Deine Mutter hätte mich schlimm ausgeschimpft.«

Marie verschlug es die Sprache. Sie öffnete den Mund und schloss ihn wieder, ohne ein Wort herausgebracht zu haben. Ihr Blick wanderte hinüber zu Philipp, der immer noch vor dem Abfertigungsgebäude stand und zu ihr herüberschaute. Sie war viel zu durcheinander, um darüber nachzudenken, was sie mit seinem Geständnis in letzter Minute anfangen sollte. Sie wusste nur, dass seine Worte in ihrem Inneren ein Licht entzündet hatten. Sie würde herausfinden müssen, ob es hell genug war, um ihr einen neuen Weg zu weisen.

»Aber du hast doch schon jemanden für den Job gefunden«, hörte sie sich sagen, während sie ihren Vater zögernd anlächelte.

»Noch gibt es keinen Vertrag. Wenn du bleiben würdest, sage ich ihm ab, obwohl er ein netter Kerl ist. Aber du bist meine Tochter.« Auch ihr Vater lächelte nun.

»Ist denn jetzt wirklich alles in Ordnung zwischen uns?«, fragte Marie. »Wegen Mama und all der Dinge, die zwischen uns waren?«

»Wenn du mir verzeihst, was ich nach Mamas Tod gesagt habe und dass ich dir als junges Mädchen nicht dein eigenes Leben und deine eigenen Pläne lassen wollte – ich habe dir nichts zu vergeben.« Rainulfs hellblaue Augen schimmerten verdächtig.

Spontan schlang Marie die Arme um seinen Hals und zog ihn an sich. »Danke, Papa. Das ist lieb von dir.«

Ihr Vater legte den Kopf zurück und sah sie erstaunt an. »Könntest du dir wirklich vorstellen zu bleiben?«

»Ich kann es mir vorstellen«, sagte sie und wunderte sich selbst, dass sie diese Worte aussprach, ohne einen Moment zu zögern. »Obwohl ich weiß, dass es mit uns nicht immer einfach sein wird. Aber ich finde, in den letzten Wochen haben wir das ganz gut hinbekommen.«

»Findest du?«

»Du nicht?«

»Doch, das finde ich auch. Deshalb fragte ich ja, ob du dir vorstellen kannst zu bleiben.«

»Es gibt vieles, was ich klären muss, aber grundsätzlich würde ich gern bleiben. Es ist schön hier, obwohl es schwierig war, mir einzugestehen, dass es mir hier nun plötzlich sogar besser gefällt als in Hamburg«, sagte Marie und fuhr entschlossen fort: »Wenn ich mutig genug gewesen wäre, hätte ich dich vielleicht sogar gefragt, ob ich bleiben darf.«

»Mutig? Wieso hättest du dazu Mut gebraucht?« Fragend sah er sie an.

Sie lachte. »Weil ich Angst hatte, du würdest mir sagen, dass du auf keinen Fall mit mir gemeinsam die Pension führen willst. Wo ich doch früher so viele dumme Sachen über ein Leben im *Sandstern* und auf der Insel gesagt habe. Hattest du keine Angst vor dem, was ich zu der Idee sagen könnte, hier auf Juist zu bleiben?«

Sein Lachen klang heiser und sehr vertraut. »Natürlich hatte ich Angst. Aber meine Angst, die vielleicht einzige Chance zu vertun, dich wieder hier bei mir zu haben, war noch größer. Was ist denn mit dem Mann, mit dem du zusammenleben willst?«

Sie machte eine abwehrende Handbewegung. »Er wird wütend auf mich sein. Weil ihn meine Gefühle und meine Wünsche nur sehr am Rande interessieren. Das muss ich mir endlich eingestehen. Bisher war ich viel zu sehr damit beschäftigt, Gerit von mir und meiner Liebe zu überzeugen. Darüber habe ich offenbar vergessen, auf meine eigenen Empfindungen zu achten. Ich werde mir ihm reden und ihm das sagen.«

Marie lauschte den Worten nach, die ihr wie von selbst über die Lippen gekommen waren. Plötzlich war sie sich sicher, was sie wollte, und spürte deutlich, was sich für sie richtig anfühlte und was falsch. Noch niemals hatte sie eine wichtige Entscheidung aus dem Bauch heraus getroffen, sondern vorher stets gründlich das Für und Wider bedacht. Doch jetzt und hier war das anders. Alles schien sie auf der Insel festzuhalten, von der sie vor fast zehn Jahren geflohen war. Vor allem aber konnte weder die Vorstellung, demnächst mit Gerit zusammenzuleben, noch der Gedanke an ihren Job im *Albatros* so etwas wie Freude in ihr aufkommen lassen. Sie sah zu den Menschen hinüber, die aus der Ferne die Szene zwischen ihr und ihrem Vater verfolgten. Ihr Blick wanderte zu Nele und ihren Töchtern, zu Susa, Annegret und Fricke und zuletzt zu Philipp. Dann nickte sie noch einmal mit Nachdruck.

Ihr Vater schaute sie so liebevoll an, dass ihr warm ums Herz wurde. »Es hat lange gedauert, aber es scheint so, als hättest du tatsächlich endlich gemerkt, wie schön unser Juist ist.«

»Sieht so aus. Jedenfalls bin ich bereit, es mit dem Inselleben zu versuchen und meinen Job in Hamburg zu kündigen. Notfalls finde ich eine neue Stelle in der Stadt, aber ich hoffe, das brauche ich nicht.«

»Wenn wir uns beide Mühe geben, klappt das schon. Und was diesen Gerit betrifft – auf unserer Insel gibt es auch gute Männer. Bessere!« Ihr Vater zwinkerte ihr zu, doch obwohl sie genau aufpasste, schaute er nicht zu Philipp hinüber.

»Ich bleibe!« Marie winkte zu der kleinen Gruppe um Nele hinüber.

»Wirklich? Bleibst du wirklich hier bei uns, Marieke?«, rief Lilly mit ihrem hellen Stimmchen.

Nele strahlte sie an, während sie auf sie zulief. »Hat Rainulf dir endlich gesagt, dass er sich wünscht, dich hier bei sich zu haben?«

Marie nickte. »Wir wollen versuchen, den *Sandstern* gemeinsam zu führen. Auf Probe sozusagen.«

»Das schafft ihr schon. Ich freue mich schrecklich!« Die Freundin zog sie an sich.

»Ich find's auch gut. Aber nicht, dass ihr zwei mir immer abwechselnd was anderes vorschreibt, was ich kochen soll«, brummte Fricke, grinste aber dabei.

Susa schlug ihm scherzhaft auf den Arm. »Wir freuen uns alle, wenn du bleibst, Marieke. Is doch besser als jemand, der sich nicht mit der Pension auskennt. Dich kennen wir schon immer, auch wenn du manchmal ulkige Ideen hast, wie die mit dem Betten aufschlagen.«

»Ja«, erwiderte Marie lachend. »Wir kennen uns, und das ist schön.«

»Kommt alle mit in den *Sandstern.*« Rainulf legte den Arm um Maries Schultern. »Wir rufen noch ein paar Leute an, die sich auch freuen werden. Und dann wird gefeiert.«

Lachend und durcheinanderredend setzte sich die kleine Gruppe in Bewegung, während die *Frisia I* sich immer weiter von der Insel entfernte.

»Geht ruhig schon vor, ich komme gleich nach«, sagte Marie, befreite sich sanft vom Arm ihres Vaters, blieb stehen und schaute sich nach Philipp um, der sich immer noch nicht von der Stelle gerührt hatte.

Nele schien in dem allgemeinen Durcheinander die Einzige gewesen zu sein, die Maries Worte gehört hatte. Sie zwinkerte ihr zu und formte mit den Lippen die Worte: »Nun geh schon zu ihm.«

Marie sah zu Philipp hinüber, während ihr Vater und ihre Freunde sich entfernten. Warum kam er nicht zu ihr?

Als er sich auch nach ein oder zwei Minuten nicht bewegte, ging sie auf ihn zu. Erst langsam, dann immer schneller. Sie achtete nicht auf den Weg vor sich, sah nur den Mann an, der ihr mit dunklen Augen entgegenschaute.

»Aua!« Marie spürte einen Ruck und einen scharfen Schmerz im Knöchel und begriff sofort, dass ihr Absatz irgendwo feststeckte. Sie fiel vorwärts auf die Knie.

Nun war er so schnell bei ihr, dass sie sich fragte, wie er das anstellte. Eben noch hatte er hinten an der Kaimauer gestanden, nun hockte er vor ihr und tastete ihren Knöchel ab.

»Du hast schon wieder die High Heels an«, stellte er fest.

»Ich wollte zurück nach Hamburg«, rechtfertigte sie sich. »Da trägt man so was.«

»Hast du es dir anders überlegt?« Ernst schaute er sie an. Obwohl seine Frage überflüssig war, denn schließlich hatte sie die Fähre wegfahren lassen, schien er eine Antwort zu erwarten.

»Ja«, wisperte sie. »Aber es gibt noch viel zu klären. Auch mit meinem … Mit dem Mann, mit dem ich eigentlich in Urlaub fahren wollte, bevor du mich angerufen und gezwungen hast, nach Juist zu kommen.«

»Wir haben Zeit«, sagte er ebenso leise und tupfte ihre aufgeschürften Knie mit einem sauberen Papiertaschentuch ab.

»Aua«, beklagte Marie sich. »Bevor ich mit ihm gesprochen habe, wird zwischen uns beiden nichts passieren, Philipp.«

»Natürlich nicht. Du weißt, wie ich zu Beziehungen mit gebundenen Frauen stehe.« Er sah sie ernst an, und ganz gegen ihren Willen versank ihr Blick für eine kleine Ewigkeit in seinem.

»Gebrochen scheint nichts zu sein«, stellte er mit seiner Arztstimme fest, als sie es fast gleichzeitig geschafft hatten, endlich woanders hinzusehen. »Aber am besten kommst du kurz mit in die Praxis, damit ich mir die Sache genauer angucken und dir einen Verband anlegen kann.«

»Okay«, sagte sie mit schwacher Stimme.

Im nächsten Moment verlor sie den Boden unter den Füßen, weil Philipp sie hochgehoben hatte. Erschrocken zappelte sie mit den Beinen.

»Halt still, ich bringe dich zu meinem Auto. Es steht gleich hier um die Ecke.«

»Warum hast du dich entschieden zu bleiben?«, fragte er, während er sie auf seinen Armen trug, als hätte er nie etwas anderes getan.

Sie runzelte nachdenklich die Stirn. »Weil ich viel mehr an das dachte, was ich zurücklasse, als an das, was mich in Hamburg erwartet. Mein Abschiedsschmerz war größer als meine Vorfreude.«

Philipp nickte nur, sagte aber nichts.

Wenig später saß sie auf dem Beifahrersitz seines kleinen Wagens, und Philipp schob vorsichtig ihr Bein mit dem ramponierten Knöchel in den Fußraum. Dann setzte er sich hinters Steuer.

»Jetzt werde ich doch deine Patientin«, stellte Marie fest und fand den Gedanken gar nicht mehr so schlimm.

»Ich habe nicht vor, Freude darüber äußern, dass du dich verletzt hast«, sagte Philipp. »Aber ich werde sehr, sehr gern eine Datei für dich im Computer anlegen, Marie Janssen.«

»Danke«, flüsterte sie, beugte sich spontan zu ihm hinüber und legte ihre Lippen auf seinen Mund.

Einen Moment lang saß er wie erstarrt da, dann küsste er sie mit jener warmen Zärtlichkeit, die sie bisher nur bei ihm erlebt hatte. Sie erwiderte seinen Kuss, und plötzlich war es da, das Brausepulver im Bauch, das sie vermisst hatte, als sie noch geglaubt hatte, auf dem Weg nach Hamburg zu sein. Gleichzeitig tanzte ein Hummelschwarm in ihrem Magen Tango. Es war verrückt und wunderschön.

»Tut mir leid«, brachte sie, noch ein wenig atemlos, hervor, als sie sich wieder voneinander gelöst hatten.

»Mir eigentlich nicht«, sagte er und fügte energisch hinzu: »Obwohl das vorerst unser letzter Kuss gewesen ist. Wann hast du vor, mit Gerit zu sprechen?«

»Heute noch. Ich rufe ihn nachher an.«

»Das ist gut.« Sein Lächeln vertiefte sich, und am liebsten hätte sie ihn schon wieder geküsst. Doch das würde sie erst tun, wenn sie auch offiziell frei für ihn war.

»Dann wollen wir mal in die Praxis fahren und dich verarzten, Marie.« Philipp ließ den Motor an.

»Nenn mich Marieke«, sagte sie. »Auf diesen Namen wurde ich getauft.«

ENDE

Dank

Die Geschichte um Marieke, Rainulf und ihre Inselpension habe ich unter für mich ungewöhnlichen Bedingungen geschrieben. Ich – die ich zuvor immer geradezu unverschämt gesund gewesen war – erkrankte kurz nach Beginn der Arbeit an diesem Roman. Die Krankheit ist nicht lebensgefährlich, muss aber ernst genommen werden. Und sie bremst mich aus, indem sie mir meine körperlichen und psychischen Grenzen aufzeigt. So wurde der Juist-Roman für mich gleichzeitig zum »Urlaub im Kopf«, der mich an schöne Ferienwochen auf der Insel erinnerte, und zur Herausforderung. Ich musste lernen, meine Kräfte einzuteilen, regelmäßig Pausen zu machen und freie Tage einzulegen, was ich vorher viel zu selten getan hatte.

Aber ich lernte auch ganz praktisch, wie freundlich und verständnisvoll die Menschen sind, die im Rahmen dieses Buchs wieder mit mir zusammenarbeiten. Ihnen allen danke ich von Herzen.

Da ist zunächst das Team von Bastei Lübbe, das mir Luft verschafft hat, indem der Erscheinungstermin der »Inselpension« auf meine Bitte hin sofort verschoben wurde. Mein ganz besonderer Dank geht an meine Verlagslektorin Karin Schmidt, die mich außerdem mit wunderschönen Blumensträußen, mit Lektüre für meine Ruhezeiten und mit herzlichen Worten am Telefon versorgte.

Meine Außenlektorin Dr. Ulrike Brandt-Schwarze hat es ebenfalls ohne jedes Zögern möglich gemacht, den bereits fest vereinbarten Bearbeitungstermin so offen zu halten, dass ich nicht zusätzlich unter Stress geriet. Und dann war dein Lektorat natürlich wie immer klug und inspirierend, und du zeigtest mir genau die Stellen, an denen ich noch arbeiten musste. Danke dafür, liebe Ulrike!

Ebenso hilfreich und verständnisvoll war mein Agent Lars Schultze-Kossack, der ohne Wenn und Aber an meiner Seite stand, als es darum ging, Ruhe für die Genesung zu finden und dennoch den Buchvertrag zu erfüllen.

Wie immer danke ich meinem Mann Michael von Herzen für seine liebevolle Unterstützung. Du schaffst es, mich zu bremsen, wenn ich mir mal wieder zu viel zumute, und mir Kraft zu geben, wenn ich nicht zu bremsen bin. Und das alles auf eine Weise, die meinen Widerspruchsgeist nicht allzu sehr herausfordert. Auch dafür liebe ich dich, Michael!

Bleibt mir, all den Menschen zu danken, die mir während der vergangenen Monate ihre Zuneigung geschenkt und ihr Ohr geliehen haben. Lieben Dank an meine Mutter und meinen Sohn Vincent, an Elke und Norbert, Angela und Thomas, Darja und Lennart. Ich kann hier nicht alle aufzählen, die sich beruflich und privat nach meinem Befinden erkundigt und ihre Hilfe angeboten haben. Ihr wisst, wie sehr ich eure Freundlichkeit zu schätzen weiß.

Ganz zum Schluss gilt mein Dank denjenigen, die der wichtigste Grund für die Entstehung dieses Romans sind: meinen Leserinnen und Lesern. Ich danke euch für die Zeit, die ihr mit diesem Buch verbracht habt, und hoffe, ihr hattet schöne, entspannte und fröhliche Stunden in der Inselpension auf Juist. Das würde mich sehr, sehr freuen.